CLIVE CUSSLER
Inka-Gold

Mehr als vierhundert Jahre sind vergangen, seit spanische Eroberer die Goldschätze Südamerikas plünderten. Aus Angst vor den räuberischen Spaniern verbargen die Inka – alten Überlieferungen zufolge – im Jahr 1533 ihren größten Schatz jenseits der Grenzen von Peru tief in einem Inselberg. Wenige Jahre später hatte der Seeheld Sir Francis Drake gerade wieder einmal Jagd auf eine der prallgefüllten spanischen Galeonen gemacht und dabei das kostbare Quipu erbeutet – den verschlüsselten Wegweiser zum Schatz der Inka –, als ein gigantisches Seebeben Drakes Schiff an Land schleuderte, mitten hinein in den Dschungel.

Doch der Mythos vom verschwundenen Inka-Gold überlebte: als Herausforderung für Anthropologen, Archäologen und Abenteurer aller Länder – und für eine der skrupellosesten Kunsträuberbanden unserer Zeit: die Solpemachaco. Eine Bande, deren blutige Spur Dirk Pitt durch Zufall an einem heiligen Opferteich in den Anden kreuzt.

Dort nämlich forscht Pitt im Auftrag der NUMA, des US-Marineinstituts für Unterwasserforschung, nach dem verschollenen Schiff Drakes, das er auch tatsächlich birgt – und mit ihm das sagenumwobene Quipu. Mittels modernster Computertechnologie kann Pitt denn auch das Rätsel um den Fundort des Inka-Goldes entschlüsseln. Doch auch die Solpemachaco verfügen über Mittel und Wege, das Geheimnis zu lüften. Und so beginnt eine gnadenlose Jagd nach dem sagenhaften Gold der Inka – ein Wettlauf um Leben und Tod ...

Autor

Clive Cussler, geboren in Alhambra/Kalifornien, war Pilot bei der US Air Force, bevor er als Funk- und Fernsehautor bekannt wurde. Er nahm an einer Expedition teil, die in den Wüsten des amerikanischen Südwestens nach vergessenen Goldminen suchte, und beteiligte sich an einem Unternehmen, das an der englischen Küste nach versunkenen Schiffen forschte. Er lebt heute in Denver/Colorado.

Außer dem vorliegenden Band sind von Clive Cussler
als Goldmann-Taschenbücher erschienen:

Die Ajima-Verschwörung. Roman (42188) · Das Alexandria-Komplott. Roman (41059) · Cyclop. Roman (9823) · Eisberg. Roman (3513) · Hebt die Titanic! Roman (3976) · Im Todesnebel. Roman (8497) · Operation Sahara. Roman (42802) · Tiefsee. Roman (8631) · Der Todesflieger. Roman (3657) · Der Todesflug der Cargo 03. Roman (6432) · Um Haaresbreite. Roman (9555)

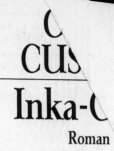

C
CUS

Inka-G

Roman

Aus dem Amerikanisch
von Oswald Olms

GOLDMANN

...ürzte Ausgabe

...riginalausgabe: Inca Gold
...: Simon & Schuster, New York

Der Goldmann Verlag
ist ein Unternehmen der Verlagsgruppe Bertelsmann

Genehmigte Taschenbuchausgabe 8/97
Copyright © 1994 der Originalausgabe
bei Clive Cussler
Copyright © 1995 der deutschsprachigen Ausgabe
bei Blanvalet Verlag GmbH, München
Umschlagentwurf: Design Team München
Umschlagfoto: Bavaria / Stock Imagery
Druck: Presse-Druck Augsburg
Verlagsnummer: 43742
MV · Herstellung: Heidrun Nawrot
Made in Germany
ISBN 3-442-43742-3

3 5 7 9 10 8 6 4

Im Gedenken an
Dr. Harold Edgerton,
Bob Hesse,
Erick Schonstedt
und
Peter Throckmorton,
geliebt und geachtet von jedem,
der mit ihnen in Berührung kam.

Im Jahre 1997 führten die Vereinigten Staaten von Amerika, das einzige Land der Welt, das noch immer an nicht-dezimalen Maßeinheiten festhielt, endlich das metrische System ein – eine zwingende Notwendigkeit, wenn das Land im internationalen Handel weiter wettbewerbsfähig bleiben wollte.

Die geheimnisvollen Eindringlinge

Ein seetüchtiges Inkaboot

Sie kamen mit der Morgensonne von Süden. Schlaff hingen die rechteckigen Baumwollsegel unter einem strahlend azurblauen Himmel, als die Flottille aus Flößen flimmernd wie eine Fata Morgana über das funkelnde Wasser glitt. Keinerlei Befehl erschallte in der unheimlichen Stille, während die Besatzungen die Paddel eintauchten und durchzogen. Am Himmel stieß ein Falke herab und schwang sich wieder in die Lüfte, als wollte er die Steuermänner zu dem öden Eiland geleiten, das mitten aus dem Binnenmeer aufragte.

Die Flöße bestanden aus Binsenbündeln, die an beiden Enden verschnürt und nach oben gezogen waren. Sechs solcher Bündel bildeten einen Bootsrumpf, der überdies mit einem Kiel und Streben aus Bambus versehen war. Der hochgezogene Bug und das Heck waren wie Schlangen mit Hundeköpfen geformt, deren Schnauzen gen Himmel wiesen, als wollten sie den Mond anheulen.

Der Befehlshaber der Flotte saß auf einem thronartigen Sessel im spitz zulaufenden Bug des vordersten Floßes. Er trug ein mit Türkisplättchen verziertes Baumwollgewand und einen buntbestickten Umhang aus Wolle. Sein Kopf war mit einem Federhelm und einer Gesichtsmaske aus Gold bedeckt. Gelb schimmerten auch der Ohrschmuck, eine schwere Halskette und die Armreife in der Sonne. Selbst seine Schuhe waren aus Gold gefertigt. Ein Anblick, der um so erstaunlicher war, als auch die Besatzungsmitglieder nicht minder prachtvoll herausgeputzt waren.

Voller Furcht und Staunen verfolgten die einheimischen Stämme entlang der Küste des fruchtbaren Landes rund um das Meer, wie die fremde Flotte in ihre Gewässer eindrang. Keiner schickte sich an, ihr Gebiet gegen die Invasoren zu verteidigen. Sie waren einfache Jäger und Sammler, die Kaninchen nachstellten, Fische fingen und ein paar wenige angesäte Pflanzen und Nüsse ernteten. Im Gegensatz zu ihren Nachbarn im Süden und Osten, die ausgedehnte Reiche gründeten, gehörten sie einer archaischen Kultur an. Sie lebten und starben, ohne ihren Göttern gewaltige Tempel zu errichten, und so sahen sie nun gebannt zu, als diese Verkörperung von Reichtum und Macht über das Wasser glitt. Einhellig betrachteten sie die Flotte als eine wundersame Erscheinung von Kriegsgöttern aus der Welt der Geister.

Die geheimnisvollen Fremden nahmen keinerlei Notiz von den Menschen an der Küste, während sie weiter auf ihren Bestimmungsort zupaddelten. Sie waren in heiligem Auftrag unterwegs und ließen sich von nichts und niemandem ablenken. Ungerührt und ohne ihren verwunderten Zuschauern auch nur einmal den Kopf zuzuwenden, bewegten sie ihre Boote voran.

Sie steuerten geradewegs auf eine aus dem Meer aufragende Insel zu, deren steile, felsenbedeckte Hänge einen kleinen, etwa 200 Meter (656 Fuß) hohen Berg bildeten. Sie war unbewohnt und nahezu bar jeder Vegetation. Die am Festland lebenden Einheimischen nannten sie die Tote Riesin, da der Kamm des langgezogenen, niedrigen Berges einer in totengleichem Schlummer liegenden Frauengestalt ähnelte. Die Sonne, deren Licht ihr ein überirdisches Strahlen verlieh, trug ein übriges zu diesem Eindruck bei.

Kurz darauf landeten die prächtig gewandeten Mannschaften mit ihren Flößen an einem schmalen, kiesübersäten Strand, der zu einem engen Felseinschnitt führte. Sie holten die gewebten Segel ein, auf denen riesige Fabelwesen prangten, Abbilder, welche die lähmende Angst und Ehrfurcht der einheimischen Betrachter noch verstärkten, und begannen damit, große Binsenkörbe und Tonkrüge zu entladen.

Den ganzen langen Tag über wurde die Fracht in einem riesigen, aber ordentlichen Haufen am Strand gestapelt. Als am Abend die Sonne im Westen versank, war das Eiland von der Küste aus nicht mehr einzusehen. Nur mehr das schwache Flackern der Lichter konnte man in der Dunkelheit erkennen. Doch in der Morgendämmerung des neuen Tages ruhte die Flotte noch immer am Gestade, und der hohe Hügel aus Frachtgut war unangetastet.

Am Gipfel des Berges auf der Insel waren Steinmetzen eifrig am

Werk, die einen mächtigen Felsblock in Angriff nahmen. Während der nächsten sechs Tage und Nächte schlugen und hämmerten sie mit bronzenen Brechstangen und Meißeln mühsam auf den Stein ein, bis dieser allmählich die Gestalt eines geflügelten Jaguars mit dem grimmigen Haupt einer Schlange annahm. Als das Werk vollendet war, schien das groteske Tier förmlich von dem großen Felsen zu springen, auf dem es thronte. Während die Steinmetzen dergestalt beschäftigt waren, trugen die anderen nach und nach die schwerbeladenen Körbe und Krüge davon, bis keine Spur mehr davon zu sehen war.

Eines Morgens blickten die Eingeborenen dann über das Wasser zu der Insel und stellten fest, daß sie verlassen war. Die rätselhaften Menschen aus dem Süden waren mitsamt ihrer Flotte aus Flößen verschwunden, im Schutze der Dunkelheit davongesegelt. Nur die mächtige steinerne Jaguarschlange mit den gefletschten Giftzähnen im weit aufgerissenen Rachen und den geschlitzten Augen, die über das riesige Land aus endlosen Hügeln jenseits des beschaulichen Meeres blickten, kündete von ihrer Fahrt.

Rasch siegte die Neugier über die Furcht. Am folgenden Nachmittag paddelten vier Männer aus dem größten Dorf entlang der Küste des Binnenmeeres, die sich mit einem kräftigen heimischen Gebräu Mut angetrunken hatten, in einem Einbaum über das Wasser, um die Insel zu erkunden. Nachdem sie an dem schmalen Strand gelandet waren, sah man sie in den engen Felseinschnitt vordringen, der in das Innere des Berges hineinführte. Den ganzen Tag lang und bis weit in den nächsten hinein warteten ihre Freunde und Verwandten voller Sorge auf ihre Rückkehr. Doch die Männer wurden nie wieder gesehen. Selbst ihr Einbaum blieb verschollen.

Die Furcht der Einheimischen nahm zu, als plötzlich ein schwerer Sturm über das beschauliche Meer fegte und es in eine tosende See verwandelte. Wolken, schwärzer, als je einer der Menschen dort sie gesehen, verdunkelten die Sonne. Mit der erschreckenden Dunkelheit ging ein fürchterlicher Wind einher, der die See in Schaum verwandelte und die Küstendörfer verwüstete. Es war, als sei ein Krieg unter den Mächten des Firmaments ausgebrochen. Mit unglaublicher Wut raste das tobende Wetter über die Küste hinweg. Die Einheimischen hegten keinerlei Zweifel, daß die Götter des

Himmels und der Dunkelheit, geführt von der Jaguarschlange, sie für ihr Eindringen bestrafen wollten. Flüsternd sprachen sie davon, daß diejenigen, die es wagen, die Insel zu betreten, verflucht seien.

Dann zog der Sturm so unverhofft, wie er gekommen war, am Horizont davon, und eine merkwürdige Stille breitete sich aus, als der Wind erstarb. Gleißend strahlte die Sonne auf das Meer herab, das wieder so ruhig war wie eh und je. Kurz darauf erschienen Möwen und kreisten über etwas, das am sandigen Strand der Ostküste angespült worden war. Als die Menschen das reglose Ding im zurückweichenden Wasser liegen sahen, näherten sie sich wachsam und blieben stehen, gingen dann vorsichtig weiter und sahen es sich genauer an. Sie stöhnten auf, als sie erkannten, daß es sich um die Leiche eines der Fremden aus dem Süden handelte. Er trug nur ein prunkvolles, besticktes Gewand. Die goldene Gesichtsmaske, der Helm und die Armreife waren verschwunden.

Alle, die der schaurigen Szene beiwohnten, starrten erschrocken auf den Leichnam. Im Gegensatz zu den dunkelhäutigen Einheimischen mit ihrem blauschwarzen Haar hatte der Tote weiße Haut und blonde Haare. Leblos starrten seine blauen Augen ins Leere. Aufrecht wäre er einen guten halben Kopf größer gewesen als die erstaunten Menschen, die ihn nun betrachteten.

Zitternd vor Furcht trugen sie ihn vorsichtig zu einem Kanu und betteten ihn sanft hinein. Dann wurden zwei der tapfersten Männer auserkoren, die den Leichnam zu dem Eiland bringen sollten. Kaum am Strand angelangt, legten sie ihn eilends in den Sand und paddelten wie wild zurück zur Küste. Noch Jahre nachdem jene, die das denkwürdige Ereignis miterlebt hatten, gestorben waren, ragte das gebleichte Skelett aus dem Sand; eine grausige Warnung an alle, sich von der Insel fernzuhalten.

Man flüsterte einander zu, der Wächter der goldenen Krieger, die geflügelte Jaguarschlange, habe die vorwitzigen Männer verschlungen, die in sein Heiligtum eingedrungen waren, und niemand wagte es jemals wieder, seinen Zorn herauszufordern, indem er den Fuß auf die Insel setzte. Das Eiland hatte etwas Unheimliches, fast schon Gespenstisches an sich. Es wurde zu einer heiligen Stätte, von der man nur mit gedämpfter Stimme sprach und die man nie aufsuchte.

Wer aber waren die goldenen Krieger, und woher kamen sie?

Warum waren sie in das Binnenmeer gesegelt, und was taten sie dort? Die Augenzeugen mußten sich mit dem bescheiden, was sie gesehen hatten – es gab keine Erklärung dafür. Aus Mangel an Wissen wurden Mythen geboren. Sagen entstanden und erhielten neue Nahrung, als das Land ringsum von einem gewaltigen Erdbeben erschüttert wurde, das die Dörfer an der Küste zerstörte. Als das Beben nach fünf Tagen endlich abklang, war das Binnenmeer verschwunden, und dort, wo sich einst die Küste befunden hatte, war nur mehr ein breiter Gürtel aus Muscheln verblieben.

Die geheimnisvollen Eindringlinge fanden bald Aufnahme in das religiöse Brauchtum und wurden zu Göttern. Im Laufe der Zeit entstanden immer mehr Geschichten von ihrem jähen Erscheinen und Verschwinden und gerieten wieder in Vergessenheit, bis sie nur mehr undeutliche Bruchstücke in der von Generation zu Generation weitergegebenen religiösen Überlieferung eines Volkes waren, das in einem verwunschenen Land lebte, über dem unerklärliche Phänomene dräuten wie der Rauch über einem Lagerfeuer.

Sintflut

Capitán Juan de Anton, ein schwermütiger Kastilier mit grünen Augen und einem sorgsam gestutzten schwarzen Bart, spähte durch das Fernrohr zu dem fremden Schiff in seinem Kielwasser und hob leicht überrascht die Augenbrauen. Eine zufällige Begegnung, so fragte er sich, oder ein geplantes Abfangmanöver?

De Anton war unterwegs von Callao de Lima nach Panama, wo die Reichtümer des Königs zum Transport über den Isthmus auf Maultiere umgeladen und dann per Schiff über den Atlantik zu den Goldkammern von Sevilla gebracht werden sollten. Er hatte nicht damit gerechnet, auf der letzten Etappe seiner Fahrt einer anderen Schatzgaleone zu begegnen. Rumpf und Takelage des Fremden, der ihm anderthalb Seemeilen achteraus folgte, deuteten, soweit er das erkennen konnte, auf ein in Frankreich gebautes Schiff hin. Auf den karibischen Handelsrouten gen Spanien hätte de Anton jeglichen Kontakt mit anderen Schiffen gescheut, doch sein Argwohn ließ etwas nach, als er die mächtige Flagge erspähte, die an einem langen Mast am Heck wehte. Dort prangte, ebenso wie auf seiner Standarte, die im Wind knatterte, das wehrhafte rote Kreuz auf weißem Grund, Spaniens Banner im sechzehnten Jahrhundert. Dennoch war ihm leicht unbehaglich zumute.

De Anton wandte sich an Luis Torres, seinen Ersten Offizier und Steuermann. »Wofür haltet Ihr sie?«

Torres, ein großer, bartloser Galicier, zuckte mit den Schultern. »Für eine Schatzgaleone ist sie zu klein. Ich halte sie für ein Kauffahrteischiff mit Wein aus Valparaíso, das genau wie wir den Hafen von Panama anläuft.«

»Meint Ihr nicht, es könnte sich um einen Feind Spaniens handeln?«

»Unmöglich. Kein feindliches Schiff hat es jemals gewagt, den Seeweg durch das tückische Labyrinth der Magellanstraße um Südamerika herum zu befahren.«

De Anton nickte beifällig. »Da keinerlei Gefahr besteht, daß es sich um Franzosen oder Engländer handelt, wollen wir beidrehen und sie begrüßen.«

Torres gab den Befehl an den Rudergänger weiter, der von einem Aufbau am Oberdeck aus über das Kanonendeck hinwegblickte und den Kurs bestimmte. Er bediente eine waagerecht an einer senkrechten Achse angebrachte Stange, mit der sich das Ruder drehen ließ. Die *Nuestra Señora de la Concepción*, die größte und prächtigste Schatzgaleone der Pazifikarmada, neigte sich gen Backbord und ging auf Gegenkurs nach Südwest. Ein kräftiger, von der Küste her wehender Ostwind füllte ihre neun Segel, so daß ihr fünfhundertsiebzig Tonnen schwerer Rumpf mit geruhsamen fünf Knoten durch die Dünung pflügte.

Trotz ihres majestätischen Aussehens, des Schnitzwerks und der bunten, kunstvollen Bemalung beiderseits des erhöhten Achterdecks und des Bugkastells war die Galeone ein widerstandsfähiger Schiffstyp, überaus robust und seetüchtig, eine Art Arbeitstier unter den Seefahrzeugen ihrer Zeit. Und wenn es darum ging, die kostbaren Schätze in ihren Frachträumen zu verteidigen, konnte sie notfalls auch den besten Freibeutern einer feindlichen Seefahrernation trotzen.

Auf den ersten Blick wirkte die Galeone wie ein bedrohliches, waffenstarrendes Kriegsschiff, doch bei genauerem Hinsehen ließ sich ihre eigentliche Bestimmung als Handelsschiff nicht verhehlen. Ihre Kanonendecks waren mit Geschützpforten für nahezu fünfzig vierpfündige Kanonen versehen. Doch da die Spanier sich im Glauben wiegten, der Südpazifik sei ihr höchsteigenes Gewässer, und weil ihres Wissens nach dort noch nie eines ihrer Schiffe von einem fremden Kaperfahrer angegriffen oder aufgebracht worden war, führte die *Concepción* lediglich zwei Kanonen mit. Durch diese leichte Bewaffnung wurde die Tonnage gesenkt, so daß sie mehr Fracht aufnehmen konnte.

Capitán de Anton, der sich nun sicher war, daß seinem Schiff keinerlei Gefahr drohte, spähte erneut durch sein Fernrohr auf das rasch näher kommende Schiff. Es kam ihm überhaupt nicht in den Sinn, seine Besatzung sicherheitshalber in Gefechtsbereitschaft zu versetzen.

Er hatte nicht die geringste Ahnung, nicht einmal ein vages Vorgefühl, daß es sich bei dem Schiff, zu dem er hatte beidrehen lassen, um die *Golden Hind* unter dem Befehl von Englands umtriebigem Seeräuber Francis Drake handelte. Dieser stand auf seinem Achterdeck und spähte seelenruhig und kühl wie ein Hai, der einer Blutspur folgt, durch sein Fernrohr zu de Anton.

»Verdammt aufmerksam von ihm, daß er beidreht und auf uns zuhält«, murmelte Drake, ein kampflustiger Mann mit wachem Blick, dunkelrotem Lockenhaar und einem hellen, sandfarbenen Spitzbart unter einem lang herabhängenden Schnäuzer.

»Das mindeste, was er tun kann, nachdem wir ihm schon seit zwei Wochen hinterherjagen«, erwiderte Thomas Cuttill, der Navigator der *Golden Hind.*

»Aye, aber diese Prise ist die Jagd wert.«

Bereits schwer mit Gold- und Silberbarren, einer kleinen Kiste mit Edelsteinen und kostbaren Tuchen beladen, die sie beim Aufbringen zahlreicher spanischer Schiffe erbeutet hatte, nachdem sie als erstes englisches Segelschiff in den Pazifik vorgedrungen war, kämpfte sich die *Golden Hind*, einst *Pelican* genannt, durch die Wogen wie ein Beagle auf der Jagd nach dem Fuchs. Sie war ein solides, gedrungenes Schiff mit einer Gesamtlänge von 31 Metern (102 Fuß) und einer Wasserverdrängung von hundertvierzig Tonnen, das sich ausgezeichnet segeln und leicht steuern ließ. Rumpf und Masten waren alles andere als neu, aber nach einer längeren Überholung in Plymouth war sie für eine Fahrt ausgerüstet worden, die sie in fünfunddreißig Monaten über 55 000 Kilometer (34 000 Meilen) rund um die Welt führen sollte – eines der größten Seeabenteuer aller Zeiten.

»Möchtet Ihr ihren Kurs kreuzen und die spanischen Hunde unter Feuer nehmen?« erkundigte sich Cuttill.

Drake senkte sein langes Fernrohr, schüttelte den Kopf und grinste breit. »Weitaus höflicher wäre es, die Segel zu reffen und sie zu grüßen, wie es sich für echte Gentlemen gehört.«

Verständnislos starrte Cuttill seinen verwegenen Befehlshaber an. »Aber angenommen, sie haben beigedreht, um sich zum Kampf zu stellen?«

»Verdammt unwahrscheinlich, daß ihr Kapitän eine Ahnung hat, wer wir sind.«

»Sie ist doppelt so groß wie wir«, beharrte Cuttill.

»Laut den Seeleuten, die wir in Callao de Lima gefangennahmen, führt sie nur zwei Kanonen mit. Die *Hind* ist mit achtzehn bestückt.«

»Spanier!« versetzte Cuttill. »Die lügen noch mehr als die Iren.«

Drake deutete zu dem Schiff, das sich ihnen arglos näherte. »Spanische Schiffskapitäne fliehen eher, als daß sie kämpfen«, erinnerte er seinen reizbaren Untergebenen.

»Warum halten wir uns dann nicht weiter entfernt und nehmen sie unter Beschuß, bis sie die Flagge streicht?«

»Wäre unklug, unsere Kanonen abzufeuern und zu riskieren, daß sie mit der ganzen Beute sinkt.« Drake klopfte Cuttill auf die Schulter. »Macht Euch keine Sorgen, Thomas. Wenn meine List gelingt, können wir unser Pulver sparen und uns auf unsere kräftigen Engländer verlassen, die geradezu auf ein gutes Gefecht brennen.«

Cuttill nickte verstehend. »Dann wollt Ihr also längsseits gehen und sie entern?«

Drake nickte. »Wir werden auf ihrem Deck sein, bevor ihre Mannschaft auch nur eine einzige Muskete laden kann. Sie wissen es noch nicht, aber sie segeln geradewegs in die Falle.«

Kurz nach drei Uhr nachmittags drehte die *Nuestra Señora de la Concepción* bei und ging backbords der *Golden Hind* auf Parallelkurs nach Nordwest. Torres stieg über die Leiter zum Bugkastell seines Schiffes hinauf und schrie über das Wasser.

»Wie heißt Euer Schiff?«

Numa de Silva, ein portugiesischer Steuermann, den Drake nach dem Aufbringen von dessen Schiff vor der brasilianischen Küste in seine Dienste genommen hatte, erwiderte auf spanisch: »Die *San Pedro de Paula* aus Valparaíso.« So hatte ein Schiff geheißen, das Drake drei Wochen vorher gekapert hatte.

Abgesehen von ein paar wenigen, wie spanische Seeleute gekleideten Besatzungsmitgliedern, hatte Drake den Großteil seiner Männer unter Deck verborgen und sie mit Kettenhemden, allerlei Piken, Pistolen, Musketen und Entermessern ausgestattet. An langen, starken Tauen befestigte Enterhaken lagerten entlang dem Schanzkleid am Oberdeck. Armbrustschützen waren heimlich auf den Gefechtsmarsen an den Masten oberhalb der Großrahen in Stellung gegangen. Drake duldete keine Feuerwaffen auf den Gefechtsmarsen, da die Segel durch Musketenschüsse leicht in Flammen aufgehen konnten. Die Großsegel wurden eingeholt und festgemacht, damit die Armbrustschützen freie Sicht hatten. Erst dann wurde Drake wieder gelassener und wartete geduldig auf den Augenblick des Angriffs. Daß er nur achtundachtzig Engländer gegen die spanische Besatzung von nahezu zweihundert Mann aufbieten konnte, störte ihn nicht im geringsten. Es war weder das erste noch das letzte Mal, daß er gegen eine Übermacht antreten mußte. Sein berühmtes Gefecht wider die spanische Armada im Ärmelkanal stand ihm indes noch bevor.

Von seinem Ausguck aus bemerkte de Anton keinerlei ungewöhnliche Aktivität an Bord des anscheinend freundlich gesonnenen Handelsschiffes. Die Mannschaften verrichteten ihr Werk, ohne der *Concepción* ungewöhnlich große Aufmerksamkeit zu schenken. Der Kapitän lehnte, wie er feststellte, lässig an der Reling des Achterdecks und salutierte vor de Anton. Der Neuankömmling wirkte trügerisch unschuldig, während er sich unauffällig näher an die Schatzgaleone heranschob.

Als der Abstand zwischen den beiden Schiffen auf 30 Meter (97 Fuß) geschrumpft war, nickte Drake einmal kaum wahrnehmbar, und der beste Scharfschütze seines Schiffes, der verborgen auf dem Kanonendeck lag, feuerte seine Muskete ab und traf den Rudergänger der *Concepción* in die Brust. Gleichzeitig nahmen Armbrustschützen auf den Gefechtsmarsen die spanischen Seeleute in den Masten unter Beschuß. Dann, als die Galeone aus dem Ruder lief, befahl Drake seinem Steuermann, die *Hind* längsseits an den hochgezogenen Rumpf des größeren Schiffes zu bringen.

Als die Schiffe mit ächzenden Planken und Spanten aneinanderscheuerten, brüllte Drake: »Für die gute Königin Bess und England – bringt sie auf, meine Jungs!«

Enterhaken flogen über die Reling, verfingen sich scheppernd in

Schanzkleid und Takelage der *Concepción*, bis beide Schiffe auf Gedeih und Verderb miteinander verbunden waren. Mit infernalischem Geschrei stürmten Drakes Männer auf das Deck der Galeone, während seine Bordmusikanten mit dröhnenden Trommeln und schmetternden Trompetern das allgemeine Entsetzen noch verstärkten. Musketenkugeln und Pfeile prasselten auf die verstörten Spanier herab, die vor Schreck wie erstarrt waren.

Innerhalb weniger Minuten war alles vorbei. Ein Drittel der Besatzung der Galeone war tot oder verwundet, ohne auch nur einen Schuß zu ihrer Verteidigung abgegeben zu haben. Die übrigen, von Furcht und Verwirrung übermannt, sanken auf die Knie und ergaben sich, während Drakes Entertrupps sie beiseite stießen und unter Deck stürmten.

Drake, die Pistole in der einen Hand, das Entermesser in der anderen, stürmte hinauf zu Capitán de Anton. »Im Namen Ihrer Majestät, der Königin Elisabeth von England, ergebt Euch!« brüllte er über das Getöse hinweg.

Ungläubig und benommen, wie er war, übergab ihm de Anton sein Schiff. »Ich ergebe mich«, schrie er zurück. »Habt Gnade mit meiner Mannschaft.«

»Ich dulde keine Greueltaten«, beschied ihn Drake.

Nachdem die Engländer die Galeone in ihren Besitz gebracht hatten, wurden die Toten über Bord geworfen und die überlebenden und verwundeten Männer in einen Frachtraum gesperrt. Capitán de Anton und seine Offiziere wurden über eine zwischen den beiden Schiffen ausgelegte Planke an Bord der *Golden Hind* geleitet. Mit der ihm eigenen Höflichkeit, die er gegenüber Gefangenen stets an den Tag legte, führte Drake Capitán de Anton dann persönlich durch die *Golden Hind*. Anschließend bat er die Offiziere zu einem Galadiner samt Streichmusik, zu dem massives Silbergeschirr und die besten der unlängst erbeuteten spanischen Weine aufgetragen wurden.

Noch während des Mahls steuerten Drakes Männer die Schiffe gen Westen, abseits der spanischen Seewege. Am Morgen darauf drehten sie bei und refften die Segel, so daß die Schiffe zwar langsamer wurden, aber weiterhin so viel Fahrt machten, daß sie mit dem Bug die Wogen durchschnitten. Während der nächsten vier Tage schafften sie die phantastischen Schätze aus den Frachträumen der *Concepción* auf die *Golden Hind.* Die gewaltige Beute umfaßte dreizehn Kisten mit königlichen Silberplatten und Münzen, achtzig Pfund Gold- und sechsundzwanzig Tonnen Silberbarren, Hunderte von Truhen mit Perlen und Juwelen, größtenteils Smaragde, sowie eine große Menge an Verpflegung, darunter Obst und Zukker. Wie sich später herausstellen sollte, gelang es jahrzehntelang keinem anderen Piraten, eine derartig wertvolle Prise zu erbeuten.

Auf dem fremden Schiff gab es auch einen eigenen Frachtraum voller kostbarer und exotischer Kunstgegenstände der Inkas, die zur persönlichen Verfügung Seiner Katholischen Majestät, des Königs Philipp II. von Spanien, nach Madrid gebracht werden sollten. Voller Erstaunen betrachtete Drake die Kunstgegenstände. Dergleichen hatte er noch nie gesehen. Ein Teil des Frachtraumes war vom Boden bis zur Decke mit erlesen bestickten Textilien aus den Anden gefüllt. In Hunderten von Kisten lagerten kunstvolle Steinbildnisse und Keramikfiguren, dazwischen kostbare Meisterwerke aus Jade sowie großartige Mosaike aus Türkis und Perlmutt, allesamt aus den Heiligtümern der von Francisco Pizarro und den ihm nachfolgenden Heerscharen goldgieriger Konquistadoren überrannten andinen Hochkulturen geraubt. Vor Drake lagen die Zeugnisse einer überwältigenden Kunstfertigkeit, wie er sie sich nicht einmal hätte träumen lassen. Seltsamerweise handelte es sich bei dem Gegenstand, der ihn am meisten faszinierte, keineswegs um ein mit Edelsteinen verziertes Meisterwerk der Bildhauerkunst, sondern um ein eher schlichtes Kästchen aus Jade, dessen Deckel wie ein Männergesicht gestaltet war. Dieser maskenverzierte Deckel war so perfekt angepaßt, daß er das Kästchen nahezu luftdicht verschoß. Darin lag ein Gewirr aus langen, bunten Schnüren von unterschiedlicher Stärke, die mit über hundert Knoten versehen waren.

Drake nahm das Kästchen mit in seine Kabine und brachte fast einen ganzen Tag damit zu, das raffinierte Muster aus Schnüren zu untersuchen, die mit wiederum dünneren Schnüren in satten Farbtönen verbunden und in bestimmten Abständen geknotet waren. Als geschickter Navigator und begabter Amateurkünstler begriff Drake, daß es sich hierbei entweder um ein mathematisches Instrument oder um eine Methode zum Aufzeichnen und Festhalten von Zahlen und Daten handeln mußte. Die Sache faszinierte ihn. Es wollte ihm aber nicht gelingen, die Bedeutung der farbigen Schnüre und der unterschiedlichen Lage der Knoten zu enträtseln. Er kam sich vor wie ein Laie, der anhand einer Seekarte den Kurs bestimmen soll, ohne um die Bedeutung der Längen- und Breitengrade zu wissen.

Schließlich gab Drake auf und schlug das Jadekästchen in ein Leintuch. Dann rief er Cuttill zu sich.

»Der Spanier liegt deutlich höher im Wasser, seitdem der Großteil seiner Schätze umgeladen ist«, verkündete Cuttill aufgeräumt, als er die Kapitänskajüte betrat.

»Ihr habt doch die Kunstwerke nicht angerührt?« fragte Drake.

»Die bleiben, wie befohlen, im Frachtraum der Galeone.«

Drake erhob sich von seinem Arbeitstisch, ging zu dem großen Fenster und blickte hinüber zur *Concepción*. Ein beträchtliches Stück über der derzeitigen Wasserlinie konnte man noch immer die feuchten Stellen am Rumpf der Galeone erkennen. »Die Kunstschätze waren für König Philipp bestimmt«, sagte er. »Sie sollten lieber nach England gebracht und Königin Bess überreicht werden.«

»Die *Hind* ist bereits gefährlich überladen«, wandte Cuttill ein. »Wenn wir weitere fünf Tonnen aufnehmen, wird die See durch die unteren Geschützpforten lecken, und sie wird nicht mehr auf das Ruder ansprechen. Sie wird todsicher auflaufen, wenn wir durch die tosende Magellanstraße zurückfahren.«

»Ich gedenke nicht, durch die Straße zurückzukehren«, sagte Drake. »Statt dessen plane ich, gen Norden zu steuern und eine Nordwestpassage nach England zu suchen. Sollte dies nicht gelingen, werde ich auf Magellans Spuren über den Pazifik und um Afrika herumsegeln.«

»Die *Hind* wird England nie wiedersehen, nicht, wenn ihre Frachträume aus allen Nähten platzen.«

»Wir werden den Großteil des Silbers auf der Insel Cano vor der Küste Ecuadors abladen, wo wir es auf einer späteren Fahrt wieder aufnehmen können. Die Kunstgegenstände bleiben auf der *Concepción*.«

»Aber was wird dann aus Eurem Plan, sie der Königin zu schenken?«

»Der besteht weiterhin«, versicherte ihm Drake. »Ihr, Thomas, werdet zehn Mann von der *Hind* nehmen und mit der Galeone nach Plymouth segeln.«

Entsetzt breitete Cuttill die Arme aus. »Mit nur zehn Mann kann ich unmöglich ein Schiff von ihrer Größe segeln, nicht bei schwerer See.«

Drake ging zum Arbeitstisch zurück und tippte mit einem Messingzirkel auf einen Kreis, den er auf einer Seekarte eingezeichnet hatte. »Auf den Karten, die ich in Capitán de Antons Kabine fand, habe ich etwas nördlich von hier eine kleine Bucht an der Küste entdeckt, in der sich keine Spanier herumtreiben dürften. Ihr werdet dorthin segeln und sämtliche spanischen Offiziere und die verwundeten Besatzungsmitglieder absetzen. Überredet zwanzig weitere gesunde Seeleute dazu, sich Eurer Mannschaft anzuschließen. Ich werde dafür sorgen, daß Ihr ausreichend Waffen erhaltet, damit Ihr Euer Kommando ausüben und jeden Versuch der Spanier unterbinden könnt, das Schiff in ihre Gewalt zu bekommen.«

Cuttill wußte, daß jeder weitere Widerspruch zwecklos war. Mit einem starrköpfigen Mann wie Drake konnte man nicht debattieren. Mit einem resignierten Achselzucken fügte er sich in seinen Auftrag. »Selbstverständlich werde ich Euren Befehl ausführen.«

Drakes Miene war zuversichtlich, sein Blick freundlich. »Wenn jemand eine spanische Galeone zu den Kais von Plymouth segeln kann, Thomas, dann seid Ihr das. Ich fürchte, der Königin werden die Augen aus dem Kopf fallen, wenn Ihr ihr die Ladung aushändigt.«

»Das Vergnügen würde ich lieber Euch überlassen, Käpt'n.«

Drake versetzte Cuttill einen freundlichen Klaps auf die Schulter. »Nur keine Angst, alter Freund. Ich befehle Euch hiermit, mit einer hübschen Maid auf jeder Seite am Kai zu stehen und mich willkommen zu heißen, wenn die *Hind* heimkehrt.«

Bei Sonnenaufgang am folgenden Morgen befahl Cuttill der Mannschaft, die Leinen loszumachen, die die beiden Schiffe miteinander verbanden. Unter seinem Arm klemmte das in Tuch eingeschlagene

Kästchen, das er auf Drakes Geheiß hin persönlich der Königin übergeben sollte. Er trug es in die Kapitänskajüte und schloß es in einen Schrank. Dann kehrte er auf Deck zurück und übernahm den Befehl über die *Nuestra Señora de la Concepción*, die langsam von der *Golden Hind* forttrieb. Als die Segel gesetzt wurden, stand die Sonne so purpurn und strahlend am Himmel, daß die abergläubischen Matrosen auf beiden Schiffen meinten, sie sehe so rot wie ein blutendes Herz aus. In ihrer schlichten Denkweise betrachteten sie dies als ein böses Omen.

Drake und Cuttill winkten einander ein letztes Mal zu, als die *Golden Hind* auf Nordostkurs ging. Cuttill beobachtete das kleinere Schiff, bis es am Horizont verschwunden war. Er teilte Drakes Zuversicht nicht. Eine düstere Vorahnung befiel ihn.

Etliche Tage später segelten, nachdem auf Cano zahllose Tonnen Silberbarren und -münzen entladen worden waren und das Schiff wieder höher im Wasser lag, die robuste *Hind* und der verwegene Drake gen Norden zu einem Ort, der zweihundert Jahre später als Vancouver Island bekannt werden sollte ... bevor sie sich gen Westen, zu ihrer endlosen Reise über den Pazifik, wandten.

Weit im Süden halste und kreuzte die *Concepción* gen Osten, sichtete Land und erreichte am folgenden Tag spätabends die von Drake auf den spanischen Karten eingezeichnete Bucht. Der Anker wurde geworfen, und die Wachlichter wurden gesetzt.

Tags darauf, als die Sonne über den Anden herabbrannte, entdeckten Cuttill und seine Besatzung an einer weitläufigen Bucht ein großes Dorf, in dem über tausend Ureinwohner lebten. Unverzüglich befahl er seinen Männern, die spanischen Offiziere und Verwundeten an Land zu bringen. Zwanzig der besten Seeleute wurde das Zehnfache ihrer spanischen Heuer geboten, wenn sie dabei halfen, die Galeone nach England zu segeln, wo ihnen beim Anlegen die Freiheit zugesichert wurde. Freudig willigten alle zwanzig ein.

Kurz nach Mittag stand Cuttill auf dem Kanonendeck und beaufsichtigte das Landemanöver, als das Schiff plötzlich zu vibrieren begann, als würde es von einer Riesenhand geschüttelt. Jedermann starrte augenblicklich auf die langen Wimpel an den Mastspitzen, doch nur die Spitzen flatterten in einer leichten Brise. Dann wandten sich alle Blicke der Küste zu, wo am Fuße der Anden eine große Staubwolke aufstieg und sich in Richtung Meer zu bewegen schien. Ein fürchterliches, ohrenbetäubendes Donnern, das mit einem gewaltigen Beben der Erde einherging, erfüllte die Luft. Während die ebenso erstaunten wie faszinierten Männer noch dastanden und gafften, schienen sich die Hügel östlich des Dorfes zu heben und zu senken wie Brecher, die an einem flachen Strand auslaufen.

Die Staubwolke legte sich auf das Dorf und verschlang es. Über den Tumult hinweg ertönten die Schreie der Dorfbewohner und das Krachen ihrer zerberstenden und zusammenstürzenden Stein- und Adobehäuser. Keiner der Seeleute hatte jemals ein Erdbeben erlebt, und nur wenige wußten, daß es so etwas überhaupt gab. Die Hälfte der protestantischen Engländer und sämtliche katholischen Spanier sanken auf die Knie und beteten inbrünstig um Gottes Beistand.

Innerhalb von Minuten zog der Staub über das Schiff hinweg und trieb hinaus auf die See. Verständnislos starrten alle dorthin, wo kurz zuvor noch das rege Treiben eines blühenden Dorfes geherrscht hatte. Nun breiteten sich dort nichts als Ruinen aus. Schreie von unter den Trümmern begrabenen Menschen ertönten. Eine spätere Schätzung sollte ergeben, daß allenfalls fünfzig Einwohner die Katastrophe überlebt hatten. Voller Angst rannten die Spanier schreiend am Strand auf und ab und bettelten darum, zurück auf das Schiff gebracht zu werden. Cuttill, der all seine Sinne zusammennahm, kümmerte sich nicht um ihr Flehen, sondern rannte zur Reling und musterte die See ringsum. Bis auf eine leichte Dünung schien das Wasser unbeeinträchtigt durch den Alptraum, der über das Dorf hereingebrochen war.

Cuttill wollte mit einem Mal fort von dieser verwüsteten Küste und gab lauthals Befehl, die Galeone bereit zum Auslaufen zu machen. Die spanischen Gefangenen gehorchten nur zu bereitwillig und halfen den Engländern, die Segel zu setzen und den Anker zu lichten. Mittlerweile versammelten sich die Überlebenden aus dem Dorf am Strand und flehten die Besatzung der Galeone an, umzukehren, ihre Verwandten aus den Trümmern zu retten und sie an Bord des Schiffes in Sicherheit zu bringen. Doch sie stießen bei den Seeleuten, die nur um ihr eigenes Wohlergehen besorgt waren, auf taube Ohren.

Plötzlich erschütterte ein weiteres Erdbeben das Land, begleitet von einem noch ohrenbetäubenderen Donnern. Das Land wellte sich wie ein Teppich unter der Hand eines Riesen. Diesmal wich das Meer langsam zurück, so daß die *Concepción* strandete und der Meeresboden freigelegt wurde. Die Seeleute, von denen keiner schwimmen konnte, hatten eine schier übernatürliche Angst vor allem, was sich im Wasser befand. Nun starrten sie verwundert auf die Tausende von Fischen, die wie flügellose Vögel inmitten der Felsen und Korallen zappelten, wo die zurückweichende See sie liegengelassen hatte. Haie, Kraken und Myriaden kunterbunter tropischer Fische zuckten dort im Todeskampf durcheinander.

Ein ständiges Rumoren erschütterte die Erde, deren Kruste durch ein Seebeben barst, so daß der Meeresboden einbrach und eine gewaltige Senke entstand. Dann spielte die von allen Seiten in das riesige Loch einströmende See verrückt. Mit unglaublicher Geschwindigkeit türmten sich Millionen Tonnen Wasser zu einem gigantischen Gegenstrudel reiner Zerstörungskraft auf, bis der Kamm über 40 Meter (157 Fuß) hoch aufragte – ein Phänomen, das später unter dem Namen Tsunami bekannt werden sollte.

Den hilflosen Männern blieb keine Zeit, sich an einen festen Gegenstand zu klammern, ja nicht einmal zu einem inbrünstigen Gebet. Gelähmt und sprachlos angesichts des vor ihnen aufragenden Berges aus grünem und schaumweißem Wasser standen sie einfach da und sahen zu, wie die Flut brausend auf sie zugerast kam, als hätten sich alle Pforten der Hölle aufgetan. Nur Cuttill hatte die Geistesgegenwart, unter das schützende Deck mit der Ruderpinne zu rennen und seine Gliedmaßen um die lange hölzerne Achse zu schlingen.

Mit dem Bug voran wurde die *Concepción* von der gewaltigen Wasserwand erfaßt und senkrecht hinauf zu dem schäumenden Kamm gerissen. Sekunden später brachen die tobenden Elemente über sie herein, und sie befand sich inmitten des kochenden Strudels.

Nun, da der mächtige Strudel die *Concepción* fest im Griff hatte, wurde die Galeone mit rasender Geschwindigkeit auf die verwüstete Küste zu gerissen. Der Großteil der Besatzung wurde von den offenen Decks gespült und verschwand auf Nimmerwiedersehen.

Die unglücklichen Menschen am Strand und die Überlebenden, die sich aus den Trümmern des Dorfes freikämpften, wurden ersäuft wie Ameisen, über deren Bau ein plötzlicher Wasserschwall hereinbricht. Binnen Sekunden waren sie fortgeschwemmt, verschwunden in dem Chaos aus zerschmetterten Häusern und zerstörter Natur, das auf die Anden zugespült wurde.

Cuttill, der eine schier endlose Zeitspanne unter den hochaufragenden Wassermassen begraben war, hielt die Luft an, bis seine Lungen wie Feuer brannten, und klammerte sich an die Ruderpinne, als wäre er mit ihr verwachsen. Dann kämpfte sich das zähe alte Schiff, in allen Spanten ächzend und knarrend, langsam wieder an die Oberfläche.

Cuttill wußte nicht mehr, wie lange er in dem wirbelnden Strudel herumgeschleudert wurde. Der mächtige Sog hatte sämtliche Überreste des Dorfes ausradiert. Die wenigen klatschnassen Männer, die es irgendwie geschafft hatten, auf der zerschlagenen *Concepción* am Leben zu bleiben, wurden von Schrecken erfüllt, als sie die jahrhundertealten Mumien toter Inkas erblickten, die rings um das Schiff an die Oberfläche gespült wurden. Von der Riesenwoge aus den Ruhestätten eines längst vergessenen Gräberfeldes gerissen, starrten die erstaunlich gut erhaltenen Leiber der Toten blicklos zu den entsetzten Seeleuten, die nun keinerlei Zweifel mehr hegten, daß sie von sämtlichen Kreaturen der Hölle verflucht waren.

Cuttill versuchte die Ruderpinne zu bewegen, so als steuerte er das Schiff. Es war ein müßiges Unterfangen, da das Ruder gleich beim ersten Aufprall der Riesenwoge aus der Verankerung gerissen worden war. Voller Furcht vor den rund um die Galeone treibenden Mumien kämpfte er verbissen um sein Leben.

Doch das Schlimmste war noch längst nicht überstanden. Die wahnwitzige Kraft der Flutwelle erzeugte einen Strudel, der die Galeone mit derartiger Wucht herumwirbelte, daß die Masten über Bord krachten und die beiden Kanonen aus ihren Halterungen gerissen wurden, so daß sie in einem wilden, zerstörerischen Tanz über das Deck polterten. Einer nach dem anderen wurden die vor Furcht schier um den Verstand gebrachten Seeleute von der Lawine aus kochendem Wasser weggespült, bis nur mehr Cuttill übrig war. Die gewaltige Woge tobte und raste 8 Kilometer (5 Meilen) landeinwärts, entwurzelte und zerfetzte die Bäume, bis schließlich 100 Quadratkilometer (62 Quadratmeilen) Bodens verwüstet waren. Durch ihre Wucht schleuderte sie massive Felsbrocken vor sich her, als wären es Kieselsteine. Dann endlich stieß das mörderische Monstrum auf die Ausläufer der Anden und verlor allmählich an Kraft. Nun, da die Welle sich ausgetobt hatte, umschwappte sie den Fuß des Gebirges, bevor sie mit einem schmatzenden Saugen zurückströmte und eine Bahn der Zerstörung hinterließ, wie sie seit Anbeginn der Geschichte noch niemand erlebt hatte.

Cuttill spürte, wie die Galeone zur Ruhe kam. Er starrte über das mit heruntergestürzten Wanten und Balken übersäte Kanonendeck, konnte jedoch keine lebende Seele entdecken. Nahezu eine Stunde lang kauerte er vor Furcht, die mörderische Woge könne zurückkehren, unter der Ruderpinne, doch das Schiff blieb fest und ruhig liegen. Langsam und mit steifen Gliedmaßen begab er sich nach oben aufs Achterdeck und betrachtete das Ausmaß der Verwüstung.

Zu seiner Verwunderung lag die *Concepción* aufrecht inmitten eines plattgewalzten Dschungels auf trockenem Boden. Er schätzte, daß sie beinahe drei Seemeilen vom nächsten Gewässer entfernt sein mußte. Ihr Überleben verdankte sie offenbar nur ihrer robusten Bauweise sowie dem Umstand, daß sie auf die Woge zugesegelt war, als diese sie erfaßt hatte. Wäre sie von ihr weggesegelt, dann wäre die Wucht des Wassers über ihr hohes Heckkastell hereingebrochen und hätte sie zu Kleinholz zerschlagen. Sie hatte zwar durchgehalten, doch nun war sie nur mehr ein Wrack, dessen Kiel niemals wieder durchs Meer pflügen würde.

Das weit hinter ihm liegende Dorf war verschwunden. Selbst die Trümmer waren ins Meer gespült worden, und da, wo es einst gestanden hatte, breitete sich nun ein weiter Sandstrand aus. Es war, als hätte es die Menschen und ihre Häuser nie gegeben. Der ganze Dschungel war mit Leichen übersät, und Cuttill hatte den Eindruck, an manchen Stellen lägen sie bis zu 3 Metern (10 Fuß) hoch. Zahllos hingen sie in grotesker Haltung in den geknickten Zweigen der Bäume, der Großteil davon bis zur Unkenntlichkeit zerschürft und zerschlagen.

Cuttill konnte kaum glauben, daß er das einzige menschliche

Wesen war, das diese Sintflut überstanden hatte. Doch nirgendwo konnte er eine lebende Seele entdecken. Er dankte Gott für seine Gnade und bat um weiteren Beistand. Er war vierzehntausend Seemeilen von England entfernt gestrandet und befand sich inmitten eines von Spaniern beherrschten Teils der Welt, die nur zu gern einen der verhaßten englischen Piraten foltern und hinrichten würden, sollten sie ihn jemals in die Hände bekommen. Seine Aussichten auf ein langes Leben waren wahrlich nicht rosig. Cuttill gab sich keinerlei Hoffnung hin, jemals auf dem Seeweg nach Hause zurückkehren zu können. Er gelangte zu dem Entschluß, daß es für ihn nur eine Möglichkeit gab, die eine geringe Aussicht auf Erfolg bot: Er mußte über die Anden ziehen und sich gen Osten durchschlagen. Sobald er erst die brasilianische Küste erreicht hatte, bestand die Chance, daß er auf einen englischen Seeräuber stieß, der die portugiesischen Schiffahrtswege heimsuchte.

Am darauffolgenden Morgen baute er eine Trage für seine Seemannskiste und füllte sie mit Nahrungsmitteln und Wasser aus der Kombüse des Schiffes, Bettzeug, zwei Pistolen, einem Pfund Schießpulver, genügend Kugeln, Feuersteinen, Wetzstahl, einem Sack Tabak, einem Messer und einer spanischen Bibel. Dann brach Cuttill, der ansonsten nichts als seine Kleidung am Leibe trug, mit seiner Trage in Richtung des über den Gipfeln der Anden dräuenden Nebels auf. Doch zuvor warf er noch einen letzten Blick auf die verlassene *Concepción* und fragte sich, ob es vielleicht die Götter der Inka waren, die diese Katastrophe verursacht hatten.

Nun haben sie ihre heiligen Relikte zurück, dachte er, und von mir aus können sie sie auch behalten. Das uralte Jadekästchen mit dem seltsamen Deckel kam ihm in den Sinn. Er verspürte nicht den geringsten Neid auf die Männer, die es irgendwann finden und erneut stehlen würden.

Drake, der im Triumph nach England zurückkehrte, traf am 26. September 1580 mit der vor Beute überquellenden *Golden Hind* in Plymouth ein. Doch er fand keine Spur von Thomas Cuttill und der *Nuestra Señora de la Concepción*. Seine Geldgeber erhielten viertausendsiebenhundert Prozent Gewinn auf ihre Investitionen, und der Anteil der Königin bildete die Grundlage zu künftiger britischer Größe. Im Verlauf eines üppigen Festgelages an Bord der in Greenwich vor Anker liegenden *Hind* wurde Drake von Königin Elisabeth zum Ritter geschlagen.

Das zweite Schiff, das die Welt umsegelt hatte, wurde zu einem beliebten Ausflugsziel. Drei Generationen lang konnte es bestaunt werden, bis es schließlich entweder verrottete oder bis auf die Wasserlinie niederbrannte. Anhand der historischen Aufzeichnungen läßt sich nicht genau feststellen, was mit ihm geschah, doch die *Golden Hind* verschwand auf jeden Fall in den Fluten der Themse.

Sir Francis Drake setzte seine Beutezüge weitere sechzehn Jahre lang fort. Auf einer seiner späteren Fahrten eroberte er die Häfen von Santo Domingo und Cartagena, wurde Admiral der Flotte Ihrer Majestät, Bürgermeister von Plymouth und Mitglied des Parlamentes. Und 1588 unternahm er schließlich den kühnen Angriff auf die große spanische Armada. Der Tod ereilte ihn 1596 während eines Raubzuges auf spanische Schiffahrtswege und Häfen am mittelamerikanischen Festland. Nachdem er der Ruhr erlegen war, wurde er in einen Bleisarg gebettet und in der Nähe von Portobelo, Panama, im Meer versenkt.

Bis zu seinem Tod verging kaum ein Tag, an dem Drake nicht über das Verschwinden der *Concepción* und das Rätsel des geheimnisvollen Jadekästchens mit den Knotenschnüren nachgrübelte.

ERSTER TEIL

Knochen und Kronen

1

Das Skelett lag rücklings in den Ablagerungen am Boden des tiefen Wasserloches, als ruhte es auf einer weichen Matratze, und die leeren Augenhöhlen des Schädels starrten blicklos durch das Dämmerlicht zur 36 Meter (120 Fuß) entfernten Oberfläche. Ein entsetzlich rachsüchtiges Grinsen schien um die blanken Zähne zu spielen, als eine kleine Wasserschlange ihren Kopf unter dem Brustkorb hervorstieß und sich dann in einer winzigen Wolke aus Schlick davonwand. Der eine Arm wurde durch den in den Schlamm eingesunkenen Ellbogen aufrecht gehalten, so daß es schien, als winkte die Hand unbesonnenen Eindringlingen mit knochigen Fingern zu.

Herrschte am Boden der Doline ein trostloses Graubraun, so wurde das Wasser nach oben, zur Sonne hin, immer heller, bis es schließlich durch die in der tropischen Hitze gedeihende Wasserpest erbsensuppengrün gefärbt war. Von Rand zu Rand maß sie 30 Meter (98 Fuß), und die Wände fielen 15 Meter (49 Fuß) steil zum Wasser ab. War ein menschliches Wesen oder ein Tier erst einmal hineingestürzt, konnte es ohne Hilfe von außen nicht mehr entrinnen.

Das tiefe Wasserloch inmitten des Kalksteins – ein Zenote, wie es in der Fachsprache genannt wurde – strahlte etwas Abstoßendes aus, eine widerwärtige Bedrohung, die die Tiere spürten und sich ihm deshalb nicht weiter als bis auf fünfzig Meter näherten. Eine grausige Todesahnung hing über dieser Stätte, und dies zu Recht. Der Ort war mehr als nur ein heiliger Brunnen, in dessen düsteres Wasser man bei lang anhaltender Dürre oder schweren Unwettern Männer, Frauen und Kinder als Opfer geworfen hatte. In uralten Legenden und Sagen wurde er als ein Sitz böser Götter bezeichnet, an dem sich eigenartige und unaussprechliche Geschehnisse zutrugen. Auch gab es Geschichten über seltene Kunstwerke, Handarbeiten und Skulpturen sowie Schätze aus Jade, Gold und kostbaren Edelsteinen, die angeblich in das furchtbare Loch geworfen worden waren, um die bösen Götter, die Unwetter verursachten, zu besänftigen. Im Jahre 1964 waren zwei Taucher in die Tiefen dieser Doline vorgedrungen und nicht wieder zurückgekehrt. Man hatte keinerlei Versuch unternommen, ihre Leichen zu bergen.

Die Geschichte dieses Wasserloches begann im Kambrium, als die Gegend, in der es lag, Teil eines uralten Meeres war. Im Verlauf der folgenden geologischen Zeitalter bildeten die sterblichen Überreste zahlloser Generationen von Schalentieren und Korallen eine gewaltige Masse aus Kalk und Sand, die zu einer zwei Kilometer starken Schicht Kalkstein und Dolomit zusammengepreßt wurde. Dann, vor etwa fünfundsechzig Millionen Jahren, hob sich die Erde, und die Anden wurden zu ihrer heutigen Höhe aufgefaltet. Der aus dem Gebirge herabströmende Regen bildete ein riesiges unterirdisches Wasserbecken, das den Kalkstein nach und nach ausspülte. Dort, wo es sich in Tümpeln ansammelte, fraß sich das Wasser nach oben, bis die Erdoberfläche einbrach, so daß eine Doline entstand.

In der feuchten Luft über dem Dschungel rings um diesen Einbruchtrichter zog ein Kondor träge seine Kreise. Sein Blick ruhte ungerührt auf einer Gruppe Menschen, die am Rande des Zenote arbeiteten. Mit seinen 3 Meter (10 Fuß) messenden, anmutig gewölbten Schwingen nutzte er geschickt die Luftströme aus. Mühelos schwang sich der mächtige schwarze Vogel mit der weißen Halskrause und dem kahlen, rosigen Schädel aufwärts, während er das Treiben am Boden verfolgte. Als er sich schließlich davon überzeugt hatte, daß hier kein Mahl zu erwarten war, stieg der Geier zur weiteren Beobachtung in noch größere Höhen, bevor er auf der Suche nach Aas gen Osten entschwebte.

An diesem heiligen Brunnen hatten sich viele, noch ungeklärte Kontroversen entzündet, und nun hatten sich Archäologen hier versammelt, um in die geheimnisumwitterte Tiefe hinabzutauchen und die dort vermuteten Kunstgegenstände zu bergen. Die uralte Stätte befand sich unterhalb eines hohen Bergrückens in der Nähe einer großen Ruinenstadt am Westhang der peruanischen Anden. Die nahe gelegenen Steinbauten stammten von den Chachapoyas, einem Volk, das einen weitläufigen Verbund indianischer Stadtstaaten gegründet hatte, die etwa um das Jahr 1480 nach Christus von den Inkas erobert und ihrem Reich angegliedert worden waren.

Der Staatenbund der Chachapoyas umfaßte etwa 400 Quadratkilometer (250 Quadratmeilen). Heute liegen die Städte mit ihren Tempeln, Festungsanlagen und Gehöften in einer weitgehend unerforschten, stark bewaldeten Gebirgslandschaft. Die Ruinen dieser großen Zivilisation deuten auf eine unglaublich rätselhafte Vermischung von Kulturen weitestgehend unbekannter Herkunft hin. Die Herrscher oder der Ältestenrat der Chachapoyas, ihre Architekten, Priester, Soldaten und die einfachen Bauern oder Stadtbewohner hatten keinerlei Aufzeichnungen über ihr Alltagsleben hinterlassen. Und auch die Archäologen mußten erst noch erforschen, wie ihre Verwaltungsbürokratie, ihr Rechtssystem und ihr religiöses Brauchtum ausgesehen hatten.

Dr. Shannon Kelsey, die mit großen, weit aufgerissenen braunen Augen und hochgezogenen Brauen in das reglose Wasser starrte, war viel zu aufgeregt, um den kalten Hauch des Todes zu spüren. Obwohl sie, entsprechend gekleidet und zurechtgemacht, eine sehr attraktive Frau war, strahlte sie eine eher kühle und zurückhaltende Selbstgenügsamkeit aus, die auf die meisten Männer beunruhigend wirkte, zumal sie ihnen mit herausfordernder Keckheit in die Augen blicken konnte. Sie hatte glattes, mittelblondes Haar, das mit einem roten Tuch zu einem Pferdeschwanz zusammengebunden war, und ihr Gesicht sowie Arme und Beine waren tief gebräunt. Sie trug einen Badeanzug aus schwarzem Lycra, der ihre üppige, an eine Sanduhr erinnernde Figur bestens zur Geltung brachte, und bewegte sich so fließend und anmutig wie eine balinesische Tempeltänzerin.

Dr. Kelsey, mittlerweile Ende Dreißig, war vor über zehn Jahren der faszinierenden Kultur der Chachapoyas erlegen. Auf fünf früheren Expeditionen hatte sie bereits bedeutende archäologische Fundstätten erkundet und erforscht und eine Anzahl großer Bauwerke und Tempel vom alles überwuchernden Pflanzenbewuchs befreit. Als angesehene, auf andine Kulturen spezialisierte Archäologin hatte sie sich voller Leidenschaft dem Aufspüren von Überbleibseln einer ruhmreichen Vergangenheit verschrieben. Ihre derzeitige Arbeit an einem Ort, der Blüte und Niedergang eines rätselhaften und längst vergessenen Volkes bezeugt hatte, war durch ein Stipendium der archäologischen Fakultät der University of Arizona ermöglicht worden.

»Sinnlos, eine Videokamera mitzunehmen, es sei denn, das Wasser wird nach zwei Metern klarer«, sagte Miles Rodgers, der Fotograf, der das Unternehmen filmisch begleitete.

»Dann nimm wenigstens einen Fotoapparat mit«, sagte Shannon entschieden. »Ich möchte Aufzeichnungen von jedem Tauchgang, egal, ob wir weiter als bis zu unserer Nasenspitze sehen können oder nicht.«

Der neununddreißigjährige Rodgers, ein Mann mit üppigem schwarzem Haar und Bart, war ein altgedienter Profi auf dem Gebiet der Unterwasserfotografie. Seine Unterwasseraufnahmen von Fischen und Korallenriffen waren bei sämtlichen großen Wissenschafts- und Reisemagazinen begehrt. Seine außergewöhnlichen Bilder von Schiffswracks aus dem Zweiten Weltkrieg, die im Südpazifik lagen, und uralten, versunkenen Häfen im Mittelmeerraum hatten ihm zahlreiche Preise und die Achtung seiner Kollegen eingetragen.

Ein großer, schlanker Mann um die Sechzig mit einem silbergrauen Bart, der sein halbes Gesicht bedeckte, hielt Shannons Preßluftflaschen, so daß sie die Arme durch die Schultergurte der Tragevorrichtung stecken konnte. »Ich wünschte, Sie würden damit warten, bis wir mit dem Bau des Tauchschlittens fertig sind.«

»Das dauert noch zwei Tage. Wenn wir jetzt eine Voruntersuchung durchführen, sparen wir Zeit.«

»Dann warten Sie wenigstens, bis die anderen Taucher von der Universität eintreffen. Wenn Sie und Miles in Schwierigkeiten geraten, kann Ihnen niemand helfen.«

»Keine Sorge«, sagte Shannon entschlossen. »Miles und ich wollen nur einen kurzen Tauchgang unternehmen, um die Tiefe und die Wasserverhältnisse zu erkunden. Wir werden nicht länger als dreißig Minuten unter Wasser sein.«

»Und gehen Sie auf keinen Fall tiefer als fünfzehn Meter«, ermahnte sie der Ältere.

Shannon lächelte ihren Kollegen Dr. Steve Miller von der University of Pennsylvania an. »Und wenn wir nach fünfzehn Metern nicht auf Grund stoßen?«

»Wir haben fünf Wochen Zeit. Es besteht keinerlei Anlaß, zappelig zu werden und einen Unfall zu riskieren.« Millers Stimme war tief und ruhig, doch die darin mitschwingende Besorgnis war unüberhörbar. Er war einer der führenden Anthropologen seiner Zeit und hatte sich während der letzten dreißig Jahre der Erforschung rätselhafter Kulturen verschrieben, die in den höher gelegenen Regionen der Anden entstanden waren und sich bis hinab in die Dschungel des Amazonasbeckens ausgebreitet hatten. »Gehen Sie auf Nummer Sicher, untersuchen Sie die geologische Beschaffenheit der Dolinenwände und tauchen Sie dann wieder auf.«

Shannon nickte, spuckte in ihre Tauchermaske und verrieb den Speichel auf der Innenseite des Glases, damit es nicht beschlug. Danach spülte sie die Maske mit Wasser aus einer Feldflasche aus. Nachdem sie ihre Tarierweste festgezurrt und den Bleigurt umgeschnallt hatte, überprüften sie und Rodgers ein letztes Mal gegenseitig ihre Ausrüstung. Nachdem sie sich vergewissert hatte, daß alles in Ordnung und ihr digitaler Tauchcomputer richtig programmiert war, lächelte Shannon Dr. Miller zu.

»Bis gleich, Doc. Stellen Sie einen Martini kalt.«

Der Anthropologe schlang einen breiten Riemen unter ihren Armen durch, der an langen Nylonseilen befestigt war, die von zehn peruanischen Jungakademikern gesichert wurden. Sie hatten gerade ihr Studium der Archäologie an der Universität abgeschlossen und sich freiwillig zu dem Projekt gemeldet. »Runterlassen, Leute«, befahl Dr. Miller den sechs Jungen und vier Mädchen.

Langsam ließen sie die Leinen durch die Hände gleiten, als die Taucher zu ihrem Abstieg in das unheilschwangere Loch ansetzten. Shannon und Rodgers streckten die Beine aus und stießen sich mit den Spitzen ihrer Schwimmflossen von den scharfkantigen Kalksteinwänden ab. Deutlich konnten sie die zähflüssige Schicht an der Wasseroberfläche erkennen, die etwa so einladend wirkte wie eine Wanne voll grünem Schleim. Der Geruch nach Moder und Verwesung war schier überwältigend. Shannons Aufregung angesichts des Ungewissen schlug jählings in eine düstere Vorahnung um.

Als sie nur mehr 1 Meter (etwa 3 Fuß) von der Wasseroberfläche entfernt waren, nahmen sie beide die Mundstücke ihrer Lungenautomaten zwischen die Zähne und gaben den besorgt von oben herabstarrenden Gesichtern ein Zeichen. Dann schlüpften Shannon und Miles aus dem Geschirr und verschwanden in dem abstoßenden Schleim.

Nervös lief Dr. Miller am Rande des Wasserloches auf und ab und blickte alle paar Minuten auf seine Uhr, während die Studenten fasziniert in den grünen Schleim hinabspähten. Fünfzehn Minuten vergingen, ohne daß ein Zeichen von den Tauchern zu sehen war. Plötzlich verschwanden die Blasen der Ausatmungsluft aus ihren Lungenautomaten. Verzweifelt rannte Dr. Miller am Brunnen auf und ab. Hatten sie etwa eine Höhle entdeckt, in die sie eingedrungen waren? Er wartete zehn Minuten, dann rannte er zu einem nahe gelegenen Zelt und stürzte hinein. Fieberhaft machte er sich an einem tragbaren Funkgerät zu schaffen und rief das Hauptquartier und Nachschublager der Expedition in der kleinen, etwa 90 Kilometer (56 Meilen) weiter südlich gelegenen Stadt Chachapoyas. Beinahe augenblicklich vernahm er die Stimme von Juan Chaco, dem Generalinspekteur für archäologische Forschungen in Peru und Direktor des Museo de la Nación in Lima.

»Juan hier. Sind Sie das, Doc? Was kann ich für Sie tun?«

»Dr. Kelsey und Miles Rodgers wollten unbedingt einen ersten Tauchgang in den Opferbrunnen unternehmen«, entgegnete Dr. Miller. »Ich glaube, wir haben es mit einem Notfall zu tun.«

»Die sind in diese Jauchegrube gestiegen, ohne auf das Taucherteam der Universität zu warten?« fragte Chaco in einem seltsam gleichgültigen Ton.

»Ich wollte es ihnen ausreden.«

»Wann sind sie ins Wasser gegangen?«

Dr. Miller blickte erneut auf seine Uhr. »Vor siebenundzwanzig Minuten.«

»Wie lange wollten sie unten bleiben?«

»Sie wollten nach dreißig Minuten wieder auftauchen.«

»Dann ist ja noch Zeit.« Chaco seufzte. »Und wo liegt das Problem?«

»Wir haben seit zehn Minuten keine Luftblasen mehr gesehen.«
Chaco hielt den Atem an und schloß eine Sekunde lang die
Augen. »Klingt gar nicht gut, mein Freund. So war das nicht ge-
plant.«

»Können Sie vielleicht das Taucherteam per Hubschrauber vor-
ausschicken?« fragte Dr. Miller.

»Nicht möglich«, erwiderte Chaco hilflos. »Die sind noch auf der
Anreise aus Miami. Ihr Flugzeug soll erst in etwa vier Stunden in
Lima eintreffen.«

»Wir können keine Einmischung durch die Regierung riskieren.
Jedenfalls nicht jetzt. Können Sie dafür sorgen, daß schleunigst ein
Trupp Rettungstaucher zu dem Wasserloch gebracht wird?«

»Der nächste Marinestützpunkt befindet sich in Trujillo. Ich
werde den Kommandeur alarmieren und die erforderlichen Schritte
unternehmen.«

»Viel Erfolg, Juan. Ich bleibe in der Nähe des Funkgeräts.«

»Halten Sie mich auf dem laufenden, falls es etwas Neues geben
sollte.«

»Das werde ich garantiert tun«, sagte Dr. Miller grimmig.

»Mein Freund?«

»Ja?«

»Sie werden schon durchkommen«, versuchte Chaco ihn zu trö-
sten, doch seine Stimme klang hohl. »Rodgers ist ein erstklassiger
Taucher. Er macht keine Fehler.«

Miller sagte nichts. Es gab nichts mehr zu sagen. Er unterbrach
die Verbindung mit Chaco und eilte zurück zu der Gruppe schwei-
gender Studenten, die voller Entsetzen in das Wasserloch hinab-
starrte.

In Chachapoyas zog Chaco ein Taschentuch heraus und wischte
sich über das Gesicht. Er war ein ordnungsliebender Mensch. Unvorhergesehene Schwierigkeiten irritierten ihn. Falls die beiden
törichten Amerikaner ertrunken waren, würde die Regierung eine
Untersuchung einleiten. Trotz Chacos Einfluß war es den peruanischen Medien zuzutrauen, daß sie den Vorfall kräftig aufbauschten.
Die Folgen könnten sich durchaus als verhängnisvoll erweisen.

»Alles, was wir jetzt gebrauchen können«, murmelte er vor sich
hin, »sind zwei tote Archäologen in dem Loch.«

Dann griff er mit zitternden Händen zum Funkgerät und schickte einen dringenden Notruf in den Äther.

2

Eine Stunde und fünfundvierzig Minuten waren verstrichen, seit Shannon und Miles in den Opferbrunnen hinabgetaucht waren. Jeder Versuch, sie jetzt noch zu retten, schien müßig. Nichts konnte Shannon und Miles nun noch helfen. Ihre Atemluft war längst verbraucht, sie mußten einfach tot sein. Zwei weitere Tote, die zu den unzähligen Opfern, die im Laufe der Jahrhunderte in diesem düsteren Gewässer verschwunden waren, hinzukamen.

Mit vor Verzweiflung schriller Stimme hatte Chaco Dr. Miller mitgeteilt, daß die peruanische Marine nicht auf einen Notfall vorbereitet war. Ihr Rettungs- und Bergungsteam befand sich auf einer Übung weit im Süden, nahe der chilenischen Grenze. Sie waren nicht in der Lage, ihre Taucher samt Ausrüstung vor Sonnenuntergang per Flugzeug zu dem Wasserloch zu befördern. Chaco reagierte auf diese Zeitverzögerung ebenso ohnmächtig und hilflos wie Dr. Miller. Man befand sich in Südamerika, und Geschwindigkeit war hier selten oberstes Gebot.

Eine der Studentinnen hörte es zuerst. Sie legte die Hände an die Ohren und drehte sich hin und her wie eine Radarantenne. »Ein Hubschrauber!« verkündete sie aufgeregt und deutete durch die Baumwipfel in Richtung Westen.

Erwartungsvolle Stille kehrte ein, als am Rand des Loches jeder lauschte. Das gedämpfte Knattern der Rotorblätter näherte sich und wurde von Minute zu Minute lauter. Einen Augenblick später kam ein türkisfarbener Helikopter mit den Buchstaben NUMA auf dem Rumpf in Sicht.

»Wo kommt der denn her?« fragte sich Dr. Miller, der neuen Mut faßte. Der Kennzeichnung nach zu urteilen, gehörte er offensichtlich nicht der peruanischen Marine. Es mußte sich um ein ziviles Fluggerät handeln.

Die von den Rotorblättern verdrängte Luft peitschte die umstehenden Bäume, als der Helikopter auf einer kleinen Lichtung neben dem Wasserloch zur Landung ansetzte. Die Landekufen waren noch in der Luft, als die Tür im Rumpf aufging und ein großer Mann mit welligen schwarzen Haaren behende zu Boden sprang. Er trug einen dünnen, beinfreien Neopren-Anzug zum Tauchen in warmen Gewässern. Ohne die jungen Leute zu beachten, ging er direkt auf den Anthropologen zu.

»Dr. Miller?«

»Ja, ich bin Miller.«

Mit einem freundlichen Lächeln streckte der Fremde die schwielige Hand aus. »Tut mir leid, daß wir nicht schneller kommen konnten.«

»Und wer *sind* Sie?«

»Mein Name ist Dirk Pitt.«

»Sie sind Amerikaner«, stellte Miller mit einem Blick in das kantige Gesicht fest, in dem selbst die Augen zu lächeln schienen.

»Leiter für Spezialprojekte bei der NUMA, der U.S. National Underwater and Marine Agency. Meines Wissens werden zwei Ihrer Taucher in einer Unterwasserhöhle vermißt.«

»In einem Einbruchtrichter«, korrigierte ihn Dr. Miller. »Dr. Shannon Kelsey und Miles Rodgers verschwanden vor zwei Stunden im Wasser und sind nicht wieder aufgetaucht.«

Pitt ging zu dem Rand des Loches, starrte auf das stehende Gewässer hinab und stellte sofort fest, daß die Bedingungen für einen Tauchgang alles andere als reizvoll waren. Das Loch war außen schleimgrün und wurde zur Mitte hin pechschwarz, was auf eine große Tiefe schließen ließ. Alles deutete darauf hin, daß bei dem Unternehmen allenfalls Leichen geborgen werden konnten. »Nicht gerade einladend«, sagte er nachdenklich.

»Woher kommen Sie eigentlich?« fragte Dr. Miller.

»Die NUMA führt derzeit westlich von hier eine geologische Untersuchung des Küstenschelfes durch. Das Hauptquartier der peruanischen Marine hat über Funk Taucher für eine Rettungsaktion angefordert, und wir haben uns gemeldet. Offensichtlich sind wir als erste eingetroffen.«

»Wie wollen Sie als Ozeanograph, als Wissenschaftler, ein Rettungs- und Bergungsunternehmen in einem solchen Höllenloch durchführen?« versetzte Dr. Miller, der auf einmal wütend wurde.

»Unser Forschungsschiff verfügt über die notwendige Tauchausrüstung«, erklärte Pitt ungerührt. »Ich bin kein Wissenschaftler, sondern Spezialist für Unterwassertechnologie. Ich hatte zwar nur ein paar Unterrichtsstunden in Unterwasserrettung, bin aber ein ziemlich guter Taucher.«

Bevor der entmutigte Miller etwas erwidern konnte, erstarb der Motor des Helikopters, die Rotorblätter kamen zum Stillstand, und ein kleiner, breitschultriger Mann mit dem mächtigen Brustkasten eines Hafenarbeiters zwängte sich durch die Ausstiegsluke und kam näher. Er wirkte wie das genaue Gegenstück zu dem großen, schlanken Pitt.

»Mein Freund und Kollege Al Giordino«, stellte Pitt ihn vor.

Giordino neigte die dunkle Lockenmähne und sagte einfach: »Hallo.«

Dr. Miller schaute an ihnen vorbei durch die Cockpitverglasung und stöhnte verzweifelt auf, als er keine weiteren Passagiere darin sitzen sah. »Zwei Mann, nur zwei Mann. Mein Gott, man braucht mindestens ein Dutzend Männer, wenn man sie da herausholen will.«

Pitt blieb bei Dr. Millers Ausbruch völlig ungerührt. Verständnisvoll blickte er den Anthropologen mit seinen grünen Augen an, von denen eine geradezu magnetische Kraft ausging. »Vertrauen Sie mir, Doc«, sagte er in einem Ton, der jeden weiteren Einwand unterband. »Al und ich können es schaffen.«

Innerhalb weniger Minuten und nach einer kurzen Einsatzbesprechung war Pitt bereit zum Abstieg in das Loch. Er trug eine Vollgesichtsmaske vom Typ Exo-26 von Diving Systems International mit einem besonders für das Tauchen in verschmutzten Gewässern geeigneten exothermischen Lungenautomaten. Die Kopfhörer waren an ein Tauchfunkgerät vom Typ MK1-DCI von Ocean Technology Systems angeschlossen. Er trug ein Zweiflaschentauchgerät mit einem Volumen von zweimal achtundzwanzig Litern, eine Tarierweste und eine Reihe von Instrumenten, die die Wassertiefe, den Luftdruck und die Himmelsrichtung anzeigten. Während er letzte Vorbereitungen traf, verband Giordino eine starke Kermantle-Kommunikations- und Sicherheitsleine aus Nylon mit Pitts Funkgerät und einem um seine Taille geschnallten Gurt mit Schnellabwurfverschluß. Diese Leine endete an einer großen Winde im Inneren des Hubschraubers und war an einen externen Verstärker angeschlossen. Nach einer letzten Überprüfung von Pitts Ausrüstung tätschelte Giordino ihm den Kopf und sprach in das Mikrofon des Kommunikationssystems.

»Sieht gut aus. Hörst du was?«

»Als ob du in meinem Kopf wärst«, antwortete Pitt, dessen Stimme dank des Verstärkers gut hörbar war. »Wie steht's mit mir?«

Giordino nickte. »Klar und deutlich. Ich überwache von hier aus deine für die Dekompression nötigen Austauchstufen und die Tauchzeit.«

»Verstanden.«

»Ich verlasse mich drauf, daß du mich ständig über deinen Standort und die Tauchtiefe auf dem laufenden hältst.«

Pitt schlang die Sicherheitsleine um den einen Arm und ergriff sie mit beiden Händen. Dann zwinkerte er Giordino durch das Glas der Tauchermaske zu. »Okay, packen wir's an.«

Giordino winkte vier von Dr. Millers Studenten zu, die daraufhin die Winde abspulten. Anders als bei Shannon und Miles, die entlang der Dolinenwand hinuntergelassen worden waren, hatte Giordino die Nylonleine über das Ende eines abgestorbenen Baumstumpfes geschlungen, der etwa 2 Meter (6 Fuß) über den Rand der steilen Grube ragte, so daß Pitt hinabgelangte, ohne mit dem Kalkstein in Berührung zu kommen.

Für einen Mann, der seinen Freund unter Umständen vorzeitig in den Tod schickte, dachte Dr. Miller, wirkte Giordino unglaublich ruhig und tüchtig. Er kannte Pitt und Giordino nicht, hatte noch niemals etwas von dem legendären Paar gehört. Er wußte nicht, daß es sich um außerordentliche Männer handelte, die seit beinahe zwanzig Jahren allerlei Abenteuer unter Wasser bestanden und einen fast untrüglichen Sinn für die Einschätzung der damit verbundenen Risiken entwickelt hatten. Frustriert verfolgte er daher diesen seiner Meinung nach vergeblichen Einsatz. Er beugte sich über den Rand der Doline und sah gespannt zu, wie Pitt sich der grünen Schicht auf der Wasseroberfläche näherte.

»Wie sieht's aus?« fragte Giordino über Funk.

»Wie die Erbsensuppe meiner Großmutter«, erwiderte Pitt.

»Probier sie lieber nicht.«

»Wäre mir nie in den Sinn gekommen.«

Sie beendeten ihr kurzes Gespräch, als Pitts Füße in die schleimige Flüssigkeit eintauchten. Als sie sich über seinem Kopf schloß, gab Giordino mehr Leine, damit Pitt genügend Bewegungsfreiheit hatte. Das Wasser war nur etwa zehn Grad kühler als bei einem heißen Bad. Pitt atmete durch den Lungenautomaten, drehte sich um, schlug mit den Flossen und tauchte hinab in die schlierige Welt des Todes. Der steigende Wasserdruck wirkte auf seine Trommelfelle ein, und er hielt sich durch die Maske hindurch die Nase zu und schneuzte sich zum Druckausgleich. Er schaltete die Birns-Oceanographic-Snooper-Leuchte ein, eine eigens für Tiefseetaucher entwickelte Handlampe, doch der Strahl vermochte die Düsternis kaum zu durchdringen.

Dann, mit einem Mal, hatte er die dichte Schleimschicht hinter sich und schwebte in kristallklarem Wasser über einem gähnenden Abgrund. Statt von den Algen zurückgeworfen zu werden, schoß der Lichtkegel plötzlich weit hinab in die Tiefe. Die plötzlich veränderten Bedingungen unterhalb der Schleimschicht verblüfften ihn zunächst. Er hatte das Gefühl, als schwimme er in der Luft. »Habe in einer Tiefe von vier Metern klare Sicht«, meldete er nach oben.

»Irgendein Zeichen von den anderen Tauchern?«

Langsam schwamm Pitt einmal im Kreis herum. »Nein, nichts.«

»Kannst du Einzelheiten am Grund erkennen?«

»Einigermaßen«, antwortete Pitt. »Das Wasser ist so durchsichtig wie Glas, aber ziemlich dunkel. Der Schleim an der Oberfläche hält siebzig Prozent des Sonnenlichts ab. Entlang der Wände ist es etwas dunkel, deshalb muß ich systematisch suchen, damit ich die Leichen nicht verfehle.«

»Hat die Sicherheitsleine genug Spiel?«

»Laß sie nur leicht gespannt, damit sie mich beim Tiefergehen nicht behindert.«

Während der nächsten zwölf Minuten schwamm Pitt entlang der Wände des Wasserloches, stocherte in jede Höhlung und schraubte sich dabei korkenzieherartig hinab. Der vor Hunderten von Millionen Jahren abgelagerte Kalkstein war mit seltsamen, abstrakt gemusterten Mineralien durchsetzt. Er lag nun waagerecht im Wasser und schwamm mit langsamen, trägen Bewegungen, während er den Lichtstrahl vor sich hin- und herschwenkte. Der Eindruck, über einer bodenlosen Grube zu schwimmen, war überwältigend.

Schließlich hatte er den Boden des Opferbrunnens erreicht. Keinerlei Sand oder Vegetation, nur eine unebene Schicht aus eklig braunem Schlick, aus der ab und zu ein gräulicher Felsen ragte. »Bin bei etwas über sechsunddreißig Metern am Boden angelangt. Noch immer keine Spur von Kelsey oder Rodgers.«

Weit oben über dem Loch warf Dr. Miller Giordino einen verwirrten Blick zu. »Aber sie *müssen* da unten sein. Sie können doch nicht einfach verschwinden.«

Tief unten paddelte Pitt langsam über den Boden und achtete darauf, daß er sich einen guten Meter über den Felsen und vor allem dem Schlick hielt, der sonst unverhofft aufgewirbelt werden und ihm jede Sicht rauben könnte. War dies erst einmal geschehen, konnte der Schlick stundenlang im Wasser schweben, bevor er sich wieder am Boden absetzte. Unwillkürlich schauderte ihn. Das Wasser war unangenehm kalt geworden, als er die kühlere Schicht unter dem warmen Oberflächenwasser erreicht hatte. Er wurde langsamer, ließ sich treiben und blies gerade so viel Luft in seine Tarierweste, daß er mit leicht gesenktem Kopf und etwas höherliegenden Flossen im Wasser schwebte.

Vorsichtig streckte er die Hände aus und ließ sie behutsam in den braunen Schlamm sinken. Noch bevor ihm der Schlick bis über die Handgelenke reichte, stieß er auf gewachsenen Fels. Pitt fand es seltsam, daß die Schlammschicht so dünn war. Im Laufe der zahllosen Jahrtausende hätte durch die Erosion und die ständige Erdanschwemmung von oben eine mindestens 2 Meter (6 Fuß) dicke Schicht über dem felsigen Untergrund liegen müssen. Bewegungslos ließ er sich über ein Stück Boden treiben, das wie ein Feld voller gebleichter Äste aussah, die aus dem Schlick ragten. Er ergriff eines der knorrigen Stücke, schälte es aus dem schlammigen Grund und stellte plötzlich fest, daß er die Wirbelsäule eines vor urdenklicher Zeit geopferten Menschen vor sich hatte.

Giordinos Stimme drang durch die Kopfhörer. »Melde dich.«

»Tiefe siebenunddreißig Meter«, antwortete Pitt, während er das Stück Wirbelsäule wegschleuderte. »Der Boden des Loches ist das reinste Knochenfeld. Hier unten müssen an die zweihundert Skelette rumliegen.«

»Noch immer keine Spur von den Gesuchten?«

»Noch nicht.«

Pitt hatte das Gefühl, ein eisiger Finger streiche ihm über den Nacken, als er ein Skelett entdeckte, das mit knochiger Hand in die Düsternis deutete. Neben den blanken Rippenbögen lag ein rostiger Brustharnisch, während der Schädel noch immer in etwas steckte, was er für einen spanischen Helm aus dem sechzehnten Jahrhundert hielt.

Pitt meldete Giordino den Fund. »Sag Doc Miller, daß ich hier unten einen seit langem toten Spanier mitsamt Helm und Harnisch gefunden habe.« Dann ließ er, als würde ihn eine unsichtbare Kraft leiten, den Blick in die Richtung schweifen, in die der gekrümmte Knochenfinger deutete.

Dort lag eine weitere Leiche, aber diese war jüngeren Datums. Allem Anschein nach handelte es sich um einen Mann, der dort mit angezogenen Beinen und zurückgelegtem Kopf ruhte. Das Fleisch war noch nicht restlos verwest, sondern befand sich im Zustand der Saponifikation, wie man die Verseifung des Körperfetts bei unter Luftabschluß modernden Leichen bezeichnet.

Wegen der teuren Wanderstiefel, des um den Hals gebundenen roten Seidenschals und der silbernen, mit Türkisen besetzten Navajo-Gürtelschnalle kam Pitt sofort zu dem Schluß, daß es sich nicht um einen einheimischen Bauern handeln konnte. Doch wer immer er auch gewesen sein mochte, er war nicht mehr der Jüngste gewesen. Lange silberne Haarsträhnen von Kopf und Bart wogten in der Strömung, die durch Pitts Bewegungen erzeugt wurde. Ein breiter Schlitz am Hals verriet, woran er gestorben war.

Ein schwerer Goldring mit einem großen gelben Stein funkelte im Lichtstrahl der Unterwasserlampe. Pitt fiel ein, daß der Ring bei der Identifizierung der Leiche ganz nützlich sein könnte. Er unterdrückte den Würgereiz und streifte, während er ständig damit rechnete, daß von irgendwoher eine Schattengestalt auftauchte und ihn der Leichenfledderei bezichtigte, den Ring mühelos vom verwesenden Finger des Toten. Anschließend zog er, so abstoßend es ihm auch vorkam, den Ring durch den Schlick, um die Überreste des früheren Besitzers abzuwischen, und steckte ihn dann an seinen Finger, um ihn nicht zu verlieren.

»Ich habe noch einen«, berichtete er Giordino.

»Einen der Taucher oder einen alten Spanier?«

»Weder noch. Der wirkt nicht älter als ein paar Monate, allenfalls ein Jahr.«

»Willst du ihn bergen?« fragte Giordino.

»Jetzt nicht. Wir warten damit, bis wir Doc Millers Leute gefunden –« Pitt brach ab, als er plötzlich von einer gewaltigen Strömung erfaßt wurde, die aus einem unsichtbaren Durchlaß in der Wand auf der anderen Seite der Doline sprudelte und den Schlick wie eine Windhose aufwirbelte. Ohne die Sicherheitsleine wäre er von der Kraft des Strudels herumgewirbelt worden wie Herbstlaub im Wind. Auch so konnte er gerade noch seine Unterwasserlampe festhalten.

»Das war ja ein höllischer Ruck«, meldete sich Giordino besorgt. »Was treibst du?«

»Ich bin unverhofft von einer mächtigen Strömung erfaßt worden«, antwortete Pitt, der sich wieder beruhigt hatte und treiben ließ. »Das erklärt auch, weshalb die Schlammschicht so dünn ist. Sie wird in regelmäßigen Abständen von dem Strudel weggespült.«

»Wird wahrscheinlich von einem unterirdischen Wasserlauf erzeugt, in dem Druck entsteht, der sich dann in einer Strömung am Boden der Doline entlädt«, vermutete Giordino. »Sollen wir dich rausziehen?«

»Nein, laßt mich. Sicht liegt bei Null, aber anscheinend besteht keine unmittelbare Gefahr. Gib langsam mehr Sicherheitsleine. Wollen mal sehen, wohin mich die Strömung trägt. Da muß irgendwo ein Abfluß sein.«

»Zu gefährlich. Du könntest hängenbleiben und festsitzen.«

»Nicht, wenn sich die Sicherheitsleine nicht verheddert«, sagte Pitt leichthin.

Oben blickte Giordino auf die Uhr. »Du bist jetzt sechzehn Minuten unten. Wie steht's mit deiner Luft?«

Pitt hielt das Finimeter vor seine Gesichtsmaske. Im herumwirbelnden Schlick konnte er die Druckanzeige kaum lesen. »Genug für weitere zwanzig Minuten.«

»Ich geb' dir zehn. Danach mußt du bei deiner derzeitigen Tiefe auf die Austauchstufen achten.«

»Du bist der Boß«, willigte Pitt ein.

»Wie sieht's bei dir aus?«

»Kommt mir vor, als würde ich mit den Füßen voran in eine schmale Röhre gezogen. Ich kann die Wände rundum berühren. Glücklicherweise habe ich die Sicherheitsleine. Unmöglich, gegen die Strömung zu schwimmen.«

Giordino wandte sich an Dr. Miller. »Klingt so, als hätten wir einen Hinweis darauf, was mit Ihren Tauchern passiert ist.«

Aufgebracht schüttelte Dr. Miller den Kopf. »Ich habe sie gewarnt. Diese Tragödie hätte sich verhindern lassen, wenn sie nicht so tief hinabgetaucht wären.«

Pitt hatte das Gefühl, als würde er stundenlang durch den schmalen Schlitz gesogen, obwohl es sich nur um wenige Sekunden handeln konnte. Die Schlickwolke hatte sich etwas gelegt, und der Großteil war in dem tiefen Loch hinter ihm zurückgeblieben. Allmählich konnte er seine Umgebung wieder deutlicher erkennen. Laut Kompaß wurde er in südöstlicher Richtung davongetragen. Dann wichen die Wände plötzlich zurück und gaben den Blick auf eine riesige, unter Wasser stehende Kammer frei. Rechts unter sich sah er etwas im Schlamm aufblinken, irgend etwas Metallisches, in dem sich matt der vom Schlick gedämpfte Strahl der Unterwasserlampe spiegelte. Es war eine weggeworfene Preßluftflasche. Gleich daneben lag eine zweite. Er schwamm hin und warf einen Blick auf die Druckanzeigen. Die Nadel stand bei beiden auf Null. Er beschrieb mit der Unterwasserlampe einen Kreis und stellte sich darauf ein, die wie Geisterwesen in der Dunkelheit treibenden Leichen zu sehen.

Das kühle Wasser am Boden hatte an Pitts Kräften gezehrt, und er spürte, wie seine Bewegungen schwerfälliger wurden. Obwohl Giordinos Stimme nach wie vor so deutlich über die Kopfhörer kam, als stünde er neben ihm, schienen die Worte doch weniger verständlich zu werden. Pitt riß sich aus seiner Lässigkeit und zwang sich wieder zu höchster Konzentration. Als müßte er einen Fremden damit beauftragen, befahl er sich, die Meßgeräte, die Sicherheitsleine und den Auftrieb durch die Tarierweste zu überprüfen.

Er schärfte seine Sinne und bemühte sich um äußerste Wachsamkeit. Falls die Leichen in einen Nebengang gespült worden waren, dachte er, konnte es passieren, daß er einfach vorbeischwamm, ohne sie überhaupt wahrzunehmen. Doch eine rasche Suche förderte nichts als ein Paar abgelegter Schwimmflossen zutage. Pitt richtete die Unterwasserlampe nach oben und sah den glitzernden Widerschein an der Oberfläche, was darauf hindeutete, daß sich unter der Höhlendecke eine Lufttasche befand.

Außerdem entdeckte er ein Paar weiße Füße.

<h1 style="text-align:center">3</h1>

Kein Mensch kann sich vorstellen, wie schrecklich es ist, in der ewigen Stille einer kleinen Kammer, gefüllt mit jahrmillionenalter Luft, gefangen zu sein und tief unter der Erde in totaler Schwärze mit dem Erstickungstod zu ringen, ohne daß auch nur die geringste Aussicht besteht, daß man jemals wieder in die Außenwelt zurückfindet. Unter solchen Umständen zu sterben, ist mindestens ebenso grauenhaft, wie in eine dunkle Grube voller Schlangen geworfen zu werden.

Nachdem sich Shannons und Rodgers' anfängliche Panik gelegt hatte und sie wieder halbwegs vernünftig denken konnten, schwand jede Hoffnung auf Überleben, als die Luft in ihren Flaschen zur Neige ging und die Batterien ihrer Unterwasserlampen aufgebraucht waren. Schon nach kurzer Zeit schmeckte die Luft in der kleinen Tasche zwischen Fels und Wasseroberfläche faulig und verbraucht. Obwohl sie aufgrund des Sauerstoffmangels schwindlig und benommen waren, wußten sie doch, daß ihr Leiden erst dann enden würde, wenn diese nasse Kammer für immer zu ihrem Grab geworden wäre.

Die unterirdische Strömung hatte sie in die Höhle gesogen, nachdem Shannon das Knochenfeld entdeckt und aufgeregt zum Boden des Wasserloches getaucht war. Rodgers war ihr treu gefolgt, und trotz fieberhafter Anstrengungen war es ihm nicht gelungen, dem Sog zu entrinnen. Beim vergeblichen Versuch, einen anderen Ausgang aus der Kammer zu finden, hatten sie ihre restliche Atemluft aufgebraucht. Es gab keinen Ausweg, kein Entrinnen. Von ihren Tarierwesten an der Oberfläche gehalten, konnten sie sich nur mehr in der Dunkelheit treiben lassen und auf den Tod warten.

Rodgers war trotz seines Mutes in schlechter Verfassung, und Shannons Leben hing nur noch an einem dünnen Faden, als sie plötzlich einen flackernden Lichtschein unten in dem grausigen Wasser sah. Dann bohrte sich ein gelber Strahl durch die Oberfläche und tauchte die Höhle in gleißendes Licht. Spielte ihr benommener Verstand ihr einen Streich? Ließ sie sich etwa zu einer vergeblichen Hoffnung hinreißen?

»Man hat uns gefunden«, keuchte sie schließlich, als das Licht auf sie zukam.

Rodgers, dessen Gesicht grau vor Müdigkeit und von Verzweiflung gezeichnet war, starrte verdutzt und ohne jede Reaktion auf den näher kommenden Lichtstrahl. Durch den Mangel an Atemluft und die zermürbende Schwärze war er am Rand der Bewußtlosigkeit. Aber seine Augen waren geöffnet, er atmete noch, und trotz allem hielt er die Kamera noch immer fest umklammert. Er hatte das vage Gefühl, er dringe in jenen Tunnel aus Licht ein, von dem Menschen berichtet hatten, die dem Tod um Haaresbreite entronnen waren.

Shannon spürte, wie sich eine Hand um ihren Fuß legte, und dann stieß, weniger als eine Armeslänge entfernt, ein Kopf aus dem Wasser. Die Unterwasserlampe schien ihr genau in die Augen und blendete sie vorübergehend. Dann wanderte der Strahl zu Rodgers' Gesicht. Pitt, der sofort erkannte, um wen es schlimmer stand, faßte unter seinen Arm und ergriff einen zweiten Atemregler, der gesondert an der Doppelventilkombination seines Tauchgeräts angeschlossen war. Rasch steckte er Rodgers das Mundstück des Lungenautomaten zwischen die Lippen. Dann reichte er Shannon eine kleine Reserveflasche samt Atemregler, die an seinem Hüftgurt befestigt war.

Etliche tiefe Atemzüge später hatten die Eingeschlossenen wie durch ein Wunder neuen Mut gefaßt und frische Kraft getankt. Shannon fiel Pitt um den Hals, während Rodgers ihm so heftig die Hand schüttelte, daß er Pitt fast das Gelenk ausrenkte. Sprachlos vor Freude, ließen sie einige Augenblicke lang ihrer Euphorie und Erleichterung freien Lauf.

Erst als Pitt bewußt wurde, daß Giordino ihn über Funk rief und einen Lagebericht verlangte, meldete er nach oben: »Sag Doc Miller, daß ich die verirrten Lämmer gefunden habe. Sie leben, ich wiederhole: Sie sind am Leben und wohlauf.«

»Du hast sie?« drang Giordinos Stimme dröhnend aus Pitts Kopfhörern. »Sie sind nicht tot?«

»Ein bißchen blaß um die Kiemen, aber ansonsten in gutem Zustand.«

»Wie ist denn so etwas möglich?« murmelte Dr. Miller ungläubig.

Giordino nickte. »Der Doc möchte wissen, wie sie überlebt haben.«

»Die Strömung hat sie in eine Kammer mit einer Lufttasche unter der Decke geschwemmt. Zum Glück bin ich noch rechtzeitig gekommen. Noch ein paar Minuten, und sie hätten allen Sauerstoff aufgebraucht.«

Die Menschen, die dicht um den Verstärker herumstanden, waren auf diese Meldung hin wie erstarrt. Doch als sie die Neuigkeit schließlich begriffen hatten, machte sich Erleichterung breit, und die alte Ruinenstätte hallte wider von Applaus und Jubelrufen. Dr. Miller wandte sich ab, als müßte er sich die Tränen aus den Augen wischen, während Giordino gar nicht mehr aufhören konnte zu lächeln.

In der Kammer unten hatte Pitt den beiden anderen mittels Gesten klargemacht, daß er die Maske nicht abnehmen und mit ihnen sprechen konnte. Er bedeutete ihnen, daß sie sich per Handzeichen verständigen müßten. Shannon und Rodgers nickten, und dann beschrieb Pitt ihnen anschaulich und genau, wie er sie herauszuholen gedachte.

Da die beiden Taucher bis auf die Gesichtsmasken und die Tarierwesten ihre gesamte Tauchausrüstung weggeworfen hatten, war Pitt recht zuversichtlich, daß sie sich alle drei ohne Schwierigkeiten an seiner Funk- und Sicherheitsleine gegen die Strömung durch die enge Röhre zurück in die Doline ziehen lassen konnten. Laut Herstellerangaben sollten Nylonleine und Funkkabel mit bis zu dreitausend Kilo Gewicht belastet werden können.

Er bedeutete Shannon, sie solle den Anfang machen, einen Arm und ein Bein um die Leine schlingen und unterwegs aus der Reserveflasche atmen. Rodgers sollte es ihr gleichtun, während Pitt, der die Nachhut bilden wollte, so dicht bei ihm bleiben würde, daß der Reserveregler bis zu Rodgers' Mund reichte. Sobald sich Pitt davon überzeugt hatte, daß sie wieder leicht und ruhig atmeten, gab er Giordino Bescheid.

»Wir sind bereit und klar zur Bergung.«

Giordino wartete kurz ab, während er die jungen Archäologiestudenten betrachtete, die die Sicherheitsleine gepackt hatten, als ginge es um die Weltmeisterschaft im Tauziehen. Ein Blick auf ihre ungeduldigen Mienen, und ihm war klar, daß er ihre Aufregung und Begeisterung zügeln mußte, sonst würden die Taucher durch den engen Felsendurchbruch geschleift werden, daß sie hinterher aussähen wie durch den Fleischwolf gedreht. »Warte mal kurz. Sag mir deine Tiefe.«

»Ich bin knapp über siebzehn Meter. Viel höher als am Grund des Wasserloches. Der Gang, in den wir abgetrieben wurden, führt etwa zwanzig Meter nach oben.«

»Du bist hart an der Grenze«, teilte Giordino ihm mit, »aber die andern haben ihre Nullzeit längst überschritten. Ich rechne mal kurz nach und teile euch dann die Dekopausen mit.«

»Mach sie nicht zu lange. Wenn die Ersatzflasche erst mal leer ist, dauert's bei drei Leuten nicht lange, bis auch die restliche Luft in meinem Zweiflaschengerät aufgebraucht ist.«

»Gott bewahre! Wenn ich die Kids hier nicht am Schlafittchen halte, zerren sie euch so schnell da unten raus, daß ihr euch vorkommt wie 'ne Kanonenkugel.«

»Halte sie ein bißchen zurück.«

Giordino hob die Hand zum Zeichen dafür, daß die Studenten anfangen sollten zu ziehen. »Und auf geht's.«

»Platz für die Gaukler und die Narren«, antwortete Pitt gut gelaunt.

Die Sicherheitsleine wurde straff, und die langwierige, langsame Bergungsaktion begann. Das Rauschen des Wasserstrudels in der Felsröhre vermischte sich mit dem Blubbern der Luftblasen aus ihren Lungenautomaten. Pitt hatte nichts weiter zu tun, als die Leine zu umklammern, und so wurde er völlig gelöst und entspannt und ließ sich widerstandslos gegen die Unterwasserströmung ziehen, die durch den engen Spalt schoß wie Luft aus einem Venturirohr. Das hellere, vom Schlick getrübte Wasser am anderen Ende des Durchgangs schien meilenweit entfernt. Er verlor jedes Zeitgefühl und kam sich vor, als befände er sich schon eine halbe Ewigkeit unter Wasser. Nur dem steten Klang von Giordinos Stimme verdankte es Pitt, daß ihm die Realität nicht völlig entglitt.

»Gib Laut, wenn wir zu schnell ziehen«, befahl Giordino.

»Sieht gut aus«, antwortete Pitt, während er hörte, wie die Preßluftflaschen an der Höhlendecke entlangschabten.

»Wie hoch ist deiner Schätzung nach die Strömungsgeschwindigkeit?«

»Um die acht Knoten.«

»Kein Wunder, daß ihr so schwer rauszukriegen seid. Die zehn Kids hier oben ziehen sich fast die Seele aus dem Leib.«

»Noch sechs Meter, und wir sind hier durch«, teilte Pitt ihm mit.

Und dann noch eine, allenfalls anderthalb Minuten, in denen sie sich mit aller Kraft an die Sicherheitsleine klammern mußten, während sie von der alles zermalmenden Wucht der Strömung durchgeschüttelt wurden, und dann schossen sie mit einem Mal inmitten einer vom Boden des Opferbrunnens aufgewirbelten Schlickwolke aus der Felsröhre heraus. Noch eine Minute, dann wurden sie nach oben gezogen, weg von dem Sog am Boden und in klares, ungetrübtes Wasser. Pitt blickte hinauf, sah das Licht, das durch den grünen Schleim drang, und fühlte sich auf wunderbare Art erleichtert.

Als die Spannung der Sicherheitsleine plötzlich nachließ, wußte Giordino, daß sie aus dem Sog heraus waren. Er befahl, die Bergung zu unterbrechen, und rechnete auf seinem Laptop-Computer noch einmal die Dekompressionspausen nach. Für Pitt reichte eine Pause von acht Minuten, doch die Taucher der archäologischen Expedition mußten viel längere Austauchstufen einhalten, wenn sie nicht Gefahr laufen wollten, der berüchtigten Caissonkrankheit zu erliegen. Sie hatten sich über zwei Stunden lang in einer Tiefe von 17 bis 37 Metern (67 bis 122 Fuß) aufgehalten. Das erforderte mindestens zwei Dekopausen von über einer Stunde. War dafür noch genügend Luft in Pitts Flasche? Das war die Frage, die hier über Leben oder Tod entschied. Reichte sie noch für zehn Minuten? Für fünfzehn? Vielleicht gar für zwanzig?

Auf Meereshöhe, also bei atmosphärischen Druckverhältnissen, enthält der menschliche Körper etwa einen Liter Stickstoff. Atmet man aber über einen gewissen Zeitraum hinweg unter veränderten Druckverhältnissen, wie sie unter Wasser herrschen, so erhöht sich die Sättigung des Körpers mit Stickstoff auf zwei Liter bei zwei Atmosphären Druck (bei 10 Meter oder 30 Fuß Wassertiefe), drei Liter bei drei Atmosphären (20 Meter oder 60 Fuß) und so weiter. Während des Tauchvorganges löst sich der überschüssige Stickstoff im Blut, verteilt sich im ganzen Körper und wird dann im Gewebe abgelagert. Wenn ein Taucher mit dem Aufstieg beginnt, läuft das Ganze umgekehrt ab, nur daß es diesmal viel langsamer vor sich geht. Bei abnehmendem Wasserdruck wandert der überschüssige Stickstoff in die Lunge und wird dort abgeatmet. Wenn der Taucher jedoch zu schnell aufsteigt, kann diese Stickstoffübersättigung durch die normale Atmung nicht mehr ausgeglichen werden, und in Blut, Gewebe und Gelenken bilden sich Stickstoffbläschen, was zur sogenannten Caissonkrankheit, auch Taucherkrankheit genannt, führt, durch die in den letzten hundert Jahren Tausende von Tauchern starben oder zu Krüppeln wurden.

Schließlich stellte Giordino den Computer beiseite und rief Pitt. »Dirk?«

»Ich höre.«

»Schlechte Nachricht. Die Luft in deiner Flasche reicht für die notwendigen Dekopausen für die Lady und ihren Freund nicht aus.«

»Erzähl mir lieber was Neues«, meldete sich Pitt zurück. »Sind Reserveflaschen im Hubschrauber?«

»Leider nicht«, stöhnte Giordino. »Wir hatten es so eilig, vom Schiff wegzukommen, daß die Besatzung zwar einen Preßluftkompressor eingeladen, aber die Reserveflaschen vergessen hat.«

Pitt starrte durch seine Gesichtsmaske zu Rodgers, der noch

immer seine Kamera in der Hand hatte und Bilder schoß. Der Fotograf winkte ihm mit aufgerichtetem Daumen zu, als hätte er gerade den Billardtisch in seiner Stammkneipe abgeräumt. Pitts Blick wanderte zu Shannon. Mit ihren haselnußbraunen Augen schaute sie ihn durch die Tauchmaske so offen und zuversichtlich an, als wäre sie der Meinung, der Alptraum sei vorbei und ihr Held werde sie jetzt auf sein Schloß entführen. Sie hatte nicht begriffen, daß ihnen das Schlimmste erst noch bevorstand. Pitt bemerkte zum erstenmal, daß sie blonde Haare hatte, und plötzlich fragte er sich, wie sie wohl nur im Badeanzug, ohne die Tauchausrüstung, aussah.

Der Tagtraum war ebenso schnell vorbei, wie er gekommen war. Er besann sich wieder auf seine Pflichten und sprach in das in seiner Maske eingebaute Mikrofon. »Al, du hast gesagt, im Hubschrauber ist ein Kompressor.«

»Stimmt.«

»Laß den Werkzeugkasten runter. Er ist im Stauraum vom Hubschrauber.«

»Drück dich deutlicher aus«, drängte Giordino.

»Die Ventilkombination an meinen Preßluftflaschen«, erklärte Pitt hastig. »Das sind neue Prototypen, die die NUMA gerade erprobt. Ich kann sie unabhängig voneinander zudrehen und dann eins entfernen, ohne daß aus der anderen Flasche Luft entweicht.«

»Ich weiß, was du meinst, Mann«, unterbrach ihn Giordino. »Du montierst eine deiner beiden Flaschen ab und atmest aus der anderen. Ich zieh' die leere hoch und fülle sie mit dem Kompressor wieder auf. Dann wiederholen wir das Ganze, bis wir alle vorgeschriebenen Austauchstufen eingehalten haben.«

»Ein glorreicher Plan, meinst du nicht?« fragte Pitt voll düsterem Sarkasmus.

»Bestenfalls elementar«, grunzte Giordino, der seine Begeisterung gekonnt verhehlte. »Bleib siebzehn Minuten lang bei sechs Komma fünf Metern. Ich lass' dir den Werkzeugkasten an der Sicherungsleine runter. Ich hoffe bloß, dein Plan funktioniert.«

»Ohne jeden Zweifel.« Pitts Zuversicht schien echt. »Wenn ich wieder festen Boden unter den Füßen habe, erwarte ich, daß eine Dixieland-Band ›Waiting for the Robert E. Lee‹ spielt.«

»Verschone mich«, stöhnte Giordino.

Als er zum Helikopter rennen wollte, vertrat ihm plötzlich Dr. Miller den Weg.

»Warum haben Sie aufgehört?« wollte der Anthropologe wissen. »Meine Güte, Mann, worauf warten Sie denn noch? Ziehen Sie sie hoch!«

Giordino musterte den Anthropologen mit eisigem Blick. »Wenn wir sie jetzt an die Oberfläche ziehen, sterben sie.«

Miller sah ihn verdutzt an. »Sterben?«

»Die Taucherkrankheit, Doc, schon mal was davon gehört?«

Miller, der allmählich verstand, worum es ging, nickte langsam. »Tut mir leid. Bitte vergeben Sie einem aufgeregten alten Knochenkrämer. Ich werde Sie nicht mehr belästigen.«

Giordino lächelte verständnisvoll. Er setzte seinen Weg zum Helikopter fort und stieg hinein, ohne auch nur zu ahnen, daß Millers Worte so prophetisch waren wie ein Münzorakel.

Der Werkzeugkasten, in dem sich mehrere metrische Schraubenschlüssel, eine Zange, zwei Schraubenzieher und ein Geologenhammer mit einer kleinen Hacke am einen Ende befanden, war mit einem einfachen Palstek lose an der Sicherheitsleine verknotet und wurde an einer dünnen Schnur herabgelassen. Pitt hatte die Werkzeuge kaum in der Hand, als er sich sein Tauchgerät auch schon zwischen die Knie klemmte. Danach schloß er mit flinken Fingern das eine Ventil und montierte es mit dem Schraubenschlüssel von der Kombination ab. Als sich die eine Preßluftflasche löste, befestigte er sie an der Schnur.

»Hiev an«, gab Pitt durch.

In weniger als vier Minuten wurde die Flasche von hilfreichen Händen an der zweiten Leine hochgezogen, an den mit einem Dieselmotor betriebenen Kompressor angehängt und mit frischer Luft aufgefüllt. Mit Flüchen, gutem Zureden und Betteln versuchte Giordino den Kompressor dazu zu bringen, in Rekordzeit rund fünfzehnhundert Kilogramm Luft pro Quadratzoll in die Achtundzwanzig-Liter-Stahlflasche zu pumpen. Die Nadel auf dem Druckanzeiger stand kurz vor der Achthundert-Kilo-Marke, als Pitt ihn mahnte, daß Shannons Miniflasche leer sei und seine verbliebene Flasche nur mehr hundertachtzig Kilo enthalte. Da sie alle drei an dieser Flasche hingen, bleibe ihnen so gut wie keine Notreserve mehr. Giordino stellte den Kompressor ab, sobald knapp zwölfhundert Kilo Luft nachgefüllt waren, und ließ die Flasche dann unverzüglich wieder in die Doline hinab. Dies wurde insgesamt dreimal wiederholt, nachdem Pitt und die beiden anderen Taucher zu ihrer nächsten Dekompressionspause in einer Tiefe von drei Metern aufgestiegen waren, was hieß, daß sie es mehrere Minuten lang in dem Schleim aushalten mußten. Die ganze Sache verlief ohne jede Schwierigkeit.

Giordino ging auf Nummer Sicher. Er ließ fast vierzig Minuten verstreichen, bevor er durchgab, Shannon und Rodgers könnten jetzt unbesorgt auftauchen und sich aus dem Opferbrunnen ziehen lassen. Wie bedingungslos Pitt seinem Freund vertraute, ließ sich daran ermessen, daß er dessen Berechnungen nicht ein einziges Mal in Frage stellte. Pitt ließ Shannon den Vortritt und schnallte ihr den mit der Sicherheits- und Kommunikationsleine verbundenen Gurt um die Taille. Dann winkte er den über den Rand spähenden Gesichtern zu, und Shannon war unterwegs zu festem Boden.

Danach kam Rodgers. Die totale Erschöpfung, die ihn nach seiner hautnahen Begegnung mit dem Tod übermannt hatte, verflog angesichts des Hochgefühls, endlich aus diesem gottverfluchten schleimigen Mörderloch herausgezogen zu werden. Nie wieder, so schwor er sich, würde er dort hinabsteigen. Jetzt meldeten sich ein nagendes Hungerfühl und ein mächtiger Durst. Die Flasche Wodka fiel ihm ein, die er in seinem Zelt aufbewahrte, und er sehnte sich danach, als handelte es sich um den Heiligen Gral. Nun war er hoch genug, um die Gesichter von Dr. Miller und der peruanischen Archäologiestudenten erkennen zu können, und noch nie in seinem Leben hatte er sich so über den Anblick anderer Menschen gefreut. Er war viel zu aufgekratzt, um zu bemerken, daß keiner von ihnen lächelte.

Um so größer waren sein Erstaunen und Entsetzen über das Bild, das sich ihm bot, nachdem er über den Rand des Wasserloches gehievt worden war.

Dr. Miller, Shannon und die peruanischen Studenten wichen zurück, sobald Rodgers festen Boden unter den Füßen hatte. Er hatte kaum die Sicherheitsleine abgeschnallt, als er bemerkte, daß sie alle die Hände im Nacken verschränkt hatten.

Sie waren insgesamt zu sechst und hielten die in China hergestellten Sturmgewehre vom Typ 56-1 drohend und mit ruhiger Hand. Die sechs kleinen, schweigenden Männer, die Ponchos, Sandalen und Filzhüte trugen, hatten sich mit ausdruckslosen Gesichtern im Halbkreis um die Archäologen aufgestellt. Ihre argwöhnischen Blicke schossen zwischen Rodgers und der Gruppe der Gefangenen hin und her.

Shannons Ansicht nach waren diese Männer keinesfalls einfache Banditen aus den Bergen, die ihr mageres Einkommen dadurch aufbesserten, daß sie von Touristen Nahrungsmittel und Ausrüstungsgegenstände raubten und sie auf den Märkten verhökerten. Es mußte sich um gefühllose Killer des *Sendero Luminoso*, des Leuchtenden Pfades, handeln, einer revolutionären maoistischen Gruppe, die Peru bereits seit 1981 terrorisierte und Tausende unschuldiger Menschen getötet hatte, darunter hohe Politiker, Polizisten und Soldaten. Mit einem Mal übermannte sie das Entsetzen. Die Killer des Leuchtenden Pfades waren dafür berüchtigt, daß sie ihre Opfer mit Sprengstoff präparierten und sie in die Luft jagten.

Nachdem ihr Gründer und Anführer Abimael Guzmán im September 1992 gefaßt worden war, hatte sich die Guerillabewegung in zahlreiche unorganisierte Splittergruppen aufgespalten, deren blutrünstige Todeskommandos planlos Autobomben zündeten und Mordanschläge ausführten, die nichts als Trauer und Elend über das peruanische Volk brachten. Argwöhnisch und wachsam umstanden die Guerilleros nun ihre Gefangenen, und in ihren Augen sah Shannon sadistische Vorfreude aufflackern.

Einer von ihnen, ein älterer Mann mit einem gewaltigen, weit herabhängenden Schnurrbart, winkte Rodgers, er solle sich zu den anderen Gefangenen gesellen. »Sind da unten noch andere?« fragte er auf englisch, mit kaum wahrnehmbarem spanischen Akzent.

Dr. Miller zögerte und warf Giordino einen Seitenblick zu.

Giordino wies mit dem Kopf auf Rodgers. »Das war der letzte«, versetzte er trotzig. »Nur er und die Frau waren tauchen.«

Der Guerillero musterte Giordino mit leblosen, kohlschwarzen Augen. Dann trat er an den steil abfallenden Rand des Opferbrunnens und spähte hinab. Er sah einen Kopf mitten in der grünen Schleimsuppe. »Das ist gut«, sagte er finster.

Er nahm die ins Wasser führende Sicherheitsleine, zog die Machete aus seinem Gürtel und durchtrennte mit einem wuchtigen Hieb das an der Winde befestigte Tau. Dann verzog sich sein ausdrucksloses Gesicht zu einem grausamen Lächeln, während er das Ende der Leine einen Augenblick lang lässig über den Rand hielt, bevor er es in das tiefe Wasserloch hinabwarf.

4

Pitt kam sich vor wie der Trottel in einem Dick-und-Doof-Film, der brüllt, man möge ihn vor dem Ertrinken retten, und daraufhin beide Tauenden zugeworfen bekommt. Ungläubig starrte er auf die durchgetrennte Sicherheits- und Kommunikationsleine. Nicht genug, daß ihm sein Rettungsmittel auf den Kopf geworfen worden war, er hatte auch jede Verbindung mit Giordino verloren. Er trieb in dem grünen Schleim und hatte nicht die geringste Ahnung von dem brutalen Geschehen am Rande des Wasserloches. Nun löste er den Kinnriemen, mit dem die Vollgesichtsmaske an seinem Kopf befestigt war, nahm sie ab und starrte erwartungsvoll nach oben. Niemand blickte herab.

Pitt wollte bereits um Hilfe rufen, als ein gut sechzig Sekunden anhaltender Feuerstoß aus automatischen Waffen von den Wänden des Wasserloches widerhallte, wo er aufgrund der akustischen Eigenschaften des Steins zu einem ohrenbetäubenden Dröhnen verstärkt wurde. Dann brach das trockene Knattern genauso abrupt wieder ab, wie es begonnen hatte, und eine eigenartige Stille senkte sich auf den Dschungel herab. Pitts Gedanken drehten sich unablässig im Kreis. Das Ganze war ihm mehr als schleierhaft. Was ging da oben vor sich? Wer schoß da herum, und auf wen? Seine Besorgnis wuchs mit jeder Minute. Er mußte aus dieser Todesgrube heraus. Aber wie? Er war sich auch ohne Bergsteigerfibel darüber im klaren, daß es ohne die entsprechende Ausrüstung oder Hilfe von oben unmöglich war, die senkrecht aufragenden Wände zu bezwingen.

Giordino hätte ihn nie und nimmer im Stich gelassen, dachte er verzweifelt. Niemals – es sei denn, sein Freund war verletzt oder bewußtlos. Mit dem Gedanken, Giordino könne tot sein, wollte er sich gar nicht erst belasten. Besorgt und mit wachsender Verzweiflung schrie er nach oben, zum freien Himmel, und seine Stimme hallte von den Wänden wider. Er bekam nur Totenstille zur Antwort. Er konnte nicht begreifen, wie so etwas geschehen konnte. Es wurde immer offensichtlicher, daß er wohl oder übel aus eigener Kraft würde herausklettern müssen. Er schaute hinauf zum Himmel. Er hatte allenfalls noch zwei Stunden Tageslicht. Wenn er sich retten wollte, mußte er gleich anfangen. Aber was war mit den unbekannten Bewaffneten? Könnte es sein, daß sie so lange warteten, bis er schutzlos wie eine Fliege am Fenster in der Wand hing, bevor sie ihn abknallten? Oder hielten die ihn etwa schon für so gut wie tot? Er beschloß, sich lieber sofort um die Antworten zu kümmern. Nichts, nichts außer vielleicht der Drohung, in einen glühenden Vulkan geworfen zu werden, könnte ihn über Nacht in diesem heißen, schlierig-schleimigen Wasser halten.

Er ließ sich auf dem Rücken treiben, musterte die Wände, die bis hinauf zu den vorüberziehenden Wolken zu reichen schienen, und versuchte sich zu erinnern, was er vor mindestens hundert Jahren, so kam es ihm vor, in einem Geologieseminar auf dem College gelernt hatte. *Kalkstein: ein überwiegend aus Kalkspat, einer Verbindung aus kristallinem Kalzit und kohlensaurem Salz, bestehendes Sedimentgestein, das durch kalkausscheidende Organismen aus uralten Korallenriffen entstanden ist. Kalkstein findet man in unterschiedlichster Farbe und Beschaffenheit.* Nicht schlecht, dachte Pitt, für einen Schüler, der eine Zwei geschafft hat – in einem Seminar. Sein alter Lehrer wäre stolz auf ihn gewesen.

Er konnte sich glücklich schätzen, daß er es nicht mit Granit oder Basalt zu tun hatte. Der Kalkstein war mit lauter pockennarbenartigen Löchern übersät und von winzigen Rissen durchzogen. Er schwamm an den fast kreisrunden Wänden entlang, bis er zu einer Stelle kam, wo auf halbem Weg nach oben ein kleiner Felsvorsprung hervorragte. Er nahm sein Tauchgerät und die übrige Unterwasserausrüstung mit Ausnahme seines Zubehörgurtes ab und ließ sie auf den Grund des Wasserloches sinken. Lediglich die Zange und den Geologenhammer aus dem Werkzeugkasten behielt er bei sich.

Wenn schon sein bester Freund und die Archäologen da oben aus irgendeinem unerfindlichen Grund getötet oder verwundet worden waren und man ihn, Pitt, in diesem Loch in Gesellschaft der Geister früherer Opfer verrotten lassen wollte, dann wollte er wenigstens herausfinden, warum.

Zuerst zog er ein Tauchermesser aus der Scheide, die um seine Wade geschnallt war, und schnitt damit zwei Stränge von der Sicherheitsleine ab. Das eine Stück verknotete er an der verjüngten Stelle oben am Hammerstiel, knapp unter dem Kopf, so daß es über den breiteren Griff nicht nach unten wegrutschen konnte. Dann verknüpfte er das andere Ende zu einer Fußschlaufe.

Danach nahm er einen Haken von seinem Zubehörgurt und bog ihn mit der Zange zurecht, bis er wie ein C aussah. Dann befestigte er den Haken an dem zweiten Seilstück, in das er ebenfalls eine Fußschlaufe knotete. Als er damit fertig war, besaß er zwar primitive, aber durchaus funktionsfähige Hilfsmittel zum Klettern.

Jetzt kam der schwierige Teil.

Pitt war alles andere als ein erfahrener Bergsteiger. Die traurige Wahrheit lautete vielmehr, daß er noch nie einen Berg bestiegen hatte, außer auf einem gut begehbaren Pfad. Von Klettertechnik verstand er nicht mehr als das, was er im Fernsehen gesehen oder in Illustrierten gelesen hatte, und da ging es immer nur um irgendwelche Könner, die senkrechte Felswände hinaufkraxelten. *Sein* Element war das Wasser. Die Berge kannte er allenfalls von einem gelegentlichen Skiurlaub in Breckenridge, Colorado, her. Er konnte einen Ringhaken (ein Stahlnagel mit einem Ring am anderen Ende) nicht von einem Karabiner (ein ovaler Metallring mit Federverschluß, mit dem das Kletterseil am Abseilhaken befestigt wird) unterscheiden, und er hatte eine bestenfalls vage Vorstellung davon, daß man beim Abseilen ein Tau unter dem Oberschenkel hindurchzieht, um den Körper schlingt und über die andere Schulter laufen läßt.

Wahrscheinlich hätte jeder erfahrene Bergsteiger hundert zu eins gewettet, daß Pitt es nicht nach oben schaffen würde. Das Problem dabei war nur, daß Pitt viel zu starrköpfig war, um sich von mangelnden Erfolgsaussichten beeinflussen zu lassen. So langsam kam der unverwüstliche alte Pitt wieder ins Lot. Sein klarer Verstand arbeitete messerscharf. Er wußte, daß sein Leben und das der anderen an einem seidenen Faden hing. Wie schon so oft in der Vergangenheit überkam ihn nun eine kühle, selbstbeherrschte Entschlossenheit.

Mit einer Zielstrebigkeit, die ihm die Verzweiflung eingab, streckte er die Arme aus, soweit er konnte, und bohrte den Haken in eine kleine, überhängende Leiste im Kalkstein. Dann trat er mit dem Fuß in die Schlaufe, umfaßte das obere Ende der Leine und zog sich aus dem Wasser.

Jetzt hob er den Hammer so hoch, wie seine Arme reichten, und rammte das spitze Ende seitlich versetzt in eine Spalte im Kalkstein. Dann stellte er den freien Fuß in die andere Schlaufe und zog sich ein weiteres Stück hinauf.

Vom professionellen Maßstab her ziemlich primitiv, dachte Pitt, aber es funktionierte. Er wiederholte das Ganze erst mit dem C-Haken, dann mit der Hammerspitze, und schob sich wie eine Spinne mit Armen und Beinen an der steilen Wand hoch. Selbst für einen Mann in guter körperlicher Verfassung war das eine kräfteraubende Übung. Als Pitt endlich auf den kleinen Vorsprung auf halber Höhe kletterte, war die Sonne hinter den Baumwipfeln verschwunden, als wäre sie an einem Seil gen Westen gezogen worden. Von oben kam noch immer kein Laut.

Eine Zeitlang klammerte er sich einfach fest, dankbar, daß er sich ausruhen konnte, auch wenn er kaum genug Platz hatte, um sich mit einer Hinterbacke hinzusetzen. Schwer atmend verschnaufte er kurz, bis seine schmerzenden Muskeln sich wieder erholt hatten. Er konnte kaum glauben, daß ihn der Aufstieg so viel Kraft gekostet hatte. Ein Experte, so vermutete er, der sämtliche Kniffe kannte, würde wahrscheinlich nicht einmal schwer atmen. Beinahe zehn Minuten blieb er sitzen und klammerte sich an die blanke Wand des Wasserloches. Am liebsten wäre er noch eine Stunde sitzen geblieben, doch die Zeit drängte. Sobald die Sonne verschwunden war, wurde der Dschungel ringsum rasch dunkel.

Pitt musterte die primitive Kletterausrüstung, mit der er schon so weit gekommen war. Der Hammer war noch so gut wie neu, doch der C-Haken bog sich unter der ständigen Belastung durch das Gewicht eines menschlichen Körpers allmählich auf. Er nahm sich eine Minute Zeit, stützte den Haken an den Kalkstein und klopfte ihn mit dem Hammer wieder zurecht.

Er hatte erwartet, daß ihm die Dunkelheit die Sicht rauben und ihn dazu zwingen würde, sich beim weiteren Aufstieg auf seinen Tastsinn zu verlassen. Doch ein seltsames Licht drang von unten herauf. Er drehte sich um und blickte auf das Wasser hinab.

Das Loch strahlte ein schauriges, fluoreszierendes grünes Licht aus. Pitt war kein Chemiker und konnte daher nur vermuten, daß der merkwürdige Schimmer durch irgendeine chemische Reaktion der fauligen Schleimbrühe erzeugt wurde. Dankbar für die Beleuchtung, so schwach sie auch sein mochte, setzte er seinen Aufstieg fort.

Die letzten 3 Meter (10 Fuß) waren am schlimmsten. So kurz davor, und doch so weit entfernt. Der Rand des Wasserloches war so nah, daß er meinte, ihn mit den Fingerspitzen erreichen zu können. Drei Meter, nicht mehr. Bloß zehn Fuß. Es hätte ebensogut der Gipfel des Mount Everest sein können. Jeder gute Sprinter auf der High-School hätte es im Schlaf geschafft. Aber nicht Pitt. In ein paar Monaten wurde er vierzig, und er kam sich vor wie ein alter Mann.

Sein Körper war schlank und fest. Er achtete auf gute Ernährung und trainierte gerade so viel, daß er sein Gewicht hielt. Sein Körper war zwar mit allerhand Narben von zahllosen Verletzungen, darunter auch einigen Schußwunden, übersät, aber sämtliche Gliedmaßen und Gelenke funktionierten nach wie vor einigermaßen zufriedenstellend. Das Rauchen hatte er schon vor Jahren aufgegeben, aber gelegentlich genehmigte er sich ein Glas guten Weines oder einen Tequila auf Eis mit einem Schuß Limonensaft. Auch sein Geschmack hatte sich im Laufe der Zeit geändert; statt Cutty-Sark-Scotch oder Bombay-Gin trank er jetzt lieber einen Tequila Sauza Commemorativo. Erklären konnte er dies freilich nicht. Er begegnete jedem neuen Tag, als wäre das Leben ein Spiel, und die Gründe für sein Verhalten waren hermetisch versiegelt und verschlossen in seinem Hirn abgelegt.

Als er sich endlich so weit emporgekämpft hatte, daß er den Rand des Wasserloches mit der Hand erreichen konnte, ließ er das mit dem C-Haken verbundene Seilstück fallen. In einem Moment zerrte er es mit steifen Fingern aus dem Kalkstein, im nächsten stürzte es auf das

Wasser zu, wo es fast geräuschlos in der schaurig leuchtenden Algenschicht versank. Unter Zuhilfenahme des Hammers ging er nun dazu über, Löcher und Risse im Kalkstein zu erweitern, damit seine Finger und Zehen Halt darin fanden. Als er fast oben war, ließ er den mit der Leine verbundenen Hammer über dem Kopf kreisen, schleuderte ihn über den Rand und hoffte, das in einer Hacke zulaufende Ende werde sich in der weichen Erde verfangen.

Viermal mußte er es probieren, bevor die scharfe Spitze Halt fand, ohne sich wieder zu lösen. Mit letzter Kraft ergriff er die Leine mit beiden Händen und zog sich hinauf, bis er in der zunehmenden Dunkelheit ebenen Boden vor sich sah. Er blieb ruhig liegen und musterte seine Umgebung. Der feuchte Regenwald wirkte düster und bedrückend, wie eine immer näher auf ihn zurückende Wand. Mittlerweile war es dunkel, und das zwischen Wolkenfetzen und den eng verflochtenen Ästen der Bäume hindurchdringende Licht der Mondsichel und vereinzelter Sterne schimmerte gespenstisch auf den uralten Ruinen. Verstärkt wurde diese Wirkung noch durch die fast vollständige Stille. Pitt rechnete jeden Augenblick mit einem verdächtigen Rascheln oder einer merkwürdigen Bewegung, doch er nahm weder Lichter noch schattenhafte Gestalten, noch Stimmen wahr. Lediglich ein leichter Regenschauer trommelte sanft auf die Blätter.

Schluß mit der Faulheit, sagte er sich. Mach weiter, setz dich in Bewegung, finde raus, was mit Giordino und den anderen passiert ist. Die Zeit läuft dir davon. Du hast gerade mal die erste Prüfung hinter dir. Dabei war Körperbeherrschung gefragt, jetzt mußt du deinen Kopf gebrauchen. Vorsichtig, wie ein fließender Schatten, entfernte er sich von dem Wasserloch.

Das Lager war verlassen. Die Zelte, die er vor seinem Abstieg in den Opferbrunnen gesehen hatte, standen zwar noch, waren aber leer. Keinerlei Hinweis auf ein Gemetzel, keinerlei Spur von irgendwelchen Toten. Er näherte sich der Lichtung, auf der Giordino mit dem NUMA-Helikopter gelandet war. Er war vom Bug bis zum Heck mit Kugeln durchsiebt. Der konnte selbst mit dem größten Aufwand nicht wieder flugtüchtig gemacht werden. Damit hatte sich seine Hoffnung zerschlagen, auf dem Luftweg Hilfe zu holen.

Die zerschlagenen Rotorblätter hingen herunter wie ausgerenkte

Arme. Ein Termitenschwarm, der über einen vermodernden Baumstumpf herfällt, hätte keine gründlichere Arbeit leisten können. Dann nahm Pitt den Geruch von Flugbenzin wahr. Er konnte es kaum fassen, daß die Tanks nicht explodiert waren. Ganz offensichtlich, so wurde ihm schmerzhaft bewußt, hatte ein Trupp Banditen oder Aufständischer das Lager überfallen und das Fluggerät zu einem Schrotthaufen zusammengeballert.

Doch seine schlimmsten Befürchtungen legten sich etwas, als er feststellte, daß die Schüsse, die er in dem Wasserloch gehört hatte, dem Hubschrauber gegolten hatten und nicht den Menschen. Sein Chef in der NUMA-Zentrale in Washington, D.C., Admiral James Sandecker, würde den Verlust eines Fluggerätes seiner Behörde alles andere als freundlich aufnehmen, aber Pitt hatte den Zorn des reizbaren alten Seebären bereits bei zahllosen Anlässen herausgefordert und lebte trotzdem noch. Außerdem kam es im Augenblick sowieso nicht darauf an, was Sandecker sagen würde. Giordino und sämtliche Beteiligten an dem archäologischen Projekt waren verschwunden und befanden sich offenbar in der Hand der Unbekannten.

Er schob die schief an einer Angel hängende Tür beiseite, stieg in den Helikopter und kämpfte sich zum Cockpit durch. Dort tastete er unter dem Pilotensitz herum, bis er auf ein längliches Futteral stieß, dem er eine Taschenlampe entnahm. Das Batteriegehäuse fühlte sich unbeschädigt an. Er hielt die Luft an und schaltete die Lampe ein. Ein Lichtstrahl fiel auf die Armaturen.

»Eins zu null für uns«, murmelte er vor sich hin.

Vorsichtig arbeitete sich Pitt nun in den Frachtraum vor. Der Kugelhagel hatte einiges in Fetzen gerissen, aber offenbar war sonst nichts zerstört oder gestohlen worden. Er fand seine Nylon-Reisetasche und packte sie aus. Sein Hemd und die Turnschuhe hatten alles unbeschadet überstanden, doch eine Kugel hatte das Knie seiner Hose durchlöchert und seine Boxershorts unbrauchbar gemacht. Er stieg aus dem kurzen Tauchanzug, suchte ein Handtuch heraus und frottierte sich gründlich ab, um den Schleim aus dem Wasserloch zu entfernen. Nachdem er seine Kleidung und die Turnschuhe angezogen hatte, kramte er herum, bis er auf die Verpflegung stieß, die der Smutje an Bord ihres Forschungsschiffes für sie eingepackt hatte. Seine Schachtel war gegen ein Schott geschleudert und zermatscht worden, aber die Giordinos war noch heil. Pitt schlang ein Erdnußbuttersandwich und eine saure Gurke hinunter und trank eine Dose Kräuterlimonade aus. Jetzt fühlte er sich wieder etwas menschlicher.

Er ging ins Cockpit zurück, öffnete die Klappe eines kleinen Ablagefaches und entnahm ihm ein Lederhalfter mit einer alten Colt-Automatik, Kaliber .45. Sein Vater, Senator George Pitt, hatte sie im Zweiten Weltkrieg von der Normandie bis zur Elbe bei sich getragen und sie dann Dirk vermacht, als dieser die Akademie der Air Force absolviert hatte. In den folgenden siebzehn Jahren hatte die Waffe mindestens zweimal Pitts Leben gerettet. Obwohl die Brünierung inzwischen ziemlich abgegriffen war, war sie liebevoll gepflegt und funktionierte besser als im Neuzustand. Leicht ungehalten stellte Pitt fest, daß sich eine verirrte Kugel in das Lederhalfter gegraben und eine der Griffschalen zerschrammt hatte. Er fädelte seinen Gürtel durch die Schlaufen des Pistolenhalfters und der Scheide seines Tauchermessers und schnallte ihn sich wieder um die Hüfte.

Dann bastelte er eine kleine Blende, die den Lichtstrahl der Taschenlampe dämpfte, und durchsuchte das Lager. Abgesehen von den ausgeworfenen Patronenhülsen am Boden, entdeckte er hier keinerlei Anzeichen eines Schußwechsels, doch die Zelte waren durchwühlt, und alles, was sich an Ausrüstung und Proviant wegtragen ließ, war verschwunden. Eine rasche Untersuchung des weichen Bodens verriet ihm, in welche Richtung die Angreifer mit ihren Gefangenen abgezogen waren. Vor ihm tat sich ein mit Macheten aus dem Dickicht gehackter Pfad auf, der sich in der Dunkelheit verlor.

Der Wald wirkte abweisend und unwegsam. Normalerweise hätte er nicht einmal bei Tageslicht daran gedacht, hier einzudringen, geschweige denn bei Nacht. Er war den Insekten und anderen Tieren des Regenwaldes ausgeliefert, für die Menschen eine willkommene Beute darstellten. Vor allem wegen der Schlangen machte er sich Sorgen. Er erinnerte sich an Geschichten über Boa constrictors und Anakondas, die bis zu 24 Meter (80 Fuß) lang wurden. Doch in erster Linie waren es tödliche Giftschlangen wie die Buschmeister, die Cascaval und die häßliche Lanzenotter, die Pitt am meisten fürchtete. Niedrige Turnschuhe und eine leichte Stoffhose boten keinerlei Schutz gegen den Biß einer Viper.

Unterhalb der drohend von den Mauern der Ruinenstadt auf ihn herabstarrenden Steingesichter verfiel Pitt in einen steten Trab und folgte im schmalen Lichtkegel der Taschenlampe den Fußspuren. Er wünschte, er hätte einen Plan, doch ihm standen zu wenig Fakten zur Verfügung. Allein der Gedanke, sich durch den tödlichen Dschungel zu schlagen und die Geiseln aus der Hand einer unbekannten Zahl abgebrühter Banditen oder Revolutionäre zu befreien, kam ihm schlicht und einfach selbstmörderisch vor. Er mußte unweigerlich scheitern. Aber er kam gar nicht auf die Idee, an Ort und Stelle zu bleiben, nichts zu unternehmen oder zu versuchen, die eigene Haut zu retten.

Pitt lächelte die steinernen Gesichter längst vergessener Gottheiten an, die im Strahl der Taschenlampe zurückstarrten. Dann drehte er sich um und warf einen letzten Blick auf das überirdische Leuchten, das aus dem Wasserloch drang. Dann betrat er den Dschungel.

Bereits nach wenigen Schritten hatte ihn das dichte Blätterwerk verschlungen.

5

Ein steter Nieselregen durchnäßte die Gefangenen, die durch den moosüberwucherten Wald gescheucht wurden, bis der Pfad an einer tiefen Schlucht endete. Ihre Bewacher trieben sie über einen als Brücke dienenden umgefallenen Baumstamm auf die andere Seite, wo sie den Überresten einer uralten steinernen Straße folgten, die sich hinauf in die Berge wand. Der Anführer der Terroristenhorde legte eine hohe Marschgeschwindigkeit vor, und vor allem Doc Miller hatte große Mühe mitzuhalten. Seine Kleidung war so naß, daß man nicht mehr erkennen konnte, wo der Schweiß aufhörte und die durch den Regen bedingte Feuchtigkeit anfing. Jedesmal, wenn er zurückfiel, stießen ihn die Wachen mit den Gewehrmündungen unbarmherzig weiter. Giordino gesellte sich zu dem alten Mann, legte sich Millers Arm über die Schultern und half ihm weiter, ohne sich um die Schläge zu kümmern, mit der die sadistischen Wachen seinen ungeschützten Rücken traktierten.

»Nimm das verdammte Gewehr von ihm weg«, blaffte Shannon einen der Banditen auf spanisch an. Sie ergriff Millers anderen Arm und legte ihn sich um den Hals, so daß sowohl sie als auch Giordino den Älteren stützen konnten. Der Bandit reagierte mit einem heftigen Tritt in ihren Hintern. Mit grauem Gesicht und vor Schmerz zusammengepreßten Lippen torkelte sie nach vorne, fing sich aber wieder und bedachte den Banditen mit einem vernichtenden Blick.

Giordino lächelte Shannon unwillkürlich zu, während er über ihren Mumm, ihre Zähigkeit und ihre unermüdliche innere Kraft staunte. Unter einer ärmellosen Baumwollbluse, die sie mit Erlaubnis der Guerillas aus ihrem Zelt hatte holen dürfen, trug sie noch immer ihren Badeanzug und dazu ein Paar Wanderstiefel. Giordino war sich aber auch seiner völligen Machtlosigkeit bewußt, seiner Unfähigkeit, diese Frau vor Leid und Erniedrigung zu bewahren. Und darüber hinaus kam er sich wie ein Feigling vor, weil er seinen alten Freund kampflos seinem Schicksal überlassen hatte. Seit sie von dem Wasserloch weggetrieben worden waren, hatte er schon mindestens zwanzigmal daran gedacht, einem der Wachen das Gewehr zu entreißen. Doch das hätte ihn nur das Leben gekostet, ohne etwas zu bewirken. Solange er irgendwie am Leben blieb, gab es noch eine Chance. Trotzdem verfluchte Giordino jeden Schritt, der ihn weiter von dem in der Falle sitzenden Pitt wegführte.

Stundenlang kämpften sie sich in einer Höhe von rund 3400 Metern (11 000 Fuß) über dem Meeresspiegel voran, und in der dünnen Andenluft fiel ihnen das Atmen immer schwerer. Vor allem die Kälte machte ihnen zu schaffen. Obwohl tagsüber die Sonne herunterbrannte, sank die Temperatur in den frühen Morgenstunden bis fast auf den Gefrierpunkt. In der Dämmerung mühten sie sich noch immer über die uralte, von weißen Kalksteinbauten, hohen Mauern und Terrassenfeldern gesäumte Straße bergan, deren Existenz sich Shannon nicht einmal hätte träumen lassen. Keines der Gebäude sah so aus, als wäre es nach demselben Plan errichtet worden. Manche waren oval, andere rund, und ein paar wenige waren rechteckig. Verglichen mit anderen alten Bauten, die sie untersucht hatte, kamen ihr diese hier merkwürdig vor. Stammte all dies vom Städtebund der Chachapoyas, fragte sie sich, oder von einem anderen Königreich, einem anderen Volk? Während sie weiter der Straße folgten, vorbei an hohen Mauern, die fast bis in den Dunst ragten, der von den Berggipfeln herabsank, staunte sie über die vielen tausend Steinbildnisse, deren Ornamentik so ganz anders war als alles, was sie bisher gesehen hatte. Sie erkannte große, drachenartige Vögel und wie Schlangen aussehende Fische, dazwischen stilisierte Panther und Affen. Die herausgemeißelten Reliefs erinnerten sie auf eine eigentümliche Art an ägyptische Hieroglyphen, nur daß sie abstrakter waren. Shannon war überrascht und fasziniert über die Entdeckung, daß unbekannte alte Völker die Hochebenen und Kämme der peruanischen Anden besiedelt und Städte von derart gewaltigen Ausmaßen errichtet hatten. Sie hatte nicht erwartet, so weit oben im Gebirge eine architektonisch derart hochentwickelte Kultur vorzufinden, deren Bauwerke es an Kunstfertigkeit und Größe mit allen Sehenswürdigkeiten der Alten Welt aufnehmen konnten. Sie hätte den Dodge Viper, den sie sich vom Erbteil ihres Großvaters gekauft hatte, dafür gegeben, wenn man ihr etwas Zeit gelassen hätte, diese hinreißenden Ruinen genauer in Augenschein zu nehmen, doch sobald sie stehenblieb, wurde sie grob weitergeschubst.

Die Sonne ging bereits auf, als der tropfnasse Trupp über einen schmalen Paß in ein enges, rundum von hohen, steilen Bergen umgebenes Tal hinabstieg. Obwohl der Regen glücklicherweise aufgehört hatte, sahen sie alle aus wie Ratten, die mit knapper Not dem Ersäufen entronnen waren. Vor ihnen ragte ein mächtiges, gut zwölf Stockwerke hohes Bauwerk aus riesigen Steinquadern auf. Im Gegensatz zu den Maya-Pyramiden in Mexiko war dieses Gebäude eher rundlich, wie ein Kegel mit abgeschnittener Spitze. Gemeißelte Tierköpfe und Vögel zierten die Mauern. Shannon erkannte, daß es sich um einen Tempel zu Ehren der Toten handeln mußte. Die Rückseite des Bauwerks ging in den steilen Sandsteinfelsen über, aus dem bienenwabenartig Tausende von Grabkammern herausgeschlagen worden waren, deren reichverzierte Eingänge über dem Abgrund klafften. Oben auf der Plattform befand sich ein von den

Statuen zweier gefiederter und geflügelter Jaguare flankierter Aufbau, den sie zunächst vorsichtig als Palast der Totengötter identifizierte. Die Kegelpyramide befand sich inmitten einer kleinen Stadt aus Hunderten von sorgfältigst errichteten und reichverzierten Gebäuden von erstaunlicher architektonischer Vielfalt. Manche waren auf hohe Türme gesetzt und von anmutigen Galerien umgeben. Die meisten waren rund, doch einige standen auf rechteckigen Unterbauten.

Shannon verschlug es die Sprache. Ein paar Minuten lang war sie von dem unglaublichen Anblick überwältigt. Dann wurde ihr mit einem Mal bewußt, worum es sich bei dieser immensen Ansammlung von Bauwerken handeln mußte. Wenn sie ihren Augen trauen konnte, dann hatten die Terroristen vom Leuchtenden Pfad eine legendenumwobene versunkene Stadt entdeckt. Eine Stadt, deren Existenz von Archäologen, einschließlich ihrer selbst, bezweifelt wurde und nach der Schatzsucher vier Jahrhunderte lang vergebens geforscht hatten – die versunkene Stadt der Toten, deren sagenhafte Reichtümer selbst die Funde im Tal der Könige im alten Ägypten übertreffen sollten.

Heftig umklammerte Shannon Rodgers' Arm. »Der versunkene Pueblo de los Muertes«, flüsterte sie.

»Der versunkene was?« fragte er verblüfft.

»Nicht reden«, bellte einer der Terroristen und rammte Rodgers den Kolben seines automatischen Gewehres knapp oberhalb der Nieren in die Seite.

Rodgers stöhnte gequält auf. Er geriet ins Torkeln und wäre beinahe hingefallen, aber Shannon hielt ihn tapfer aufrecht, ständig in Erwartung eines Schlages, der gnädigerweise ausblieb.

Nach einem kurzen Marsch über eine breite, mit Steinen gepflasterte Straße näherten sie sich dem runden Bauwerk, das den umliegenden Tempelbezirk überragte wie eine gotische Kathedrale eine mittelalterliche Stadt. Mühsam stiegen sie etliche Absätze einer raffiniert gewundenen Steintreppe hinauf, die mit eingelegten Mosaiken geflügelter Menschenwesen verziert war. Derartige Motive hatte Shannon noch nie gesehen. Oben angekommen, traten sie unter einem riesigen Torbogen hindurch in einen hohen Raum, in dessen steinerne Wände geometrische Muster gemeißelt waren. In der Mitte des Raumes standen dicht an dicht kunstvolle steinerne Statuen in jeder Größe und Form. In den an den Hauptraum angrenzenden Kammern waren Figurengefäße aus Ton und mit eleganten Mustern bemalte Behälter gestapelt. In einer dieser Kammern türmten sich herrlich erhaltene Textilien in allen nur denkbaren Farben und Mustern.

Die Archäologen waren angesichts eines derart umfassenden Kunstschatzes wie vom Donner gerührt. Sie kamen sich vor, als beträten sie Tut-ench-Amuns Grab im Tal der Könige, bevor der berühmte Archäologe Howard Carter die Schätze entfernt und im Ägyptischen Nationalmuseum in Kairo hatte ausstellen lassen.

Doch sie hatten kaum Zeit, diese Schatzkammer voller Kunstwerke näher in Augenschein zu nehmen. Rasch führten die Terroristen die peruanischen Studenten eine Treppe im Gebäudeinneren hinab und sperrten sie in eine tief unter dem Palast gelegene Zelle. Giordino und die anderen wurden kurzerhand in einen Nebenraum geworfen und von zwei mürrischen Rebellen bewacht, die sie betrachteten wie ein Kammerjäger, der ein Spinnennest ausrotten will. Bis auf Giordino ließen sich alle dankbar auf den harten, kalten Boden sinken. Ihre Gesichter waren vor Müdigkeit eingefallen.

Giordino hämmerte frustriert mit den Fäusten gegen die Steinmauern. Während des Gewaltmarsches hatte er ständig auf eine Gelegenheit gelauert, sich in die Büsche zu schlagen und zu dem Wasserloch zurückzukehren, doch da die ganze Zeit über mindestens drei Wachen unentwegt ihre automatischen Gewehre auf seinen Rücken gerichtet hatten, hatte sich keinerlei Gelegenheit zur Flucht ergeben. Man mußte ihn nicht erst darauf hinweisen, daß diese Leute genau wußten, wie man Geiseln zusammenhielt und sie über schwieriges Gelände trieb. Jetzt hatte er kaum noch Hoffnung, Pitt erreichen zu können. Während des Marsches hatte er sich jede Trotzreaktion verkniffen und sich lammfromm und unterwürfig verhalten. Bis auf die mutige Aktion, zu der er sich aus Sorge um Doc Miller hatte hinreißen lassen, hatte er nichts unternommen, was ihm eine Ladung Blei in den Bauch hätte eintragen können. Er mußte am Leben bleiben. Denn wenn er starb, so sagte er sich, starb auch Pitt.

Wenn Giordino auch nur die leiseste Ahnung gehabt hätte, daß

Pitt aus dem Wasserloch geklettert war und nur dreißig Minuten hinter ihnen über den alten Steinpfad trabte, so hätte er vermutlich das dringende Bedürfnis verspürt, bei der nächstmöglichen Gelegenheit wieder einmal in die Kirche zu gehen. Zumindest hätte er es kurz in Erwägung gezogen.

Pitt hatte die Taschenlampe sorgfältig abgeschirmt, damit er von den Terroristen nicht gesehen wurde, und den Strahl auf die Fußabdrücke in dem weichen, modrigen Boden gerichtet, der sich in der Dunkelheit verlor, während er durch den Regenwald stürmte. Ohne das unentwegte Nieseln auch nur wahrzunehmen, kämpfte er sich wildentschlossen voran. Er verlor jedes Zeitgefühl, schaute nicht ein einziges Mal auf das Leuchtzifferblatt seiner Armbanduhr. Nur undeutlich war ihm bewußt, daß er sich auf einem Marsch durch den stockdunklen nächtlichen Regenwald befand. Erst als am Morgen der Himmel heller wurde und er auf die Taschenlampe verzichten konnte, regten sich seine Geister wieder.

Als er die Verfolgung aufnahm, hatten die Terroristen über drei Stunden Vorsprung gehabt. Doch er hatte aufgeholt, weil er auch dann ein stetes Tempo beibehalten hatte, wenn der Pfad steil bergauf führte, und sofort in Laufschritt verfallen war, wenn er vorübergehend eben verlief. Er ließ sich nie aus dem Tritt bringen, legte keine einzige Pause ein. Sein Herz hämmerte vor Anstrengung, doch seine Beine funktionierten nach wie vor, ohne daß seine Muskeln schmerzten oder sich verkrampften. Als er auf die alte, mit Steinen gepflasterte Straße stieß und leichter vorankam, zog er das Tempo sogar noch an. Er verdrängte jeden Gedanken an die unsichtbaren Schrecken des Dschungels, und im Verlauf dieser scheinbar endlosen Nacht wurden alle seine Ängste und Befürchtungen seltsam bedeutungslos.

Nur flüchtig nahm er im Vorbeilaufen die gewaltigen Steinbauten am Rande der langen Straße wahr. Obwohl es inzwischen heller Tag war und er sich auf offenem Gelände befand, bemühte er sich um keinerlei Deckung. Erst als er den Paß zu dem Tal erreichte, wurde er langsamer, blieb stehen und erkundete das vor ihm liegende Terrain. Etwa einen halben Kilometer (eine Drittelmeile) entfernt entdeckte er den mächtigen Tempel vor der steilen Felswand. Oben an der endlosen Treppe sah er eine winzige, vornübergebeugte Gestalt, die mit dem Rücken an einem breiten Torbogen lehnte. Pitt zweifelte nicht eine Sekunde daran, daß die Terroristen ihre Geiseln dorthin gebracht hatten. Der schmale Paß war der einzige Zugang zu dem von steilen Felswänden umgebenen Tal. Mit jäher Erleichterung wurde ihm klar, daß er keine Angst mehr haben mußte, er könne über die Leichen von Giordino und der Archäologen stolpern. Die Jagd war zu Ende. Jetzt galt es, die Gejagten, die noch keine Ahnung hatten, daß sie gejagt wurden, nach und nach auszuschalten, bis der Rest kein Risiko mehr darstellte.

Durch die eingestürzten Mauern der alten Bauten rund um den Tempel vor Blicken geschützt, schob er sich näher. Geduckt und völlig geräuschlos rannte er von einer Deckung zur nächsten, bis er sich hinter einer großen, phallischen Steinfigur verkriechen konnte. Dort verharrte er und blickte hinauf zum Eingang des Tempels. Die lange Treppe nach oben stellte ein unüberwindliches Hindernis dar. Solange er sich nicht unsichtbar machen konnte, würde er schon auf den ersten Stufen niedergeschossen werden. Jeder Versuch, bei Tageslicht dort hochzugehen, war glatter Selbstmord. Keine Chance, dachte Pitt bitter. Die Treppe zu umgehen, kam nicht in Frage. Die Seitenwände des Tempels waren zu steil und zu glatt, und die Steine waren so nahtlos aneinandergefügt, daß man nicht einmal eine Messerklinge dazwischenschieben konnte.

Doch dann kam ihm die Vorsehung zu Hilfe. Pitt dachte gerade darüber nach, wie er ungesehen die Treppe nehmen könnte, als er bemerkte, daß der Terrorist, der den Tempeleingang bewachte, nach dem langen, erschöpfenden Marsch durch den Bergdschungel fest eingeschlafen war. Nachdem er einmal tief durchgeatmet hatte, robbte Pitt verstohlen auf die Treppe zu.

Tupac Amaru war ein aalglatter, aber gefährlicher Mensch, und genauso sah er auch aus. Der Mann, der den Namen des letzten von den Spaniern gefolterten und ermordeten Inkaherrschers angenommen hatte, war klein, schmalschultrig und hatte ein nichtssagendes, völlig ausdrucksloses braunes Gesicht: Er sah aus, als hätte er nie gelernt, auch nur das geringste Mitgefühl zu zeigen. Im Gegensatz zu den in diesem Bergland lebenden Menschen, deren breite Gesichter zumeist unbehaart waren, trug Amaru einen mächtigen Schnurrbart und lange Koteletten. Seine dichten, glatten Haare waren ebenso schwarz wie seine ausdruckslosen Augen. Wenn er, was selten vorkam, die schmalen, blutleeren Lippen zu einem Lächeln verzog, entblößte er ein makelloses Gebiß, daß jeden Zahnarzt mit Stolz erfüllt hätte. Seine Männer dagegen grinsten oft diabolisch und enthüllten dabei schartige, unregelmäßige Schneidezähne, die vom Kokakauen verfärbt waren.

Amaru hatte das dschungelbewachsene Bergland von Amazonas, einer Provinz im Nordosten Perus, die ohnehin schon unter Armut, Terrorismus, Krankheiten und Korruption litt, mit Tod und Zerstörung überzogen. Seine Bande von Halsabschneidern war für das Verschwinden zahlreicher Forscher, von der Regierung entsandter Archäologen und Militärpatrouillen verantwortlich, die in das Gebiet vorgedrungen und nie wieder aufgetaucht waren. Er war nicht der Revolutionär, für den er sich gerne ausgab. Nichts interessierte Amaru weniger als die Revolution oder die Lebensbedingungen der unvorstellbar armen Indianer im peruanischen Hinterland, die mit knapper Not vom Ertrag ihrer winzigen Anbauflächen lebten. Es waren ganz andere Gründe, die Amaru dazu bewegten, diese Region zu beherrschen und die abergläubischen Einheimischen zu unterdrücken.

Er stand jetzt in der Tür zu der Kammer, musterte ungerührt die drei Männer und die Frau, als sähe er sie zum erstenmal, und genoß ihre niedergeschlagenen Blicke, ihre Erschöpfung und Abgespanntheit. Genau da wollte er sie haben.

»Ich bedaure die Unannehmlichkeiten«, sagte er. Es war das erste Mal seit der Entführung, daß er das Wort ergriff. »Gut, daß Sie keinerlei Widerstand geleistet haben, sonst hätten wir Sie sicherlich erschossen.«

»Für einen Hochlandguerillero sprechen sie ziemlich gut Englisch«, entgegnete Rodgers. »Mister –?«

»Tupac Amaru. Ich habe die Universität von Austin, Texas, besucht.«

»Was Texas geschmiedet«, murmelte Giordino leise vor sich hin.

»Wieso haben Sie uns gekidnappt?« flüsterte Shannon mit schwacher, von Furcht und Erschöpfung gezeichneter Stimme.

»Wegen des Lösegeldes, warum sonst?« erwiderte Amaru. »Die peruanische Regierung wird für die Herausgabe derart angesehener amerikanischer Wissenschaftler gut zahlen, von den hoffnungsvollen Archäologiestudenten gar nicht zu sprechen, die überwiegend aus reichem und wohlangesehenem Elternhaus stammen. Das Geld wird uns bei unserem Kampf wider die Unterdrückung der Massen helfen.«

»Klingt wie ein Kommunist, der 'ne tote Kuh melken will«, murmelte Giordino.

»Die alte russische Variante mag zwar der Vergangenheit angehören«, erklärte Amaru nachsichtig, »doch die Philosophie Mao Tsetungs lebt weiter.«

»Und wie sie weiterlebt«, höhnte Doc Miller. »Wirtschaftlicher Schaden in Höhe von mehreren Milliarden Dollar. Sechsundzwanzigtausend tote Peruaner, die Mehrzahl davon eben jene Bauern, für deren Rechte Sie zu kämpfen behaupten –« Ein knapp über der Niere in seinen Rücken gestoßener Gewehrkolben brachte ihn zum Schweigen. Mit schmerzverzerrtem Gesicht sackte Miller auf den Steinboden.

»Sie befinden sich wohl kaum in einer Position, wo Sie meine Überzeugung in Frage stellen können«, sagte Amaru kühl.

Giordino kniete sich neben den alten Mann und stützte seinen Kopf. Voller Verachtung blickte er zu dem Terroristenführer auf. »Sie können wohl keine Kritik vertragen, oder?«

Giordino war darauf vorbereitet, einen Schlag gegen seinen ungeschützten Kopf abzuwehren, doch bevor der Wächter den Gewehrkolben erneut heben konnte, trat Shannon dazwischen.

Mit vor Zorn gerötetem Gesicht funkelte sie Amaru an. »Sie sind ein Betrüger«, versetzte sie mit fester Stimme.

Amaru schaute sie verdutzt an. »Und was veranlaßt Sie zu diesem merkwürdigen Schluß, Dr. Kelsey?«

»Sie wissen, wie ich heiße?«

»Noch bevor Sie und Ihre Freunde in Phoenix, Arizona, in das Flugzeug stiegen, hat mich mein Agent in den Vereinigten Staaten darauf aufmerksam gemacht, daß Sie hier in den Bergen archäologische Forschungen unternehmen wollen.«

»Sie meinen, Ihr Informant.«

Amaru zuckte mit den Schultern. »Reine Wortklauberei.«

»Ein Betrüger und ein Scharlatan«, fuhr Shannon fort. »Sie und Ihre Männer sind keine Revolutionäre vom Leuchtenden Pfad. Nie und nimmer. Sie sind nichts anderes als *Huagueros*, verkommene Grabräuber.«

»Sie hat recht«, kam ihr Rodgers zu Hilfe. »Wenn Sie durchs Land ziehen und Kraftwerke und Polizeiposten in die Luft sprengen würden, hätten Sie gar keine Zeit, eine derartige Masse an Kunstgegenständen zusammenzutragen, wie sie hier im Tempel lagert. Ist doch offensichtlich: Sie betreiben Kunstraub in großem Maßstab, und zwar ausschließlich.«

Spöttisch betrachtete Amaru seine Gefangenen. »Da in diesem Raum offensichtlich alle dieser Meinung sind, will ich mir erst gar nicht die Mühe machen, es abzustreiten.«

Darauf herrschte ein paar Sekunden Schweigen. Dann stand Doc Miller mit wackeligen Beinen auf und starrte Amaru in die Augen. »Sie elender Dieb«, krächzte er. »Sie Plünderer und Vandale. Wenn es in meiner Macht stünde, würde ich Sie und Ihre Räuberbande abknallen wie –«

Miller verstummte plötzlich, als Amaru mit boshaftem Blick, aber ansonsten ohne jede Gefühlsregung, eine 9-Millimeter-Automatik vom Typ Heckler & Koch aus dem Gürtelhalfter zog. Hilflos wie in einem bösen Traum mußten die anderen zusehen, wie er seelenruhig anlegte und Doc Miller mitten in die Brust schoß. Mit ohrenbetäubendem Echo hallte der Schuß durch den Tempel. Doc Miller wurde zunächst rückwärts gegen die steinerne Wand geschleudert und fiel dann mit seltsam vor der Brust verkrampften Händen vornüber zu Boden, wo sich rasch eine rote Pfütze bildete.

Die Gefangenen reagierten alle unterschiedlich. Rodgers, die Augen fassungslos und vor Schreck weit aufgerissen, stand wie zur Salzsäule erstarrt da, während Shannon instinktiv aufschrie. Giordino, für den Tod und Gewalt nichts Neues waren, ballte die Fäuste. Die eiskalte Gleichgültigkeit, mit der dieser Mord begangen wurde, erfüllte ihn mit rasendem Zorn, den er trotz aller Hilflosigkeit nur mühsam unterdrücken konnte. Für ihn und auch für die anderen gab es nun keinerlei Zweifel mehr, daß Amaru vorhatte, sie umzubringen. Da er nichts mehr zu verlieren hatte, spannte Giordino jeden Muskel an, um sich auf den Mörder zu werfen und ihm den Hals zu zerfetzen, bevor ihn eine Kugel in den Kopf traf.

»Versuchen Sie es erst gar nicht«, sagte Amaru, als hätte er Giordinos Gedanken gelesen, und richtete die Mündung der Automatik genau zwischen seine vor Haß sprühenden Augen. Er wandte sich den Wachen zu, die mit schußbereiten Gewehren dastanden, und erteilte ihnen auf spanisch einen knappen Befehl. Dann trat er beiseite, während einer der Posten Miller an den Füßen packte und in den Haupttempel schleifte, wo sie ihn nicht mehr sehen konnten.

Shannons Schrei war in hilfloses Schluchzen übergegangen. Mit verständnislosem Blick starrte sie unverwandt auf die Blutspur, die Millers Leiche auf dem Steinboden hinterlassen hatte. Schockiert sank sie in die Knie und vergrub das Gesicht in den Händen. »Er konnte Ihnen doch nichts tun. Wie konnten Sie nur einen so freundlichen alten Mann totschießen?«

Giordino blickte zu Amaru. »Für den ist so was ganz einfach.«

Amarus kühler, ausdrucksloser Blick wanderte zu Giordinos Gesicht. »Kleiner Mann, Sie sollten lieber den Mund halten. Der Alte sollte euch als Lektion dienen. Aber Sie haben sie offenbar nicht verstanden.«

Niemand achtete darauf, daß der Posten, der Millers Leiche fortgeschleift hatte, inzwischen zurückgekehrt war. Niemand außer Giordino. Er sah, daß der Mann den Hut tief in die Stirn gezogen und die Hände unter dem Poncho versteckt hatte. Er warf einen Blick zu dem zweiten Posten, der mit locker umgehängtem Gewehr lässig in der Tür lehnte. Nur zwei Meter trennten sie voneinander. Giordino schätzte, daß er ihn ausschalten könnte, bevor der merkte, wie ihm geschah. Aber da war immer noch die Heckler & Koch, die Amaru umklammerte.

Mit eisigem Unterton ergriff Giordino das Wort. »Sie werden sterben, Amaru. Sie werden mit Sicherheit eines ebenso gewaltsamen Todes sterben wie all die Unschuldigen, die Sie kaltblütig ermordet haben.«

Amaru nahm nicht wahr, wie Giordino die Mundwinkel etwas verzog und die Augen leicht zusammenkniff. Er wirkte zunächst verwundert, dann leuchteten seine Zähne, als er hellauf lachte. »So? Sie sind also der Meinung, daß ich sterben werde? Werden Sie mein

Henker sein? Oder wird mir die stolze junge Dame die Ehre erweisen?«

Er bückte sich, zerrte Shannon grob auf die Beine, packte ihren langen Pferdeschwanz und zog ihren Kopf schmerzhaft zurück, bis sie ihm mit entsetzten, weit aufgerissenen Augen ins tückische Gesicht blickte. »Nach ein paar Stunden in meinem Bett, das verspreche ich dir, wirst du auf den Knien kriechen und mir zu Gehorsam sein.«

»O mein Gott, nein«, ächzte Shannon.

»Frauen zu vergewaltigen, bereitet mir großes Vergnügen. Ich genieße es, ihre Schreie und ihr Bet –«

Ein sehniger Arm legte sich um seine Kehle und erstickte seine Worte. »Das ist für all die Frauen, die du hast leiden lassen«, sagte Pitt mit einem furchterregenden Ausdruck in den grünen Augen. Dann schüttelte er den Poncho ab, steckte den Colt .45 vorne in Amarus Hose und drückte ab.

6

Zum zweiten Mal hallte das ohrenbetäubende Echo eines Schusses von den Wänden der kleinen Kammer wider. Giordino warf sich nach vorne und rammte den verblüfften Posten mit Kopf und Schultern so heftig gegen die Wand, daß er vor Schmerz aufkeuchte. Er sah Amarus vor Qual und Entsetzen verzerrtes Gesicht, die hervorquellenden Augen, den zu einem stummen Schrei aufgerissenen Mund, nahm aus den Augenwinkeln wahr, wie die Heckler & Koch durch die Luft flog, als der Bandenführer die Hände über den sich rasch ausbreitenden roten Fleck zwischen seinen Beinen preßte. Dann hieb Giordino dem Posten die Faust in die Zähne und entriß ihm fast gleichzeitig das Gewehr. Geduckt und feuerbereit wirbelte er herum, die Mündung auf die Türöffnung gerichtet.

Diesmal schrie Shannon nicht auf. Statt dessen verkroch sie sich in eine Ecke, wo sie reglos wie eine Wachspuppe sitzen blieb und stumm auf ihre bloßen Arme und Beine starrte, die mit Amarus Blut bespritzt waren. Hatte sie zuvor das helle Entsetzen erfaßt, so war sie nun wie gelähmt vor Schreck. Mit blutverklebtem Haar, zusammengepreßten Lippen und bleichem Gesicht saß sie da und starrte Pitt an.

Auch Rodgers starrte Pitt voller Erstaunen an. Irgendwie wußte er Bescheid, erkannte die Augen wieder, die raubtierhaften Bewegungen. »Sie sind der Taucher aus der Höhle«, sagte er benommen.

Pitt nickte. »Ein und derselbe.«

»Aber Sie müßten doch in dem Brunnen sein«, murmelte Shannon mit bebender Stimme.

»Gegen mich ist Sir Edmund Hillary eine Niete.« Pitt grinste verschmitzt. »Ich krabble Dolinenwände rauf und runter wie eine Fliege.« Er stieß den entsetzten Amaru zu Boden, als wäre er ein versoffener Stadtstreicher, und legte Giordino die Hand auf die Schulter. »Du kannst dich entspannen, Al. Die anderen Wachen haben längst das Licht des Anstands und der Tugend erblickt.«

Mit breitem Grinsen stellte Giordino das automatische Gewehr ab und umarmte Pitt. »Gott, ich hätte nicht gedacht, daß ich dein häßliches Gesicht noch mal zu sehen kriege.«

»Wo du mich aber auch immer mit hineinziehst. Eine Schande ist das. Ich kann dir keine halbe Stunde den Rücken zukehren, ohne daß du dich mit einheimischem Gesindel einläßt.«

»Was hat dich bloß aufgehalten?« fragte Giordino, der nicht so einfach klein beigeben wollte. »Wir haben schon vor Stunden mit dir gerechnet.«

»Ich habe den Bus verpaßt. Was mich dran erinnert: Wo ist meine Dixieland-Band?«

»Die spielen nicht an Wasserlöchern. Aber mal ernsthaft: Wie, zum Teufel, hast du's geschafft, die glatte Wand hochzuklettern und uns durch den Dschungel zu folgen?«

»War nicht gerade ein Vergnügen, das kannst du mir glauben. Ich erzähle es dir gelegentlich bei 'nem Bier.«

»Und die Posten, was ist mit den anderen vier Posten passiert?«

Pitt zuckte geringschätzig mit den Schultern. »Die haben nicht richtig aufgepaßt und sich dabei unglücklicherweise verletzt. Hauptsächlich Gehirnerschütterungen, vielleicht auch der eine oder andere Schädelbruch.« Sein Gesicht wurde grimmig. »Ich bin auf einen gestoßen, der Doc Millers Leiche aus dem Tempel gezerrt hat. Wer hat ihn auf dem Gewissen?«

Giordino nickte zu Amaru hin. »Unser Freund hier hat ihm ohne jeden Grund ins Herz geschossen. Er ist auch derjenige, der dir die Sicherheitsleine auf den Kopf geschmissen hat.«

»Dann gibt's für mich ja keinerlei Grund zur Reue«, erwiderte Pitt mit einem Blick auf Amaru, der noch immer die Arme gegen seinen Unterleib preßte und vor Schmerzen stöhnte, aber Angst hatte, sich die Wunde genauer zu besehen. »Irgendwie wird mir ganz warm ums Herz, wenn ich bedenke, daß sein Sexualleben gerade den Bach runter ist. Hat er auch einen Namen?«

»Er nennt sich Tupac Amaru«, antwortete Shannon. »Das ist der Name des letzten Inkaherrschers. Hat ihn vermutlich angenommen, um die Einheimischen zu beeindrucken.«

»Die peruanischen Studenten«, sagte Giordino, der sich plötzlich an sie erinnerte. »Sie wurden über eine Treppe im Inneren des Tempels nach unten getrieben.«

»Ich habe sie schon rausgelassen. Tapfere Kids. Inzwischen müßten sie die Guerilleros gefesselt und verschnürt haben, bis jemand von der Regierung eintrifft.«

»Das sind keine Guerilleros, und schon gar keine Revolutionäre. Eher professionelle Kunsträuber, die sich als Terroristen vom Leuchtenden Pfad maskiert haben. Die raffen kostbare Antiquitäten zusammen und verhökern sie auf dem internationalen Schwarzmarkt.«

»Amaru bildet nur den Grundstock der Pyramide«, fügte Rodgers hinzu. »Seine Kunden sind die Zwischenhändler, die den Großteil des Gewinns einstreichen.«

»Jedenfalls haben sie Geschmack«, stellte Pitt fest. »Nach dem, was ich gesehen habe, muß hier genug erstklassige Ware lagern, um die Hälfte aller Museen und Privatsammlungen auf der Welt zufriedenzustellen.«

Shannon zögerte einen Augenblick, dann ging sie zu Pitt, legte ihm die Hände um den Hals, zog seinen Kopf herunter und küßte ihn zart auf den Mund. »Sie haben uns das Leben gerettet. Vielen Dank.«

»Und das nicht nur einmal, sondern zweimal«, fügte Rodgers

hinzu und schüttelte Pitt die Hand, während Shannon noch immer an seinem Hals hing.

»War allerhand Glück im Spiel«, sagte Pitt verlegen. Er bemerkte, welch sinnliche Kraft sie trotz der strähnigen Haare, ihres ungeschminkten Gesichts, der schmutzigen, zerrissenen Bluse über dem Badeanzug und der unvorteilhaften Wanderstiefel ausstrahlte.

»Gott sei Dank, daß Sie rechtzeitig gekommen sind«, sagte Shannon erschaudernd.

»Ich bedaure zutiefst, daß es zu spät war, um Doc Miller zu retten.«

»Wohin haben sie ihn gebracht?« fragte Rodgers.

»Ich habe den Strolch erledigt, der die Leiche vor dem Tempeleingang abladen wollte. Der Doc liegt gleich oben an der Treppe.«

Giordino, der zu Pitt schielte und ihn heimlich von Kopf bis Fuß musterte, bemerkte zahllose Schnitte und Rißwunden an Gesicht und Armen seines Freundes, die er sich bei seinem Eilmarsch durch den Dschungel zugezogen haben mußte. Er sah, daß er sich kaum noch auf den Beinen halten konnte. »Du siehst aus, als wärst du nach einem Triathlonwettbewerb in eine Rolle Stacheldraht gefallen. Als dein Leibmedizinmann empfehle ich dir ein paar Stunden Schlaf, bevor wir wieder zum Lager am Wasserloch aufbrechen.«

»Mir geht's nicht so schlecht, wie ich aussehe«, sagte Pitt munter. »Für ein Nickerchen ist auch später noch Zeit. Das Wichtige zuerst. Ich habe nicht die geringste Lust, noch mal Tarzan zu spielen. Ich nehme den nächsten Flug ab hier.«

»Wahnsinn«, murmelte Giordino halb im Scherz. »Ein paar Stunden im Dschungel, und schon dreht er durch.«

»Glauben Sie wirklich, daß wir hier herausfliegen können?« fragte Shannon skeptisch.

»Unbedingt«, sagte Pitt. »Dafür lege ich sogar die Hand ins Feuer.«

Rodgers starrte ihn an. »Nur mit einem Hubschrauber könnte man in das Tal gelangen.«

Pitt grinste. »Was anderes möchte ich auch nicht. Was glauben Sie denn, wie Amaru, oder wie immer er auch heißt, sein Diebesgut zu einer Hafenstadt an der Küste transportiert, wo es dann per Schiff außer Landes geschafft wird? Für so was braucht man Kommunikationsmittel. Folglich muß es hier irgendwo ein Funkgerät geben, mit dem wir Hilfe anfordern können.«

Giordino nickte beifällig. »Klingt überzeugend, vorausgesetzt, wir finden es. Ein tragbares Funkgerät könnte überall in den Ruinen versteckt sein. Wir müßten tagelang danach suchen.«

Mit ausdrucksloser Miene blickte Pitt auf Amaru hinunter. »Er weiß, wo es ist.«

Amaru unterdrückte seinen Schmerz und starrte Pitt mit bösartigen, schwarzen Augen an. »Wir haben kein Funkgerät«, zischte er mit zusammengebissenen Zähnen.

»Vergib mir, wenn ich dir kein Wort glaube. Wo steckt es?«

»Ich werde nichts verraten.« Höhnisch verzog Amaru den Mund.

»Möchtest du lieber sterben?« fragte Pitt ungerührt.

»Damit würden Sie mir einen Dienst erweisen.«

Pitts grüne Augen wirkten so kalt wie ein See oberhalb der Baumgrenze. »Wie viele Frauen hast du schon geschändet und ermordet?«

Verächtlich blickte ihn Amaru an. »So viele, daß ich sie nicht mehr zählen kann.«

»Du willst, daß mich die Wut packt und ich dich abknalle, stimmt's?«

»Warum fragen Sie nicht, wie viele Kinder ich abgeschlachtet habe?«

»Mich kannst du nicht veräppeln.« Pitt nahm den Colt .45 und drückte die Mündung seitlich an Amarus Gesicht. »Dich töten? Das scheint mir wenig sinnvoll. Ein Schuß durch beide Augen kommt mir viel angemessener vor. Du lebst zwar, aber zusätzlich zu deinem anderen Gebrechen wärst du auch noch blind.«

Amaru gab sich arrogant, doch seinen leblosen Augen sah man an, daß er Angst hatte, und seine Lippen zitterten sichtlich. »Sie bluffen.«

»Erst die Augen, dann die Kniescheiben«, fuhr Pitt beiläufig fort. »Danach vielleicht die Ohren, oder doch lieber die Nase. Ich an deiner Stelle würde mich fügen, solange es noch möglich ist.«

Als er einsah, daß Pitt es todernst meinte und er erledigt war, gab Amaru klein bei. »In dem runden Gebäude fünfzig Meter westlich vom Tempel finden Sie alles, was Sie brauchen. Über dem Eingang ist ein Affe aus Stein.«

Pitt wandte sich an Giordino. »Nimm dir einen Studenten als Dolmetscher mit. Setz dich mit der erstbesten peruanischen Behörde in Verbindung. Berichte über unsere Lage und gib unseren Standort durch. Dann forderst du Militärunterstützung an. In den Ruinen könnte sich noch mehr von dem Gesindel herumtreiben.«

Nachdenklich betrachtete Giordino Amaru. »Wenn ich über eine offene Frequenz ein Mayday durchgebe, könnte es leicht passieren, daß die Kumpane von diesem mörderischen Irren hier in Lima mithören und noch vor dem Militär einen Schlägertrupp herschikken.«

»Auf die Armee würde ich mich auch nicht verlassen«, warf Shannon ein. »Ein oder mehrere hohe Offiziere könnten hier mitmischen.«

»Schiebung«, bemerkte Pitt philosophisch, »hält die Welt in Schwung.«

Rodgers nickte. »Shannon hat recht. Hier handelt es sich um Grabräuberei in riesigem Stil. Damit lassen sich die gleichen Gewinne erzielen wie mit Drogenhandel auf höchster Ebene. Derjenige, der dahintersteckt, kann dieses Geschäft unmöglich durchziehen, ohne ein paar Regierungsvertreter zu schmieren.«

»Wir könnten unsere eigene Frequenz benutzen und uns mit Juan in Verbindung setzen«, schlug Shannon vor.

»Juan?«

»Juan Chaco, der für unser Projekt zuständige Koordinator der peruanischen Regierung. Er betreut unser Basislager in der nächsten Stadt.«

»Kann man ihm trauen?«

»Ich glaube schon«, erwiderte Shannon, ohne zu zögern. »Juan ist einer der angesehensten Archäologen in Südamerika und ein Fachmann für andine Kulturen. Außerdem ist er von der Regierung offiziell als Wachhund eingesetzt. Er soll illegale Ausgrabungen und den Schmuggel von Altertümern verhindern.«

»Klingt so, als wäre er unser Mann«, sagte Pitt zu Giordino. »Such das Funkgerät, ruf ihn und bitte um einen Hubschrauber, der uns zu unserem Schiff zurückbringt.«

»Ich kann mit Ihnen kommen und Juan von Dr. Millers Ermordung berichten«, bot Shannon ihm an. »Außerdem möchte ich mir die Bauten um den Tempel herum etwas genauer ansehen.«

»Nehmt Waffen mit und haltet die Augen offen«, ermahnte Pitt sie.

»Was geschieht mit Doc Millers Leiche?« fragte Rodgers. »Wir können ihn nicht herumliegen lassen wie ein überfahrenes Tier.«

»Einverstanden«, sagte Pitt. »Wir schaffen ihn in den Tempel, damit er aus der Sonne ist, und wickeln ihn in irgendwelche Decken, bis er zum nächsten Leichenhaus geflogen werden kann.«

»Überlassen Sie das mir«, sagte Rodgers aufgebracht. »Das ist das wenigste, was ich für den guten Mann noch tun kann.«

Trotz seines Schmerzes brachte Amaru ein furchterregendes Grinsen zustande. »Narren, wahnwitzige Narren«, höhnte er. »Niemals werdet ihr den Pueblo de los Muertes lebend verlassen.«

»Pueblo de los Muertes heißt Stadt der Toten«, übersetzte Shannon.

Angewidert blickten die anderen zu Amaru. Er kam ihnen vor wie eine saftlose Klapperschlange, die viel zu schwer verletzt ist, um noch einmal zuzuschlagen. Doch Pitt, der ihn nach wie vor für brandgefährlich hielt, hatte nicht vor, den tödlichen Fehler zu begehen und ihn zu unterschätzen. Der gespenstisch zuversichtliche Ausdruck in Amarus Augen gefiel ihm nicht.

Sobald die anderen die Kammer verlassen hatten, kniete Pitt sich neben Amaru hin. »Für einen Mann in deiner Lage wirkst du ziemlich selbstsicher.«

»Ich werde zuletzt lachen.« Amarus Gesicht verkrampfte sich jäh vor Schmerz. »Ihr seid mächtigen Männern in die Quere gekommen. Ihre Rache wird furchtbar sein.«

Pitt lächelte gleichgültig. »Ich bin schon anderen mächtigen Männern in die Quere gekommen.«

»Schon der geringste Blick hinter die Kulissen gefährdet die *Solpemachaco*. Sie werden alles Notwendige unternehmen, um nicht entdeckt zu werden, selbst wenn das die Eliminierung einer ganzen Provinz bedeuten sollte.«

»Du hast dich da anscheinend nicht gerade mit der umgänglichsten Bande eingelassen. Wie nennst du sie gleich wieder?«

Amaru verstummte. Schock und Blutverlust hatten ihn geschwächt. Langsam und nur mit Mühe hob er eine Hand und deutete mit dem Finger auf Pitt. »Sie sind verflucht. Ihre Gebeine werden auf ewig bei den Chachapoyas ruhen.« Dann übermannte ihn die Mattigkeit, und er schloß die Augen und dämmerte weg.

Pitt blickte zu Shannon, die ein wenig hinter den anderen zurückgeblieben war. »Wer sind die Chachapoyas?«

»Man nennt sie die Wolkenmenschen«, erklärte Shannon. »Sie waren Vorläufer der Inkas, ein Volk, dessen Kultur in den Hochanden in der Zeit zwischen 800 und 1480 nach Christus in voller Blüte stand. Dann wurden sie von den Inkas unterworfen. Die Chachapoyas waren es, die ihren Toten diese eindrucksvolle Nekropolis errichtet haben.«

Shannon eilte nach draußen, um Giordino einzuholen. Pitt stand auf, nahm den erbeuteten Filzhut ab und ließ ihn auf Amarus Brust fallen. Dann drehte er sich um, ging in den Haupttempel und brachte die nächsten Minuten damit zu, sich die unglaubliche Masse an Chachapoya-Kunstschätzen anzusehen. Er bewunderte gerade einen großen Mumiensarg, als Rodgers mit verwirrter Miene hereingestürmt kam.

»Wo, sagen Sie, haben Sie Doc Millers Leiche gesehen?« fragte Rodgers heftig atmend.

»Auf dem obersten Treppenabsatz.«

»Dann zeigen Sie's mir mal.«

Pitt folgte Rodgers unter dem Torbogen hindurch nach draußen. Dann blieb er stehen, schaute auf einen Blutfleck auf den Steinplatten und blickte fragend auf. »Wer hat die Leiche weggebracht?«

»Wenn Sie es nicht wissen«, sagte Rodgers, der ebenso verblüfft war, »woher soll ich es dann wissen?«

»Haben Sie sich am Fuß des Tempels umgesehen? Vielleicht ist er runter –«

»Ich habe vier Archäologiestudenten runtergeschickt. Sie haben keine Spur von ihm entdeckt.«

»Könnte es sein, daß ihn die Studenten weggebracht haben?«

»Habe ich nachgeprüft. Die sind genauso ratlos wie wir.«

»Tote stehen nicht einfach auf und gehen weg«, sagte Pitt bestimmt.

Rodgers sah sich vor dem Tempel um, dann zuckte er mit den Schultern. »Der hier offenbar schon.«

7

Surrend verteilte die Klimaanlage die kühle, trockene Luft in dem Wohnmobil, das als Basisstützpunkt für das archäologische Projekt in Chachapoyas diente. Und der auf einem Ledersofa ruhende Mann war bei weitem nicht so erschöpft wie die Männer und Frauen in der Stadt der Toten. Träge lag Juan Chaco da und labte sich an einem Glas mit eisgekühltem Gin Tonic. Als jedoch eine Stimme aus dem Lautsprecher drang, der an der Wand hinter der Fahrerkabine angebracht war, setzte er sich hellwach auf.

»Saint John ruft Saint Peter.« Die Stimme klang klar und deutlich. »Saint John ruft Saint Peter. Sind Sie da?«

Eilig lief Chaco durch das noble Wohnmobil und drückte auf die Sendetaste des Funkgerätes. »Ich bin da und höre.«

»Schalten Sie den Recorder ein. Ich habe keine Zeit für Wiederholungen oder genaue Erklärungen.«

Chaco bestätigte und schaltete den Kassettenrecorder ein. »Empfangsbereit.«

»Amaru und seine Anhänger wurden überwältigt und gefangengenommen. Sie stehen jetzt unter Bewachung der Archäologen. Amaru wurde angeschossen und ist möglicherweise schwer verletzt.«

Chacos Gesicht wurde mit einem Mal verbissen. »Wie ist das möglich?«

»Einer der Männer von der NUMA, die auf Ihren Notruf reagierten, konnte irgendwie aus dem Wasserloch entkommen und Amaru und seinen Gefangenen zu dem Tempel im Tal folgen, wo es ihm gelang, unsere überbezahlten Halsabschneider nacheinander zu überwältigen.«

»Was für ein Teufelskerl bringt so etwas fertig?«

»Ein sehr gefährlicher und findiger Teufelskerl.«

»Sind Sie in Sicherheit?«

»Im Augenblick ja.«

»Dann ist unser Plan, die Archäologen von unseren Fundstätten zu vertreiben, fehlgeschlagen.«

»Ganz jämmerlich sogar«, erwiderte der Anrufer. »Sobald Dr. Kelsey die transportfertigen Artefakte sah, erriet sie das ganze Arrangement.«

»Und die Sache mit Miller?«

»Sie haben keinerlei Verdacht geschöpft.«

»Dann ist wenigstens etwas gutgegangen«, sagte Chaco.

»Wenn Sie Verstärkung schicken, bevor sie das Tal verlassen«, erklärte die vertraut klingende Stimme, »können wir das Unternehmen noch immer retten.«

»Es war nicht beabsichtigt, daß unsere peruanischen Studenten in Mitleidenschaft gezogen werden«, entgegnete Chaco. »Die Reaktionen meiner Landsleute könnten jedes weitere Geschäft zwischen uns verhindern.«

»Zu spät, mein Freund. Nun, da ihnen klargeworden ist, daß sie ihr Ungemach nicht etwa Terroristen vom Leuchtenden Pfad zu verdanken haben, sondern organisierten Plünderern, dürfen wir nicht zulassen, daß sie der Öffentlichkeit von ihrer Entdeckung berichten. Wir haben keine andere Wahl, als sie zu eliminieren.«

»Dazu wäre es nicht gekommen, wenn Sie Dr. Kelsey und Miles Rodgers davon abgehalten hätten, in den Opferbrunnen zu tauchen.«

»Die wären nur zu bremsen gewesen, wenn ich sie im Beisein der Studenten ermordet hätte.«

»Den Notruf zu senden war ein schwerer Fehler.«

»Nicht, wenn wir eine genaue Untersuchung durch Ihre Regierung vermeiden wollten. Ihr Ertrinken hätte verdächtig gewirkt, wenn wir nicht die entsprechenden Rettungsmaßnahmen ergriffen hätten. Wir können es uns nicht leisten, daß etwas über die *Solpemachaco* an die Öffentlichkeit dringt. Außerdem: Woher hätten wir wissen sollen, daß plötzlich die NUMA auf den Funkspruch reagiert?«

»Stimmt, das war zu dem Zeitpunkt nicht vorauszusehen.«

Während Chaco sprach, ruhten seine ausdruckslosen Augen auf

der kleinen Steinfigur eines geflügelten Jaguars, die im Tal der Toten ausgegraben worden war. Schließlich sagte er leise: »Ich werde dafür sorgen, daß die in unserem Lohn stehenden Söldner der peruanischen Armee binnen zwei Stunden per Helikopter im Pueblo de los Muertes abgesetzt werden.«

»Trauen Sie dem Kommandeur zu, daß er die Angelegenheit bereinigt?«

Chaco lächelte vor sich hin. »Wenn ich mich auf meinen eigenen Bruder nicht verlassen kann, auf wen dann?«

»Ich habe nie an die Wiederauferstehung von den Toten geglaubt.« Pitt stand auf dem Absatz oberhalb der beinahe senkrecht ins Tal hinabführenden Treppe und betrachtete die rote Pfütze. »Aber das ist der beste Beweis dafür, der mir je untergekommen ist.«

»Er war tot«, sagte Rodgers nachdrücklich. »Ich habe genau neben ihm gestanden, als Amaru ihm eine Kugel ins Herz schoß. Alles war voller Blut. Sie haben ihn doch auch gesehen. Es gibt gar keinen Zweifel daran, daß Doc Miller tot war.«

»Ich hatte nicht die Zeit für eine Leichenbeschau.«

»Okay, aber wie erklären Sie sich dann die Blutspur aus der Kammer, wo Doc Miller erschossen wurde? Er muß unterwegs mindestens drei Liter Blut verloren haben.«

»Eher einen halben«, sagte Pitt nachdenklich. »Sie übertreiben.«

»Wie lange, schätzen Sie, war die Leiche unbewacht? Wieviel Zeit ist vom Ausschalten der Posten bis zur Befreiung der Studenten, die dann hierher kamen, um Sie zu fesseln, etwa vergangen?« fragte Rodgers.

»Vier, allenfalls fünf Minuten.«

»Und in der Zeit soll ein Mann um die Sechzig, der angeblich tot ist, zweihundert schmale, fast senkrecht nach unten führende Treppenstufen überwinden? Stufen, die so steil gebaut sind, daß man immer nur eine nehmen kann, wenn man nicht hinabstürzen will. Und dann verschwindet er, ohne auch nur einen weiteren Tropfen Blut zu verlieren.« Rodgers schüttelte den Kopf. »Da würde ja sogar ein Houdini vor Neid erblassen.«

»Sind Sie sicher, daß es Doc Miller war?« fragte Pitt gedankenverloren.

»Natürlich war es der Doc«, sagte Rodgers unwirsch. »Wer hätte es denn sonst sein sollen?«

»Seit wann kennen Sie ihn schon?«

»Dem Namen nach seit mindestens fünfzehn Jahren. Persönlich habe ich ihn erst vor fünf Tagen kennengelernt.« Rodgers starrte Pitt an, als hätte er es mit einem Wahnsinnigen zu tun. »Sehen Sie, Sie fischen da völlig im trüben. Der Doc ist einer der führenden Anthropologen der Welt. Er ist für alte amerikanische Kulturen das, was Leakey für afrikanische Vorgeschichte ist. Sein Gesicht hat Hunderte von Artikeln in Dutzenden von Publikationen geschmückt, vom *Smithsonian* bis zum *National Geographic*. Er ist in zahllosen Fernsehdokumentationen aufgetreten, um über das Leben der amerikanischen Ureinwohner zu berichten. Der Doc war kein Stubengelehrter, er mochte die Öffentlichkeit. Er war leicht zu erkennen.«

»War nur ein Versuchsballon«, erklärte Pitt geduldig. »Nichts als ein wildes Gedankenspiel –«

Er brach ab, als Shannon und Giordino um den kreisförmigen Fuß des Tempels herumgerannt kamen. Selbst von seinem Standort hoch über dem Boden aus konnte er erkennen, daß sie aufgeregt waren. Er wartete, bis Giordino die Hälfte der Treppe hinter sich gebracht hatte, bevor er ihm zurief.

»Sag nicht, daß jemand vor dir am Funkgerät war und es zerschlagen hat.«

Giordino blieb stehen und lehnte sich an die steilen Treppenstufen. »Falsch«, schrie er nach oben. »Es war weg. Von Unbekannten gestohlen.«

Als Shannon und Giordino endlich oben angelangt waren, keuchten sie vor Anstrengung, und auf ihren Gesichtern glänzte der Schweiß. Shannon tupfte sich das Gesicht vornehm mit einem weichen Papiertuch ab, wie es Frauen offenbar selbst in kritischsten Augenblicken hervorzaubern können. Giordino rieb sich lediglich mit dem bereits feuchten Ärmel über die Stirn.

»Diejenigen, die das hier gebaut haben«, stieß er zwischen zwei Atemzügen hervor, »hätten lieber an einen Fahrstuhl denken sollen.«

»Habt ihr die Gruft mit dem Funkgerät gefunden?« fragte Pitt.

Giordino nickte. »Gefunden haben wir sie schon. Sind keine Knauser, diese Jungs. Die Einrichtung der Gruft könnte von Abercrombie & Fitch sein. Die beste Expeditionsausrüstung, die man für Geld zu kaufen kriegt. Die haben sogar einen tragbaren Generator, der den Strom für einen Kühlschrank erzeugt.«

»Leer?« tippte Pitt.

Giordino nickte. »Die Ratte, die mit dem Funkgerät abgehauen ist, hat sich noch die Zeit genommen und vier Sechserpacks mit gutem Coors-Bier zerschlagen.«

»Coors in Peru?« fragte Rodgers zweifelnd.

»Ich kann euch die Etiketten auf den zertrümmerten Flaschen zeigen«, stieß Giordino mißmutig hervor. »Offenbar wollte jemand, daß wir durstig aufbrechen müssen.«

»In der Beziehung haben wir nichts zu befürchten. Hinter dem Paß wartet der Dschungel«, sagte Pitt mit einem leichten Lächeln.

Giordino starrte Pitt an. »Und wie holen wir jetzt Verstärkung?«

Pitt zuckte mit den Schultern. »Da das Funkgerät der Grabräuber weg ist und unser Hubschrauber wie ein Stück Schweizerkäse aussieht...« Er brach ab und wandte sich an Rodgers. »Wie sieht's mit Ihren Kommunikationseinrichtungen am Wasserloch aus?«

Der Fotograf schüttelte den Kopf. »Einer von Amarus Männern hat unser Funkgerät kurz und klein geschlagen.«

»Wollen Sie etwa sagen«, mischte sich Shannon bedrückt ein, »daß wir uns dreißig Kilometer quer durch den Urwald bis zum Wasserloch durchschlagen müssen, und dann noch mal neunzig Kilometer bis Chachapoyas?«

»Vielleicht macht sich Chaco ja Sorgen, wenn ihm klar wird, daß er jeglichen Kontakt mit der Gruppe verloren hat, und schickt einen Suchtrupp«, sagte Rodgers hoffnungsvoll.

»Selbst wenn sie uns in der Stadt der Toten aufspüren sollten«, sagte Pitt langsam, »würden sie zu spät kommen. Die würden zwischen den Ruinen nichts als Leichen finden.«

Erstaunt und neugierig schauten ihn alle an.

»Amaru hat behauptet, wir hätten die Pläne mächtiger Männer durchkreuzt«, erklärte Pitt. »Und die würden uns aus lauter Angst, wir könnten ihren großangelegten Kunstraub aufdecken, niemals lebend aus dem Tal entkommen lassen.«

»Aber wenn sie vorhatten, uns umzubringen«, sagte Shannon unsicher, »warum haben sie uns dann hierher gebracht? Sie hätten doch gleich an Ort und Stelle alle erschießen und unsere Überreste in das Wasserloch werfen können.«

»Vielleicht dachten sie sich, sie müßten eine Geiselnahme samt Lösegeldforderung vortäuschen, damit es wie ein Überfall des Leuchtenden Pfads aussieht. Wenn die peruanische Regierung, die Verantwortlichen an Ihrer Universität in den Staaten oder die Eltern der Archäologiestudenten eine beträchtliche Summe bezahlt hätten – um so besser. Die hätten das Lösegeld einfach als zusätzliche Prämie zu den Gewinnen aus dem Kunstschmuggel betrachtet und trotzdem alle ermordet.«

»Was sind das bloß für Menschen?« fragte Shannon aufgebracht.

»Amaru hat sie als *Solpemachaco* bezeichnet, was immer das auch heißen mag.«

»*Solpemachaco*«, rief Shannon aus. »Ein Fabelwesen der hiesigen Ureinwohner, halb Medusa, halb Drache. In den jahrhundertealten Sagen wird *Solpemachaco* als ein böses Schlangenwesen mit sieben Häuptern dargestellt, das in einer Höhle haust. In einer Legende wird sogar behauptet, es lebe hier, im Pueblo de los Muertes.«

Giordino gähnte gelangweilt. »Klingt wie ein schlechtes Drehbuch zu einem weiteren Film über irgendwelche Monster aus dem tiefsten Schlund der Erde.«

»Eher wie ein schlaues Wortspiel«, sagte Pitt. »Eine Metapher als Codename für eine Organisation von internationalen Kunsträubern mit besten Beziehungen zum Untergrund – in diesem Fall zum Schwarzmarkt für Altertümer.«

»Die sieben Häupter der Schlange könnten die führenden Köpfe dieser Organisation darstellen«, schlug Shannon vor.

»Oder die sieben Stützpunkte ihres Unternehmens«, ergänzte Rodgers.

»Damit wäre das Geheimnis gelüftet«, sagte Giordino spöttisch. »Warum sehen wir nicht zu, daß wir schleunigst von hier abhauen und zurück zum Wasserloch marschieren, bevor die Sioux und Cheyenne über den Paß geprescht kommen?«

»Weil sie uns dort auflauern könnten«, sagte Pitt. »Ich meine, wir sollten bleiben, wo wir sind.«

»Glauben Sie wirklich, daß sie Männer schicken, um uns töten zu lassen?« fragte Shannon, deren Miene eher wütend als ängstlich wirkte.

Pitt nickte. »Darauf verwette ich meine Rente. Derjenige, der mit dem Funkgerät abgehauen ist, hat uns mit Sicherheit verpfiffen. Ich schätze, seine Kumpane kommen in...« – er hielt inne und blickte auf die Uhr, bevor er fortfuhr – »etwa anderthalb Stunden wie aufgescheuchte Hornissen in das Tal geschwärmt und schießen jeden nieder, der auch nur entfernt wie ein Archäologe aussieht.«

»Nicht gerade eine erheiternde Vorstellung«, murmelte sie.

»Ich schätze mal, mit sechs automatischen Gewehren und Dirks Pistole könnten wir 'ner Bande von etwa zwei Dutzend Strolchen vielleicht zehn Minuten lang den Schneid abkaufen«, meinte Giordino düster.

»Wir dürfen nicht hierbleiben und uns mit schwerbewaffneten Kriminellen herumschlagen«, protestierte Rodgers. »Sonst werden wir alle umgebracht.«

»Außerdem müssen wir auch an die Studenten denken«, sagte Shannon, die plötzlich etwas bleich wirkte.

»Bevor wir uns alle der allgemeinen Schwarzseherei hingeben«, sagte Pitt forsch, als sorge er sich um nichts auf der Welt, »schlage ich vor, daß wir alle zusammentrommeln und den Tempel räumen.«

»Und was dann?« wollte Rodgers wissen.

»Zuerst suchen wir Amarus Landeplatz.«

»Zu welchem Zweck?«

Giordino verdrehte die Augen. »Die Miene kenne ich. Er heckt wieder einen seiner machiavellistischen Pläne aus.«

»Viel einfacher«, sagte Pitt geduldig. »Ich denke mir, sobald dieses Räuberpack landet und anfängt, in den Ruinen nach uns zu suchen, borgen wir uns ihren Hubschrauber, fliegen zum nächsten Viersternehotel und nehmen ein erfrischendes Bad.«

Einen Augenblick lang herrschte ungläubiges Staunen. Die anderen starrten Pitt an, als wäre er ein Marsmensch. Giordino war der erste, der sich von dem allgemeinen Erstaunen erholte.

»Seht ihr«, sagte er mit einem breiten Grinsen. »Ich hab's euch ja gesagt.«

8

Pitt hatte sich nur um zehn Minuten verschätzt. Nach einer Stunde und zwanzig Minuten wurde die Stille im Tal jählings von knatterndem Rotorenlärm durchbrochen. Zwei peruanische Militärhubschrauber kamen über einen Bergsattel zwischen zwei Gipfeln geflogen und kreisten über den uralten Bauwerken. Nach einer oberflächlichen Erkundung der Gegend landeten sie auf einem weniger als 100 Meter (328 Fuß) von der Vorderseite des kegelförmigen Tempelgebäudes entfernten freien Platz inmitten der Ruinen. Unter den wirbelnden Rotorblättern strömten Truppen aus den Heckklappen und stellten sich in Reih und Glied auf, als ginge es zum Appell.

Das waren keine gewöhnlichen, zum Schutz ihres Volkes verpflichteten Soldaten. Es handelte sich vielmehr um Söldnergesindel, das sich an den Meistbietenden verkaufte. Auf Anweisung des befehlshabenden Offiziers, eines Capitán in voller Ausgehuniform, formierten sich die zwei Abteilungen von jeweils dreißig Mann zu einer dichten Schlachtreihe, die von zwei Tenientes geführt wurde. Sobald die Reihe einigermaßen gerade ausgerichtet war, hob der Capitán sein Offiziersstöckchen und bedeutete den untergebenen Offizieren, sie sollten mit dem Sturm auf den Tempel beginnen. Dann stieg er auf ein niedriges Mäuerchen, um das einseitige Gefecht von einem, wie er meinte, sicheren Standort aus zu befehligen.

Mit ermutigenden Zurufen forderte der Capitán seine Männer dazu auf, furchtlos über die Tempeltreppe vorzurücken. Harsch hallte seine Stimme zwischen den verwinkelten Ruinen wider. Doch mit einem Mal brach er ab und stieß ein seltsames Keuchen aus, das augenblicklich in ein gepreßtes Röcheln überging. Er erstarrte kurz, verzog verständnislos das Gesicht, krümmte sich dann vornüber, kippte von der Mauer und schlug mit dem Hinterkopf am Boden auf.

Ein kleiner, untersetzter Teniente in einem ausgebeulten Kampfanzug stürzte zu ihm, kniete sich neben seinen gefallenen Capitán, schaute begriffsstutzig zu dem Palast hinauf, machte den Mund auf, um einen Befehl zu erteilen, und sackte dann über dem Leichnam zusammen. Der trockene Knall eines Gewehrs vom Typ 56-1 war das letzte, was er hörte, bevor ihn der Tod ereilte.

Pitt, der bäuchlings hinter einer niedrigen Brustwehr aus Steinen oberhalb der Treppe auf der Tempelplattform lag, spähte durch das Zielfernrohr seines Gewehres zu dem verwirrten Truppenaufgebot hinab, gab vier weitere Salven auf die dichtgedrängte Kampfreihe ab und pickte sich dann den einzigen übriggebliebenen Offizier heraus. Pitts Miene verriet keinerlei Furcht oder Überraschung ob der überwältigenden Söldnerschar; in den tiefgrünen Augen lag nur wilde Entschlossenheit. Wenn er hier Widerstand leistete, sorgte er für ein Ablenkungsmanöver und rettete möglicherweise dreizehn unschuldigen Menschen das Leben. Lediglich über die Köpfe der Soldaten hinwegzuschießen, um den Angriff hinauszuzögern, wäre reine Zeitverschwendung gewesen. Diese Männer waren hier, um sämtliche Zeugen ihres kriminellen Treibens zu töten. Töten oder getötet werden mochte zwar ein Klischee sein, aber es war zutreffend. Diese Männer kannten keine Gnade.

Pitt war keineswegs ein mitleidloser Mensch; seine Augen waren weder stahlhart noch eiskalt. Wildfremde Männer zu töten, machte ihm nicht den geringsten Spaß. Er bedauerte es am allermeisten, daß er die Unbekannten, die diese Verbrechen zu verantworten hatten, nicht vor dem Visier hatte.

Vorsichtig zog er das Sturmgewehr aus dem engen Guckloch zwischen den Steinen heraus und suchte das Terrain unter sich ab. Die peruanischen Söldner waren im Schutz der Ruinen ausgeschwärmt. Ein paar vereinzelte Schüsse wurden auf den Tempel abgegeben, wo die Kugeln Splitter aus den Steinskulpturen rissen, um dann als jaulende Querschläger hinten an der Steilwand mit den Gräbern zu landen. Er hatte es hier mit erfahrenen, disziplinierten Kampftruppen zu tun, die sich rasch von ihrer Überraschung erholten. Der Tod ihrer Offiziere hatte sie zwar aufgehalten, aber nicht vertrieben. Die Sargentos hatten das Kommando übernommen und legten sich nun eine Taktik zurecht, wie sie das unerwartete Widerstandsnest ausheben könnten.

Pitt duckte sich hinter der steinernen Brüstung, als ein Kugelhagel aus automatischen Waffen auf die Säulen des Portals einprasselte, daß in alle Richtungen Steinsplitter davonflogen. Damit hatte er gerechnet. Die Peruaner überzogen ihn mit Sperrfeuer, während sie hinter den Ruinen hervorrobbten und sich immer näher auf den Fuß der Treppe zuschoben, die die abgerundete Vorderseite des Tempels hinaufführte. Pitt bewegte sich seitwärts wie eine Krabbe und drückte sich in den Schutz des Palasts, wo er sich wieder aufrichtete und zur rückwärtigen Mauer rannte. Dort warf er einen aufmerksamen Blick durch einen Fensterbogen.

Da die Soldaten erkannt hatten, daß die abgerundeten Mauern des Tempels zu glatt und zu steil waren, als daß ein Angreifer sie hätte überwinden können, aber auch kein Verteidiger entkommen konnte, hatten sie an der Rückseite keine Posten aufgestellt. Für Pitt war damit klar, daß sie ihre gesamte Streitmacht für einen Frontalangriff über die Treppe einsetzen wollten. Nicht voraussehen konnte er indes, daß sie vorhatten, einen Großteil des oben auf dem Tempel errichteten Palastes der Totengötter in Trümmer zu legen, bevor sie die Treppe stürmten.

Pitt huschte zurück zu der Brustwehr und gab einen langen Feuerstoß aus dem chinesischen Sturmgewehr ab, bis die letzte ausgeworfene Patronenhülse über den Steinboden schepperte. Er rollte sich zur Seite und wollte gerade ein langes, gekrümmtes Magazin einschieben, als er ein lautes *Wuusch* hörte und ein von einem Raketenwerfer abgefeuertes Projektil heraufgeflogen kam und 8 Meter (26 Fuß) hinter Pitt krepierte. Die donnernde Explosion schleuderte Steine wie Schrapnells durch die Gegend und riß ein riesiges Loch in die Wand. Innerhalb von Sekunden war der uralte Schrein der Totengötter mit Trümmern übersät, und der beißende Geruch hochbrisanten Sprengstoffs breitete sich aus.

Nach dem brüllenden Widerhall der Detonation klingelten Pitts Ohren, und sein Herz hämmerte. Er war vorübergehend geblendet, und Staub verklebte ihm Mund und Nase. Hastig rieb er sich die Augen und spähte hinab auf die umliegenden Ruinen. Er sah gerade noch, wie eine schwarze Rauchwolke aufstieg und ein Blitz aus einem Raketenwerfer schoß. Er schützte den Kopf mit den Händen und duckte sich, als auch schon die nächste Rakete in dem alten Gemäuer einschlug und mit ohrenbetäubendem Krachen barst. Die gewaltige Druckwelle preßte Pitt die Luft aus dem Leib, und die herumfliegenden Steinsplitter prasselten auf ihn herab.

Einen Augenblick lang blieb er bewegungslos, fast leblos liegen. Dann rappelte er sich mühsam auf alle viere, spuckte den Staub aus, ergriff sein Gewehr und kroch wieder in den Palast zurück. Er warf einen letzten Blick auf den Haufen kostbarer Kunstgegenstände und stattete Amaru einen Abschiedsbesuch ab.

Der Grabräuber hatte das Bewußtsein wiedererlangt und funkelte Pitt an, während er die Hände an seinen Unterleib preßte, der jetzt mit getrocknetem Blut verkrustet war. Seine Mörderfratze war vor Haß verzerrt. Eine seltsame Kälte umgab ihn, als wären ihm seine Schmerzen völlig gleichgültig. Boshaftigkeit strahlte von ihm aus.

»Deine Freunde haben eine zerstörerische Ader«, sagte Pitt, als eine weitere Rakete im Tempel einschlug.

»Sie sitzen in der Falle«, krächzte Amaru mit gepreßter Stimme.

»Dank deines vorgetäuschten Mordes an dem falschen Doc Miller. Er ist mit eurem Funkgerät abgehauen und hat Verstärkung geholt.«

»Dein letztes Stündchen hat geschlagen, Yankeeschwein.«

»Yankeeschwein«, wiederholte Pitt. »So hat mich ja seit ewigen Zeiten niemand mehr genannt.«

»Du wirst genauso leiden, wie du mich hast leiden lassen.«

»Tut mir leid, aber ich habe andere Pläne.«

Amaru versuchte sich auf die Ellbogen zu stützen und etwas zu sagen, doch Pitt war schon weg.

Er stürmte wieder nach hinten. Neben dem Fenster lagen eine Matratze und zwei Messer, die er aus den Wohnquartieren in dem von Giordino und Shannon entdeckten Grabesfelsen geholt hatte. Er legte die Matratze über den Fenstersims, schwang dann die Beine nach außen und setzte sich darauf. Dann schmiß er das Gewehr weg, packte die Messer, streckte die Arme aus und warf einen letzten besorgten Blick zu dem 20 Meter (65 Fuß) unter ihm liegenden Erdboden. Er mußte daran denken, wie er einmal auf Vancouver Island in der kanadischen Provinz British Columbia an einem Bungeeseil in einen Cañon hineingesprungen war. Ins Leere zu springen, dachte er, ist wider die menschliche Natur. Ein weiterer Raketeneinschlag beendete seine Grübeleien. Jetzt gab es kein Zögern mehr. Er drückte die Fersen seiner Turnschuhe an die Mauer und rammte die Messerklingen zum Abbremsen in die Steinquader. Ohne noch einmal zurückzublicken, stieß er sich über die Kante und rutschte auf der Matratze wie mit einem Schlitten an der Mauer hinab.

Vorsichtig stieg Giordino, gefolgt von Shannon und den Studenten, während Rodgers die Nachhut bildete, über die Treppe aus einer Gruft, wo sie sich versteckt hatten, als die Helikopter landeten. Giordino blieb stehen und spähte vorsichtig über eine eingestürzte Mauer, um das Terrain zu erkunden. Die Helikopter standen nur 50 Meter (164 Fuß) von ihnen entfernt. Die Motoren tuckerten im Leerlauf, und die jeweils zwei Mann Besatzung saßen seelenruhig im Cockpit und verfolgten den Sturm auf den Tempel.

Shannon schob sich neben Giordino und blickte über die Mauer, als eine Rakete gerade den Torbogen des oberen Palastes zum Einsturz brachte. »Die werden die Kunstschätze zerstören«, sagte sie voller Trauer.

»Um Dirk machen Sie sich wohl keine Sorgen?« Giordino warf ihr einen kurzen Blick zu. »Nur wegen uns riskiert er sein Leben und kämpft gegen eine ganze Söldnerarmee, damit wir einen Helikopter stehlen können.«

Sie seufzte. »Jeder Archäologe leidet, wenn er sieht, wie unersetzliche Altertümer für immer vernichtet werden.«

»Lieber der alte Schrott als wir.«

»Tut mir leid. Mir liegt ebensoviel daran wie Ihnen, daß er entkommt. Aber mir kommt alles so vergeblich vor.«

»Ich kenne den Kerl seit meiner Kindheit.« Giordino lächelte. »Glauben Sie mir, er hat sich noch nie eine Gelegenheit entgehen lassen, den Helden zu markieren.« Er musterte die beiden Helikopter, die leicht versetzt auf dem offenen Platz standen.

Der hintere schien ihm am ehesten für die Flucht geeignet. Er stand nur wenige Meter von einem schmalen Graben entfernt, durch den sie sich ungesehen nähern konnten, und, was noch wichtiger war, die Besatzung des vorderen Hubschraubers hatte ihn nicht im Blick. »Weitersagen«, befahl er mitten im Gefechtslärm, »wir entführen den hinteren Hubschrauber.«

Ungestüm wie ein rollender Felsblock schoß Pitt über die konvex abfallende Tempelmauer hinab. Er verfehlte die aus der Wand ragenden steinernen Tierköpfe dabei nur um Zentimeter. Wie Schraubstöcke umklammerten seine Hände die Messer, und er stieß sie mit der ganzen Kraft seiner sehnigen Arme in den Untergrund, so daß der Stahl funkenschlagend über den harten Fels schabte. Längst hatte das rauhe Mauerwerk die gummierten Fersen seiner Turnschuhe glattgeschliffen, und dennoch wurde seine Rutschpartie immer schneller, immer beängstigender. Am meisten sorgte er sich darum, daß er kopfüber wie eine Kanonenkugel am Boden aufschlagen oder sich bei der Wucht des Aufpralls ein Bein brechen könnte. Eins von beiden, und er war erledigt, leichte Beute für die Peruaner, die nach dem Tod ihrer Offiziere alles andere als freundlich mit ihm umspringen würden.

Pitt, der noch immer entschlossen, aber ohne allzu großen Erfolg, seine Geschwindigkeit zu verringern suchte, spannte einen Sekundenbruchteil, bevor er mit voller Wucht am Boden aufschlug, die Beine an. Sobald sich seine Füße in die sumpfige, vom Regen aufgeweichte Erde bohrten, ließ er die Messer los. Zugleich nutzte er den Schwung aus, rollte sich über die Schulter ab und überschlug sich zweimal wie ein Fallschirmspringer bei einer harten Landung. Dankbar, daß er nicht auf einen Felsen geprallt war, blieb er ein paar Sekunden liegen, belastete vorsichtig seine Beine und überprüfte sie auf eventuelle Verletzungen, bevor er aufstand.

Bis auf einen verstauchten, aber noch funktionsfähigen Knöchel, ein paar Abschürfungen an den Händen und eine schmerzende Schulter hatte er anscheinend keine Schäden davongetragen. Die feuchte Erde hatte ihn vor schwereren Verletzungen bewahrt. Die gute Matratze allerdings hing in Fetzen. Er war froh, daß seine Knochen heil geblieben waren, und atmete einmal tief durch. Jetzt durfte er keine Zeit verlieren. Pitt rannte los, hielt sich aber soweit wie möglich im Schutz der Ruinen und achtete darauf, daß er nicht von den Truppen entdeckt wurde, die sich gerade zum Sturm auf die Tempeltreppe formierten.

Giordino konnte nur hoffen, daß Pitt die Raketen überlebt hatte und sicher die Tempelmauer hinuntergekommen war, ohne entdeckt und erschossen zu werden. Wieder mal so eine unmögliche Idee, dachte Giordino. Pitt mochte einem zwar unverwüstlich vorkommen, aber irgendwann erwischt uns alle mal der alte Knabe mit der Sense. Doch Giordino konnte sich einfach nicht vorstellen, daß er Pitt erwischen könnte. Für ihn war es undenkbar, daß Pitt irgendwo anders sterben könnte als in den Armen einer schönen Frau im Bett oder in einem Pflegeheim für alte Taucher.

Geduckt rannte Giordino in den toten Winkel schräg hinter dem zweiten Hubschrauber, als eine Abteilung Soldaten gerade die steilen Treppenstufen hinaufstürmte. Die Reserveabteilung gab ihnen von unten Feuerschutz und ließ einen Kugelhagel auf den mittlerweile schwerbeschädigten Palast der Totengötter niedergehen.

Die Peruaner waren jetzt ganz und gar auf den Angriff konzentriert. Niemand sah Giordino, als er sich, das Gewehr in der Hand, um das Heck des Helikopters herumstahl und durch die Heckklappe stieg. Kaum war er drinnen, drückte er sich flach auf den Boden und ließ den Blick durch den leeren Frachtraum des Truppentransporters zu den beiden Piloten im Cockpit schweifen, die ihm den Rücken zugekehrt hatten und gespannt das einseitige Gefecht verfolgten.

Gekonnt und ungewöhnlich schnell für einen Mann, der wie ein gedrungener Bulldozer gebaut war, schlich sich Giordino an. Ohne von den Piloten gehört oder bemerkt zu werden, tauchte er plötzlich hinter ihren Sitzen auf. Giordino drehte das Gewehr um und versetzte dem Copiloten einen Hieb in den Nacken. Der Pilot hörte den Schlag, fuhr auf seinem Sitz herum und starrte Giordino eher neugierig denn erschrocken an. Bevor er noch mit der Wimper zucken konnte, rammte Giordino ihm die Eisenkante des Gewehrkolbens gegen die Stirn.

Rasch schleifte er die bewußtlosen Piloten zum Ausstieg, warf sie auf den Boden und winkte Shannon, Rodgers und den Studenten, die sich in dem Graben verborgen hielten, energisch zu. »Beeilung!« schrie er. »Um Gottes willen, beeilt euch!«

Klar und deutlich schallten seine Worte über den Kampflärm hinweg. Die Studenten ließen es sich nicht zweimal sagen. Sie sprangen aus der Deckung hervor und stürmten in Sekundenschnelle durch die offene Tür in den Helikopter. Giordino saß bereits wieder im Cockpit und überflog in aller Eile die Instrumente und die Bedienungskonsole zwischen den beiden Pilotensitzen, um sich damit vertraut zu machen.

»Sind alle da?« fragte er Shannon, als sie neben ihm auf den Copilotensitz rutschte.

»Alle bis auf Pitt.«

Er antwortete nicht, sondern warf lediglich einen Blick aus dem Fenster. Die Truppen auf der Treppe, die immer mutiger wurden, als ihnen kein Abwehrfeuer entgegenschlug, drangen auf die Plattform und in den eingestürzten Palast der Totengötter vor. Es konnte nur mehr Sekunden dauern, bis die Angreifer feststellten, daß man sie angeschmiert hatte.

Giordino konzentrierte sich wieder auf die Instrumente. Der Helikopter war ein alter russischer Kampfzonen-Transporthubschrauber vom Typ Mi-8, während des kalten Krieges von der NATO auch als Hip-C bezeichnet. Ein ziemlich steinaltes, häßliches Gerät, dachte Giordino, angetrieben von zwei 1500-PS-Motoren, das bis zu vier Besatzungsmitglieder und dreißig Passagiere befördern konnte. Da die Motoren bereits liefen, legte Giordino die rechte Hand auf den Gashebel.

»Haben Sie gehört?« sagte Shannon aufgeregt. »Ihr Freund ist noch nicht da.«

»Ich hab's gehört.« Ohne die geringste Gefühlsregung zu zeigen, gab Giordino langsam Gas.

Pitt, der sich hinter ein steinernes Gebäude geduckt hatte, spähte um die Ecke, als er die Turbinentriebwerke aufheulen hörte und sah, daß sich der fünfblättrige Hauptrotor immer schneller drehte. Vor einer Stunde hatte er seine ganze Überzeugungskraft aufbieten müssen, um Giordino zu überreden, notfalls auch ohne ihn zu starten. Kein Mensch war es wert, daß man dreizehn andere für ihn opferte. Nur mehr 30 Meter (98 Fuß) trennten Pitt von dem Helikopter, aber das offene Terrain ohne Strauch oder andere Deckungsmöglichkeit kam ihm kilometerbreit vor.

Mit Vorsicht kam er jetzt nicht mehr weiter. Er mußte sofort losrennen. Er bückte sich, massierte kurz seinen verletzten Knöchel, der ihm immer mehr Schwierigkeiten machte. Er schmerzte nur wenig, wurde aber allmählich gefühllos und schwoll an. Wenn er sich retten wollte, durfte er keine Zeit mehr verlieren. Er beugte sich vor wie ein Sprinter und raste los.

Die Rotoren peitschten den Staub vom Boden auf, als Giordino den alten Hip-C leicht anlupfte und über dem Boden schweben ließ. Rasch überblickte er das Instrumentenbrett, ob irgendwelche roten Lämpchen aufleuchteten, und achtete auf seltsame Geräusche oder merkwürdige Vibrationen. Alles schien in Ordnung, wenn man einmal davon absah, daß das Fluggerät dringend überholt werden mußte und die Motoren reichlich matt waren. Aber sie reagierten bereitwillig, als er die Schnauze etwas nach unten drückte und mehr Saft gab.

Vom Transportraum aus sahen die Studenten und Rodgers, wie Pitt auf die offene Heckluke zugestürzt kam. Die Anfeuerungsrufe, die sie ihm zubrüllten, während er über den weichen Boden sprintete, wurden auf einmal drängend, als ein Sargente zufällig den Blick von dem Kampfgeschehen abwandte und sah, wie Pitt hinter dem aufsteigenden Helikopter herrannte. Augenblicklich rief er den Männern der Reserveabteilung etwas zu, die noch immer auf den Befehl zum Vorrücken über die Treppe warteten.

Die Rufe des Sargente – es waren beinahe Schreie – übertönten den Widerhall des Gewehrfeuers auf der Spitze des Tempels. »Sie entkommen! Schießt, in Christi Namen, erschießt sie!«

Doch die Truppen reagierten nicht auf den Befehl. Der andere Hubschrauber stand genau im Schußfeld, und wenn sie auf Pitt feuerten, würden sie ihr eigenes Fluggerät durchsieben. Sie zögerten, unsicher, ob sie den Befehlen des aufgeregten Sargente Folge leisten sollten. Nur ein Mann hob sein Gewehr und feuerte.

Pitt achtete nicht auf die Kugel, die ihn am rechten Oberschenkel streifte. Er hatte keine Zeit, Schmerz zu empfinden. Und dann war er unter dem Rumpf, und Rodgers und die peruanischen Studenten legten sich auf den Bauch, beugten sich hinaus und streckten ihm durch die offene Klapptür die Hände entgegen. Der Hubschrauber erbebte, als er in den Abwind der eigenen Rotoren geriet, und sackte zurück. Pitt streckte die Arme aus und sprang.

Giordino legte den Helikopter in eine scharfe Kurve, so daß die Rotorblätter den Baumwipfeln gefährlich nahe kamen. Eine Kugel durchschlug das Seitenfenster und übersäte das Cockpit mit einem Schauer silbriger Splitter. Er trug eine Schnittwunde an der Nase davon. Eine weitere Kugel blieb im Rahmen der Sitzlehne stecken. Sie hatte seine Wirbelsäule nur um Haaresbreite verfehlt. Der Helikopter steckte noch etliche Schüsse ein, bevor Giordino ihn über eine Baumgruppe zog und auf der anderen Seite, außer Schußweite der peruanischen Sturmtruppen, wieder herunterdrückte.

Kaum aus der Gefahrenzone heraus, ging er in einer leichten Linkskurve in den Steigflug über, bis er auf Höhe der Berggipfel war. Er hatte hier oben, 4000 Meter (13 000 Fuß) über dem Meeresspiegel, kahle, baumlose Felshänge erwartet, aber zu seiner Überraschung waren die Gipfel dicht bewaldet. Sobald er das Tal hinter sich gelassen hatte, ging er auf Westkurs. Erst dann wandte er sich Shannon zu. »Alles in Ordnung?«

»Die wollten uns umbringen«, sagte sie tonlos.

»Mögen anscheinend keine Gringos«, erwiderte Giordino, während er nachprüfte, ob Shannon verletzt war. Als er weder Blut noch irgendwelche Wunden sah, konzentrierte er sich wieder auf den Hubschrauber und betätigte den Hebel, mit dem sich die Heckklappe schließen ließ. Dann schrie er nach hinten in den Transportraum: »Irgend jemand getroffen?«

»Bloß ich, ich armer Kerl.«

Wie auf Kommando drehten sich Giordino und Shannon um, als sie die Stimme erkannten. Pitt. Ein ziemlich erschöpfter und schlammverkrusteter Pitt zwar, von dessen notdürftig mit einem Kopftuch verbundenen Bein das Blut tropfte, aber ansonsten so unverwüstlich wie eh und je. Mit einem teuflischen Grinsen auf dem Gesicht beugte er sich in das Cockpit.

Giordino, den eine ungeheure Erleichterung überkam, lächelte ihm zu.

»Beinahe hättest du schon wieder den Bus verpaßt.«

»Und du schuldest mir immer noch eine Dixieland-Band.«

Shannon kniete auf ihrem Sitz, das Gesicht nach hinten gewandt, warf Pitt lächelnd die Arme um den Hals und drückte ihn heftig an sich. »Ich hatte ja solche Angst, daß Sie es nicht schaffen würden.«

»War auch verdammt knapp.«

Sie schaute nach unten, und ihr Lächeln verflog. »Sie bluten ja.«

»Ein Abschiedsgruß von einem der Soldaten, als Rodgers und die Studenten mich grade an Bord ziehen wollten. Gelobt seien sie.«

»Wir müssen Sie ins Krankenhaus bringen. Das sieht ernst aus.«

»Nur, wenn die ihre Kugeln in Schierlingssaft getunkt haben«, sagte Pitt leichthin.

»Sie sollten das Bein entlasten. Nehmen Sie meinen Platz.«

Sanft drehte Pitt Shannon wieder um und drückte sie auf den Copilotensitz. »Bleiben Sie, wo Sie sind. Ich setze mich zu dem anderen Fußvolk in den Passagierraum.« Er schwieg kurz und sah sich in der Pilotenkanzel um. »Das ist ja eine echte Antiquität.«

»Er bockt, bebt und rüttelt«, sagte Giordino, »aber er fliegt.«

Pitt beugte sich über Giordinos Schulter und musterte das Instrumentenbrett, bis sein Blick am Treibstoffanzeiger hängenblieb. Er streckte die Hand aus und klopfte ans Glas. Beide Nadeln blieben knapp unterhalb der Dreiviertelmarke stehen. »Was schätzt du, wie weit wir damit kommen?«

»Bei vollem Tank müßte er etwa dreihundertfünfzig Kilometer Reichweite haben. Wenn keine Kugel den Tank durchschlagen hat, müßten wir meiner Schätzung nach etwa zweihundertachtzig Kilometer weit kommen.«

»Hier müssen doch irgendwo eine Karte und ein Zirkel sein.«

In einer Tasche neben ihrem Sitz entdeckte Shannon die Navigationsausrüstung und reichte sie Pitt. Er holte die Karte heraus, klappte sie auf und legte sie auf ihren Rücken. Dann griff er zum Zirkel und maß, während er darauf achtete, daß er sie nicht stach, die Entfernung zur peruanischen Küste.

»Meiner Schätzung nach sind es etwa dreihundert Kilometer bis zur *Deep Fathom*.«

»*Deep Fathom*, was ist das?«

»Unser Forschungsschiff.«

»Sie haben doch wohl nicht vor, auf See zu landen, wenn es zu einer der größten Städte Perus viel näher ist?«

»Sie meint den internationalen Flughafen in Trujillo«, erklärte Giordino.

»Die *Solpemachaco* hat mir zu viele Freunde«, sagte Pitt.

»Freunde, die so viel Einfluß haben, daß sie im Handumdrehen ein Söldnerregiment aufbieten können. Sobald sich herumspricht, daß wir einen Hubschrauber gestohlen und den Stolz ihrer Streitmacht ins Grab gebracht haben, ist unser Leben keinen roten Heller mehr wert. An Bord eines Schiffes außerhalb der Hoheitsgewässer sind wir sicherer, bis jemand von der US-Botschaft einen ehrlichen Beamten bei der peruanischen Regierung findet und ihm umfassend Bericht erstattet.«

»Das kann ich verstehen«, antwortete Shannon. »Aber Sie dürfen die Archäologiestudenten nicht vergessen. Die kennen die ganze Geschichte. Ihre Eltern haben großen Einfluß und werden dafür sorgen, daß die Presse umfassend über ihre Entführung und die Plünderung nationaler Reichtümer berichtet.«

»Vorausgesetzt natürlich«, sagte Giordino beiläufig, »daß uns nicht irgendwo zwischen hier und dem Meer ein peruanischer Spürtrupp abfängt.«

»Ganz im Gegenteil«, erwiderte Pitt. »Ich verlasse mich sogar darauf. Jede Wette, daß uns der andere Kampfhubschrauber längst auf den Fersen ist.«

»Also bleiben wir dicht über dem Boden und scheuchen Schafe und Kühe, bis wir über dem Wasser sind«, bestätigte Giordino.

»Ganz genau. Könnte auch nichts schaden, wenn wir in der Nähe der tieferen Wolken bleiben.«

»Vergessen Sie dabei nicht eine Kleinigkeit?« sagte Shannon leicht gereizt, als müßte sie einen Ehemann daran erinnern, daß er den Müll noch nicht hinausgetragen hat. »Wenn meine Rechnung stimmt, geht uns zwanzig Kilometer vor Ihrem Schiff der Treibstoff aus. Ich hoffe doch, Sie wollen nicht vorschlagen, daß wir die restliche Strecke schwimmen.«

»Dieses kleine Problem«, sagte Pitt ruhig, »lösen wir, indem wir unser Schiff anfunken und vereinbaren, daß es uns mit voller Fahrt entgegenkommt.«

»Jeder Klacks hilft uns«, sagte Giordino, »aber trotzdem wird's ganz schön eng werden.«

»Überleben werden wir auf alle Fälle«, erwiderte Pitt zuversichtlich. »Wir haben Schwimmwesten für alle und außerdem zwei Rettungsflöße an Bord. Ich weiß es, ich habe nachgesehen, als ich durch den Frachtraum gegangen bin.« Er schwieg, drehte sich um und schaute nach hinten, wo Rodgers sich gerade davon überzeugte, daß alle Studenten ordentlich angeschnallt waren.

»Sobald Sie sich mit Ihrem Schiff in Verbindung setzen, werden uns die Verfolger im Nacken sitzen«, stellte Shannon bedrückt fest. »Die wissen vermutlich ganz genau, wo sie uns abfangen und zusammenschießen können.«

»Nicht, wenn ich meine Karten richtig ausspiele«, erwiderte Pitt leichthin.

Kommunikationstechniker Jim Stucky klappte die Lehne des Bürostuhls fast bis zum Anschlag zurück, machte es sich bequem und nahm sich einen Kriminalroman von Wick Downing vor. Inzwischen hatte er sich an das regelmäßige Pochen gewöhnt, das durch den ganzen Rumpf des NUMA-Vermessungsschiffes *Deep Fathom* hallte, wenn die Schallwellen des Sonargerätes vom Meeresboden des Peru-Beckens zurückgeworfen wurden. Kurz nachdem das Schiff die endlose Kreuzfahrt zur kartographischen Erfassung des zweitausendfünfhundert Faden unter seinem Kiel liegenden Bodens aufgenommen hatte, war an Bord Langeweile eingekehrt. Stucky steckte gerade mitten in einem Kapitel, in dem in einem Wasserbett eine Frauenleiche entdeckt wird, als Pitts Stimme krächzend aus dem Lautsprecher drang.

»NUMA ruft *Deep Fathom*. Bist du wach, Stucky?«

Stucky fuhr hoch und drückte auf die Sendetaste. »Hier *Deep Fathom*. Ich höre euch, NUMA. Bleibt dran.« Während Pitt wartete, verständigte Stucky über die Lautsprecheranlage des Schiffes seinen Kapitän.

Captain Frank Stewart kam von der Brücke in die Funkkabine geeilt. »Habe ich Sie richtig verstanden? Sie haben Verbindung mit Pitt und Giordino?«

Stucky nickte. »Pitt ist dran.«

Stewart griff zum Mikrofon. »Dirk, hier spricht Frank Stewart.«

»Schön, Ihre versoffene Stimme wieder zu hören, Frank.«

»Wo seid ihr abgeblieben? Admiral Sandecker spuckt schon seit vierundzwanzig Stunden Feuer und Schwefel und fragt ständig nach eurem Standort.«

»Glauben Sie mir, Frank, es war kein guter Tag.«

»Wo haltet ihr euch derzeit auf?«

»Irgendwo über den Anden, in einem antiquierten peruanischen Militärhubschrauber.«

»Was ist mit unserem NUMA-Helikopter passiert?« wollte Stewart wissen.

»Den hat der Rote Baron abgeschossen«, sagte Pitt rasch. »Ist jetzt nicht wichtig. Hören Sie genau zu. Unser Tank ist leck geschossen. Wir können uns allenfalls noch eine halbe Stunde in der Luft halten. Kommt uns bitte entgegen und holt uns am Marktplatz von Chiclayo ab. Könnt ihr leicht finden, wenn ihr euch die Landkarte von Peru anschaut. Nehmt den Reservehubschrauber.«

Stewart blickte zu Stucky hinab. Die Männer tauschten verwunderte Blicke aus. Dann drückte Stewart wieder auf die Sendetaste. »Bitte wiederholen. Ich habe Sie nicht ganz verstanden.«

»Wir sind aus Spritmangel gezwungen, in Chiclayo zu landen. Stoßt mit dem Vermessungshubschrauber zu uns und fliegt uns zum Schiff zurück. Außer Giordino und mir warten hier noch zwölf Passagiere.«

Stucky schaute fassungslos drein. »Was, zum Teufel, geht da vor? Er und Giordino sind mit unserem einzigen Vogel abgehauen. Und jetzt fliegen sie 'nen zusammengeschossenen Militärhubschrauber mit zwölf Leuten an Bord. Und was soll das Gefasel über unseren Reservehubschrauber?«

»Bleiben Sie dran«, sagte Stewart zu Pitt. Dann griff er zum Hörer des Schiffstelefons und klingelte zur Brücke durch. »Gehen Sie sofort in den Kartenraum und bringen Sie mir eine Karte von Peru zur Funkstation.«

»Könnte es sein, daß Pitt aufs Hirn gefallen ist?« fragte Stucky.

»Nie und nimmer«, versetzte Stewart. »Die beiden stecken in Schwierigkeiten, und Pitt will eine falsche Fährte legen, um eventuelle Mithörer in die Irre zu führen.« Ein Matrose brachte die Karte, und Stewart breitete sie auf einem Schreibtisch aus. »Das Ziel ihres Rettungsfluges lag östlich von hier. Chiclayo befindet sich gut fünfundsiebzig Kilometer südwestlich von ihrem Flugweg.«

»Jetzt wissen wir also, daß Pitt irgendeinen Schwindel plant«, sagte Stucky. »Aber was hat er damit vor?«

»Werden wir bald erfahren.« Stewart griff zum Mikrofon und ging auf Sendung. »NUMA, hört ihr uns noch?«

»Bin noch dran«, meldete sich Pitt gelassen.

»Ich werde persönlich mit dem Reservehubschrauber nach Chiclayo fliegen und euch und eure Passagiere abholen. Einverstanden?«

»Tausend Dank, Skipper. Tut doch immer wieder gut zu wissen, daß Sie auf *halber Strecke* haltmachen. Sorgt für kaltes Bier, wenn ich ankomme.«

»Wird gemacht«, antwortete Stewart.

»Und legt ein bißchen Tempo zu, ja?« sagte Pitt. »Ich brauche unbedingt ein Bad. Bis bald.«

Stucky blickte zu Stewart und fing an zu lachen. »Seit wann können Sie denn einen Hubschrauber fliegen?«

Stewart lachte ebenfalls. »Nur im Traum.«

»Könnten Sie mir vielleicht verraten, was mir entgangen ist?«

»Augenblick.« Stewart griff wieder zum Schiffstelefon und erteilte eine Reihe von Befehlen. »Sonarsensor einfahren und auf neuen Kurs zero-neun-zero Grad gehen. Sobald der Sensor an Bord ist, volle Kraft voraus. Und bitte keine Ausflüchte aus dem Maschinenraum. Ich möchte volle Leistung.« Nachdenklich legte er auf. »Wo waren wir stehengeblieben? Ah, ja, Sie wissen nicht, worum es geht.«

»Ist das so was wie ein Rätsel?« murmelte Stucky.

»Ganz und gar nicht. Für mich ist das ganz offensichtlich. Pitt und Giordino haben nicht genug Treibstoff bis zum Schiff, deshalb fahren wir volle Kraft voraus und kommen ihnen etwa auf halber Strecke zwischen hier und der Küste entgegen. Wir können bloß hoffen, daß sie nicht schon vorher in dem haiverseuchten Wasser runtergehen müssen.«

9

Mit einer Geschwindigkeit von nur 144 Kilometern (90 Meilen) pro Stunde flog Giordino knappe zehn Meter über den Baumwipfeln dahin. Der zwanzig Jahre alte Helikopter hätte durchaus hundert Stundenkilometer schneller fliegen können, aber er hatte bewußt das Tempo reduziert, um die letzten Treibstoffreserven zu sparen, die ihm nach dem Flug über die Berge verblieben waren. Nur noch eine Kette niedriger Gebirgsausläufer und die schmale Küstenebene trennten sie vom Meer. Alle paar Minuten schielte er vorsichtig zu den Benzinanzeigern. Die Nadeln näherten sich schneller dem roten Bereich, als ihm lieb war. Er wandte den Blick wieder auf das unter ihm vorbeihuschende grüne Blätterdach. Dichter Wald, und die wenigen Lichtungen lagen voller Felsblöcke. Er hatte nicht die geringste Lust, hier eine Notlandung hinzulegen.

Pitt war zurück in den Frachtraum gehinkt und verteilte jetzt die Schwimmwesten. Shannon folgte ihm, nahm sie ihm aus der Hand und reichte sie Rodgers.

»Nein, nicht Sie«, sagte sie energisch und stieß Pitt auf einen mit Zelttuch bespannten Sitz an einer Rumpfstrebe. Sie warf einen Blick auf das blutige, locker um sein Bein gebundene Tuch. »Sie setzen sich und bleiben, wo Sie sind.«

In einem Metallspind entdeckte sie einen Erste-Hilfe-Kasten und kniete sich vor Pitt hin. Ohne lange zu zögern, schnitt sie Pitts Hosenbein auf, reinigte die Wunde und vernähte sie mit acht Stichen, bevor sie einen fachmännischen Verband anlegte.

»Hübsche Arbeit«, sagte Pitt bewundernd. »Sie hätten barmherzige Samariterin werden sollen.«

»Sie haben Glück gehabt.« Sie klappte den Deckel des Sanitätskastens zu. »Die Kugel hat nur die Haut etwas aufgerissen.«

»Warum kommt's mir bloß so vor, als hätten Sie in *General Hospital* mitgespielt?«

Shannon lächelte. »Ich bin auf einer Farm aufgewachsen und hatte fünf Brüder, die jeden Tag mit einer anderen Verletzung ankamen.«

»Wie sind Sie auf die Archäologie gekommen?«

»In einer Ecke unseres Weizenfeldes befand sich ein alter indianischer Grabhügel. Ich grub dort immer nach Pfeilspitzen. Als ich für die Schule eine Buchbesprechung schreiben mußte, stieß ich auf einen Bericht über die Erforschung von Grabhügeln der indianischen Hopewell-Kultur im südlichen Ohio. Das hat mich inspiriert, und ich fing an, auf unserer Farm herumzugraben. Nachdem ich etliche Tonscherben und vier Skelette gefunden hatte, war ich verloren. Fachmännisch war die Ausgrabung freilich nicht. Erst auf der Universität lernte ich, wie man so etwas ordentlich macht. Und dort faszinierte mich dann auch die kulturelle Entwicklung in den Zentralanden, und ich beschloß, mich darauf zu spezialisieren.«

Pitt sah sie einen Augenblick lang schweigend an. »Wann sind Sie Doc Miller zum erstenmal begegnet?«

»Vor etwa sechs Jahren, als ich über meiner Doktorarbeit saß. Aber das war nur flüchtig. Ich besuchte eine seiner Vorlesungen über das Fernstraßennetz der Inkas, das sich von der kolumbianisch-ecuadorianischen Grenze fast fünftausend Kilometer weit bis nach Zentralchile erstreckte. Es war seine Arbeit, die mich auf die andinen Hochkulturen brachte. Seitdem bin ich immer wieder hierhergekommen.«

»Dann kannten Sie ihn also nicht besonders gut?« fragte Pitt.

Shannon schüttelte den Kopf. »Wir haben uns, wie fast alle Archäologen, am liebsten um unsere eigenen Projekte gekümmert. Wir haben uns gelegentlich geschrieben und Daten ausgetauscht. Vor etwa sechs Monaten lud ich ihn ein, uns als Tutor der peruanischen Studenten auf unserer Expedition zu begleiten. Er hatte gerade ein Projekt abgeschlossen und war einverstanden. Dann bot er uns freundlicherweise an, fünf Wochen früher aus den Staaten herunterzufliegen und alle notwendigen Vorbereitungen zu treffen, die Genehmigung der peruanischen Behörden einzuholen, die Ausrüstung zusammenzustellen und die Versorgung zu organisieren. Juan Chaco und er arbeiteten Hand in Hand.«

»Ist Ihnen, als Sie eintrafen, irgendeine Veränderung an ihm aufgefallen?«

Shannon warf ihm einen eigenartigen Blick zu. »Was für eine seltsame Frage.«

»In seinem Aussehen, seinem Verhalten«, hakte Pitt nach.

Sie überlegte einen Augenblick. »Seit Phoenix hatte er sich einen Bart wachsen lassen und etwa sieben Kilo abgenommen. Aber im nachhinein fällt mir auf, daß er so gut wie nie die Sonnenbrille abnahm.«

»Klang seine Stimme irgendwie anders?«

Sie zuckte mit den Schultern. »Ein bißchen tiefer möglicherweise. Ich dachte, er sei erkältet.«

»Ist Ihnen aufgefallen, ob er einen Ring trug? Mit einem großen Bernstein?«

Sie kniff die Augen zusammen. »Ein sechzig Millionen Jahre altes Stück Bernstein mit einer darin eingeschlossenen primitiven Ameise? Der Doc war stolz auf den Ring. Ich kann mich erinnern, daß er ihn bei der Vorlesung über die Inkastraßen trug, aber am Opferbrunnen hatte er ihn nicht an der Hand. Als ich ihn danach fragte, sagte er, er habe so viel abgenommen, daß der Ring zu weit für seinen Finger geworden sei. Deshalb habe er ihn zu Hause zum Ändern gegeben. Woher wissen sie von Docs Ring?«

Pitt hatte den Bernsteinring, den er dem Leichnam am Boden des Opferbrunnens abgenommen hatte, seither nach innen gekehrt am Finger getragen, so daß man den Stein nicht sehen konnte. Jetzt streifte er ihn ab und reichte ihn wortlos Shannon.

Sie hielt ihn in das durch ein Rundfenster einfallende Licht und starrte erstaunt auf das winzige, uralte Insekt in seinem Bernstein-sarg. »Wo...?« Ihre Stimme verlor sich.

»Derjenige, der sich als Doc Miller ausgab, hat ihn ermordet und seinen Platz eingenommen. Bei Ihnen kam der Schwindler damit durch, weil Sie gar nicht auf die Idee kamen, er könnte ein falsches Spiel mit Ihnen treiben. Der Killer hat nur einen Fehler gemacht. Er hat vergessen, den Ring abzuziehen, als er Docs Leiche in das Wasserloch warf.«

»Wollen Sie damit sagen, der Doc sei ermordet worden, bevor ich die Staaten verließ?« entgegnete sie verwirrt.

»Nur einen oder zwei Tage, nachdem er im Lager eingetroffen ist«, erklärte Pitt. »Dem Zustand der Leiche nach zu urteilen, muß er über einen Monat im Wasser gelegen haben.«

»Seltsam, daß Miles und ich ihn nicht gesehen haben.«

»Nicht unbedingt. Sie sind unmittelbar vor dem Durchfluß in die angrenzende Grotte abgetaucht und gerieten fast auf der Stelle in den Sog. Ich habe den Boden auf der anderen Seite erreicht, und dadurch konnte ich mich erst mal nach zwei vermeintlich frischen Leichen umsehen, bevor mich die Strömung erfaßte. Statt dessen fand ich Docs Überreste und das Skelett eines spanischen Soldaten aus dem sechzehnten Jahrhundert.«

»Dann wurde der Doc also wirklich ermordet«, sagte sie, und Entsetzen malte sich auf ihrem Gesicht. »Juan Chaco *muß* Bescheid gewußt haben, denn er war der Verbindungsmann zu unserem Projekt und hatte schon vor unserem Eintreffen mit dem Doc gearbeitet. Könnte es sein, daß er darin verwickelt ist?«

Pitt nickte. »Bis über beide Ohren. Angenommen, Sie wollten alte Kunstschätze schmuggeln – könnten Sie dazu einen besseren Informanten und Strohmann finden als einen international angesehenen Archäologen und Regierungsvertreter?«

»Und wer war dann derjenige, der sich als Doc Miller ausgab?«

»Ein weiterer Helfershelfer der *Solpemachaco*. Ein schlauer Fuchs, der mit Amarus Hilfe seinen eigenen Tod inszenierte. Möglicherweise ist er einer der Männer an der Spitze der Organisation, den es nicht stört, wenn er sich die Finger schmutzig machen muß. Wir werden es vielleicht nie erfahren.«

»Wenn er den Doc ermordet hat, gehört er aufgehängt«, sagte Shannon, deren haselnußbraune Augen vor Wut funkelten.

»Zumindest sollten wir in der Lage sein, Juan Chaco vor ein peruanisches Gericht zu stellen –« Pitt brach ab und drehte sich zum Cockpit um, als Giordino den Helikopter in eine Steilkurve zog. »Was gibt's?«

»Ein mulmiges Gefühl«, antwortete Giordino. »Ich wollte gerade einen Kreis fliegen und mich mal hinten umgucken. Bloß gut, daß ich einen sechsten Sinn habe. Wir haben Gesellschaft bekommen.«

Pitt stemmte sich hoch und kehrte ins Cockpit zurück, wo er wegen seines verletzten Beines vorsichtig auf dem Copilotensitz Platz nahm. »Banditen oder brave Jungs?« fragte er.

»Unsere Freunde, die uns im Tempel schnappen wollten, sind nicht auf deinen Trick mit Chiclayo reingefallen.« Ohne die Hände von den Reglern zu nehmen, deutete Giordino mit dem Kopf nach links durch die Windschutzscheibe zu einem anderen Helikopter, der gerade eine niedrige Bergkette im Osten überflog.

»Die müssen unseren Kurs erraten und uns überholt haben, als wir langsamer geflogen sind, um Sprit zu sparen«, mutmaßte Pitt.

»Keine Vorrichtung zum Abfeuern von Luft-Luft-Raketen«, stellte Giordino fest. »Die müßten uns schon mit ihren Gewehren abschießen –«

Ein Feuerstoß und eine Rauchwolke drangen aus der geöffneten vorderen Einstiegsluke des Verfolgers, und eine Rakete schoß in den Himmel und flog so knapp an der Schnauze des Helikopters vorbei, daß Pitt und Giordino das Gefühl hatten, sie hätten sie durch das Seitenfenster berühren können.

»Berichtigung«, rief Pitt. »Ein 40-Millimeter-Raketenwerfer. Der gleiche, den sie am Tempel eingesetzt haben.«

Giordino stieß den Blattverstellhebel nach vorne, so daß der Hubschrauber abrupt aufstieg, und drehte das Gas bis zum Anschlag auf, um der Bedienungsmannschaft des Raketenwerfers das Zielen unmöglich zu machen. »Schnapp dir dein Gewehr und beschäftige sie, bis ich die tiefen Wolken über der Küste erreiche.«

»Pech gehabt!« schrie Pitt über das schrille Jaulen der Turbinen hinweg. »Ich habe es weggeschmissen, und mein Colt ist leer. Hat irgendwer an Bord ein Gewehr?«

Giordino nickte kaum wahrnehmbar und vollführte ein weiteres waghalsiges Manöver mit dem Helikopter. »Für die anderen kann ich nicht sprechen. Aber meins habe ich in die Ecke hinter der Cockpitwand geklemmt.«

Pitt griff zu den Kopfhörern, die über der Armlehne seines Sitzes hingen, und stülpte sie sich über die Ohren. Dann stand er mühsam auf und hielt sich mit beiden Händen an der offenen Cockpittür fest, um in der scharfen Kurve nicht von den Beinen gerissen zu werden. Er steckte das Kopfhörerkabel in eine Buchse auf dem Schott und rief Giordino zu: »Setz deinen Kopfhörer auf, damit wir unsere Abwehrmaßnahmen koordinieren können.«

Giordino gab keine Antwort, während er das linke Fußpedal durchtrat und den Hubschrauber in eine flache Kurve zog. Wie ein Jongleur betätigte er abwechselnd die Regler und zog sich gleichzeitig den Kopfhörer über die Ohren. Er zuckte zusammen und duckte sich unwillkürlich, als eine weitere Rakete weniger als einen Meter unter dem Bauch des Hubschraubers vorbeischoß und an einem niedrigen Berghang in einem orangen Feuerball explodierte.

Pitt, der sich festhielt, wo immer es möglich war, kämpfte sich inzwischen nach hinten, löste den Sicherungshebel der Heckluke und schob sie weit auf. Shannon, die eher besorgt als ängstlich wirkte, kroch mit einem Tau auf ihn zu und schlang es um Pitts Hüfte, als dieser nach dem automatischen Gewehr griff, mit dem Giordino die peruanischen Piloten aus dem Verkehr gezogen hatte. Dann knotete sie das andere Ende um eine Längsstrebe.

»Jetzt können Sie nicht mehr hinausfallen«, rief sie.

Pitt lächelte. »Sie sind zu gut zu mir.« Dann legte er sich flach auf den Bauch und schob das Gewehr durch die Luke. »Ich bin bereit, Al. Sorg für freies Schußfeld.«

Giordino wollte den Helikopter so herumziehen, daß Pitt aus dem toten Winkel heraus auf die Angreifer anlegen konnte. Weil die Einstiegsluken bei beiden Hubschraubern auf der gleichen Seite lagen, mußte sich der peruanische Pilot mit demselben Problem herumschlagen. Er konnte das Risiko eingehen und die Heckklappe öffnen, so daß einer der Söldner frei zum Schuß kam, doch das hätte ihn Geschwindigkeit gekostet und den Hubschrauber schwer manövrierbar gemacht. Wie zwei alte Propellermaschinen beim Luftkampf umkreisten die Helikopter einander, während die Piloten sie in eine günstige Position zu bringen versuchten und eine Reihe von Kunststücken vollführten, die der Hersteller niemals vorgesehen hatte.

Der Kollege verstand sein Geschäft, dachte Giordino voller Hochachtung, während er das fliegerische Können seines Gegners bewunderte. Angesichts der Feuerkraft der Söldnermaschine kam er sich vor wie eine Maus, mit der die Katze eine Weile herumspielt, bevor sie sie kurzerhand verspeist. Sein Blick zuckte von den Armaturen zum Gegner und dann zum Erdboden, da er keine Lust hatte, einen Baum oder niedrigen Berg zu streifen. Er zog den Blattverstellhebel zurück, damit die Blätter in der feuchten Luft besser griffen. Der Hubschrauber schoß abrupt nach oben, und der andere Pilot folgte ihm. Doch dann drückte Giordino die Nase nach unten, stampfte auf das rechte Ruderpedal, beschleunigte und zog den

Helikopter seitlich unter den Angreifer, so daß Pitt freie Schußbahn hatte.

»Jetzt!« brüllte er in sein Mikrofon.

Pitt zielte nicht auf die Piloten im Cockpit. Er legte auf den Rotorträger mit dem Motor an und drückte ab. Das Gewehr krachte zweimal und verstummte dann.

»Stimmt was nicht?« erkundigte sich Giordino. »Keine Schüsse. Ich dringe in den Strafraum ein, und du vertändelst den Ball.«

Voller Wut riß Pitt das Magazin heraus und sah, daß es leer war. »In der Knarre waren bloß noch zwei Schuß«, versetzte er.

»Als ich es einem von Amarus Leuten weggenommen habe, habe ich nicht nachgezählt.«

Zornig zerrte Pitt an der nutzlosen Waffe herum. »Hat jemand von euch eine Knarre mit an Bord genommen?« schrie er Rodgers und den versteinerten Studenten zu.

Rodgers, der sich fest angeschnallt hatte und mit den Füßen an einem Schott abstützte, um durch Giordinos Manöver nicht herumgeschleudert zu werden, breitete die Arme aus. »Wir haben sie dortgelassen, als wir auf den Hubschrauber zugerannt sind.«

Im gleichen Augenblick durchschlug eine Rakete eines der Fenster, schoß mit einem Feuerschweif quer durch den Laderaum und flog auf der anderen Seite wieder heraus, ohne zu explodieren oder jemand zu verletzen. Die dünne Aluminium- und Plastikverkleidung des Rumpfes hatte das zum Einsatz gegen Panzerfahrzeuge und Stahlbetonbunker konzipierte Geschoß nicht zur Detonation gebracht. Aber wenn die Turbinen getroffen werden, dachte Pitt nervös, dann ist alles vorbei. Er blickte sich verzweifelt in der Kabine um, sah, daß alle ihre Schultergurte abgelegt und sich unter den Sitzen zu Boden geworfen hatten, als könnten das Zelttuch und die dünnen Metallrahmen eine 40-Millimeter-Panzerabwehrrakete aufhalten. Er fluchte, als er gegen den Türrahmen des wie wild herumtaumelnden Hubschraubers geschleudert wurde.

Shannon sah Pitts wutverzerrtes Gesicht und seine Verzweiflung, als er das nutzlose Gewehr aus der offenen Luke warf. Und dennoch blickte sie ihn voller Vertrauen an. In den letzten vierundzwanzig Stunden hatte sie oft genug feststellen können, daß er kein Mann war, der sich mit einer Niederlage abfand.

Pitt bemerkte den Blick und wurde noch wütender. »Was erwarten Sie denn von mir?« wollte er wissen. »Soll ich etwa rüberspringen und denen die Kinnlade eines Esels über den Schädel ziehen? Oder vielleicht hauen sie auch ab, wenn ich mit Steinen nach ihnen werfe –« Pitt brach ab, als sein Blick auf eins der Rettungsflöße fiel. Sein Mund verzog sich zu einem gemeinen Grinsen. »Al, hörst du mich?«

»Ich bin zu beschäftigt zum Plaudern«, antwortete Giordino gepreßt.

»Leg die alte Kiste nach Backbord und flieg über sie drüber.«

»Ich weiß ja nicht, was du aussheckst. Aber mach schnell, bevor sie uns 'ne Rakete vor die Schnauze setzen oder unser Sprit fast alle ist.«

»Und nun, auf allgemeinen Wunsch«, verkündete Pitt, der wieder zu seiner alten Fröhlichkeit gefunden hatte, »Alraunen-Pitt und sein todesmutiger Zaubertrick.« Er löste die Schnallen an den Halterungsriemen eines 45 Kilogramm (100 amerikanische Pfund) schweren, leuchtend orangefarbenen Rettungsfloßes, auf dem *Twenty-Man Flotation Unit* stand. Dann stützte er sich mit gespreizten Füßen am Rahmen ab, beugte sich, durch Shannons Seil um die Hüfte gesichert, aus der Tür, lud sich das noch nicht aufgeblasene Floß auf die Schulter und wartete.

Giordino ermüdete allmählich. Da ein Hubschrauber zig verschiedenen, voneinander unabhängigen Kräften ausgesetzt ist, muß der Pilot ständig mit höchster Konzentration arbeiten, wenn er seine Maschine in der Luft halten will. Die Faustregel lautet daher, daß ein Pilot höchstens eine Stunde allein fliegen sollte. Danach übergibt er an seinen Copiloten. Giordino saß seit anderthalb Stunden an den Knüppeln, hatte seit sechsunddreißig Stunden nicht mehr geschlafen und spürte jetzt, wie seine Kraftreserven im Verlauf der wilden Flugmanöver rasch schwanden. Seit fast sechs Minuten – in einem Luftkampf eine halbe Ewigkeit – hatte er verhindert, daß sein Gegner sich kurzfristig in eine Position bringen konnte, aus der die Männer am Raketenwerfer freie Schußbahn hatten.

Der andere Helikopter flog unmittelbar vor Giordinos empfindlichem Glascockpit vorbei. Einen Augenblick lang konnte er deutlich den peruanischen Piloten sehen, der ihm unter dem Helm zugrinste und herüberwinkte. »Der Mistkerl lacht mich aus«, zürnte er.

»Was hast du gesagt?« meldete sich Pitt.

»Diese vermaledeite Bande hält das für komisch«, stieß Giordino grimmig hervor. Er wußte, was er zu tun hatte. Ihm war eine kaum wahrnehmbare Eigenheit in der Flugtechnik des gegnerischen Piloten aufgefallen. Er ging ohne jedes Zögern in die Linkskurven, doch beim Abbiegen nach rechts war er einen Sekundenbruchteil langsamer. Giordino täuschte eine Linkskehre an, riß die Schnauze dann abrupt hoch und kurvte nach rechts. Der andere Pilot fiel auf die Finte herein und zog prompt nach links, reagierte aber zu langsam auf Giordinos ungestümes Hochreißen und Gegensteuern. Bevor er dagegenhalten konnte, hatte Giordino die Maschine schon wieder herumgezogen und hing nun über dem Angreifer.

Pitt mußte die Gelegenheit blitzschnell nutzen, doch sein Timing war punktgenau. Mit beiden Händen hob er das Floß über den Kopf, als handelte es sich um ein Sofakissen, und stieß es aus der offenen Luke, als der peruanische Hubschrauber unter ihm vorbeischoß. Schnell wie eine Kegelkugel fiel das orangefarbene Bündel hinab und traf 2 Meter (6 Fuß) neben der Nabe auf eins der wirbelnden Rotorblätter. Das Blatt zersplitterte in lauter Metallfetzen, die durch die Zentrifugalkraft nach außen geschleudert wurden. Die übrigen vier Blätter wirbelten weiter, doch da sie nicht mehr austariert waren, gerieten sie immer heftiger in Eigenschwingung, bis sie in einem Schauer von Einzelteilen abrissen.

Der große Helikopter schien einen Augenblick lang bewegungslos zu verharren, bevor er ins Trudeln geriet, vornüber kippte und mit 190 Kilometern (118 Meilen) pro Stunde auf den Boden zuraste. Pitt lehnte sich aus der Tür und schaute fasziniert zu, wie sich die peruanische Maschine durch die Bäume bohrte und nur ein paar Meter neben dem Gipfel eines niedrigen Berges aufschlug. Er sah funkelnde Metallteile durch die Äste der Bäume fliegen, bevor der große Vogel auf der rechten Seite liegenblieb – nur mehr ein zusammengedrückter Klumpen aus verbogenem Metall. Und dann schoß ein mächtiger Feuerball aus dem Wrack auf und hüllte es in Flammen und schwarzen Rauch.

Giordino nahm Gas weg und flog langsam einen Kreis über der Rauchsäule, aber weder er noch Pitt konnten irgendwelche Überlebenden entdecken. »Das war vermutlich das erstemal in der Geschichte der Luftfahrt, daß ein Flugzeug von einem Rettungsfloß vom Himmel geholt worden ist«, sagte Giordino.

»Improvisation.« Pitt lachte leise und verbeugte sich vor Shannon, Rodgers und den Studenten, die ihm begeistert applaudierten. »Improvisation.« Dann fügte er hinzu: »Prima geflogen, Al. Ohne dich würden wir alle keinen Mucks mehr machen.«

»Wahrlich, wahrlich, recht hat er«, sagte Giordino, brachte die Maschine wieder auf Westkurs und nahm noch mehr Gas weg, um Treibstoff zu sparen.

Pitt zog die Luke zu, legte den Riegel vor, löste Shannons Seil von seiner Taille und kehrte ins Cockpit zurück. »Wie sieht's mit dem Sprit aus?«

»Sprit, was für Sprit?«

Pitt blickte über Giordinos Schulter auf die Anzeige. An beiden Instrumenten blinkten rote Warnlichter. Außerdem sah er das erschöpfte, mitgenommene Gesicht seines Freundes. »Leg 'ne Pause ein und laß mich übernehmen.«

»Ich bin jetzt so weit gekommen, da schaffe ich auch noch die kleine Strecke, die uns bleibt, bevor die Tanks alle sind.«

Pitt hatte keine Lust, sich auf Diskussionen einzulassen. Immer wieder staunte er über Giordinos unerschütterliche Ruhe, seine eiserne Kraft. Er wußte, selbst wenn er die ganze Welt absuchte, würde er keinen Freund finden, der dem zähen, kräftigen Italiener gleichkam. »Okay, du bringst ihn heim, und ich sitze daneben und bete um Rückenwind.«

Ein paar Minuten später flogen sie über die Küste hinweg und aufs Meer hinaus. Rund um eine kleine Bucht mit weißem Sandstrand lag ein Ferienclub mit einladenden Rasenflächen und einem großen Swimmingpool. Die sonnetankenden Touristen blickten zu dem tieffliegenden Helikopter hinauf und winkten. Da er gerade nichts Besseres zu tun hatte, winkte Pitt zurück.

Dann ging Pitt in den Frachtraum zurück und wandte sich an Rodgers. »Wir müssen soviel Ballast wie möglich abwerfen. Ausgenommen sind nur die zum Überleben notwendigen Ausrüstungsgegenstände wie die Schwimmwesten und das zweite Floß. Alles andere muß raus, überflüssige Kleidung, Werkzeug, Geräte, Sitze, alles, was nicht niet- und nagelfest ist.«

Sie machten sich sofort ans Werk und reichten alles, was sie finden konnten, an Pitt weiter, der es aus der Luke warf. Als die Kabine leer war, wog der Hubschrauber beinahe 136 Kilogramm (300 Pfund) weniger. Bevor er die Tür wieder schloß, schaute Pitt nach achtern. Zu seiner Erleichterung sah er kein weiteres Flugzeug. Er war sich sicher, daß der peruanische Pilot ihre Entdeckung über Funk gemeldet und die Erlaubnis zum Angriff eingeholt hatte, so daß sein Täuschungsmanöver aufgeflogen sein mußte. Aber seiner Meinung nach sollte es noch mindestens zehn Minuten dauern, bis die *Solpemachaco* auch nur den Verdacht schöpfte, sie könnte ihren Helikopter mitsamt den Söldnern verloren haben. Und wenn sie zu guter Letzt aufs Ganze gehen und einen Abfangjäger der peruanischen Luftwaffe anfordern sollten, wäre es viel zu spät. Jeder Angriff auf ein unbewaffnetes amerikanisches Forschungsschiff würde zu schwerwiegenden diplomatischen Verwicklungen zwischen der Regierung der Vereinigten Staaten und Peru führen, eine Situation, die sich das ums wirtschaftliche Überleben ringende südamerikanische Land schlecht leisten konnte. Pitt konnte getrost davon ausgehen, daß kein einheimischer Bürokrat oder hoher Militär eine derartige politische Katastrophe riskieren würde, egal, wieviel Schmiergeld die *Solpemachaco* ihm heimlich zuschob.

Pitt humpelte zurück zum Cockpit, ließ sich auf den Copilotensitz sinken und griff zum Funkmikrofon. Ohne weitere Vorsichtsmaßnahmen drückte er auf die Sendetaste. Zum Teufel mit sämtlichen gekauften *Solpemachaco*-Schergen, dachte er, sollten sie doch mithören, soviel sie wollten.

»NUMA ruft *Deep Fathom*. Stucky, bitte kommen.«

»Sprechen Sie, NUMA. Hier *Deep Fathom*. Wie lautet Ihre Position?«

»Herrje, was hast du für große Augen, und wie anders klingt doch deine Stimme, Großmama.«

»Bitte wiederholen, NUMA.«

»Kommt nicht mal annähernd hin.« Pitt lachte. »Nein, nein, du bist nicht mein Großmütterchen.« Er schaute zu Giordino. »Wir haben hier 'ne Märchentante auf der Konferenzschaltung.«

»Dann solltest du ihm besser unsere Position durchgeben.« In Giordinos Stimme schwang mehr als nur ein Hauch Zynismus mit.

»Recht hast du.« Pitt nickte. »*Deep Fathom*, hier NUMA. Wir befinden uns genau südlich des Märchenschlosses, zwischen dem Dschungelfluß und dem Lager der karibischen Piraten.«

»Bitte wiederholen Sie Ihre Position«, meldete sich die nervöse Stimme des Söldners, die sich in Pitts Funkruf an Stucky eingeklinkt hatte.

»War das 'ne Rundfunkwerbung für Disneyland?« drang Stuckys vertraute Stimme aus dem Gerät.

»Wohl, wohl, das Original. Wieso meldest du dich so spät, Stucky?«

»Ich mußte mir erst anhören, was mein Alter ego mir sagen wollte. Seid ihr schon in Chiclayo gelandet?«

»Wir wurden abgedrängt und haben beschlossen, heimzufliegen«, sagte Pitt. »Ist der Skipper in der Nähe?«

»Der ist auf der Brücke und spielt Captain Bligh. Macht der Mannschaft Dampf, damit sie einen neuen Geschwindigkeitsrekord schafft. Ein Knoten mehr, und bei uns fliegen sämtliche Nieten raus.«

»Wir haben euch nicht in Sicht. Sind wir bei euch auf dem Radar?«

»Klar und deutlich«, antwortete Stucky. »Ändert euren Kurs auf Kompaß zwo-sieben-zwo. Das bringt euch genau auf Kurs zu uns.«

»Ändere Kurs auf zwo-sieben-zwo«, bestätigte Giordino.

»Wie weit bis zum Rendezvous?« fragte Pitt Stucky.

»Der Skipper sagt, noch etwa sechzig Kilometer.«

»Die müßten bald in Sicht kommen.« Pitt blickte zu Giordino. »Was meinst du?«

Mißmutig starrte Giordino auf die Benzinanzeiger, dann auf die Uhr am Instrumentenbrett. Auf der Anzeige stand 10:47 A. M. Er konnte kaum glauben, daß in der kurzen Zeit, seit er und Pitt auf den Notruf des angeblichen Doc Miller reagiert hatten, soviel geschehen war. Er hätte schwören können, daß ihn das Ganze wieder einmal drei Jahre seines Lebens gekostet hatte.

»Wir können bloß hoffen, daß die Tankanzeiger ein bißchen zu wenig angeben«, sagte Pitt. »Hallo, Stucky.«

»Ich bin noch dran.«

»Bereitet euch lieber auf eine Rettung aus Seenot vor. Alle Anzeichen deuten auf eine Notwasserung hin.«

»Ich geb's an den Skipper weiter. Meldet euch, wenn ihr aufsetzt.«

»Du sollst es zuerst erfahren.«

»Viel Glück.«

Der Helikopter flog tief über der wogenden Dünung. Pitt und Giordino sprachen nur wenig. Sie horchten auf die Turbinengeräusche, als erwarteten sie, daß sie jeden Moment verstummen könnten. Sie verkrampften sich unwillkürlich, als die Treibstoffwarnanlage im Cockpit aufheulte.

»Das war's mit der Reserve«, sagte Pitt. »Jetzt fliegen wir mit den Dämpfen.«

Er blickte auf das nur 10 Meter (33 Fuß) unter dem Bauch des Helikopters liegende kobaltblaue Wasser hinab. Die See wirkte halbwegs ruhig. Die Höhe der Wellen betrug allenfalls einen Meter. Das Wasser sah warm und einladend aus. Wenn Giordino sie ohne Antrieb nicht zu heftig aufsetzte und die Nähte nicht platzten, sollte sich der alte Mi-8 gut und gerne sechzig Sekunden über Wasser halten können.

Pitt rief Shannon ins Cockpit. Sie tauchte in der Tür auf, blickte zu ihm herab und lächelte ihn an. »Ist Ihr Schiff in Sicht?«

»Knapp unter dem Horizont, möchte ich meinen. Aber nicht so nahe, daß wir es mit unserem Sprit erreichen. Sagen Sie allen Bescheid, sie sollen sich auf eine Notwasserung einstellen.«

»Dann müssen wir die übrige Strecke also doch schwimmen?« sagte sie spöttisch.

»Reine Formsache«, sagte Pitt. »Sagen Sie Rodgers, er soll das Rettungsfloß zur Einstiegsluke schaffen und dafür sorgen, daß es im Wasser ist, sobald wir aufsetzen. Und machen Sie ihm unmißverständlich klar, daß er die Reißleine zum Aufblasen auf keinen Fall ziehen darf, *bevor* das Floß aus der Tür ist. Ich habe keine Lust, mir nasse Füße zu holen.«

Giordino deutete geradeaus. »Die *Deep Fathom*.«

Pitt nickte, während er zu dem winzigen dunklen Punkt am Horizont hinblinzelte. Er griff zum Mikrofon. »Wir haben euch entdeckt, Stucky.«

»Ihr seid herzlich eingeladen«, antwortete Stucky. »Wir machen extra wegen euch die Bar früher auf.«

»Meine Güte«, sagte Pitt betont sarkastisch. »Ich kann mir nicht vorstellen, daß der Admiral damit einverstanden ist.«

Ihr Brötchengeber, Admiral James Sandecker, der Direktor der National Underwater and Marine Agency, hatte die eherne Vorschrift erlassen, wonach auf NUMA-Schiffen sämtliche alkoholischen Getränke tabu waren. Sandecker, ein Vegetarier und Fitneßfanatiker, glaubte, er verhelfe seinen Angestellten dadurch zu einer höheren Lebenserwartung. Das Ergebnis war das gleiche wie bei der Prohibition in den zwanziger Jahren: Männer, die das Zeug normalerweise kaum anrührten, schmuggelten kastenweise Bier an Bord oder deckten sich in fremden Häfen tüchtig ein.

»Möchtet ihr vielleicht lieber ein Glas Ovomaltine?« entgegnete Stucky.

»Nur, wenn du Karottensaft und Alfalfasprossen drunterrührst –«

»Eins unserer Triebwerke ist gerade ausgefallen«, meldete Giordino beiläufig.

Pitts Blick zuckte zu den Instrumenten. Die Nadeln der Anzeiger für die Backbordturbine zitterten noch ein paarmal, dann blieben sie stehen. Er drehte sich um und schaute zu Shannon. »Sagen Sie allen Bescheid, daß wir mit der Steuerbordseite auf dem Wasser auftreffen werden.«

Shannon wirkte leicht verwirrt. »Wieso landen wir nicht senkrecht?«

»Wenn wir mit dem Bauch aufsetzen, sacken die Rotorblätter ab, schlagen auf dem Wasser auf und zersplittern in Rumpfhöhe. Die herumfliegenden Trümmer könnten die Kabinenwand durchschlagen, vor allem im Cockpit, und unserem unerschrockenen Piloten den Kopf abreißen. Wenn wir seitlich niedergehen, werden die zertrümmerten Blätter von uns weggeschleudert.«

»Und warum steuerbord?«

»Ich habe gerade weder Tafel noch Kreide«, knurrte Pitt entnervt, »aber damit Sie glücklich sterben: Es hat mit dem Drehmoment der Rotoren zu tun und damit, daß die Tür backbord ist.«

Shannon nickte. »Alles klar.«

»Sobald wir aufsetzen«, fuhr Pitt fort, »bringen Sie die Studenten raus, bevor die Kiste absäuft. Und jetzt gehen Sie zu Ihrem Sitz und schnallen sich an.« Dann schlug er Giordino auf die Schulter. »Leg sie rein, solange du noch Saft hast«, sagte er und klinkte seinen Sitzgurt ein.

Giordino brauchte keine Ermunterung. Bevor auch noch die andere Turbine aussetzte, zog er den Blattverstellhebel und den Gasregler für den verbliebenen Motor zurück. Der Helikopter, der daraufhin drei Meter über dem Meer plötzlich zum Stillstand kam, neigte sich sanft nach Steuerbord. Die Rotorblätter peitschten auf das Wasser und rissen ab. Metalltrümmer und Gischt wirbelten um sie herum, als das Fluggerät behäbig wie ein schwangerer Albatros in der rollenden Dünung aufsetzte. Der Aufprall erfolgte mit einem jähen Stoß, wie wenn ein Auto in ein tiefes Schlagloch gerät. Giordino schaltete den Motor aus und stellte angenehm überrascht fest, daß der alte Hip-C oder Mi-8 trunken im Meer trieb, als gehörte er dorthin.

»Ende der Fahnenstange!« brüllte Pitt. »Alle raus, und zwar dalli!«

Im Hubschrauber reagierten alle erleichtert, als die sanft an den Rumpf schwappenden Wellen das immer schwächer werdende Heulen der Turbine übertönten und der Rotor auslief. Würzige Salzluft drang in den stickigen Frachtraum, als Rodgers die Einstiegsluke aufschob und das zusammengefaltete 20-Mann-Floß vorsichtig, damit es sich nicht zu früh aufblähte, zu Wasser ließ. Sobald das Gummibündel durch die Tür war, zog er die Reißleine und atmete erleichtert auf, als die Preßluft zischend in die Kammern strömte und das Floß sich entfaltete. Wenige Sekunden später schaukelte es, von Rodgers an der Vertäuungsleine gehalten, neben dem Helikopter auf den Wogen.

»Raus mit euch«, schrie Rodgers und scheuchte die peruanischen Archäologiestudenten aus der Tür und auf das Floß.

Pitt löste seinen Sicherheitsgurt und stürmte in den Frachtraum. Shannon und Rodgers sorgten dafür, daß die Evakuierung zügig vonstatten ging. Bis auf drei befanden sich sämtliche Studenten auf dem Floß. Ein prüfender Blick durch den Helikopter verriet Pitt, daß sich der Hip-C nicht mehr lange über Wasser halten würde. Die Klapptüren im Rumpf hatten sich durch den Aufprall leicht verzogen, so daß Wasser durch die Spalten eindrang. Der Rumpfboden senkte sich bereits langsam nach hinten, und Wellen leckten über die Unterkante der offenen Einstiegsluke.

»Wir haben nicht mehr viel Zeit«, sagte er und half Shannon auf das Floß. Anschließend war Rodgers an der Reihe. Dann wandte er sich an Giordino. »Du bist dran, Al.«

Giordino wollte nichts davon wissen. »Alte Seemannstradition. Verwundete zuerst.«

Bevor Pitt protestieren konnte, schubste Giordino ihn aus der Tür. Dann, als ihm das Wasser bereits bis über die Knöchel reichte, folgte er ihm. Rasch machten sie die Paddel klar und ruderten das Floß von dem Helikopter fort, als dessen langes Heck sich gerade ins Wasser senkte. Dann schwappte eine große Woge durch die offene Einstiegsluke, und mit einem leichten Gurgeln versank der Helikopter rückwärts im Meer. Zuletzt verschwanden die zerschmetterten Rotorblätter, deren Stümpfe sich langsam in der Strömung drehten, als wollte der Hip-C aus eigener Kraft zu seiner letzten Landung auf dem Meeresgrund ansetzen.

Keiner sagte ein Wort. Sie waren alle betrübt über das jähe Verschwinden des Helikopters, so als hätten sie einen persönlichen Verlust erlitten. Pitt und Giordino waren auf dem Wasser zu Hause. Die anderen indessen fühlten sich seltsam hilflos und ausgesetzt, als sie plötzlich inmitten der weiten See trieben. Und ihre Furcht nahm noch mehr zu, als auf einmal die dreieckige Flosse eines Hais aus dem Wasser ragte und bedrohliche Kreise um das Floß zog.

»Alles deine Schuld«, sagte Giordino mit gespielter Verzweiflung zu Pitt. »Das Blut aus deiner Beinwunde hat ihn angelockt.«

Prüfend sah Pitt ins klare Wasser, als der Fisch geschmeidig unter dem Floß hindurchschwamm. Er erkannte den querstrebenartig in die Breite gezogenen Kopf mit den weit außen liegenden Augen. »Ein Hammerhai. Nicht mehr als zweieinhalb Meter lang. Ich werde ihn ignorieren.«

Shannon erschauderte, rückte näher zu Pitt und umklammerte

seinen Arm. »Was passiert, wenn er in das Floß beißt und wir sinken?«

Pitt zuckte mit den Schultern. »Rettungsflöße schmecken Haien nicht besonders.«

»Er hat seine Kumpel zum Essen eingeladen«, sagte Giordino und deutete auf zwei weitere Finnen, die das Wasser durchpflügten.

Pitt erkannte die ersten Anzeichen von Panik auf den Gesichtern der Studenten. Er machte es sich am Boden des Floßes bequem, legte die Füße auf den Rand und schloß die Augen. »Es geht doch nichts über ein Nickerchen in der warmen Sonne auf ruhiger See. Weckt mich, wenn das Schiff da ist.«

Shannon starrte ihn ungläubig an. »Er muß verrückt geworden sein.«

Giordino, der Pitts Absichten rasch erkannt hatte, tat es ihm gleich. »Damit wären wir schon zu zweit.«

Keiner wußte, wie er sich verhalten sollte. Sämtliche Blicke schweiften von den offenbar dösenden Männern der NUMA zu den kreisenden Haiflossen und wieder zurück. Während die Minuten quälend langsam verstrichen, legte sich die Panik allmählich und verwandelte sich in nervöse Besorgnis.

Weitere Haie gesellten sich zu ihren hungrigen Artgenossen, doch dann schöpften die Menschen im Floß neue Hoffnung, als die *Deep Fathom* in Sicht kam und mit schäumender Bugwelle durch das Wasser pflügte. Niemand an Bord hätte sich träumen lassen, daß das alte Arbeitstier der ozeanographischen Flotte der NUMA so hohe Fahrt machen konnte. Chefmaschinist August Burley, ein kräftiger Mann mit einem mächtigen Bauch, ging unten im Maschinenraum zwischen den großen Dieselaggregaten des Schiffes hin und her, musterte besorgt die weit im roten Bereich stehenden Nadeln der Drehzahlmesser und achtete auf das geringste Anzeichen von Materialermüdung bei den überlasteten Turbinen. Captain Frank Stewart stand derweil auf der Brücke und spähte durch den Feldstecher zu dem winzigen orangefarbenen Punkt inmitten des blauen Meeres.

»Wir bleiben auf halber Kraft, bis wir zu ihnen aufschließen, dann gehen wir mit den Maschinen volle Kraft zurück«, sagte er zu dem Rudergänger.

»Wollen Sie die Maschinen nicht stoppen und auf sie zutreiben, Captain?« fragte der blonde Mann mit dem Pferdeschwanz.

»Sie werden von einem Schwarm Haie umkreist«, sagte Stewart. »Wir haben keine Zeit für Vorsichtsmaßnahmen.« Er ließ ihn stehen und ging zur Sprechanlage des Schiffes. »Wir nähern uns dem Floß auf Backbord. Alle verfügbaren Kräfte klar zur Bergung.«

Es war Seemannskunst in höchster Vollendung. Stewart stoppte das Schiff zwei Meter neben dem Floß in einer nur leichten Bugwelle. Etliche Besatzungsmitglieder lehnten sich weit über Schanzkleid und Reling, blickten hinab, winkten und schrien Grußworte. Die Jakobsleiter wurde herabgelassen, und ein Matrose stieg auf die unterste Stufe und streckte einen Bootshaken aus. Giordino ergriff ihn und zog das Floß an die Leiter.

Die Haie waren vergessen, und alle lachten und freuten sich darüber, daß sie seit Beginn ihrer Geiselnahme mindestens viermal in höchster Bedrängnis überlebt hatten, ohne schwere Verletzungen davonzutragen. Shannon blickte zu dem hochaufragenden Rumpf des Forschungsschiffes mit seinen wenig eleganten Aufbauten und Ladebäumen hinauf und wandte sich mit schelmischem Blick an Pitt.

»Sie haben uns ein Viersternehotel und ein erfrischendes Bad versprochen. Von einem rostigen alten Kahn war nie die Rede.«

Pitt lachte. »Eine Rose unter den Dornen. Ein ruhiger Hafen im Sturm. So teilt denn meine reizenden, wenn auch einfachen Staatsgemächer. Als Gentleman überlasse ich Euch die untere Koje, indes ich mich bescheiden mit der oberen begnüge.«

Amüsiert schaute Shannon ihn an. »Sie setzen allerhand als selbstverständlich voraus, nicht wahr?«

Pitt, der die ganze Zeit wohlwollend über die Insassen des Floßes gewacht hatte, die nacheinander die Jakobsleiter hinaufkletterten, wurde nun gelöster. Er warf Shannon ein teuflisches Grinsen zu und murmelte: »Okay, halten wir uns zurück. Sie können die obere haben, und ich nehme die untere.«

10

Für Juan Chaco war eine Welt zusammengebrochen. Die Katastrophe im Tal von Viracocha übertraf seine schlimmsten Erwartungen. Sein Bruder war gleich zu Beginn getötet worden, der raffinierte Kunstraub aufgeflogen, und sobald die amerikanische Archäologin und die Studenten den Medien und Sicherheitsorganen ihre Geschichte erzählten, würde er in Schimpf und Schande aus dem archäologischen Institut verjagt werden. Und schlimmer noch: Er mußte jederzeit damit rechnen, daß man ihn verhaftete, des Ausverkaufs geheiligter nationaler Güter anklagte und zu einer langjährigen Gefängnisstrafe verurteilte.

Von Sorgen gepeinigt, stand er nun neben dem Wohnmobil in Chachapoyas und sah zu, wie ein Kippflügelflugzeug einschwebte. Es blieb beinahe in der Luft stehen, als die beiden an den Flügelenden angebrachten Motoren aus der horizontalen Flug- in die vertikale Landestellung gebracht wurden. Der Pilot ließ die schwarze, nicht gekennzeichnete Maschine einige Augenblicke über dem Boden schweben, bevor das Fahrwerk sanft aufsetzte.

Ein vollbärtiger Mann in schmutzigen, zerknitterten Shorts und einem Khakihemd mit einem riesigen Blutfleck auf der Brust stieg aus der neun Passagiere fassenden Kabine. Mit grimmiger, entschlossener Miene ging er grußlos und ohne einen Blick nach links oder rechts zu werfen an Chaco vorbei und stieg in das Wohnmobil. Chaco folgte ihm.

Cyrus Sarason, der sich als Dr. Steven Miller ausgegeben hatte, thronte wuchtig und mit eisigem Blick hinter Chacos Schreibtisch. »Haben Sie davon gehört?«

Chaco nickte, ohne sich nach dem Blutfleck auf Sarasons Hemd zu erkundigen. Er wußte, daß das Blut von einer vorgetäuschten Schußwunde stammte. »Ich habe von einem Offizierskameraden meines Bruders einen umfassenden Bericht erhalten.«

»Dann wissen Sie sicher auch, daß uns Dr. Kelsey und die Studenten durch die Lappen gegangen sind und von einem ozeanographischen Forschungsschiff der Amerikaner gerettet wurden.«

»Ja, ich weiß von unserem Fehlschlag.«

»Das mit Ihrem Bruder tut mir leid«, sagte Sarason ohne jede Gefühlsregung.

»Ich kann immer noch nicht glauben, daß er tot ist«, murmelte Chaco, der seltsam unbeteiligt war. »Sein Ende kommt mir so unwahrscheinlich vor. Nichts hätte leichter sein sollen als die Vernichtung dieser Archäologen.«

»Ihre Leute haben die Sache, gelinde gesagt, einfach vermasselt«, entgegnete Sarason. »Ich hatte Sie darauf hingewiesen, daß diese beiden Taucher von der NUMA gefährlich sind.«

»Mein Bruder hatte nicht damit gerechnet, daß ihm eine ganze Armee Widerstand leisten würde.«

»Eine Armee, die aus einem Mann bestand«, sagte Sarason ätzend. »Ich habe die Aktion von einer Gruft aus beobachtet. Ein einzelner Scharfschütze oben auf dem Tempel tötete die Offiziere und hielt zwei Abteilungen ihrer unerschrockenen Söldner auf, während sein Gefährte die Piloten überwältigte und ihren Hubschrauber kaperte. Ihr Bruder mußte für seine übertriebene Selbstsicherheit und Dummheit teuer bezahlen.«

»Wie konnten zwei Taucher und ein Trupp halbwüchsiger Archäologen eine bestens ausgebildete Streitmacht besiegen?« fragte Chaco ungläubig.

»Wenn wir darauf eine Antwort wüßten, könnten wir vielleicht auch in Erfahrung bringen, wie sie den zweiten Helikopter vom Himmel geholt haben.«

Chaco starrte ihn an. »Man kann sie noch immer aufhalten.«

»Vergessen Sie es. Ich habe nicht vor, die Katastrophe noch zu verschlimmern, indem ich ein Schiff der US-Regierung mitsamt der Besatzung vernichte. Der Schaden ist bereits angerichtet. Wie ich von meinen Informanten in Lima erfahren habe, wurde Präsident Fujimori von Dr. Kelsey umgehend über die Vorfälle informiert, einschließlich des Mordes an Dr. Miller. Spätestens heute abend werden alle Rundfunkstationen im Land darüber berichten. Unser Unternehmen in Chacapoyas ist buchstäblich ins Wasser gefallen.«

»Wir können die Kunstgegenstände immer noch aus dem Tal herausschaffen.« Selbst der Tod seines Bruders hatte Chacos Gier nicht restlos tilgen können.

Sarason nickte. »Ich bin ihnen einen Schritt voraus. Im Augenblick ist bereits ein Trupp Männer unterwegs, um sämtliche Stücke aus dem Tempel herauszuholen, die den Raketenangriff dieser Trottel unter dem Kommando Ihres Bruders heil überstanden haben. Es grenzt an ein Wunder, daß wir für unsere Mühen noch etwas vorzuweisen haben.«

»Ich glaube nach wie vor, daß wir in der Stadt der Toten einen Hinweis auf das Drake-*Quipu* finden könnten.«

»Das Drake-*Quipu*.« Sarason wiederholte die Worte, während er träumerisch in die Ferne blickte. Dann zuckte er mit den Schultern. »Unsere Organisation arbeitet bereits an einer neuen Möglichkeit, an den Schatz heranzukommen.«

»Was ist mit Amaru? Lebt er noch?«

»Unglücklicherweise ja. Aber er wird den Rest seiner Tage als Eunuch zubringen müssen.«

»Zu schade. Er war ein treuer Gefolgsmann.«

Spöttisch verzog Sarason den Mund. »Er hält dem die Treue, der ihm am meisten bietet. Tupac Amaru ist ein hochgradig psychopathischer Killer. Als ich ihm befahl, Miller zu entführen und bis zum Abschluß unseres Unternehmens gefangenzuhalten, schoß er ihm kurzerhand eine Kugel ins Herz und warf ihn in das verdammte Wasserloch. Der Mann hat das Gemüt eines tollwütigen Hundes.«

»Er könnte sich dennoch als nützlich erweisen«, sagte Chaco langsam.

»Nützlich, wie das?«

»So, wie ich ihn kenne, wird er denjenigen, die für seine Verletzung verantwortlich sind, ewige Rache schwören. Es könnte ganz ratsam sein, ihn auf Dr. Kelsey und diesen Taucher namens Pitt anzusetzen, bevor sie sich den internationalen Zollbehörden als Informanten andienen können.«

»Wir lassen uns auf ein gefährliches Spiel ein, wenn wir einen Wahnsinnigen wie ihn von der Leine lassen. Aber ich werde Ihren Ratschlag im Kopf behalten.«

Chaco war noch nicht fertig. »Welche Pläne hat die *Solpemachaco* mit mir? Hier bin ich erledigt. Nun, da meine Landsleute erfahren werden, daß ich die Kunstschätze, die sie mir anvertrauten, außer Landes schaffen wollte, muß ich mit lebenslänglicher Haft in einem unserer verkommenen Gefängnisse rechnen.«

»Das war doch von vornherein klar.« Sarason zuckte mit den Schultern. »Wie meine Informanten weiter verlauten ließen, erhielt die Polizei bereits den Befehl, Sie festzunehmen. Sie sollten innerhalb einer Stunde hiersein.«

Chaco blickte Sarason lange an, dann sagte er bedächtig: »Ich bin Wissenschaftler und Gelehrter, kein abgebrühter Krimineller. Ich kann nicht dafür garantieren, daß ich bei einem längeren Verhör oder gar unter der Folter Stillschweigen bewahre.«

Sarason mußte sich angesichts dieser versteckten Drohung ein Lächeln verkneifen. »Sie sind ein wertvoller Aktivposten, den wir nicht verlieren dürfen. Ihre Erfahrung und Sachkenntnis in bezug auf alte andine Kulturen ist unübertroffen. Wir werden dafür Sorge tragen, daß Sie unser Zwischenlager in Panama übernehmen. Dort sind Sie verantwortlich für die Zuordnung, Katalogisierung und Restaurierung sämtlicher Kunstgegenstände, die wir entweder von einheimischen *Huaqueros* direkt kaufen oder bei vermeintlichen archäologischen Projekten in ganz Südamerika erbeuten.«

Chaco schaute plötzlich verschlagen drein. »Ich fühle mich geschmeichelt. Natürlich nehme ich das Angebot an. Ein derart bedeutender Posten muß gut bezahlt sein.«

»Sie werden zwei Prozent vom Reinerlös erhalten, den unsere Kunstschätze bei unseren Auktionshäusern in New York und Europa erzielen.«

Chaco war ein viel zu kleines Licht in der hierarchischen Struktur der *Solpemachaco*, um über die bestgehüteten Geheimnisse der Organisation Bescheid zu wissen. Doch er hatte eine Ahnung davon, wie weitverzweigt sie arbeitete und wie gewaltig die Gewinne sein mußten. »Ich werde Hilfe brauchen, um außer Landes zu kommen.«

»Keine Sorge«, sagte Sarason. »Sie werden mich begleiten.« Er deutete mit dem Kopf durch das Fenster des Wohnmobils zu dem bedrohlich wirkenden schwarzen Flugzeug, dessen große, dreiblättrige Propeller sich langsam im Leerlauf drehten. »Mit diesem Flugzeug sind wir innerhalb von vier Stunden in Bogotá, Kolumbien.«

Chaco konnte sein Glück kaum fassen. Vor wenigen Minuten noch hatten ihm wegen arglistiger Täuschung seiner Regierung

Gefängnis und öffentliche Schmach gedroht, und nun war er im Begriff, ein überaus reicher Mann zu werden. Die Erinnerung an sein eigen Fleisch und Blut verblaßte rasch; sie waren sowieso nur Halbbrüder gewesen, und besonders nahegestanden hatten sie einander auch nicht. Während Sarason geduldig wartete, suchte Chaco ein paar persönliche Habseligkeiten zusammen und stopfte sie in einen Koffer. Dann gingen die beiden Männer gemeinsam zum Flugzeug.

Juan Chaco bekam Bogotá, Kolumbien, nie zu Gesicht. Ein paar Bauern, die in der Nähe eines abgelegenen Dorfes in Ecuador ein Süßkartoffelfeld bestellten, hielten in ihrer Arbeit inne und blickten zum Himmel auf, als sie das seltsame Dröhnen einer nur 500 Meter (1600 Fuß) über dem Boden fliegenden Kippflügelmaschine hörten. Plötzlich sahen sie voller Entsetzen, wie ein Mann aus dem Flugzeug fiel. Die Bauern konnten deutlich erkennen, daß der Unglückliche noch lebte. Er trat fieberhaft mit den Beinen um sich und ruderte wie wahnsinnig mit den Händen in der Luft, als könnte er so den grausigen Sturz abbremsen.

Chaco schlug mitten in einem kleinen Pferch mit einer dürren Kuh auf und verfehlte das verdutzte Tier nur um knapp zwei Meter. Die Bauern kamen von ihren Feldern angerannt und versammelten sich um den zerschlagenen Leichnam, der sich fast einen halben Meter tief in die Erde gegraben hatte. Sie waren nur schlichtes Landvolk, und so schickten sie niemanden los, um das nächste Polizeirevier zu verständigen, das über 60 Kilometer (37 Meilen) entfernt im Westen lag. Statt dessen nahmen sie die zerschmetterten Überreste und bestatteten sie auf einem kleinen Friedhof neben den Ruinen einer alten Kirche, und so ging der unbekannte, unbeweinte Mann, der auf so rätselhafte Art vom Himmel gefallen war, in den Sagenschatz künftiger Generationen ein.

11

Nach einem erquickenden Bad in der Kabine des Kapitäns hatte sich Shannon ein Handtuch um den Kopf geschlungen, das nun wie ein Turban über ihren nassen Haaren lag. Sie hatte den peruanischen Studentinnen den Vortritt gelassen, bevor sie sich selbst dem Genuß des dampfenden Wassers hingab, ab und zu einen Schluck Wein trank und das Hühnchen vertilgte, das Pitt in der Schiffskombüse für sie organisiert hatte. Nachdem sie Schweiß und Dreck abgeschrubbt und den Dschungelmorast unter den Nägeln hervorgekratzt hatte, glühte ihre Haut von Kopf bis Fuß und duftete nach Lavendelseife. Einer der kleineren Matrosen, dessen Kleidung ihr einigermaßen paßte, borgte ihr einen Overall – das einzige weibliche Besatzungsmitglied, eine Meeresgeologin, hatte den Großteil ihrer Garderobe an die peruanischen Mädchen verliehen. Sobald Shannon angezogen war, warf sie augenblicklich den Badeanzug und die schmutzige Bluse in einen Mülleimer. An ihnen klebten Erinnerungen, die sie so schnell wie möglich vergessen wollte.

Nachdem sie ihre Haare getrocknet und durchgebürstet hatte, stahl sie sich ein paar Spritzer von Captain Stewarts Aftershave. Wieso, fragte sie sich, benutzten Männer nach dem Baden eigentlich keinen Puder? Sie wollte ihr langes Haar gerade zu einem Zopf flechten, als Pitt an ihrer Tür klopfte. Einen Augenblick lang standen beide da und starrten einander an, dann lachten sie laut los.

»Ich hätte Sie kaum erkannt«, sagte sie, während sie den sauber rasierten Pitt musterte, der ein leuchtend geblümtes Hawaiihemd und eine hellbraune Hose trug. Verteufelt gut sah er ja nicht gerade aus, dachte sie, doch sein zerklüftetes, alles andere als makelloses Gesicht strahlte so viel Männlichkeit aus, daß sie kaum widerstehen konnte. Er war noch brauner als sie, und sein welliges schwarzes Haar paßte genau zu den unglaublich grünen Augen.

»Kaum zu glauben, wenn man bedenkt, wie wir vorher ausgesehen haben«, sagte er mit einem gewinnenden Lächeln. »Wie wär's, wenn ich Sie vor dem Abendessen noch durch das Schiff führe?«

»Aber gern.« Dann warf sie ihm einen abschätzenden Blick zu. »Ich dachte, ich sollte mich in Ihrer Kabine niederlassen. Jetzt erfahre ich, daß mir der Käpt'n großzügigerweise seine überlassen hat.«

Pitt zuckte mit den Schultern. »Man muß es wohl nehmen, wie es kommt.«

»Sie sind ein Hochstapler, Dirk Pitt. Sie sind nicht der Wüstling, als der Sie sich hinstellen.«

»Ich war immer der Ansicht, zu Intimitäten sollte man langsam und Schritt für Schritt übergehen.«

Auf einmal war ihr unbehaglich zumute. Es war, als könnten seine stechenden Augen ihre Gedanken lesen. Er schien zu spüren, daß da noch etwas anderes war. Sie rang sich ein Lächeln ab und hängte sich bei ihm ein. »Wo wollen wir anfangen?«

»Sie reden natürlich von der Führung?«

»Wovon sonst?«

Die *Deep Fathom* war ein hochmodernes wissenschaftliches Forschungsschiff, und man sah es ihr an. Ihre offizielle Bezeichnung lautete Super-Seismic Vessel, und sie war vor allem für geophysikalische Vermessungen des Meeresbodens entwickelt worden, konnte aber auch eine Vielzahl anderer unterseeischer Aktivitäten entfalten. Die riesigen Kräne an Heck und beiden Seiten mit ihren mächtigen Winden konnten für alle möglichen Aufgaben umgerüstet werden, von unterseeischen Bohrungsarbeiten über Tiefseebergung bis hin zum Aussetzen und Einholen bemannter wie unbemannter Tauchboote.

Der Rumpf des Schiffes war im traditionellen Türkis der NUMA gestrichen, die Aufbauten waren weiß und die Kräne azurblau. Von Bug bis Heck war sie etwa so lang wie ein Fußballplatz, und in ihr fanden bis zu fünfunddreißig Wissenschaftler und zwanzig Besatzungsmitglieder Platz. Obwohl man es ihr von außen nicht ansah, waren die Quartiere nicht weniger elegant als auf einem Luxusdampfer. Admiral Sandecker, der klüger war als die meisten anderen Bürokraten, wußte, daß seine Leute mehr Leistung brachten, wenn man sie entsprechend behandelte, und diese Überzeugung spiegelte sich in der *Deep Fathom* wider. Die Messe war ausgestattet wie ein nobles Restaurant, und der Küchenchef in der Kombüse war ein Meister seines Fachs.

Pitt führte Shannon auf die Kommandobrücke. »Unser Nervenzentrum«, sagte er und deutete in den weitläufigen Raum mit den riesigen Fenstern rundum, unter denen sich Konsolen mit Digital-anzeigen, Computern und Videomonitoren über die ganze Breite der Brücke erstreckten. »Von hier aus wird fast alles auf dem Schiff geregelt, ausgenommen der Einsatz unserer Tiefseegeräte. Das ge-schieht in einem Raum voller Elektronik, die speziell für Tiefsee-projekte entwickelt wurde.«

Shannon starrte auf das glitzernde Chrom und die bunten Bild-schirme, dann blickte sie durch die Panoramafenster auf die See, die sich rings um sie ausbreitete. Der Raum wirkte so eindrucksvoll und futuristisch, daß sie sich vorkam wie in einem hochmodernen Videospielsalon. »Wo ist die Steuerung?« fragte sie.

»Das altmodische Steuerrad wurde mit der *Queen Mary* abge-schafft«, antwortete Pitt. Er zeigte ihr die Konsole mit der automa-tisierten Steuerung des Schiffes, einer Bedienungseinheit mit allerlei Hebeln und einem Fernsteuerungsapparat, die auf den Brücken-nocken angebracht werden konnte. »Die Navigation erfolgt heut-zutage per Computer. Die Geräte sind stimmaktiv, so daß der Kapitän das Schiff sogar durch mündliche Befehle steuern kann.«

»Wenn man ständig nach alten Tonscherben buddelt, hat man keine Ahnung, wie modern Schiffe heute sind.«

»Nachdem Meeresforschung und -technologie von Regierung und Wirtschaft über vierzig Jahre lang stiefmütterlich behandelt wurden, hat man nun endlich erkannt, daß es sich um eine der wichtigsten Wachstumsindustrien der Zukunft handelt.«

»Sie haben noch immer nicht genau erklärt, was Sie in den Ge-wässern von Peru treiben.«

»Wir forschen im Meer nach neuen Medikamenten«, antwortete er.

»Medikamente? Nach dem Motto, nehmen Sie zwei Plankton und rufen Sie mich morgen früh wieder an?«

Pitt nickte lächelnd. »Es besteht durchaus die Möglichkeit, daß Ihr Arzt Ihnen eines Tages so was Ähnliches verschreibt.«

»Dann ist man bei der Suche nach neuen Medikamenten also abgetaucht.«

»Notgedrungen. Über neunzig Prozent aller an Land vorkom-menden Organismen, die Grundstoffe zur Behandlung von Krankheiten liefern, sind bereits bekannt und werden pharmazeutisch genutzt. Aspirin und Chinin werden aus Baumrinde gewonnen. Die Pharmaindustrie verwendet so gut wie alle in der Natur vorkommenden Rohstoffe, von Schlangengift über Froschsekret bis zur Lymphflüssigkeit von Schweinen. Aber die Möglichkeiten, die sich durch Meereslebewesen oder Mikroorganismen bieten, die in großen Tiefen vorkommen, wurden bislang noch nicht einmal angetastet. Und es könnte durchaus sein, daß sich damit so gut wie alle Gebrechen heilen lassen, sei es ein gewöhnlicher Schnupfen, Krebs oder sogar Aids.«

»Aber Sie können doch bestimmt nicht einfach losziehen und mit einer Ladung Mikroben zurückkommen, die dann im Labor verarbeitet und an die Apotheke an der nächsten Ecke ausgeliefert wird?«

»Das ist gar nicht so weit hergeholt, wie Sie meinen«, sagte er. »Einer von hundert Organismen, die in einem Tropfen Wasser leben, kann gezüchtet, genutzt und zu Medikamenten verarbeitet werden. Derzeit werden aus Quallen, wirbellosen Kleinstlebewesen – sogenannten Bryozoen –, bestimmten Schwämmen und etlichen Korallenarten Medikamente gegen Krebs, entzündungshemmende Mittel gegen arthritische Beschwerden und Präparate entwickelt, die die Organabstoßung nach einer Transplantation verhindern sollen. Bei Laborversuchen mit einer aus Seetang gewonnenen Chemikalie wurden zum Beispiel Ergebnisse erzielt, die auf einen vielversprechenden Einsatz bei der Bekämpfung einer gegen andere Medikamente resistenten Spielart der Tuberkulose hindeuten.«

»Und wo genau suchen Sie im Ozean nach diesen Wundermitteln?« fragte Shannon.

»Diese Expedition konzentriert sich auf eine Kette von kaminartigen Kraterschloten, wo heißes Magma aus dem Erdmantel austritt und mit dem kalten Seewasser in Berührung kommt, bevor es sich über dem Boden ausbreitet. Sozusagen eine Art heiße Quelle am Meeresboden. Dabei werden auf einem weiträumigen Gebiet diverse Mineralien abgelagert – Kupfer, Zink, Eisen sowie schwere Schwefelwasserstoffe. Es ist unglaublich, aber in dieser dunklen und hochgiftigen Umwelt leben und gedeihen große Kolonien von Riesenmuscheln, Mollusken, überdimensionalen Röhrenwürmern und Bakterien, die die Schwefelvorkommen zur Zuckererzeugung verwenden.

Diese bemerkenswerte Vielfalt marinen Lebens ist es denn auch, die wir mit Tauchbooten einsammeln und für Labortests und zur klinischen Erprobung in die Staaten bringen.«

»Arbeiten viele Wissenschaftler an diesen Wunderheilmitteln?«

Pitt schüttelte den Kopf. »Weltweit allenfalls fünfzig oder sechzig. Die medizinische Meeresforschung steckt noch in den Kinderschuhen.«

»Und wann dürfen wir die ersten Präparate auf dem Markt erwarten?«

»Die gesetzlichen Hürden sind atemberaubend. In den nächsten zehn Jahren dürfte noch kein Arzt ein derartiges Medikament verschreiben.«

Shannon ging zu einer Reihe von Monitoren auf einer Konsole, die ein ganzes Schott einnahm. »Das sieht ja beeindruckend aus.«

»Unser zweiter Auftrag bei allen Fahrten ist die ständige Vermessung des Meeresbodens.«

»Was sieht man da auf den Monitoren?«

»Sie haben den Meeresboden in einer Vielzahl von Formen und Darstellungen vor sich. Unser weitreichendes, niedrigauflösendes Side-Scan-Sonargerät kann einen bis zu fünfzig Kilometer breiten Ausschnitt dreidimensional und in Farbe aufzeichnen.«

Shannon starrte auf die Darstellung der Tausende von Metern unter dem Schiff liegenden Grabenbrüche und Gebirge. »Ich hätte nie geglaubt, daß ich das Land unter dem Meer einmal so deutlich zu sehen bekäme. Das ist ja fast so, als blicke man über die Rocky Mountains aus dem Flugzeugfenster.«

»Dank der Computer ist es sogar noch etwas schärfer.«

»Die Romantik der sieben Meere«, sagte sie philosophisch. »Sie kommen mir vor wie die alten Forscher, die neue Welten erkundet haben.«

Pitt lachte. »Bei all der hochmodernen Technologie bleibt nicht viel Romantik übrig.«

Sie verließen die Brücke, und er zeigte ihr das Schiffslaboratorium, wo eine Gruppe von Chemikern und Meeresbiologen an Tanks mit hundert verschiedenen Tiefseebewohnern arbeitete, Daten auf Computerschirmen überprüfte und Mikroorganismen unter dem Mikroskop untersuchte.

»Nach dem Einholen der Proben vom Meeresboden«, sagte Pitt, »wird hier der erste Schritt auf der Suche nach neuen Medikamenten getan.«

»Und welche Aufgabe haben Sie dabei?« fragte Shannon.

»Al Giordino und ich steuern die Roboterfahrzeuge, die den Meeresboden nach vielversprechenden organischen Vorkommen erkunden. Wenn wir der Meinung sind, wir hätten eine lohnenswerte Stelle gefunden, gehen wir im Tauchboot runter und sammeln Proben.«

Sie seufzte. »Ihre Arbeit ist viel exotischer als meine.«

Pitt schüttelte den Kopf. »Finde ich nicht. Das Leben unserer Vorfahren zu erforschen, kann genauso exotisch sein. Wenn uns die Vergangenheit nicht faszinieren würde, würden nicht Millionen von Menschen Jahr für Jahr nach Ägypten, Rom oder Athen reisen. Warum wandern wir denn über die Schlachtfelder von Gettysburg und Waterloo oder schauen von den Klippen hinunter auf die Strände der Normandie? Weil wir die Geschichte betrachten müssen, um uns selbst zu erkennen.«

Shannon brachte keinen Ton heraus. Von einem Mann, der scheinbar ungerührt töten konnte, hatte sie eine gewisse Gefühlskälte erwartet. Um so mehr überraschte sie nun der Tiefgang seiner Worte und die Leichtigkeit, mit der er seinen Gedanken Ausdruck verlieh.

Er erzählte von der See, von Schiffswracks und versunkenen Schätzen. Sie berichtete von den großen Rätseln der Archäologie, die noch aufgeklärt werden mußten. Sie genossen diesen Gedankenaustausch, und dennoch trennte sie etwas. Keiner von ihnen fühlte sich vom anderen unwiderstehlich angezogen.

Sie gingen hinaus auf Deck, beugten sich über die Reling und sahen zu, wie die vom Bug der *Deep Fathom* aufgewühlte Gischt am Rumpf vorbeiglitt und sich mit dem Schaum des Kielwassers vermischte, als Frank Stewart, der Skipper, auftauchte.

»Jetzt ist es offiziell«, sagte er in seinem weichen, schleppenden Südstaaten-Dialekt. »Wir haben Befehl erhalten, die jungen Peruaner und Dr. Kelsey nach Callao, dem Hafen von Lima, zu bringen.«

»Haben Sie mit Admiral Sandecker gesprochen?« erkundigte sich Pitt.

Stewart schüttelte den Kopf. »Mit Rudi Gunn, seinem Stellvertreter.«

»Ich nehme an, sobald wir alle an Land abgesetzt haben, fahren wir hierher zurück und setzen unsere Arbeit fort.«

»Die Besatzung und ich schon. Sie und Al kehren zu dem Opferbrunnen zurück und bergen Dr. Millers Leiche.«

Pitt starrte Stewart an wie ein Psychiater einen Geisteskranken. »Wieso wir? Warum nicht die peruanische Polizei?«

Stewart zuckte mit den Schultern. »Als ich eingewandt habe, daß wir euch beide zum Einsammeln der Mikroben brauchen, sagte Gunn, er lasse vom Forschungslabor der NUMA in Key West zwei Ersatzleute einfliegen. Weiter wollte er sich dazu nicht auslassen.«

Pitt wedelte mit der Hand in Richtung des Hubschrauberlandeplatzes. »Haben Sie Rudi mitgeteilt, daß Al und ich bei den Einheimischen nicht gerade beliebt sind und daß wir keinen Helikopter mehr haben?«

»Ersteres nein.« Stewart grinste. »Letzteres ja. Die amerikanische Botschaft in Lima kümmert sich gerade um einen Charter-Hubschrauber für euch.«

»Das ist etwa so sinnvoll, wie in einem französischen Restaurant ein Erdnußbutterbrot zu bestellen.«

»Wenn Sie sich beschweren wollen, schlage ich vor, Sie wenden sich direkt an Gunn. Er erwartet uns nämlich am Kai von Callao.«

Pitt kniff die Augen zusammen. »Sandeckers rechte Hand in Washington fliegt über sechseinhalbtausend Kilometer weit, um eine Leichenbergung zu beaufsichtigen? Was steckt dahinter?«

»Offensichtlich mehr, als man auf den ersten Blick meint«, sagte Stewart. Er drehte sich um und blickte Shannon an. »Außerdem hat Gunn eine Nachricht von einem gewissen David Gaskill an Sie durchgegeben. Er meinte, der Name würde Ihnen etwas sagen.«

Einen Augenblick lang schaute sie nachdenklich auf das Deck. »Ja, ich erinnere mich. Er ist Undercover-Agent der US-amerikanischen Zollbehörde und auf den illegalen Handel mit Altertümern spezialisiert.«

»Gaskill läßt Ihnen ausrichten«, fuhr Stewart fort, »daß er glaubt, er hätte bei einem Privatsammler in Chicago das goldene Leichengewand von Tiapollo aufgespürt.«

Shannons Herz flatterte mit einem Mal, und ihre Hände umklammerten die Reling so fest, daß ihre Knöchel schneeweiß hervortraten.

»Gute Nachrichten?« fragte Pitt.

Sie machte den Mund auf, brachte jedoch keinen Ton heraus. Sie wirkte wie vom Donner gerührt.

Pitt legte ihr fürsorglich den Arm um die Hüfte. »Alles in Ordnung?«

»Das goldene Leichengewand von Tiapollo«, murmelte sie ehrfürchtig, »verschwand 1922 nach einem dreisten Raub aus dem Museo Nacional de Antropología in Sevilla. Ich kenne keinen Archäologen, der nicht auf seine Altersversorgung verzichten würde, wenn er es untersuchen dürfte.«

»Und was ist daran so besonders?« fragte Stewart.

»Aufgrund seiner historischen Bedeutung gilt es als der wertvollste Kunstgegenstand, den Südamerika jemals hervorgebracht hat«, trug Shannon wie in Trance vor. »Es handelt sich um eine goldene Hülle, mit der die Mumie eines großen Chachapoya-Generals namens Naymlap vom Kopf bis zu den Zehenspitzen bedeckt war. Im Jahre 1547 entdeckten spanische Eroberer in Tiapollo, einer Stadt hoch in den Bergen, Naymlaps Grab. Das Ereignis wurde damals in zwei Dokumenten festgehalten, aber heute weiß man nicht mehr, wo genau Tiapollo liegt. Ich habe nur zwei alte Schwarzweißaufnahmen des Gewandes gesehen, aber schon daran konnte man erkennen, wie atemberaubend kunstvoll das Metall ziseliert war. Die Ikonographie, die traditionellen Bilder und die Formgebung sind ungemein verschwenderisch und hochentwickelt und berichten in Bilderschrift von einem legendären Ereignis.«

»Bilderschrift wie bei den ägyptischen Hieroglyphen?« fragte Pitt.

»Sehr ähnlich.«

»Das, was wir heute als Comicstrip bezeichnen würden«, mischte sich Giordino ein, der ebenfalls an Deck kam.

Shannon lachte. »Nur ohne Sprechblasen. Die Bilder wurden nie ganz entschlüsselt. Vieles ist unklar, aber anscheinend verweisen sie auf eine Seereise an einen weit jenseits des Aztekenreiches gelegenen Ort.«

»Zu welchem Zweck?« fragte Stewart.

»Um einen riesigen königlichen Schatz zu verstecken, der einem gewissen Huascar gehörte, einem Inkaherrscher, der in der Schlacht gefangengenommen und von seinem Bruder Atahualpa ermordet wurde, der wiederum von dem spanischen Eroberer Francisco Pizarro hingerichtet wurde. Huascar besaß eine heilige goldene Kette, die zweihundertvierzehn Meter lang gewesen sein soll. In einem Bericht der Inka an die Spanier hieß es, daß zweihundert Männer sie kaum tragen konnten.«

»Wenn jeder Mann, grob geschätzt, sechzig Prozent seines Körpergewichts tragen kann«, rechnete Giordino vor, »dann waren das über neuntausend Kilogramm Gold. Multipliziert mit zweiunddreißig...«

»Sind das zweihundertachtundachtzigtausend Feinunzen Gold«, half Pitt aus, als Giordino vor lauter Staunen nicht mehr weiterrechnen konnte. »O mein Gott. Beim heutigen Goldpreis wären das weit über hundert Millionen Dollar.«

»Das kann nicht stimmen«, wandte Stewart ein.

»Rechnen Sie's doch nach«, murmelte Giordino, der noch immer ganz benommen war.

Stewart tat wie geheißen, und sein Gesicht wurde genauso fassungslos wie Giordinos. »Mutter Gottes, er hat recht.«

Shannon nickte. »Und das ist der reine Goldwert. Als Kunstgegenstand ist sie unschätzbar.«

»Und die Spanier haben sie nie in die Hände gekriegt?« fragte Pitt Shannon.

»Nein, die Kette verschwand, und dazu ein riesiger Hort aus weiteren königlichen Kostbarkeiten. Vielleicht kennen Sie die Geschichte von Huascars Bruder Atahualpa, der sich von Pizarro freikaufen wollte, indem er ihm anbot, eine sieben Meter lange und fünf Meter breite Kammer mit Gold zu füllen. Atahualpa stellte sich auf die Zehenspitzen, streckte die Hand aus und zog in etwa drei Metern Höhe rund um die Kammer einen Strich: So hoch sollte das Gold aufgetürmt werden. Ein etwas kleinerer Raum nebenan sollte zweimal mit Silber gefüllt werden.«

»Muß der Weltrekord im Lösegeldfordern sein«, sagte Stewart nachdenklich.

»Der Überlieferung zufolge«, fuhr Shannon fort, »ließ Atahualpa aus Palästen, Tempeln und Wohnhäusern unzählige goldene Gegenstände herbeischaffen. Doch es reichte nicht aus. Und so wollte er die Schätze seines Bruders haben. Huascar wurde von seinen Spionen gewarnt und sorgte dafür, daß sämtliche Kostbarkeiten seines Königreiches verschwanden, bevor Atahualpa und Pizarro sie in die Hände bekommen konnten. Bewacht von getreuen Chachapoya-Kriegern unter dem Befehl des Generals Naymlap, wurden unzählige Tonnen goldener und silberner Gegenstände, darunter auch die Kette, von einer endlosen Menschenkarawane heimlich zur Küste getragen, wo sie auf eine Flotte von Schilf- und Balsaflößen verladen wurden, die mit unbekanntem Ziel gen Norden davonsegelte.«

»Ist die Geschichte irgendwo verbürgt?« fragte Pitt.

»Zwischen 1546 und 1568 zeichnete Bischof Juan de Avila, ein jesuitischer Historiker und Übersetzer, Sagen und Überlieferung der alten peruanischen Kulturen auf. Bei seinen Versuchen, die Chachapoyas zum Christentum zu bekehren, erzählte man ihm vier verschiedene Versionen der Geschichte vom großen Schatz aus dem Reich der Inkas, der mit Hilfe ihrer Väter über das Meer hinweg zu einem Eiland weit jenseits des Reiches der Azteken geschafft und dort vergraben wurde. Dort ruht er angeblich, bewacht von einem geflügelten Jaguar, bis zu dem Tag, da die Inkas wiederkehren, um über ihr peruanisches Reich zu herrschen.«

»Zwischen hier und der kalifornischen Küste gibt es Hunderte von Inseln«, sagte Stewart.

Shannon sah, wie Pitts Blick hinaus aufs Meer schweifte. »Es gibt, oder vielleicht sollte ich lieber sagen, es gab noch eine weitere Fassung der Geschichte.«

»Nur zu«, sagte Pitt, »erzählen Sie.«

»Als der Bischof die Wolkenmenschen, wie die Chachapoyas genannt wurden, genauer befragte, war wiederholt von einem Jadekästchen die Rede, das eine genaue Chronik der Reise enthalten soll.«

»Ein mit Bildsymbolen bemaltes Stück Rohleder?«

»Nein, ein *Quipu*«, erwiderte Shannon leise.

Stewart schob fragend das Kinn vor. »Ein was?«

»Ein *Quipu*, das ist eine Methode, mit der die Inkas mathematische Probleme lösten und ihre Bücher führten. Wirklich ziemlich genial. Es war gewissermaßen eine Art früher Computer, bei dem in wechselndem Abstand Knoten in farbige Schnüre aus Bast oder Hanf geknüpft waren. Jede der farbigen Schnüre hatte eine symbolische Bedeutung – blau stand für Religion, rot für den Herrscher, grau für Orte und Städte, grün für Menschen und so fort. Ein gelber Strang bedeutete Gold, während sich ein weißer auf Silber bezog. Durch die Anordnung der Knoten wurden Zahlen ausgedrückt, eine gewisse Zeitspanne zum Beispiel. Der *Quipucamayoc*, eine Art Sekretär, konnte es für allerlei Verwaltungsaufgaben verwenden, von der Aufzeichnung bedeutender Ereignisse bis zur Inventur gelagerter Warenmengen. Unglücklicherweise wurden die meisten *Quipus*, eines der detailliertesten Aufzeichnungssysteme in der Geschichte der Menschheit, im Verlauf der spanischen Eroberung und der anschließenden Unterdrückung vernichtet.«

»Und diese Schnürsenkel, vergeben Sie mir den Scherz, dienten dazu, den Verlauf der Reise festzuhalten, einschließlich der Dauer, der Entfernung und des Bestimmungsortes?«

»Dazu waren sie gedacht«, bestätigte Shannon.

»Irgendein Hinweis, was aus dem Jadekästchen geworden ist?«

»In einer Geschichte wird behauptet, die Spanier hätten das Kästchen mit dem *Quipu* gefunden, aber den Wert nicht erkannt und es nach Spanien geschickt. Doch als das Kästchen zusammen mit einer ganzen Ladung kostbarer Kunstgegenstände und einem großen Gold- und Silberschatz auf einer Galeone nach Panama unterwegs war, fiel es dem englischen Seeräuber Sir Francis Drake in die Hände.«

Pitt drehte sich um und schaute sie erstaunt an. »Die Schatzkarte der Chachapoyas landete in England?«

Shannon zuckte resigniert mit den Schultern. »Das Jadekästchen wurde nie erwähnt, als Drake nach seiner langen Reise um die Welt nach England zurückkehrte. Aber seit dieser Zeit ist die Knotenschnur unter dem Namen Drake-*Quipu* bekannt, doch sie ist nie wieder aufgetaucht.«

»Eine verdammt gute Geschichte«, murmelte Pitt. Verträumt

blickte er aufs Meer, als gäbe es hinter dem Horizont etwas zu sehen. »Aber das Beste kommt erst noch.«

Shannon und Stewart starrten ihn an. Pitt wandte die Augen zum Himmel, wo eine Möwe über dem Schiff kreiste und dann in Richtung Land davonflog. Sein Blick war entschlossen, sein Mund zu einem schiefen Lächeln verzogen, als er sie wieder anschaute.

»Was wollen Sie damit sagen?« fragte Shannon nach kurzem Zögern.

»Daß ich vorhabe, das Jadekästchen zu suchen.«

»Sie wollen uns wohl veräppeln.« Stewart lachte.

»Nicht im geringsten.« Pitts kantiges Gesicht wirkte ganz und gar nicht mehr verträumt.

Shannon war einen Augenblick lang verdutzt. Nachdem er sich zuvor so spöttisch und ungläubig gegeben hatte, traf sie die plötzliche Begeisterung völlig unerwartet. »Sie klingen, als würden Sie gerade den Verstand verlieren.«

Pitt legte den Kopf zurück und lachte lauthals los. »Das ist doch das Schöne am Wahnsinn. Man sieht Dinge, die kein anderer sehen kann.«

12

St. Julien Perlmutter war ein Schlemmer und Bonvivant der alten Schule. Er mochte erlesene Speisen und Getränke, erging sich in geselligen Gelagen und besaß eine unglaubliche Sammlung von Rezepten der berühmtesten Küchenchefs der Welt und einen Keller mit über viertausend Flaschen edler Weine. Doch für den Ruf eines hochgeschätzten Gastgebers, der gerne zu Feinschmeckerdiners in elegante Restaurants bat, bezahlte er einen hohen Preis. St. Julien Perlmutter wog annähernd 181 Kilogramm (400 amerikanische Pfund). Er verachtete jede Form von körperlicher Ertüchtigung oder Diät, und sein sehnlichster Wunsch war es, eines Tages nach einem üppigen Mahl, während er gerade einen hundertjährigen Cognac genoß, ins Jenseits abberufen zu werden.

Neben dem Essen galt seine zweite große Leidenschaft Schiffen und alten Schiffswracks. Im Lauf der Jahre hatte er die nach Ansicht von Experten umfangreichste Sammlung von Literatur und Berichten über historische Schiffe zusammengetragen, die es auf der Welt gab. In den Seefahrtsmuseen auf dem ganzen Globus harrte man bereits des Tages, da seine Maßlosigkeit ihn umbringen würde. Dann würden sie sich wie die Geier auf seine Sammlung stürzen, um sie der eigenen Bibliothek einzuverleiben.

Es gab einen Grund dafür, weshalb Perlmutter stets in Restaurants einlud, anstatt seine Gäste in sein geräumiges Herrenhaus in Georgetown, einem Außenbezirk der amerikanischen Hauptstadt, zu bitten. Eine gewaltige Masse von Büchern stapelte sich auf dem Fußboden, in überbordenden Regalen und in allen Ecken und Winkeln seiner Schlaf-, Wohn- und Speiseräume, ja sogar in den Küchenschränken. Kopfhoch türmten sie sich neben der Kommode in seinem Badezimmer, und selbst sein riesiges Wasserbett war damit übersät. Erfahrene Archivare hätten ein ganzes Jahr gebraucht, um die Tausende von Büchern in dem Herrenhaus zu ordnen und zu katalogisieren. Nicht so Perlmutter. Er wußte genau, wo jedes Werk zu finden war, und konnte es binnen weniger Sekunden hervorholen.

Er stand gerade in seiner üblichen Alltagskleidung, einem violetten Pyjama unter einem rot-gold gemusterten türkischen Hausmantel, vor einem aus der Eignerkabine der *Lusitania* geborgenen Spiegel und stutzte sich den stattlichen grauen Bart, als sein Telefon losbimmelte wie eine Schiffsglocke.

»St. Julien Perlmutter. Teilen Sie bitte kurz und bündig Ihr Anliegen mit.«

»Hallo, du altes Wrack.«

»Dirk!« polterte er los, als er die Stimme erkannte, und die blauen Augen in seinem runden, rötlichen Gesicht leuchteten auf. »Wo ist das Rezept für die gerösteten Krabben mit Aprikosen, das du mir versprochen hast?«

»In einem Umschlag auf meinem Schreibtisch. Ich habe vergessen, es dir zu schicken, bevor ich außer Landes mußte. Ich bitte um Vergebung.«

»Von wo aus rufst du an?«

»Von einem Schiff vor der peruanischen Küste.«

»Ich traue mich kaum zu fragen, was du da unten treibst.«

»Ist eine lange Geschichte.«

»Sind sie das nicht immer?«

»Du mußt mir einen Gefallen tun.«

Perlmutter seufzte. »Um welches Schiff geht's denn diesmal?«

»Die *Golden Hind*.«

»Francis Drakes *Golden Hind*?«

»Genau die.«

»*Sic parvis magna*«, zitierte Perlmutter. »Alles Große fängt klein an. Das war Drakes Motto. Wußtest du das?«

»Irgendwie muß es mir wohl entgangen sein«, gestand Pitt. »Drake kaperte eine spanische Galeone –«

»Die *Nuestra Señora de la Concepción*«, unterbrach ihn Perlmutter, »unter dem Kommando von Juan de Anton, die mit einer Ladung Gold- und Silberbarren sowie kostbaren Kunstgegenständen der Inkas von Callao de Lima nach Panama unterwegs war. Soweit ich mich entsinne, war das im März des Jahres 1578.«

Einen Augenblick lang herrschte am anderen Ende der Leitung Schweigen. »Warum habe ich bloß immer das Gefühl, wenn ich mit dir rede, Julien, daß du mir gerade mein Fahrrad weggenommen hast?«

»Ich dachte, ich könnte dich mit etwas Fachwissen aufheitern.« Perlmutter lachte. »Was genau möchtest du denn wissen?«

»Was hat Drake mit der Ladung gemacht, nachdem er die *Concepción* gekapert hatte?«

»Der Vorfall ist umfassend dokumentiert. Er ließ die Gold- und Silberbarren, darunter auch eine Unzahl kostbarer Juwelen und Perlen, an Bord der *Golden Hind* schaffen. Eine gewaltige Menge. Sein Schiff war gefährlich überladen, deshalb ließ er bei der Insel Cano, vor der Küste von Ecuador, etliche Tonnen Silber ins Wasser werfen, bevor er seine Reise um die Welt fortsetzte.«

»Was wurde aus den Inkaschätzen?«

»Die blieben im Frachtraum der *Concepción*. Danach stellte Drake ein Prisenkommando zusammen, das sie durch die Magellanstraße und über den Atlantik zurück nach England segeln sollte.«

»Ist die Galeone jemals angekommen?«

»Nein«, antwortete Perlmutter nachdenklich. »Sie blieb verschollen und ist vermutlich mit Mann und Maus gesunken.«

»Mehr als schade.« Pitt klang enttäuscht. »Ich hatte gehofft, jemand hätte vielleicht überlebt.«

»Du hast mich da auf einen Gedanken gebracht«, besann sich Perlmutter. »Es gibt eine Legende, die sich um das Verschwinden der *Concepción* webt.«

»Worum geht es dabei?«

»Eine abstruse Geschichte, kaum mehr als ein Gerücht. Demnach soll die Galeone von einer riesigen Flutwelle erfaßt und weit ins Landesinnere getragen worden sein. Natürlich wurde das niemals bestätigt oder dokumentiert.«

»Hast du einen Anhaltspunkt, woher das Gerücht stammen könnte?«

»Zur genauen Bestätigung sind weitere Nachforschungen nötig, aber wenn mein Gedächtnis mich nicht trügt, stammt die Geschichte von einem verrückten Engländer, der, einem Bericht zufolge, von einem Trupp Portugiesen in einem Dorf am Amazonas gefunden wurde. Tut mir leid, aber das ist alles, womit ich dir spontan dienen kann.«

»Ich wäre dir dankbar, wenn du ein bißchen tiefer schürfen würdest«, sagte Pitt.

»Ich kann dir die Maße und Tonnage der *Concepción* nennen, wie viele Segel sie führen konnte und wo und wann sie gebaut wurde. Aber über einen Irren, der durch den Regenwald marschiert, gibt's in meiner Sammlung keine Unterlagen.«

»Wenn jemand ein Geheimnis der Meere enträtseln kann, dann du.«

»Ich habe keine Lust, mich mit einem deiner Rätsel zu befassen, vor allem nicht, nachdem wir den alten Abe Lincoln auf einem Panzerschiff der Konföderierten in der Sahara gefunden haben.«

»Ich überlaß es ganz dir, Julien.«

»Panzerschiffe in der Wüste, die Arche Noah auf einem Berg, spanische Galeonen im Dschungel. Warum bleiben Schiffe nicht im Meer, wo sie hingehören?«

»Deswegen sind du und ich ja so süchtig nach der Jagd auf Schiffswracks«, sagte Pitt fröhlich.

»Was interessiert dich an dem hier?« fragte Perlmutter argwöhnisch.

»Ein Jadekästchen mit einer Knotenschnur, die Hinweise auf den Verbleib eines gewaltigen Inkaschatzes geben soll.«

Perlmutter sann mehrere Sekunden lang über Pitts knappe Antwort nach, dann sagte er schließlich: »Nun, ich nehme an, das ist durchaus ein guter Grund.«

Hiram Yeager sah aus, als würde er seine schäbigen Habseligkeiten normalerweise in einem Einkaufswagen durch finstere Gassen schieben. Er trug Jeansjacke und -hose, hatte die langen blonden Haare zu einem losen Pferdeschwanz zusammengebunden und versteckte sein jungenhaftes Gesicht hinter einem struppigen Bart. Doch wenn Yeager einen Einkaufswagen vor sich herschob, dann allenfalls in der Feinkostabteilung eines Supermarktes. Ein Fremder hätte sich kaum vorstellen können, daß er zusammen mit seiner zauberhaften Frau, einer Künstlerin, in einer schicken Wohngegend in Maryland lebte, seine beiden ebenso pfiffigen wie hübschen halbwüchsigen Töchter auf eine Privatschule schickte und einen nagelneuen BMW fuhr.

Auch hätte jemand, der ihn nicht kannte, kaum erraten können, daß er Leiter des Kommunikations- und Informationswesens bei der NUMA war. Admiral Sandecker hatte ihn bei einer Computerfirma im Silicon Valley abgeworben, damit er ihm eine umfassende Datenbibliothek aufbaute, die jedes Buch, jeden Artikel, jede Doktorarbeit, ob wissenschaftlicher oder historischer Natur, Tatsache oder Theorie, enthalten sollte, die jemals über das Meer verfaßt worden waren. Was Perlmutters Archiv für die Schiffahrt war, das war Yeagers Datensammlung auf dem Gebiet der Ozeanographie und der Unterwasserforschung.

Er saß an seinem persönlichen Privatcomputer in einem kleinen Nebenraum der Abteilung für elektronische Datenerfassung, die fast den gesamten neunten Stock des NUMA-Gebäudes einnahm, als sein Telefon summte. Ohne den Blick vom Bildschirm zu wenden, auf dem gerade die Auswirkungen von Meeresströmungen auf das Klima in Australien dargestellt wurden, griff er zum Hörer.

»Hier Kopf und Hirn«, meldete er sich lässig.

»Du würdest graue Zellen nicht mal erkennen, wenn sie dir auf die Schuhe spritzen«, ertönte die Stimme eines alten Freundes.

»Schön, von dir zu hören, Mister Spezialprojekt. Dem Büroklatsch zufolge genießt du ein paar ausgelassene Urlaubswochen im sonnigen Südamerika.«

»Da hast du was Falsches gehört, alter Freund.«

»Rufst du von der *Deep Fathom* aus an?«

»Ja. Al und ich sind nach einem kleinen Abstecher in den Dschungel wieder an Bord zurück.«

»Womit kann ich dir dienen?«

»Nimm dir deine Datenbank vor und schau nach, ob du einen Bericht über eine Flutwelle findest, die irgendwann im März 1578 die Küste zwischen Lima, Peru und Panama City heimgesucht hat.«

Yeager seufzte. »Warum bittest du mich nicht gleich darum, daß ich dir die Temperatur und Luftfeuchtigkeit am Tag der Schöpfung heraussuche?«

»Ein ungefährer Hinweis auf das Gebiet, wo die Welle zugeschlagen haben könnte, reicht mir. Besten Dank.«

»Ein Bericht über ein derartiges Ereignis könnte eventuell in den alten Aufzeichnungen über Witterungs- und Meeresverhältnisse enthalten sein, die ich in den spanischen Archiven in Sevilla aufgetrieben habe. Eine andere Möglichkeit wären die Einheimischen, in deren Sagen und Überlieferungen Hinweise auf so etwas zu finden sein müßten. Die Inkas haben gesellschaftliche und religiöse Ereignisse gern auf ihren Keramiken oder Webarbeiten verewigt.«

»Kein guter Tip«, sagte Pitt zweifelnd. »Das Reich der Inkas wurde fast vierzig Jahre vorher von den Spaniern zerstört. Falls derartige Nachrichten aufgezeichnet wurden, sind sie verschollen oder vernichtet.«

»Die Mehrzahl aller großen Flutwellen entsteht durch Seebeben. Vielleicht kann ich ja ein paar geologische Vorkommnisse aus dieser Zeit zusammenpuzzeln.«

»Versuch es, soweit du kannst.«

»Wie eilig brauchst du es?«

»Laß alles stehen und liegen und halte dich ran. Es sei denn, der Admiral braucht dich für was Wichtigeres.«

»In Ordnung«, entgegnete Yeager, den diese Aufgabe reizte. »Ich seh' zu, was ich rauskriegen kann.«

»Danke, Hiram. Ich steh' in deiner Schuld.«

»Hundertfach und mehr.«

»Und kein Wort davon zu Sandecker«, sagte Pitt.

»Dachte ich mir doch, daß du wieder mal was höchst Anrüchiges aussheckst. Willst du mir nicht verraten, worum es geht?«

»Ich will im Dschungel nach einer spanischen Galeone suchen.«

»Aber natürlich, was denn sonst?« sagte Yeager schicksalsergeben. Er hatte sich längst damit abgefunden, daß Pitt einen stets aufs neue überraschte.

»Ich hoffe, du findest eine halbwegs überschaubare Gegend, in der ich suchen kann.«

»Tatsächlich bin ich aufgrund meines tadellosen Lebenswandels und meiner moralischen Grundhaltung schon jetzt in der Lage, das Gebiet ein ganzes Stück einzugrenzen.«

»Was weißt du, was ich nicht weiß?«

Yeager lächelte vor sich hin. »Im Tiefland zwischen der West-flanke der Anden und der Küste von Peru herrscht eine Durch-schnittstemperatur von achtzehn Grad Celsius oder fünfundsech-zig Grad Fahrenheit, und die jährliche Niederschlagsmenge reicht kaum aus, um ein Schnapsglas zu füllen. Es handelt sich um eine der kältesten und trockensten Tieflandwüsten der Welt. Dort gibt es keinen Dschungel, in dem ein Schiff verschwinden kann.«

»Und wie lautet dann dein Geheimtip?« fragte Pitt.

»Ecuador. Die Küstenregion ist bis rauf nach Panama tropisch.«

»Eine Lehrstunde in logischem Denken. Du kannst dich sehen lassen, Hiram. Ist mir egal, was deine Exfrauen über dich sagen.«

»Eine Kleinigkeit. In vierundzwanzig Stunden habe ich mehr für dich.«

»Ich melde mich wieder.«

Sobald er den Hörer aufgelegt hatte, ordnete Yeager seine Gedan-ken. Die Suche nach einem Schiffswrack war für ihn immer wieder eine Herausforderung. Die Gegenden, die er zu erkunden gedachte, waren fein säuberlich in seinem Kopf gespeichert. Im Laufe seiner Arbeit bei der NUMA hatte er festgestellt, daß Pitt nicht wie andere Männer durchs Leben ging. Mit Pitt zusammenzuarbeiten und ihn mit den nötigen Daten zu versorgen, hatte ihm schon so manches faszinierende Abenteuer beschert, und Yeager war zu Recht stolz darauf, daß er noch nie einen Ball verändelt hatte, den Pitt ihm zuspielte.

13

Während Pitt die Suche nach der gestrandeten spanischen Galeone vorbereitete, trat Adolphus Rummel, ein bekannter Sammler südamerikanischer Altertümer, aus dem Fahrstuhl und ging in sein zwanzig Stockwerke über dem Lake Shore Drive in Chicago gelegenes luxuriöses Penthouse-Apartment. Rummel, ein kleiner, hagerer Mann mit glattrasiertem Kopf und einem mächtigen Walroßschnauzbart, war Mitte Siebzig und wirkte eher wie ein Schurke aus einem Sherlock-Holmes-Roman denn wie der Besitzer von sechs riesigen Autofriedhöfen.

Wie viele seiner äußerst wohlhabenden Gesinnungsgenossen, die geradezu zwanghaft unschätzbar wertvolle Sammlungen von Altertümern auf dem Schwarzmarkt zusammenrafften, ohne auch nur einmal nach der Herkunft zu fragen, war Rummel unverheiratet und lebte zurückgezogen. Niemand bekam jemals seine präkolumbianischen Kunstwerke zu Gesicht. Nur sein Buchhalter und sein Anwalt wußten von ihrer Existenz, aber sie hatten keine Ahnung, wie umfassend seine Bestände waren.

In den fünfziger Jahren hatte der in Deutschland geborene Rummel ein ganzes Lager Nazi-Andenken über die mexikanische Grenze geschmuggelt, darunter Zierdolche und Ritterkreuze, die während des Zweiten Weltkrieges Deutschlands größten Helden verliehen worden waren, sowie zahlreiche von Adolf Hitler und seinen wahnsinnigen Paladinen unterzeichnete Dokumente. Rummel verkaufte seinen Hort zu Höchstpreisen an Sammler von Nazi-Andenken und investierte den Gewinn in einen Autofriedhof, den er zu einem Altmetallimperium ausbaute, das ihm in den vergangenen vierzig Jahren einen Reingewinn von annähernd zweihundertfünfzig Millionen Dollar eingebracht hatte.

Auf einer Geschäftsreise nach Peru im Jahre 1974 erwachte sein Interesse an alter südamerikanischer Kunst, und er fing an, von Händlern, ehrlichen wie auch kriminellen, zu kaufen. Um die Herkunft kümmerte er sich nicht. In der Bruderschaft der Schatzsucher und Kunsthändler in ganz Mittel- und Südamerika war Korruption so alltäglich wie der Regen im Dschungel. Rummel verschwendete keinen Gedanken darauf, ob die erworbenen Gegenstände rechtmäßig ausgegraben, aus Museen gestohlen oder heimlich verkauft wurden. Sie waren zu seiner Freude und Befriedigung da, und zwar zu seiner allein. Er ging an den italienischen Marmorwänden im Flur seines Penthouses vorbei und näherte sich einem hohen Spiegel mit einem dick vergoldeten Rahmen und nackten Putten, die von einer endlosen Weinrebe umrankt wurden. Rummel drehte den Kopf einer Putte in der einen Ecke und löste damit einen Mechanismus aus, durch den sich der Spiegel öffnen ließ und einen versteckten Durchgang freigab. Hinter dem Spiegel führte eine Treppe hinab in acht weitläufige Räume, deren Wände von Regalen gesäumt waren und die voller Tische standen, auf denen sich wenigstens dreißig Glaskästen mit mehr als zweitausend präkolumbianischen Kunstgegenständen befanden. Andächtig, so als schreite er durch ein Kirchenschiff auf den Altar zu, ging er durch seine Galerie und genoß die Schönheit und handwerkliche Vollendung seines privaten Hortes. Er vollzog dieses Ritual jeden Abend, bevor er zu Bett ging, fast wie ein liebevoller Vater, der nach seinen schlafenden Kindern sieht.

Rummels Rundgang endete schließlich neben einem großen Glaskasten, der im Mittelpunkt seiner Privatgalerie stand. Er enthielt den kostbarsten Schatz seiner Sammlung. Schimmernd spiegelten sich die Halogenstrahler im goldenen Leichengewand von Tiapollo, das hier in seiner ganzen Pracht lag, mit ausgestreckten Armen und Beinen und einer Gesichtsmaske, in deren Augenhöhlen Smaragde funkelten. Die hinreißend vollendete Gestaltung und Kunstfertigkeit bewegten Rummel stets aufs neue.

Obwohl er sich durchaus bewußt war, daß es vor sechsundsiebzig Jahren aus dem anthropologischen Museum in Sevilla geraubt worden war, hatte Rummel keinen Augenblick gezögert, eine Million zweihunderttausend Dollar dafür zu bezahlen, als eine Gruppe von Männern an ihn herangetreten war, die angeblich mit der Mafia in Verbindung stand, in Wirklichkeit aber Mitglieder eines im verborgenen arbeitenden Syndikats waren, das sich auf den Diebstahl kostbarer Kunstgegenstände spezialisiert hatte. Rummel hatte keine Ahnung, wie sie an das goldene Gewand gekommen waren. Er konnte nur vermuten, daß sie es entweder selbst gestohlen oder von dem Sammler gekauft hatten, der seinerzeit gemeinsame Sache mit den Räubern gemacht hatte.

Nachdem er seinem allabendlichen Genuß gefrönt hatte, schaltete Rummel das Licht aus, ging wieder nach oben in den Flur und schloß die Spiegeltür. Er trat hinter eine Bar, die rund um einen zweitausend Jahre alten römischen Sarkophag gebaut war, füllte einen kleinen Schwenker bis zur Hälfte mit Cognac und zog sich in sein Schlafzimmer zurück, wo er vor dem Einschlafen noch ein paar Seiten las.

In einer auf gleicher Höhe mit Rummels Apartment liegenden Wohnung auf der anderen Straßenseite saß Zollfahnder David Gaskill vom United States Customs Service und spähte durch ein auf einen Dreifuß montiertes Hochleistungsfernrohr, als sich der Kunstsammler gerade anschickte, ins Bett zu gehen. Ein anderer Mann hätte sich nach fast einwöchiger Observierung vielleicht gelangweilt, aber nicht Gaskill. Gaskill, der bereits seit achtzehn Jahren im Dienst der Zollbehörde stand, wirkte eher wie ein Football-Trainer denn wie ein Regierungsangestellter, und dieses Aussehen kam ihm bei seiner Arbeit zugute. Er war ein Afroamerikaner mit hellbrauner Haut, grünbraunen Augen und grauem, zurückgekämmtem Kraushaar. Sein massiger Kopf saß auf einem gedrungenen, baumstarken Hals. Er war ein Hüne von einem Mann und hatte einst als Linebacker in der Auswahlmannschaft der University of Southern California gespielt. Mühsam hatte er sich seinen kalifornischen Akzent abgewöhnt und sprach jetzt ein geschliffenes Englisch, weshalb er ab und zu irrtümlich für einen ehemaligen britischen Staatsbürger von den Bahamas gehalten wurde.

Seitdem er mit der Schule eine Reise nach Yucatán unternommen hatte, war Gaskill von präkolumbianischer Kunst fasziniert. Als er in Washington, D.C., stationiert gewesen war, hatte er etliche Ermittlungen geleitet, bei denen es um geraubte Kunstgegenstände der Anasazi- und Hohokam-Kulturen aus dem Südwesten der USA ging. Er hatte gerade an der Zerschlagung eines Schmugglerringes gearbeitet, der mit gestohlenen Steinfriesen der Mayas handelte, als die Polizei in Chicago einen Hinweis von einer Putzfrau erhielt und umgehend an ihn weiterleitete. Die Frau hatte zufällig Fotos entdeckt, die aus einer Schublade in Rummels Penthouse herausragten und etwas darstellten, das sie zunächst für einen mit Gold überzogenen Männerleib hielt. Im Glauben, jemand könnte ermordet worden sein, stahl sie das Foto und übergab es der Polizei. Ein Kriminalpolizist, der sich früher mit Kunstfälschungen befaßt hatte, erkannte, daß es sich bei dem goldenen Gegenstand um ein uraltes Kunstwerk handelte, und rief Gaskill an.

Rummels Name hatte bei der Zollbehörde schon immer ganz oben auf der Liste derjenigen Leute gestanden, die alte Kunstgegenstände sammelten, ohne sich um die Herkunft zu scheren, aber es gab keinerlei Beweise, daß er in illegale Geschäfte verstrickt war. Außerdem hatte Gaskill keine Ahnung, wo Rummel seine Schätze hortete. Der Fahnder, der sich mit Altertümern ebenso gut auskannte wie jeder Gelehrte, identifizierte auf dem von der Putzfrau erbeuteten Foto augenblicklich das lange verschollen geglaubte goldene Leichengewand von Tiapollo.

Er sorgte dafür, daß Rummels Penthouse rund um die Uhr beobachtet wurde, und ließ den alten Mann auf Schritt und Tritt überwachen. Doch nach sechs Tagen intensiver Observierung hatte er noch immer keinen Hinweis darauf, wo Rummels Sammlung versteckt war. Nie wich der Verdächtige von seinem gewohnten Verhalten ab. Nachdem er sein Büro am unteren Ende der Michigan Avenue verlassen hatte, wo er sich jeden Tag vier Stunden lang um seine Firma kümmerte, ging er zum Mittagessen in ein heruntergekommenes Café und bestellte stets Bohnensuppe und Salat. Die übrigen Nachmittagsstunden verbrachte er in Antiquitätenhandlungen und Kunstgalerien. Dann speiste er in einem ruhigen deutschen Restaurant zu Abend und sah sich danach einen Film oder ein Theaterstück an. Gegen halb zwölf kam er normalerweise nach Hause.

»Hängt ihm denn der alte Fusel, den er jeden Abend im Bett

trinkt, nie zum Hals raus?« murmelte der Agent Winfried Pottle. »Was mich angeht, ich ziehe die Nähe einer schönen Frau in einem kleinen schwarzen Nichts vor.«

Gaskill sah vom Feldstecher auf und warf seinem Stellvertreter im Observierungstrupp einen mürrischen Blick zu. Im Gegensatz zu Gaskill mit seiner Levis und Footballjacke seines ehemaligen Uniteams war Pottle ein schlanker, gutaussehender Mann mit scharfgeschnittenem Gesicht und weichem roten Haar, der mit Vorliebe dreiteilige Anzüge samt Taschenuhr und Kette trug. »Nachdem ich ein paar der Frauen gesehen habe, mit denen du ausgehst, halte ich das für reines Wunschdenken.«

Pottle nickte zu Rummels Penthouse hin. »Du könntest mir zumindest zugute halten, daß mein Leben nicht wie ein Uhrwerk abläuft.«

»Mir graut alleine beim Gedanken daran, wie du dich aufführen würdest, wenn du soviel Geld hättest wie er.«

»Ich bezweifle, daß ich mein Zeug so gut versteckt halten könnte, wenn ich ein Heidengeld in indianische Kunst gesteckt hätte.«

»Rummel muß es irgendwo verbergen«, sagte Gaskill. Er klang leicht entmutigt. »Sein Ruf als Aufkäufer heißer Ware von zweifelhafter Herkunft kann nicht von ungefähr kommen. Dazu wird das von zu vielen Informanten auf dem Antiquitätenmarkt bestätigt. Ich sehe einfach keinen Sinn darin, daß ein Mann eine einmalige Sammlung alter Kunstgegenstände aufbaut und sich dann nicht einmal in ihre Nähe begibt. Mir ist noch kein Sammler untergekommen, egal, ob er auf Briefmarken, Münzen oder Baseball-Bildchen abfährt, der sie nicht bei jeder Gelegenheit betrachten und in die Hand nehmen will. Man weiß, daß reiche Kunstsüchtige, die jede Menge Kohle für gestohlene Rembrandts oder van Goghs zahlen, alleine in ihren geheimen Bunkern hocken und sie stundenlang anschauen können. Ich kenne ein paar von diesen Jungs, die mit nichts angefangen haben, reich geworden sind und dann Gegenstände sammeln wollten, die nur sie sich leisten konnten. Viele von ihnen haben ihre Familien verlassen oder sind geschieden, weil ihr Verlangen zur Besessenheit ausartete. Deswegen glaube ich nicht, daß sich jemand, der so süchtig nach präkolumbianischer Kunst ist wie Rummel, nicht um einen Schatz kümmert, der wahrscheinlich wertvoller ist als alles, was in den besten Museen der Welt aufbewahrt wird.«

»Hast du dir schon mal überlegt, daß unsere Informanten sich irren oder gewaltig übertreiben könnten?« fragte Pottle unwirsch. »Die Putzfrau, die angeblich das Foto von dem goldenen Gewand gefunden hat, ist bekanntlich Alkoholikerin.«

Langsam schüttelte Gaskill den Kopf. »Rummel muß es irgendwo aufbewahren. Davon bin ich überzeugt.«

Pottle starrte hinüber zu Rummels Apartment, wo gerade das Licht ausging. »Wenn du recht hast und ich an Rummels Stelle wäre, würde ich es mit ins Bett nehmen.«

»Na klar würdest du –« Gaskill verstummte plötzlich. Pottles Scherz hatte ihn auf einen Gedanken gebracht. »Du mit deinen perversen Ideen könntest da gerade auf etwas gekommen sein.«

»Ich?« murmelte Pottle verwirrt.

»Welche Zimmer in dem Penthouse haben keine Fenster? Welche haben wir nicht im Blick?«

Pottle starrte einen Augenblick lang nachdenklich auf den Teppich. »Anhand des Grundrisses die beiden Badezimmer, die Speisekammer, der kleine Flur zwischen dem Schlafzimmer und den Gästezimmern und die Kleiderkammern.«

»Irgend etwas übersehen wir.«

»Was sollte das sein? Rummel zieht nie die Vorhänge zu. Sobald er aus dem Fahrstuhl kommt, haben wir alles zu neunzig Prozent im Blickfeld. Der kann doch nicht einfach 'ne Tonne Kunstschätze in zwei Badewannen und einer Kleiderkammer verstauen.«

»Stimmt, aber wenn er unten in den Fahrstuhl steigt, dauert es dreißig bis vierzig Minuten, bis er den Fuß ins Wohnzimmer setzt. Wo treibt er sich in der Zeit herum? Mit Sicherheit nicht im Flur.«

»Vielleicht hockt er auf dem Klo.«

»So regelmäßig kann kein Mensch.« Gaskill stand auf, ging zu einem Beistelltisch und breitete einen Bauplan von Rummels Penthouse aus, den er vom Inhaber des Gebäudes erhalten hatte. Er studierte ihn nun schon zum fünfzigsten Mal. »Die Kunstgegenstände *müssen* in dem Haus sein.«

»Wir haben jedes Apartment überprüft, vom Erdgeschoß bis zum Dach», sagte Pottle. »Sie sind alle vermietet und bewohnt.«

»Was ist mit der Wohnung direkt unter Rummel?« fragte Gaskill.

Pottle blätterte in einem Stapel Computerausdrucke. »Sidney Kammer und seine Frau Candy. Er ist ein Top-Anwalt, einer dieser Wirtschafts- und Steuerrechtler, die ihren Klienten einen Haufen Abgaben sparen helfen.«

Gaskill schaute Pottle an. »Wann haben sich Kammer und seine Frau zum letzten Mal blicken lassen?«

Pottle schlug in den Aufzeichnungen nach, in denen sie das Kommen und Gehen der Hausbewohner festhielten. »Kein Hinweis auf sie. Die tauchen nie auf.«

»Ich wette, wenn wir's nachprüfen, stellen wir fest, daß die Kammers ein Haus in irgendeinem schicken Vorort bewohnen und niemals den Fuß in die Wohnung setzen.«

»Sie könnten auch in Urlaub sein.«

Die Stimme von Agentin Beverly Swain drang aus Gaskills tragbarem Funkgerät. »Ein großer Möbelwagen fährt gerade in den Keller des Gebäudes.«

»Sitzen Sie vorne am Empfangsschalter, oder kontrollieren Sie den Keller?« fragte Gaskill.

»Ich bin immer noch in der Lobby und drehe wie ein Soldat meine Runden«, antwortete Swain keß. Die kleine Blondine, die sich vor ihrem Eintritt in die Zollbehörde an Kaliforniens Stränden herumgetrieben hatte, war die beste Kraft für verdeckte Einsätze in Gaskills Team und die einzige, die sich derzeit in Rummels Haus aufhielt. »Falls Sie glauben sollten, daß mich das ständige Beobachten der Bildschirme langweilt, die den Keller, die Fahrstühle und die Korridore zeigen, und ich am liebsten nach Tahiti fliegen würde, liegen Sie nicht ganz falsch.«

»Sparen Sie sich das Geld«, erwiderte Pottle. »In Tahiti gibt's nichts als hohe Palmen und exotische Strände. Das können Sie auch in Florida haben.«

»Überlassen Sie den Eingangsbereich dem Videorecorder«, befahl Gaskill. »Dann gehen Sie runter in den Keller und befragen die Umzugsleute. Stellen Sie fest, ob sie etwas liefern oder abholen, zu welcher Wohnung sie wollen und weshalb sie zu einer so unchristlichen Zeit arbeiten.«

»Schon unterwegs«, antwortete Swain gähnend.

»Ich hoffe, sie stößt nicht auf ein Monster«, sagte Pottle.

»Was für ein Monster?« Gaskill hatte die Augenbrauen hochgezogen.

»Sie wissen schon. Wie in einem billigen Horrorfilm, wenn die Frau allein zu Hause ist und ein seltsames Geräusch aus dem Keller hört. Sie geht runter, um nachzusehen, schaltet aber das Licht nicht an und nimmt auch kein Küchenmesser zum Schutz mit.«

»Typischer Hollywood-Quatsch.« Gaskill zuckte mit den Schultern. »Um Bev müssen wir uns keine Sorgen machen. Der Keller ist so hell beleuchtet wie der Las Vegas Boulevard, und sie hat einen 9-Millimeter-Colt Combat Commander dabei. Die Monster, die etwas von ihr wollen, können einem leid tun.«

Nun, da es in Rummels Penthouse dunkel war, ließ Gaskill das Fernglas ein paar Minuten allein und verdrückte ein halbes Dutzend glasierter Donuts und leerte eine Thermosflasche mit kalter Milch. Er betrachtete gerade traurig die leere Donuts-Schachtel, als Swain sich wieder meldete.

»Die Umzugsleute laden Möbel für eine Wohnung im neunzehnten Stock ab. Sie sind sauer, weil sie noch so spät arbeiten müssen, werden aber für die Überstunden gut bezahlt. Sie wissen selbst nicht, weshalb es ihrem Kunden so pressiert, aber anscheinend handelt es sich um eine dienstliche Versetzung auf den letzten Drücker.«

»Besteht die Möglichkeit, daß sie Kunstgegenstände in Rummels Wohnung schmuggeln?«

»Sie haben mich in ihren Wagen schauen lassen. Er ist voller Artdéco-Möbel.«

»Okay, prüfen Sie sie alle paar Minuten.«

Pottle kritzelte etwas auf einen Notizblock und hängte den Hörer eines Wandtelefons in der Küche ein. Als er sich wieder zu Gaskill ans Fenster stellte, grinste er geheimnisvoll. »Hut ab vor deiner Intuition. Sidney Kammers Hauptwohnsitz ist in Lake Forrest.«

»Ich wette, Adolphus Rummel erweist sich als Kammers bester Mandant«, versetzte Gaskill.

»Und ich biete eine Bongotrommel und Katzenstreu für ein Jahr, wenn du mir verrätst, an wen Kammer sein Apartment vermietet hat.«

»Kann nur Adolphus Rummel sein.«

Pottle wirkte selbstzufrieden. »Ich glaube, wir können ruhig *heureka* rufen.«

Gaskill, der über die Straße und durch einen offenen Vorhang in Rummels Wohnzimmer blickte, kannte mit einem Mal dessen Geheimnis. Seine Augen wurden noch eine Spur dunkler, als er das Wort ergriff. »Eine verborgene Treppe, die vom Flur aus nach unten führt«, sagte er. Er wählte jedes Wort mit Bedacht, so als wollte er einen Text für ein Drehbuch formulieren. »Rummel verläßt den Fahrstuhl, öffnet eine Geheimtür zu einer Treppe und begibt sich in die unter seinem Penthouse gelegene Wohnung, wo er sich fünfundvierzig Minuten lang an seiner privaten Kunstsammlung weidet. Dann geht er wieder nach oben, schenkt sich einen Cognac ein und schläft den Schlaf des Gerechten. Seltsam, aber ich kann nicht umhin, ihn zu beneiden.«

Pottle mußte sich strecken, um Gaskill auf die Schulter zu klopfen. »Glückwunsch, Dave. Jetzt fehlt uns nur noch ein Durchsuchungsbefehl, dann können wir eine Razzia in Rummels Penthouse durchführen.«

Gaskill schüttelte den Kopf. »Ein Durchsuchungsbefehl, ja. Eine Razzia mit einem Heer von Agenten, nein. Rummel hat einflußreiche Freunde in Chicago. Wenn wir zuviel Aufhebens machen, geraten wir ins Schußfeld der Presse oder bekommen eine Anzeige angehängt. Das können wir uns nicht leisten. Zumal ich mich ja irren kann. Eine diskrete kleine Durchsuchung von dir, mir und Bev Swain sollte genügen, um Rummels Kunstsammlung aufzuspüren.«

Pottle schlüpfte in einen Trenchcoat, was ihm stets aufs neue den Spott seiner Kollegen eintrug, und ging zur Tür. »Richter Aldridge hat keinen besonders festen Schlaf. Ich hol' ihn aus dem Bett und seh' zu, daß ich vor Sonnenaufgang mit dem Papierkram zurück bin.«

»Sieh zu, daß es schneller geht.« Gaskill lächelte verschmitzt. »Mich juckt's schon in den Fingern.«

Nachdem Pottle gegangen war, rief Gaskill Agentin Swain an. »Erstatten Sie Bericht über die Möbelpacker.«

Bev Swain saß am Empfangsschalter in der Lobby von Rummels Haus und blickte zu vier nebeneinander angebrachten Bildschirmen auf. Sie sah, wie die Möbelpacker den von der Kamera überwachten Bereich verließen. Per Fernbedienung aktivierte sie nacheinander die an strategisch wichtigen Punkten innerhalb des Gebäudes angebrachten Kameras. Schließlich entdeckte sie die Umzugsleute, als sie im neunzehnten Stock gerade aus dem Lastenaufzug kamen.

»Bislang haben sie eine Couch, zwei Polstersessel mit Beistelltischchen und mehrere Kisten hinaufgeschafft, in denen sich anscheinend Haushaltsgeräte, Geschirr, Kleidung, Küchen- und Badezimmerutensilien befinden. Was halt so anfällt, Sie wissen schon.«

»Haben sie etwas zum Wagen zurückgetragen?«

»Nur leere Kartons.«

»Wir haben, glaube ich, herausgefunden, wo Rummel seine Kunstgegenstände versteckt. Pottle besorgt gerade einen Durchsuchungsbefehl. Sobald er wieder da ist, schlagen wir los.«

»Das höre ich gern«, sagte Beverley Swain mit einem Seufzen. »Ich hab' schon fast vergessen, wie die Welt außerhalb dieser verdammten Lobby aussieht.«

Gaskill lachte. »Sie ist nicht besser geworden. Setzen Sie sich auf Ihren kleinen Knackarsch und halten Sie noch ein paar Stunden aus.«

»Ich könnte Sie wegen sexueller Belästigung melden«, versetzte Agentin Swain prüde.

»War lediglich ein Kompliment, Agentin Swain«, sagte Gaskill verdrossen. »Nichts als ein Kompliment.«

Die Morgendämmerung verhieß einen herrlichen Tag, frisch und kühl, mit einer leichten Brise vom Michigansee. Laut Farmeralmanach sollte es für das Land um die Großen Seen einen Altweibersommer geben. Gaskill hoffte, daß es stimmte. Wenn der Herbst wärmer als üblich ausfallen sollte, könnte er sich ein paar Tage länger in seine abgeschiedene Hütte an einem See in Wisconsin zurückziehen und angeln. Er führte ein relativ einsames Privatleben, seit seine Frau, mit der er zwanzig Jahre verheiratet gewesen war, an einem Herzanfall gestorben war, der durch eine Hämochromatose ausgelöst wurde, eine krankhafte Vermehrung der Eisenablagerung im Organismus. Seither galt seine ganze Liebe seiner Arbeit, und in seiner Freizeit machte er es sich in einem Boot mit Außenbordmotor gemütlich, analysierte Daten und plante seine künftigen Ermittlungen, während er die Rute nach Hecht und Barsch auslegte.

Als er neben Pottle und Swain im Fahrstuhl stand, der sie hinauf zu Rummels Penthouse brachte, überflog Gaskill zum dritten Mal den Text des Durchsuchungsbefehls. Der Richter hatte ihnen die Durchsuchung von Rummels Penthouse gestattet, nicht aber von Kammers Apartment im Stockwerk darunter, da er keinen hinreichenden Tatverdacht hatte erkennen können. Ein kleiner Schönheitsfehler. Anstatt direkt in die Räume vorzudringen, die nach Gaskills fester Überzeugung die Kunstgegenstände enthielten, mußten sie eben den geheimen Zugang finden und von oben hinuntersteigen.

Plötzlich kam ihm ein seltsamer Gedanke: Was, wenn man Rummel Kopien und gefälschte Kunstwerke verkauft hatte? Rummel wäre nicht der erste Sammler, der in seiner ungezügelten Gier nach immer neuen Kunstwerken, egal woher, falschen Echtheitszertifikaten aufgesessen war. Er wischte den pessimistischen Gedanken beiseite und freute sich statt dessen auf den bevorstehenden Triumph. Nur noch wenige Minuten, und er würde für seine endlose, unermüdliche Arbeit belohnt werden.

Agentin Swain hatte die entsprechenden Geheimziffern eingetippt, so daß der Fahrstuhl sie über die Apartments der anderen Bewohner hinweg direkt zu Rummels Penthouse beförderte. Die Türen gingen auf, und ohne vorherige Anmeldung betraten sie den Marmorboden im Flur. Aus reiner Gewohnheit tastete Gaskill kurz nach der 9-Millimeter-Automatik in seinem Schulterholster. Pottle sah auf einer Kredenz eine Sprechanlage stehen und drückte auf den Knopf. Ein lautes Summen schallte durch das Penthouse.

Nach einer kurzen Pause meldete sich eine schlaftrunkene Stimme. »Wer ist da?«

»Mr. Rummel«, sagte Pottle in die Sprechanlage. »Würden Sie bitte zum Fahrstuhl kommen?«

»Verschwinden Sie, sonst rufe ich den Wachdienst.«

»Keine Sorge. Wir sind Bundesagenten. Leisten Sie bitte unserer Aufforderung Folge, dann erklären wir Ihnen den Grund für unsere Anwesenheit.«

Agentin Swain sah zu, wie die Lichter über der Fahrstuhltür aufleuchteten, als sich die Kabine automatisch abwärts bewegte. »Genau deswegen würde ich mir nie ein Penthouse mieten«, sagte sie mit gespieltem Ernst. »So ein privater Fahrstuhl läßt sich leichter knacken als ein Mercedes Benz.«

Rummel erschien in Pyjama, Pantoffeln und einem altmodischen Morgenmantel aus Chenille. Der Stoff erinnerte Gaskill an den Bettüberwurf im Haus seiner Großmutter, auf dem er als kleiner Junge ab und zu geschlafen hatte. »Mein Name ist David Gaskill. Ich bin ein Agent der US-amerikanischen Zollbehörde. Aufgrund des Durchsuchungsbefehls von einem Bundesgericht bin ich ermächtigt, mich in Ihren Räumlichkeiten umzusehen.«

Rummel war wenig beeindruckt. Er setzte eine randlose Brille auf und las den Durchsuchungsbefehl, als handelte es sich um die Morgenzeitung. Von nahem sah er gut zehn Jahre jünger als sechsundsiebzig aus. Und obwohl er gerade aus dem Bett kam, wirkte er ausgeschlafen und wachsam.

Ungeduldig schob sich Gaskill an ihm vorbei. »Entschuldigen Sie.«

Rummel blickte auf. »Sehen Sie sich ruhig bei mir um. Ich habe nichts zu verbergen.«

Der wohlhabende Schrotthändler wirkte alles andere als unhöflich oder gar gereizt. Anscheinend hatte er sich vorgenommen, die Eindringlinge würdevoll und entgegenkommend zu behandeln.

Gaskill wußte, daß es nichts als Show war. »Wir interessieren uns nur für Ihren Flur.«

Er hatte Swain und Pottle eingeschärft, wonach sie suchen sollten, und sie machten sich umgehend an die Arbeit. Jede Ritze und Spalte wurde genau unter die Lupe genommen. Aber es war der Spiegel, der Agentin Swain faszinierte. Als Frau wurde sie instinktiv davon angezogen. Das Glas war ohne den geringsten Makel, wie sie mit einem Blick feststellte. Es war an den Kanten abgeschrägt und an den Ecken mit eingeschliffenen Blumenornamenten verziert. Vermutlich achtzehntes Jahrhundert, schätzte sie. Sie fragte sich, wer in den vergangenen zweihundert Jahren wohl alles davorgestanden und sich darin betrachtet haben mochte. Ihre Spiegelbilder waren noch immer vorhanden. Sie konnte sie förmlich spüren.

Danach untersuchte sie den kunstvoll geschnitzten Rahmen mit den vergoldeten Putten. Aufmerksam wie sie war, bemerkte sie den feinen Spalt am Hals der Putte. Um die Kanten herum wirkte das Gold etwas abgegriffen. Agentin Swain ergriff vorsichtig den Kopf und versuchte ihn im Uhrzeigersinn zu drehen. Er bewegte sich nicht. Sie probierte es in der anderen Richtung, und der Kopf ließ sich verdrehen, bis das Gesicht nach hinten stand. Ein unüberhörbares Klicken ertönte, und die eine Seite des Spiegels klaffte auf und schwang ein paar Zentimeter von der Wand weg.

Sie spähte durch den schmalen Spalt auf die verborgene Treppe und sagte: »Gut geraten, Boß.«

Rummel erbleichte, als Gaskill wortlos zu der Spiegeltür ging und sie mit einem breiten, zufriedenen Lächeln ganz aufmachte. Diese absolute Befriedigung, wenn er seinen Gegner überlistet hatte und seinen Triumph endlich auskosten konnte, war das, was Gaskill an seinem Beruf am meisten mochte.

»Wenn Sie bitte vorausgehen möchten, Mr. Rummel.«

»Die Wohnung gehört meinem Anwalt Sidney Kammer«, sagte Rummel, und ein verschlagenes Grinsen stahl sich in seine Augen. »Ihre Verfügung ermächtigt Sie nur, mein Penthouse zu durchsuchen.«

Gaskill tastete einen Augenblick in seiner Jackentasche herum, dann zog er eine kleine Schachtel mit einem Barschwobbler heraus, einem Angelköder, den er sich tags zuvor gekauft hatte. Er streckte die Hand aus und ließ die Schachtel die Treppe hinunterfallen. »Entschuldigen Sie meine Ungeschicklichkeit. Ich hoffe, Mr. Kammer hat nichts dagegen, daß ich mir mein Eigentum wiederhole.«

»Das ist Hausfriedensbruch!« platzte Rummel heraus.

Niemand antwortete ihm. Der stämmmige Zollfahnder stieg, gefolgt von Pottle, bereits die Treppe hinunter und blieb dann kurz stehen, um die Schachtel mit dem Barschwobbler wieder einzustecken. Was er sah, sobald er die Etage erreichte, raubte ihm den Atem.

Die ganze Wohnung, Zimmer für Zimmer, war voll mit präkolumbianischen Kunstwerken. Hinter Glasscheiben hingen inkaische Textilien herab. Ein ganzer Raum war ausschließlich Zeremonienmasken vorbehalten. Ein anderer enthielt Kultaltäre und Graburnen. Andere waren gefüllt mit reichverziertem Kopfschmuck, kunstvoll bemalten Tongefäßen und exotischen Skulpturen.

Sämtliche Türen in der Wohnung waren entfernt worden, damit man leichter durch die Räume gehen konnte, alle Waschbecken, Regale und andere Installationen in Küche und Badezimmer ausgebaut worden, um mehr Platz für die gewaltige Sammlung zu schaffen.

Überwältigt standen Gaskill und Pottle da und betrachteten den einzigartigen Schatz an Altertümern. Die schiere Masse übertraf selbst ihre kühnsten Erwartungen.

Nachdem sich ihre anfängliche Verwunderung gelegt hatte, hastete Gaskill von Zimmer zu Zimmer und suchte nach dem Herzstück der Sammlung. Alles, was er fand, war ein leerer, zertrümmerter Glaskasten inmitten eines der Zimmer. Enttäuschung überkam ihn.

»Mr. Rummel!« schrie er. »Kommen Sie mal her!«

Begleitet von Agentin Swain, kam ein sichtlich geknickter und verzweifelter Rummel in den Schauraum geschlurft. Plötzlich erstarrte er vor Entsetzen, als hätte man ihm eine der inkaischen Kriegslanzen an der Wand in den Bauch gerammt. »Es ist weg!« keuchte er. »Das goldene Leichengewand von Tiapollo ist weg.«

Gaskill hatte das Gefühl, eine eiskalte Hand streiche über seine Wange. Auf dem Boden rund um den leeren Schaukasten stand ein Haufen Möbel, darunter eine Couch, Beistelltischchen und zwei Sessel. Er schaute erst Pottle und dann Swain an. »Die Möbelpakker«, krächzte er kaum hörbar. »Sie haben das Gewand direkt vor unserer Nase gestohlen.«

»Sie haben das Haus vor mehr als einer Stunde verlassen«, sagte Agentin Swain tonlos.

Pottle wirkte wie benommen. »Zu spät für eine Großfahndung. Inzwischen haben sie das Gewand längst irgendwo versteckt.« Dann fügte er hinzu: »Wenn es nicht schon im Flugzeug außer Landes gebracht wird.«

Gaskill ließ sich auf einen der Sessel sinken. »So nahe dran«, murmelte er geistesabwesend. »Möge Gott verhindern, daß das Gewand noch mal sechsundsiebzig Jahre lang verschwunden bleibt.«

ZWEITER TEIL

Die Suche nach der Concepción

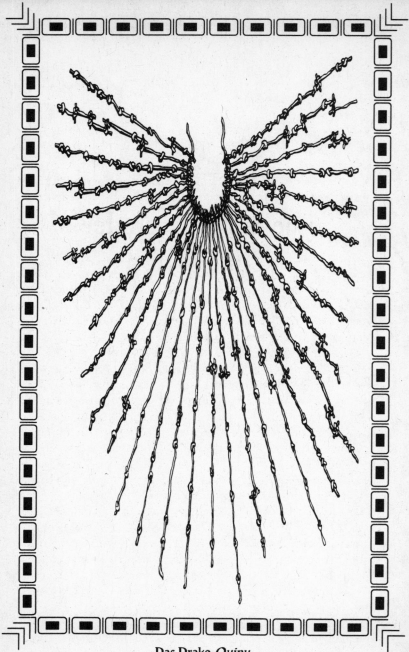

Das Drake-*Quipu*

14

Callao, Perus größter Seehafen, wurde 1537 von Francisco Pizarro gegründet und entwickelte sich rasch zum Hauptumschlagplatz für das aus dem Inkareich geraubte Gold und Silber. Es war nur angemessen, daß Francis Drake die Hafenstadt einundvierzig Jahre später seinerseits plünderte. Die spanische Herrschaft über Peru endete fast an der gleichen Stelle, wo sie begonnen hatte. Im Jahre 1825 kapitulierten in Callao die letzten spanischen Truppen vor Simón Bolívar, und Peru wurde erstmals seit dem Untergang der Inkas wieder eine unabhängige Nation. Inzwischen ist Callao mit der wuchernden Großstadt Lima zusammengewachsen, in deren Einzugsbereich fast sechseinhalb Millionen Menschen leben.

Callao und Lima, in einer Küstenebene am Westhang der Anden gelegen, haben eine jährliche Niederschlagsmenge von nur 41 Millimetern (1,5 Inch). Damit ist das Gebiet ringsum eine der kältesten und trockensten Tieflandwüsten der Welt. Aufgrund der winterlichen Nebel gedeihen dort niedrige Bodengewächse und Mesquitesträucher, aber kaum etwas anderes. Von der immensen Luftfeuchtigkeit einmal abgesehen, sorgen lediglich mehrere Flüsse, die von den Anden herabkommen, darunter der Rimac, für Wasserzufuhr.

Nachdem sie die Nordspitze von San Lorenzo umrundet hatten, eine große, vor der Küste gelegene Insel, die den Naturhafen von Callao schützt, befahl Captain Stewart langsame Fahrt. Dann ging eine Barkasse längsseits der *Deep Fathom*, und der Hafenlotse sprang auf die Jakobsleiter und stieg an Bord. Sobald der Lotse das Schiff sicher in die Hauptfahrrinne gesteuert hatte, übernahm Captain Stewart wieder das Kommando auf der Brücke und dirigierte das große Forschungsschiff zur Anlegestelle vor dem Fahrgastterminal. Unter seinen wachsamen Augen wurden die Vertäuleinen über die dicken rostigen Poller geworfen. Dann schaltete er die automatische Steuerungsanlage aus, meldete sich beim Chefmaschinisten und befahl ihm, die Maschinen abzustellen.

Zu ihrer Überraschung sahen die an der Reling stehenden Passagiere, daß sich am Kai über tausend Menschen drängten. Zwischen bewaffneten Militäreinheiten und einem großen Polizeiaufgebot balgten sich TV-Kamerateams und Pressefotografen um günstige Standorte, als die Gangway niedergelassen wurde. Hinter den Reportern stand eine Gruppe lächelnder Regierungsvertreter, und hinter diesen warteten die fröhlich winkenden Eltern der Archäologiestudenten und -studentinnen.

»Und immer noch keine Dixieland-Band, die ›Waiting for the Robert E. Lee‹ spielt«, sagte Pitt, der nur so tat, als wäre er enttäuscht.

»Geht doch nichts über eine jubelnde Bevölkerung, wenn man ein Mittel gegen Depression sucht«, sagte Giordino, nachdem er einen Blick auf das unverhoffte Empfangskomitee geworfen hatte.

»So einen großen Bahnhof hätte ich ja nie erwartet«, murmelte Shannon beeindruckt. »Ich kann kaum glauben, daß sich die Nachricht so schnell verbreitet hat.«

Miles Rodgers hob eine der drei Kameras, die um seinen Hals hingen, und begann zu knipsen. »Sieht so aus, als wäre die halbe peruanische Regierung aufmarschiert.«

Am Kai herrschte ausgelassene Stimmung. Kleine Kinder winkten mit peruanischen und amerikanischen Fähnchen, und dann brach die Menge in lauten Jubel aus, als die Archäologiestudenten auf die Brückennock stiegen und beim Anblick ihrer Eltern winkten und zu johlen anfingen. Lediglich Stewart wirkte nervös.

»Mein Gott, ich hoffe, die wollen nicht alle mein Schiff stürmen.«

»Zu viele, um sie zurückzuschlagen.« Giordino zuckte mit den Schultern. »Streichen wir lieber die Flagge und bitten um Gnade.«

»Ich habe Ihnen ja gesagt, meine Studenten stammen aus einflußreichen Familien«, sagte Shannon fröhlich.

Von der Menge unbemerkt, quetschte sich ein kleiner Mann mit Brille und einem Aktenkoffer gekonnt durch das Getümmel und umging die Absperrungen der Sicherheitskräfte. Bevor ihn jemand zurückhalten konnte, marschierte er die Gangway hinauf und sprang vergnügt wie ein Running Back, der gerade die Torlinie überquert hat, an Deck. Grinsend näherte er sich Pitt und Giordino.

»Umsicht und Bescheidenheit gehören offenbar nicht gerade zu euren Stärken.«

»Wir bemühen uns doch schon, nicht in aller Öffentlichkeit abzuheben«, sagte Pitt, dann lächelte er breit und umarmte den kleinen Mann. »Schön, dich zu sehen, Rudi.«

»Anscheinend kommen wir nicht von dir los«, sagte Giordino herzlich.

Rudi Gunn, der stellvertretende Direktor der NUMA, schüttelte Stewart die Hand. Dann wurde er Shannon und Rodgers vorgestellt. »Haben Sie etwas dagegen, daß ich die beiden Strolche hier vor den Begrüßungsfeierlichkeiten entführe?« fragte er höflich.

Ohne erst auf eine Antwort zu warten, stieg er durch eine Luke und verschwand zielsicher in einem Durchgang. Gunn hatte die *Deep Fathom* mitkonstruiert und kannte das Schiff wie seine Westentasche. Er blieb vor der Tür zum Konferenzraum stehen, machte sie auf und trat ein. Er ging sofort zum Kopfende eines langen Tisches, wo er in seinem Aktenkoffer herumwühlte, bis er auf einen Notizblock voller Anmerkungen stieß. Pitt und Giordino nahmen derweil auf zwei Ledersesseln Platz.

Sowohl Giordino als auch Gunn waren relativ klein, aber sie waren so verschieden wie ein Gibbon und eine Bulldogge. Während Gunn zierlich wie ein Mädchen war, wirkte Giordino wie ein geballtes Muskelbündel. Auch was ihre geistigen Fähigkeiten anging, hätten sie kaum unterschiedlicher sein können. Giordino war durchtrieben und ausgefuchst. Gunn war schlichtweg genial. Als Bester seiner Abschlußklasse auf der Marineakademie und angehender Seeoffizier hätte er mit Leichtigkeit in den Stab des Navy Department aufsteigen können, doch er zog die Unterwasserforschung bei der NUMA dem Kriegshandwerk vor. Obwohl er extrem kurzsichtig war und eine dicke Hornbrille trug, entging ihm innerhalb von zweihundert Metern nicht die geringste Bewegung.

Pitt ergriff zuerst das Wort. »Warum der Schwachsinn von wegen Al und ich sollen zu dem Wasserloch zurück und die Leiche bergen?«

»Das habt ihr der Zollbehörde zu verdanken. Die haben Admiral

Sandecker eindringlich darum gebeten, seine besten Männer zu schicken.«

»Und das schließt dich ein.«

»Ich hätte mich rausreden können, hätte behaupten können, daß meine derzeitigen Projekte ohne mich nicht vorankämen. Der Admiral hätte keine Sekunde gezögert, jemand anderen zu schicken. Aber irgendein Vöglein hat mir gesungen, daß ihr euch unerlaubt von der Truppe entfernen und in der Wildnis von Ecuador eine verschollene Galeone suchen wollt.«

»Hiram Yeager«, stellte Pitt fest. »Ich hätte daran denken müssen, daß ihr zwei so dicke seid wie Frank und Jesse James.«

»Ich konnte einfach der Versuchung nicht widerstehen, die Routinearbeit in Washington hinzuschmeißen und das Nützliche mit dem Abenteuerlichen zu verbinden. Deshalb habe ich mich freiwillig für die undankbare Aufgabe gemeldet, bei euch zu bleiben und euch in die Absichten der Zollbehörde einzuweihen.«

»Du meinst, du hast Sandecker einen Bären aufgebunden und bist dann abgehauen?« sagte Pitt.

»Gottlob weiß er noch nichts von der Suche nach der Galeone. Noch nicht jedenfalls.«

»Den kann man nicht zum Narren halten«, sagte Giordino nachdenklich.

»Jedenfalls nicht lange«, fügte Pitt hinzu. »Wahrscheinlich ist er dir schon auf die Schliche gekommen.«

Gunn wedelte wegwerfend mit der Hand. »Euch kann nichts passieren. Und wenn schon jemand die Drecksarbeit übernehmen muß, dann lieber ich als irgendein armer Tropf, der an eure Eskapaden nicht gewöhnt ist. Jemand anders von der NUMA könnte eure Fähigkeiten überschätzen.«

Giordino zog eine säuerliche Miene. »Und so was nennt sich nun Freund!«

»Was kann die NUMA denn so Besonderes für den Zoll tun?« fragte Pitt.

Gunn breitete einen Stapel Papiere auf dem Tisch aus. »Die Sache ist kompliziert, aber es geht um den Raub alter Kunstschätze.«

»Ist das nicht ein bißchen außerhalb unseres Fachgebiets? Unser Job ist die Unterwasserforschung und Meereserkundung.«

»Wenn archäologische Fundstätten unter Wasser zerstört werden, damit man sie plündern kann, fällt das durchaus in unser Gebiet«, stellte Gunn grimmig fest.

»Und welche Rolle spielt dabei die Bergung von Dr. Millers Leiche?«

»Das ist nur der erste Schritt bei unserer Zusammenarbeit mit der Zollbehörde. Die Ermordung eines weltberühmten Anthropologen ist der Dreh- und Angelpunkt von deren Ermittlungen. Die vermuten, daß der Mörder ein führendes Mitglied eines internationalen Händlerringes ist, und sie brauchen Beweise für eine Anklageerhebung. Außerdem hoffen sie, daß sie über den Killer an die Rädelsführer dieses Raub- und Schmuggelunternehmens herankommen. Was den Opferbrunnen angeht, so glauben sowohl der Zoll als auch die peruanischen Behörden, daß dort ein umfangreicher Kunstschatz gehoben und bereits zu illegalen Zwischenlagern auf der ganzen Welt abtransportiert wurde. Miller bemerkte den Diebstahl und wurde zum Schweigen gebracht. Jetzt sollen wir, vor allem Al und du, am Grunde der Doline nach Beweisen suchen.«

»Und was wird aus der Suche nach der Galeone?«

»Erledigt euren Auftrag an der Doline, und ich werde dafür sorgen, daß euch die NUMA einen kleinen Etat für die Suche zur Verfügung stellt. Mehr kann ich nicht versprechen.«

»Und wenn dich der Admiral zurückpfeift?« fragte Giordino.

Gunn zuckte mit den Schultern. »Er ist genausogut mein Boß wie eurer. Ich bin ein alter Mariner. Ich halte mich an meine Befehle.«

»Ich bin ein alter Flieger«, erwiderte Pitt. »Ich stelle sie in Frage.«

»Darüber könnt ihr euch noch Sorgen machen, wenn es soweit ist«, sagte Giordino. »Bringen wir doch erst mal das Wasserloch hinter uns.«

Pitt atmete tief durch und lehnte sich wieder zurück. »Richtig. Wir können uns ja auch nützlich machen, während Yeager und Perlmutter zusehen, daß sie mit ihren Nachforschungen weiterkommen. Bis wir wieder aus dem Dschungel stolpern, sollten sie ein paar Spuren aufgetan haben.«

»Die Zollagenten haben noch eine weitere Bitte«, sagte Gunn.

»Was, zum Teufel, haben die denn noch auf der Wunschliste?« Pitt war ungehalten. »Eine Tauchorgie nach Andenken, die Touri-

sten aus lauter Angst vor den Zollinspektoren von einem Kreuzfahrtschiff geworfen haben?«

»Eine Nummer größer«, erklärte Gunn geduldig. »Sie verlangen
ferner, daß ihr zum *Pueblo de los Muertes* zurückkehrt.«

»Die glauben wohl, Kunstgegenstände, die im Regen rumstehen,
gelten ebenfalls als Unterwasserschätze«, sagte Giordino ätzend.

»Die Leute vom Zoll brauchen unbedingt eine Auflistung.«

»Von den Kunstschätzen im Tempel?« fragte Pitt ungläubig.
»Erwarten die etwa einen Katalog samt Index? Dort müssen Tausende von Gegenständen herumliegen, falls von dem Tempel noch
was übriggeblieben ist, nachdem die Söldner ihn zusammengeballert haben. Die brauchen Archäologen, die sich in dem Schatz
zurechtfinden, aber keine Ingenieure für Unterwassertechnologie.«

»Die peruanische Kriminalpolizei hat im Zuge ihrer Ermittlungen festgestellt, daß der Großteil der Kunstgegenstände nach eurem
Entkommen weggeschafft wurde«, erklärte Gunn. »Die internationalen Zollbehörden brauchen Beschreibungen, damit sie die Artefakte identifizieren können, falls sie auf Auktionen, in Privatsammlungen, Galerien und Museen in den reichen Ländern dieser Welt
auftauchen sollten. Sie hoffen, daß eine Rückkehr zum Schauplatz
des Verbrechens eurem Gedächtnis auf die Sprünge hilft.«

»Da oben war viel zuviel los, als daß wir uns genauer hätten
umsehen können.«

Gunn nickte verständnisvoll. »Aber bestimmte Gegenstände
müßt ihr euch doch gemerkt haben, vor allem die auffälligeren
Stücke. Wie sieht's mit dir aus, Al?«

»Ich war damit beschäftigt, in den Ruinen nach 'nem Funkgerät
zu suchen«, sagte Giordino. »Ich hatte keine Zeit, mir das Zeug
näher anzuschauen.«

Pitt preßte die Hände an den Kopf und massierte seine Schläfen.
»Ich könnte mich vielleicht an fünfzehn bis zwanzig besonders
auffällige Sachen erinnern.«

»Kannst du sie skizzieren?«

»Ich bin ein lausiger Maler, glaube aber, daß ich halbwegs genaue
Zeichnungen hinkriege. Dazu brauche ich nicht noch mal dorthin.
Das wenige, an das ich mich erinnere, kann ich genausogut neben
dem Swimmingpool eines Strandhotels aufmalen.«

»Klingt vernünftig«, sagte Giordino fröhlich.

»Nein«, entschied Gunn, »es ist nicht vernünftig. Bei diesem Auftrag geht's um mehr. Auch wenn sich mir der Magen umdreht, aber ihr zwei seid peruanische Nationalhelden. Ihr steht nicht nur beim Zoll hoch im Kurs, auch das Außenministerium will etwas von euch.«

Giordino starrte Pitt an. »Wieder einmal wird ein Giordinosches Gesetz bestätigt: Jeder, der sich freiwillig für einen Rettungseinsatz meldet, wird zum Opfer.«

»Wieso ist das Außenministerium so daran interessiert, daß wir einen Ausflug zu dem Tempel machen?« wollte Pitt wissen.

»Nachdem das Freihandelsabkommen mit Südamerika unter Dach und Fach war, wurde die Erdöl- und Bergbauindustrie privatisiert. Derzeit verhandeln mehrere amerikanische Firmen mit Peru über die Ausbeutung von Ressourcen. Das Land braucht unbedingt ausländische Investoren, und das Geld liegt schon bereit. Der Haken an der Sache ist, daß die Gewerkschaften und die Opposition gegen eine ausländische Beteiligung an ihrer Wirtschaft sind. Aber dadurch, daß ihr den Söhnen und Töchtern der heimischen Prominenz das Leben gerettet habt, habt ihr indirekt Einfluß auf das Abstimmverhalten genommen.«

»In Ordnung. Wir halten also eine Rede vor dem heimischen Bonzenclub und nehmen ihre Dankesurkunde an.«

»Von mir aus«, sagte Gunn. »Aber Experten beim Außenministerium und im Kongreßausschuß für lateinamerikanische Fragen sind der Meinung, daß ihr ein bißchen hier herumhängen und einen guten Eindruck machen solltet, indem ihr als Yankees dabei helft, den Ausverkauf nationaler Kunstschätze zu unterbinden.«

»Mit anderen Worten: Unsere geschätzte Regierung möchte unseren guten Ruf bei der Bevölkerung nach besten Kräften ausnutzen«, sagte Pitt trocken.

»So in etwa.«

»Und Sandecker ist damit einverstanden?«

»Ist doch selbstverständlich«, versicherte ihm Gunn.»Der Admiral läßt sich doch keine Gelegenheit entgehen, den Kongreß zu hätscheln, wenn dafür der Etat für künftige NUMA-Einsätze aufgestockt wird.«

»Wer kommt sonst noch mit?«

»Dr. Alberto Ortiz vom nationalen Kulturinstitut in Chiclayo soll die archäologische Leitung übernehmen. Doktor Kelsey wird ihm assistieren.«

»Ohne zuverlässigen Schutz fordern wir die Gefahr regelrecht heraus.«

»Die Peruaner haben uns zugesichert, daß sie bestens ausgebildete Sicherheitskräfte zur Überwachung des Tales abstellen werden.«

»Aber sind die auch vertrauenswürdig? Ich möchte nicht noch mal eine Horde gekaufter Söldner am Hals haben.«

»Ich auch nicht«, pflichtete Giordino ihm bei.

Hilflos wedelte Gunn mit der Hand. »Ich kann nur weitergeben, was man mir gesagt hat.«

»Wir brauchen auf jeden Fall eine bessere Ausrüstung als beim letzten Mal.«

»Schreibt mir alles auf, und ich kümmere mich darum.«

Pitt wandte sich an Giordino. »Hast du nicht auch den Eindruck, daß wir reingelegt worden sind?«

»Meines Wissens nach«, sagte der untersetzte Italiener, »müßte das in etwa das vierhundertsiebenunddreißigste Mal sein.«

Pitt hatte keine Lust auf einen weiteren Tauchgang in dem Wasserloch. Es hatte etwas Gespenstisches an sich, so als lauerte etwas Böses in seiner Tiefe. Manchmal kam es ihm vor wie ein klaffender Höllenschlund. Der Eindruck war so irrational, daß er ihn am liebsten verdrängen wollte, doch das Bild wollte nicht weichen. Es verfolgte ihn wie die dunkle Erinnerung an einen ekelhaften Alptraum.

15

Zwei Tage später, gegen acht Uhr morgens, wurden die letzten Vorbereitungen zur Bergung von Doc Millers Leiche getroffen. Pitts Ängste waren verflogen, als er an dem Wasserloch stand und auf den Schleim an der Oberfläche starrte. Die scheußliche Doline wirkte noch genauso bedrohlich wie beim ersten Mal, aber inzwischen hatte er ihren tödlichen Sog überlebt, war ihre steilen Wände hochgeklettert. Nun, da er ihre Geheimnisse kannte, konnte sie ihn nicht mehr schrecken. Die überstürzte, spontan durchgeführte Rettungsaktion von damals war vergessen. Hier handelte es sich um ein nach allen Regeln der Tauchkunst geplantes Unternehmen.

Gunn hatte Wort gehalten, zwei Hubschrauber gechartert und alles notwendige Gerät besorgt. Ein ganzer Tag verging, bis Dr. Kelsey, Miles Rodgers, die Tauchmannschaft und ihre Ausrüstung an Ort und Stelle gebracht waren und das zerstörte Lager wieder errichtet war. Schlampig durchgeführte Unternehmungen waren nicht Gunns Sache. Man hatte ihm keine Frist gesetzt, und so ließ er sich Zeit und plante genauestens jeden einzelnen Schritt. Nichts wurde dem Zufall überlassen.

Als Gunns erster Helikopter landete, befand sich bereits ein fünfzig Mann starkes Kontingent peruanischer Elitetruppen vor Ort. Den hochaufgeschossenen Nordamerikanern kamen die südamerikanischen Soldaten klein vor. Ihre Gesichter wirkten beinahe sanftmütig, doch sie waren ein harter Haufen, in jahrelangen Kämpfen gegen die Guerilleros des Leuchtenden Pfades im dichtbewaldeten Bergland und in der öden Küstenwüste gestählt. Rasch errichteten sie rings um das Lager Befestigungen und schickten Patrouillen in den umliegenden Dschungel.

»Ich wünschte, ich könnte mitkommen«, sagte Shannon.

Er drehte sich um und lächelte. »Ich kann mir nicht vorstellen, warum. Einen menschlichen Leichnam zu bergen, der in tropisch heißer Brühe vor sich hin modert, würde ich nicht gerade als spaßiges Erlebnis bezeichnen.«

»Tut mir leid, wenn es sich kaltschnäuzig angehört hat.« Ihr Gesicht wirkte sorgenvoll. »Ich habe den Doc zutiefst bewundert. Aber die Archäologin in mir möchte unbedingt den Grund des Opferbrunnens erkunden.«

»Geben Sie sich nicht der Hoffnung hin, da unten einen Schatz an Altertümern zu finden«, tröstete Pitt sie. »Sie wären nur enttäuscht. Ich habe nichts als einen Haufen Schlick gesehen, aus dem ein alter Spanier wächst.«

»Lassen Sie wenigstens Miles mittauchen und alles fotografisch festhalten.«

»Warum so eilig?«

»Es könnte sein, daß Sie und Al bei der Bergung den Grund aufwühlen, so daß sich eventuelle Kunstgegenstände anschließend nicht mehr an der ursprünglichen Stelle befinden.«

Pitt warf ihr einen ungläubigen Blick zu »Halten Sie das etwa für wichtiger, als Doc Miller die letzte Ehre zu erweisen?«

»Der Doc ist tot«, sagte sie nüchtern. »Die Archäologie ist eine anspruchsvolle Wissenschaft, die sich mit toten Dingen befaßt. Der Doc hat das besser als alle anderen gelehrt. Schon durch die geringsten äußeren Einflüsse könnte sich die Anordnung entscheidender Funde verändern.«

Diese geschäftsmäßige Seite hatte Pitt an Shannon noch nicht kennengelernt. »Sobald Al und ich Millers Überreste heraufgebracht haben, können Sie und Miles nach Herzenslust tauchen und Kunstgegenstände einsammeln. Aber passen Sie auf, daß Sie nicht wieder in die Nebengrotte gesogen werden.«

»Einmal reicht mir«, sagte sie mit einem verkniffenen Lächeln. Dann wurde ihre Miene wieder besorgt. »Seien Sie vorsichtig, und gehen Sie kein Risiko ein.«

Daraufhin küßte sie ihn kurz auf die Wange, drehte sich um und ging mit raschen Schritten zu ihrem Zelt.

Dank eines kleinen Kranes und einer Motorwinde, über die Rudi Gunn mit Argusaugen wachte, wurden sie problemlos in das Loch hinabgelassen. Als Pitt etwa einen Meter über dem Wasser schwebte, löste er den Sicherheitshaken an dem zur Winde führenden Tau. Das schleimig-schlierige Wasser an der Oberfläche war so lauwarm wie erwartet, doch er konnte sich nicht erinnern, daß es so durchdringend gestunken hatte. Er ließ sich träge auf dem Rücken treiben und wartete darauf, daß das Kabel eingeholt und Giordino herabgelassen wurde.

Pitts Vollgesichtsmaske war mit einer Kommunikations- und Sicherheitsleine verbunden, während Giordino frei und ungehindert tauchte, so daß Pitt sich mit ihm per Handzeichen verständigen mußte. Sobald sein Tauchkamerad neben ihm in die Suppe glitt, deutete Pitt nach unten, und kopfüber stießen sie hinab in die Tiefen des Wasserlochs. Sie blieben dicht beisammen, damit sie sich in der trüben Brühe nicht aus den Augen verloren, bevor sie 4 Meter (13 Fuß) unter der Oberfläche auf das unglaublich klare Wasser stießen. Vor ihnen tauchten der graubraune Schlick und die vereinzelten Felsen am Grund des Loches auf. Als sie 2 Meter (6 Fuß) darüber schwebten, deutete Pitt mit der Hand an, daß sie sich nicht mehr bewegen sollten. Vorsichtig, damit keine Schlammwolke aufgewühlt wurde, griff er zu einem an einer Nylonschnur befestigten Stab aus rostfreiem Stahl und stieß ihn in den Schlick.

»Wie kommt ihr voran?« meldete sich Gunns Stimme über die Kopfhörer in Pitts Tauchmaske.

»Haben den Boden erreicht und suchen jetzt im Umkreis nach der Leiche«, erwiderte Pitt und wickelte die Leine ab.

Pitt orientierte sich anhand seines Kompasses, während er den aus dem Schlick ragenden Stab umschwamm, nach und nach die Leine weiter abspulte und so im Kreis ein immer größeres Gebiet absuchte. Langsam trieb er über dem Schlamm, wandte den Blick von links nach rechts und wieder zurück, während Giordino sich schräg hinter Pitts Flossen hielt. Bald schon entdeckten sie in dem klaren Wasser die verwesenden Überreste von Doc Miller.

In den paar Tagen, die seit der Entdeckung der Leiche verstrichen waren, war der Verfall deutlich vorangeschritten. An den unbedeckten Körperstellen fehlten winzige Hautstücke. Pitt fand dafür zunächst keine Erklärung, bis er bemerkte, wie ein seltsamer Fisch mit hellen Tupfen und leuchtenden Schuppen zustieß und an einem von Docs Augen knabberte. Er verscheuchte den Aasfresser, der etwa so groß wie eine kleine Forelle war, und fragte sich, wie er wohl in dieses tiefe Loch mitten im Dschungel geraten war.

Dann gab er Giordino ein Handzeichen, woraufhin dieser einen gummierten Leichensack aus einem Beutel hervorholte, den er sich über dem Bleigurt um die Brust geschnallt hatte. Einen verwesenden Leichnam kann man unter Wasser nicht riechen. Jedenfalls wird das immer behauptet. Trotzdem hatten sie den Eindruck – obwohl sie es sich vielleicht nur einbildeten –, der Geruch nach Tod und Verfall dringe durch ihre Atemregler, als wären ihre Preßluftflaschen damit verseucht. Ein Ding der Unmöglichkeit, gewiß, aber jeder Rettungstrupp, der schon einmal erlebt hat, wie grausig das Bergen einer Wasserleiche ist, kann ein Lied davon singen.

Sie verloren keine Zeit mit dem Untersuchen der Leiche, sondern stülpten so schnell, wie ihre Hände dies zuließen, den Leichensack darüber und versuchten dabei, so wenig Schlick wie möglich aufzuwirbeln. Trotzdem stieg eine dichte Wolke auf und raubte ihnen jegliche Sicht. Sie arbeiteten blind weiter, achteten darauf, daß kein Fleisch herausragte, während sie vorsichtig den Reißverschluß des Sackes zuzogen. Sobald das grausige Werk vollbracht war, meldete Pitt sich bei Gunn.

»Haben die Leiche geborgen und sind auf dem Weg nach oben.«

»Verstanden«, erwiderte Gunn. »Wir lassen ein Seil mit einer Trage runter.«

Pitt griff durch die Schlickwolke, packte Giordinos Arm und signalisierte ihm, daß sie beide aufsteigen sollten. Langsam schafften sie Doc Millers Überreste hinauf zum Sonnenlicht. Oben angekommen, legten sie die Leiche vorsichtig auf die Trage und sicherten sie mit Riemen. Dann meldete Pitt sich wieder bei Gunn.

»Bereit zum Hochziehen.«

Während Pitt zusah, wie die Trage zum Rand des Wasserlochs gehievt wurde, sann er darüber nach, wie gerne er den wirklichen Steve Miller kennengelernt hätte und nicht nur dessen Doppelgänger. Der hochgeschätzte Anthropologe war ermordet worden, ohne den Grund zu erfahren. Dieser menschliche Abschaum hatte ihm kurzerhand und ohne jede Erklärung die Kehle durchgeschnitten. Er würde nie mehr erfahren, daß er seinen Tod der Willkür eines psychopathischen Killers zu verdanken hatte. Man hatte ihn geopfert wie einen Bauern beim Schach, damit das profitable Geschäft mit gestohlener Kunst und Artefakten weitergehen konnte.

Es gab nichts mehr zu tun. Ihr Teil an der Leichenbergung war beendet. Pitt und Giordino blieb nichts weiter übrig, als sich treiben zu lassen und zu warten, bis das Tau wieder heruntergekurbelt wurde. Giordino schaute erwartungsvoll zu Pitt und nahm das Mundstück seines Lungenautomaten aus dem Mund.

Wir haben noch jede Menge Luft, schrieb er auf eine der Verständigung dienende Tafel. *Warum nicht noch etwas rumstöbern, während wir auf den nächsten Lift warten?*

Pitt war sofort mit dem Vorschlag einverstanden. Da er mit der Vollgesichtsmaske nicht sprechen konnte, antwortete er auf seiner Tafel: *Bleib dicht bei mir und halte dich fest, wenn dich der Sog erfaßt.* Dann deutete er nach unten. Giordino nickte und blieb vertrauensvoll neben ihm, als sie kopfüber eintauchten und noch einmal zum Boden des Wasserlochs hinabstießen.

Pitt wunderte sich vor allem darüber, daß keine Kunstgegenstände im Schlick zu sehen waren. Knochen ja, davon gab es mehr als genug. Doch selbst nachdem sie eine halbe Stunde lang am Boden des Wasserlochs herumgesucht hatten, fanden sie noch immer keine Altertümer. Nichts außer dem Harnisch an dem intakten Skelett, das Pitt bei seinem ersten Tauchgang entdeckt hatte, und der Tauchausrüstung, die er weggeworfen hatte, bevor er aus dem Loch geklettert war. Nach zwei Minuten hatten sie die Stelle gefunden. Noch immer ragte die Knochenhand heraus und deutete mit einem Finger in die Richtung, wo Dr. Miller gelegen hatte.

Langsam ließ sich Pitt um den gepanzerten Spanier treiben und unterzog ihn einer genauen Prüfung, soweit dies in der zwielichtigen Umgebung möglich war. Gelegentlich warf er einen Blick nach oben, schaute sich um und achtete auf jede Veränderung im Schlick, um nicht unverhofft in die Nähe der rätselhaften Strömung zu geraten. Er hatte das Gefühl, als verfolgten die leeren Augenhöhlen des Schädels jede seiner Bewegungen. Das wie in einem spöttischen Grinsen erstarrte Gesicht schien ihn zugleich anlocken und verhöhnen zu wollen. Das von oben durch die Schleimschicht dringende Sonnenlicht überzog die blanken Knochen mit einem gespenstisch grünen Schimmer.

Giordino schwamm neben Pitt her und beobachtete ihn neugierig. Er hatte keine Ahnung, was seinen Freund so faszinierte. Giordino konnte sich beim besten Willen nicht vorstellen, was an den fünfhundert Jahre alten Knochen eines Spaniers so interessant sein mochte. Aber er konnte sich sehr gut ausmalen, wie Shannon Kelsey in die Luft gehen würde, wenn sie feststellte, daß ihre kostbare Ausgrabungsstätte aufgewühlt worden war, bevor sie sie erkunden konnte.

Mit derlei Gedanken schlug Pitt sich nicht herum. Er hatte mehr und mehr das Gefühl, daß das Skelett nicht hierhergehörte. Er rieb mit dem Finger leicht über den Brustharnisch. Eine dünne Rostschicht löste sich, und darunter lag makellos glattes, korrisionsfreies Metall. Die Lederriemen, mit denen der Harnisch am Körper festgeschnallt war, waren erstaunlich gut erhalten, desgleichen die Ösen, die die Riemen verbanden. Sie wirkten nicht älter als die Schnallen an einem Paar Schuhe, das zwei Generationen lang in einer Truhe am Dachboden herumgelegen hatte.

Er schwamm ein paar Meter von dem Skelett weg und zog ein Stück Knochen aus dem Schlick, der Form nach zu urteilen ein Schienbein. Dann kehrte er zurück und hielt es neben Unterarm und Hand des Spaniers. Der Knochen aus dem Schlick war viel rauher, zerfressener und weitaus mehr vom mineralhaltigen Wasser verfärbt als die vergleichsweise makellosen Gebeine des Skeletts. Danach untersuchte er die Zähne, die in bemerkenswert gutem Zustand waren. Pitt stellte fest, daß zwei Backenzähne überkront waren, nicht mit Gold, sondern mit Silber. Er war zwar kein Experte auf dem Gebiet der Zahnmedizin im sechzehnten Jahrhundert, wußte aber, daß man in Europa frühestens gegen Ende des achtzehnten Jahrhunderts damit angefangen hatte, Zähne zu füllen und zu überkronen.

»Rudi?«

»Ich höre«, antwortete Gunn.

»Schick uns bitte mal eine Leine runter. Ich möchte was hochziehen.«

»Eine Leine, mit einem kleinen Gewicht beschwert, ist unterwegs.«

»Versuch sie da reinzuwerfen, wo du unsere Luftblasen siehst.«

»Wird gemacht.« Nach kurzem Schweigen meldete sich Gunn wieder über Pitts Kopfhörer. Er klang etwas genervt. »Die Frau Archäologin hier macht gewaltigen Stunk. Sie sagt, ihr dürft da unten nichts anrühren.«

»Tu so, als wäre sie ganz woanders, und wirf die Leine runter.«

»Sie macht hier oben ein furchtbares Theater«, erwiderte Gunn nervös.

»Entweder du läßt die Leine runter, oder du schmeißt sie ins Loch«, versetzte Pitt stur.

»Kommt gleich.«

Sekunden später tauchte ein kleiner, an einer Nylonschnur befestigter Stahlhaken im grünlichen Wasser auf und sank zwei Meter entfernt auf den Schlick. Elegant schwamm Giordino hin, ergriff mit einer Hand die Leine und kehrte zurück. Geschickt wie ein Taschendieb schlang Pitt daraufhin die Leine um einen der Halteriemen am Harnisch des Skeletts und hängte den Haken ein. Er warf Giordino einen Blick zu und deutete mit dem Daumen nach oben. Giordino nickte, war aber etwas überrascht, als Pitt die Leine locker durchhängen ließ, anstatt das Skelett mit nach oben zu ziehen.

Nacheinander wurden sie aus dem Wasserloch gehievt. Als er sicher am Kran hing, warf Pitt noch einmal einen Blick hinab und schwor sich, nie wieder in die stinkende Brühe zurückzukehren. Sobald er den Rand erreicht und wieder festen Boden unter den Füßen hatte, half Gunn ihm beim Abnehmen der Vollgesichtsmaske.

»Gott sei Dank, daß ihr da seid«, sagte er. »Diese Wahnsinnige hat gedroht, mir die Hoden wegzuschießen.«

Giordino lachte. »Das hat sie von Pitt gelernt. Sei froh, daß du nicht Amaru heißt.«

»Was ... was war das denn?«

»Eine andere Geschichte«, sagte Pitt, während er in vollen Zügen die Bergluft genoß.

Er kämpfte sich gerade aus seinem Taucheranzug, als Shannon wie ein wildes Bärenweibchen, dem man die Jungen geraubt hat, auf ihn zugestürmt kam. »Ich habe Ihnen doch gesagt, Sie sollen nichts durcheinanderbringen«, sagte sie energisch.

Pitt warf ihr einen langen, aber erstaunlich sanften und verständnisvollen Blick aus seinen grünen Augen zu. »Da unten kann man nichts mehr durcheinanderbringen«, sagte er schließlich. »Jemand ist Ihnen zuvorgekommen. Sämtliche Gegenstände, die vor einem Monat noch in dem Loch gewesen sein mögen, sind weg. Am Grund liegen bloß noch ein paar verstreute Knochen von Tieren und geopferten Menschen.«

Ungläubig verzog sie das Gesicht und riß die braunen Augen auf. »Sind Sie sicher?«

»Möchten Sie einen Beweis?«

»Wir haben unsere eigene Ausrüstung. Ich werde in den Brunnen hinabtauchen und mich selbst davon überzeugen.«

»Nicht nötig«, versetzte er.

Sie drehte sich um und rief nach Rodgers. »Komm, wir machen uns fertig.«

»Wenn Sie im Schlick rumstochern, gehen Sie mit Sicherheit drauf.« Pitt klang so unbeteiligt wie ein Professor, der eine medizinische Vorlesung hielt.

Shannon mochte nicht auf Pitt hören, doch Rodgers tat es. »Ich glaube, wir sollten lieber darauf achten, was Dirk sagt.«

»Ich möchte ja nicht überheblich klingen, aber für eine derartige Beurteilung fehlen ihm leider die Voraussetzungen.«

»Und wenn er recht hat?« fragte Rodgers unschuldig.

»Ich habe so lange darauf gewartet, den Boden des Brunnens zu erkunden. Wir haben beide fast das Leben verloren, als wir ihm seine Geheimnisse entlocken wollten. Ich kann nicht einfach glauben, daß sich da unten keine Lagerstätte mit wertvollen Altertümern befinden soll.«

Pitt ergriff die Leine, die hinab zum Wasser führte, und hielt sie locker in der Hand. »Hier kommt der Beweis. Ziehen Sie an der Leine, und ich garantiere Ihnen, daß Sie Ihre Meinung ändern.«

»Sie haben das andere Ende festgemacht?« drängte sie. »Woran?«

»An einem Haufen Knochen, die als spanischer Konquistador verkleidet wurden.«

»Sie sind unglaublich«, sagte sie hilflos.

Es war lange her, daß eine Frau ihn so angeblickt hatte. »Halten Sie mich etwa für bekloppt? Glauben Sie vielleicht, mir macht das Spaß? Verdammt noch mal, ich habe was Besseres zu tun, als hier weiter rumzustehen und Ihren Retter zu spielen. Okay, viel Spaß dabei, wenn Sie unbedingt draufgehen und in tausend Einzelteilen begraben werden wollen.«

Ihre Miene verriet, daß sie allmählich unsicher wurde. »Ich verstehe Sie nicht recht.«

»Vielleicht hilft Ihnen ein kleiner Anschauungsunterricht weiter.« Vorsichtig zog Pitt die Leine straff. Dann riß er einmal heftig daran.

Einen Augenblick lang tat sich gar nichts. Dann ertönte ein

Grollen vom Grund der Doline und wurde immer lauter, bis die Kalksteinwände unter der Wucht der Explosion erbebten. Als wäre eine gewaltige Wasserbombe detoniert, stieg eine Säule aus weißem Schaum und grünem Schleim aus dem Wasserloch und bespritzte jeden, der sich im Umkreis von 20 Metern (66 Fuß) um die Doline befand. Der Explosionsdonner rollte über den Dschungel hinweg, als die Wassermassen in das Loch zurückfielen, so daß nur mehr ein dichter Dunst in der Luft hing, der vorübergehend die Sonne verdunkelte.

16

Shannon war klatschnaß und starrte hinab in ihren geliebten Opferbrunnen, als könnte sie sich nicht entscheiden, ob ihr schlecht werden sollte oder nicht. Auch die anderen waren vor Schreck wie erstarrt und standen wie die Ölgötzen um die Doline herum. Nur Pitt sah aus, als hätte er gerade einem alltäglichen Ereignis beigewohnt.

Shannon gewann allmählich die Fassung wieder, und ein verstehender Blick trat in ihre Augen. »Woher, in Gottes Namen, haben Sie gewußt...?«

»Daß da eine Bombe versteckt war?« beendete Pitt ihren Satz. »Das war keine große Kunst. Derjenige, der gut und gerne fünfundvierzig Kilo Sprengstoff unter dem Skelett versteckt hat, beging zwei schwere Fehler. Erstens: Warum räumt jemand sämtliche alte Gegenstände raus, läßt aber ausgerechnet den zurück, der einem sofort ins Auge fällt? Und zweitens konnten die Knochen des angeblichen Spaniers nicht älter als fünfzig Jahre sein, und der Panzer war nicht verrostet genug, um seit über vier Jahrhunderten im Wasser zu liegen.«

»Und wer könnte so was getan haben?« fragte Rodgers benommen.

»Derselbe Man, der Doc Miller ermordet hat«, antwortete Pitt.

»Der Doppelgänger?«

»Wahrscheinlich eher Amaru. Der Mann, der Millers Platz eingenommen hat, wollte nicht, daß ihm die peruanischen Behörden auf die Schliche kommen und Ermittlungen anstellen, jedenfalls nicht, bevor er die Stadt der Toten ausgeräumt hatte. Die *Solpemachaco* hatte die Kunstwerke lange vor Ihrem Eintreffen aus dem Opferbrunnen geraubt. Deswegen hat der Doppelgänger ja um Hilfe gerufen, als Sie und Shannon in dem Wasserloch verschwanden. All das gehörte zu dem Plan, Ihren Tod als Unfall hinzustellen. Obwohl er sich ziemlich sicher war, daß Sie von der Unterwasserströmung in die Seitengrotte gesogen werden würden, noch bevor Sie den Boden absuchen und feststellen könnten, daß sämtliche Artefakte entfernt worden waren, ging er kein Risiko ein. Folglich legte er den falschen Konquistador als Köder aus und hoffte, daß Sie in Stücke gerissen werden würden, falls die Strömung Sie nicht fortreißen sollte.«

Shannon wirkte bedrückt und enttäuscht. »Dann sind also sämtliche Altertümer aus dem heiligen Brunnen verschwunden?«

»Vielleicht heitert es Sie ja ein bißchen auf, daß sie nicht zerstört, sondern nur weggeschafft wurden«, sagte Pitt.

»Sie werden wiederauftauchen«, sagte Giordino tröstend. »Sie können ja nicht für immer in der Sammlung irgendeines reichen Mackers verschwinden.«

»Sie verstehen nicht, worum es uns Archäologen eigentlich geht«, sagte Shannon trübsinnig. »Kein Gelehrter kann irgendwelche Funde studieren, klassifizieren und ihre Herkunft feststellen, wenn er nicht ihre genaue ursprüngliche Lage kennt. Jetzt werden wir nie etwas über die Menschen erfahren, die einst hier lebten und diese Stadt errichteten. Ein gewaltiges Zeitzeugnis, ein riesiger Schatz an Erkenntnissen für die Wissenschaft wurde unwiderbringlich zerstört.«

»Tut mir leid. Ich kann verstehen, was für ein Jammer es ist, daß all Ihre Hoffnungen und Mühen vergeblich waren«, sagte Pitt verständnisvoll.

»Ein Jammer, ja«, entgegnete sie niedergeschlagen. »Eher schon eine Tragödie.«

Rudi Gunn kam von dem Hubschrauber zurück, der Millers sterbliche Hülle ins Leichenschauhaus nach Lima transportieren sollte. »Entschuldigt die Störung«, sagte er zu Pitt. »Unser Job hier ist erledigt. Ich schlage vor, wir packen alles in den Helikopter, brechen auf und fliegen zu Dr. Ortiz in die Stadt der Toten.«

Pitt nickte und wandte sich an Shannon. »Tja, auf zur nächsten Katastrophe, die uns Ihre Kunsträuberbande hinterlassen hat.«

Dr. Alberto Ortiz war ein schlanker, drahtiger alter Knabe um die Siebzig. Er trug ein weißes, weitgeschnittenes Hemd und eine dazu passende Hose, als er sie am Rand des Hubschrauberlandeplatzes erwartete. Mit seinem lang herunterhängenden weißen Schnurrbart sah er aus wie ein mexikanischer Bandit auf einem alten Steckbrief. Daß es auch noch andere Seiten an ihm gab, bewiesen der breitkrempige Panamahut mit dem farbenfrohen Band, die Designersandalen und der große, geeiste Drink, den er in der einen Hand hatte. Für einen Hollywoodregisseur, der jemanden für die Rolle des Aussteigers in einem Südseeschinken suchte, wäre Dr. Ortiz die Idealbesetzung gewesen. Jedenfalls entsprach er nicht gerade dem Bild, das sich die Männer der NUMA von Perus berühmtestem Fachmann für alte Kulturen gemacht hatten.

Lachend, in der linken Hand das Glas, die rechte ausgestreckt, kam er auf die Neuankömmlinge zu. »Sie sind früh dran«, sagte er freundlich und in fast perfektem Englisch. »Ich hatte Sie erst in zwei, drei Tagen erwartet.«

»Dr. Kelseys Projekt hat sich schneller erledigt, als wir dachten«, sagte Pitt, während er die kräftige, schwielige Hand ergriff.

»Ist sie bei Ihnen?« fragte Ortiz und versuchte, um Pitts breite Schulter herumzuspähen.

»Sie kommt morgen in aller Frühe. Sie will erst noch irgendwelche Fotos von den Reliefs auf dem Altarstein neben dem Brunnen machen.« Pitt wandte sich um und stellte sie einander vor. »Ich bin Dirk Pitt, und das sind Rudi Gunn und Al Giordino. Wir sind von der National Underwater and Marine Agency.«

»Es ist mir ein großes Vergnügen, die Herren kennenzulernen. Ich begrüße die Gelegenheit, mich bei Ihnen persönlich dafür bedanken zu können, daß Sie unseren Jungen und Mädchen das Leben gerettet haben.«

»Es war uns ein Genuß, im Palast aufzutreten«, sagte Giordino und blickte hinauf zu dem von Einschüssen zernarbten Tempel.

Ortiz lachte über Giordinos wenig begeisterten Tonfall. »Ich kann mir nicht vorstellen, daß Sie Ihren letzten Besuch hier genossen haben.«

»Das Publikum hat uns jedenfalls nicht gerade mit Rosen beworfen.«

»Wo sollen wir unsere Zelte aufstellen, Doktor?« erkundigte sich Rudi Gunn.

»Nirgendwo.« Dr. Ortiz' Zähne funkelten zwischen dem Schnurrbart hindurch. »Meine Männer haben eine Gruft freigeräumt, die einem wohlhabenden Kaufmann gehörte. Reichlich Platz, und bei Regen ist es dort trocken. Nicht gerade ein Viersternehotel natürlich, aber Sie werden feststellen, daß es ganz gemütlich ist.«

»Ich hoffe doch, der ursprüngliche Besitzer wohnt nicht mehr dort«, sagte Pitt zurückhaltend.

»Nein, nein, keineswegs«, erwiderte Ortiz, der das irrtümlicherweise ernst nahm. »Die Plünderer haben in ihrer Gier nach Artefakten die Gebeine und alle anderen Überreste beiseite geschafft.«

»Wir könnten uns auch in dem Gebäude einnisten, das den Plünderern als Hauptquartier gedient hat«, schlug Giordino vor, dem nach einer etwas nobleren Unterbringung zumute war.

»Tut mir leid, aber das haben bereits mein Personal und ich als Stützpunkt für unser Unternehmen in Beschlag genommen.«

Giordino warf Gunn einen säuerlichen Blick zu. »Ich hab' dir doch gesagt, du sollst im voraus reservieren.«

»Folgen Sie mir, Gentlemen«, sagte Ortiz fröhlich. »Auf dem Weg zu Ihrem Quartier werde ich Sie persönlich durch den Pueblo de los Muertos führen.«

»Die Bewohner haben sich wohl ein Beispiel an den Elefanten genommen«, sagte Giordino.

Ortiz lachte. »Nein, nein, die Chachapoyas sind nicht zum Sterben hierhergekommen. Es handelte sich vielmehr um eine heilige Begräbnisstätte, eine Zwischenstation, wie sie glaubten, auf der Reise in ihr nächstes Leben.«

»Hier hat niemand gelebt?« fragte Gunn.

»Nur Priester. Und die Handwerker, die die Gruften bauten. Für alle anderen war die Stadt tabu.«

»Die müssen ja ein gutgehendes Geschäft gehabt haben«, sagte Pitt, während er das Labyrinth aus Gruften, das sich über das ganze Tal erstreckte, und die bienenwabenartig in die steil aufragenden Felswände getriebenen Gräber betrachtete.

»Die Gesellschaft der Chachapoyas war zwar in zahlreiche Klassen unterteilt, kannte aber keine Elite wie die Inkas«, erklärte Ortiz. »Die zahlreichen Städte des Bundes wurden von erfahrenen Älteren und Militärs regiert. Sie und die reichen Kaufleute konnten es sich leisten, gewaltige Mausoleen errichten zu lassen, in denen sie in der Phase zwischen den Leben ruhten. Die Armen wurden in Begräbnisstatuen aus Adobe beerdigt.«

Gunn warf dem Archäologen einen verwunderten Blick zu. »Die Toten wurden in Statuen gepackt?«

»Ja. Der Verstorbene wurde in eine kauernde Position gebracht, so daß die Knie bis zum Kinn hochgezogen waren. Dann wurde der Leib mit langen Stöcken umgeben, die ihn wie eine Art Käfig aufrecht hielten. Diese Stöcke wurden mit Adobe überzogen, wodurch eine Art Hülle um den Körper entstand. Zuletzt wurde der obere Teil zu einem Kopf geformt, der entfernt dem des Verstorbenen ähnelte. Wenn dieses Leichengefäß getrocknet war, wurde es von den Hinterbliebenen in eine zuvor geschaffene Höhle oder einen zufällig vorhandenen Spalt in der Felswand gebettet.«

»Der einheimische Bestattungsunternehmer muß mächtig beliebt gewesen sein«, stellte Giordino fest.

»Soweit sich dies vor einem genauen Studium der Stadt feststellen läßt«, sagte Dr. Ortiz, »würde ich schätzen, daß sie sich seit etwa 1200 nach Christus ständig im Bau befand und bis etwa 1500 immer weiter ausdehnte. Dann wurde sie plötzlich verlassen. Vermutlich kurz nach der spanischen Eroberung.«

»Begruben die Inkas ihre Toten ebenfalls hier, nachdem sie die Chachapoyas unterworfen hatten?« fragte Gunn.

»Manchmal. Ich habe nur ein paar Gräber gefunden, deren Architektur und Gestaltung auf die Inkas hindeuten.«

Ortiz führte sie eine uralte, gepflasterte Straße entlang, deren Steine von den Elementen glattgeschliffen waren. Er trat in ein flaschenförmiges Grabmonument aus flachen Steinen, die mit Friesen mit rautenartigen Motiven und Zickzackmustern verziert waren. Die Architektur war prachtvoll, die handwerkliche Ausführung präzise bis ins kleinste Detail. Gekrönt wurde das Monument von einer schmalen, 10 Meter (33 Fuß) hohen Kuppel. Der ebenfalls flaschenförmige Eingang war so eng, daß sich jeweils nur ein Mensch hindurchzwängen konnte. Eine Treppe führte hinauf zur Türschwelle und von dort hinab ins Innere. In der Grabkammer hing ein schwerer, feuchter und muffiger Geruch, der sich sofort auf die Atemwege legte. Angesichts der Erhabenheit und Schwermut dieses Gemäuers konnte Pitt die geisterhafte Präsenz der Menschen förmlich spüren, die hier den Toten die letzte Ehre erwiesen hatten, um dann die Krypta vermeintlich für alle Ewigkeiten zu verschließen, ohne auf die Idee zu kommen, daß sie einst als Unterschlupf für Lebende dienen könnte, die erst fünfhundert Jahre später geboren werden sollten.

In den Nischen befanden sich keinerlei Grabbeigaben, und der Steinboden war sauber gefegt. Merkwürdige, lächelnde Gesichter aus behauenem Stein, so groß wie eine Servierplatte, zogen sich entlang der Decke, die sich, gestützt von einer Konsole, über den senkrechten Wänden wölbte. Hängematten waren an steinernen Schlangenköpfen befestigt, die stieren Blickes und mit gefletschten Giftzähnen aus dem Mauerwerk ragten. Zudem hatten Ortiz' Männer Strohmatten am Boden ausgebreitet, und an einem Nagel, der in einen schmalen Spalt zwischen den Steinen getrieben worden war, hing sogar ein kleiner Spiegel.

»Ich schätze, das Grabmal wurde etwa um das Jahr 1380 gebaut«, sagte Ortiz. »Ein schönes Beispiel für die Architektur der Chachapoyas. Es hat all die Annehmlichkeiten eines Heimes, abgesehen von einem Bad. Allerdings gibt es etwa fünfzehn Meter südlich von hier einen Gebirgsfluß. Ich bin sicher, Sie werden alles finden, was Sie für Ihren persönlichen Bedarf benötigen.«

»Vielen Dank, Dr. Ortiz«, sagte Gunn. »Sehr umsichtig von Ihnen.«

»Nennen sie mich doch Alberto«, erwiderte er und hob eine buschige weiße Augenbraue. »Das Abendessen findet um achtzehn Uhr bei mir statt.« Er warf Giordino einen wohlwollenden Blick zu. »Ich glaube, Sie wissen, wie man sich in der Stadt zurechtfindet.«

»Ich hab' schon mal 'nen Rundgang gemacht«, bestätigte Giordino.

Nachdem sie ein erfrischendes Bad im eisigen Wasser des Flusses genommen, den Schweiß abgewaschen, sich rasiert und wegen der kalten Nachtluft wärmere Kleidung angezogen hatten, marschierten die Männer der NUMA durch die Stadt der Toten zum Kommandostand des peruanischen Professors. Ortiz begrüßte sie am Eingang und stellte ihnen vier seiner Assistenten vom nationalen Kulturinstitut in Chiclayo vor, von denen keiner ein Wort Englisch sprach.

»Gentlemen, einen kleinen Aperitif. Ich habe Gin, Wodka, Scotch und *Pisco;* einen einheimischen weißen Brandy.«

»Sie sind ja für alles gut gerüstet«, stellte Gun fest.

Ortiz lachte. »Nur weil wir in einem schwer zugänglichen Gebiet des Landes arbeiten, muß das noch lange nicht heißen, daß wir nicht auf unser leibliches Wohl achten.«

»Ich probiere den Brandy von hier«, sagte Pitt.

Giordino und Gunn waren weniger abenteuerlich und entschieden sich für Scotch auf Eis. Nachdem er ihnen zugeprostet hatte, winkte Ortiz sie zu einer Reihe altmodischer, mit Zelttuch bespannter Klappstühle.

»Wie schlimm wurden die Kunstwerke durch den Raketenangriff in Mitleidenschaft gezogen?« eröffnete Pitt das Gespräch.

»Die wenigen Gegenstände, die die Plünderer zurückließen, wurden von herabstürzendem Mauerwerk schwer beschädigt. Ich fürchte, der Großteil ist so zertrümmert, daß man nichts mehr restaurieren kann.«

»Haben Sie nichts Lohnenswertes mehr gefunden?«

»Die Räuber haben ganze Arbeit geleistet.« Betrübt schüttelte Ortiz den Kopf. »Schon erstaunlich, wie schnell sie die Tempelruinen ausgruben, sämtliche noch zu rettenden und unbeschädigten Altertümer entfernten und sich mit gut und gerne vier Tonnen Beute davonmachten, bevor wir sie auf frischer Tat ertappen konnten. Was die spanischen Schatzjäger und ihre frömmlerischen Missionsbrüder nicht aus den Inkastädten plündern und nach Sevilla schicken konnten, haben die verdammten *Huaqueros* jetzt gefunden und verhökert. Beim Stehlen von Kunstschätzen sind sie schneller als ein Ameisenheer, das über einen Wald herfällt.«

»*Huaqueros?*« fragte Gunn.

»So bezeichnet man hierzulande die Grabräuber«, erklärte Giordino.

Pitt starrte ihn verwundert an. »Wo hast du denn das her?«

Giordino zuckte mit den Schultern. »Wenn man sich bei Archäologen rumtreibt, schnappt man notgedrungen den einen oder anderen Ausdruck auf.«

»Man kann den *Huaqueros* schwerlich einen Vorwurf machen«, warf Ortiz ein. »Die armen Bauern im Hochland leiden unter Terrorismus, Inflation und Korruption, die sie um das wenige bringen, was sie der Erde abringen können. Wenn sie archäologische Ausgrabungsstätten plündern und die Kunstgegenstände verkaufen, können diese Menschen sich ein paar kleinere Annehmlichkeiten gönnen, die ihre schreckliche Armut lindern.«

»Dann hat das Schlechte also auch ein paar gute Seiten«, stellte Gunn fest.

»Unglücklicherweise verbleiben Wissenschaftlern wie mir dadurch nur ein paar Knochenreste und zerbrochene Tonscherben. Ganze Gebäude – Tempel und Paläste – werden wegen ihres Mauerschmucks ausgeweidet und zerstört und die Skulpturen zu schändlich niedrigen Preisen verkauft. Nichts wird verschont. Die Mauersteine werden weggeschafft und als billiges Baumaterial verwendet. Viele herrliche Baudenkmäler dieser alter Kulturen wurden auf diese Weise zerstört und sind nun für immer verloren.«

»Ich nehme an, es sind Familienunternehmen«, sagte Pitt.

»Ja. Die Suche nach unterirdischen Gräbern wird schon seit Hunderten von Jahren betrieben und von einer Generation an die nächste weitergegeben. Ob Väter, Brüder, Onkel und Vettern, alle arbeiten sie zusammen. Es ist zur Gewohnheit geworden, zum Brauchtum. Ganze Dörfer rotten sich zusammen und graben nach alten Schätzen.«

»Und das Interesse gilt vor allem den Gräbern«, vermutete Gunn.

»Dort lassen sich die meisten alten Schätze finden. In fast allen Kulturen wurden die Herrscher und die Wohlhabenden mit ihren Reichtümern begraben.«

»Haben offensichtlich fest dran geglaubt, daß man doch was mitnehmen kann«, sagte Giordino.

»Ob bei den Neandertalern, den Äyptern oder den Inkas«, fuhr Ortiz fort, »überall glaubte man an ein Weiterleben nach dem Tod. Nicht an eine Reinkarnation, wohlgemerkt, sondern an ein Leben, wie man es auf Erden führte. Deshalb hielt man es für wichtig, die kostbarsten Besitztümer mit ins Grab zu nehmen. Vielen Fürsten und Herrschern wurden neben den Schätzen auch ihre Lieblingsfrauen, Hofschranzen, Soldaten, Diener und wertvollsten Tiere mitgegeben. Grabraub ist so alt wie die Prostitution.«

»Ein Jammer, daß unsere heutigen Regierenden nicht in ihre Fußstapfen treten«, warf Giordino spöttisch ein. »Stellt euch bloß mal vor, ein Präsident könnte befehlen, daß im Falle seines Todes der gesamte Kongreß und der halbe Beamtenapparat mit ihm begraben werden.«

Pitt lachte. »Ein Brauch, den der Großteil aller Amerikaner begrüßen würde.«

»Viele meiner Landsleute haben zu unserer Regierung eine ähnliche Einstellung«, pflichtete Ortiz bei.

»Und wie finden sie die Gräber?« fragte Gunn.

»Die ärmeren *Huaqueros* suchen mit Hacken und Schaufeln oder bohren mit langen Eisenstangen nach verborgenen Gräbern. Die gutbetuchten organisierten Räuber und und Schmuggler indes benutzen teure Metalldetektoren und moderne Bodenradargeräte.«

»Ist Ihnen die *Solpemachaco* früher schon mal in die Quere gekommen?« fragte Pitt.

»An vier anderen Fundstätten.« Ortiz spuckte auf den Boden. »Ich kam immer zu spät. Sie sind wie ein Gestank, dessen Ursprung man nicht kennt. Die Organisation existiert, soviel ist sicher. Ich habe die traurigen Ergebnisse ihrer Plünderungen mit eigenen Augen gesehen. Aber ich muß erst noch hieb- und stichfestes Beweismaterial gegen diese Mistkerle finden, die die *Huaqueros* mit einem Almosen abspeisen und unser kulturelles Erbe über dunkle Kanäle auf den internationalen Schwarzmarkt schleusen.«

»Können Ihre Polizei und Sicherheitskräfte diesem fortwährendem Schatzraub kein Ende setzen?« fragte Gunn.

»Die *Huaqueros* an etwas zu hindern ist so, als wollte man

Quecksilber mit der Hand einfangen«, antwortete Ortiz. »Die Gewinnspanne ist zu riesig, und es sind viel zu viele. Wie Sie ja selbst feststellen mußten, kann man bei uns Regierungsbeamte und Militärs nach Belieben kaufen.«

»Sie haben einen harten Job, Alberto.« Pitt klang mitfühlend. »Ich beneide Sie nicht darum.«

»Und undankbar ist er obendrein«, erwiderte Ortiz ernst. »Das arme Bergvolk sieht in mir einen Feind. Und die wohlhabenden Familien meiden mich wie die Pest, weil sie selbst Tausende von Kunstschätzen horten.«

»Klingt so, als stünden Sie auf verlorenem Posten.«

»Wohl wahr. Für meine Kollegen von den anderen Kulturinstituten und Museen im ganzen Land ist die Suche nach großen Ausgrabungsstätten ein ständiger Wettlauf mit der Zeit, aber gegen die *Huaqueros* ziehen wir immer wieder den kürzeren.«

»Und von der Regierung bekommen Sie keine Unterstützung?« fragte Giordino.

»Von der Regierung oder aus privaten Quellen Gelder für archäologische Projekte zu bekommen ist eine Sisyphusarbeit. Ein Jammer, aber anscheinend möchte niemand in unsere Geschäfte investieren.«

Das Gespräch wandte sich anderen Themen zu, nachdem einer von Ortiz' Assistenten verkündet hatte, daß das Abendessen fertig war. Das Mahl bestand aus einem scharfen Rindfleischeintopf, zu dem Schüsseln mit einheimischem Mais und Dörrbohnen gereicht wurden. Lediglich ein Obstsalat und der hervorragende peruanische Rotwein verliehen dem Essen eine etwas vornehmere Note. Zum Nachtisch gab es Mango mit Sirup.

Als sie sich um ein warmes Lagerfeuer versammelten, fragte Pitt Ortiz: »Glauben Sie, Tupac Amaru und seine Männer haben die Stadt der Toten völlig leer geräumt, oder gibt es noch Gräber und Gebäude, die keiner entdeckt hat?«

Ortiz strahlte mit einem Mal wie ein Kronleuchter. »Die *Huaqueros* und ihre *Solpemachaco*-Bosse waren hier nur so lange, daß sie die offen herumliegenden Gegenstände mitnehmen konnten. Eine gründliche archäologische Erforschung des Pueblo de los Muertos dürfte Jahre in Anspruch nehmen. Ich bin fest davon überzeugt, daß der Großteil der Schätze erst noch gefunden werden wird.«

Nun, da Ortiz sich mit etlichen Gläsern weißen Brandys den Magen gewärmt hatte und offensichtlich bester Laune war, wagte Pitt einen Vorstoß. »Sagen Sie mal, Alberto, kennen Sie sich mit Sagen über Inkaschätze aus, die nach dem Eintreffen der Spanier verschwunden sind?«

Ortiz zündete sich eine lange, dünne Zigarre an und zog daran, bis das Ende rot aufglühte und Rauchkringel in die feuchte und zunehmend kälter werdende Nachtluft aufstiegen. »Ich kenne nur ein paar. Die Geschichten über versunkene Inkaschätze würden weit weniger ins Kraut schießen, wenn die Vorfahren meines Volkes genauere Aufzeichnungen über ihr Alltagsleben hinterlassen hätten. Doch im Gegensatz zu den Mayas und Azteken in Mexiko kannten die peruanischen Kulturen keine Schrift. Ein Alphabet oder eine richtige Bilderschrift haben sie nie entwickelt. Von komplexen Mustern an Bauwerken, auf Tongefäßen und Textilien einmal abgesehen, gibt es nur wenige Hinweise auf ihr Leben und ihre Legenden.«

»Ich dachte an den verschollenen Schatz des Huascar«, sagte Pitt.

»Sie haben davon gehört?«

»Dr. Kelsey hat davon berichtet. Mir kam das ja ein bißchen übertrieben vor, aber sie erzählte eine Geschichte von einer gigantischen Goldkette.«

Ortiz nickte. »Dieser Teil der Sage ist zufällig wahr. Huayna Capac, ein großer Inkaherrscher, ordnete an, daß zu Ehren der Geburt seines Sohnes Huascar eine gewaltige Goldkette geschmiedet werden sollte. Viele Jahre später, nachdem Huascar die Nachfolge seines Vaters angetreten hatte, befahl er, den Königsschatz heimlich aus der Inkahauptstadt Cuzco fortzuschaffen und zu verbergen, damit er seinem Bruder Atahualpa nicht in die Hände falle, der nach einem langen Bürgerkrieg im Begriff war, die Macht im Reiche an sich zu reißen. Der riesige Hort umfaßte neben der goldenen Kette lebensgroße Statuen, Thronsessel, Sonnenscheiben sowie sämtliche den Inkas bekannten Tiere und Lebewesen, alles aus Gold und Silber geschmiedet und mit kostbaren Edelsteinen besetzt.«

»Von einem derart riesigen Schatz habe ich noch nie gehört«, sagte Gunn.

»Die Inkas hatten so viel Gold, daß sie nicht begreifen konnten, weshalb die Spanier so versessen darauf waren. Ein Wahn, der schließlich zu der Legende von El Dorado führte. Die Suche nach dem Schatz kostete Tausende von Spaniern das Leben, aber auch Deutsche und Engländer, darunter Sir Walter Raleigh, durchkämmten Dschungel und Berge, ohne ihn jemals zu finden.«

»Soweit ich weiß«, warf Pitt ein, »sollen die Kette und die anderen Kunstschätze schließlich in ein Land jenseits des Aztekenreiches transportiert und dort begraben worden sein.«

Ortiz nickte. »So heißt es in der Geschichte. Allerdings wurde nie bestätigt, daß der Schatz tatsächlich auf Schiffen gen Norden gebracht wurde. Es gibt jedoch hinlänglich Beweise dafür, daß der Hort von Chachapoya-Kriegern bewacht wurde, die unter den Inkaherrschern als königliche Garde dienten, nachdem ihr Städtebund im Jahre 1480 von Huayna Capac unterworfen worden war.«

»Was wissen wir über die Geschichte der Chachapoyas?« fragte Gunn.

»Ihr Name bedeutet übersetzt soviel wie Wolkenmenschen«, erwiderte Ortiz. »Und ihre Geschichte muß erst noch geschrieben werden. Ihre Städte sind, wie Sie aus eigener Erfahrung wissen, in einem der undurchdringlichsten Urwälder dieser Welt verborgen. Bis zum heutigen Tag haben die Archäologen weder das Geld noch die Mittel, um die Ruinen der Chachapoyas aufzuspüren und auszugraben.«

»Also bleiben sie weiter rätselhaft«, sagte Pitt.

»In mehrfacher Hinsicht. Den Inkas zufolge sollen die Chachapoyas hellhäutig gewesen sein und blaue oder grüne Augen gehabt haben. Die Frauen galten als außerordentlich schön und wurden sowohl von den Inkas als auch von den Spaniern hoch geschätzt. Außerdem waren sie ziemlich groß. Ein italienischer Forscher fand eine Chachapoya-Gruft mit einem Skelett, das deutlich über zwei Meter maß.«

Pitt war hingerissen. »Fast sieben Fuß?«

»Mit Leichtigkeit«, antwortete Ortiz.

»Besteht die Möglichkeit, daß es sich um die Nachkommen früher Entdecker aus der Alten Welt gehandelt hat? Möglicherweise der Wikinger, die über den Atlantik gesegelt, den Amazonas hinaufgefahren und sich in den Anden niedergelassen haben könnten?«

»Es gab immer wieder Theorien, wonach in früher Zeit fremde Völker sowohl über den Atlantik als auch über den Pazifik nach Südamerika gekommen sein sollen«, antwortete Ortiz. »Der Fachbegriff für derartige Reisen in präkolumbianischer Zeit von und zu anderen Kontinenten lautet Diffusion. Ein interessanter Gedanke, der zwar nicht auf ungeteilte Zustimmung stößt, aber auch nicht gänzlich verworfen wird.«

»Gibt es irgendwelche Beweise?« fragte Giordino.

»Eher zufälliger Art. Uralte Keramiken, die man in Ecuador fand, weisen die gleichen Muster auf, wie sie die Ainu im Norden Japans verwenden. Die Spanier, unter anderem auch Kolumbus, berichteten von weißen Männern in großen Segelschiffen, die sie vor der Küste von Venezuela gesehen haben wollen. In Bolivien stießen die Portugiesen auf einen Stamm, dessen Bärte großartiger als die der meisten Europäer waren, obwohl die Gesichtsbehaarung bei Indianern normalerweise eher spärlich ist. Außerdem hört man regelmäßig Berichte von Tauchern, die vor der brasilianischen Küste römische oder griechische Amphoren entdeckt haben wollen.«

»Die riesigen Steinköpfe der olmekischen Kultur in Mexiko weisen eindeutig schwarzafrikanische Züge auf«, sagte Pitt, »während sich in fast allen mittelamerikanischen Kulturen Steinskulpturen mit asiatisch anmutenden Merkmalen finden.«

Ortiz nickte zustimmend. »Die Schlangenköpfe, die viele Pyramiden und Tempel der Mayas zierten, wirken wie Ebenbilder der in Japan und China geschaffenen Drachenköpfe.«

»Aber gibt es auch hieb- und stichfeste Beweise?« fragte Gunn.

»Nein. Bislang wurde noch kein Gegenstand gefunden, der eindeutig europäischer Herkunft ist.«

»Die Skeptiker verweisen immer wieder zu Recht darauf, daß man in Amerika weder das Rad noch die Töpferscheibe kannte«, fügte Gunn hinzu.

»Stimmt«, pflichtete Ortiz bei. »Die Mayas kannten zwar das Rad, aber es diente nur als Kinderspielzeug und wurde nie praktisch genutzt. Was nicht weiter überrascht, wenn man bedenkt, daß sie keine Zugtiere hatten, bevor die Spanier Pferde und Ochsen einführten.«

»Aber man sollte doch meinen, daß sie durchaus Verwendung für das Rad hätten finden können, zum Beispiel beim Transport von Baumaterial«, beharrte Gunn.

»Die Geschichte lehrt uns, daß die Chinesen die Schubkarre schon sechshundert Jahre kannten, bevor sie nach Europa gelangte«, entgegnete Ortiz.

Pitt kippte den letzten Schluck Brandy. »Kommt mir unwahrscheinlich vor, daß es ohne irgendwelche äußeren Einflüsse in einer derart abgelegenen Gegend eine Hochkultur gegeben haben soll.«

»Die Menschen, die heutzutage in den Bergen leben, Nachfahren der Chachapoyas übrigens, bei denen man häufig helle Haut und blaue oder grüne Augen findet, sprechen von einem göttlichen Mann, der vor Jahrhunderten von Osten über das Meer zu ihren Vorfahren kam. Er brachte ihnen die Baukunst, die Wissenschaft der Sterndeutung und die Religion.«

»Anscheinend hat er vergessen, ihnen auch das Schreiben beizubringen«, scherzte Giordino.

»Ein weiteres Argument gegen Kontakte in präkolumbianischer Zeit«, sagte Gunn.

»Dieser heilige Mann hatte dichtes weißes Haar und einen wehenden Bart«, fuhr Ortiz fort. »Er war extrem groß, trug einen langen, weißen Umhang und predigte Güte und Barmherzigkeit. Der Rest der Geschichte erinnert zu sehr an Jesus, als daß man es wortwörtlich nehmen könnte – offenbar haben die Ureinwohner die alte Legende nach ihrer Bekehrung zum Christentum mit Ereignissen aus dem Leben Jesu ausgeschmückt. Er zog durch das Land, heilte die Kranken, schenkte Blinden das Augenlicht und wirkte allerlei Wunder. Er konnte sogar auf dem Wasser gehen. Die Menschen errichteten ihm Tempel und schufen sein Ebenbild aus Stein und Holz. Keine dieser Abbildungen, möchte ich hinzufügen, wurde jemals gefunden. Die gleiche Legende ist übrigens, beinahe Wort für Wort, von den alten mexikanischen Kulturen her bekannt. Dort wurde dieser uralte Gott in der Gestalt Quetzalcoatls verehrt.«

»Glauben Sie, daß an dieser Legende etwas Wahres dran ist?« fragte Pitt.

Ortiz schüttelte den Kopf. »Nein. Nicht, solange ich keinen zwingenden Beweis dafür ausgegraben habe. Wir könnten allerdings schon bald ein paar Antworten erhalten. An einer Ihrer Universitäten in den Vereinigten Staaten wird derzeit die DNA von Chachapoya-Überresten aus alten Gräbern untersucht. Wenn alles gutgeht, wird man feststellen können, ob die Chachapoyas aus Europa kamen oder ob ihre Kultur ohne fremde Einflüsse entstand.«

»Was ist mit Huascars Schatz?« sagte Pitt, der sie wieder zum Thema zurückführen wollte.

»Eine Entdeckung, die die Welt in Erstaunen versetzen würde«, antwortete Ortiz. »Mir gefällt die Vorstellung, daß der Hort noch immer in irgendeiner vergessenen Höhle in Mexiko ruht.« Dann stieß er eine Wolke Zigarrenrauch aus und blickte zum Sternenhimmel auf. »Die Kette allein wäre eine sagenhafte Entdeckung. Aber für einen Archäologen wären die mächtige Sonnenscheibe aus massivem Gold und die in Gold gehüllten königlichen Mumien, die mit der Kette verschwanden, die weitaus bedeutenderen Funde.«

»In Gold gehüllte Mumien«, wiederholte Gunn. »Haben die Inkas etwa ihre Toten ebenso konserviert wie die alten Ägypter?«

»Die Konservierung war nicht annähernd so komplex wie bei den Ägyptern«, erklärte Ortiz. »Aber die Leichen der obersten Herrscher oder *Sapa Inca*, wie man sie nannte, wurden mit Gold umhüllt. Sie wurden zu Kultgegenständen bei den religiösen Zeremonien des Volkes. Die Mumien der toten Könige wohnten in eigenen Palästen, wurden regelmäßig in neue Gewänder gekleidet, bekamen üppige Mahlzeiten vorgesetzt und konnten über Harems mit den wunderschönsten Mädchen verfügen. Die ihnen übrigens, so möchte ich hinzufügen, als Kammerfrauen dienten und sich keineswegs der Nekrophilie hingaben.«

Giordino starrte über die düsteren Schatten der Stadt hinweg. »Hört sich mächtig nach Verschwendung von Steuergeldern an.«

»Eine große Anzahl von Priestern wachte darüber, daß dieser Brauch eingehalten wurde«, fuhr Ortiz fort, »und sorgte im eigenen Interesse dafür, daß die toten Herrscher zufrieden waren. Häufig wurden die Mumien in all ihrer Pracht durch das Land getragen, als wären sie noch immer Staatsoberhäupter. Man muß wohl nicht eigens darauf hinweisen, daß dieser absurde Totenkult die Finanzen des Inkareiches erheblich belastete und eine durchaus entscheidende Rolle bei seinem Zusammenbruch im Zuge der spanischen Eroberung spielte.«

Inzwischen war es sehr kalt geworden. Pitt zog den Reißverschluß seiner Lederjacke zu und sagte: »Als wir auf unserem Schiff waren, erhielt Dr. Kelsey eine Nachricht, die sich auf ein goldenes Gewand bezog, das angeblich bei einem Sammler in Chicago aufgespürt wurde.«

Ortiz wirkte nachdenklich, dann nickte er. »Ja, das goldene Leichengewand von Tiapollo. Es umhüllte die Mumie eines großen Chachapoya-Generals namens Naymlap, der Huascar als Ratgeber diente. Kurz vor meiner Abreise aus Lima hörte ich, ein Agent des amerikanischen Zolls habe es aufgespürt, aber kurz darauf sei es wieder verschwunden.«

»Verschwunden?« Aus irgendeinem Grund war Pitt nicht sonderlich überrascht.

»Unser Kultusminister wollte bereits in die Vereinigten Staaten fliegen und Ansprüche auf die Mumie und das Leichengewand geltend machen, als man ihm mitteilte, daß die Leute vom Zoll zu spät gekommen waren. Während sie den Besitzer observierten, wurde es von Dieben geraubt.«

»Dr. Kelsey sagte, daß die auf dem Gewand eingravierten Bilder die Reise der Flotte darstellen, die den Schatz nach Mexiko beförderte.«

»Bislang konnten nur ein paar Bilder entziffert werden. Leider war es in unserer Zeit keinem Gelehrten möglich, das Gewand eingehend zu studieren, bevor es aus dem Museum in Sevilla gestohlen wurde.«

»Es wäre doch denkbar«, merkte Pitt an, »daß diejenigen, die sich diesmal das Gewand geschnappt haben, ebenfalls hinter der goldenen Kette her sind.«

»Eine plausible Schlußfolgerung«, stimmte Ortiz zu.

»Dann haben die Diebe die besseren Karten«, sagte Giordino.

»Es sei denn, jemand entdeckt das Drake-*Quipu*«, entgegnete Pitt langsam, »und kommt ihnen zuvor.«

»Ah, ja, das berühmt-berüchtigte Jadekästchen.« Ortiz seufzte skeptisch. »Eine phantastische Geschichte, die nicht totzukriegen ist. Dann haben Sie also auch von dem sagenhaften Schnurmuster gehört, das angeblich zu der goldenen Kette führen soll?«

»Zweifeln Sie etwa daran?« sagte Pitt.

»Es gibt keinerlei Beweise. Die Berichte sind zu fadenscheinig, als daß man sie ernst nehmen könnte.«

»Man könnte ein dickes Buch über all die Fabeln und Legenden schreiben, die sich als wahr herausgestellt haben.«

»Ich bin Wissenschaftler und Pragmatiker«, entgegnete Ortiz. »Falls ein solches *Quipu* existieren sollte, dann müßte ich es erst in Händen halten, und selbst dann wäre ich von seiner Echtheit noch nicht vollends überzeugt.«

»Würden Sie mich für verrückt halten, wenn ich Ihnen sage, daß ich vorhabe, es zu suchen?« fragte Pitt.

»Nicht verrückter als die vielen tausend anderen, die im Lauf der Geschichte einem Hirngespinst hinterherjagten.« Ortiz hielt inne, schnippte die Asche von seiner Zigarre und musterte Pitt dann eindringlich und mit düsterem Blick. »Nehmen Sie eine Warnung mit auf den Weg. Falls es wirklich existiert und falls die Suche von Erfolg gekrönt sein sollte, ist derjenige, der es findet, dennoch zum Scheitern verurteilt.«

Pitt erwiderte den Blick. »Warum zum Scheitern verurteilt?«

»Sie haben niemanden, der Ihnen hilft, keinen *Amauta*, also einen gebildeten Inka, der es interpretieren könnte, und auch keinen *Quipucamayoc*, einen Beamten, der mittels dieser Knotenschnüre seine Berichte verfaßte.«

»Was wollen Sie damit sagen?«

»Ganz einfach, Dirk: Die letzten Menschen, die das Drake-*Quipu* für Sie hätten übersetzen können, sind seit über vierhundert Jahren tot.«

17

In einem öden, abgelegenen Landstrich im Südwesten der USA, ein paar Kilometer von Douglas, Arizona, und nur 75 Meter (246 Fuß) von der mexikanischen Grenze entfernt, ragte die Hazienda *La Princesa* wie ein maurisches Kastell aus der Wüste auf. Der ursprüngliche Besitzer, Don Antonio Diaz, hatte sie im Gedenken an seine im Kindbett verstorbene Frau Sofía Magdalena so genannt, die in einer prunkvollen barocken Krypta inmitten eines von hohen Mauern umgebenen Gartens begraben war. Diaz war ein Peón gewesen, der sein Glück als Bergmann versucht hatte, fündig geworden war und in den nahe gelegenen Huachuca Mountains eine gewaltige Menge Silber gewonnen hatte.

Das riesige feudale Anwesen stand auf einem Stück Land, das Diaz ursprünglich von General Antonio López de Santa Ana, dem späteren Präsidenten von Mexiko, überlassen worden war, weil er dem Despoten geholfen hatte, den Feldzug zur Unterwerfung von Texas zu finanzieren und anschließend einen Krieg gegen die Vereinigten Staaten anzuzetteln. Dieser endete in einer Katastrophe, nach der Santa Ana gezwungen war, das Mesilla Valley im Süden von Arizona an die Vereinigten Staaten zu verkaufen, eine unter der Bezeichnung »Gadsden Purchase« bekannte Transaktion. Durch die Grenzverschiebung lag Diaz' Hazienda plötzlich in einem neuen Land, wenn auch nur einen Steinwurf vom alten entfernt.

Die Hazienda blieb bis zum Jahr 1978 im Besitz der Familie. Dann wurde sie von María Estrella, der letzten noch lebenden Diaz, kurz vor ihrem Tod im Alter von vierundneunzig Jahren an einen reichen Finanzmenschen verkauft. Joseph Zolar, der neue Besitzer, machte kein Hehl daraus, daß er die Hazienda als luxuriösen Zufluchtsort für prominente Gäste erworben hatte, zumeist hohe Regierungsvertreter und wohlhabende Wirtschaftsbosse. Zolars Hazienda galt rasch als das San Simeon von Arizona. Seine hochrangigen Gäste wurden per Flugzeug oder mit Bussen auf den Besitz gebracht, und in schöner Regelmäßigkeit erschienen in den Klatschspalten der Illustrierten Berichte und Fotos von seinen Partys.

Zolar, ein fanatischer Kunst- und Antiquitätensammler, hatte einen riesigen Fundus an Kunstgegenständen und Altertümern, guten wie schlechten, angehäuft. Doch zu jedem einzelnen Stück konnte er ein von Experten und Regierungsbeamten verfaßtes Beglaubigungsschreiben vorlegen, wonach es rechtmäßig im Herkunftsland gekauft und mit den entsprechenden Papieren in die USA importiert worden war. Er zahlte regelmäßig seine Steuern, seine Geschäfte waren korrekt, und er duldete nicht, daß seine Gäste Drogen mit in sein Haus brachten. Nicht ein einziger Skandal befleckte Joseph Zolars weiße Weste.

Jetzt stand er inmitten eines Waldes aus Topfpflanzen auf der Dachterrasse und beobachtete, wie ein Privatjet auf der auf dem Wüstenboden angelegten Landebahn des Anwesens aufsetzte. Die Düsenmaschine war goldbraun lackiert und mit einem leuchtend-violetten Streifen entlang des Rumpfes versehen, auf dem in gelben Buchstaben *Zolar International* stand. Er sah zu, wie ein lässig gekleideter Mann in einem geblümten Sporthemd und Khakishorts aus der Maschine stieg und sich in einen wartenden Golfkarren setzte.

Die Augen unter Zolars gelifteten Lidern funkelten wie graue Kristalle. Er war Ende Fünfzig, und das schütter werdende, streng nach hinten gekämmte Haar, das so stumpfrot war wie mexikanische Saltillokacheln, paßte zu dem verkniffenen, stets leicht geröteten Gesicht. Es war ein unergründliches Gesicht, ein Gesicht, das man nur selten außerhalb von Vorstandsetagen und Chefbüros sieht. Ein Gesicht, das von schweren Entscheidungen verhärtet war und dem man die Kälte anmerkte, mit der sein Besitzer Todesurteile verhängte, wenn er sie für erforderlich hielt. Sein Körper war klein und vornübergebeugt, so daß er wie ein Geier kurz vor dem Auffliegen wirkte. Er trug einen schwarzen Seidenoverall, und seine Miene war so unbeteiligt wie die eines Nazi-Offiziers in einem Konzentrationslager, für den der Tod eines Menschen genauso alltäglich war wie ein Regenguß.

Zolar wartete oben, während sein Gast über die Treppe zur Terrasse hinaufstieg. Sie umarmten sich herzlich. »Schön, dich heil wiederzusehen, Cyrus.«

Sarason grinste. »Du weißt ja gar nicht, daß du um ein Haar einen Bruder verloren hättest.«

»Komm mit. Ich habe mit dem Essen auf dich gewartet.« Zolar führte Sarason durch ein Labyrinth aus Topfpflanzen zu einer üppig gedeckten Tafel unter einem mit Palmwedeln gedeckten Vordach. »Ich habe einen hervorragenden Chardonnay ausgewählt, und mein Koch hat köstliche Schweinelendchen geschmort.«

»Eines Tages werde ich ihn dir abwerben«, sagte Sarason.

»Keine Chance.« Zolar lachte. »Ich habe ihn verwöhnt. Er genießt zu viele Vergünstigungen, als daß er abspringen würde.«

»Ich beneide dich um deinen Lebensstil.«

»Und ich dich um deinen. Du verlierst nie die Lust am Abenteuer. Immer wieder zieht es dich hinaus in die Wüste oder den Dschungel. Stets riskierst du den Tod oder die Festnahme durch die Polizei. Dabei könntest du deine Geschäfte von einem luxuriösen Büro aus leiten und die Drecksarbeit anderen überlassen.«

»Für eine regelmäßige Arbeitszeit war ich noch nie zu haben«, sagte Sarason. »Nichts reizt mich so sehr wie schmutzige Geschäfte. Du solltest dich mir mal anschließen.«

»Nein, danke. Ich ziehe die Annehmlichkeiten der Zivilisation vor.«

Sarason bemerkte einen Tisch, auf dem vier etwa einen Meter lange Holzstücke lagen, die wie verwitterte Äste aussahen. Interessiert ging er hin und betrachtete sie aus der Nähe. Dabei stellte er fest, daß es sich um sonnengebleichte Wurzelstücke von Pyramidenpappeln handelte, die durch eine Laune der Natur so gewachsen waren, daß sie grotesk geformten menschlichen Figuren ähnelten. Dort, wo sich die Köpfe befanden, hatte jemand mit grober Hand Gesichter geschnitzt und mit kindlichen Zügen bemalt. »Neue Errungenschaften?« fragte er.

»Sehr seltene Kultobjekte, die einem kaum bekannten Indianerstamm gehören«, antwortete Zolar.

»Wie bist du an sie rangekommen?«

»Zwei Männer, die illegal nach Kunstgegenständen suchen, haben sie in einer uralten Steinbehausung unter einem Felsüberhang entdeckt.«

»Sind sie echt?«

»Ja, das sind sie.« Zolar ergriff eines der Idole und stellte es aufrecht hin. »Für die Montolos, die unweit des Colorado River in der Sonorawüste leben, stellen sie die Götter der Sonne, des Mondes, der Erde und des lebensspendenden Wassers dar. Sie wurden vor Jahrhunderten eigens für Initiationsriten geschnitzt, bei denen die Aufnahme der Jungen und Mädchen in die Welt der Erwachsenen gefeiert wird. Eine sehr mystische Zeremonie, die noch heute alle zwei Jahre stattfindet. In der Religion der Montolos stellen diese Idole das Allerheiligste dar.«

»Was sind sie deiner Schätzung nach wert?«

»Für den entsprechenden Sammler möglicherweise bis zu zweihunderttausend Dollar.«

»So viel?«

Zolar nickte. »Vorausgesetzt, der Käufer weiß nichts von dem Fluch, der angeblich denjenigen trifft, der sie unrechtmäßig besitzt.«

Sarason lachte. »Immer wieder diese Märchen von einem Fluch.«

Zolar zuckte mit den Schultern. »Wer weiß? Ich habe handfeste Beweise dafür, daß die beiden Diebe ein schlimmes Schicksal erlitten. Der eine kam bei einem Autounfall ums Leben, und der andere hat sich irgendeine unheilbare Krankheit zugezogen.«

»Und du glaubst an diesen Hokuspokus?«

»Ich glaube nur an die angenehmen Seiten des Lebens«, sagte Zolar und nahm seinen Bruder am Arm. »Komm mit. Das Essen wartet.«

Nachdem eine Bedienstete Wein eingeschenkt hatte, stießen sie an. Dann nickte Zolar Sarason zu. »Nun, Bruder, erzähl von Peru.«

Sarason hatte sich schon immer über die Marotte seines Vaters amüsiert, der darauf bestanden hatte, daß seine Söhne und Töchter andere Zunamen wählten. Nur Zolar, der Älteste, trug den Familiennamen. Das umfangreiche internationale Handelsimperium, das Zolar senior aufgebaut hatte, war nach seinem Tod gleichmäßig unter seinen fünf Söhnen und zwei Töchtern aufgeteilt worden. Alle waren sie entweder mit der Leitung einer Kunst- und Antiquitätengalerie, eines Auktionshauses oder einer Import-Export-Firma betreut worden. Obwohl es so aussah, als handelte es sich um unabhängige Unternehmen, waren sämtliche Firmen der Familie zu einer Einheit zusammengefaßt, einer gemeinschaftlich betriebenen

Organisation, die unter dem Decknamen *Solpemachaco* operierte. Weder an der Börse noch bei irgendeiner Regierungsbehörde der Welt wußte man, daß Zolar, der Familienvorstand, ihre Geschäfte als Generaldirektor leitete.

»War fast schon ein Wunder, daß ich die meisten Kunstgegenstände retten und außer Landes schmuggeln konnte, obwohl unsere unfähigen Helfershelfer soviel Mist gebaut haben. Von den Vertretern unserer eigenen Regierung gar nicht zu reden.«

»Meinst du den Zoll oder die Drogenfahndung?«

»Weder noch. Zwei Ingenieure von der National Underwater and Marine Agency. Sind plötzlich wie aus heiterem Himmel aufgekreuzt, nachdem Juan Chaco einen Notruf durchgegeben hatte, als Dr. Kelsey und ihr Fotograf in dem Opferbrunnen festsaßen.«

»Was für Schwierigkeiten haben die gemacht?«

Sarason erzählte die ganze Geschichte, angefangen bei Amarus Mord an Dr. Miller über die Flucht von Pitt und den anderen aus dem Viracocha-Tal bis hin zum Tod von Juan Chaco. Er endete mit einem kurzen Überblick über die Kunstgegenstände, die er aus dem Tal hatte wegschaffen lassen, und schilderte, wie er dafür gesorgt hatte, daß der Schatz nach Callao transportiert und von dort im geheimen Frachtraum eines Öltankers, der einer Tochterfirma von Zolar International gehörte, aus Peru herausgeschmuggelt wurde. Sie hatten insgesamt zwei dieser Schiffe, die nur zu einem Zweck eingesetzt wurden: geraubte und gestohlene Kunstwerke illegal von einem Land ins andere zu verfrachten, während sie zur Tarnung kleinere Mengen Rohöl transportierten.

Ohne etwas wahrzunehmen, starrte Zolar hinaus in die Wüste. »Die *Aztec Star.* Sie soll in vier Tagen in San Francisco einlaufen.«

»Damit fällt sie in die Zuständigkeit von Bruder Charles.«

»Ja. Charles hat dafür gesorgt, daß die Fracht zu unserem Auslieferungslager in Galveston transportiert wird, wo er sich um die Restaurierung der Kunstgegenstände kümmern will.« Zolar hielt sein Glas hoch und ließ sich nachschenken. »Wie ist der Wein?«

»Erlesen«, antwortete Sarason, »aber für meinen Geschmack etwas zu trocken.«

»Vielleicht möchtest du lieber einen Sauvignon blanc aus der Touraine. Er ist angenehm fruchtig, mit einer feinen Würze.«

»Ich verstehe nicht soviel von edlen Weinen wie du, Bruder. Ich nehme lieber ein Bier.«

Zolar mußte die Bedienstete nicht extra anweisen. Unaufgefordert ging sie und kehrte nach wenigen Minuten mit einem geeisten Glas und einer Flasche Coors zurück.

»Schade um Chaco«, sagte Zolar. »Er war ein treuer Gehilfe.«

»Ich hatte keine andere Wahl. Nach dem Fiasko im Viracocha-Tal bekam er's mit der Angst zu tun und drohte unterschwellig, die *Solpemachaco* bloßzustellen. Es wäre nicht ratsam gewesen, ihn der peruanischen Kriminalpolizei in die Hände fallenzulassen.«

»Ich verlasse mich auf deine Entscheidungen, wie immer. Aber da wäre immer noch Tupac Amaru. Wie steht es um ihn?«

»Er hätte eigentlich sterben müssen«, erwiderte Sarason. »Doch als ich nach dem Angriff unserer schießwütigen Söldner in den Tempel zurückgekehrt bin, fand ich ihn unter einem Haufen Trümmer. Er atmete noch. Sobald die Kunstgegenstände ausgeräumt und auf drei weitere Militärhubschrauber verladen waren – den Besatzungen mußte ich eine Sonderprämie bezahlen –, habe ich den einheimischen *Huaqueros* etwas Geld gegeben, damit sie ihn zum Aufpäppeln in ihr Dorf tragen. In ein paar Tagen müßte er wieder auf die Beine kommen.«

»Vielleicht wäre es ratsam gewesen, auch Amaru zu beseitigen.«

»Ich habe es in Erwägung gezogen. Aber er weiß nichts über uns, das irgendwelche Ermittler bis vor unsere Haustür führen könnte.«

»Möchtest du noch etwas Schweinelendchen?«

»Ja, bitte.«

»Trotzdem habe ich nicht gerne einen tollwütigen Hund in meiner Nähe.«

»Keine Sorge. Komischerweise war es Chaco, der mich auf die Idee gebracht hat, Amaru weiter zu beschäftigen.«

»Warum? Damit er alte Frauen umbringen kann, wenn ihn die Lust dazu überkommt?«

»Nicht für solche Albernheiten.« Sarason lächelte. »Der Mann könnte sich durchaus noch als wertvolles Werkzeug erweisen.«

»Du meinst, als bezahlter Killer.«

»Ich betrachte ihn lieber als jemanden, der Hindernisse beseitigt. Machen wir uns doch nichts vor, Bruder. Ich kann unsere Feinde nicht ständig persönlich eliminieren, ohne Gefahr zu laufen, daß ich eines Tages gefaßt werde. Die Familie sollte sich glücklich schätzen, daß ich der einzige bin, der in der Lage ist, notfalls jemanden zu töten. Amaru ist der ideale Scharfrichter. Er genießt es.«

»Aber paß auf, daß du ihn fest im Zaum hältst, wenn er aus seinem Loch herauskommt.«

»Keine Sorge«, sagte Sarason bestimmt. Dann wechselte er das Thema. »Hast du schon irgendwelche Käufer für die Cachapoya-Ware im Sinn?«

»Einen Drogendealer namens Pedro Vincente«, erwiderte Zolar. »Er ist geradezu gierig auf alles Präkolumbianische. Außerem zahlt er einen hohen Preis, und zwar in bar, weil er auf diese Weise sein Drogengeld waschen kann.«

»Und du nimmst das Bargeld und finanzierst damit unsere heimlichen Kunst-und Antiquitätenbeschaffungsmaßnahmen.«

»Ein für alle Beteiligte zufriedenstellendes Arrangement.«

»Wann soll der Verkauf über die Bühne gehen?«

»Sobald Marta deine Fracht soweit gereinigt hat, daß wir sie ausstellen können, werde ich ein Treffen mit Vincente vereinbaren. Innerhalb von zehn Tagen solltest du deinen Anteil am Gewinn in Händen haben.«

Sarason nickte, während er auf die Kohlensäureblasen in seinem Bier starrte. »Ich glaube, du durchschaust mich, Joseph. Ich denke ernsthaft darüber nach, mich aus dem Familienunternehmen zurückzuziehen, solange ich noch bei voller Gesundheit bin.«

Zolar blickte ihn mit einem schiefen Grinsen an. »Wenn du das tust, wirfst du zweihundert Millionen Dollar weg.«

»Wovon redest du da?«

»Von deinem Anteil am Schatz.«

Sarason wollte sich gerade eine Gabel voll Schweinelendchen in den Mund schieben. Er hielt inne. »Was für ein Schatz?«

»Du bist das letzte Mitglied der Familie, das erfährt, welch unvorstellbare Kostbarkeit uns winkt.«

»Ich kann dir nicht ganz folgen.«

»Der Gegenstand, der uns zu Huascars Schatz führen wird.« Zolar blickte ihn einen Augenblick lang verschlagen an, dann lächelte er. »Wir haben das goldene Leichengewand von Tiapollo.«

Sarason ließ die Gabel auf den Teller fallen und starrte ihn ungläubig an. »Du hast Naymlaps Mumie mit ihrer goldenen Hülle gefunden? Sie befindet sich wirklich in deinem Besitz?«

»In unserem Besitz, kleiner Bruder. Als ich eines Abends in Vaters alten Geschäftsunterlagen geblättert habe, bin ich auf ein Hauptbuch gestoßen, in dem seine heimlichen Transaktionen aufgeführt sind. Er war es, der hinter dem Raub der Mumie aus dem spanischen Museum steckte.«

»Der alte Fuchs. Er hat nie ein Wort darüber verloren.«

»Er hielt es für das Meisterstück seiner Diebeskarriere. Aber es war so heiß, daß er nicht einmal seine Familie einweihen wollte.«

»Wie hast du es aufgespürt?«

»Vater vermerkte, daß er es an einen reichen sizilianischen Mafioso verkauft hatte. Ich habe unseren Bruder Charles nachforschen lassen, hatte aber nicht erwartet, daß er nach siebzig Jahren noch eine Spur findet. Charles entdeckte die Villa des verstorbenen Gangsters und lernte seinen Sohn kennen. Der wiederum erzählte ihm, sein Vater habe die Mumie bis zu seinem Tod im Jahre 1984, im reifen Alter von siebenundneunzig, versteckt gehalten. Danach ließ der Sohn die Mumie über Verwandte in New York auf dem Schwarzmarkt verkaufen. Der Käufer war ein reicher Schrotthändler aus Chicago, ein gewisser Rummel.«

»Überrascht mich, daß der Sohn mit Charles gesprochen hat. Mafiafamilien sind nicht gerade bekannt dafür, daß sie über ihre illegalen Geschäfte plaudern.«

»Er hat nicht nur geplaudert«, sagte Zolar, »sondern unseren Bruder auch wie einen lange verloren geglaubten Verwandten empfangen und ihm den Namen des Käufers in Chicago genannt.«

»Ich habe Charles offenbar unterschätzt«, sagte Sarason, während er die letzten Reste der geschmorten Schweinelende vertilgte. »Mir war nicht bewußt, daß er so begabt im Beschaffen von Informationen ist.«

»Eine Barzahlung von drei Millionen Dollar trug nicht unerheblich dazu bei.«

Sarason runzelte die Stirn. »Ein bißchen großzügig, oder nicht? Das Gewand dürfte selbst bei einem betuchten Sammler nicht mehr als die Hälfte einbringen.«

»Keineswegs. Eine günstige Investition, falls uns die eingravierten Bilder auf dem Gewand zu Huascars goldener Kette führen.«

»Eine unvorstellbare Kostbarkeit.« Bewußt wiederholte Sarason die Worte seines Bruders. »Kein Schatz auf der Welt kann es damit aufnehmen.«

»Nachtisch?« fragte Zolar. »Ein Stück Aprikosentorte mit Schokolade?«

»Ein ganz kleines Stück, und starken Kaffee«, antwortete Sarason. »Wieviel hat es zusätzlich gekostet, dem Schrotthändler das Gewand abzukaufen?«

Zolar nickte, und wieder gehorchte die Bedienstete wortlos. »Keinen Cent. Wir haben es gestohlen. Wie es der Zufall wollte, hat unser Bruder Samuel in New York Rummel den Großteil seiner Sammlung illegal erstandener präkolumbianischer Kunstgegenstände verkauft. Und er wußte, wo die geheime Galerie untergebracht war, in der sich auch das Gewand befand. Er und Charles haben den Diebstahl gemeinsam durchgeführt.«

»Ich kann immer noch nicht glauben, daß es sich in unserer Hand befindet.«

»Zumal es ziemlich knapp war. Charles und Sam hatten es kaum aus Rummels Penthouse geschafft, als der Zoll die Wohnung stürmte.«

»Glaubst du, die haben einen Tip bekommen?«

Zolar schüttelte den Kopf. »Nicht von unserer Seite. Unsere Brüder sind unbemerkt davongekommen.«

»Wohin haben sie es gebracht?« fragte Sarason.

Zolar lächelte, doch seine Augen blieben kalt. »Nirgendwohin. Die Mumie ist immer noch in dem Gebäude. Sie haben sechs Stockwerke unter Rummels Penthouse eine Wohnung gemietet und sie dort versteckt, bis wir sie zur genaueren Untersuchung nach Galveston bringen können. Sowohl Rummel als auch die Zollagenten glauben, sie sei bereits in einem Möbelwagen aus dem Gebäude herausgeschmuggelt worden.«

»Ein guter Zug. Aber was passiert jetzt? Die Bilder auf der goldenen Mumienhülle müssen erst entziffert werden. Keine einfache Aufgabe.«

»Ich habe die besten Sachverständigen engagiert. Sie werden die

Glyphen deuten und übersetzen. Ein Ehepaar. Er ist Anthropologe, sie eine Archäologin, die hervorragende Arbeit bei der Entzifferung unbekannter Schriften per Computer leistet.«

»Ich hätte wissen müssen, daß du für alles Vorsorge triffst«, sagte Sarason, während er seinen Kaffee umrührte. »Hoffen wir bloß, daß ihre Interpretation des Textes auch stimmt. Sonst vergeuden wir eine Menge Zeit und Geld für eine Phantomjagd quer durch Mexiko.«

»Die Zeit arbeitet für uns«, versicherte ihm Zolar siegesgewiß. »Wer außer uns könnte denn schon einen Hinweis auf das Versteck des Schatzes haben?«

18

Nach einem fruchtlosen Abstecher in die Archive der Library of Congress, wo er gehofft hatte, einen Hinweis auf das Schicksal der *Concepción* zu finden, saß St. Julien Perlmutter in dem riesigen Leseraum. Er schlug die Kopie von Francis Drakes Tagebuch zu, das der Seeheld während seiner großen Fahrt geführt und später Königin Elisabeth als Geschenk überreicht hatte. Das Tagebuch, das jahrhundertelang als verschollen galt, war erst unlängst in den staubigen Kellerräumen der königlichen Archive in England wiederentdeckt worden.

Seufzend lehnte sich der schwergewichtige Mann zurück. Das Tagebuch fügte dem, was er bereits gewußt hatte, wenig Neues hinzu. Drake hatte die *Concepción* unter dem Befehl von Thomas Cuttill, dem Navigator der *Golden Hind*, nach England zurückgeschickt. Die Galeone wurde nie wieder gesehen und war vermutlich mit Mann und Maus untergegangen.

Ansonsten aber gab es nur einen unbestätigten Hinweis, der Rückschlüsse auf das Schicksal der *Concepción* hätte geben können. Er stammte, wie Perlmutter sich erinnern konnte, aus einem 1939 erschienenen Buch über den Amazonas, das er einmal gelesen hatte. Es war von dem Journalisten und Forschungsreisenden Nicholas

Bender verfaßt worden, der den Spuren der ersten Abenteurer auf der Suche nach El Dorado gefolgt war. Perlmutter fordete das Buch beim Bibliothekspersonal an und studierte es. In den Anmerkungen fand er einen Verweis auf eine portugiesische Erkundungexpedition, die angeblich auf einen Engländer gestoßen war, der bei einem einheimischen Indianerstamm am Fluß lebte. Der Engländer behauptete, unter dem englischen Seeräuber Francis Drake gedient zu haben, der ihm die Befehlsgewalt über eine spanische Schutzgaleone erteilt habe, die später von einer gigantischen Flutwelle in den Dschungel gespült worden sei. Die Portugiesen hielten den Mann für wahnsinnig und ließen ihn, als sie weiterzogen, in dem Dorf zurück, wo sie ihn gefunden hatten.

Perlmutter notierte sich den Namen des Verlages. Dann gab er Drakes Aufzeichnungen und Benders Buch wieder zurück und fuhr mit dem Taxi nach Hause. Er fühlte sich entmutigt, aber es war nicht das erste Mal, daß er in den fünfundzwanzig Millionen Büchern und vierzig Millionen Manuskripten der Kongreßbibliothek nicht fündig geworden war. Der Schlüssel zur Entdeckung der *Concepcíon* mußte, wenn es denn einen gab, irgendwo anders verborgen sein.

Perlmutter saß auf dem Rücksitz des Taxis und blickte durch das Fenster auf die vorbeihuschenden Fahrzeuge und Gebäude, ohne sie wahrzunehmen. Er wußte aus Erfahrung, daß jede Suchaktion nach ihren eigenen Regeln verlief. Manchmal stieß man im Handumdrehen auf spektakuläre Hinweise, und ein andermal landete man immer wieder in einer Sackgasse und stand trotz langwieriger Bemühungen am Ende mit leeren Händen da. Mit der *Concepcíon* war es anders. Sie kam ihm vor wie ein Phantom, das ihm ein ums andere Mal entglitt. Bezog sich Nicholas Bender auf eine glaubwürdige Quelle, oder hatte er, wie viele Sachbuchautoren, nur eine Legende wiedergegeben?

Die Frage ging ihm immer noch durch den Kopf, als er in sein chaotisch aussehendes Büro trat. Laut der Schiffsuhr über der Garderobe war es kurz nach halb vier Uhr nachmittags. Bis zum Feierabend konnte er noch jede Menge Anrufe erledigen. Er ließ sich auf dem stattlichen Drehstuhl hinter seinem Schreibtisch nieder und wählte die Nummer der Telefonauskunft in New York. Die Dame vom Amt gab ihm fast augenblicklich die Nummer von Benders Verlag. Danach goß sich Perlmutter einen ordentlichen Schluck Napoleon in einen Cognacschwenker ein und wartete, bis sein Anruf durchgestellt wurde. Zweifellos wieder ein vergeblicher Versuch, dachte er. Bender war mittlerweile wahrscheinlich längst tot, und sein Lektor ebenfalls.

»Falkner und Massey«, meldete sich eine Frauenstimme mit typischem New Yorker Akzent.

»Ich möchte mit dem Lektor von Nicholas Bender sprechen.«

»Nicholas Bender?«

»Er ist einer Ihrer Autoren.«

»Tut mir leid, Sir, der Name ist mir nicht bekannt.«

»Mr. Bender hat vor langer Zeit Sachbücher über Abenteuerreisen geschrieben. Vielleicht kann sich jemand von Ihren älteren Mitarbeitern noch an ihn erinnern.«

»Ich verbinde Sie mal mit Mr. Adams, unserem Cheflektor. Er ist länger als jeder andere bei unserem Verlag.«

»Vielen Dank.«

Er mußte etwa dreißig Sekunden warten, dann meldete sich eine Männerstimme. »Frank Adams.«

»Mr. Adams, mein Name ist St. Julien Perlmutter.«

»Ist mir ein Vergnügen, Mr. Perlmutter. Ich habe schon von Ihnen gehört. Sie sind unten in Washington, soweit ich weiß.«

»Ja, ich wohne in der Hauptstadt.«

»Bitte denken Sie an uns, falls Sie jemals ein Buch über die Geschichte der Seefahrt schreiben sollten.«

»Bislang habe ich noch kein Buch zu Ende gebracht.« Perlmutter lachte. »Bevor ich ein Manuskript fertig habe, sind wir beide alt und grau.«

»Mit vierundsiebzig bin ich bereits alt und grau.« Adams klang sympathisch.

»Ich rufe aus einem ganz bestimmten Grund an«, sagte Perlmutter. »Können Sie sich noch an Nicholas Bender erinnern?«

»Aber natürlich. Er war in jungen Jahren eine Art Glücksritter. Wir haben eine ganze Anzahl seiner Bücher veröffentlicht, in denen er von seinen Abenteuern berichtet. Das war zu einer Zeit, als noch nicht jedermann auf Weltreise ging.«

»Ich versuche eine Quelle aufzuspüren, auf die er in einem Buch namens *Unterwegs nach El Dorado* verwiesen hat.«

»Das ist ja uralt. Dieses Buch muß Anfang der vierziger Jahre erschienen sein.«

»1939, um genau zu sein.«

»Und wie kann ich Ihnen helfen?«

»Ich hatte gehofft, Bender könnte seine Notizen und Manuskripte vielleicht einem Universitätsarchiv vermacht haben. Ich würde sie mir gerne ansehen.«

»Ich weiß wirklich nicht, was er mit seinem Material gemacht hat«, sagte Adams. »Ich muß ihn mal fragen.«

»Lebt er denn noch?« fragte Perlmutter überrascht.

»Meine Güte, ja. Ich habe erst vor drei Monaten mit ihm zu Abend gegessen.«

»Er muß doch schon über neunzig sein.«

»Nicholas ist vierundachtzig. Ich glaube, er war erst fünfundzwanzig, als er *Unterwegs nach El Dorado* geschrieben hat. Es war das zweite von insgesamt sechsundzwanzig Büchern, das wir von ihm veröffentlicht haben. Das letzte ist 1978 erschienen, ein Buch über Wandern im Yukon Territory in Alaska.«

»Ist Mr. Bender noch im Vollbesitz seiner geistigen Kräfte?«

»Aber natürlich. Nicholas hat trotz seines schlechten Gesundheitszustandes noch immer einen messerscharfen Verstand.«

»Könnten Sie mir vielleicht eine Nummer geben, unter der ich ihn erreichen kann?«

»Ich bezweifle, daß er Anrufe von Fremden entgegennimmt. Seit dem Tod seiner Frau ist Nicholas ein rechter Einsiedler geworden. Er lebt auf einer kleinen Farm in Vermont und hofft, daß auch er bald stirbt.«

»Ich hoffe, es klingt nicht herzlos«, entgegnete Perlmutter. »Aber ich muß unbedingt mit ihm sprechen.«

»Da Sie sowohl eine Autorität auf dem Gebiet der Seefahrt als auch ein berühmter Feinschmecker sind, gehe ich davon aus, daß er gegen ein Gespräch mit Ihnen nichts einzuwenden hat. Aber lassen Sie mich sicherheitshalber erst einmal vorfühlen. Wie lautet Ihre Nummer, falls er Sie direkt anrufen möchte?«

Perlmutter nannte Adams eine Telefonnummer, über die ihn nur seine engsten Freunde erreichen konnten. »Vielen Dank, Mr. Adams. Sollte ich je ein Buch über Schiffswracks schreiben, dürfen Sie es als erster lesen.«

Er legte auf, trottete in die Küche, öffnete den Kühlschrank, brach gekonnt ein Dutzend Golfaustern auf, spritzte ein paar Tropfen Tabasco und Sherryessig darüber und vertilgte sie bei einer Flasche Anchor-Steam-Bier. Sein Timing war perfekt. Er hatte gerade die Austern verdrückt, als das Telefon klingelte.

»St. Julien Perlmutter.«

»Hallo«, meldete sich eine bemerkenswert tiefe Stimme. »Hier spricht Nicholas Bender. Frank Adams sagte, Sie wollten mich sprechen.«

»Ja, Sir, vielen Dank. Ich hatte nicht so rasch mit Ihrem Anruf gerechnet.«

»Freut mich immer, wenn ich mit jemandem reden kann, der meine Bücher gelesen hat«, sagte Bender gut gelaunt. »Sind nicht mehr viele übrig.«

»Das Buch, das ich so interessant fand, heißt *Unterwegs nach El Dorado.*«

»Ja, ja. Der Marsch durch die Hölle hätte mich zehnmal fast das Leben gekostet.«

»Sie verweisen darin auf eine portugiesische Erkundungsexpedition, die auf ein Mitglied von Sir Francis Drakes Besatzung stieß, das unter den Eingeborenen am Amazonas lebte.«

»Thomas Cuttill«, erwiderte Bender, ohne zu zögern. »Ja, ich entsinne mich, daß ich die Begebenheit in meinem Buch erwähne.«

»Ich frage mich, ob Sie mir wohl Ihre Quelle nennen könnten«, sagte Perlmutter, dessen Hoffnung angesichts von Benders gutem Gedächtnis stieg.

»Wenn ich mir eine Frage erlauben darf, Mr. Perlmutter: Was haben Sie damit vor?«

»Ich möchte das Schicksal einer von Drake gekaperten spanischen Schatzgaleone recherchieren. In den meisten Berichten heißt es, das Schiff sei auf der Rückfahrt nach England von der See verschlungen worden. Aber aufgrund Ihres Verweises auf Thomas Cuttill muß man annehmen, daß es von einer Flutwelle in den Regenwald getragen wurde.«

»Das trifft durchaus zu«, erwiderte Bender. »Ich hätte selbst danach gesucht, wenn es auch nur die geringste Chance gegeben hätte, etwas zu finden. Aber dort, wo sie verschwunden ist, ist der Dschungel so dicht, daß man buchstäblich über das Wrack stolpern müßte, bevor man es sieht.«

»Sie sind sich also absolut sicher, daß der portugiesische Bericht über Cuttill nicht nur eine Erfindung oder eine Legende ist?«

»Es ist eine historische Tatsache. Daran gibt es keinerlei Zweifel.«

»Wieso wollen Sie das so genau wissen?«

»Ich besitze die Quelle.«

Perlmutter war zunächst etwas verwirrt. »Tut mir leid, Mr. Bender. Ich verstehe nicht ganz, was Sie damit sagen wollen.«

»Ich will damit sagen, Mr. Perlmutter, daß sich das Tagebuch von Thomas Cuttill in meinem Besitz befindet.«

»Was sagen Sie da?« platzte Perlmutter heraus.

»So ist es«, antwortete Bender triumphierend. »Cuttill gab es dem Leiter des portugiesischen Erkundungstrupps und bat ihn, es nach London zu schicken. Der Portugiese übergab es jedoch dem Vizekönig in Macapa. Der legte es einigen Depeschen bei, die er nach Lissabon schickte, wo es durch unzählige Hände ging, bevor es in einem Antiquariat landete, wo ich es für umgerechnet sechsunddreißig Dollar kaufte. Das war damals, 1937, eine Stange Geld, zumindest für einen dreiundzwanzigjährigen Burschen, der auf Schusters Rappen um die Welt zog.«

»Das Tagebuch muß heute erheblich mehr wert sein als sechsunddreißig Dollar.«

»Dessen bin ich mir sicher. Ein Händler bot mir einmal zehntausend dafür.«

»Sie haben ihn abgewiesen?«

»Ich habe noch nie Unterlagen über meine Reisen verkauft, damit jemand einen Profit daraus schlägt.«

»Wäre es möglich, daß ich nach Vermont fliege und das Tagebuch lese?« fragte Perlmutter vorsichtig.

»Ich fürchte, nein.«

Perlmutter schwieg kurz und dachte darüber nach, wie er Bender dazu überreden könnte, ihn Cuttills Tagebuch studieren zu lassen. »Darf ich fragen, warum?«

»Ich bin ein kranker alter Mann«, erwiderte Bender, »dessen Herz nicht aufhören will zu schlagen.«

»Sie hören sich gar nicht so krank an.«

»Sie sollten mich sehen. Die Krankheiten, die ich mir auf meinen Reisen zuzog, haben ihren Tribut gefordert und das, was von meinem Körper noch übrig ist, verwüstet. Ich bin kein angenehmer Anblick, deshalb empfange ich nur selten Besucher. Aber ich will Ihnen sagen, was ich tun werde, Mr. Perlmutter. Ich werde Ihnen das Buch als Geschenk schicken.«

»Mein Gott, Sir, Sie müssen nicht –«

»Nein, nein, ich bestehe darauf. Frank Adams hat mir von Ihrer großartigen Büchersammlung über Schiffe erzählt. Mir ist es lieber, jemand wie Sie, der es zu schätzen weiß, besitzt das Tagebuch, als irgendein Sammler, der es nur ins Regal stellt, um seine Freunde zu beeindrucken.«

»Das ist sehr freundlich von Ihnen«, entgegnete Perlmutter. »Ich bin Ihnen für Ihre Großzügigkeit wirklich sehr dankbar.«

»Nehmen Sie es und haben Sie Ihre Freude daran«, sagte Bender liebenswürdig. »Ich vermute, Sie möchten das Tagebuch so rasch wie möglich studieren.«

»Ich möchte Ihnen keine Umstände bereiten.«

»Aber ganz und gar nicht. Ich werde es per Expreßboten schikken, so daß Sie es gleich morgen früh in der Hand haben.«

»Vielen Dank, Mr. Bender. Ganz herzlichen Dank. Ich werde das Tagebuch mit dem gebührenden Respekt behandeln.«

»Gut. Ich hoffe, Sie finden das, wonach Sie suchen.«

»Ich auch«, sagte Perlmutter, der nach diesem Durchbruch weitaus zuversichtlicher war. »Glauben Sie mir, ich auch.«

Am nächsten Morgen um zwanzig nach zehn riß Perlmutter die Tür auf, noch bevor der Expreßbote auf die Klingel drücken konnte. »Sie warten offenbar schon auf das hier, Mr. Perlmutter«, sagte der junge, schwarzhaarige Mann, der eine Brille trug, und lächelte freundlich.

»Wie ein Kind auf den Weihnachtsmann.« Perlmutter lachte und unterschrieb die Empfangsbestätigung für den wattierten Umschlag.

Auf dem Weg in sein Arbeitszimmer riß er die Lasche auf und öffnete den Umschlag. Er nahm an seinem Schreibtisch Platz, setzte die Brille auf und hielt das Tagebuch von Thomas Cuttill in der Hand, als handelte es sich um den Heiligen Gral. Das Buch war in die Haut eines unbekannten Tieres gebunden, und die Seiten waren aus vergilbtem Pergament, das aber erstklassig erhalten war. Die Tinte war braun, wahrscheinlich eine Mischung, die Cuttill aus irgendwelchen Wurzeln angerührt hatte. Es umfaßte nicht mehr als zwanzig Seiten. Das Ganze war im schnurrig-altmodischen Stil des sechzehnten Jahrhunderts abgefaßt. Die Handschrift wirkte ungelenk, enthielt viele Rechtschreibfehler, ließ aber auf einen Mann schließen, der für seine Zeit durchaus gebildet war. Der erste Eintrag war auf März 1578 datiert, aber viel später geschrieben worden:

Meine seltsame geschicht derer verstrichene sechtzehen jar. von Thomas Cuttill vormals von Devonshire.

Es war der Bericht eines schiffbrüchigen Seemannes, den es, nachdem er mit knapper Not der tobenden See entronnen war, in ein wildes Land verschlagen hatte und der beim vergeblichen Versuch, nach Hause zurückzukehren, unglaubliche Strapazen durchstehen mußte. Als er die Eintragungen durchlas, die mit Drakes Abfahrt aus England begannen, stellte Perlmutter fest, daß der Text in einem weitaus ehrlicheren Stil verfaßt war als viele Erzählungen aus späteren Jahrhunderten, die voller Moralpredigten, romantischer Übertreibungen und Klischees steckten. Cuttills Beharrlichkeit, sein Überlebenswille und der Einfallsreichtum, mit dem er selbst die furchtbarsten Hindernisse überwand, ohne auch nur einmal um Gottes Beistand zu bitten, hinterließen bei Perlmutter einen tiefen Eindruck. Cuttill war ein Mann, den er gerne kennengelernt hätte.

Nachdem er festgestellt hatte, daß er der einzige Überlebende auf der von der Flutwelle weit ins Landesinnere getragenen Galeone war, entschied er sich, lieber die unbekannten Schrecken der Berge und des Dschungels auf sich zu nehmen, als Gefangennahme und Folter durch die rachsüchtigen Spanier zu riskieren, die außer sich vor Wut waren, weil der verhaßte Engländer Drake ihr Schatzschiff gekapert hatte. Cuttill wußte lediglich, daß der Atlantische Ozean irgendwo weit im Osten lag. Wie weit, das konnte er nicht einmal annähernd einschätzen. Nur ein Wunder konnte ihm helfen, das Meer zu erreichen und auf irgendeine Weise ein freundlich gesonnenes Schiff zu finden, das ihn zurück nach England bringen könnte. Aber es war die einzige Möglichkeit, die sich ihm bot.

An den Westhängen der Anden hatten die Spanier bereits große Niederlassungen geschaffen, auf denen die einstmals so stolzen Inkas als Sklaven arbeiteten. Durch die unmenschliche Behandlung und eingeschleppte Krankheiten wie Masern und Windpocken war ihre Zahl rasch dezimiert worden. Im Schutz der Dunkelheit kroch Cuttill über diese Ländereien und stahl bei jeder sich bietenden Gelegenheit Nahrung. Nachdem er zwei Monate lang jede Nacht nur ein paar wenige Kilometer vorangekommen war, weil er eine Begegnung mit Spaniern oder Indianern, die ihn hätten verraten können, vermeiden wollte, überquerte er die kontinentale Wasserscheide der Anden, schlug sich durch abgelegene Täler und stieg schließlich hinab in die grüne Hölle des Amazonasbeckens.

Von da an wurde Cuttills Leben immer alptraumhafter. Er kämpfte sich durch endlose, hüfttiefe Sümpfe, bahnte sich einen Weg durch Wälder, die so dicht waren, daß er jeden Meter mit dem Messer freihauen mußte. Ständig lauerten Insektenschwärme, überall wimmelte es von Alligatoren und Schlangen, die ohne jede Vorwarnung angriffen. Er litt unter Durchfall und Fieber, aber er schleppte sich weiter, auch wenn er manchmal nur 100 Meter (328 Fuß) am Tag vorankam. Nach etlichen Monaten torkelte er in ein von feindseligen Ureinwohnern bewohntes Dorf, wo er sofort gefangengenommen und fünf Jahre lang als Sklave gehalten wurde.

Cuttill gelang schließlich die Flucht in einem gestohlenen Einbaum, mit dem er im fahlen Licht des Mondes den Amazonas hinabpaddelte. Er erkrankte an Malaria und war bereits dem Tod geweiht, doch als er bewußtlos in seinem Kanu dahintrieb, wurde er von einem Stamm langhaariger Frauen gefunden, die ihn wieder aufpäppelten. Es war der gleiche Frauenstamm, den der spanische Abenteurer Francisco de Orellana auf seiner fruchtlosen Suche nach El Dorado entdeckt hatte. Zu Ehren der kriegerischen Amazonen aus der griechischen Sage nannte er den großen Fluß Amazonas, weil die einheimischen Frauen den Bogen ebenso spannen konnten wie ein Mann.

Cuttill machte die Frauen und die wenigen Männer, die bei ihnen lebten, mit einer Reihe von Geräten vertraut, die ihnen die Arbeit erleichterten. Er baute eine Töpferscheibe und brachte ihnen bei, wie sie kunstvolle Schalen und Wassergefäße herstellen konnten. Er konstruierte Schubkarren und Schöpfräder zur Bewässerung und zeigte ihnen, wie sie mit Hilfe von Flaschenzügen Lasten heben konnten. Cuttill, der bald schon wie ein Gott verehrt wurde, führte ein angenehmes Leben inmitten des Stammes. Er nahm drei der reizvollsten Mädchen zur Frau und zeugte binnen kurzer Zeit mehrere Kinder.

Seine Sehnsucht, die Heimat wiederzusehen, schwand allmählich. Er hatte England als Junggeselle verlassen und war davon überzeugt, daß ihn bei seiner Rückkehr keiner seiner Verwandten oder alten Schiffskameraden mehr begrüßen würde. Außerdem bestand durchaus die Möglichkeit, daß Drake, der ein strenger Zuchtmeister war, ihn für den Verlust der *Concepción* bestrafen würde.

Da er körperlich nicht mehr in der Lage war, die Entbehrungen und Strapazen einer langen Reise auf sich zu nehmen, beschloß Cuttill widerstrebend, die verbleibenden Jahre seines Lebens an den Gestaden des Amazonas zu verbringen. Als der portugiesische Erkundungstrupp durch das Dorf zog, gab er ihm das Tagebuch mit und bat darum, es irgendwie nach England zu schicken, damit es in Francis Drakes Hände gelangte.

Als Perlmutter das Tagebuch gelesen hatte, lehnte er sich zurück, nahm die Brille ab und rieb sich die Augen. Sämtliche Zweifel an der Echtheit des Textes, die er zu Anfang gehabt haben mochte, waren verflogen. Die Handschrift auf dem Pergament war kräftig und schwungvoll – kaum das Werk eines Wahnsinnigen, der sterbenskrank darniederlag. Cuttills Schilderungen wirkten weder erfunden noch übertrieben. Perlmutter war sich so gut wie sicher, daß sich die Begebenheiten und Strapazen, die Francis Drakes Navigator widerfahren waren, wirklich zugetragen hatten und daß der Bericht wahrhaftig von jemandem verfaßt worden war, der all das erlebt hatte, worüber er schrieb.

Perlmutter wandte sich wieder dem eigentlichen Ziel seiner Suche zu, Cuttills kurzer Aufzählung der Schätze, die Drake an Bord der *Concepción* gelassen hatte. Er setzte die Brille wieder auf seine imposante rote Nase und nahm sich noch einmal den letzten Eintrag in dem Tagebuch vor:

Mein wille ist so vest wie ein stolzes schif vor dem norderwint. Ich werd niht zerucke in mein heimuote keren. Ich bin bange, capitaine Drake ward bös uf mich dieweil ich den alte schaz und den Jadekasten mit der Knotensnuor niht nach Engellant gebracht, auf das es der guoten Queene Bess geschencket wird. Ich het es in dem schifswrak gelassen. Ich werd hier under den menschen begraben, welche mein verwante geworden. Geschriben von Thomas Cuttill, Navigator auf der Golden Hinde, *an diesem vremden tac anno domini 1594.*

Langsam hob Perlmutter den Kopf und blickte auf das an seiner Wand hängende spanische Gemälde aus dem siebzehnten Jahrhundert, das eine Flotte spanischer Galeonen darstellte, die im orangeroten Schein einer untergehenden Sonne über das goldene Meer segelten. Er hatte es in einem Bazar in Segovia entdeckt und für einen Bruchteil seines tatsächlichen Wertes erworben. Vorsichtig klappte er das spröde Tagebuch zu, stemmte sich aus dem Drehstuhl hoch und fing an, die Hände im Rücken verschränkt, im Zimmer auf und ab zu gehen.

Ein Mitglied von Francis Drakes Besatzung hatte tatsächlich irgendwo am Amazonas gelebt. Eine spanische Galeone war wirklich von einer riesigen Flutwelle in den Küstendschungel getragen worden. Und es hatte wahrhaftig ein Jadekästchen mit einer Knotenschnur gegeben. Konnte es sein, daß es noch immer inmitten des vermodernden Rumpfes der tief im Regenwald verschollenen Galeone lag? Ein vierhundert Jahre altes Geheimnis war aus dem Staub der Zeit aufgetaucht und hatte einen vielversprechenden Hinweis preisgegeben. Perlmutter war zufrieden mit seiner Detektivarbeit, aber er wußte auch, daß die Bestätigung der Legende nur der erste hoffnungsvolle Schritt auf der Suche nach dem Schatz war.

Jetzt galt es, die nächste und weitaus schwierigere Aufgabe in

Angriff zu nehmen: das Gebiet, wo die Suche stattfinden sollte, soweit wie möglich einzugrenzen.

19

Hiram Yeager verehrte seinen großen Supercomputer ebensosehr wie seine Frau und seine Kinder, vielleicht sogar ein bißchen mehr. Nur selten konnte er sich von den Grafiken auf dem riesigen Bildschirm losreißen und nach Hause zu seiner Familie fahren. Seit er zum erstenmal vor einem Monitor gesessen und einen Befehl eingegeben hatte, waren Computer sein Lebensinhalt. Diese Liebe kühlte nie ab, sondern wurde im Laufe der Jahre eher noch leidenschaftlicher, vor allem, nachdem er für das riesige Rechenzentrum der NUMA einen Supercomputer nach eigenem Entwurf konstruiert hatte. Die unglaubliche Leistungsfähigkeit, mit der der Rechner Daten übermittelte und verarbeitete und die ihm auf Knopfdruck zur Verfügung stand, erstaunte ihn immer wieder aufs neue. Er streichelte die Tastatur mit den Fingern, als handelte es sich um ein lebendes Wesen, und wurde immer erregter, wenn sich die einzelnen Datenbausteine zu einem Ergebnis zusammenfügten.

Yeagers Computer war an ein umfangreiches Netzwerk superschneller Rechner angeschlossen, was es ihm ermöglichte, enorme Datenmengen aus Bibliotheken, Zeitungsarchiven, Forschungslaboratorien, Universitäten und historischen Archiven auf der ganzen Welt abzurufen. Diese »Datenautobahn«, wie sie genannt wurde, konnte blitzschnell Milliarden von Informationseinheiten übermitteln. Yeager klinkte sich in das immense Netzwerk ein und fing an, so viele Daten abzurufen und zusammenzutragen, daß er ein Suchraster entwickeln konnte, in dem mit sechzigprozentiger Wahrscheinlichkeit der Lageplatz der vierhundert Jahre alten gestrandeten Galeone enthalten war.

Er war so mit der Suche nach der *Nuestra Señora de la Concepción* beschäftigt, daß er nicht bemerkte, wie Admiral James Sandecker in sein Allerheiligstes trat und sich auf einen Stuhl setzte.

Der Gründer und leitende Direktor der NUMA war relativ klein, hatte aber soviel Testosteron wie die gesamte Sturmreihe der Dallas Cowboys zusammen. Er war achtundfünfzig, gut in Form und ein Fitneßfanatiker, der jeden Morgen die sieben Kilometer von seiner Wohnung zu dem imposanten Glasbau lief, in dem zwei- der fünftausend Ingenieure, Wissenschaftler und anderen Beschäftigten untergebracht waren, aus denen die NUMA bestand, das maritime Gegenstück zur Raumfahrtbehörde NASA. Glattes, flammend rotes Haar, das an der Schläfe grau wurde und in der Mitte gescheitelt war, bedeckte seinen Kopf, während sein Kinn von einem großartigen Knebelbart geziert wurde. Trotz seiner Leidenschaft für körperliche Ertüchtigung und gesunde Ernährung sah man ihn nie ohne eine mächtige Zigarre, deren Tabak ein jamaikanischer Plantagenbesitzer eigens für ihn aussuchte und rollte.

Unter seiner Leitung war es der NUMA gelungen, sich auf dem Gebiet der ozeanographischen Forschung hervorzutun und es in der Öffentlichkeit ebenso bekanntzumachen wie die Weltraumforschung. Die Mittel, die der Kongreß aufgrund von Sandeckers Überzeugungskraft – unterstützt von zwanzig führenden Universitäten mit einschlägigem Bildungsangebot sowie einer großen Anzahl von Unternehmen, die in Unterwasserprojekte investierten – bewilligt hatte, hatten es der NUMA ermöglicht, gewaltige Fortschritte in der Meeresgeologie, der Rohstoffgewinnung am Meeresgrund, der Unterwasserarchäologie, der Meeresbiologie und der Klimaforschung zu erzielen. Seine größte Tat aber hatte Sandecker vermutlich vollbracht, als er Hiram Yeagers riesiges Netzwerk gefördert hatte, das beste und umfassendste meereswissenschaftliche Archiv der Welt.

Nicht alle Beamten Washingtons schätzten Sandecker, aber er wurde als hart arbeitender und ehrlicher Mann geachtet, und sein Verhältnis zu dem Mann im Weißen Haus war gut und herzlich.

»Irgendwelche Fortschritte?« fragte er Yeager.

»Sorry, Admiral«, sagte Yeager, ohne sich umzudrehen. »Ich habe Sie nicht kommen gehört. Ich bin gerade dabei, Daten über die Meeresströmungen vor Ecuadors Küste zusammenzutragen.«

»Beschwindeln Sie mich nicht«, versetzte Sandecker und sah aus wie ein Frettchen auf der Jagd. »Ich weiß genau, was Sie vorhaben.«

»Sir?«

»Sie suchen einen Küstenabschnitt, der im Jahr 1578 von einer Flutwelle heimgesucht wurde.«

»Eine Flutwelle?«

»Ja, Sie wissen schon, eine mächtige Wasserwand, die vom Meer landeinwärts gebraust ist und eine spanische Galeone in den Dschungel geschleudert hat.« Der Admiral stieß eine stinkende Qualmwolke aus und fuhr dann fort: »Mir war gar nicht bewußt, daß ich eine Schatzsuche auf Kosten unseres Etats und unserer Zeit genehmigt habe.«

Yeager hielt inne und drehte sich auf seinem Stuhl um. »Sie wissen Bescheid?«

»*Wußte* muß es heißen. Gleich von Anfang an.«

»Wissen Sie, was Sie sind, Admiral?«

»Ein durchtriebener alter Mistkerl, der Gedanken lesen kann«, sagte er nicht ohne Genugtuung.

»Hat Ihr Zauberkasten Ihnen auch verraten, daß es sich bei den Geschichten um die Flutwelle und die Galeone um wenig mehr als Sagen handelt?«

»Wenn jemand einen Riecher dafür hat, was Tatsache ist und was Erfindung, dann ist es unser Freund Dirk Pitt«, sagte Sandecker ungerührt. »Was haben Sie denn nun ausgegraben?«

Yeager rang sich ein mattes Lächeln ab, bevor er antwortete: »Ich habe mich zuerst in diverse geographische Infosysteme eingeklinkt, um den möglichen Lageplatz eines Schiffes zu bestimmen, das über vierhundert Jahre lang irgendwo zwischen Lima und Panama City unentdeckt im Dschungel überdauern konnte. Dank unserer in der Erdumlaufbahn stationierten Satelliten können wir in Mittel- und Südamerika geographische Einzelheiten erkennen, die auf keiner Landkarte verzeichnet sind. Zuerst wurden die Abschnitte mit tropischem Regenwald entlang der Küste untersucht. Peru konnte ich rasch ausklammern, weil die dortige Küstenregion eine Wüste mit wenig oder gar keiner Vegetation ist. Damit blieb immer noch ein über tausend Kilometer langer, dichtbewaldeter Küstenstreifen übrig, der vom Norden Ecuadors bis über fast ganz Kolumbien reicht. Vierzig Prozent davon konnte ich wiederum vernachlässigen, weil die Küste entweder zu steil ist oder nicht die geologischen

Voraussetzungen dafür aufweist, daß eine Flutwelle mit der notwendigen Masse und Wucht hätte entstehen können, um ein fünfhundertsiebzig Tonnen schweres Schiff landeinwärts zu tragen. Danach habe ich weitere zwanzig Prozent aussortiert, zumeist offenes Grasland, in dem nicht genug große Bäume stehen, unter deren Blätterdach die Überreste eines Schiffes verborgen sein könnten.«

»Damit erstreckt sich Pitts Suche aber noch immer auf einen über vierhundert Kilometer langen Landstrich.«

»Die Natur kann eine Landschaft in fünfhundert Jahren grundlegend verändern«, sagte Yeager. »Folglich habe ich mir alte, von den Spaniern gezeichnete Landkarten vorgenommen, habe Berichte über geologische und landschaftliche Veränderungen überprüft und war so in der Lage, die Länge des abzusuchenden Gebietes um weitere hundertfünfzig Kilometer zu verringern.«

»Wie haben Sie die heutige Landschaft mit der damaligen verglichen?«

»Mittels dreidimensionaler Auflegemasken«, erwiderte Yeager. »Ich habe den Maßstab der alten Karten entweder reduziert oder vergrößert, so daß sie den Satellitenaufnahmen entsprachen. Dann habe ich sie übereinandergelegt, und schon konnte ich sämtliche geographische Veränderungen der Küstendschungel seit dem Verschwinden der Galeone erkennen. Ich habe festgestellt, daß im Lauf der Jahrhunderte erhebliche Teile des Urwalds abgeholzt und in Ackerbauflächen umgewandelt wurden.«

»Das reicht nicht«, sagte Sandecker gereizt, »das reicht nicht mal annähernd. Wenn Pitt eine halbwegs gute Chance bekommen soll, das Wrack zu finden, dann müssen Sie das Suchgebiet auf allerhöchstens zwanzig Kilometer eingrenzen.«

»Ich bin noch nicht fertig, Admiral«, sagte Yeager geduldig. »Als nächsten Schritt habe ich in den historischen Archiven nach Unterlagen über eine Flutwelle gesucht, die im sechzehnten Jahrhundert die südamerikanische Pazifikküste heimsuchte. Glücklicherweise sind derartige Ereignisse in den Aufzeichnungen der spanischen Eroberer gut dokumentiert. Ich bin auf insgesamt vier gestoßen. Zwei in Chile, und zwar 1562 und 1575. Peru wurde 1570 von einer heimgesucht, und dann wieder 1578, dem Jahr, in dem Drake die Galeone kaperte.«

»Wo ist die angebrandet?« fragte Sandecker.

»Der einzige Hinweis darauf stammt aus dem Logbuch eines spanischen Versorgungsschiffes, das nach Callao unterwegs war. Es befuhr eine ›verrückte See‹, die landeinwärts, auf Bahía de Caraquez in Ecuador zurollte. ›Bahía‹ heißt natürlich soviel wie Bucht.«

»›Verrückte See‹ ist eine gute Beschreibung für das aufgewühlte Wasser nach einem Seebeben. Zweifellos eine seismische Welle, die von einer Verschiebung der Erdkruste entlang des parallel zur ganzen südamerikanischen Westküste verlaufenden Grabens ausgelöst wurde.«

»Der Kapitän vermerkte ferner, daß auf der Rückfahrt ein an der Mündung eines Flusses in der Bucht gelegenes Dorf verschwunden war.«

»Und am Datum gibt es keinen Zweifel?«

»Nicht den geringsten. Der tropische Regenwald im Osten scheint undurchdringlich zu sein.«

»Okay, damit haben wir den Ausgangspunkt. Die nächste Frage ist: Wie lang war die Welle?«

»Eine Flutwelle oder ein Tsunami kann über zweihundert Kilometer lang sein«, antwortete Yeager.

Sandecker dachte darüber nach. »Wie breit ist die Bucht von Caraquez?«

Yeager rief per Computer eine Landkarte ab. »Die Öffnung ist ziemlich schmal, nicht mehr als vier oder fünf Kilometer.«

»Und Sie sagen, der Kapitän des Versorgungsschiffes berichtet im Logbuch von einem verschwundenen Dorf am Fluß?«

»Ja, Sir. So hat er es dargestellt.«

»Inwiefern unterscheiden sich die heutigen Konturen der Bucht von den damaligen?«

»Die äußere Bucht hat sich nur ganz wenig verändert«, antwortete Yeager, nachdem er ein Programm gestartet hatte, das die alten spanischen Karten und die Satellitenaufnahmen in unterschiedlichen Farben abbildete, während er sie am Bildschirm übereinanderlegte. »Die innere Bucht hat sich aufgrund der Schlammanschwemmungen des Flusses Chone etwa einen Kilometer meerwärts verlagert.«

Sandecker blickte eine ganze Weile auf den Bildschirm, dann

sagte er: »Können Sie mit Ihrem elektronischen Spielzeug auch die Flutwelle simulieren, die die Galeone an Land geworfen hat?«

Yeager nickte. »Ja, aber dabei ist eine ganze Reihe von Faktoren zu bedenken.«

»Zum Beispiel?«

»Wie hoch war die Welle, und was war ihre Geschwindigkeit?«

»Sie muß mindestens dreißig Meter hoch und schneller als hundertfünfzig Stundenkilometer gewesen sein, wenn sie ein fünfhundertsiebzig Tonnen schweres Schiff so weit in den Dschungel geworfen hat, daß es bis heute nicht gefunden wurde.«

»Okay. Wollen wir doch mal sehen, was sich mit der Computergrafik zustande bringen läßt.«

Yeager gab mit seiner Tastatur eine Reihe von Befehlen ein, lehnte sich dann zurück, blickte mehrere Sekunden lang auf den Bildschirm und betrachtete das dort erschienene Bild. Dann benutzte er eine spezielle Programmfunktion zur Feinabstimmung der Grafik, bis er schließlich eine realistische und bewegte Simulation einer Flutwelle erzeugen konnte, die über einen imaginären Küstenstreifen hinwegspülte. »Da haben Sie sie«, verkündete er. »Eine wirklichkeitsgetreue Darstellung.«

»Setzen Sie jetzt ein Schiff dazu«, befahl Sandecker.

Yeager wußte nicht genau, wie eine Galeone des sechzehnten Jahrhunderts beschaffen war, aber er brachte dennoch eine recht ordentliche Darstellung eines langsam in der Dünung rollenden Schiffes zustande, wobei die Bildfolge der eines Projektors entsprach, der sechzig Bilder pro Sekunde auf die Leinwand wirft. Die Galeone wirkte so realistisch, daß jeder, der zufällig ins Zimmer gekommen wäre, gemeint hätte, er sehe einen Film.

»Na, wie sieht das aus, Admiral?«

»Kaum zu glauben, daß eine Maschine so was Lebensechtes schaffen kann«, sagte Sandecker sichtlich beeindruckt.

»Sie sollten erst mal die neuesten computerisierten Filme sehen, in denen längst verstorbene alte Stars zusammen mit zeitgenössischen auftreten. Ich habe mir das Video von *Arizona Sunset* mindestens zehnmal angeguckt.«

»Wer sind die Hauptdarsteller?«

»Humphrey Bogart, Lionel Barrymore, Marilyn Monroe, Julia

Roberts und Tom Cruise. Wenn Sie sehen, wie echt das aussieht, würden Sie schwören, daß sie gemeinsam vor der Kamera standen.«

Sandecker legte Yeager die Hand auf die Schulter. »Sehen wir doch mal, ob Sie den Ablauf einigermaßen genau nachvollziehen können.«

Yeager zauberte am Computer herum, und die beiden Männer sahen fasziniert zu, wie auf dem Bildschirm eine Wasserfläche erschien, die so blau und wirklichkeitsgetreu war, daß man das Gefühl hatte, man schaue aus dem Fenster auf das Meer. Dann türmte sich das Wasser langsam zu einer Woge auf, die vom Land wegrollte, so daß die Galeone wie ein Spielzeugschiff auf dem trockenen Meeresgrund aufsaß. Anschließend zeigte der Computer, wie die Welle zurück zur Küste rauschte, höher und immer höher wurde, über dem Schiff zusammenschlug und es inmitten eines tobenden Infernos aus Gischt, Sand und Wasser mit unglaublicher Geschwindigkeit ins Landesinnere schleuderte, bis es schließlich liegenblieb, als die Wassermassen ihre unbändige Kraft ausgetobt hatten.

»Fünf Kilometer«, murmelte Yeager. »Sieht so aus, als läge sie ungefähr fünf Kilometer von der Küste entfernt.«

»Kein Wunder, daß sie wie vom Erdboden verschluckt war«, sagte Sandecker. »Ich schlage vor, Sie setzen sich mit Pitt in Verbindung und faxen ihm die Koordinaten Ihres Computerrasters.«

Yeager warf Sandecker einen verstohlenen Blick zu. »Dann genehmigen Sie die Suche also, Admiral?«

Sandecker tat so, als wäre er überrascht, während er aufstand und zur Tür schritt. Kurz bevor er hinausging, drehte er sich noch einmal um und grinste schelmisch. »Ich kann ja wohl schlecht etwas genehmigen, was sich jederzeit als Hirngespinst erweisen könnte, nicht wahr?«

»Sie glauben also, wir suchen nach einem Hirngespinst?«

Sandecker zuckte mit den Schultern. »Sie haben da irgend etwas zurechtgezaubert. Wenn die Galeone wirklich im Dschungel liegt und nicht am Meeresgrund, dann sind jetzt Pitt und Giordino gefragt. Die müssen in diese grüne Hölle hinein und sie finden.«

20

Nachdenklich betrachtete Giordino den eingetrockneten roten Fleck am Steinboden des Tempels. »Keinerlei Spur von Amaru im Schutt«, sagte er ohne jede Gefühlsregung.

»Ich frage mich, wie weit er wohl gekommen ist?« sagte Miles Rodgers, ohne von jemandem eine Antwort zu erwarten. Er und Shannon waren eine Stunde vor Mittag mit einem von Giordino gesteuerten Helikopter eingetroffen.

»Seine Söldnerkameraden müssen ihn weggeschleppt haben«, mutmaßte Pitt.

»Beim Gedanken daran, daß ein Sadist wie Amaru noch am Leben ist«, sagte Rodgers, »könnte man regelrecht Alpträume kriegen.«

Giordino zuckte abschätzig mit den Schultern. »Selbst wenn er den Raketenbeschuß überlebt hat, müßte er aufgrund des Blutverlustes gestorben sein.«

Pitt drehte sich um und blickte zu Shannon, die einer Gruppe Archäologen und einem kleinen Trupp Handwerker Anweisungen gab. Sie numerierten gerade die geborstenen Steinquader des Tempels und bereiteten sie für eine spätere Restaurierung vor. Sie schien etwas in dem Trümmerhaufen entdeckt zu haben und bückte sich, um es sich genauer anzusehen. »Ein Mann wie Amaru stirbt nicht so leicht. Ich glaube nicht, daß wir zum letzten Mal von ihm gehört haben.«

»Eine grauenhafte Aussicht«, sagte Rodgers. »Und die neuesten Nachrichten aus Lima sind auch nicht besser.«

Pitt zog die Augenbrauen zusammen. »Ich wußte gar nicht, daß wir mitten in den Anden CNN empfangen.«

»Inzwischen schon. Der Helikopter, der vor einer Stunde gelandet ist, gehört der peruanischen Nachrichtenagentur. Er hat ein Team Fernsehreporter und einen Haufen Ausrüstung gebracht. Die Stadt der Toten ist von internationalem Interesse.«

»Und was hatten sie zu berichten?« hakte Giordino nach.

»Polizei und Militär mußten eingestehen, daß es ihnen nicht gelungen ist, die abtrünnigen Soldaten zu fassen, die ins Tal geflogen kamen, um uns die Kehle durchzuschneiden und die Kunstgegenstände fortzuschaffen. Außerdem konnten die Ermittler auch Amarus Grabräuber nicht aufspüren.«

Pitt lächelte Rodgers an. »So was macht sich in den Personalakten aber gar nicht gut.«

»Die Regierung wollte ihr Gesicht wahren und hat eine Geschichte veröffentlicht, wonach die Diebe die Kunstgegenstände über dem Gebirge abgeworfen haben und sich jetzt auf brasilianischem Boden in den Amazonaswäldern verstecken.«

»Nie und nimmer«, sagte Pitt. »Warum sollte der amerikanische Zoll sonst darauf drängen, daß wir eine Beschreibung der Kunstgegenstände liefern? Die wissen genau, was los ist. Nein, die Beute ist nirgendwo in den Bergen verstreut. Wenn mich nicht alles täuscht, gehören die Hintermänner der *Solpemachaco* nicht gerade zu der Sorte, die den Kopf verliert und einfach abhaut. Ihre Informanten beim Militär haben sie über jeden Schritt auf dem laufenden gehalten, sobald die Spezialeinheit ausgerückt ist, um sie festzunehmen. Wahrscheinlich kannten sie sogar den genauen Flugplan der Truppentransporter, so daß sie ihnen leicht aus dem Weg gehen konnten. Nachdem sie die Kunstgegenstände in aller Eile verstaut hatten, sind sie zu einem vorher vereinbarten Treffpunkt geflogen, einer Landebahn oder einem Hafen, wo die geklauten Schätze entweder auf eine große Düsenmaschine oder auf ein Frachtschiff umgeladen wurden. Ich bezweifle, daß man die historischen Kostbarkeiten jemals wieder in Peru zu sehen bekommt.«

»Könnte gut und gerne so gelaufen sein«, sagte Rodgers nachdenklich. »Aber vergessen Sie dabei nicht eine Kleinigkeit? Die Verbrecher hatten nur noch einen Helikopter, nachdem wir ihnen den anderen geklaut hatten.«

»Und den haben sie auf einen Berg gesetzt«, fügte Giordino hinzu.

»Ich glaube, in Wirklichkeit ist es so gewesen, daß nach der Bande zweitklassiger Killer, die der Doppelgänger von Doc Miller herbeordert hatte, zwei schwere Transporthubschrauber eingeflogen sind, wahrscheinlich altmodische Boeing Chinooks, die in alle Welt verkauft wurden. Die können fast fünfzig Mann oder zwanzig Tonnen Fracht befördern. Es waren noch genug Söldner da, die die

Kunstgegenstände verladen konnten. Die hatten nach unserer Flucht noch jede Menge Zeit zum Abhauen, bevor wir die peruanische Regierung verständigen konnten. Und die hat sich Zeit gelassen, bis sie ihren fliegenden Greiftrupp in die Luft steigen ließ.«

Wieder einmal starrte Rodgers Pitt voller Bewunderung an. Nur Giordino war nicht beeindruckt. Er wußte aus langjähriger Erfahrung, daß Pitt einer jener seltenen Menschen war, die einen Vorgang im Zusammenhang erfassen und den Ablauf der Ereignisse bis in die kleinste Einzelheit rekonstruieren können. Es war eine Gabe, wie sie nur wenigen Menschen zuteil wird. So wie große Mathematiker und Physiker problemlos unfaßbar komplizierte Formeln berechnen können, die für Menschen ohne mathematisches Talent völlig unverständlich sind, arbeitete auch Pitts Verstand auf einer logisch-deduktiven Ebene, die nur ein paar wenigen Kriminologen auf der Welt zugänglich war. Giordino trieb es manchmal fast an den Rand des Wahnsinns, wenn er Pitt etwas erklären wollte und der seine strahlend grünen Augen einfach auf irgendeinen unsichtbaren Gegenstand am Horizont richtete. Dann wußte er immer, daß Pitt sich wieder auf irgend etwas konzentrierte.

Während Rodgers noch über irgendwelche Schwachpunkte in Pitts Rekonstruktion der Ereignisse nachgrübelte, wandte sich der Mann von der NUMA Shannon zu.

Sie kniete auf dem Tempelboden und fegte mit einem weichen Pinsel vorsichtig Staub und Steinbrocken von einem Totengewand. Der gewebte Wollstoff war mit bunten Stickereien verziert, die einen lachenden Affen mit scheußlich gebleckten Zähnen darstellten. Seine Arme und Beine bestanden aus zuckenden Schlangenleibern.

»Hat man so was als eleganter Chachapoya getragen?« fragte er.

»Nein, das ist von den Inkas.« Shannon arbeitete konzentriert weiter, ohne sich auch nur umzudrehen oder einmal aufzublicken.

»Eine wunderschöne Arbeit«, stellte Pitt fest.

»Die Inkas und ihre Vorläufer waren die besten Färber und Weber der Welt. Ihre Textilwebetechnik ist viel zu kompliziert und zeitraubend, als daß man sie heute noch anwenden würde. Während der Renaissance verwendeten die besten europäischen Gobelinweber fünfundachtzig Fäden pro Zoll. Die alten Peruaner verwendeten bis zu fünfhundert Faden pro Zoll. Kein Wunder, daß die Spanier die edleren Textilien der Inkas irrtümlich für Seide hielten.«

»Vielleicht ist das ja nicht der richtige Zeitpunkt zum Studium der Künste, aber ich dachte mir, Sie würden sich vielleicht ganz gern mal die Zeichnungen ansehen, die Al und ich angefertigt haben. Es sind alle Kunstgegenstände drauf, die wir sehen konnten, bevor das Dach eingestürzt ist.«

»Geben Sie sie Dr. Ortiz. Er möchte unbedingt wissen, was hier gestohlen wurde.«

Dann widmete sie sich wieder ganz ihren Ausgrabungsarbeiten.

Als Gunn eine Stunde später nach Pitt suchte, stand dieser bei Ortiz. Der Archäologe beaufsichtigte mehrere Arbeiter, die eine große Skulptur, allem Anschein nach einen geflügelten Jaguar mit Schlangenkopf, vom Pflanzenüberwuchs befreiten. Drohend hatte die Figur das Maul aufgerissen und zeigte ihre Giftzähne. Der wuchtige Leib und die Schwingen waren in die Frontseite einer großen Gruft gehauen, so daß der einzige Zugang durch den klaffenden Schlund führte. Die Bestie war von den Füßen bis zu den Flügelspitzen über 6 Meter (20 Fuß) hoch.

»Dem möchte man auch nicht unbedingt nachts in einer dunklen Gasse begegnen«, sagte Gunn.

Dr. Ortiz drehte sich um und winkte ihm zu. »Die größte bisher gefundene Chachapoya-Statue. Ich schätze, sie stammt aus dem dreizehnten Jahrhundert.«

»Hat der auch einen Namen?« fragte Pitt.

»Das ist der *Demonio de los Muertos*«, antwortete Ortiz. »Der Dämon der Toten, vermutlich ein Gott der Unterwelt, der im Mittelpunkt eines Schutzrituals stand. Teils Jaguar, teils Kondor, teils Schlange, schlug er die Giftzähne in jeden, der es wagte, die Ruhe der Toten zu stören, und schleppte ihn in die Abgründe der Erde.«

»Hübsch war er ja nicht gerade«, sagte Gunn.

»Das sollte der Dämon auch nicht sein. Seine Bildnisse können so riesig wie das hier sein, aber auch nicht größer als eine Hand, je nach Wohlstand und Status des Verstorbenen. Ich kann mir gut vorstellen, daß wir ihn in jeder Gruft und jedem Grab im Tal finden.«

»War nicht auch der Gott der alten Mexikaner eine Art Schlange?« fragte Gunn.

»Ja, Quetzalcoatl, eine gefiederte Schlange. Er war die bedeutendste Gottheit Mittelamerikas, und zwar ab etwa 900 vor Christus, also zur Zeit der Olmeken, bis zu den Azteken und der Eroberung durch die Spanier. Auch die Inkas schufen Schlangenstandbilder, aber bislang konnte noch keine unmittelbare Verbindung nachgewiesen werden.«

Ortiz wandte sich ab, als ein Arbeiter ihn zu einer kleinen Figurine winkte, die er neben der Skulptur ausgegraben hatte. Gunn ergriff Pitts Arm und führte ihn zu einer Steinmauer, wo sie sich hinsetzten.

»Mit dem letzten Versorgungshubschrauber ist ein Kurier von der US-Botschaft in Lima gekommen«, sagte er und zog einen Ordner aus seinem Aktenkoffer. »Er hat ein Päckchen mit Papieren dagelassen, die aus Washington gefaxt wurden.«

»Von Yeager?« fragte Pitt aufgeregt.

»Sowohl von Yeager als auch von deinem Freund Perlmutter.«

»Sind sie fündig geworden?«

»Lies es selbst«, sagte Gunn. »St. Julien Perlmutter hat Aufzeichnungen von einem Überlebenden auf der Galeone gefunden. Sie wurde von einer Flutwelle in den Dschungel getragen.«

»So weit, so gut.«

»Es wird noch besser. In den Aufzeichnungen wird ein Jadekästchen mit einer Knotenschnur erwähnt. Und das Kästchen liegt anscheinend noch immer im vermoderten Rumpf der Galeone.«

Pitts Augen leuchteten auf. »Das Drake-*Quipu*.«

»Sieht so aus, als hätte die Legende einen wahren Kern«, sagte Gunn mit einem breiten Lächeln.

»Und Yeager?« fragte Pitt, während er anfing, die Blätter zu überfliegen.

»Er hat die vorliegenden Daten per Computer ausgewertet und konnte den vermutlichen Lageplatz der Galeone auf ein zehn Quadratkilometer großes Gebiet eingrenzen.«

»Viel kleiner, als ich erwartet habe.«

»Ich würde sagen, die Aussichten, daß wir die Galeone und das Jadekästchen finden, sind um gut fünfzig Prozent gestiegen.«

»Sagen wir dreißig Prozent«, erwiderte Pitt, der ein Blatt Papier in der Hand hielt, auf dem Perlmutter Bauweise, Ausrüstung und Fracht der *Nuestra Señora de la Concepción* festgehalten hatte. »Abgesehen von den vier Ankern, die vermutlich von der Wucht der Flutwelle weggerissen wurden, hatte sie so wenig Eisen an Bord, daß man mit dem Magnetometer keinerlei Impulse empfangen dürfte, wenn man weiter als einen Steinwurf von ihr entfernt ist.«

»Ein EG & G Geometrics G-813G könnte selbst kleine Eisenmengen noch aus beachtlicher Entfernung orten.«

»Du liest meine Gedanken. Frank Stewart hat so ein Gerät an Bord der *Deep Fathom*.«

»Wir brauchen einen Helikopter, der den Sensor über dem Regenwald entlangzieht«, sagte Gunn.

»Das fällt in dein Gebiet«, sagte Pitt zu ihm. »Wen kennst du in Ecuador?«

Gunn dachte einen Augenblick nach, dann verzog sich sein Gesicht zu einem Grinsen. »Wie's der Zufall will, schuldet der Generaldirektor der staatlichen Ölgesellschaft Corporación Estatal Petrolera Ecuatoriana der NUMA einen Gefallen, weil wir seine Firma auf bedeutende Naturgasvorkommen im Golf von Guayaquil hingewiesen haben.«

»Dann stehen sie so tief in unserer Schuld, daß sie uns ruhig einen Vogel leihen können.«

»Ja, das könnte man durchaus sagen.«

»Wieviel Zeit brauchst du, um mit denen alles klarzumachen?«

Gunn hielt die Hand hoch und blickte auf das Zifferblatt seiner zuverlässigen alten Timex. »In zwanzig Minuten müßte ich angerufen und etwas ausgehandelt haben. Anschließend sage ich Stewart Bescheid, daß wir vorbeikommen und das Magnetometer abholen. Danach setze ich mich mit Yeager in Verbindung und lasse mir seine Daten noch mal bestätigen.«

Pitt starrte ihn verdutzt an. »Washington liegt nicht gerade um die Ecke. Erledigst du deine Gespräche per Rauchzeichen oder mit Leuchtspiegeln?«

Gunn griff in die Tasche und hielt einen Apparat hoch, der wie ein kleines tragbares Telefon aussah. »Das von Motorola hergestellte Iridium. Digital, drahtlos. Damit kannst du auf der ganzen Welt anrufen.«

»Ich kenne das System«, erklärte Pitt. »Funktioniert über Satellitenschaltung. Wo hast du den Apparat geklaut?«

Gunn ließ den Blick verstohlen über die Ruinen schweifen. »Nicht so laut. Ich habe es beim peruanischen Fernsehteam kurzfristig ausgeliehen.«

Pitt warf seinem kleinen Freund einen erstaunten Blick zu, in dem aber auch eine Spur Bewunderung mitschwang. Es kam nicht gerade häufig vor, daß der scheue Gunn seinen akademischen Habitus abschüttelte und zu List und Tücke griff. »Du bist schon in Ordnung, Rudi. Ist mir doch egal, was in den Klatschspalten alles über dich steht.«

Die Plünderer hatten die Stadt der Toten nur oberflächlich nach Kunstgegenständen und Schätzen durchkämmt. Sie hatten sich auf die königlichen Gräber in der Nähe des Tempels konzentriert, doch dank Pitts Eingreifen hatten sie nicht genug Zeit gehabt, den Großteil der umliegenden Gruften auszugraben. Viele davon enthielten die Überreste hoher Beamter des Städtebundes der Chachapoyas. Außerdem fanden Ortiz und sein Team die noch unberührten letzten Ruhestätten von acht Adligen. Ortiz war außer sich vor Freude, als er feststellte, daß die königlichen Sarkophage noch nicht aufgebrochen waren.

»Wir werden mindestens zehn, vielleicht sogar zwanzig Jahre brauchen, um eine umfassende Grabung in dem Tal vorzunehmen«, sagte Ortiz während der üblichen Nachmittagsbesprechung. »Die schiere Anzahl der Altertümer übertrifft alles, was man bisher in Amerika entdeckt hat. Wir müssen langsam vorgehen. Kein einziges Samenkorn, nicht eine Perle von einer Halskette darf übersehen werden. Nichts darf uns entgehen. Denn hier bietet sich uns eine einmalige Gelegenheit, die Kultur der Chachapoyas umfassend zu studieren.«

»Dann haben Sie ja eine Lebensaufgabe vor sich«, sagte Pitt. »Ich hoffe nur, daß auf dem Transport ins Nationalmuseum keine Chachapoya-Schätze mehr gestohlen werden.«

»Darum, daß zwischen hier und Lima etwas verlorengehen

könnte, sorge ich mich am allerwenigsten«, erwiderte Ortiz. »Aus unseren Museen werden fast genauso viele Kunstgegenstände gestohlen wie aus den Gräbern.«

»Treffen Sie denn keine Sicherheitsvorkehrungen, um das kostbare Erbe Ihres Landes zu schützen?« fragte Rodgers.

»Natürlich, aber professionelle Kunsträuber sind sehr durchtrieben. Manchmal vertauschen sie ein Original geschickt gegen eine Fälschung. Es kann Monate, manchmal sogar Jahre dauern, bevor das Verbrechen entdeckt wird.«

»Erst vor drei Wochen«, mischte sich Shannon ein, »meldete das Nationalmuseum in Guatemala, daß präkolumbianische Kunstgegenstände der Mayas im Wert von schätzungsweise acht Millionen Dollar entwendet wurden. Die als Wächter verkleideten Diebe kamen während der allgemeinen Öffnungszeit und taten so, als transportierten sie die Schätze in einen anderen Gebäudetrakt. Niemand stellte ihnen auch nur eine Frage.«

»Mein Lieblingsbeispiel«, sagte Ortiz, ohne zu lächeln, »ist der Diebstahl von fünfundvierzig aus dem zwölften Jahrhundert stammenden Trinkgefäßen der Shang-Dynastie aus einem Museum in Peking. Die Diebe öffneten vorsichtig die Glaskästen und ordneten die zurückgelassenen Stücke so an, daß es aussah, als fehlte nichts. Es dauerte drei Monate, bis der Kurator bemerkte, daß die Exponate fehlten und gestohlen sein mußten.«

Gunn hielt seine Brille ans Licht und sah nach, ob die Gläser fleckig waren. »Ich hatte keine Ahnung, daß Kunstdiebstahl so weit verbreitet ist.«

Ortiz nickte. »In Peru sind große Kunst- und Antiquitätendiebstähle ebenso häufig wie Banküberfälle. Noch schlimmer ist, daß die Diebe immer dreister werden. Sie zögern keine Sekunde, notfalls auch einen Sammler zu entführen. Anschließend muß er sich natürlich mit Kunstgegenständen freikaufen. In vielen Fällen ermorden sie einen Sammler einfach, bevor sie sein Haus ausräumen.«

»Sie haben Glück gehabt, daß die Plünderer nur einen Bruchteil der Kunstschätze wegschaffen konnten, bevor sie gestört wurden«, sagte Pitt.

»Glück hatten wir wohl. Aber tragischerweise dürften die ausgewählten Stücke bereits außer Landes geschafft worden sein.«

»Ein Wunder, daß die Stadt nicht schon längst von den *Huaqueros* entdeckt wurde«, sagte Shannon, die bewußt Pitts Blick auswich.

»Der Pueblo de los Muertos liegt in einem abgelegenen Tal, neunzig Kilometer vom nächsten Dorf entfernt«, entgegnete Ortiz. »Hierher zu gelangen, ist ziemlich schwierig, vor allem zu Fuß. Die Einheimischen haben keinen Grund, sich sieben oder acht Tage lang durch den Dschungel zu schlagen und etwas zu suchen, das es ihrer Meinung nach nur in Legenden aus dunkler Vorzeit gibt. Bevor Hiram Bingham die auf einem Berggipfel gelegene Inkastadt Machu Picchu entdeckte, hatte sich kein Einheimischer dort hingewagt. Und obwohl sich ein abgebrühter *Huaquero* davon nicht abschrecken lassen würde, glauben die Nachfahren der Chachapoyas noch immer, daß sämtliche Ruinen in den großen Wäldern jenseits der Berge von einem Dämonengott, ähnlich dem, den wir heute nachmittag gefunden haben, beschützt werden. Sie fürchten sich davor, ihm zu nahe zu kommen.«

Shannon nickte. »Viele schwören noch immer, daß jeder, der sich in die Stadt der Toten wagt, zu Stein verwandelt wird.«

»Ah, ja«, murmelte Giordino. »Die alte Leier von wegen verflucht seist du, der du meine Gebeine anrührst.«

»Da bislang keiner von uns unter Gelenkstarre leidet«, sagte Ortiz aufgeräumt, »muß ich annehmen, daß die in den Ruinen hausenden bösen Geister ihre magischen Kräfte verloren haben.«

»Zu schade, daß sie Amaru und seine Plünderer nicht erwischt haben«, warf Pitt ein.

Rodgers trat hinter Shannon und legte ihr besitzergreifend die Hand auf den Nacken. »Soweit ich gehört habe, wollen Sie sich morgen von uns verabschieden.«

Shannon schaute überrascht auf, machte aber keine Anstalten, Rodgers' Hand abzuschütteln. »Stimmt das?« sagte sie mit einem Blick zu Pitt. »Sie verlassen uns?«

Gunn antwortete vor Pitt. »Ja, wir fliegen zurück zu unserem Schiff und wollen dann nach Norden, nach Ecuador.«

»Sie wollen doch nicht etwa in Ecuador nach der Galeone suchen, von der Sie auf der *Deep Fathom* gesprochen haben?« fragte Shannon.

»Fällt Ihnen was Besseres ein?«

»Wieso Ecuador?« hakte sie nach.

»Al mag das Klima dort«, sagte Pitt und schlug Giordino auf den Rücken.

Giordino nickte. »Soweit ich gehört habe, sind die Mädchen dort hübsch und wie entfesselt vor Lust.«

Shannon starrte Pitt interessiert an. »Und Sie?«

»Ich?« murmelte Pitt unschuldig. »Ich leg' dort die Rute aus.«

21

»Sie suchen vielleicht Dinger aus«, sagte Francis Ragsdale, Chef der Abteilung für Kunstdiebstahl beim FBI, als er sich auf das Vinylpolster eines chromblitzenden Eßlokals im Stil der fünfziger Jahre sinken ließ. Er studierte das Angebot des mit einer Wurlitzer-Musikbox verbundenen Münzautomaten in ihrer Sitznische. »Stan Kenton, Charlie Barnett, Stan Getz. Wer hat denn schon mal was von den Jungs gehört?«

»Nur Leute, die gute Musik zu schätzen wissen«, erwiderte Gaskill säuerlich. Er ließ sich auf der anderen Seite des Tisches nieder. Seine kräftige Gestalt nahm fast zwei Drittel der Sitzbank in Beschlag.

Ragsdale zuckte mit den Schultern. »War vor meiner Zeit.« Für ihn, den Vierunddreißigjährigen, waren die großen Musiker früherer Zeiten nur Namen, die, wie er sich dunkel erinnerte, seine Eltern gelegentlich erwähnt hatten. »Kommen Sie oft hierher?«

Gaskill nickte. »Von dem Essen hier kriegt man wirklich Fleisch auf die Rippen.«

»Wohl kaum eine Empfehlung für Genießer.« Ragsdale war glattrasiert, hatte wellige schwarze Haare und einen gut durchtrainierten Körper. Mit seinem hübschen Gesicht, den angenehmen grauen Augen und der ausdruckslosen Miene wirkte er wie der Star in einer Fernsehserie, der immer automatisch auf die Dialoge seines Gegenübers reagiert. Aber er war ein guter Ermittler, der seinen

Beruf ernst nahm und das Ansehen des FBI wahrte, indem er stets einen dunklen Anzug trug, durch den er eher an einen erfolgreichen Börsenmakler von der Wall Street erinnerte.

Mit geschultem Blick musterte er den Linoleumboden, die runden Hocker an der Theke, die originalgetreuen Serviettenhalter und die im Art-déco-Stil gehaltenen Salz- und Pfefferstreuer neben einer Flasche Heinz-Ketchup und einem Krug mit French's Senf. Seine Miene verriet leises Mißfallen. Zweifellos hätte er lieber eines der eleganteren Restaurants im Zentrum von Chicago aufgesucht.

»Reizender Laden. Man kommt sich vor wie auf einer Reise in eine andere Zeit.«

»Die Atmosphäre ist das halbe Vergnügen«, sagte Gaskill resigniert.

»Wie kommt es eigentlich, daß wir jedesmal, wenn ich bezahle, in einem erstklassigen Etablissement essen, aber in einer Rentner-Grillbude landen, wenn Sie dran sind?«

»Weil ich weiß, daß ich hier immer einen guten Tisch bekomme.«

»Was ist mit dem Essen?«

Gaskill lächelte. »Der beste Laden für gute Hühner, den ich kenne.«

Ragsdale sah ihn an, als würde ihm jeden Augenblick übel. Die Speisekarte – vervielfältigte Blätter in einer Klarsichthülle – ignorierte er. »Ich pfeife einfach auf alle Vorsicht und bestelle mir einen Teller Suppe und eine Tasse Kaffee, auch wenn ich mir damit eine Lebensmittelvergiftung einhandeln sollte.«

»Glückwunsch übrigens, daß Sie den Diebstahl aus dem Fairchild Museum in Scarsdale gelöst haben. Ich habe gehört, Sie sollen zwanzig der fehlenden Jadeschnitzereien aus der Sung-Dynastie wiedergefunden haben.«

»Zweiundzwanzig. Ich muß allerdings gestehen, daß ich den eigentlichen Täter so lange übersehen habe, bis ich bei allen anderen Kandidaten nicht weiterkam. Den zweiundsiebzigjährigen Sicherheitschef hatte ich am wenigsten in Verdacht. Wer hätte schon auf den getippt? Er hat beinahe zweiunddreißig Jahre für das Museum gearbeitet. Seine Beurteilung war so sauber wie die frischgeschrubbten Hände eines Chirurgen. Der Kurator wollte es gar nicht glauben, bis der alte Knabe dann zusammenbrach und gestand. Er hatte die Figurinen innerhalb von vier Jahren nach und nach entfernt. Kehrte nach dem Ende der Öffnungszeit zurück, stellte die Alarmanlage ab, knackte die Schlösser an den Glaskästen und ließ die Jadearbeiten aus einem Toilettenfenster in die Büsche neben dem Gebäude herunter. Die gestohlenen Skulpturen ersetzte er durch weniger wertvolle Stücke aus dem Kellermagazin, die er entsprechend ausschilderte. Er brachte es sogar fertig, die Statuetten wieder genauso hinzustellen, so daß ihn keinerlei staubfreie Stellen am Boden der Schaukästen verraten konnten. Die Museumsleitung war von seinen Fähigkeiten mehr als beeindruckt.«

Die Kellnerin kam vorbei und zückte einen Stift und einen kleinen grünen Block. Sie sah aus wie der Prototyp all jener Frauen, die an Theken und Tischen von Kleinstadtcafés und Fernfahrerkneipen bedienen: einen Kuli an das kecke kleine Käppi geklemmt, unentwegt Kaugummi kauend und mit Stützstrümpfen an den Beinen, die die Krampfadern verbargen.

»Dürfte ich fragen, was Ihre heutige Tagessuppe ist?« erkundigte sich Ragsdale gestelzt.

»Linsen mit Curry, Schinken und Apfelscheiben.«

Ragsdale starrte sie entgeistert an. »Habe ich Sie recht verstanden?«

»Soll ich's noch mal wiederholen?«

»Nein, nein, Linsensuppe mit Curry ist völlig in Ordnung.«

Die Kellnerin deutete mit ihrem Stift auf Gaskill. »Ich weiß, was du willst.« In einem Ton, der wie eine Mischung aus gemahlenem Glas und Kieselsteinen klang, rief sie dem unsichtbaren Küchenchef die Bestellungen zu.

»Was, um Himmels willen«, setzte Gaskill ihr Gespräch fort, »hat denn den Sicherheitschef des Museums nach zweiunddreißig Jahren dazu getrieben, auf Raubzug zu gehen?«

»Eine Leidenschaft für exotische Kunst«, antwortete Ragsdale. »Der alte Knabe hat die Figürchen gerne angefaßt und befummelt, wenn niemand in der Nähe war. Aber dann kürzte ihm ein neuer Kurator wegen Sparmaßnahmen das Gehalt, als er gerade eine Lohnerhöhung erwartete. Das machte ihn wütend und ließ in ihm den Wunsch entstehen, die Jadearbeiten aus den Schaukästen zu besitzen. Mir kam es von Anfang an so vor, als könnte der Diebstahl nur von erstklassigen Profis oder von einem Insider begangen worden sein. Schließlich bin ich auf den Sicherheitschef gekommen und habe einen Durchsuchungsbefehl für sein Haus beantragt. Und siehe da, alle standen sie bei ihm auf dem Kaminsims, jedes fehlende Stück, als wären es Bowling-Pokale.«

»Arbeiten Sie derzeit an einem neuen Fall?« fragte Gaskill.

»Mir ist gerade einer in den Schoß gefallen.«

»Wieder ein Museumsdiebstahl?«

Ragsdale schüttelte den Kopf. »Privatsammlung. Der Besitzer ging für neun Monate nach Europa. Als er nach Hause zurückkehrte, waren seine Wände kahl. Acht Aquarelle von Diego Rivera, dem mexikanischen Künstler und Mitbegründer des Muralismo.«

»Ich habe die Wandmalereien gesehen, die er für das Detroit Institute of Art gemacht hat.«

»Die Schadenssachverständigen der Versicherung schäumen regelrecht. Anscheinend waren die Aquarelle mit vierzig Millionen Dollar versichert.«

»Vielleicht sollten wir in dem Fall mal unsere Notizen austauschen.«

Ragsdale blickte ihn an. »Glauben Sie, der Zoll könnte sich dafür interessieren?«

»Könnte immerhin sein, daß wir einen ähnlich gelagerten Fall haben.«

»Mir ist jede Hilfe willkommen.«

»Ich habe möglicherweise Fotos von Ihren Rivera-Aquarellen gesehen. Sie lagen in einem Karton mit alten Bekanntmachungen über gestohlene Kunst, den meine Schwester in einem Haus fand, das sie gekauft hat. Wenn ich einen Vergleich habe, weiß ich's genau. Falls es denn eine Verbindung gibt, dann wurden vier Ihrer Aquarelle im Jahr 1923 von der Universität von Mexiko als vermißt gemeldet. Sollten sie in die Vereinigten Staaten geschmuggelt worden sein, dann wäre das ein Fall für den Zoll.«

»Das ist ja eine uralte Geschichte.«

»Das hat bei Kunstdiebstahl nichts zu sagen«, meinte Gaskill. »Acht Monate später verschwanden aus einer Ausstellung im Pariser Louvre sechs Renoirs und vier Gauguins.«

»Ich vermute, Sie wollen damit auf diesen alten Meisterdieb anspielen – wie hieß er doch gleich?«

»Der Specter«, erwiderte Gaskill.

»Unsere erlauchten Vorgänger in Diensten der Justiz haben ihn nie erwischt, oder?«

»Die haben ihn nicht einmal identifiziert.«

»Glauben Sie etwa, er hatte beim ersten Diebstahl der Riveras die Hand im Spiel?«

»Warum nicht? Der Specter war für Kunstdiebstähle das, was Raffles für Diamantenraub war. Und genauso melodramatisch. Er hat mindestens zehn der großen Kunstdiebstähle der Geschichte durchgezogen. Ein eitler Kerl, der immer sein Markenzeichen hinterließ.«

»Wenn ich mich recht entsinne, habe ich mal was von einem weißen Handschuh gelesen.«

»Das war Raffles. Der Specter hinterließ einen kleinen Kalender am Tatort, auf dem das Datum seines nächsten Raubzuges eingekreist war.«

»Das muß man dem Mann lassen. Er war ein großspuriger Mistkerl.«

Ein großer, ovaler Teller mit etwas, was aussah wie Hühnchen auf einem Reisbett, wurde aufgetragen. Außerdem bekam Gaskill einen appetitlichen Salat. Düster musterte Ragsdale den Inhalt seines Suppentellers und blickte dann zu der Kellnerin auf.

»Ich nehme an, in diesem schmierigen Schuppen gibt's nichts anderes als Dosenbier.«

Die grauhaarige Kellnerin grinste wie eine alte Prostituierte, als sie auf ihn herabblickte. »Schätzchen, wir haben Flaschenbier, und wir haben Wein. Was soll's denn sein?«

»Eine Flasche von Ihrem besten Burgunder.«

»Ich erkundige mich mal beim Weinkellner.« Sie zwinkerte ihm mit ihren stark geschminkten Augen kurz zu, bevor sie in die Küche davontrottete.

»Ich habe vergessen, die freundliche Bedienung zu erwähnen.« Gaskill lächelte.

Vorsichtig und mit argwöhnischer Miene tauchte Ragsdale den Löffel in die Suppe. Langsam schlürfte er etwas Suppe, als verkostete er einen edlen Wein. Dann riß er die Augen weit auf. »Gott im Himmel. Sherry und Perlzwiebeln, Knoblauch, Rosmarin und drei verschiedene Pilzsorten. Das ist ja köstlich.« Er schielte auf Gaskills Teller. »Was haben Sie bestellt? Hühnchen?«

Gaskill hob seinen Teller an, so daß Ragsdale den Inhalt sehen konnte. »Beinahe. Die Spezialität des Hauses. Marinierte und gegrillte Wachteln auf Bulgur mit Rosinen, Schalotten, einem Püree aus gerösteten Karotten und Lauch mit Ingwer.«

Ragsdale sah aus, als hätte seine Frau ihm gerade Drillinge geschenkt. »Sie haben mich ausgetrickst.«

Gaskill wirkte verletzt. »Ich dachte, Sie wollten gut essen gehen.«

»Das schmeckt ja phantastisch. Aber wo sind die Menschenmassen? Die müßten doch bis nach draußen anstehen.«

»Der Koch und Besitzer, der übrigens im Ritz in London gearbeitet hat, hat am Montag Ruhetag.«

»Aber warum hat er extra für uns geöffnet?« fragte Ragsdale beeindruckt.

»Ich habe seine Sammlung mittelalterlicher Küchenutensilien wiedergefunden, nachdem sie aus seinem ehemaligen Haus in England gestohlen und nach Miami geschmuggelt worden waren.«

Die Kellnerin kehrte zurück und hielt Ragsdale eine Weinflasche hin, so daß er das Etikett lesen konnte. »Da wären wir, Schätzchen, Château Chantilly, 1978. 'nen guten Geschmack haben Sie ja, aber sind Sie auch Manns genug, achttausend Piepen für die Flasche abzudrücken?«

Ragsdale starrte auf die staubige Flasche mit dem verblichenen Etikett und war vor Überraschung baff. »Nein, nein. Ein guter kalifornischer Cabernet tut's auch«, stieß er hervor.

»Ich sag' Ihnen was, Schätzchen. Wie wär's mit 'nem netten, mittelschweren Bordeaux, Jahrgang 1988? Macht um die dreißig Piepen.«

Ragsdale nickte benommen. »Ich kann's nicht fassen.«

»Ich glaube, was mir an dem Laden am meisten gefällt«, sagte Gaskill, worauf er kurz schwieg und einen Bissen Wachtel genoß, »ist der Überraschungseffekt. Wer rechnet denn schon damit, daß er in einem solchen Lokal so leckere Speisen und Weine bekommt?«

»Eindeutig eine Welt für sich.«

»Um auf unser Gespräch zurückzukommen«, sagte Gaskill, während er mit seinen kräftigen Händen einen zierlichen Wachtelknochen entfernte. »Ich hätte beinahe ein anderes Beutestück des Specters in die Hand bekommen.«

»Genau, ich habe von Ihrer geplatzten Observierung gehört«, murmelte Ragsdale, der offenbar Schwierigkeiten hatte, sich wieder aufs Thema zu konzentrieren. »Eine in Gold gehüllte peruanische Mumie, stimmt's?«

»Das goldene Leichengewand von Tiapollo.«

»Woran sind Sie gescheitert?«

»In erster Linie am schlechten Timing. Während wir das Penthouse des Besitzers im Auge behielten, hat eine als Möbelpacker verkleidete Diebesbande die Mumie aus einer Wohnung im Stockwerk darunter gestohlen, wo sie zusammen mit einem riesigen Schatz weiterer Kunstwerke und Altertümer versteckt war. Alles zweifelhafter Herkunft.«

»Die Suppe ist überragend«, sagte Ragsdale, während er die Kellnerin auf sich aufmerksam zu machen versuchte. »Ich werfe lieber noch mal einen Blick auf die Speisekarte und bestelle mir ein Hauptgericht. Haben Sie schon eine Liste zusammengestellt?«

»Bis Ende der Woche. Ich nehme an, in der Geheimsammlung meines Verdächtigen werden sich etwa dreißig bis vierzig Gegenstände finden, die auf der FBI-Liste für gestohlene Kunstschätze stehen.«

Die Kellnerin brachte den Wein, und Ragsdale bestellte sich gebräunten Lachs mit süßem Mais, chinesischen Pilzen und Spinat. »Gut gewählt, Schätzchen«, grummelte die Kellnerin, während sie die Weinflasche entkorkte.

Ragsdale schüttelte verwundert den Kopf, bevor er sich wieder auf Gaskill konzentrierte. »Wie heißt dieser Sammler, der die heiße Kost gehortet hat?«

»Sein Name ist Adolphus Rummel, ein wohlhabender Schrotthändler aus Chicago. Sagt Ihnen der Name was?«

»Nein, aber ich bin auch noch keinem illegalen Großeinkäufer und -sammler begegnet, der mit seinem Besitz herumprotzt. Irgendeine Chance, daß Rummel redet?«

»Nie und nimmer«, sagte Gaskill bedauernd. »Er hat bereits

Jacob Morganthaler engagiert und will seine konfiszierten Kunstgegenstände auf dem Rechtsweg zurückbekommen.«

»Jake, der Schöffenbeschwörer«, sagte Ragsdale verächtlich. »Der Freund und Kupferstecher aller zu Recht beschuldigten illegalen Kunsthändler und Sammler.«

»Bei seiner Freispruchquote sollten wir uns glücklich schätzen, daß er keine Mörder und Drogenhändler verteidigt.«

»Irgendeine Spur, wer das goldene Leichengewand gestohlen hat?«

»Nein. Eine saubere Arbeit. Wenn wir's nicht besser wüßten, würde ich sagen, der Specter ist es gewesen.«

»Unmöglich, es sei denn, er ist von den Toten auferstanden. Er müßte jetzt weit über neunzig Jahre alt sein.«

Gaskill hielt sein Glas hoch, und Ragsdale schenkte ihm Wein ein. »Angenommen, er hat einen Sohn? Oder er hat eine Dynastie gegründet, die die Familientradition fortsetzt?«

»Wäre eine Überlegung wert. Allerdings hat es seit über fünfzig Jahren keinen Kunstraub mehr gegeben, bei dem ein Kalender mit eingekreisten Daten hinterlassen wurde.«

»Sie könnten sich auf Schmuggel und Fälschungen verlegt und die theatralischen Mätzchen aufgegeben haben. Heutzutage wissen die Profis, daß man aus einem solchen Kalender mittels moderner Spurensicherungsmethoden genug Beweismittel herausfiltern kann, um sie hinter Schloß und Riegel zu bringen.«

»Kann sein.« Ragsdale verstummte, als die Kellnerin seinen Lachs brachte. Er schnupperte den Duft und blickte verzückt auf das Gedeck. »Ich hoffe, es schmeckt so gut, wie es aussieht.«

»Mit Sicherheit, Schätzchen«, gackerte die alte Kellnerin, »andernfalls kriegen Sie Ihr Geld zurück.«

Ragsdale trank seinen Wein aus und schenkte sich nach. »Ich höre bis hierher, wie Ihr Kopf arbeitet. Worauf wollen Sie hinaus?«

»Derjenige, der den Raub beging, hat es nicht deswegen getan, damit er bei einem anderen Sammler auf dem Schwarzmarkt einen höheren Preis erzielt«, erwiderte Gaskill. »Ich habe mich ein bißchen über das goldene Leichengewand sachkundig gemacht. Angeblich ist es mit eingravierten Glyphen überzogen, die die lange Reise einer Inkaflotte darstellen, die einen unfaßbar großen Schatz beförderte, darunter eine riesige goldene Kette. Ich glaube, die Diebe haben es gestohlen, weil sie sich davon einen Hinweis auf die große Goldader versprechen.«

»Berichtet das Gewand, was aus dem Schatz geworden ist?«

»Die Legende besagt, daß er auf einer Insel in einem Binnenmeer vergraben wurde. Wie ist der Lachs?«

»Der beste, den ich je gegessen habe«, sagte Ragsdale fröhlich. »Und glauben Sie mir, das ist ein Kompliment. Und wie wollen Sie weiter vorgehen?«

»Die Gravierungen auf dem Gewand müssen entziffert werden. Die Inkas kannten keine Schrift, mit der sie, wie die Mayas, besondere Ereignisse hätten aufzeichnen können. Aber auf alten Fotos von dem Leichengewand, die vor dem Diebstahl aus dem Museum in Sevilla aufgenommen wurden, erkennt man eindeutig eine Art Bilderschrift. Die Diebe werden die Dienste eines Fachmannes in Anspruch nehmen müssen, wenn sie diese Glyphen entziffern wollen. Die Deutung alter Bildinschriften ist nicht gerade eine überlaufene wissenschaftliche Disziplin.«

»Dann wollen Sie also herausfinden, wer den Auftrag bekommt?«

»Dürfte nicht weiter schwer sein. Es gibt nur fünf führende Experten. Zwei davon arbeiten zusammen, ein Ehepaar namens Moore. Sie gelten als die Besten auf diesem Gebiet.«

»Sie haben Ihre Hausaufgaben gemacht.«

Gaskill zuckte mit der Schulter. »Die Gier der Diebe ist die einzige Spur, die ich habe.«

»Falls Sie die Dienste des FBI benötigen sollten«, sagte Ragsdale, »dann müssen Sie mich nur anrufen.«

»Ich weiß das zu schätzen, Francis. Vielen Dank.«

»Da wäre noch etwas anderes.«

»Ja?«

»Können Sie mich dem Inhaber vorstellen? Ich würde gerne für Samstagabend einen Tisch bestellen.«

22

Nach einem kurzen Aufenthalt auf dem Flughafen von Lima, wo sie das EG & G-Magnetometer abholten, das mit einem Hubschrauber der US-Botschaft von der *Deep Fathom* eingeflogen worden war, stiegen Pitt, Giordino und Gunn in eine Linienmaschine nach Quito, der Hauptstadt von Ecuador. Kurz nach zwei Uhr morgens landeten sie, während ein heftiges Gewitter tobte. Sobald sie durch den Zoll waren, wurden sie von einem Vertreter der staatlichen Ölfirma in Empfang genommen, der sie im Namen des Generaldirektors, mit dem Gunn wegen eines Helikopters verhandelt hatte, willkommen hieß. Er geleitete sie zu einer Limousine, die sie, gefolgt von einem Kleintransporter mit ihrem Gepäck und den elektronischen Geräten, zur anderen Seite des Flugfeldes brachte. Vor einem startbereiten Helikopter, einem McDonnell Douglas Explorer, hielten die zwei Fahrzeuge an. Als sie aus dem Wagen gestiegen waren, drehte sich Gunn um und wollte sich bedanken. Doch der Vertreter der Ölfirma hatte bereits das Fenster hochgekurbelt und befahl dem Chauffeur loszufahren.

»Da möchte man doch gleich ein anständiges Leben führen«, murmelte Giordino angesichts der perfekten Betreuung.

»Die standen offenbar tiefer in unserer Schuld, als ich dachte«, sagte Pitt und musterte zufrieden den großen roten Helikopter, der zwei Triebwerke, aber keinen Heckrotor hatte.

»Taugt das Fluggerät was?« fragte Gunn naiv.

»Das beste Rotorflugzeug, das es heutzutage gibt«, erwiderte Pitt. »Stabil, zuverlässig und so ruhig wie Öl auf Wasser. Kostet etwa zweidreiviertel Millionen. Eine bessere Maschine hätten wir uns für unsere Suchaktion gar nicht wünschen können.«

»Wie weit ist es bis zur Bucht von Caraquez?«

»Etwa zweihundertzehn Kilometer. Mit dieser Maschine können wir das in weniger als einer Stunde schaffen.«

»Ich hoffe doch, du willst nicht bei Dunkelheit und während eines Tropengewitters über unbekanntes Gebiet fliegen«, sagte Gunn nervös, während er eine Zeitung über seinen Kopf hielt, um sich vor dem Regen zu schützen.

Pitt schüttelte den Kopf. »Nein, wir warten bis Tagesanbruch.«

Giordino nickte zu dem Hubschrauber hin. »Eins weiß ich bestimmt: Ich habe keine Lust, in voller Montur geduscht zu werden. Ich schlage vor, wir laden unser Gepäck und die Elektronik ein und hauen uns bis zur Dämmerung noch ein paar Stunden aufs Ohr.«

»Das ist das Beste, was ich heute gehört habe«, pflichtete Pitt bereitwillig bei.

Sobald ihre Ausrüstung verstaut war, klappten Giordino und Gunn die Lehnen der beiden Passagiersitze nach hinten und schliefen binnen weniger Minuten ein. Pitt saß im Licht einer kleinen Lampe auf dem Pilotensitz und studierte noch einmal die von Perlmutter und Yeager zusammengetragenen Daten. So kurz vor der Suche nach einem Schiffswrack war er viel zu aufgeregt zum Schlafen. Die meisten Männer geraten beim Gedanken an lockende Schätze völlig außer sich. Doch Pitts Triebfeder war nicht Gier, sondern die Herausforderung durch das Unbekannte. Er freute sich darauf, einer Spur zu folgen, die von Männern seines Schlages gelegt worden war, von Abenteurern, die in einem anderen Zeitalter gelebt hatten und gestorben waren. Männer, die ein Geheimnis hinterlassen hatten, auf daß spätere Generationen es enträtseln konnten.

Was für Männer waren das gewesen, fragte er sich, die im sechzehnten Jahrhundert die Decks eines Schiffes bevölkert hatten? Was hatte sie, abgesehen von lockenden Abenteuern und einer gewissen Aussicht auf Reichtum, dazu getrieben, mit Schiffen, die nicht viel größer als ein bescheidenes Zweifamilienhaus waren, manchmal drei Jahre und länger auf Reisen zu gehen? Monatelang sahen die Besatzungen kein Land, sie bekamen Skorbut, die Zähne fielen ihnen aus, und sie wurden durch Unterernährung und Krankheiten dezimiert. Häufig lebten am Ende dieser Schiffsreisen nur mehr die Offiziere, die von großzügigeren Rationen zehren konnten als die einfachen Matrosen. Von den achtundachtzig Mann, die mit der *Golden Hind* durch die Magellanstraße in den Pazifischen Ozean vorgedrungen waren, waren nur noch sechsundfünfzig übrig, als Drake wieder in den Hafen von Plymouth einlief.

Pitt wandte sich der *Nuestra Señora de la Concepción* zu. Perlmutter hatte Zeichnungen und Querschnitte einer typischen spanischen Galeone beigelegt, wie sie im sechzehnten und siebzehnten

Jahrhundert die Meere befahren hatte. Pitt interessierte sich in erster Linie dafür, wieviel Eisen sie an Bord gehabt hatte. Davon hing es ab, ob sie das Schiff mit dem Magnetometer aufspüren konnten. Perlmutter wußte mit Bestimmtheit, daß die zwei Kanonen, die sie nachweislich mitführte, aus Bronze waren und somit nicht von einem Gerät erfaßt werden konnten, das Magnetfelder maß.

Die Galeone hatte vier Anker mitgeführt. Ruder, Rahen und Nocken waren mit Eisen beschlagen, aber ihre Masten waren aus Holz und wurden von Hanftauen gehalten, nicht durch Ketten. Wenn sie zwei Anker gesetzt hatte, waren durch die Wucht der Woge, die jählings über das Schiff hereingebrochen war und es an Land geschleudert hatte, vermutlich die Taue gerissen. Damit blieb eine geringe Chance, daß ihre beiden Ersatzanker das Unglück überstanden hatten und sich noch immer bei dem Wrack befanden.

Er überschlug kurz, wieviel Eisen sonst noch an Bord sein könnte. Die Fittings, die Ruderöse samt Fingerling, an denen das Ruder festgemacht war, so daß es sich drehen ließ. Die Racks (Stützeisen für Rahen oder Spieren), alle möglichen Schäkel oder Greifhaken. Der Kochkessel, Zimmermannswerkzeuge, vielleicht eine Kiste mit Nägeln, kleinere Feuerwaffen, Schwerter und Piken. Kanonenkugeln.

Es war ein Schuß ins Blaue. Pitt war alles andere als ein Experte für Segelschiffe des sechzehnten Jahrhunderts. Er mußte sich darauf verlassen, daß Perlmutter die Eisenmenge an Bord der *Concepción* richtig geschätzt hatte. Demnach müßten es zwischen einer und drei Tonnen sein. Pitt hoffte inständig, daß es reichte, um aus einer Flughöhe von fünfzig bis fünfundsiebzig Metern per Magnetometer eine Anomalie zu erfassen, die sie zu der Galeone führen würde.

Reichte es nicht, dann standen ihre Chancen, die Galeone zu entdecken, etwa so gut, als wollten sie mitten im Südpazifik eine Flaschenpost mit einer wichtigen Nachricht finden.

Gegen fünf Uhr morgens, als der hellblaue Himmel über den Bergen im Osten langsam orangerot wurde, zog Pitt den McDonnell Douglas Explorer über der Bucht von Caraquez herunter. Fischerboote liefen aus und steuerten zum Morgenfang aufs offene Meer hinaus. Die Besatzungen, die gerade die Netze klarmachten, hielten inne, blickten zu dem tieffliegenden Helikopter auf und winkten. Pitt winkte zurück, während der Schatten des Explorer über die kleine Fischereiflotte hinweghuschte und auf die Küste zuhielt. Das dunkle, strahlende Blau des Wassers ging in ein von langen Brandungswellen durchzogenes grünliches Türkis über, als das Meer zum Sandstrand hin immer flacher wurde.

Die Bucht umschloß das Meer wie zwei lange Arme, die lediglich durch den Fluß Chone voneinander getrennt waren. Giordino, der auf dem Sitz des Copiloten saß, deutete nach rechts, auf eine unter ihnen liegende Stadt mit winzigen Straßen und bunt bemalten Booten, die auf den Strand gezogen waren. Rund um die Stadt drängten sich zahllose Bauerngehöfte, von denen keines mehr als drei oder vier Morgen Land besaß. Man sah kleine, weißgetünchte Adobehäuser, daneben Viehpferche mit Ziegen und ein paar wenigen Kühen. Pitt flog zwei Kilometer flußaufwärts, wo der Chone zwischen Stromschnellen schäumte. Wie eine undurchdringliche Mauer ragte mit einem Mal der Regenwald vor ihnen auf, der sich nach Osten erstreckte, so weit das Auge reichte. Den einzigen sichtbaren Durchgang bildete der Fluß.

»Wir nähern uns der unteren Hälfte unseres Suchrasters«, sagte Pitt nach hinten, zu Gunn gewandt, der über dem Protonenmagnetometer kauerte.

»Flieg zwei, drei Minuten im Kreis, damit ich das System installieren kann«, antwortete Gunn. »Al, kannst du mir die Brautschleppe runterlassen?«

»Wie Ihr wünscht.« Giordino nickte, stand auf und ging in den hinteren Teil der Maschine.

»Ich fliege unseren Ausgangspunkt für die erste Runde an«, sagte Pitt, »und kreise dort, bis ihr soweit seid.«

Giordino hob den Sensor hoch, der wie eine Luft-Luft-Rakete aussah. Er ließ ihn durch eine Luke im Bauch des Hubschraubers gleiten und wickelte das Zugseil ein Stück ab. »Brautschleppe etwa dreißig Meter raus«, gab er bekannt.

»Ich empfange Interferenzen vom Hubschrauber«, sagte Gunn. »Laß sie noch zwanzig Meter tiefer.«

Giordino folgte der Anweisung. »Wie ist es jetzt?«

»Gut. Jetzt halte den Sensor eine Weile so, bis ich die digitalen und analogen Aufzeichnungsgeräte justiert habe.«

»Was ist mit Kamera und Datenerfassungssystem?«

»Die ebenfalls.«

»Kein Grund zur Eile«, sagte Pitt. »Ich speichere derweil meine Rasterlinien in den Satellitennavigationscomputer ein.«

»Hast du zum erstenmal mit 'nem Geometrics G-813G zu tun?« fragte Giordino Gunn.

Gunn nickte. »Ich kenne das Modell G-801 für den marinen Einsatz, aber aus der Luft ist es eine Premiere für mich.«

»Dirk und ich haben letztes Jahr mit dem G-813G ein chinesisches Verkehrsflugzeug geortet, das vor der japanischen Küste ins Meer gestürzt war. Das Ding hat wie die ideale Frau funktioniert – sensibel, zuverlässig, wich nie vom Weg ab und mußte nicht nachgeeicht werden. Genau so stelle ich mir eine Lebensgefährtin vor.«

Gunn blickte ihn befremdet an. »Du hast ja einen komischen Geschmack, was Frauen angeht.«

»Er hat eben was für Roboter übrig«, scherzte Pitt.

»Hör auf damit«, sagte Giordino energisch. »Hör auf damit.«

»Man sagte mir, mit diesem Gerät könne man kleinste Anomalien genau feststellen«, sagte Gunn, der plötzlich wieder ernst wurde. »Wenn uns das nicht auf die Spur der *Concepción* bringt, dann finden wir sie nie.«

Giordino kehrte auf den Copilotensitz zurück, ließ sich nieder und blickte hinab auf den endlosen grünen Teppich, der nur 200 Meter (656 Fuß) unter ihnen lag. Nirgendwo konnte man den Boden sehen. »Ich glaube nicht, daß ich dort unten meinen Urlaub verbringen möchte.«

»Geht den meisten so«, sagte Pitt. »St. Julien Perlmutter hat in den Archiven nachgegraben und ist auf Gerüchte gestoßen, wonach die einheimischen Bauern die Gegend meiden. Julien sagte, in Cutills Tagebuch sei von den Mumien längst verstorbener Inkas die Rede, die von der Flutwelle aus den Gräbern gespült und in den Dschungel geschwemmt wurden. Die Einheimischen sind äußerst abergläubisch. Sie sind davon überzeugt, daß die Geister ihrer Vorfahren noch immer auf der Suche nach ihren ursprünglichen Gräbern durch den Dschungel ziehen.«

»Du kannst die erste Runde fliegen«, erklärte Gunn. »Alle Systeme sind bereit und eingestellt.«

»Wie weit von der Küste entfernt wollen wir mit dem Rasenmähen anfangen?« fragte Giordino, der sich dabei auf die fünfundsiebzig Meter breiten Bahnen des Suchrasters bezog, das sie abfliegen wollten.

»Wir fangen an der Drei-Kilometer-Marke an und halten uns parallel zur Küste«, antwortete Pitt. »Wir fliegen immer von Nord nach Süd und arbeiten uns dabei ins Landesinnere vor.«

»Und die Länge der Bahnen?« erkundigte sich Gunn. Er hatte einen Stift in der Hand, um ihre Position auf Millimeterpapier zu markieren, und konzentrierte sich gleichzeitig auf die blinkenden Zahlen der Digitalanzeige.

»Zwei Kilometer bei einer Geschwindigkeit von zwanzig Knoten.«

»Wir können viel schneller fliegen«, sagte Gunn. »Das Magnetometer hat eine viel schnellere Zykluszeit. Es kann auch bei hundert Knoten noch leicht eine Anomalie feststellen.«

»Lassen wir's mal lieber hübsch langsam angehen«, sagte Pitt bestimmt. »Die Störung des Magnetfeldes, auf die wir zu stoßen hoffen, gibt für dein Meßgerät nicht viel her, wenn wir nicht genau über unser Ziel hinwegfliegen.«

»Und wenn wir auf keine Anomalie stoßen, erweitern wir einfach das Suchraster.«

»Genau. Wir führen eine Suche wie nach dem Lehrbuch durch. Ich weiß gar nicht mehr, wie oft wir so was schon gemacht haben.« Dann schaute Pitt hinüber zu Giordino. »Al, kümmerst du dich um die Höhe, während ich auf die Koordinaten achte.«

Giordino nickte. »Ich halte die Brautschleppe so tief wie möglich, ohne daß sie sich in den Bäumen verheddert.«

Inzwischen war die Sonne aufgegangen, und bis auf ein paar kleine, wattige Wölkchen herrschte klarer Himmel. Pitt warf einen letzten Blick auf die Instrumente und nickte dann. »Okay, Jungs, suchen wir uns ein Schiffswrack.«

Dank der Klimaanlage konnte die heiße, feuchte Luft nicht durch die dünne Aluminiumhaut des Helikopters dringen, während sie über dem dichten Dschungel hin- und herflogen. Die Stunden verstrichen, und gegen Mittag hatten sie noch immer nichts erreicht. Bislang hatte das Magnetometer noch keine Reaktion gezeigt. Für jemanden, der noch nie nach einem unsichtbaren Objekt gesucht hat, wäre so etwas höchstwahrscheinlich entmutigend gewesen, doch Pitt, Giordino und Gunn blieben gelassen. Sie hatten alle schon an Suchaktionen nach Schiffswracks oder verschollenen Flugzeugen teilgenommen, bei denen man auch nach sechs Wochen noch keinen Erfolg verbuchen konnte.

Zudem achtete Pitt darauf, daß sie sich peinlich genau an ihren Plan hielten. Er wußte aus Erfahrung, daß sich Ungeduld oder eine Abweichung von dem errechneten Suchraster verhängnisvoll auf ein Projekt auswirken konnten. Statt in der Mitte des Suchgebiets anzufangen und sich dann nach außen vorzuarbeiten, begann er lieber am Rand und arbeitete sich langsam nach innen vor. Zu oft schon war es vorgekommen, daß das Objekt an einer ganz anderen Stelle als erwartet gefunden wurde. Außerdem hielt er es für ratsam, die trockenen, unbewaldeten Landstriche gleich abzuhaken. Auf diese Weise konnten sie Zeit sparen, da sie nicht zweimal dieselbe Strecke abfliegen mußten.

»Wieviel haben wir bereits geschafft?« fragte Gunn zum ersten Mal, seit sie mit der Suche begonnen hatten.

»Zwei Kilometer nach innen«, antwortete Pitt. »Wir kommen jetzt allmählich in das Gebiet, wo nach Yeagers Berechnungen die größten Erfolgschancen bestehen.«

»Dann fliegen wir in etwa fünf Kilometern Entfernung parallel zum Küstenverlauf von 1578.«

»Ja. So weit müßte die Galeone von der Welle mitgerissen worden sein, wenn Yeagers Computer recht hat.«

»Wir haben noch für drei Stunden Sprit.« Giordino klopfte an die beiden Kraftstoffanzeigen. Er wirkte weder müde noch gelangweilt, im Gegenteil, der Flug schien ihm Spaß zu machen.

Pitt zog ein Klemmbrett mit einer Karte aus der Seitentasche seines Sitzes und musterte sie allenfalls fünf Sekunden lang. »Die Hafenstadt Manta ist nur fünfundfünfzig Kilometer entfernt. Dort gibt's einen anständigen Flugplatz, wo wir auftanken können.«

»Apropos auftanken«, sagte Gunn. »Ich bin hungrig.« Da er der einzige war, der die Hände frei hatte, verteilte er die Sandwiches und den Kaffee, die ihnen das aufmerksame Personal der Ölfirma mitgegeben hatte.

»Der Käse schmeckt vielleicht komisch«, murmelte Giordino, während er mit skeptischen Blicken sein Sandwich musterte.

Gunn grinste. »In der Not frißt der Teufel Fliegen.«

Zwei Stunden und fünfzehn Minuten später hatten sie weitere achtundzwanzig Rasterbahnen abgeflogen und somit die Kilometer fünf und sechs hinter sich gebracht. Allmählich wurde ihnen mulmig, da sie sich bereits deutlich jenseits des von Yeager errechneten Fundortes befanden. Keiner von ihnen glaubte, daß ein fünfhundertsiebzig Tonnen schweres Schiff von einer Flutwelle weiter als 5 Kilometer (3 Meilen) ins Landesinnere gespült worden sein könnte. Und wenn, dann mußte die Welle mit Sicherheit über 30 Meter (98 Fuß) hoch gewesen sein. Ihre Zuversicht schwand immer mehr, je weiter sie das Hauptsuchgebiet hinter sich ließen.

»Beginne die erste Bahn von Kilometer sieben«, verkündete Pitt.

»Zu weit, viel zu weit«, murmelte Giordino.

»Ganz meine Meinung«, sagte Gunn. »Entweder haben wir sie verpaßt, oder sie liegt weiter nördlich oder südlich von unserem Suchgebiet. Sinnlos, in der Gegend noch mehr Zeit zu vergeuden.«

»Wir beenden noch Kilometer sieben«, sagte Pitt, den Blick auf das Navigationsinstrument geheftet, das ihm die Koordinaten anzeigte.

Gunn und Giordino wußten, daß es keinen Sinn hatte, darüber zu diskutieren. Wenn Pitt sich etwas vorgenommen hatte, ließ er sich durch niemanden davon abbringen. Obwohl der Dschungel das Schiff in den vergangenen vier Jahrhunderten dicht überwuchert haben mußte, war er auch weiterhin fest davon überzeugt, daß sie durchaus eine Chance hatten, die alte spanische Galeone zu finden. Giordino hielt den Helikopter gerade so hoch, daß der Sensor knapp über den Bäumen dahinstrich, während Gunn das Meßpapier und die Digitalanzeige überwachte. Sie machten sich allmählich mit dem Gedanken vertraut, daß sie keinen Glückstreffer landen konnten, und wappneten sich für eine lange und mühselige Suche.

Glücklicherweise blieb das Wetter weiterhin gut. Nur gelegentlich zog eine Wolke hoch am klaren Himmel dahin, und der Wind blies mit nur fünf Knoten stetig von Westen. Die Landschaft war genauso eintönig wie das Wetter. Wie ein endloses Meer aus Algen erstreckte sich der Dschungel unter ihnen. Kein menschliches Wesen lebte in dem ewigen Zwielicht da unten. Das konstante, feuchtheiße Klima sorgte dafür, daß das ganze Jahr hindurch Blumen blühten, die Blätter von den Bäumen fielen und Früchte wuchsen und reiften. Nur an wenigen Stellen drang das Sonnenlicht durch das Blätterdach der Bäume und Ranken bis zum Boden vor.

»Markieren!« stieß Gunn plötzlich hervor.

Sofort notierte Pitt die Flugkoordinaten. »Hast du etwas geortet?«

»Ich hatte einen leichten Ausschlag auf meinem Instrument. Nicht viel, aber zweifellos eine Anomalie.«

»Sollen wir umkehren?« fragte Giordino.

Pitt schüttelte den Kopf. »Beenden wir erst die Bahn und sehen dann, ob wir in der nächsten Runde einen stärkeren Wert bekommen.«

Niemand sprach ein Wort, während sie die Bahn hinter sich brachten, umkehrten und 75 Meter (246 Fuß) weiter östlich auf entgegengesetztem Kurs zurückflogen. Pitt und Giordino konnten es sich nicht verkneifen, einen Blick hinab auf den Regenwald zu werfen. Sie hofften, eine Spur des Wracks zu entdecken, wußten aber, daß es so gut wie unmöglich war, durch das dichte Blätterdach etwas zu erkennen. Es war eine wahrhaft schreckliche Wildnis von einer eigenwilligen, eintönigen Schönheit.

»Nähern uns der Markierung«, warnte Pitt sie vor. »Kommen jetzt drüber.«

Einen Augenblick später überquerte auch der Sensor, den sie hinter dem Helikopter herschleppten, die Stelle, an der Gunn eine Anomalie festgestellt hatte. »Hier ist sie!« rief er aufgeregt. »Sieht gut aus. Die Zahlen steigen. Komm schon, Schätzchen, spuck die fetten Gammas aus.«

Pitt und Giordino beugten sich aus dem Fenster und spähten hinab. Doch sie sahen nur das Blätterdach der dicht an dicht stehenden hohen Bäume. Auch ohne große Phantasie konnte man sich ausmalen, wie furchterregend und gefährlich dieser Regenwald war, der sich still und tödlich unter ihnen ausdehnte. Sie konnten nur raten, welche Schrecken in dem bedrohlichen Zwielicht da unten lauerten.

»Wir sind auf etwas gestoßen«, sagte Gunn. »Keine geschlossene Masse, sondern vereinzelte Signale, wie sie von kleinen, rund um ein Schiffswrack verstreuten Eisenteilen ausgelöst werden.«

Mit einem breiten Grinsen streckte Pitt die Hand aus und schlug Giordino auf die Schulter. »Nie verzagen.«

Giordino grinste zurück. »Das muß aber eine Mordswelle gewesen sein, die ein Schiff sieben Kilometer ins Landesinnere gerissen hat.«

»Sie muß an die fünfzig Meter hoch gewesen sein«, schätzte Pitt.

»Kannst du beidrehen und auf Ost-West-Kurs über die Stelle hinwegfliegen?« fragte Gunn.

»Zu Befehl.« Pitt zog den Explorer in einer so engen Kurve nach Westen, daß es Gunn flau im Magen wurde. Nachdem er einen halben Kilometer geflogen war, wendete er und achtete genau auf die Koordinaten, während er sich dem Zielgebiet aus einer anderen Richtung näherte. Diesmal waren die Signale etwas stärker und dauerten länger an.

»Ich glaube, wir haben sie längsseits überflogen«, sagte Gunn. »Hier muß sie sein.«

»Hier muß sie sein«, wiederholte Giordino aufgekratzt.

Pitt hielt den Hubschrauber im Schwebeflug und folgte Gunns Richtungsangaben, während sie sich langsam zu der Stelle mit den stärksten Magnetometersignalen vortasteten. Anhand der Anzeigen konnten sie feststellen, wann sich der Explorer genau über dem Wrack befand. »Zieh ihn zwanzig Meter nach Steuerbord, jetzt dreißig Meter achteraus. Zu weit. Zehn Meter voraus. Halt ihn so. Das wär's. Wir könnten einen Stein auf sie fallen lassen.«

Giordino schnappte sich einen kleinen, dosenartigen Behälter, zog den Ringverschluß auf und warf den Behälter aus dem Seitenfenster. Er fiel durch das Blätterdach und verschwand. Ein paar Sekunden später stieg eine Säule aus orangefarbenem Rauch zwischen den Bäumen auf. »Die Stelle mit einem X markiert«, sagte er fröhlich. »Kann nicht gerade sagen, daß ich mich auf den Marsch freue.«

Pitt schaute ihn an. »Wer hat denn was von einem Sieben-Kilometer-Marsch durch diesen Botanikalptraum gesagt?«

Verblüfft starrte Giordino ihn an. »Wie willst du denn sonst an das Wrack rankommen?«

»Dieses Wunderwerk der Luftfahrttechnik besitzt eine Winde. Du kannst mich zwischen den Bäumen runterlassen.«

Giordino spähte auf die dichte Decke des Regenwaldes hinab. »Du verhedderst dich in den Bäumen. Wir kriegen dich nie wieder rauf.«

»Nur keine Sorge. Bevor wir von Quito losgeflogen sind, habe ich im Werkzeugkasten nachgeguckt. Jemand war so aufmerksam und hat uns eine Machete mitgegeben. Ich kann mir den Weg nach unten freihacken, wenn ich am Geschirr hänge.«

»Wird nicht gehen«, sagte Giordino besorgt. »Wir haben nicht genug Sprit, um es bis Manta zu schaffen, wenn wir hier warten, während du dort unten herumturnst.«

»Ich erwarte doch gar nicht, daß ihr hierbleibt. Sobald ich am Boden bin, fliegt ihr nach Manta. Wenn ihr aufgetankt habt, kommt ihr zurück und lest mich wieder auf.«

»Vielleicht mußt du ein bißchen rumlaufen, bis du das Wrack findest. Aus der Luft entdecken wir dich nie und nimmer. Woher sollen wir wissen, wo wir das Geschirr runterlassen müssen?«

»Ich nehme zwei Rauchbomben mit und zünde sie, wenn ich euch wieder höre.«

Giordinos Miene war alles andere als begeistert. »Vermutlich kann ich dir diesen Irrsinn nicht ausreden.«

»Nein, vermutlich nicht.«

Zehn Minuten später hatte Pitt das Haltegeschirr angelegt, das an einer Trosse befestigt war, die wiederum zu der am Dach der Hubschrauberzelle angebrachten Winde führte. Während Giordino den Helikopter knapp über den Bäumen schweben ließ, betätigte Gunn die Winde.

»Vergeßt nicht, eine Flasche Champagner mitzubringen, damit wir feiern können«, schrie Pitt, bevor er durch die offene Luke stieg und nur mehr von der Trosse gehalten wurde.

»In zwei Stunden müßten wir wieder zurück sein«, brüllte Gunn über das Knattern der Rotoren und das Heulen der Turbinen hinweg. Er drückte auf den Knopf, der die Winde abspulte, und langsam sank Pitt zwischen den Kufen des Hubschraubers hinunter, bis er in der dichten Vegetation verschwand, als wäre er in einen Ozean aus grünen Blättern gesprungen.

23

Als er so am Sicherungsgeschirr hing, die Machete in der rechten Hand, ein tragbares Funkgerät in der linken, kam es Pitt fast so vor, als würde er wieder in den grünen Schleim des Opferbrunnens hinabgelassen. Er konnte nicht mit letzter Sicherheit sagen, wie hoch er über dem Boden war, doch er schätzte, daß es vom Blätterdach bis zum Fuß der Bäume mindestens 50 Meter (164 Fuß) waren.

Aus der Luft sah der Regenwald aus wie eine chaotische Masse ineinander verschlungener Pflanzen. Dicht an dicht drängten sich niedrigere Gewächse rings um die Stämme der großen Bäume zum Licht. Die obersten Zweige und Blätter tanzten im Luftzug der Hubschrauberrotoren, so daß sie wie ein endlos wogender Ozean wirkten.

Pitt legte den Arm über die Augen, als er durch die obere Kronenschicht des Waldes hinuntersank, knapp an einem mit kleinen, weißen Blüten übersäten Mahagonibaum vorbei. Ohne Schwierigkeiten konnte er sich mit den Füßen von den dickeren Ästen abstoßen. Dampf stieg von dem noch immer unsichtbaren Boden zu ihm auf. Da er die klimatisierte Luft im Hubschrauber gewohnt war, brach ihm schon nach kurzer Zeit der Schweiß aus allen Poren. Als er hektisch einen Ast beiseite stieß, der plötzlich zwischen seinen Beinen aufragte, schreckte er ein Klammeraffenpärchen auf, das schnatternd auf die andere Seite des Baumes sprang.

»Hast du etwas gesagt?« fragte Gunn per Funk.

»Ich habe gerade ein Affenpärchen aus der Siesta aufgescheucht«, antwortete Pitt.

»Soll ich dich langsamer runterlassen?«

»Nein, so ist's gut. Ich habe die obere Kronenschicht hinter mir.

Im Augenblick komme ich gerade durch etwas durch, was wie Lorbeer aussieht.«

»Rühr dich, wenn du woanders hinwillst«, meldete sich Giordino aus dem Cockpit.

»Halte die Position«, befahl Pitt. »Wenn du herumfliegst, könnte sich die Trosse verheddern. Dann hänge ich hier herum, bis ich alt und grau bin.«

Pitt stieß jetzt auf ein dichteres Geflecht aus Zweigen, konnte sich aber mit der Machete mühelos einen Weg freihacken, ohne daß Gunn das Tempo der Winde drosseln mußte. Er drang in eine Welt ein, wie man sie nur selten zu Gesicht bekommt, eine Welt voller Schönheit und Gefahren. Gewaltige, hinauf zum Licht strebende Kletterpflanzen krochen an den größeren Bäumen empor. Manche klammerten sich mit Ranken und Haken an ihren Wirtspflanzen fest, andere wanden sich wie Korkenzieher nach oben. Von den Bäumen wehten dichte Vorhänge aus Moos, die ihn an spinnweben-verhangene Grüfte in Horrorfilmen erinnerten. Aber der Dschungel hatte auch seine Reize. Riesige Orchideengirlanden, die wie Lichterketten an einem Weihnachtsbaum aussahen, wucherten hinauf zum Himmel.

»Kannst du den Boden sehen?« fragte Gunn.

»Noch nicht. Ich muß erst noch durch einen kleinen Baum durch, der wie eine Palme aussieht, an der wilde Pfirsiche wachsen. Danach kommt dann ein Geflecht aus allen möglichen Hängeranken.«

»Ich glaube, die heißen Lianen.«

»In Botanik war ich noch nie besonders gut.«

»Du könntest dir eine schnappen und Tarzan spielen«, sagte Gunn, der die allgemeine Anspannung durch einen Scherz auflok-kern wollte.

»Wenn ich nur Jane sehen –«

Gunn zuckte zusammen, als Pitt plötzlich verstummte. »Was ist los? Bist du okay?«

Pitts Stimme war kaum mehr als ein Flüstern, als er sich wieder meldete. »Fast hätte ich mich aus Versehen an einer Ranke festge-halten. Aber es war eine Schlange, so dick wie ein Wasserrohr, mit einem Maul wie ein Alligator.«

»Welche Farbe?«

»Schwarz mit gelblichbraunen Tupfen.«

»Eine Boa constrictor«, erklärte Gunn. »Die kann dich vielleicht etwas quetschen, ist aber nicht giftig. Tätschle sie ein bißchen für mich.«

»Den Teufel werd' ich tun«, schnaubte Pitt. »Wenn sie mich weiter so schief anschaut, lernt sie Madame LaFarge kennen.«

»Wen?«

»Meine Machete.«

»Was siehst du sonst noch?«

»Etliche großartige Schmetterlinge, eine ganze Anzahl Insekten, die aussehen wie von einem anderen Stern, und einen Papagei, der zu scheu ist, um ein paar Körner zu betteln. Du glaubst ja nicht, wie riesig die Pflanzen sind, die hier aus den Bäumen treiben. Hier gibt's Veilchen, die sind so groß wie mein Kopf.«

Das Gespräch verstummte, während Pitt sich einen Weg durch die dichten Zweige eines niedrigen Baumes freihackte. Er schwitzte wie ein Preisboxer in der letzten Runde eines Meisterschaftskampfes, und seine Kleidung triefte von der Feuchtigkeit, die sich auf den Blättern der Bäume angesammelt hatte. Als er die Machete heben wollte, streifte er mit dem Arm über eine dornenbewehrte Ranke, die seinen Hemdsärmel glatt aufschlitzte und seinen Unterarm zerschrammte. Glücklicherweise waren die Risse weder tief noch schmerzhaft.

»Winde anhalten«, sagte er, als er festen Boden unter den Füßen spürte. »Ich bin unten.«

»Irgendeine Spur von der Galeone?« fragte Gunn aufgeregt.

Pitt antwortete nicht sofort. Er klemmte sich die Machete unter den Arm und drehte sich einmal im Kreis, während er das Haltegeschirr aufhakte und seine Umgebung musterte. Er kam sich vor wie am Grund eines Blättermeeres. Hier unten herrschte kaum Licht, da nur wenige Sonnenstrahlen durch die dichte Vegetation drangen, und das Farbenspektrum beschränkte sich auf wenige Grün-, Blau- und Grautöne. Es herrschte dasselbe gespenstische Zwielicht, das ein Taucher in etwa 60 Meter (196 Fuß) Wassertiefe erlebt.

Zu seiner Überraschung stellte er fest, daß der Regenwald am Boden gar nicht so undurchdringlich war. Bis auf den weichen

Teppich aus vermodernden Blättern und Zweigen wuchsen verhältnismäßig wenig Pflanzen unter dem Laubdach, und nirgendwo sah er die fauligen Haufen absterbender Vegetation, die er erwartet hatte. Nun, da er inmitten dieser sonnenlosen Welt stand, wurde ihm rasch klar, warum bodenwüchsige Pflanzen so selten waren.

»Ich kann nichts erkennen, das einem Schiffsrumpf ähnelt«, sagte er. »Keine Spanten, keine Balken, keinen Kiel.«

»Eine Pleite«, sagte Gunn, der seine Enttäuschung nicht verhehlen konnte. »Das Meßgerät muß auf ein natürliches Eisenvorkommen reagiert haben.«

»Nein«, versetzte Pitt, der alle Mühe hatte, ruhig zu sprechen. »Das kann ich nicht behaupten.«

»Was willst du uns damit sagen?«

»Nichts weiter, als daß die Pilze, Insekten und Bakterien, die hier hausen, sämtliche organischen Bestandteile des Schiffes verspeist haben. Eigentlich gar nicht weiter überraschend, wenn man bedenkt, daß sie vier Jahrhunderte Zeit hatten, es bis auf den Kiel zu vertilgen.«

Gunn, der ihn noch immer nicht ganz verstand, sagte kein Wort. Dann traf es ihn wie ein Blitzschlag.

»O mein Gott!« japste er. »Wir haben sie gefunden. Du stehst tatsächlich auf dem Wrack der Galeone.«

»Mittendrin.«

»Du sagst, vom Rumpf ist nicht das geringste übriggeblieben?« mischte sich Giordino ein.

»Sämtliche Überreste sind mit Moos und Humus überzogen, aber ich glaube, ich kann ein paar Tontöpfe, etliche Kanonenkugeln, einen Anker und einen kleinen Haufen Ballaststeine erkennen. Die Fundstelle sieht aus wie ein alter Lagerplatz, in dessen Mitte Bäume wachsen.«

»Sollen wir noch dableiben?« fragte Giordino.

»Nein, ihr brettert rüber nach Manta und tankt auf. Ich wühle derweil nach dem Jadekästchen, bis ihr wieder zurück seid.«

»Sollen wir dir irgendwas runterlassen?«

»Ich brauche nichts weiter als die Machete.«

»Hast du die Rauchbomben noch?« fragte Giordino.

»Ich habe zwei Stück am Gürtel hängen.«

»Zünde eine, sobald du uns kommen hörst.«

»Keine Angst«, sagte Pitt munter. »Ich habe nicht vor, von hier wegzulaufen.«

»Bis in zwei Stunden dann«, sagte Gunn aufgekratzt.

»Seht zu, daß ihr pünktlich seid.«

Unter anderen Umständen und zu einer anderen Zeit wäre Pitt etwas beklommen ums Herz geworden, als das Geräusch des McDonnell Douglas Explorer schwächer wurde und er allein inmitten des schwülen Regenwaldes zurückblieb. Doch das Wissen, daß sich irgendwo in nächster Nähe, unter einem Haufen uralter Trümmer begraben, der Schlüssel zu einem riesigen Schatz befand, beflügelte ihn. Er fing nicht an, wild herumzugraben. Statt dessen schritt er langsam zwischen den verstreuten Überresten der *Concepción* umher und studierte Lage und Bauweise. Anhand der Unebenheiten und kleinen Hügel am Boden konnte er beinahe ihre Konturen ausmachen.

Der Schaft und die Flunke eines Ankers, die aus dem Humus unter einer jüngeren Schicht Blätter herausragten, verrieten ihm, wo sich der Bug befunden hatte. Er glaubte nicht, daß Navigator Thomas Cuttill das Jadekästchen im Laderaum verstaut hatte. Die Tatsache, daß Drake das Kästchen der Königin hatte schenken wollen, deutete eher darauf hin, daß er es in seiner Nähe behalten hatte, vermutlich in der großen Kapitänskajüte am Heck des Schiffes.

Während Pitt über das Trümmerfeld ging und immer wieder kleinere Stellen mit der Machete freihackte, stieß er auf alle möglichen Hinterlassenschaften der Besatzung, doch er sah nirgendwo Knochen. Offenbar waren die meisten Matrosen durch die Flutwelle vom Schiff gerissen worden. Er entdeckte verrottete Lederschuhe, rostzerfressene Messer mit verwitterten Beingriffen, tönerne Eßnäpfe und einen eisernen Kochkessel, der noch vom Ruß geschwärzt war. Furcht befiel ihn, als ihm klar wurde, wie kläglich dieser Trümmerhaufen im Grunde genommen war. Er hatte Angst, jemand könnte das Schiff bereits vor ihm gefunden und ausgeplündert haben. Er holte eine Plastiktüte aus der Brusttasche seines Hemdes, öffnete sie und zog die von Perlmutter gefaxten Zeichnungen und Baupläne heraus, die den im sechzehnten Jahrhundert üblichen Galeonentyp zeigten. Anhand des Planes schritt er sorgfältig voran, bis er seiner Meinung nach etwa in Höhe des Laderaumes war, wo die kostbare Fracht verstaut sein mußte.

Pitt machte sich an die Arbeit. Wie sich herausstellte, war die Humusschicht, die ihm so dick vorgekommen war, an dieser Stelle nur 10 Zentimeter (4 Inch) tief. Er mußte lediglich die vermodernden Blätter beiseite schieben, und schon stießen seine Hände auf etliche herrlich geformte steinerne Köpfe und Statuen in allen möglichen Größen. Er nahm an, daß es sich um Tiergötter handelte. Erleichtert seufzte er auf, als er feststellte, daß die Galeone noch unberührt war.

Als er eine verrottende Ranke wegschob, die von einem Baum herabgefallen war, entdeckte er zwölf weitere Skulpturen, drei davon in Lebensgröße. In diesem gespenstischen Licht und mit ihrem grünen Schimmelkleid sahen sie aus wie Leichen, die aus ihren Gräbern stiegen. Die zahllosen Töpfe und Tongefäße hatten die vierhundert Jahre währende Feuchtigkeit weit weniger gut überstanden. Selbst diejenigen, die noch verhältnismäßig heil geblieben waren, zerbröselten, wenn man sie anfaßte. Die kostbaren Textilien aus den königlichen Schatzkammern waren samt und sonders zu schwarzen, schimmeligen Klumpen verrottet.

Aufgeregt grub Pitt tiefer, ohne auf seine abgebrochenen Fingernägel oder den modrigen Schleim zu achten, der ihm an den Händen klebte. Er stieß auf einen ganzen Hort aus kunstvoll verzierter und herrlich bearbeiteter Jade. Es waren so viele Stücke, daß er bald den Überblick verlor. Dazwischen lagen Mosaiken aus Perlmutt und Türkis. Pitt hielt inne und wischte sich mit dem Unterarm den Schweiß vom Gesicht. Diese Goldmine, so wurde ihm klar, mußte unweigerlich zu Zank und Scherereien führen. Schon jetzt konnte er sich lebhaft vorstellen, zu welchen juristischen Auseinandersetzungen und diplomatischen Ränken es zwischen den Regierungen und den Archäologen Ecuadors und Perus kommen mußte, da aller Voraussicht nach beide Seiten behaupten würden, sie hätten ein Anrecht auf die Kunstschätze. Wie verzwickt die rechtliche Lage auch sein mochte, eins war sicher: Keines dieser Meisterwerke der Inkakunst würde auf einem Regal in Pitts Haus landen.

Er blickte auf die Uhr. Mehr als eine Stunde war vergangen, seit er sich durch die Bäume hatte abseilen lassen. Er trennte sich von den wild durcheinandergeworfenen Kunstgegenständen und suchte weiter nach dem Heck der Galeone, wo sich einst die Kapitänskajüte befunden haben mußte. Er hackte gerade mit energischen Machetenhieben auf die abgestorbene Vegetation über einem Trümmerhaufen ein, als die Klinge auf etwas Metallisches stieß. Er trat die Blätter beiseite und stellte fest, daß er auf eines der beiden Schiffsgeschütze gestoßen war. Längst war der Bronzelauf von einer dicken grünen Patina überzogen, und in der Mündung hatten sich im Laufe der Jahrhunderte Moder und Humus angesammelt.

Pitt wußte nicht mehr, ob es sein eigener Schweiß war, der an seinem Körper herunterlief, oder ob es an der feuchten Dschungelluft lag. Es war, als arbeitete er in einer Sauna, nur daß ihn überdies auch noch winzige, schnakenähnliche Insekten traktierten, die seinen ungeschützten Kopf umschwärmten. Abgefallene Ranken schlangen sich um seine Knöchel, und zweimal rutschte er auf dem nassen Boden aus und fiel hin. Eine dichte Schicht aus Lehm und Blättern klebte an seinem Körper, so daß er aussah wie ein Sumpfungeheuer aus einem Geistermoor. Allmählich zehrte die dampfige Luft an seinen Kraftreserven, und er mußte gegen den Drang ankämpfen, sich hinzulegen und ein Nickerchen zu machen. Dieser Wunsch verging ihm allerdings sofort, als er eine Buschmeister sah, die sich über einen Haufen Ballaststeine neben ihm schlängelte. Diese berüchtigte Grubenotter, mit bis zu drei Metern Länge die größte Giftschlange der Neuen Welt, ist äußerst tödlich, und so sah sie auch aus: der Körper rosa bis braun gefärbt und mit einem dunklen Rautenmuster überzogen. Pitt machte einen großen Bogen um sie und achtete von nun an darauf, daß er nicht über eine ihrer Artgenossinnen stolperte.

Er wußte, daß er sich an der richtigen Stelle befand, als er auf Fingerling und Ruderöse stieß, die inzwischen total verrostet waren. Aus Versehen trat er gegen einen halb im Boden vergrabenen Gegenstand – einen kaum mehr zu erkennenden Ring aus verziertem Eisen. Als er sich bückte, um ihn näher in Augenschein zu nehmen, sah er Glassplitter. Er schlug in Perlmutters Zeichnungen nach und stellte fest, daß er die Hecklaterne vor sich hatte. Die Ruderbeschläge und die Lampe verrieten ihm, daß er sich über der einstigen Kapitänskajüte befinden mußte. Jetzt begann die eigentliche Suche nach dem Jadekästchen.

Nachdem er vierzig Minuten lang auf allen vieren gebuddelt hatte, hatte er ein Tintenfaß, zwei Weinpokale und die Überreste mehrerer Öllampen zutage gefördert. Ohne sich eine Rast zu gönnen, fegte er vorsichtig einen kleinen Blätterhaufen weg, und plötzlich sah er ein grünes Auge vor sich, das ihn aus dem feuchten Humus anstarrte. Er wischte sich die nassen Hände an der Hose ab, zog ein Halstuch aus der Tasche und wischte sacht den Schmutz rund um das Auge ab. Ein menschliches Gesicht kam zum Vorschein, das kunstvoll und mit großer Sorgfalt aus einem schweren Stück Jade herausgeschnitzt worden war. Pitt hielt den Atem an.

Mühsam zügelte er seine Begeisterung und hob vorsichtig vier kleine Gräben rund um das starre Gesicht aus. Bald sah er, daß es sich um den Deckel eines Kastens handelte, der etwa so groß wie eine zwölf Volt starke Autobatterie war. Als er den Kasten vollständig freigelegt hatte, hob er ihn aus dem feuchten Erdreich, in dem er seit 1578 geruht hatte, und stellte ihn zwischen seine Beine.

Gute zehn Minuten lang saß Pitt voller Ehrfurcht und Staunen da. Er hatte Angst, auf nichts als feuchten Moder zu stoßen, wenn er den Deckel hob. Beklommen zog er sein kleines Schweizer Offiziersmesser heraus, klappte die dünnste Klinge auf und fing an, den Deckel hochzustemmen. Er saß so dicht auf, daß Pitt mit dem Messer zunächst um den ganzen Kasten herumfahren und den Deckel Millimeter für Millimeter anheben mußte. Zweimal mußte er innehalten und sich den Schweiß abwischen, der ihm in die Augen lief. Schließlich löste sich der Deckel. Danach hielt Pitt sich respektlos die Nase zu, hob den Deckel und schaute hinein.

Die Schachtel war innen mit Zedernholz ausgekleidet und enthielt etwas, das seiner Ansicht nach wie ein zusammengefalteter Haufen aus bunten, verknoteten Schnüren aussah. Mehrere Schnüre waren zwar verblaßt, aber sie waren alle intakt, und man konnte die Farbe noch erkennen. Pitt traute seinen Augen kaum, als er sah, wie gut sein Fund erhalten war. Doch dann untersuchte er die Schnüre genauer und stellte fest, daß sie nicht aus Baum- oder Schurwolle hergestellt waren, sondern aus gefärbten und zusammengedrehten Metalldrähten.

»Das ist es!« schrie er und schreckte einen ganzen Baum voller Aras auf, die unter wildem Gekreisch in die Tiefen des Regenwaldes davonflatterten. »Das Drake-*Quipu*.«

Dann raffte Pitt das Kästchen an sich wie Ebenezer Scrooge seine Geldbörse, als er um eine milde Weihnachtsgabe für die Bedürftigen gebeten wurde, und suchte sich einen halbwegs trockenen Sitzplatz auf einem umgestürzten Baum. Er starrte in das Jadegesicht und fragte sich, ob es wohl jemanden gab, der das Geheimnis des *Quipu* enträtseln könnte. Laut Dr. Ortiz war der letzte Mensch, der Knotenschnüre deuten konnte, vor vierhundert Jahren gestorben. Er hoffte inständig, daß Yeager mit Hilfe seines raffinierten Computers in der Lage war, die Zeit zu überbrücken und das Rätsel zu lösen.

Ohne die stechenden Insekten wahrzunehmen, den schneidenden Schmerz in seinem zerschrammten Arm und die dumpfe Feuchtigkeit, saß er inmitten der Geister der englischen und spanischen Seeleute. Plötzlich hörte er irgendwo am Himmel über dem Blätterdach den Hubschrauber zurückkehren.

24

Ein kleiner Lieferwagen mit dem Namenszug einer bekannten Paketzustellungsfirma fuhr eine Rampe hoch und hielt vor dem für Zu- und Auslieferungen bestimmten Tor eines ziemlich großen, flachen Betonbaus. Das Gebäude stand inmitten eines weitläufigen Lagerhausareals in Galveston, Texas, und nahm einen ganzen Straßenblock ein. Weder auf dem Dach noch auf den Mauern befand sich irgendein Firmenschild. Nur eine kleine Messingtafel mit der Aufschrift »Logan Storage Company« neben dem Tor deutete darauf hin, daß die Halle noch genutzt wurde. Es war kurz nach sechs Uhr abends. Zu spät, als daß noch ein Angestellter an seinem Arbeitsplatz gewesen wäre, aber früh genug, um keinerlei Verdacht bei den Wachmännern zu erwecken, die hier regelmäßig ihren Rundgang machten.

Ohne den Lieferwagen zu verlassen, tippte der Fahrer einen

Zahlencode in eine Fernbedienung ein, mit der er die Alarmanlage ausschaltete und das schwere Tor hob. Dahinter kam eine gewaltige Lagerhalle mit, wie es schien, endlosen Reihen von Regalen zum Vorschein, die voller Möbel und anderem Hausrat waren. Nirgendwo in der weitläufigen Betonhalle sah man ein Lebenszeichen. Nun, da sich der Fahrer davon überzeugt hatte, daß sämtliche Angestellten Feierabend gemacht hatten, stieß er mit dem Lieferwagen hinein und wartete, bis sich die Tür wieder geschlossen hatte. Dann fuhr er auf eine Plattform, die so groß war, daß sie auch einen neunachsigen Lastwagen samt Anhänger hätte aufnehmen können.

Er stieg aus dem Fahrzeug und ging zu einem kleinen Schaltkasten, der auf einem Sockel stand, und tippte einen Zahlencode in eine Tastatur, neben der sich ein Schildchen mit der Aufschrift »Gesamtgewicht eingeben« befand. Die Plattform fing an zu vibrieren und versank dann wie ein riesiger Lastenaufzug im Boden. Nachdem sie am Kellerboden zum Stillstand gekommen war, steuerte der Fahrer den Lieferwagen in einen geräumigen Tunnel, während der Aufzug automatisch in die darüberliegende Lagerhalle zurückkehrte.

Der Tunnel war fast einen Kilometer lang und endete tief unter einem weiteren riesigen Lagerhaus. Hier, in diesen weitläufigen unterirdischen Räumlichkeiten, ging die Familie Zolar ihren kriminellen Geschäften nach, während sie oben, in den Lagerhallen, ihre legalen Unternehmungen betrieb.

Oben, wo alles ehrlich zuging, kamen die Angestellten morgens durch eine gläserne Eingangstür und gingen zu den Verwaltungsbüros, die eine ganze Seite des Gebäudes einnahmen. In den übrigen Bereichen des Erdgeschosses wurden wertvolle Gemälde, Skulpturen und unzählige Antiquitäten gelagert, allesamt legal erworben, mit einwandfreien Papieren, und für den Verkauf auf dem freien Markt bestimmt. Hinten, in einem gesonderten Raum, war die Restaurationsabteilung untergebracht, in der eine kleine Gruppe erstklassiger Handwerker daran arbeitete, alte oder beschädigte Kunstgegenstände wieder in einstiger Pracht erstehen zu lassen. Kein einziger Angestellter der Zolar International oder der Logan Storage Company, nicht einmal diejenigen, die schon zwanzig und mehr Jahre hier beschäftigt waren, ahnte auch nur im entferntesten etwas von den heimlichen Geschäften, die unter ihnen vor sich gingen.

Der Fahrer verließ den Tunnel und kam in einen riesigen Kellerraum, dessen Grundfläche noch größer war als die der 20 Meter (66 Fuß) darüber liegenden Lagerhalle. Etwa zwei Drittel dieses Raumes dienten dazu, gestohlene und geschmuggelte Kunstwerke aufzunehmen, die hier bis zum Verkauf zwischengelagert wurden. In dem übrigen Drittel war ein weiterer blühender Unternehmenszweig der Familie Zolar untergebracht: die Herstellung von Fälschungen und Imitationen. Von dieser unterirdischen Ebene wußten nur die Familienmitglieder, ein paar loyale Kompagnons und die Bauarbeiter, die man extra aus Rußland eingeflogen und wieder zurückgeschafft hatte, sobald die Kelleretage fertig war, damit sie niemandem etwas von der Existenz dieser Räumlichkeiten verraten konnten.

Der Fahrer stieg aus dem Führerhaus, ging zum Heck des Lieferwagens und holte einen langen Metallzylinder heraus, der mit einer Karre verbunden war, deren Räder sich wie bei einer Krankenwagenbahre automatisch ausklappten, sobald sie herausgezogen wurde. Als alle vier Räder ausgefahren waren, rollte er die Karre mit dem Zylinder durch den riesigen Kellerraum auf eine verschlossene Tür zu.

Unterwegs musterte er sein Spiegelbild auf dem glänzenden Metallzylinder. Er war mittelgroß und hatte einen stattlichen Bauch. Durch den engsitzenden weißen Overall wirkte er schwerer, als er tatsächlich war. Seine mittelbraunen Haare waren militärisch kurz geschnitten, Kinn und Wangen glattrasiert. Amüsiert stellte er fest, daß seine grasgrünen Augen auf dem Aluminiumbehälter einen silbernen Schimmer angenommen hatten. Jetzt wirkten sie trügerisch verträumt, doch wenn er wütend oder angespannt war, konnten sie hart wie Feuerstein werden. Ein Polizist mit guter Beobachtungsgabe hätte Charles Zolar, dessen offizieller Name Charles Oxley lautete, als einen Betrüger bezeichnet, dem man sein Gewerbe nicht ansah.

Seine Brüder, Joseph Zolar und Cyrus Sarason, öffneten die Tür, kamen aus dem Zimmer heraus und umarmten ihn herzlich.

»Toll«, sagte Sarason. »Ein großartiges Täuschungsmanöver.«

Zolar nickte. »Einen eleganteren Diebstahl hätte sich auch unser Vater nicht ausdenken können. Die Familie ist stolz auf dich.«

»Das will was heißen«, sagte Oxley lächelnd. »Ihr wißt gar nicht, wie froh ich bin, daß ich die Mumie endlich an einem sicheren Ort abladen kann.«

»Bist du sicher, daß dich niemand gesehen hat, als du sie aus Rummels Haus geholt hast, und dir gefolgt ist?« fragte Sarason.

Oxley schaute ihn an. »Willst du meine Fähigkeiten anzweifeln, Bruder? Ich habe alle nur erdenklichen Vorsichtsmaßnahmen getroffen und bin nur tagsüber, während der Arbeitszeit und über Nebenstraßen nach Galveston gefahren. Außerdem habe ich mich genau an die Verkehrsregeln gehalten. Du kannst mir ruhig glauben, wenn ich sage, daß mir niemand gefolgt ist.«

»Kümmere dich doch nicht um Cyrus«, sagte Zolar lächelnd. »Wenn es ums Spurenverwischen geht, wird er etwas paranoid.«

»Wir sind schon zu weit vorangekommen, um uns jetzt noch einen Fehler erlauben zu dürfen«, sagte Sarason mit tiefer Stimme.

Oxley blickte an seinen Brüdern vorbei in die Tiefe der riesigen Lagerhalle. »Sind die Glyphen-Experten schon da?«

Sarason nickte. »Ein Anthropologieprofessor aus Harvard, dessen Lebenswerk die Deutung präkolumbianischer Piktogramme ist, und seine Frau, die das Entziffern mit Hilfe eines Computers besorgt. Henry und Micki Moore.«

»Wissen sie, wo sie sich befinden?«

Zolar schüttelte den Kopf. »Sie trugen Augenbinden und wurden per Kopfhörer mit Musik berieselt, seit unsere Mittelsmänner sie mit einer Limousine vor ihrer Wohnung in Boston abholten. Der Pilot des Flugzeugs, das sie hierherbrachte, wurde angewiesen, zwei Stunden zu kreisen, bevor er nach Galveston fliegt. Am Flughafen hat man sie in einen schalldichten Lastwagen gesetzt, der sie hergefahren hat. Man kann ruhig sagen, daß sie weder etwas gehört noch etwas gesehen haben.«

»Sie gehen also davon aus, daß sie sich in einem Forschungslabor in Kalifornien oder Oregon befinden?«

»Diesen Eindruck müßten sie nach dem Flug haben«, erwiderte Sarason.

»Sie müssen doch Fragen gestellt haben.«

»Zunächst schon«, antwortete Zolar. »Doch als ihnen unsere Mittelsmänner sagten, daß sie für das Entziffern einer alten Inschrift zweihundertfünfzigtausend Dollar erhalten würden, erklärten sie sich zur Mitarbeit bereit. Außerdem versprachen sie, Stillschweigen zu bewahren.«

»Und du traust ihnen?« sagte Oxley zweifelnd.

Sarason lächelte boshaft. »Natürlich nicht.«

Oxley mußte nicht Gedanken lesen können, um zu wissen, daß die Namen Henry und Micki Moore bald einen Grabstein zieren würden. »Sinnlos, Zeit zu vergeuden, Brüder«, sagte er. »Wo soll ich General Naymlaps Mumie abstellen?«

Sarason deutete in die unterirdische Halle. »Wir haben eigens einen Raum abgeteilt. Ich zeige dir den Weg, während Bruder Joseph unsere Experten holt.« Er zögerte kurz, zog dann drei schwarze Skimasken aus der Jackentasche und warf Oxley eine zu. »Streif sie über. Wir wollen nicht, daß sie unsere Gesichter sehen.«

»Wieso, Bruder? Sie werden keine Gelegenheit dazu haben, uns zu identifizieren.«

»Um sie einzuschüchtern.«

»Ein bißchen übertrieben, aber ich nehme an, du hast recht.«

Während Zolar die Moores zu dem abgeteilten Raum führte, holten Oxley und Sarason die goldene Mumie vorsichtig aus dem Behälter und legten sie auf einen mit einem dicken Samtpolster bezogenen Tisch. Zu dem Raum gehörten eine kleine Küche, Betten und ein Badezimmer. Auf einem großen Schreibtisch lagen allerlei Notiz- und Skizzenblöcke und mehrere Lupen mit unterschiedlicher Vergrößerungsstärke. Ferner gab es einen mit der entsprechenden Software ausgerüsteten Computer samt Laserdrucker. An der Decke befand sich eine Reihe Scheinwerfer, die auf die eingravierten Bildsymbole des Leichengewandes gerichtet waren.

Sobald die Moores den Raum betreten hatten, nahm man ihnen die Kopfhörer und die Augenbinden ab.

»Ich hoffe, Sie hatten keine Unannehmlichkeiten«, sagte Zolar höflich.

Die Moores blinzelten in das helle Licht und rieben sich die Augen. Henry Moore entsprach genau dem Bild, das man sich von einem Professor an einer altehrwürdigen Universität macht. Für sein Alter sah er noch sehr gut aus, er war schlank, hatte volles, zotteliges graues Haar und einen Teint wie ein Teenager. Er trug ein Tweedsakko mit Lederflicken auf den Ärmeln, eine Schulkrawatte und ein dunkelgrünes Baumwollhemd. Als kleinen Blickfang hatte er eine weiße Nelke am Revers stecken.

Micki Moore war gut und gerne fünfzehn Jahre jünger als ihr Gatte. Auch sie war schlank, fast schon so dünn wie die Fotomodelle in den siebziger Jahren. Ihre Haut hatte einen dunklen Schimmer, und die hohen, geschwungenen Jochbeine deuteten darauf hin, daß es irgendwo in ihrer Ahnenreihe ein paar Indianer gegeben haben mußte. Sie war eine gutaussehende Frau mit einer wunderbaren Haltung; sie wirkte so elegant und hoheitsvoll, daß sie auf allen Cocktailpartys und Empfängen der Universität Aufsehen erregte. Als ihre grauen Augen an das Licht gewöhnt waren, ließ sie den Blick zunächst von einem Bruder zum anderen schweifen, bevor sie auf das goldene Leichengewand von Tiapollo starrte.

»Eine großartige Arbeit«, sagte sie leise. »Sie haben uns gar nicht mitgeteilt, was mein Mann und ich für Sie entziffern sollen.«

»Bitte vergeben Sie uns die etwas melodramatischen Sicherheitsvorkehrungen«, sagte Zolar freundlich. »Aber wie Sie sehen, handelt es sich um ein Stück unschätzbar wertvoller Inkakunst. Wir möchten nicht, daß gewisse Leute etwas von seiner Existenz erfahren, bevor es nicht von Experten wie Ihnen eingehend untersucht wurde. Sie könnten sonst versucht sein, es zu stehlen.«

Henry Moore stürzte zu dem Tisch, ohne sich um die Brüder zu kümmern. Er zog eine Lesebrille aus der Brusttasche, setzte sie auf und sah sich die Glyphen auf dem Ärmel des Gewandes aus der Nähe an. »Erstaunlich ausgefeilt«, sagte er bewundernd. »Von einigen Textilien und ein paar Keramiken abgesehen, habe ich noch nie zuvor eine derartige Vielzahl von Piktogrammen aus der Zeit des Späten Horizonts gesehen.«

»Glauben Sie, daß Ihnen das Entziffern der Bilder Schwierigkeiten bereiten wird?«

»Es wird mir ein Vergnügen sein«, sagte Moore, ohne das goldene Gewand aus den Augen zu lassen. »Aber Rom wurde auch nicht an einem Tag erbaut. Es wird langsam vonstatten gehen.«

Sarason war ungeduldig. »Wir brauchen so bald wie möglich Ergebnisse.«

»Sie dürfen mich nicht drängen«, sagte Moore eingeschnappt. »Nicht, wenn Sie eine akkurate Darstellung dessen wollen, was uns diese Glyphen mitteilen.«

»Er hat recht«, sagte Oxley. »Fehlerhafte Ergebnisse können wir uns nicht leisten.«

»Die Moores werden für ihre Arbeit gut bezahlt«, sagte Sarason unerbittlich. »Bei Fehldeutungen wird die Bezahlung storniert.«

Moore wurde auf einmal wütend. »Wer redet hier von Fehlinterpretationen?« versetzte er scharf. »Sie sollten sich glücklich schätzen, daß meine Frau und ich Ihr Angebot angenommen haben! Ein Blick auf diesen Tisch, und wir wußten genau, wieso Sie diesen kindischen Hokuspokus hier treiben. Mit Masken herumlaufen, als wollten Sie eine Bank überfallen. Völliger Humbug.«

»Was wollen Sie damit sagen?« wollte Sarason wissen.

»Jeder Historiker, der auch nur einen Pfifferling wert ist, weiß, daß das goldene Leichengewand von Tiapollo in den zwanziger Jahren aus einem spanischen Museum gestohlen wurde und nie wiederaufgetaucht ist.«

»Woher wollen Sie wissen, daß es sich nicht um ein anderes handelt, das erst unlängst entdeckt wurde?«

Moore deutete auf das erste von einer Reihe von Bildern, die sich von der linken Schulter bis zur Hand erstreckte. »Das Symbol für einen großen Krieger, einen Chachapoya-General namens Naymlap, der dem großen Inkaherrscher Huascar diente. Die Legende behauptet, er sei etwa so groß gewesen wie heutzutage ein Basketballspieler und habe blonde Haare, blaue Augen und eine helle Haut gehabt. Der Größe des goldenen Gewandes nach zu urteilen, dürfte es, wenn mich meine Kenntnis der Geschichte nicht trügt, keinerlei Zweifel geben, daß es sich hier um Naymlaps Mumie handelt.«

Sarason ging näher zu dem Anthropologen hin. »Sie und Ihre Frau sollten sich lieber um Ihre Arbeit kümmern. Ohne Fehler, und ohne weitere Vorträge.«

Zolar, der unter keinen Umständen einen Streit wollte, ging dazwischen. »Bitte entschuldigen Sie meinen Kompagnon, Doktor Moore. Ich bitte um Vergebung für unser rüdes Benehmen. Sicherlich haben Sie Verständnis dafür, daß wir wegen des goldenen Gewandes alle etwas erregt sind. Sie haben völlig recht. Dies ist Naymlaps Mumie.«

»Wie haben Sie die in die Hände bekommen?« fragte Moore.

»Das kann ich Ihnen nicht verraten. Aber ich versichere Ihnen, daß sie sofort nach Spanien zurückgebracht werden wird, sobald sie von Spezialisten wie Ihnen und Ihrer Frau untersucht worden ist.«

Moore verzog den Mund zu einem verschlagenen Lächeln. »Sehr aufmerksam von Ihnen, wie immer Sie auch heißen mögen, daß Sie es den rechtmäßigen Besitzern zurückgeben wollen. Aber doch wohl erst dann, wenn meine Frau und ich die Hinweise entziffert haben, die zu Huascars Schatz führen.«

Oxley grummelte etwas Unverständliches vor sich hin, während Sarason auf Moore zugehen wollte. Doch Zolar streckte den Arm aus und hielt ihn zurück. »Sie durchschauen unsere Makerade.«

»Aber ja.«

»Vermute ich richtig, daß Sie einen Gegenvorschlag machen möchten, Dr. Moore?«

Moore warf seiner Frau einen Blick zu. Sie wirkte seltsam abwesend. Dann wandte er sich an Zolar. »Ich bin der Meinung, eine zwanzigprozentige Beteiligung wäre durchaus angemessen, falls unsere Deutung Sie zu dem Schatz führen sollte.«

Ein paar Sekunden lang starrten die Brüder einander an und überlegten. Oxley und Zolar konnten Sarasons Miene wegen der Skimaske nicht sehen, aber sie bemerkten, daß die Augen ihres Bruders vor Zorn funkelten.

Zolar nickte. »In Anbetracht der unvorstellbaren Reichtümer, um die es hier geht, halte ich Dr. Moore für durchaus bescheiden.«

»Einverstanden«, sagte Oxley. »Wenn man es recht bedenkt, ist die Forderung des Professors gar nicht übertrieben.« Er streckte die Hand aus. »Abgemacht. Wenn wir den Schatz finden, bekommen Sie und Ihre Frau einen Anteil von zwanzig Prozent.«

Moore schlug ein. Er wandte sich an seine Frau und lächelte ihr selig zu, als wäre er sich nicht bewußt, daß sie zum Tode verurteilt waren. »Nun, meine Liebe, wollen wir uns an die Arbeit machen?«

DRITTER TEIL

Der Dämon des Todes

Cerro el Capirote

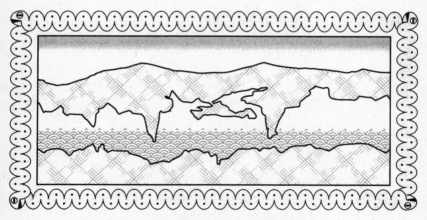

Querschnitt durch den unterirdischen Fluß

25

Ihr zimtfarbenes, windzerzaustes Haar schimmerte in der Morgensonne, als Pitt aus der Gepäckausgabe des Dulles International Airport kam und sie am Gehsteig vor dem Flughafengebäude warten sah. Die Kongreßabgeordnete Loren Smith schob die Sonnenbrille hoch, die ihre unglaublich violetten Augen verbarg, stand hinter dem Lenkrad auf und hockte sich auf die Rückenlehne des Fahrersitzes. Sie hob die Hände und winkte.

Sie war eine große Frau mit einem wunderbar proportionierten Sharon-Stone-Körper, der in einer roten Lederhose mit dazugehöriger Jacke und einem schwarzen Pulli mit Stehkragen steckte. Jeder im Umkreis von zwanzig Metern, Männer wie Frauen, starrte sie unverhohlen an, als sie oben auf dem feuerrot leuchtenden 1952er Allard-J2X-Sportwagen saß. Sowohl sie als auch der Wagen kündeten von Stilgefühl und klassischer Eleganz, und sie waren wie füreinander geschaffen.

Sie warf Pitt einen verführerischen Blick zu und sagte: »Hi, Seemann, willst du mitfahren?«

Er stellte seine Tasche und einen großen Metallbehälter, der das Jadekästchen enthielt, auf den Gehsteig, beugte sich über die tiefliegende Karosserie des Allard und küßte Loren kurz und heftig auf den Mund. »Du hast eins von meinen Autos geklaut.«

»Ist das der Dank dafür, daß ich eine Ausschußsitzung schwänze, nur um dich am Flughafen abzuholen?«

Pitt musterte das spartanische Fahrzeug, das vor fünfundvierzig Jahren acht von neun Sportwagenrennen gewonnen hatte. In dem kleinen Wagen war nicht genug Platz für sie beide und sein Gepäck, und einen Kofferraum gab es nicht. »Und wo soll ich meine Taschen verstauen?«

Sie griff unter den Beifahrersitz und reichte ihm zwei Spannriemen. »Ich habe vorausgedacht. Du kannst dein Gepäck auf den Kofferständer schnallen.«

Verwundert schüttelte Pitt den Kopf. Loren war wirklich schlau und schnell von Begriff. Seit geraumer Zeit saß sie als Abgeordnete für den Staat Colorado im Kongreß, wo sie wegen ihrer Fähigkeit, selbst schwierige Themen in den Griff zu bekommen und brauchbare Lösungen zu finden, hoch geachtet wurde. Obwohl sie sich auf den Fluren des Kongresses lebhaft und kontaktfreudig gab, war Loren eine eher zurückhaltende Frau, die sich nur selten bei Empfängen und politischen Veranstaltungen sehen ließ und statt dessen lieber in ihrem Stadthaus in Alexandria blieb, die Ratschläge ihrer Mitarbeiter zu bevorstehenden Gesetzesvorlagen las und die Post ihrer Wähler beantwortete. Ihr einziges gesellschaftliches Interesse neben ihrer Arbeit galt ihrer sporadischen Affäre mit Pitt.

»Wo sind Al und Rudi?« fragte sie, und ein zärtlich-besorgter Ausdruck stahl sich in ihre Augen, als sie sein unrasiertes, von Entbehrungen gezeichnetes Gesicht sah.

»In der nächsten Maschine. Sie mußten noch eine Kleinigkeit erledigen und ein paar Geräte zurückbringen, die wir uns geborgt haben.«

Nachdem er seine Taschen auf dem verchromten Gepäckständer am Heck des Allard festgezurrt hatte, öffnete er die winzige Beifahrertür, setzte sich, schob die Füße unter das niedrige Armaturenbrett und streckte sie aus. »Kann ich darauf vertrauen, daß du mich sicher heimbringst?«

Loren lächelte ihn verschmitzt an, nickte dem Flughafenpolizisten, der sie weiterwinkte, höflich zu, legte den ersten von drei möglichen Gängen ein und trat auf das Gaspedal. Der mächtige Cadillac-V-8-Motor reagierte mit einem gewaltigen Röhren, und mit kreischenden Reifen und qualmendem Gummi schoß der Wagen los. Pitt konnte nur mehr hilflos mit den Schultern zucken, als sie an dem Polizisten vorbeirauschten, während er fieberhaft nach seinem Sicherheitsgurt griff.

»Wohl kaum das richtige Verhalten für eine Volksvertreterin«, brüllte er über den röhrenden Motor hinweg.

»Wer wird schon davon erfahren?« Sie lachte. »Das Auto ist auf dich zugelassen.«

Während ihrer wilden Fahrt über die Schnellstraßen vom Flughafen in die City jagte Loren die Nadel des Drehzahlmessers mehrmals in den roten Bereich. Pitt nahm es fatalistisch. Wenn ihn diese Wahnsinnige unbedingt umbringen wollte, konnte er nichts weiter tun, als sich zurückzulehnen und die Fahrt zu genießen. Tatsächlich hatte er völliges Vertrauen in ihre Fahrkünste. Sie hatten beide schon mit dem Allard an Oldtimer-Rennen teilgenommen, er bei den Männern, sie bei den Frauen. Er lehnte sich zurück, zog seine Windjacke zu und atmete die frische Herbstluft ein, die ihm über die niedrige, in der Mitte unterteilte Windschutzscheibe hinweg ins Gesicht blies.

Loren schlängelte sich mit dem Allard durch den Verkehr wie eine Quecksilberkugel durch ein abschüssiges Labyrinth. Wenig später hielt sie vor einem alten Flugzeughangar aus Wellblech, der am Ende des Washington International Airport stand und den Pitt sein Zuhause nannte.

Das Gebäude war Ende der dreißiger Jahre als Wartungshalle für die frühen Passagiermaschinen gebaut worden. Im Jahre 1980 sollte es zum Abriß freigegeben werden, aber Pitt erbarmte sich des einsamen und verlassenen Bauwerks und kaufte es. Dann überredete er den örtlichen Denkmalschutzverein dazu, es in das Verzeichnis nationaler historischer Sehenswürdigkeiten aufzunehmen. Anschließend restaurierte er den Hangar, bis er wieder im Originalzustand war. In den ehemaligen Büros im ersten Stock allerdings richtete er sich eine Wohnung ein.

Pitt hatte nie den Drang verspürt, seine Ersparnisse und die nicht unbeträchtliche Erbschaft seines Großvaters in Aktien, Anlagen oder Immobilien zu stecken. Statt dessen gab er das Geld für alte, klassische Automobile und allerlei größere und kleinere Souvenirs aus, auf die er im Verlauf seiner weltweiten Abenteuer als Leiter von Spezialprojekten der NUMA stieß.

Im Erdgeschoß des alten Hangars standen annähernd dreißig alte Autos, von einer 1932er Stutz-Limousine über einen französischen Avion Voisin bis hin zu einem wuchtigen 1951er Daimler-Kabriolett, seiner neuesten Erwerbung. In einer Ecke stand ein altes Ford-Trimotor-Flugzeug, dessen einer Aluminiumwellblechflügel über eine Messerschmitt Me 262 aus dem Zweiten Weltkrieg ragte. An der hinteren Wand war ein kurzes Schienenstück verlegt, auf dem ein alter Pullman-Eisenbahnwagen mit der Aufschrift »Manhattan Limited« ruhte. Das merkwürdigste Stück der Sammlung war wohl eine alte viktorianische Badewanne mit Klauenfüßen und einem hinten befestigten Außenbordmotor. Wie alle anderen Gegenstände hatte auch die Badewanne ihre eigene Geschichte.

Loren hielt neben einem Pfosten an, auf dem ein kleiner Empfänger montiert war. Pitt pfiff die ersten paar Takte des »Yankee Doodle«, und die stimmaktive Software sorgte dafür, daß die Alarmanlage abgestellt und das große Tor geöffnet wurde. Loren steuerte den Allard hinein und stellte den Motor ab.

»Da wären wir«, verkündete sie stolz. »Heil und ganz zu Hause angelangt.«

»Und mit einem neuen Geschwindigkeitsrekord von Dulles nach Washington, der ein paar Jahrzehnte halten dürfte«, sagte er sarkastisch.

»Sei nicht so nörgelig. Du kannst froh sein, daß ich dich abgeholt habe.«

»Warum bist du nur so gut zu mir?« fragte er freundlich.

»Wenn ich an deine ständigen Grobheiten denke, weiß ich's selbst nicht.«

»Grobheiten? Zeig mir deine blauen Flecken.«

»Was das angeht –« Loren schob ihre Lederhose herunter und zeigte ihm einen großen Bluterguß am Oberschenkel.

»Schau mich nicht so an«, sagte er, da er genau wußte, daß er nicht der Übeltäter war.

»Es ist deine Schuld.«

»Laß dir eins gesagt sein: Seit Gretchen Rotznase im Kindergarten Leim auf meinen Stuhl geschmiert hat, habe ich kein Mädchen mehr verdroschen.«

»Das war die Stoßstange einer deiner alten Rostlauben.«

Pitt lachte. »Du mußt eben vorsichtiger sein.«

»Komm mit hoch«, befahl sie und zwängte sich wieder in ihre

Hose. »Ich habe einen leckeren Brunch zu deiner Begrüßung vorbereitet.«

Pitt schnallte seine Tasche los, folgte Loren pflichtschuldig die Treppe hinauf und genoß die fließenden Bewegungen des knackigen Körpers in der Lederhose. Wie versprochen, hatte sie auf dem Eßzimmertisch eine üppige Tafel angerichtet. Pitt hatte Hunger, und die leckeren Düfte, die aus der Küche drangen, ließen ihm das Wasser im Mund zusammenlaufen.

»Wann ist es soweit?« fragte er.

»Sobald du deine schmierigen Klamotten ausgezogen und eine Dusche genommen hast«, antwortete sie.

Das ließ er sich nicht zweimal sagen. Er schlüpfte rasch aus seinen Sachen, stieg in die Wanne, legte sich auf den Boden, stützte sich mit den Füßen an der Wand ab und ließ das Wasser auf sich herabprasseln. Beinahe wäre er eingenickt, doch nach zehn Minuten riß er sich zusammen, seifte sich ein und wusch sich. Nachdem er sich rasiert und seine Haare getrocknet hatte, schlüpfte er in den seidenen Paisley-Bademantel, den Loren ihm zu Weihnachten geschenkt hatte.

Als er in die Küche kam, ging sie zu ihm und gab ihm einen langen Kuß. »Hmmm, du riechst gut. Du hast dich rasiert.«

Er sah, daß der Metallbehälter, der das Jadekästchen enthielt, geöffnet worden war. »Und du hast rumgeschnüffelt.«

»Als Kongreßabgeordnete habe ich gewisse unantastbare Rechte«, sagte sie und reichte ihm ein Glas Champagner. »Eine herrliche Arbeit. Was ist das?«

»Das«, antwortete er, »ist ein präkolumbianischer Fund und enthält möglicherweise den Schlüssel zu einem verborgenen Schatz, der so viel wert ist, daß du und deine Freunde im Kongreß volle zwei Tage brauchen würden, um alles auszugeben.«

Sie blickte ihn argwöhnisch an. »Du machst wohl Witze. Das wäre ja mehr als eine Milliarde Dollar.«

»Ich mache nie Witze über versunkene Schätze.«

Sie wandte sich ab, holte zwei Teller mit Huevos rancheros und Paprikawurst, gebackenen Bohnen und viel Salsa aus der Röhre und stellte sie auf den Tisch. »Erzähl mir alles Weitere beim Essen.«

Während er sich heißhungrig auf Lorens mexikanisches Frühstück stürzte, berichtete Pitt. Er begann bei der Ankunft an dem Opferbrunnen und erzählte ihr, was alles passiert war, bis er das Jadekästchen mit dem *Quipu* im ecuadorianischen Regenwald entdeckt hatte. Er schmückte seine Schilderung mit Legenden aus, baute die wenigen bekannten Fakten ein und endete mit wilden Spekulationen.

Loren hörte ihm zu, ohne ihn auch nur einmal zu unterbrechen. Als Pitt fertig war, sagte sie: »Im Norden von Mexiko, glaubst du?«

»Solange das *Quipu* nicht entschlüsselt ist, kann ich nur raten.«

»Wie soll das denn möglich sein, wenn das Wissen um die Bedeutung der Knoten, wie du sagst, mit den Inkas ausgestorben ist?«

»Ich verlasse mich darauf, daß Hiram Yeagers Computer uns einen Schlüssel liefert.«

»Bestenfalls ein Schuß ins Blaue«, sagte sie und trank einen Schluck Champagner.

»Unsere einzige Chance, aber auch eine verdammt gute.« Pitt erhob sich, zog die Eßzimmervorhänge auf und beobachtete eine Passagiermaschine, die am Ende der Rollbahn abhob, dann aber wieder aufsetzte. »Unser eigentliches Problem ist die Zeit. Die Diebe, die das goldene Leichengewand von Tiapollo gestohlen haben, bevor es die Zollfahnder beschlagnahmen konnten, sind uns ein Stück voraus.«

»Kann's bei denen nicht auch noch Verzögerungen geben?« fragte Loren.

»Weil sie die Bilder auf dem Gewand entziffern müssen? Ein Experte, der sich mit Textilmotiven und Piktogrammen auf Tonwaren der Inkas auskennt, sollte jederzeit in der Lage sein, die Symbole auf dem Gewand zu deuten.«

Loren kam um den Tisch herum und setzte sich auf Pitts Schoß. »Dann wird es also einen Wettlauf um den Schatz geben.«

Pitt legte ihr den Arm um die Taille und kniff sie zärtlich. »Darauf läuft das Ganze anscheinend hinaus.«

»Sei bloß vorsichtig«, sagte sie, während ihre Hände unter seinen Hausmantel glitten. »Ich habe das Gefühl, daß deine Konkurrenten alles andere als nette Menschen sind.«

26

Am nächsten Morgen setzte Pitt Loren etwa eine halbe Stunde vor Beginn des Berufsverkehrs an ihrem Stadthaus ab und fuhr zur Zentrale der NUMA. Da er keine Lust hatte, sich den Allard im irrsinnigen Hauptstadtverkehr demolieren zu lassen, fuhr er einen alten, aber nach wie vor tadellosen 1984er Jeep Grand Wagoneer, der mit einem fünfhundert PS starken Rodeck-V-8-Motor aufgemotzt war, den er aus einem im Wettkampf zu Schrott gefahrenen Dragster ausgebaut hatte. Damit konnte er, wenn es darauf ankam, jeden Ferrari oder Lamborghini an einer Ampel stehenlassen, bis deren überlegene Übersetzung und Aerodynamik letzten Endes doch den Sieg davontrugen.

Er rangierte den Jeep auf seinen Parkplatz hinter dem großen, grün verglasten Hochhaus, in dem die Büros der NUMA untergebracht waren, und fuhr mit dem Aufzug hinauf in Yeagers Computerabteilung. Den Metallbehälter mit dem Jadekästchen hielt er fest umklammert. Er betrat einen kleinen Konferenzraum, in dem ihn bereits Admiral Sandecker, Giordino und Gunn erwarteten. Er stellte den Behälter auf den Boden und schüttelte ihnen die Hand.

»Ich bitte um Vergebung, daß ich zu spät komme.«

»Sie kommen nicht zu spät.« Admiral James Sandeckers Tonfall war so scharf, daß man ein Stück Fleisch damit hätte schneiden können. »Wir sind zu früh dran. Und harren voller Spannung der Schatzkarte, oder wie immer Sie es nennen wollen.«

»*Quipu*«, erklärte Pitt. »Eine Art Datenspeicher der Inkas.«

»Ich habe gehört, das Ding soll uns zu einem großen Schatz führen. Trifft das zu?«

»Mir war nicht klar, daß Sie sich für so was interessieren«, sagte Pitt mit einem leisen Lächeln.

»Wenn Sie die Dinge auf Kosten der Behörde in die Hand nehmen – und zwar hinter meinem Rücken, wie ich hinzufügen möchte –, dann muß ich mir schwer überlegen, ob ich nicht eine Stellenanzeige für einen neuen Projektleiter aufgeben sollte.«

»Ein reines Versehen, Sir«, sagte Pitt, der einige Mühe hatte, eine ernste Miene zu wahren.

»Bevor ich das glaube«, knurrte Sandecker, »fress' ich eher 'nen Besen.«

Es klopfte an der Tür, und ein ausgemergelter, kahlköpfiger Mann mit einem prächtigen Wyatt-Earp-Schnurrbart betrat das Zimmer. Er trug einen frischgestärkten weißen Laborkittel. Sandecker begrüßte ihn mit einem leichten Nicken und wandte sich an die anderen.

»Ich glaube, Sie alle kennen Dr. Bill Straight«, sagte er.

Pitt streckte die Hand aus. »Natürlich. Bill leitet die Konservierungsabteilung für meeresarchäologische Funde. Wir haben schon bei mehreren Projekten zusammengearbeitet.«

»Meine Mitarbeiter stecken immer noch bis über beide Ohren in Arbeit, seit Sie und Al vor ein paar Jahren in Grönland dieses byzantinische Frachtschiff mit zwei Lastwagenladungen voller Altertümer entdeckt haben.«

»Ich kann mich bloß noch dran erinnern«, sagte Giordino, »daß es nach dem Projekt drei Monate gedauert hat, bis ich wieder aufgetaut war.«

»Warum zeigen Sie uns nicht einfach, was Sie da haben?« sagte Sandecker, der seine Ungeduld nicht länger unterdrücken konnte.

»Ja, unbedingt«, sagte Yeager, der die Gläser seiner Großmutterbrille polierte. »Werfen wir mal einen Blick darauf.«

Pitt öffnete den Behälter, holte vorsichtig das Jadekästchen heraus und stellte es auf den Konferenztisch. Giordino und Gunn, die es bereits auf dem Flug nach Quito gesehen hatten, traten zurück, während Sandecker, Yeager und Straight es näher in Augenschein nahmen.

»Herrliche Schnitzarbeit«, sagte Sandecker, während er bewundernd das Gesicht auf dem Deckel betrachtete.

»Ein höchst eigenwilliges Motiv«, stellte Straight fest. »Die heiter-gelassene Miene und der weiche Ausdruck in den Augen haben etwas Asiatisches an sich. Sie erinnern mich stark an die Plastiken der Cahola-Dynastie in Südindien.«

»Jetzt, wo Sie es sagen«, meinte Yeager, »fällt mir auf, daß das Gesicht eine bemerkenswerte Ähnlichkeit mit vielen Buddha-Darstellungen hat.«

»Wie ist es denn möglich«, fragte Sandecker, »daß zwei Kulturen, die nichts miteinander zu tun haben, ganz ähnliche Bildnisse aus dem gleichen Stein herstellen?«

»Präkolumbianische Reisen über den Pazifik?« spekulierte Pitt.

Straight schüttelte den Kopf. »Solange in unserer Hemisphäre niemand einen alten Kunstgegenstand entdeckt, der nachweislich aus Asien oder Europa stammt, müssen sämtliche Ähnlichkeiten als rein zufällig betrachtet werden. Nicht mehr.«

»Umgekehrt ist bislang bei keiner Ausgrabung in den alten Städten am Mittelmeer oder im Fernen Osten ein Kunstwerk aus den Anden oder aus Mittelamerika aufgetaucht«, warf Gunn ein.

Straight strich mit den Fingerspitzen über die grüne Jade. »Dennoch stellt dieses Gesicht ein Rätsel dar. Im Gegensatz zu den Mayas oder den alten Chinesen schätzten die Inkas Jade nicht besonders. Sie nahmen lieber Gold, um ihre Könige und Götter zu ehren, die lebenden wie auch die toten. Sie glaubten nämlich, es repräsentiere die Sonne, die die Früchte des Feldes wachsen läßt und die lebensnotwendige Wärme spendet.«

»Machen Sie's schon auf, damit wir sehen, was drin ist«, sagte Sandecker.

Straight nickte Pitt zu. »Sie haben die Ehre.«

Ohne ein Wort zu verlieren, schob Pitt ein dünnes Metallstück unter den Deckel des Kästchens und stemmte ihn vorsichtig auf.

Da lag das *Quipu*, so, wie es seit Jahrhunderten in dem mit Zedernholz ausgekleideten Kästchen gelegen hatte. Eine Minute lang starrten es alle neugierig an und fragten sich, ob sich sein Geheimnis wohl enträtseln lassen werde.

Straight klappte ein kleines Ledermäppchen auf. Darin befand sich, ordentlich aufgereiht, ein Werkzeugsortiment: mehrere Pinzetten in allerlei Größen, kleine Tastzirkel und eine Reihe Sonden, wie sie der Zahnarzt beim Untersuchen verwendet. Er streifte ein Paar weiche weiße Handschuhe über und wählte eine Pinzette und eine der Sonden. Dann griff er in das Kästchen und stocherte in dem *Quipu* herum. Er betastete die Schnüre und prüfte, ob sie sich voneinander lösen ließen, ohne zu brechen.

Dann erklärte er ihnen wie ein Medizinprofessor, der eine Gruppe Anatomiestudenten zur Vorlesung um einen Leichnam bestellt hat, jeden einzelnen Schritt seiner Untersuchung. »Gar nicht so spröde und zerbrechlich, wie ich dachte. Das *Quipu* besteht aus verschiedenen Metallsorten, hauptsächlich Kupfer, etwas Silber, ein bißchen Gold. Sieht so aus, als wären die Drähte per Hand hergestellt und dann zu feinen, kordelartigen Schnüren zusammengedreht worden, einige dicker als die anderen, die sich sowohl farblich als auch in der Anzahl der verwendeten Drähte unterscheiden. Die Schnüre besitzen noch immer ein gewisses Maß an Zugfestigkeit und eine erstaunliche Elastizität. Offensichtlich handelt es sich um insgesamt einunddreißig Schnüre von unterschiedlicher Länge, jede mit einer Reihe äußerst kleiner, in wechselndem Abstand gebundener Knoten versehen. Die Mehrzahl der Schnüre ist unterschiedlich gefärbt, doch ein paar sind identisch. Von den längeren Schnüren zweigen untergeordnete Stränge ab, vermutlich Modifikationen, wie auch wir sie in unserer Satzstruktur kennen. Wir haben es hier zweifellos mit einer raffiniert verschlüsselten Botschaft zu tun, die förmlich nach ihrer Enträtselung schreit.«

»Amen«, murmelte Giordino. Straight hielt inne und wandte sich an den Admiral. »Mit Ihrer Erlaubnis, Sir, werde ich das *Quipu* aus seinem Behältnis herausheben.«

»Wollen Sie damit sagen, daß ich dafür verantwortlich bin, falls Sie das Ding kaputtmachen?« knurrte Sandecker.

»Nun, Sir . . .«

»Nur zu, Mann, machen Sie weiter. Ich kann nicht den ganzen Tag hier rumstehen und mir stinkendes altes Zeug angucken.«

»Nichts dreht einem den Magen so um wie der Geruch von altem Dung«, sagte Pitt spöttisch.

Sandecker musterte ihn mit einem säuerlichen Blick. »Auf Scherze können wir verzichten.«

»Je schneller wir das Ding entwirren«, sagte Yeager drängend, »desto früher kann ich ein Dekodierungsprogramm entwickeln.«

Straight dehnte die Finger wie ein Klavierspieler, bevor er Franz Liszts Ungarische Rhapsodie Nr. 2 in Angriff nimmt. Dann holte er tief Luft und griff langsam in das Kästchen. Ganz vorsichtig schob er eine gekrümmte Sonde unter mehrere Schnüre des *Quipu* und hob sie sachte ein paar Millimeter an. »Eins zu null für uns«, sagte er erleichtert. »Obwohl sie seit Jahrhunderten in dem Kästchen liegen, sind die Drähte weder zusammengerostet noch am Holz festgeklebt. Sie lassen sich mühelos lösen.«

»Scheint so, als hätten sie dem Zahn der Zeit prächtig widerstanden«, stellte Pitt fest.

Nachdem Straight das *Quipu* von allen Seiten untersucht hatte, griff er mit zwei langen Pinzetten darunter. Er zögerte kurz, als müßte er neuen Mut fassen, und hob das *Quipu* dann von der Unterlage hoch. Niemand sagte ein Wort, alle hielten den Atem an, bis Straight die bunten Schnüre auf einer Glasplatte ablegte. Nun nahm er statt der Pinzetten die Zahnarztsonden zur Hand und entwirrte vorsichtig die Schnüre, bis sie allesamt flach wie ein Fächer ausgebreitet waren.

»Da wäre es, meine Herren.« Er seufzte erleichtert. »Jetzt müssen wir die Schnüre mit einem sehr milden Lösungsmittel behandeln, um Korrosion und Flecken zu entfernen. Danach nehmen wir in unserem Labor die chemische Konservierung vor.«

»Wie lange wird es dauern, bis Sie es Yeager zur Verfügung stellen können?« fragte Sandecker.

Straight zuckte mit den Schultern. »Sechs Monate, vielleicht ein Jahr.«

»Sie haben zwei Stunden Zeit«, sagte Sandecker, ohne mit der Wimper zu zucken.

»Unmöglich. Die Metalldrähte sind nur deshalb so gut erhalten, weil dieses Kästchen nahezu luftdicht verschlossen war. Nun, da sie der frischen Luft ausgesetzt sind, werden sie bald zerfallen.«

»Die aus Gold gedrehten bestimmt nicht«, sagte Pitt.

»Nein, Gold ist praktisch unzerstörbar, aber wir wissen nicht, welche Mineralien in den anderen Farbschnüren enthalten sind. Es könnte sich zum Beispiel herausstellen, daß die Kupferlegierung durch Oxidation zerbröselt. Ohne sorgfältige Konservierung könnten die Farben soweit verblassen, daß man sie nicht mehr erkennen kann.«

»Die Farbbestimmung ist eine Voraussetzung zum Entziffern des *Quipu*«, warf Gunn ein.

Die Stimmung im Raum war deutlich düsterer geworden. Nur Yeager schien dagegen immun. Mit einem durchtriebenen Grinsen schaute er Straight an.

»Lassen Sie mir zwanzig Minuten Zeit, damit ich mit meinen Scannern den gesamten Aufbau erfassen und die Abstände zwischen den Knoten vermessen kann. Danach können Sie das Ding von mir aus in Ihrem Labor behalten, bis Sie alt und grau sind.«

»Mehr Zeit brauchen Sie dazu nicht?« fragte Sandecker ungläubig.

»Meine Computer können dreidimensionale digitale Bilder erzeugen, auf denen die Knotenschnüre genauso wiedergegeben werden, wie sie vor vierhundert Jahren im Urzustand aussahen.«

»Ach, wie tröstlich doch fürs wilde Tier«, meldete sich Giordino mit Dichterstimme, »daß es moderne Zeiten darf erleben.«

Yeager brauchte dann doch fast anderthalb Stunden zum Erfassen und Vermessen des Drake-*Quipu*, aber als er fertig war, wirkte es in der Computergraphik wie nagelneu. Vier Stunden später erzielte er den ersten Durchbruch beim Entziffern der Botschaft. »Unglaublich, daß so etwas Einfaches so komplex sein kann«, sagte er, während er die kunterbunt angeordneten Schnüre auf dem Bildschirm betrachtete.

»Sieht aus wie eine Art Abakus«, sagte Giordino, der rittlings auf einem Stuhl in Yeagers elektronischem Allerheiligsten saß und sich über die Lehne vorbeugte. Nur er und Pitt waren bei Yeager geblieben. Straight war mit dem *Quipu* in sein Labor zurückgekehrt, während Sandecker und Gunn zu einer Senatsausschußsitzung über ein neues unterseeisches Bergbauprojekt gegangen waren.

»Aber viel komplizierter.« Pitt beugte sich über Yeagers Schulter und musterte das Bild auf dem Monitor. »Ein Abakus ist ein reines Rechengerät. Das *Quipu* ist ein viel raffinierteres Instrument. Jede Farbe, jede Stärke der Schnüre, die Art und Plazierung der Knoten und der gespleißten Enden, alles hat eine eigene Bedeutung. Glücklicherweise haben die Inkas genau wie wir ein dezimales System verwendet.«

»Sehr gut, bitte nach vorn treten.« Yeager nickte. »Auf diesem hier werden nicht nur Warenmengen und Entfernungen aufgeführt, hier wird auch von einem historischen Ereignis berichtet. Ich tappe noch immer im dunkeln, zum Beispiel . . .« Er schwieg und gab eine Reihe von Befehlen in den Computer ein. Drei der *Quipu*-Schnüre lösten sich vom Hauptstrang und erschienen nun in einer Vergrößerung. »Meine Analyse hat ergeben, daß die braunen, blauen und gelben Schnüre Zeit und Entfernung angeben müßten. All die kleineren, orangefarbenen Knoten, die im gleichen Abstand auf allen drei Schnüren angebracht sind, symbolisieren die Sonne beziehungsweise den Verlauf eines Tages.«

»Wie bist du darauf gekommen?«

»Der Schlüssel waren die großen, weißen Knoten, die gelegentlich dazwischen auftauchen.«

»Zwischen den orangefarbenen?«

»Genau. Der Computer und ich sind darauf gekommen, daß sie zufällig genau mit den Mondphasen übereinstimmen. Sobald ich die Mondphasen im sechzehnten Jahrhundert hochgerechnet habe, kann ich ungefähre Daten nennen.«

»Raffiniert«, sagte Pitt, dessen Zuversicht deutlich stieg. »Du bist da auf etwas gestoßen.«

»Danach muß ich dann rauskriegen, was die einzelnen Schnüre darstellen sollten. Wie sich zeigt, waren die Inkas auch Meister der Vereinfachung. Laut meiner Computeranalyse stehen die grünen Schnüre für Land und die blauen für Wasser. Die gelben sind mir noch unklar.«

»Und wie interpretierst du das?« fragte Giordino.

Yeager betätigte zwei Tasten und lehnte sich zurück. »Vierundzwanzig Reisetage über Land. Sechsundachtzig auf See. Zwölf Tage im gelben Bereich, was immer das auch heißen mag.«

»Vielleicht die Zeit, die sie an ihrem Reiseziel zugebracht haben«, meinte Pitt.

Yeager nickte zustimmend. »Könnte sein. Die gelben Schnüre könnten auf ein Ödland hindeuten.«

»Oder auf eine Wüste«, sagte Giordino.

»Oder auf eine Wüste«, wiederholte Pitt. »Kann vielleicht nicht schaden, wenn wir uns mal die Küste im Norden Mexikos anschauen.«

»Auf der anderen Seite des *Quipu*«, fuhr Yeager fort, »befinden sich Schnüre im selben Grün und Blau, aber die Knoten sind anders angeordnet. Laut Computer könnte das die Zeitangabe für die Rückreise sein. Es gibt mehr Knoten, und sie sind in kürzeren

Abständen geknüpft, also würde ich sagen, auf der Heimreise gab es Schwierigkeiten, Stürme vielleicht.«

»Ich habe nicht den Eindruck, daß du im dunkeln tappst«, sagte Pitt. »Ich würde sogar sagen, du hast die Sache ziemlich gut im Griff.«

Yeager lächelte. »Für Schmeicheleien bin ich immer zu haben. Ich hoffe nur, meine Analyse beruht nicht auf zuviel frei Erfundenem.«

Die Vorstellung gefiel Pitt ganz und gar nicht. »Nicht phantasieren, Hiram. Bleib auf dem Boden.«

»Schon klar. Ihr wollt ein gesundes Kind mit zehn Fingern und zehn Zehen.«

»Am liebsten wäre uns eins mit einem Schild, auf dem ›Hier graben‹ steht«, sagte Pitt so kühl und tonlos, daß sich Yeager fast die Haare sträubten. »Andernfalls schauen wir nämlich am Ende in die Röhre.«

27

Hoch auf dem kegelförmigen Gipfel eines einsamen Berges, der wie ein Grabmal mitten aus einer Sandwüste aufragt, befindet sich ein gewaltiger Dämon aus Stein.

Seit ewigen Zeiten steht er schon da, die Beine zum Sprung bereit, die Klauen in den massiven Basalt gegraben, aus dem er gehauen ist. Auf dem kargen Boden zu seinen Füßen geben sich Geister aus uralter Zeit mit denen der Gegenwart ein Stelldichein. Geier kreisen über ihm, Kaninchen springen zwischen seinen Beinen herum, Eidechsen huschen über seine riesigen Pranken.

Von ihrem Standort auf dem Gipfel aus beherrscht die Bestie mit den schlangengleichen Augen das weite Land voller Sanddünen, felsiger Hügel und Berge, durchzogen vom schimmernden Lauf des Colorado River, der sich im schlammigen Delta in zahlreiche Seitenarme verzweigt, bevor er in den Golf von Kalifornien mündet.

Da die Statue auf dem Bergesgipfel, der, wie es heißt, geheimnisumwittert und verwunschen ist, schutzlos den Elementen ausgesetzt ist, haben Wind und Wetter einen Großteil der kunstvollen Verzierungen abgeschliffen. Sie hat die Gestalt eines Jaguars oder einer großen Katze mit Schwingen und einem Schlangenkopf. Aus der einen Schulter ragt noch ein Flügel, doch der andere ist längst abgefallen und auf dem harten Fels neben dem Untier zersplittert. Auch haben Wandalen ihre Spuren hinterlassen, haben Zähne aus dem klaffenden Maul gebrochen und ihre Namen und Initialen in Flanke und Brust geritzt.

Der geflügelte Jaguar mit dem Schlangenkopf, mehrere Tonnen schwer und so groß wie ein Elefantenbulle, ist eine von vier bekannten Skulpturen, die von einem rätselhaften Volk lange vor der Ankunft der spanischen Missionare zu Beginn des fünfzehnten Jahrhunderts hergestellt wurden. Bei den anderen drei handelt es sich um kauernde Löwenfiguren, die in einem Nationalpark in New Mexiko stehen und weitaus primitiver gearbeitet sind.

Die Archäologen, die die steilen Felsen erklommen hatten, standen, was die Herkunft der Jaguarschlange anging, vor einem Rätsel. Sie sahen keinerlei Möglichkeit, das Alter des Fabelwesens zu schätzen oder festzustellen, wer es aus der gewaltigen Felsnase herausgehauen hatte. In Stil und Aussehen unterschied es sich deutlich von allen anderen präkolumbianischen indianischen Kunstwerken im Südwesten Nordamerikas. Zwar wurden viele Theorien entwickelt und zahlreiche Meinungen vorgebracht, doch die Bedeutung der Skulptur blieb im Dunkel der Vergangenheit verborgen.

Die Ahnen, so hieß es unter den in dieser Gegend lebenden Cahuilla, Quechan und Montolos, hätten die ehrfurchtgebietende steinerne Bestie als einen Hüter der Unterwelt gefürchtet, doch heute können sich die Stammesältesten an keine religiösen Bräuche oder Rituale mehr erinnern, die sich auf die Skulptur beziehen. Mangels mündlicher Überlieferung schufen sie sich eine eigene, auf den Überresten einer versunkenen Zivilisation fußende Legende. In ihrer Phantasie wurde die geflügelte Jaguarschlange zu einem übernatürlichen Ungeheuer, an dem sämtliche Menschen auf ihrer Reise ins Jenseits vorbeigehen müssen. Haben sie ein schlechtes Leben geführt, so erwacht das Untier. Es packt sie mit dem Maul, zerreißt sie mit seinen Fängen und speit die zermalmten und verstümmelten Leiber wieder aus, worauf sie dazu verdammt sind, auf ewig als böse

Geister auf Erden umzugehen. Nur jene, die guten und reinen Herzens sind, dürfen unbehelligt ins Jenseits eintreten.

Viele der in der Wüste ringsum lebenden Menschen wagten den schwierigen Aufstieg über die steilen Wände des Berges und legten handgefertigte Tonpuppen und alte Muschelschalen, in die Tierfiguren geritzt waren, als Tribut zu Füßen der Skulptur ab, um sie milde zu stimmen für den Tag, da auch ihre letzte Stunde schlagen würde. Oftmals schickten trauernde Familienangehörige einen Abgesandten zu dem grausigen Standbild hinauf, während sie unten in der Wüste standen und beteten, die Bestie möge ihrem teuren Verblichenen freies Geleit gewähren.

Billy Yuma, der im Schatten des Berges in seinem Pick-up saß und zu der furchterregenden Skulptur hinaufblickte, hatte keine Angst vor dem steinernen Dämon. Er hoffte, daß seine Eltern und Anverwandten, die gestorben waren, den Hüter der Toten unbehelligt passiert hatten. Sie waren gute Menschen gewesen, die niemandem etwas zuleide getan hatten. Doch Billy befürchtete, daß sein Bruder, das schwarze Schaf der Familie, der seine Frau und seine Kinder verprügelt hatte und als Alkoholiker gestorben war, in einen bösen Geist verwandelt worden war.

Wie viele in der Wüste ansässige amerikanische Ureinwohner lebte auch Billy in einer Welt, die von allerlei Geistern von grausiger Gestalt bevölkert war, die ziellos umherwanderten und den Leuten üble Streiche spielten. Er wußte, daß jeden Augenblick der Geist seines Bruders auftauchen, ihn mit Erde bewerfen, seine Kleidung zerfetzen oder ihm entsetzliche Träume schicken könnte. Am meisten sorgte sich Billy um seine Frau und seine Kinder. Er hatte Angst, sein Bruder könnte ihnen Krankheiten oder Verletzungen zufügen.

Dreimal hatte er seinen Bruder schon gesehen. Einmal als Windhose, die den trockenen Wüstenstaub aufgewirbelt hatte, das nächste Mal als flackerndes Licht um einen Mesquitestrauch und schließlich in Gestalt eines Blitzes, der in seinen Pick-up eingeschlagen hatte. Das waren böse Vorzeichen. Billy und der Medizinmann seines Stammes hatten sich am Feuer niedergelassen und beratschlagt, wie man den Geist seines Bruders bekämpfen könnte. Denn wenn man der Erscheinung keinen Einhalt gebot, könnte sie auf ewig zu einer Gefahr für Billys Familie und seine Nachfahren werden.

Sie versuchten alles mögliche, doch nichts wirkte. Der alte Schamane des Stammes verordnete Billy eine Mixtur aus Kaktusblütenknospen und Kräutern, die ihm Schutz gewähren sollte, und schickte ihn zehn Tage lang alleine hinaus in die Wüste zum Fasten. Eine Kur, die kläglich mißlang. Von Hunger gepeinigt, sah Billy seinen Bruder nun ständig, und in den einsamen Nächten quälte ihn schauriges Geheul. Mit Heilgesängen und anderen machtvollen Ritualen suchte der Medizinmann den Geist seines Bruders friedlich zu stimmen, doch dessen Spuk wurde immer gemeiner.

Billy war nicht der einzige seines Stammes, der derartige Schwierigkeiten hatte. Seit man festgestellt hatte, daß sich die heiligsten und geheimsten Idole ihrer Religion nicht mehr in ihrem Versteck in den Ruinen einer abgelegenen Stadt ihrer Vorfahren befanden, waren ganze Dörfer vom Unglück heimgesucht worden. Schlechte Ernten, ansteckende Krankheiten unter den Kindern, ungewöhnlich heißes und trockenes Wetter. Es kam zu Raufereien, wenn sich die Männer betranken, und manch einer verlor dabei sein Leben. Am schlimmsten aber war die plötzliche Verbreitung der »Geisterkrankheit«. Selbst Menschen, die noch nie einem bösen Geist begegnet waren, berichteten mit einem Mal von schaurigen Erscheinungen. Die Geister längst verstorbener Montolos suchten sie im Traum heim, und manchmal tauchten sie sogar am hellen Tag unverhofft auf. Fast alle, sogar die kleinen Kinder, behaupteten, sie hätten übernatürliche Wesen gesehen.

Der Diebstahl der hölzernen Idole, die den Mond, die Sonne, die Erde und das Wasser darstellten, war ein schwerer Schlag für die tiefgläubigen Montolos. Ohne die geschnitzten Gottheiten konnten die jahrhundertealten Initiationsriten nicht vollzogen und die Söhne und Töchter des Stammes nicht in die Welt der Erwachsenen aufgenommen werden. Ohne die heiligen Idole waren keine Gebete möglich. Für die Montolos war das genauso schlimm wie der Untergang Jerusalems für einen Juden, Christen oder Moslem. Für einen Nichtindianer mochte es schlicht Diebstahl sein, für sie indessen war es eine an Grausamkeit grenzende Blasphemie.

In den unterirdischen Zeremonienbauten hockten die alten Priester um das Feuer und berichteten einander flüsternd, im Nachtwind könne man die jammervollen Klagen der Götter hören, die darum flehten, in ihre Ruhestätte zurückgebracht zu werden.

Billy Yuma war verzweifelt. Der Medizinmann hatte ihm Anweisungen erteilt, nachdem er in der Glut des sterbenden Feuers gelesen hatte. Wenn er den Geist seines Bruders in die Unterwelt schicken und seine Familie vor weiterem Unheil schützen wolle, müsse Billy die verschollenen Idole finden und sie an ihre heilige Stätte in den Ruinen ihrer Ahnen zurückbringen. Weil er den Erscheinungen ein für alle Male Einhalt gebieten und kein weiteres Unglück auf sich laden wollte, beschloß Billy, das Böse mit seinen eigenen Waffen zu bekämpfen. Er entschied sich, auf den Berg zu klettern, sich dem Dämon zu stellen und ihn um Beistand bei der Suche nach den kostbaren Idolen zu bitten.

Er war kein junger Mann mehr, und ohne moderne Bergsteigerausrüstung könnte die Kletterei gefährlich werden. Doch er hatte es sich vorgenommen und dachte nicht daran aufzugeben. Zu viele Menschen seines Volkes verließen sich auf ihn.

Nachdem er etwa ein Drittel der Südwand hinter sich hatte, hämmerte ihm das Herz in der Brust, und seine Lunge schmerzte vor Anstrengung. Er hätte eine Atempause einlegen können, doch er kämpfte sich weiter, entschlossen, den Gipfel so schnell wie möglich zu erreichen. Nur einmal drehte er sich um und blickte hinab zu seinem Pick-up, der am Fuß des Berges stand. Er wirkte wie ein Spielzeug, das er mit einer Hand aufheben konnte. Er wandte sich wieder der Felswand zu. Das Licht der untergehenden Sonne färbte das gelbe Gestein zinnoberrot.

Billy bedauerte es nun, daß er nicht früher aufgebrochen war, aber er hatte erst seine Arbeit erledigen müssen. Die Sonne hatte hoch am Himmel gestanden, als er zu dem Berg gefahren war und sich an den Aufstieg gemacht hatte. Nun versank die orangerote Scheibe hinter den Bergketten der Sierra de Juárez im Westen. Das Klettern war schwieriger und zeitraubender, als er es sich vorgestellt hatte. Er legte den Kopf zurück und blinzelte hinauf zu der kegelförmigen Spitze des Berges. Noch hatte er 85 Meter (278 Fuß) vor sich, und in einer halben Stunde würde es völlig dunkel werden.

Grauen erfaßte ihn beim Gedanken daran, daß er vielleicht die ganze Nacht neben der großen steinernen Bestie zubringen mußte. Aber es wäre Selbstmord gewesen, im Dunkeln wieder herunterzuklettern.

Billy war fünfundfünfzig Jahre alt und ein eher kleiner Mann. Doch das Leben als Viehzüchter im erbarmungslosen Klima der Sonorawüste hatte ihn hart und zäh wie altes Leder werden lassen. Möglicherweise waren seine Gelenke nicht mehr so elastisch wie in den Tagen, da er in Tucson einen Wettkampf im Broncoreiten gewonnen hatte, vielleicht bewegte er sich auch nicht mehr so behende wie der Knabe, der einstmals der schnellste Botenläufer seines Stammes gewesen war, aber er war nach wie vor ausdauernd wie eine alte Bergziege.

Seine Augen waren rotgerändert und geblich verfärbt von der Wüstensonne, der er ein Leben lang ausgesetzt war, ohne auch nur einmal eine Sonnenbrille zu tragen. Er hatte ein rundliches braunes Gesicht mit einem kräftigen Kinn, struppige graue Augenbrauen und dichtes schwarzes Haar – ein Gesicht, das ausdruckslos wirkte, aber auf einen in sich ruhenden Charakter mit einem tiefen Verständnis für die Natur hindeutete, wie es nur selten jemandem zuteil wird, der kein amerikanischer Ureinwohner ist.

Plötzlich zog ein Schatten über ihn hinweg, und ein kalter Windhauch erfaßte ihn. Er erschauderte mit einem Mal. War es ein Geist? Woher mochte der wohl gekommen sein, fragte er sich. Könnte es sein, daß sein Bruder ihn von den Felsen hinabstürzen wollte? Vielleicht wußte das große steinerne Tier, daß er sich näherte, und erteilte ihm eine Warnung. Von dunklen Vorahnungen bedrängt, biß Billy die Zähne zusammen, heftete den Blick auf die senkrechte Wand und kletterte weiter.

Glücklicherweise waren andere vor ihm diesen Weg gegangen und hatten Kerben für Füße und Hände in die Steilwand unterhalb des Gipfels gemeißelt. Sie waren uralt, wie er an den abgetretenen Kanten erkennen konnte. Etwa 50 Meter (164 Fuß) vor seinem Ziel stieß er auf einen Felskamin. Hier hatte sich ein Stück der Wand abgespalten, wodurch eine breite Rinne voller Geröll und Steintrümmer entstanden war, die nicht ganz so steil anstieg, so daß die Kletterei hier weniger ermüdend war.

Dann, als seine Muskeln sich bereits verkrampften und er jedes Gefühl in den Beinen verlor, endete die Wand, und er kroch hinaus auf den leicht abschüssigen Gipfel des Berges. Er richtete sich auf, als gerade das letzte Tageslicht verblaßte, und genoß in tiefen Zügen die kühle, reine Wüstenluft. Er rieb sich die verstaubten und schmutzigen Hände an den Hosenbeinen ab und starrte hin zu der düsteren, in der Dunkelheit dräuenden Gestalt des Dämons. Obwohl er aus dem Gestein des Berges gehauen war, hätte Billy schwören können, daß er glühte. Er war müde und zerschunden, doch seltsamerweise verspürte er keine Furcht vor diesem vom Zahn der Zeit zernagten Bildnis, und dies trotz der Geschichten über ruhelose Geister, denen der Zutritt ins Jenseits verwehrt worden war und die nun diesen Berg heimsuchten.

Er bemerkte keine furchtbaren Wesen, die im Dunklen lauerten. Bis auf den Jaguar mit dem Schlangenhaupt war der Berg leer und verlassen. Billy hob zu sprechen an.

»Ich bin gekommen.«

Er erhielt keine Antwort. Nur der Wind und der Flügelschlag eines Falken waren zu hören. Keine Schreie gepeinigter Seelen aus der Unterwelt.

»Ich habe den verwunschenen Berg erklommen, um zu dir zu beten«, sagte er.

Noch immer keine Antwort, doch ein Schauder lief ihm über den Rücken, als er die Anwesenheit anderer Wesen spürte. Er hörte Stimmen, die in fremder Zunge sprachen. Keines der Worte war ihm vertraut. Dann sah er, wie die schattenhaften Formen Gestalt annahmen.

Es waren Menschen, doch sie waren durchsichtig. Es schien, als umwogten sie den Gipfel, ohne Billy wahrzunehmen. Sie zogen hin und her und durch ihn hindurch, als wäre er gar nicht vorhanden. Sie trugen fremdartige Kleidung, nicht das Lendentuch oder die Umhänge aus Kaninchenfell, in die seine Ahnen sich gehüllt hatten. Diese Menschen waren wie Götter gekleidet. Die meisten hatten goldene, mit leuchtenden Federn verzierte Helme auf dem Kopf, und diejenigen, die barhäuptig gingen, hatten eine höchst eigenartige Haartracht. Um ihre Leiber hatten sie Stoffe geschlungen, wie Billy sie noch nie gesehen hatte. Herrliche Muster und phantastischer Schmuck zierten die geknüpften, über ihre Schultern drapierten Mäntel und die Tuniken darunter.

Nach einer Weile schienen sich die Fremden aufzulösen, und ihre Stimmen verklangen. Starr und stumm wie der Fels unter ihm blieb Billy stehen. Wer waren diese Fremden, die da vor seinen Augen einhergewandelt waren? War dies ein Zugang zur Unterwelt?

Er ging näher zu dem steinernen Ungeheuer hin, streckte zitternd die Hand aus und berührte dessen Flanke. Der uralte Fels fühlte sich weitaus heißer an, als er von der Sonne hätte sein dürfen. Dann, er konnte es kaum glauben, schien das Schlangenantlitz ein Auge aufzuschlagen, ein Auge, in dem ein unwirkliches Licht glomm.

Entsetzen erfaßte Billy, doch er war fest entschlossen, sich nicht abschrecken zu lassen. Später sollte man ihn wegen seiner übergroßen Phantasie tadeln. Doch bis zu seinem Tod schwor er tausend Eide, daß ihn der Dämon mit einem funkelnden Auge angestarrt habe. Jetzt nahm er seinen ganzen Mut zusammen, sank auf die Knie und breitete die Arme aus. Dann fing er an zu beten. Fast die ganze Nacht lang betete er zu dem steinernen Bildnis, bis er in einen tranceartigen Schlaf fiel.

Am Morgen, als die Sonne aufging und die Wolken in goldenen Glanz tauchte, erwachte Billy Yuma und sah sich um. Er stellte fest, daß er quer über dem Sitz seines Pick-ups lag, den er unten in der Wüste hatte stehenlassen, weitab von dem schweigenden Tier oben auf dem Berg, das mit blicklosen Augen über die trockene Einöde hinwegstarrte.

28

Joseph Zolar stand am Kopfende der goldenen Mumienhülle und beobachtete Henry und Micki Moore, die über den Computer und den Laserdrucker gebeugt waren. Vier Tage lang hatten sie rund um die Uhr gearbeitet, bevor sie die Bildsymbole in ihre Wortbedeutungen und diese dann in exakte Formulierungen übertragen hatten.

Es hatte schon etwas Faszinierendes an sich, wie sie die Blätter an sich rafften, kaum daß sie aus dem Drucker kamen, und aufgeregt ihre Auslegungen diskutierten, während die Wanduhr anzeigte, wie die verbleibenden Minuten ihres Lebens verstrichen. Sie gingen ihrer Arbeit nach, als wären die Männer mit den Skimasken nicht vorhanden.

Henry hatte sich voll in seine Aufgabe versenkt. Für ihn gab es nur die Welt der Wissenschaft. Wie die meisten Professoren für Anthropologie und Archäologie arbeitete er des Ruhmes und der Ehre wegen, da ihm anderer Reichtum versagt blieb. Er hatte Tonscherben zusammengesetzt und eine erkleckliche Anzahl von Büchern geschrieben, die nur wenige Menschen lasen und noch weniger für teures Geld kauften. Bisher verstaubten seine in kleiner Auflage gedruckten Bücher hauptsächlich in den Kelleretagen der Universitätsbibliotheken. Seltsamerweise bedeutete ihm die Ehre, die ihm, wie er vorausahnte, als Deuter der Bildsymbole auf dem Leichengewand und vielleicht als Entdecker von Huascars Schatz zuteil werden würde, mehr als sein Anteil am Erlös.

Zuerst fanden die Zolars Micki Moore sexuell reizvoll. Doch bald schon erboste sie die Gleichgültigkeit, mit der sie ihnen begegnete. Es war nur zu offensichtlich, daß sie ihren Mann liebte und sich kaum für jemand anderen interessierte. Sie lebten und arbeiteten gemeinsam in ihrer eigenen Welt.

Joseph Zolar würde wegen ihres Endes nur wenig Reue empfinden. Im Laufe der Jahre hatte er es mit allen möglichen abscheulichen und widerwärtigen Händlern und Sammlern, darunter auch einigen abgebrühten Kriminellen, zu tun gehabt, doch diese beiden Menschen waren ihm ein Rätsel. Jetzt war es ihm gleichgültig, auf welche Art seine Brüder sie umbringen wollten. Für ihn kam es inzwischen nur mehr darauf an, daß die Moores eine genaue und exakte Wegbeschreibung zu Huascars goldener Kette lieferten.

Die Skimasken waren überflüssig gewesen, aber trotzdem behielten sie sie in Gegenwart der Moores weiter auf. Offensichtlich ließen sich die Moores nicht so leicht einschüchtern.

Zolar schaute zu Henry Moore und zwang sich zu einem Lächeln. Es gelang ihm nicht besonders gut. »Sind Sie mit dem Entschlüsseln der Symbole fertig?« fragte er gespannt.

Moore zwinkerte seiner Frau listig zu und schenkte ihr ein zufriedenes Grinsen, bevor er sich Zolar zuwandte. »Wir sind fertig. Die Geschichte, die wir entziffert haben, berichtet von einem großen Drama und von menschlichem Durchhaltevermögen. Durch das Entschlüsseln der Bilder und ihre Übersetzung erweitert sich unser Wissen über die Chachapoyas ganz beträchtlich. Und die gesamte Geschichte der Inkas wird völlig neu geschrieben werden müssen.«

»Soviel zum Thema Bescheidenheit«, sagte Sarason spöttisch.

»Wissen Sie genau, wo der Schatz vergraben ist?« fragte Charles Oxley.

Henry Moore zuckte mit den Schultern. »Genau kann ich es nicht sagen.«

Wütend und mit verkniffenen Lippen drängte sich Sarason nach vorne. »Ich frage mich, ob unsere erlauchten Codeknacker auch nur die leiseste Ahnung haben, was, zum Teufel, sie überhaupt tun.«

»Was wollen Sie eigentlich?« erwiderte Moore kühl. »Einen Pfeil oder ein X, die die Stelle markieren?«

»Ja, verdammt noch mal. Genau das wollen wir!«

Zolar lächelte herablassend. »Kommen wir zu den handfesten Tatsachen, Dr. Moore. Was können Sie uns sagen?«

»Es dürfte Sie freuen«, antwortete Micki Moore anstelle ihres Mannes, »daß die Kette, so unglaublich es auch klingen mag, nur ein kleiner Teil des gesamten Schatzes ist. Die Bestandsaufnahme, die mein Mann und ich entziffert haben, listet weitere vierzig Tonnen Zierat und Geschirr auf, darunter Kopfschmuck, Brustpanzer, Halsbänder sowie Gegenstände aus massivem Gold und Silber, von denen jeder einzelne so schwer ist, daß er von zehn Männern getragen werden mußte. Außerdem befanden sich große Bündel Textilien darunter, mindestens zwanzig in Gold gehüllte Mumien und über fünfzig Tongefäße voller kostbarer Edelsteine. Wenn Sie uns mehr Zeit lassen, können wir Ihnen eine vollständige Liste zusammenstellen.«

Zolar, Sarason und Oxley starrten Micki an, ohne mit der Wimper zu zucken. Dank der Masken konnte man nicht sehen, wie sich ihre Gesichter vor unstillbarer Gier verzogen. Mehrere Sekunden lang hörte man nur ihren Atem und das Surren des Druckers. Selbst für Männer, die den Umgang mit Millionen von Dollar gewohnt waren, übertraf das Ausmaß von Huascars Goldschatz alles, was sie sich in ihren kühnsten Träumen vorgestellt hatten.

»Sie zeichnen uns da ja ein strahlendes Bild«, sagte Zolar schließlich. »Aber verraten uns die Symbole auf der Mumienhülle auch, wo der Schatz vergraben ist?«

»Strenggenommen ist er gar nicht vergraben«, sagte Henry Moore.

Er schaute Zolar an und wartete auf dessen Reaktion. Zolar stand gelassen da.

»Laut den auf dem Gewand eingravierten Bildern«, erklärte Moore, »wurde der Hort in einer Grotte versteckt, die über einem Fluß –«

Sarasons Augen funkelten plötzlich vor Enttäuschung. »Jede Grotte, die an einem schiffbaren Fluß liegt, dürfte längst entdeckt und der Schatz abtransportiert worden sein.«

Oxley schüttelte den Kopf. »Ist nicht gerade wahrscheinlich, daß eine Goldkette, die von zweihundert Männern getragen werden mußte, einfach ein zweites Mal verschwindet.«

»Und auch kein Schatz, der so groß ist, wie die Moores behaupten«, fügte Zolar hinzu. »Da ich mich mit Inkakunst ziemlich gut auskenne, hätte es mir auffallen müssen, wenn irgendwelche Artefakte, die Huascar gehörten, auf dem Markt aufgetaucht wären. Niemand, der einen solchen Schatz entdeckt, könnte seinen Fund lange geheimhalten.«

»Vielleicht haben wir dem guten Doktor und seiner Frau zuviel Vertrauen geschenkt«, sagte Sarason. »Woher wollen wir eigentlich wissen, daß sie uns nicht in die Irre führen?«

»Sie sind grade der Richtige, hier von Vertrauen zu sprechen«, sagte Moore leise. »Sie sperren mich und meine Frau vier Tage lang in ein fensterloses Verlies und sagen dann, Sie trauen uns nicht? Ich habe den Eindruck, Sie lieben kindische Spiele.«

»Sie haben keinen Grund zur Klage«, erklärte ihm Oxley. »Sie und ihre Frau werden überaus gut bezahlt.«

Moore warf Oxley einen gelassenen Blick zu. »Wie ich gerade sagen wollte: Nachdem die Inkas und ihre Chachapoya-Wächter Huascars riesigen Schatz in die Grotte geschafft hatten, verbargen sie den Zugang, der zu ihm führte. Dann mischten sie Erde und Gestein, damit die Abdeckung natürlich wirkte, und bepflanzten die Stelle mit einheimischen Pflanzen, auf daß der Zugang zu der Grotte niemals entdeckt werde.«

»Gibt es eine Beschreibung der Landschaft rund um den Eingang zu der Grotte?« fragte Zolar.

»Nur, daß er sich auf dem abgerundeten Gipfel einer steil aus einem Binnenmeer aufragenden Insel befindet.«

»Moment mal«, versetzte Oxley. »Sie sagten doch, die Grotte sei in der Nähe eines Flusses.«

Moore schüttelte den Kopf. »Wenn Sie aufgepaßt hätten, hätten Sie gehört, daß ich sagte, die Grotte befindet sich *über* einem Fluß.«

Sarason starrte Moore wütend an. »Was für ein lächerliches Märchen wollen Sie uns da eigentlich auftischen? Eine Grotte über einem Fluß auf einer Insel in einem Binnenmeer. Irgendwas ist da doch mit Ihrer Interpretation schiefgelaufen, nicht wahr, Doc?«

»Ein Irrtum ist ausgeschlossen«, sagte Moore bestimmt. »Unsere Deutung ist korrekt.«

»Die Verwendung des Wortes *Fluß* könnte auch rein symbolischer Natur sein«, schlug Micki Moore vor.

»Das trifft auch auf die Insel zu«, konterte Sarason.

»Möglicherweise bekommen Sie einen besseren Eindruck, wenn Sie sich unsere Interpretation ganz anhören«, meinte Henry Moore.

»Ersparen Sie uns bitte die Einzelheiten«, sagte Zolar. »Wir kennen bereits die Geschichte, wie Huascar die Schätze seines Königreiches vor den Nasen seines Bruders Atahualpa und Francisco Pizarros fortgeschafft hat. Uns interessiert nur, in welche Richtung General Naymlap mit der Schatzflotte gesegelt ist und wo genau er den Hort verborgen hat.«

Die Moores tauschten einen Blick aus. Micki nickte Henry auffordernd zu, und dieser wandte sich an Zolar. »In Ordnung, immerhin sind wir Partner.« Er hielt inne und musterte ein Blatt, das gerade aus dem Drucker kam. »Die Piktogramme auf dem Gewand verraten uns, daß der Schatz zu einem Hafen an der Küste geschafft und dort auf eine große Anzahl von Schiffen verladen wurde. Die Reise nach Norden dauerte sechsundachtzig Tage. Anschließend fuhr man weitere zwölf Tage über ein Binnenmeer, bis man auf eine kleine Insel stieß, die mit ihren hohen, steilen Felswänden wie ein großer Steintempel aus dem Wasser aufragte. Dort zogen die Inkas ihre Schiffe an Land, entluden den Schatz und trugen ihn durch einen Zugang hinab in eine tief im Inneren der Insel liegende Höhle. Und jetzt, egal, wie man es nimmt, wird in den Glyphen behauptet, daß der goldene Hort am Ufer eines Flusses gelagert wurde.«

Oxley faltete eine Landkarte des amerikanischen Doppelkontinents auf und fuhr mit dem Finger die Strecke nach, die die Flotte von Peru aus über Mittelamerika und dann entlang der mexikanischen Pazifikküste gefahren sein mußte. »Das Binnenmeer muß der Golf von Kalifornien sein.«

»Auch bekannt als Meer des Cortez«, fügte Moore hinzu.

Sarason studierte ebenfalls die Landkarte. »Einverstanden. Von der Spitze der Baja bis Peru ist nur offenes Meer.«

»Wie sieht's mit Inseln aus?« fragte Zolar.

»Mindestens zwei Dutzend, wenn nicht mehr«, erwiderte Oxley.

»Die alle abzusuchen kann Jahre dauern.«

Sarason nahm die letzte Seite der Mooreschen Glyphendeutung und las sie. Dann starrte er Moore mit kaltem Blick an. »Sie halten uns hin, mein Freund. Die Bilder auf dem Goldgewand müssen einfach einen genauen Hinweis auf den Fundort des Schatzes geben. Kein Plan, der das Papier wert ist, auf dem er gedruckt wurde, hört kurz vor den letzten Anweisungen auf.«

Zolar musterte Moores Miene eingehend. »Stimmt das, Doktor, daß Sie und Ihre Frau uns noch keine endgültige Lösung des Rätsels geliefert haben?«

»Micki und ich haben alles entschlüsselt, was es zu entschlüsseln gab. Mehr ist nicht da.«

»Sie lügen«, sagte Zolar ruhig.

»Natürlich lügt er«, blaffte Sarason. »Jeder Trottel sieht doch, daß er und seine Frau die entscheidenden Hinweise zurückhalten.«

»Sehr unvernünftig, Doktor. Sie und Ihre Gattin wären besser beraten, wenn Sie sich an unsere Abmachung hielten.«

Moore zuckte mit den Schultern. »Ich bin nicht so dumm, wie Sie vielleicht denken«, sagte er. »Die Tatsache, daß Sie sich nach wie vor weigern, sich zu erkennen zu geben, sagt mir, daß Sie nicht die leiseste Absicht haben, unsere Vereinbarung einzuhalten. Was garantiert mir denn, daß Sie Ihren Teil erfüllen? Niemand, nicht einmal unsere Freunde und Verwandten, weiß, wo wir uns befinden. Uns mit verbundenen Augen hierherzubringen und buchstäblich wie Gefangene festzuhalten ist nichts anderes als Entführung. Was hatten Sie denn mit uns vor, sobald Sie erst die vollständigen Hinweise zu Huascars Schatz in Händen gehabt hätten? Uns wieder die Augen verbinden und uns nach Hause fliegen? Das glaube ich nicht. Ich nehme an, Micki und ich wären heimlich, still und leise verschwunden – ein Fall für die Vermißtenstatistik. Sagen Sie mir eins: Irre ich mich?«

Wäre Moore nicht so intelligent gewesen, Zolar hätte einfach gelacht. Doch der Anthropologe hatte ihren Plan durchschaut. »In Ordnung, Doktor, was wollen Sie für die abschließende Auskunft haben?«

»Fünfzig Prozent des Schatzes, sobald wir ihn finden.«

Das brachte Sarason endgültig auf die Palme. »Dieser Mistkerl, der erpreßt uns ja!« Er ging zu Moore, packte ihn, hob ihn hoch und rammte ihn gegen die Wand. »Soviel zu Ihren Forderungen«, schrie er. »Wir haben die Nase voll von Ihren Sperenzchen. Sagen Sie uns, was wir wissen wollen, oder ich prügle es aus Ihnen heraus. Und glauben Sie mir: Es würde mir einen Heidenspaß machen, Ihr Blut zu sehen.«

Micki Moore blieb so ruhig, als stünde sie am Küchenherd. Ihre unheimliche Gelassenheit kam Zolar nicht ganz geheuer vor. Jede andere Frau wäre ängstlich oder besorgt gewesen, wenn man ihren Mann derart bedrohte.

Es war unglaublich, aber Moore lächelte. »Nur zu! Brechen Sie mir die Beine, töten Sie mich. Dann finden Sie Huascars goldene Kette auch in tausend Jahren nicht.«

»Er hat recht, weißt du«, sagte Zolar mit einem Seitenblick auf Micki.

»Wenn ich mit ihm fertig bin, eignet er sich nicht mal mehr als Hundefutter«, sagte Sarason und holte aus.

»Hör auf!« Oxleys Stimme hielt ihn zurück. »Wenn du etwas erreichen willst, solltest du deine Wut lieber an Micki Moore auslassen. Kein Mann sieht gerne zu, wie seine Frau vergewaltigt wird.«

Sarason ließ Moore langsam herunter, und mit dem Gesichtsausdruck eines plündernden Hunnen wandte er sich Micki zu. »Es wird mir ein Vergnügen sein, Mrs. Moore von den Vorteilen der Fügsamkeit zu überzeugen.«

»Sie vergeuden Ihre Zeit«, sagte Moore. »Meine Frau durfte mir beim letzten Teil der Deutung nicht mehr helfen. Sie hat keine Ahnung, wo sich der Schatz befindet.«

»Was sagen Sie da?«

»Es ist die Wahrheit«, sagte Micki ungerührt. »Henry wollte mir das Endergebnis nicht zeigen.«

»Wir haben trotzdem noch alle Trümpfe in der Hand«, sagte Sarason mit kalter Stimme.

»Schon klar«, sagte Oxley. »Du nimmst dir Micki Moore so lange vor, bis *er* klein beigibt.«

»Auf jeden Fall bekommen wir eine Antwort.«

Zolar blickte Moore an. »Nun, Doktor, Sie haben das Wort.«

Moore schaute sie mit kühl abschätzendem Blick an. »Machen Sie mit ihr, was Sie wollen. Es ändert gar nichts.«

Die Zolar-Brüder schwiegen erstaunt. Sarason, der Draufgänger der Familie, stand ungläubig und mit aufgerissenem Mund da. Was war das für ein Mann, der seine Frau seelenruhig und ohne die geringste Scham oder Angst den Wölfen zum Fraß vorwarf?

»Sie könnten wortlos zusehen, wie Ihre Frau geschlagen, vergewaltigt und getötet wird?« fragte Zolar, während er auf Moores Reaktion achtete.

Moores Miene veränderte sich nicht. »Mit barbarischem Unsinn erreichen Sie gar nichts.«

»Er blufft.« Sarason warf Moore einen tödlichen Blick zu. »Sobald er sie schreien hört, bricht er zusammen.«

Zolar schüttelte den Kopf. »Das glaube ich nicht.«

»Ich auch nicht«, sagte Oxley. »Wir haben seine unendliche Gier und Skrupellosigkeit unterschätzt. Für Ruhm und Ansehen in der akademischen Welt wäre er zu allem bereit. Habe ich recht, Doktor?«

Moore reagierte auch auf diesen Vorwurf völlig ungerührt. Dann sagte er: »Fünfzig Prozent von etwas sind besser als hundert Prozent von nichts, meine Herren.«

Zolar warf seinen Brüdern einen Blick zu. Oxley nickte kaum wahrnehmbar. Sarason ballte die Fäuste so fest, daß sie schneeweiß wurden – er wandte sich ab, aber man konnte ihm ansehen, daß er Moore am liebsten die Lunge aus dem Leib gerissen hätte.

»Ich meine, wir können uns weitere Drohungen ersparen und das hier auf anständige Art und Weise beilegen«, sagte Zolar. »Bevor wir aber Ihren erhöhten Forderungen zustimmen, brauche ich Ihre vorbehaltlose Zusicherung, daß Sie uns zu dem Schatz führen können.«

»Ich weiß, wie der Eingang zu der Grotte gekennzeichnet wurde. Ich habe die Beschreibung des Orientierungspunktes entziffert.« Moore sprach langsam und entschieden. »Ein Irrtum ist ausgeschlossen. Ich kenne die Ausmaße und die Gestalt. Ich kann ihn aus der Luft erkennen.«

Seine Beteuerung stieß auf Schweigen. Zolar ging zu der Mumie und blickte auf die in die goldene Hülle eingeritzten Glyphen. »Dreißig Prozent. Damit müssen Sie sich zufriedengeben.«

»Vierzig oder gar nichts«, sagte Moore entschieden.

»Möchten Sie es schriftlich?«

»Hätte es denn vor Gericht Gültigkeit?«

»Vermutlich nicht.«

»Dann müssen wir einander einfach beim Wort nehmen.« Moore wandte sich an seine Frau. »Tut mir leid, meine Liebe. Ich hoffe, das hier hat dich nicht zu sehr aufgeregt. Aber ich bitte dich um Verständnis. Manche Dinge sind wichtiger als ein Ehegelübde.«

Was für eine seltsame Frau, dachte Zolar. Sie hätte furchtsam und gedemütigt wirken müssen, doch davon war nichts zu sehen. »Dann wäre das also geklärt«, sagte er. »Da wir nun Partner sind, sehe ich keine Notwendigkeit, weiterhin diese Skimasken zu tragen.« Er zog sie sich vom Kopf und strich sich mit den Fingern durch die Haare. »Und jetzt sollte jeder versuchen zu schlafen. Sie werden morgen in aller Frühe mit unserem Firmenjet nach Guaymas in Mexiko fliegen.«

»Wieso nach Guaymas?« fragte Micki Moore.

»Aus zweierlei Gründen. Es befindet sich in zentraler Lage am Golf. Und außerdem besitzt ein Freund und Kunde von mir gleich nördlich des Hafens eine Hazienda, die mir jederzeit zur Verfügung steht. Das Anwesen verfügt über eine Landebahn, wodurch es ein idealer Ausgangspunkt für unsere Suchaktion ist.«

»Kommst du nicht mit?« fragte Oxley.

»Ich stoße zwei Tage später zu euch. Vorher habe ich noch eine geschäftliche Besprechung in Wichita, Kansas.«

Zolar wandte sich an Sarason. Er befürchtete, sein Bruder könnte seine Wut erneut an den Moores auslassen. Doch er brauchte sich keine Sorgen zu machen.

Sarason hatte das Gesicht zu einem teuflischen Grinsen verzogen. Schließlich konnten seine Brüder keine Gedanken lesen, konnten nicht erkennen, daß er sich genüßlich ausmalte, was Tupac Amaru mit Henry Moore machen würde, sobald der Schatz erst gefunden war.

29

»Brunhilda ist bis an die Grenzen ihres Leistungsvermögens gegangen«, sagte Yeager und meinte seinen geliebten Computer. »Gemeinsam haben wir in mühseliger Arbeit etwa neunzig Prozent des Schnurcodes zusammengepuzzelt. Aber es gibt da ein paar Permutationen, aus denen wir noch nicht ganz schlau geworden sind –«

»Permutationen?« murmelte Pitt, der Yeager im Konferenzraum gegenübersaß.

»Die unterschiedliche Anordnung der einzelnen Drahtschnüre des *Quipu* nach Farbe und Größe.«

Achselzuckend schaute sich Pitt in dem Zimmer um. Vier weitere Männer waren zugegen: Admiral Sandecker, Al Giordino, Rudi Gunn und Hiram Yeager. Alle hatten sich auf Yeager konzentriert, der aussah wie ein Kojote, der die ganze Nacht lang ununterbrochen den Mond angeheult hat.

»Ich muß wirklich mal an meinem Wortschatz arbeiten«, murmelte Pitt. Er lümmelte bequem auf seinem Stuhl und blickte zu dem Computerexperten, der an einem Pult unter einer großen Leinwand stand.

»Wie ich gerade erklären wollte«, fuhr Yeager fort, »lassen sich ein paar Knoten und Schnüre nicht entziffern. Auch nachdem ich die modernsten und höchstentwickelten Informations- und Datenauswertungstechniken angewandt habe, die der Mensch kennt, kann ich bestenfalls einen groben Abriß der Geschichte liefern.«

»Ein Superhirn wie du?« fragte Gunn lächelnd.

»Nicht einmal Einstein wäre da weitergekommen. Ohne ein Handbuch aus dem sechzehnten Jahrhundert über die Kunst der *Quipu*-Herstellung hätte auch er in der Luft gehangen.«

»Falls du uns damit mitteilen willst, daß die Vorstellung ohne großen Höhepunkt endet«, sagte Giordino, »dann geh' ich jetzt was essen.«

»Das Drake-*Quipu* ist eine komplexe Darstellung von Zahlenmaterial«, fuhr Yeager fort, ohne sich von Giordinos Sarkasmus entmutigen zu lassen. »Aber es schildert die Ereignisse nicht Schritt für Schritt. Mit ein paar farbigen Drahtschnüren und willkürlich angebrachten Knoten kann man weder Dramatik noch Handlungsabläufe wiedergeben. Das *Quipu* kann nur skizzenartige Berichte der Menschen liefern, die an dieser speziellen historischen Begebenheit beteiligt waren.«

»Wir haben Sie verstanden«, sagte Sandecker und wedelte mit seiner fetten Zigarre. »Warum verraten Sie uns jetzt nicht, was Sie aus dem Gewirr herausgeholt haben?«

Yeager nickte und dämpfte das Licht im Konferenzzimmer. Er schaltete einen Diaprojektor ein und warf eine alte spanische Landkarte von Nord- und Südamerika auf die Leinwand. Dann nahm er einen Zeigestab aus Metall, der sich wie eine Autoantenne ausziehen ließ, und deutete lässig auf die Karte.

»Ohne zu langatmigen historischen Ausführungen ausholen zu wollen, möchte ich festhalten, daß Huascar, der legitime Thronerbe der Inkas, der im Jahr 1532 von seinem Halbbruder, dem Bastard Atahualpa, besiegt und entmachtet wurde, den Königsschatz und andere fürstliche Reichtümer hoch in den Anden verstecken ließ. Eine kluge Maßnahme, wie sich herausstellen sollte. Im Kerker mußte Huascar tiefste Demütigung und großes Leid erdulden. Alle seine Freunde und Anverwandten wurden hingerichtet, seine Frauen und Kinder erhängt. Und um dem Ganzen die Krone aufzusetzen, suchten sich die Spanier genau diesen Zeitpunkt aus, um im Inkareich einzufallen. Francisco Pizarro erging es so ähnlich wie Cortez in Mexiko: Sein Timing hätte gar nicht besser sein können. Die Inkaarmeen waren in feindliche Fraktionen aufgespalten und vom Bürgerkrieg dezimiert, und er machte sich das allgemeine Chaos zunutze. Nachdem Pizarros kleine Streitmacht aus Söldnern und Abenteurern auf dem Marktplatz der alten Stadt Cajamarca ein paar tausend von Atahualpas Hofschranzen und Verwaltungsbeamten abgeschlachtet hatte, brach das Inkareich zusammen.«

»Seltsam, daß die Inkas die Spanier nicht einfach angriffen und überwältigten«, sagte Gunn. »Sie müssen Pizarros Truppen im Verhältnis hundert zu eins überlegen gewesen sein.«

»Eher tausend zu eins«, sagte Yeager. »Aber genau wie bei den Azteken und Cortez waren auch die Inkas überwältigt vom Anblick grimmiger Männer mit Bärten, die eiserne Kleidung trugen, durch die kein Pfeil drang, die auf gepanzerten Tieren saßen, wie sie die Inkas noch nie gesehen hatten, und die sie mit ihren Schwertern, Musketen und Kanonen niedermähten. Atahualpas Generäle waren völlig demoralisiert und versäumten es daher, die Initiative zu ergreifen und einen entschlossenen Massenangriff zu befehlen.«

»Was war mit Huascars Armeen?« fragte Pitt. »Die standen doch sicher noch im Feld.«

»Ja, aber sie waren ohne Führung.« Yeager nickte. »Für die Geschichtsschreibung stellt sich nun die hypothetische Frage: Was wäre gewesen, wenn die beiden Inkaherrscher das Kriegsbeil begraben, ihre Armeen vereint und das Reich in einem rücksichtslosen Feldzug von den gefürchteten Fremden befreit hätten? Eine interessante Überlegung. Nur Gott weiß, wie die politischen Grenzen und Kräfte in Südamerika heute aussähen, wenn die Spanier damals geschlagen worden wären.«

»Auf jeden Fall würde man dort kein Spanisch sprechen«, bemerkte Giordino.

»Wo befand sich Huascar während der Auseinandersetzung mit Pizarro?« fragte Sandecker, der endlich seine Zigarre anzündete.

»Im Kerker in Cuzco, der Hauptstadt des Reiches, zwölfhundert Kilometer südlich von Cajamarca.«

Ohne von seinem gelben Notizblock aufzublicken, fragte Pitt: »Was ist danach passiert?«

»Um sich die Freiheit zu erkaufen, versprach Atahualpa Pizarro, einen Raum so hoch mit Gold zu füllen, wie er mit den Händen greifen konnte«, antwortete Yeager. »Einen Raum, möchte ich hinzufügen, der etwas größer als dieser war.«

»Hat er das Versprechen eingehalten?«

»Das schon. Aber Atahualpa hatte Angst, Huascar könnte Pizarro mehr Gold, Silber und Edelsteine anbieten als er. Deshalb befahl er, seinen Bruder zu töten, worauf dieser ertränkt wurde. Aber vorher befahl Huascar, die königlichen Schätze zu verstecken.«

Sandecker schaute Yeager durch eine Wolke aus blauem Dunst an. »Wer hat den Befehl ausgeführt, als der König tot war?«

»Ein General namens Naymlap«, erwiderte Yeager. Er schwieg kurz und deutete mit dem Zeigestab auf eine rote Linie auf der Karte, die von den Anden zur Küste führte. »Er war kein Inka von königlichem Geblüt, sondern ein Chachapoya-Krieger, der es zu Rang und Ansehen gebracht hatte und schließlich Huascars Vertrauter und Ratgeber wurde. Es war Naymlap, der den Transport des Schatzes von den Bergen zur Küste organisierte. Dann zog er eine Flotte aus fünfundfünfzig Schiffen zusammen. Wenn man dem *Quipu* glaubt, dauerte es nach einem vierundzwanzigtägigen Marsch noch einmal achtzehn Tage, bis der gewaltige Schatz verladen war.«

»Ich hatte keine Ahnung, daß die Inkas ein Seefahrervolk waren«, sagte Gunn.

»Das waren auch die Mayas. Genau wie die Phönizier, die Griechen und die Römer fuhren auch die Inkas entlang der Küste. Sie hatten keine Angst vor dem offenen Meer, aber in mondlosen Nächten oder bei stürmischem Wetter war es klüger, die Schiffe an Land zu ziehen. Sie navigierten anhand der Sonne und der Sterne und segelten unter Ausnutzung der vorherrschenden Winde und Strömungen die Küste auf und ab, wobei ihre Händler bis Panama und noch weiter nach Norden vorstießen. Eine Inkasage berichtet von einem alten König, der eine Geschichte von einer Insel voller Gold und intelligenter Menschen hörte, die weit hinter dem Horizont mitten im Meer liegen sollte. Da er auf Beute und Sklaven aus war, ließ er eine Flotte bauen und ausrüsten und segelte in Begleitung seiner Soldaten los, vermutlich zu den Galapagos-Inseln. Neun Monate später kehrte er mit zahllosen schwarzen Gefangenen und einer Menge Gold zurück.«

»Von den Galapagos-Inseln?« staunte Pitt.

»Oder von sonstwoher.«

»Gibt es Aufzeichnungen darüber, wie sie ihre Schiffe bauten?« erkundigte sich Sandecker.

»Bartholome Ruíz, Pizarros Navigator, sah große, mit Masten und riesigen, viereckigen Segeln ausgerüstete Flöße. Andere spanische Seeleute berichteten, daß sie Flößen aus Balsaholz, Bambus und Binsen begegneten, die bis zu sechzig Menschen und über vierzig große Kisten mit Handelsgütern befördern konnten. Neben den Segeln hatten die Flöße auch Rudermannschaften. Abbildungen, die man auf präkolumbianischen Keramiken fand, zeigen Zweidecker, die über ein hochgezogenes Heck samt Achtersteven mit geschnitzten Schlangenköpfen verfügten, ähnlich den Drachengestalten an den Langschiffen der Wikinger.«

»Dann gibt es also keinen Zweifel, daß sie tonnenweise Gold und Silber über lange Strecken per Schiff transportieren konnten?«

»Nicht den geringsten Zweifel, Admiral.« Yeager tippte mit dem Zeigestab auf eine andere Linie, die die Reise von Naymlaps Schatzflotte darstellte. »Vom Ausgangspunkt bis zu ihrem Bestimmungsort im Norden dauerte die Reise insgesamt sechsundachtzig Tage. Für primitive Schiffe nicht gerade eine kurze Fahrt.«

»Könnten sie nicht auch nach Süden gefahren sein?« fragte Giordino.

Yeager schüttelte den Kopf. »Mein Computer hat herausgefunden, daß eine Knotenschnur die vier Himmelsrichtungen darstellt, wobei ein obenliegender Knoten für Norden und ein untenliegender für Süden steht. Osten und Westen wurden durch untergeordnete Schnüre dargestellt.«

»Und wo sind sie schließlich an Land gegangen?« hakte Pitt nach.

»Jetzt kommt der kitzlige Teil. Da ich nie das Vergnügen hatte nachzumessen, wie lange ein Balsafloß unter Segeln für eine Seemeile braucht, konnte ich die Geschwindigkeit der Flotte nur erraten. Ich will jetzt nicht auf die Einzelheiten eingehen – ihr könnt später den vollständigen Bericht lesen. Aber Brunhilda hat ihr Meisterstück vollbracht, als sie beim Errechnen der Reisedauer die Strömungen und Windrichtungen im Jahr 1533 mit einbezog.«

Pitt verschränkte die Hände im Nacken und kippte seinen Stuhl nach hinten. »Laß mich raten. Irgendwo im nördlichen Teil vom Meer des Cortez, auch als Golf von Kalifornien bekannt – einem riesigen Meeresarm, der das mexikanische Festland von der Baja California trennt –, gingen sie an Land.«

»Auf einer Insel, was wir bereits eingehend besprochen haben«, fügte Yeager hinzu. »Die Schiffsbesatzungen brauchten volle zwölf Tage, um den Schatz in einer Höhle zu verstecken, einer großen, den Maßangaben des *Quipu* nach zu urteilen. Vom höchsten Punkt der Insel führt ein Zugang, meiner Ansicht nach eine Art Tunnel, hinunter zur Schatzhöhle.«

»Und das schließen Sie alles aus einer Reihe von Knoten?« fragte Sandecker ungläubig.

Yeager nickte. »Und noch viel mehr. Eine rote Schnur repräsentiert Huascar, ein schwarzer Knoten kennzeichnet den Tag seiner Hinrichtung auf Befehl Atahualpas, dessen Strang lila ist. General Naymlaps ist türkis. Brunhilda und ich können Ihnen auch eine vollständige Auflistung aller Schätze liefern. Glauben Sie mir, der Gesamtwert macht ein Vielfaches dessen aus, was in den letzten hundert Jahren aus gesunkenen Schatzschiffen geborgen wurde.«

Sandecker wirkte skeptisch. »Ich hoffe doch, Sie beziehen da auch die *Atocha*, die *Edinburgh* und die *Central America* mit ein.«

»Und noch viele andere mehr.« Yeager lächelte selbstbewußt.

Gunn sah verdutzt aus. »Eine Insel, sagst du, irgendwo im Meer des Cortez?«

»Und wo ist nun der Schatz?« fragte Giordino, der damit genau den heiklen Punkt anschnitt.

»Abgesehen davon, daß er in einer Höhle auf einer Insel im Meer des Cortez ist«, sagte Sandecker zusammenfassend.

»Gesungen nach der Melodie von ›My Darlin' Clementine‹«, witzelte Pitt.

»Kommt mir so vor«, sagte Giordino seufzend, »als kämen verdammt viele Inseln in Betracht. Im Golf wimmelt's nur so davon.«

»Mit Inseln unterhalb des achtundzwanzigsten Breitengrades brauchen wir uns gar nicht erst zu befassen.« Yeager kreiste mit dem Zeigestab ein Gebiet auf der Karte ein. »Wie Dirk bereits geraten hat, nehme ich an, daß Naymlaps Flotte in den nördlichen Bereich des Golfes gesegelt ist.«

Giordino gab sich wie immer pragmatisch. »Du hast uns immer noch nicht gesagt, wo wir graben sollen.«

»Auf einer Insel, die steil wie ein Kegel aus dem Wasser aufragt, oder, wie es in Brunhildas Übersetzung des *Quipu* heißt, wie der Sonnentempel in Cuzco.« Yeager projizierte eine Ausschnittvergrößerung des Meeres zwischen der Baja California und dem mexikanischen Festland auf die Leinwand. »Ein Umstand, der das abzusuchende Gebiet beträchtlich einengt.«

Pitt beugte sich vor und musterte die Karte auf der Leinwand. »Die zentral gelegenen Inseln Angel de la Guarda und Tiburón sind zwischen vierzig und sechzig Kilometer lang. Auf jeder gibt es mehrere kegelförmige Berge. Du mußt es noch enger eingrenzen, Hiram.«

»Könnte Brunhilda vielleicht etwas übersehen haben?« fragte Gunn.

»Oder die Knoten falsch verstanden haben?« sagte Giordino, der lässig eine von Sandeckers extra angefertigten Zigarren aus seiner Brusttasche zog und anzündete.

Der Admiral funkelte ihn an, sagte aber nichts. Er hatte es längst aufgegeben, darüber nachzudenken, woher Giordino sie hatte. Aus seinem persönlichen Vorrat jedenfalls nicht. Sandecker führte genau Buch über den Inhalt seines Humidors.

»Ich gebe zu, daß mein Wissen noch etwas lückenhaft ist«, räumte Yeager ein. »Wie schon gesagt, der Computer und ich haben neunzig Prozent der Knoten und Schnüre des *Quipu* entziffert. Die anderen zehn Prozent lassen sich nicht eindeutig enträtseln. Zwei der Schnüre haben uns etwas verwirrt. Die eine bezieht sich auf etwas, das Brunhilda als eine Art Gott oder Dämon aus Stein deutete. Die zweite ergibt geologisch keinen Sinn. Es geht dabei um einen Fluß, der angeblich durch die Höhle mit dem Schatz fließt.«

Gunn tippte mit seinem Kugelschreiber auf den Tisch. »Ich habe noch nie gehört, daß ein Fluß unter einer Insel hindurchführt.«

»Ich auch nicht«, pflichtete Yeager ihm bei. »Deswegen habe ich ja gezögert, es zu erwähnen.«

»Muß sich um Sickerwasser aus dem Golf handeln«, sagte Pitt. Gunn nickte. »Die einzige logische Antwort.«

Pitt blickte zu Yeager. »Und du hast keinerlei Hinweis auf irgendwelche landschaftlichen Orientierungspunkte gefunden?«

»Sorry, da muß ich passen. Eine Zeitlang hatte ich gehofft, dieser Dämonengott könnte vielleicht eine Art Hinweis auf die Höhle darstellen«, antwortete Yeager. »Die Knoten auf dieser speziellen Schnur kamen mir wie eine Entfernungsangabe vor. Ich habe den Eindruck, sie beziehen sich auf die Länge eines Tunnels, der von dem Dämon zur Höhle führt. Aber die Kupferdrähte waren oxidiert, und Brunhilda konnte keinen vernünftigen Sinn herausholen.«

»Was für ein Dämon soll das sein?« fragte Sandecker.

»Ich habe nicht die leiseste Ahnung.«

»Vielleicht eine Art Wegweiser, der zum Schatz führt?« sagte Gunn nachdenklich.

»Oder eine finstere Gottheit, die Diebe abschrecken soll«, schlug Pitt vor.

Sandecker klopfte ein langes Stück Asche von seiner Zigarre an einer Glastasse ab. »Gar keine schlechte Theorie, vorausgesetzt, die Skulptur hat im Verlauf der letzten vierhundert Jahre nicht so stark unter Erosion und Wandalismus gelitten, daß man sie nicht mehr von einem gewöhnlichen Felsblock unterscheiden kann.«

»Fassen wir doch mal zusammen«, sagte Pitt. »Wir suchen einen steil aufragenden Felsen oder Bergkegel auf einer Insel im Golf von Kalifornien, auf dessen Gipfel eine steinerne Dämonenfigur steht.«

»Ein grober Überblick«, sagte Yeager, der sich zu ihnen an den Tisch setzte. »Aber er faßt ganz gut das zusammen, was ich dem *Quipu* entnehmen konnte.«

Gunn nahm die Brille ab, hielt sie ans Licht und überprüfte sie auf Flecken. »Besteht irgendeine Hoffnung, daß Bill Straight die oxidierten Schnüre restaurieren kann?«

»Ich werde ihn bitten, damit anzufangen«, antwortete Yeager.

»Innerhalb einer Stunde wird er sich mit Feuereifer ans Werk machen«, versicherte ihm Sandecker.

»Wenn Straights Konservierungsexperten die Knoten und Schnüre so weit rekonstruieren können, daß Brunhilda sie auswerten kann, verspreche ich, daß ich euch bis auf Spuckweite an den zur Höhle führenden Tunnel ranführen kann.«

»Das solltest du auch«, riet Pitt. »Weil ich nämlich keine Lust habe, mein ganzes Leben lang in Mexiko rumzuhängen und Löcher zu graben.«

Gunn wandte sich an Sandecker. »Nun, was sagen Sie, Admiral? Können wir loslegen?«

Der kleine, gedrungene Chef der NUMA musterte die Karte auf der Leinwand. Schließlich seufzte er und sagte grummelnd: »Morgen früh möchte ich in meinem Büro einen genauen Plan für die Suchaktion vorliegen haben, einschließlich aller Kosten. Für die nächsten drei Wochen habt ihr bezahlten Urlaub. Und kein Wort davon außerhalb dieses Zimmers. Wenn die Presse Wind davon bekommt, daß die NUMA eine Schatzsuche durchführt, macht mir der Kongreß die Hölle heiß.«

»Und wenn wir Huascars Schatz finden?« fragte Pitt.

»Dann sind wir alle bettelarme Helden.«

Yeager konnte ihm nicht ganz folgen. »Bettelarm?«

»Der Admiral will damit andeuten«, sagte Pitt, »daß der Finder nichts behalten darf.«

Sandecker nickte. »Schreien Sie ruhig, so laut Sie wollen, meine Herren, aber wenn wir den Schatz finden sollten, wird vermutlich jede Feinunze Gold an die Regierung von Peru weitergereicht werden.«

Pitt und Giordino tauschten wissende Blicke aus, da jeder die Gedanken des anderen lesen konnte. Doch es war Giordino, der zuerst das Wort ergriff.

»Allmählich glaube ich, daß in all dem eine Lehre steckt.«

Sandecker warf ihm einen unbehaglichen Blick zu. »Was für eine Lehre sollte das sein?«

Giordino musterte seine Zigarre, bevor er antwortete: »Möglicherweise wäre der Schatz besser aufgehoben, wenn wir ihn dort lassen, wo er ist.«

30

Gaskill lag auf seinem Bett. Auf dem Nachtkästchen standen eine Tasse mit kaltem Kaffee und ein Teller mit einem halbaufgegessenen Salamisandwich. Die Bettdecke, die seinen mächtigen Körper warm hielt, war mit Schreibmaschinenblättern übersät. Er hob die Tasse und trank einen Schluck Kaffee, bevor er die nächste Seite des ellenlangen Manuskriptes las. Der Titel lautete *Der Dieb, der nie gefaßt wurde*. Es handelte sich um einen auf Tatsachen beruhenden Bericht über die Suche nach dem Specter, verfaßt von einem pensionierten Inspektor Scotland Yards namens Nathan Pembroke. Beinahe fünfzig Jahre lang hatte der Inspektor auf seiner unermüdlichen Jagd nach dem Kunstdieb in internationalen Polizeiarchiven herumgewühlt und war jeder Spur nachgegangen, mochte sie noch so zweifelhaft sein.

Als Pembroke von Gaskills Interesse an dem nicht dingfest zu machenden Kunstdieb der zwanziger und dreißiger Jahre hörte, hatte er ihm die vergilbten eselsohrigen Blätter des Manuskripts geschickt, das er in mühseliger Arbeit angefertigt hatte und das von mehr als dreißig Lektoren in ebenso vielen Jahren immer wieder abgelehnt worden war. Gaskill konnte es nicht mehr aus der Hand legen. Pembrokes meisterhafte Ermittlungsarbeit schlug ihn völlig in Bann. Der Engländer, inzwischen Ende Achtzig, hatte die Ermittlungen nach dem letzten bekannten Raub des Specter geleitet, der 1939 in London stattgefunden hatte. Damals waren ein Joshua Reynolds, zwei Constable und drei Turner entwendet worden. Auch dieser Fall war, wie alle anderen Geniestreiche des Specter, nie gelöst worden, und keines der Kunstwerke war jemals wiederaufgetaucht. Für Pembroke, der starrköpfig darauf beharrte, daß es das perfekte Verbrechen nicht gebe, wurde die Suche nach der wahren Identität des Specter zu einer Besessenheit.

Ein halbes Jahrhundert lang ließ er nicht von seiner fixen Idee ab und weigerte sich entschieden, die Jagd aufzugeben. Am Ende schaffte er auch den Durchbruch, aber nur ein paar Monate später ging es ihm gesundheitlich immer schlechter, so daß er gezwungen war, sich in ein Pflegeheim zu begeben. Doch aufgrund seiner

Erkenntnisse konnte er immerhin noch den Schluß seines hervorragend geschriebenen Berichtes verfassen.

Was für ein Jammer, dachte Gaskill, daß kein Verlag dieses Manuskript hatte veröffentlichen wollen. Ihm fielen auf Anhieb mindestens zehn berühmte Kunstdiebstähle ein, die vielleicht aufgeklärt worden wären, wenn *Der Dieb, der nie gefaßt wurde* im Handel erhältlich gewesen wäre.

Eine Stunde vor Anbruch der Dämmerung beendete Gaskill die letzte Seite. Er legte sich zurück, starrte an die Decke und setzte die einzelnen Teile zusammen, bis die ersten Sonnenstrahlen über den Fenstersims seines Schlafzimmers in der außerhalb Chicagos gelegenen Stadt Cicero krochen. Plötzlich fiel es ihm wie Schuppen von den Augen.

Als Gaskill zum Telefon griff, lächelte er, als hätte er gerade einen Sechser im Lotto erzielt. Er wählte aus dem Gedächtnis und schüttelte die Kissen auf, so daß er aufrecht sitzen konnte, während er darauf wartete, daß jemand abhob.

»Francis Ragsdale«, krächzte eine schlaftrunkene Stimme.

»Gaskill.«

»Herrgott, Dave. Warum so früh?«

»Wer 's denn dran?« mischte sich Ragsdales Frau mit undeutlicher Stimme ein.

»Dave Gaskill.«

»Weiß er etwa nicht, daß es mitten in der Nacht ist?«

»Tut mir leid, daß ich Sie geweckt habe«, sagte Gaskill, »aber ich habe gute Nachrichten, die nicht warten können.«

»Schon in Ordnung«, murmelte Ragsdale gähnend. »Schießen Sie los.«

»Ich kann Ihnen den Namen des Specter verraten.«

»Wessen Namen?«

»Den Namen unseres Lieblingskunstdiebes.«

Ragsdale war nun hellwach. »Der Specter? Sie haben ihn identifiziert?«

»Ich nicht. Ein pensionierter Inspektor von Scotland Yard.«

»Ein Tommy hat es geschafft?«

»Er hat sein Leben unter anderem damit zugebracht, ein Buch über den Specter zu schreiben. Manches ist reine Vermutung, aber er hat auch ein paar ziemlich überzeugende Beweise zusammengetragen.«

»Was hat er denn?«

Gaskill räusperte sich bedeutungsvoll. »Der Name des größten Kunstdiebes aller Zeiten lautet Mansfield Zolar.«

»Sagen Sie das noch mal.«

»Mansfield Zolar. Sagt Ihnen das etwas?«

»Sie wollen mich wohl zum Narren halten.«

»Ich schwör's bei meiner Dienstmarke.«

»Ich wage kaum zu fragen –«

»Keine Angst«, unterbrach ihn Gaskill. »Ich weiß, was Sie denken. Er war der Vater.«

»Herr im Himmel. Zolar International. Das ist ja so, als hätte man ein Puzzlestück auf einem Teppich gefunden, der die gleiche Farbe hat. Die Zolars, oder wie auch immer sie sich heute nennen mögen. Allmählich paßt alles zusammen.«

»Wie Brotkrümel vor der Haustür.«

»Sie hatten neulich beim Essen doch recht. Der Specter hat wirklich eine Dynastie von verkommenen Subjekten begründet, die die Tradition fortsetzen.«

»Soweit ich mich erinnere, hatten wir Zolar International bei mindestens vier Gelegenheiten unter Beobachtung, aber es ist nie etwas dabei herausgesprungen. Ich wäre nie darauf gekommen, daß es da eine Verbindung mit dem legendären Specter gibt.«

»Ist beim FBI nicht anders«, sagte Ragsdale. »Wir hatten sie jedesmal in Verdacht, wenn Gemälde von siebenstelligem Wert gestohlen wurden. Aber wir konnten nicht genügend Beweise finden, um auch nur einen von ihnen dingfest zu machen.«

»Ich kann es Ihnen nachfühlen. Ohne Beweise, daß mit Diebesgut gehandelt wird, kein Durchsuchungs- oder Haftbefehl.«

»Grenzt fast an ein Wunder, daß ein derart umfangreiches Geschäft wie das der Zolars auf einer so breiten Basis betrieben werden kann, ohne daß auch nur ein Anhaltspunkt dabei herausspringt.«

»Die machen eben keine Fehler«, sagte Gaskill.

»Haben Sie schon einmal versucht, einen V-Mann einzuschleusen?« fragte Ragsdale.

»Zweimal. Sie kamen uns fast augenblicklich auf die Schliche.

Wenn ich nicht genau gewußt hätte, daß ich mich auf meine Leute verlassen kann, hätte ich geschworen, daß ihnen jemand einen Tip gegeben hat.«

»Wir konnten sie auch nie unterwandern. Und die Sammler, die von ihnen kaufen, sind genauso verschwiegen und vorsichtig wie sie selbst.«

»Und trotzdem wissen wir beide, daß die Zolars gestohlene Kunst genauso waschen wie ein Drogenhändler sein Geld.«

Ragsdale schwieg einige Sekunden. Schließlich sagte er: »Allmählich sollten wir, glaube ich, unsere Erkenntnisse nicht mehr nur beim Essen austauschen, sondern fest zusammenarbeiten.«

»Ihre Art gefällt mir«, räumte Gaskill ein. »Ich mache den Anfang und schlage, sobald ich im Büro bin, meinem Vorgesetzten vor, eine gemeinsame Sonderkommission ins Leben zu rufen.«

»Genau dasselbe habe ich vor.«

»Lassen Sie uns doch gleich eine gemeinsame Konferenz mit unseren Mitarbeitern ansetzen. Sagen wir, am Donnerstagmorgen?«

»Klingt erfolgversprechend«, stimmte Ragsdale zu.

»Damit sollten wir genug Zeit für die erforderlichen Vorbereitungen haben.«

»Da wir gerade vom Specter sprechen: Haben Sie die gestohlenen Riveras aufgespürt? Sie haben beim Essen erwähnt, daß Sie vielleicht eine Spur hätten.«

»Ich arbeite noch daran«, erwiderte Gaskill. »Aber allmählich sieht es so aus, als wären die Riveras bei einem Privatsammler in Japan gelandet.«

»Was wollen wir wetten, daß die Zolars den Verkauf arrangiert haben?«

»Wenn sie's waren, gibt's keine Spur. Die haben zu viele Unternehmen und Zwischenhändler, die so was erledigen. Wir haben es hier mit den Superstars der internationalen Verbrecherszene zu tun. Seit der alte Mansfield Zolar sein erstes Ding drehte, wurde kein einziges Mitglied der Familie von Ihnen, von mir oder von irgendeiner Polizeitruppe der Welt behelligt. Die haben noch nie einen Gerichtssaal von innen gesehen. Die haben eine so blütenweiße Weste, daß es geradezu abstoßend ist.«

»Diesmal kriegen wir sie«, sagte Ragsdale ermutigend.

»Die gehören nicht zu der Sorte, die uns den Gefallen tut und einen Fehler macht«, sagte Gaskill.

»Vielleicht, vielleicht auch nicht. Aber ich hatte immer das Gefühl, daß eines Tages ein Außenseiter, jemand, der nicht unmittelbar mit Ihnen, mit mir oder mit den Zolars zu tun hat, daherkommen und ihr System knacken wird.«

»Ich hoffe nur, der Betreffende taucht schleunigst auf. Ich habe keine Lust zuzusehen, wie sich die Zolars nach Brasilien zurückziehen, bevor wir sie am Schlafittchen haben.«

»Nun, da uns bekannt ist, daß Papa der Gründer der Organisation war und wie er arbeitete, wissen wir vielleicht eher, worauf wir achten müssen.«

»Verraten Sie mir eins, bevor wir auflegen«, sagte Ragsdale. »Haben Sie schon mal daran gedacht, daß man für die goldene Mumienhülle, die Ihnen durch die Lappen gegangen ist, einen anerkannten Übersetzer brauchen könnte?«

Gaskill wand sich. Er wollte nicht gern daran erinnert werden. »Sämtliche bekannten Fachleute für derartige Glyphen wurden überprüft. Mit Ausnahme von zweien, einem Anthropologenpaar von Harvard, Dr. Henry Moore und seine Frau. Sie sind spurlos verschwunden. Weder ihre Professorenkollegen noch ihre Nachbarn haben eine Ahnung, wo sie stecken könnten.«

Ragsdale lachte. »Seien Sie so nett und erwischen Sie sie beim Techtelmechtel mit den Zolars.«

»Ich werde mich bemühen.«

»Viel Glück.«

»Wir sprechen uns wieder«, sagte Gaskill.

»Ich rufe Sie heute morgen noch an.«

»Nachmittags ist es besser. Ich muß um neun Uhr bei einem Verhör sein.«

»Noch besser wäre es«, sagte Ragsdale, »wenn Sie mich anrufen, sobald Sie etwas für unsere gemeinsame Konferenz vorliegen haben.«

»Wird gemacht.«

Lächelnd legte Gaskill auf. Er hatte nicht die Absicht, sofort ins Büro zu gehen. Für Ragsdale dürfte es weitaus schwieriger als für

ihn werden, die Erlaubnis des FBI zu einer gemeinsamen Sonderkommission zu bekommen. Nachdem er die ganze Nacht gelesen
hatte, wollte er sich jetzt etwas Schlaf gönnen.

Er genoß es, wenn ein Fall, der aus Mangel an Beweisen eingestellt worden war, plötzlich wieder brandaktuell wurde. Allmählich
erkannte er die Zusammenhänge deutlicher. Es war ein gutes Gefühl, alles im Griff zu haben. Ein frischer Anreiz war doch etwas
Herrliches.

Wo habe ich das bloß gehört, dachte er. Bei einem Dale-Carne-
gie-Kursus? Auf einem Lehrgang der Zollbehörde? Bevor es ihm
wieder einfiel, schlief er schon tief und fest.

31

Pedro Vincente setzte seine herrlich restaurierte DC-3-Maschine
auf der Landebahn des Flughafens von Harlingen, Texas, auf. Er
rollte mit seinem fünfundfünfzig Jahre alten Flugzeug bis zum
Hangar des US-amerikanischen Zolls und stellte dann die beiden
zwölfhundert PS starken Pratt & Whitney-Motoren ab.

Zwei Zöllner in Uniform warteten bereits, als Vincente die Luke
aufmachte und aus der Maschine stieg. Der größere der beiden, ein
sommersprossiger Mann mit windzerzausten roten Haaren,
schirmte die Augen mit einem Klemmbrett vor der grellen texani-
schen Sonne ab. Der andere hatte einen Beagle an der Leine.

»Mr. Vincente?« fragte der eine Zöllner höflich. »Pedro Vincente?«

»Ja, ich bin Pedro Vincente.«

»Besten Dank, daß Sie uns von Ihrer Ankunft in den Vereinigten
Staaten in Kenntnis gesetzt haben.«

»Freut mich immer, wenn ich Ihrer Regierung zu Diensten sein
kann«, sagte Vincente. Er hätte ihnen die Hand gegeben, wußte aber
von früheren Grenzüberquerungen her, daß die Zöllner jeden Kör-
perkontakt scheuten. Er reichte dem Rothaarigen einen Durch-
schlag seines Flugplanes.

Der Zöllner heftete das Papier auf sein Klemmbrett und prüfte die Eintragungen, während sein Partner den Beagle in das Flugzeug hob, wo er nach Drogen suchen sollte. »Sie sind in Nicoya, Costa Rica, gestartet?«

»Stimmt genau.«

»Und Ihr Ziel ist Wichita, Kansas?«

»Meine Exfrau und die Kinder wohnen dort.«

»Und der Zweck Ihres Besuches?«

Vincente zuckte mit den Schultern. »Ich fliege da einmal im Monat hin, um meine Kinder zu sehen. Übermorgen fliege ich dann wieder nach Hause.«

»Sie sind von Beruf ›Landwirt‹?«

»Ja, ich baue Kaffeebohnen an.«

»Ich hoffe doch, daß dies das einzige ist, was Sie anbauen«, sagte der Agent mit einem verkniffenen Grinsen.

»Kaffee reicht völlig aus, um mir ein angenehmes Leben zu ermöglichen«, versetzte Vincente ungehalten.

»Dürfte ich bitte Ihren Paß sehen.«

Es war immer die gleiche Leier. Obwohl es Vincente häufig mit denselben beiden Zöllnern zu tun hatte, benahmen sie sich jedesmal, als wäre er ein Tourist, der zum erstenmal in die Vereinigten Staaten kommt. Der Zöllner beäugte das Paßfoto. Dann musterte er Vincentes glattes, zurückgekämmtes Haar, die rebhuhnbraunen Augen, das glattrasierte, olivfarbene Gesicht und die scharfe Nase. Er hatte einen eher schlanken Mann von vierundvierzig Jahren vor sich.

Vincente war pingelig, was seine Kleidung anging. Er sah aus, als wäre er einer Illustrierten für Herrenmode entsprungen: Designerhemd, lässige Hose, ein grünes Alpaka-Sportsakko und dazu ein seidenes Halstuch. Nach Ansicht des Zollbeamten sah er aus wie ein herausgeputzter Mambotänzer.

Schließlich war der Zöllner mit der Durchsicht des Passes fertig und setzte ein amtliches Lächeln auf. »Würde es Ihnen etwas ausmachen, in unserem Büro zu warten, Mr. Vincente, während wir Ihr Flugzeug durchsuchen. Ich glaube, Sie sind mit unserem Vorgehen vertraut.«

»Natürlich.« Er hielt zwei spanische Illustrierte hoch. »Ich bin bestens auf die Wartezeit vorbereitet.«

Bewundernd blickte der Zöllner zu der DC-3. »Ist ein Vergnügen, so eine großartige alte Maschine zu durchsuchen. Ich wette, sie fliegt genauso gut, wie sie aussieht.«

»Sie wurde kurz vor Kriegsbeginn als Passagiermaschine für die TWA in Dienst gestellt. Ich habe sie entdeckt, als sie Frachten für eine Bergbaufirma in Guatemala transportiert hat. Hab' sie auf der Stelle gekauft und eine ganz schöne Summe in die Restaurierung gesteckt.«

Er war schon fast im Büro, als er sich plötzlich umdrehte und dem Zöllner zurief: »Darf ich von Ihrem Telefon aus den Tankwagen anrufen? Ich habe nicht genug Sprit bis nach Wichita.«

»Klar, wenden Sie sich einfach an den Mann am Schalter.«

Eine Stunde später flog Vincente über Texas hinweg in Richtung Wichita. Auf dem Copilotensitz neben ihm lagen vier Aktenkoffer mit über sechs Millionen Dollar, die kurz vor dem Start von einem der beiden Männer, die den Tankwagen fuhren, an Bord geschmuggelt worden waren.

Nach einer gründlichen Durchsuchung des Flugzeuges, bei der sie nicht die geringste Spur von Drogen oder anderer Schmuggelware gefunden hatten, hatten die Zollbeamten angenommen, Vincente sei sauber. Sie hatten ihn schon vor Jahren überprüft und zu ihrer Zufriedenheit festgestellt, daß er ein angesehener Geschäftsmann aus Costa Rica war, der mit dem Anbau von Kaffee ein Vermögen machte. Es stimmte, daß Pedro Vincente die zweitgrößte Kaffeeplantage von Costa Rica besaß. Zutreffend war aber auch, daß er mit anderen Geschäften zehnmal soviel eingenommen hatte, wie seine Kaffeeplantage abwarf, da er unter dem Decknamen Julio Juan Carlos auch der Kopf eines überaus erfolgreichen Drogenschmugglerringes war.

Vincente leitete seinen Schmugglerring aus sicherer Entfernung, genau wie die Zolars ihr illegales Imperium. Die alltäglichen Dinge überließ er seinen Unterführern, von denen keiner auch nur die geringste Ahnung von seiner wahren Identität hatte.

Vincente hatte tatsächlich eine Exfrau, die mit den vier Kindern auf einer großen Farm in der Nähe von Wichita lebte. Die Farm hatte er ihr geschenkt, nachdem sie um die Scheidung gebeten hatte. Auf dem Gelände befand sich eine Landebahn, so daß er aus Costa

Rica direkt hinfliegen und die Kinder besuchen konnte, während er gestohlene Kunstwerke und illegal erworbene Antiquitäten von der Familie Zolar kaufte. Zoll und Drogenfahndung kümmerten sich mehr um die Sachen, die ins Land geschafft wurden, als um die, die es verließen.

Am späten Nachmittag landete Vincente auf der schmalen Piste inmitten eines Maisfeldes. Am anderen Ende stand ein goldbrauner Düsenjet mit einem lila Längsstreifen am Rumpf. Neben dem Flugzeug war ein großes, blaues Zelt mit einer Markise über dem Eingang aufgebaut. Ein Mann in einem weißen Leinenanzug saß unter der Markise an einem Tisch, auf dem ein Picknick angerichtet war. Vincente winkte ihm aus dem Cockpit zu, ging rasch die Checkliste durch und stieg aus der DC-3. Er nahm drei Aktenkoffer mit und ließ einen zurück.

Der Mann am Tisch stand auf, kam auf ihn zu und umarmte Vincente. »Pedro, freut mich immer wieder, Sie zu sehen.«

»Joseph, alter Freund, Sie wissen ja gar nicht, wie sehr ich mich auf unsere kurzen Begegnungen freue.«

»Sie dürfen mir ruhig glauben, daß ich lieber mit einem ehrenwerten Mann wie Ihnen Geschäfte mache als mit all meinen anderen Kunden zusammen.«

Vincente grinste. »Wollen Sie das Lamm vor dem Schlachten noch mit ein paar Schmeicheleien mästen?«

Zolar lachte hellauf. »Nein, nein. Erst, wenn Sie nach ein paar Gläschen Champagner milde gestimmt sind.«

Vincente folgte Zolar unter die Markise und setzte sich ebenfalls an den Tisch, während eine junge Lateinamerikanerin Champagner eingoß und Hors d'œuvres anbot. »Haben Sie mir etwas Erstklassiges mitgebracht?«

»Auf den beiderseitigen Handel, der die Freundschaft erhält«, sagte Zolar und stieß mit Vincente an. Dann nickte er. »Eigens für Sie habe ich äußerst seltene Kunstgegenstände aus Peru ausgewählt. Außerdem habe ich ein paar überaus wertvolle indianische Kultgegenstände aus dem Südwesten Nordamerikas mitgebracht. Ich garantiere Ihnen, mit dieser Ware, die gerade aus den Anden eingetroffen ist, wird Ihre unvergleichliche Sammlung präkolumbianischer Kunst jedes Museum auf der Welt übertreffen.«

»Ich kann es kaum erwarten, sie zu sehen.«

»Meine Leute haben im Zelt alles für Sie bereitgestellt«, sagte Zolar.

Menschen, die seltene Gegenstände sammeln, werden bald abhängig, werden zu Sklaven ihrer Leidenschaft, Dinge kaufen und anhäufen zu wollen, die kein anderer Mensch besitzen kann. Pedro Vincente war einer dieser Zeitgenossen. Ständig mußte er seine Sammlung erweitern, von deren Existenz nur wenige Menschen wußten. Außerdem hatte er das Glück, über ein heimliches, unversteuertes Einkommen zu verfügen, mit dem er einerseits seine Leidenschaft befriedigen und das er zugleich waschen konnte.

Während der letzten zwanzig Jahre hatte Vincente etwa siebzig Prozent seiner geliebten Sammlerstücke bei Zolar erworben. Es störte ihn nicht im geringsten, daß er oft das Fünf- bis Zehnfache des eigentlichen Wertes bezahlen mußte, zumal der Großteil der Stücke gestohlen war. Ihre Beziehung war für beide Seiten von Vorteil. Vincente wusch seine Einnahmen aus dem Drogengeschäft, und Zolar nahm das Bargeld, kaufte davon weitere gestohlene Kunstwerke und baute seine Geschäfte aus.

»Wieso sind die Kunstwerke aus den Anden so wertvoll?« fragte Vincente, als sie gerade das zweite Glas Champagner leerten.

»Sie stammen von den Chachapoyas.«

»Ich habe noch nie ein Kunstwerk der Chachapoyas gesehen.«

»Das haben nur wenige«, entgegnete Zolar. »All das, was Sie gleich sehen werden, wurde in der versunkenen Stadt der Toten hoch in den Anden ausgegraben.«

»Ich hoffe, Sie wollen mir nicht bloß ein paar Tonscherben und Graburnen zeigen«, sagte Vincente, dessen Vorfreude allmählich schwand. »Bislang ist noch kein echter Kunstgegenstand der Chachapoyas auf den Markt gelangt.«

Mit weitausholender Geste schlug Zolar die Zeltklappe zurück. »Weiden Sie sich an der größten Kollektion von Chachapoya-Kunstwerken, die es jemals gegeben hat.«

Vor lauter Aufregung nahm Vincente den kleinen Glaskasten, der in der einen Ecke des Zeltes stand, gar nicht wahr. Er ging direkt auf die drei hufeisenförmig zusammengestellten und mit schwarzen Samttüchern bedeckten Tische zu. Auf dem einen Tisch lagen nur

Textilien, auf dem anderen Keramiken. Der Tisch in der Mitte sah aus wie das Schaufenster eines Juwelierladens an der Fifth Avenue in New York. Wie vom Donner gerührt stand Vincente vor der in Reih und Glied präsentierten Pracht. Alles war kunstvoll von Hand gearbeitet. Noch nie hatte er so viele seltene und wunderschöne präkolumbianische Schmuckstücke auf einmal gesehen.

»Das ist ja unglaublich!« entfuhr es ihm. »Sie haben sich wirklich selbst übertroffen.«

»Derartige Meisterwerke hatte bislang noch kein Händler in der Hand.«

Vincente ging von einem Stück zum nächsten, berührte und untersuchte jedes mit kritischem Blick. Allein die Berührung der kostbar bestickten Textilien und des goldenen Zierates mit den Edelsteinen raubte Vincente fast den Atem. Er konnte es kaum fassen, daß so ein Schatz mitten auf einem Maisfeld in Kansas aufgebaut war. Schließlich murmelte er ehrfürchtig: »Das ist also die Kunst der Chachapoyas.«

»Jedes Stück ist garantiert echt.«

»Die ganzen Schätze stammen aus Gräbern?«

»Ja, aus Gruften der Edlen und Reichen.«

»Großartig.«

»Gefällt Ihnen vielleicht das eine oder andere?« fragte Zolar spöttisch.

»Gibt es noch mehr?« fragte Vincente. Allmählich legte sich seine Erregung, und er dachte an den bevorstehenden Kauf.

»Soweit es um die Chachapoya-Sachen geht, ist das hier alles, was ich zu bieten habe.«

»Sie enthalten mir keine größeren Stücke vor?«

»Aber gewiß nicht«, sagte Zolar, der regelrecht beleidigt klang. »Sie haben den ersten Zugriff auf die gesamte Kollektion. Ich werde sie nicht Stück für Stück verkaufen. Ich muß Ihnen wohl nicht extra sagen, mein Freund, daß es fünf weitere Sammler gibt, die nur auf eine solche Gelegenheit warten.«

»Ich biete Ihnen vier Millionen Dollar für alles.«

»Ich weiß Ihr großzügiges Angebot durchaus zu würdigen. Aber Sie sollten mich so gut kennen, um zu wissen, daß ich niemals feilsche. Das hier hat seinen Preis, und zwar nur einen.«

»Und der wäre?«

»Sechs Millionen.«

Vincente schob mehrere Artefakte beiseite und schuf etwas Platz auf einem der Tische. Er klappte seine Aktenkoffer auf, die mit gebündelten Hundertdollarnoten vollgepackt waren. »Ich habe nur fünf Millionen dabei.«

Zolar ließ sich keine Sekunde lang täuschen. »Was für ein Jammer, aber da muß ich leider passen. Mir fällt niemand anders ein, dem ich die Kollektion so gerne verkauft hätte.«

»Aber ich bin doch Ihr bester Kunde«, lamentierte Vincente.

»Das kann ich nicht leugnen«, sagte Zolar. »Wir sind wie Brüder. Ich bin der einzige Mensch, der um Ihre heimlichen Aktivitäten weiß, und Sie sind, abgesehen von meiner Familie, der einzige, der die meinen kennt. Warum quälen Sie mich jedesmal, wenn wir miteinander verhandeln? Inzwischen sollten Sie es besser wissen.«

Vincente lachte mit einem Mal und zuckte mit den Schultern. »Was soll das Ganze? Sie wissen, daß ich mehr Geld habe, als ich jemals ausgeben kann. Ich werde ein glücklicher Mann sein, wenn ich diese Kunstwerke in meinem Besitz habe. Vergeben Sie mir, aber ich bin es gewohnt, daß man einen Preis aushandelt. In meiner Familie hat man noch nie den vollen Nennwert bezahlt.«

»Sie haben natürlich noch mehr Bargeld in Ihrer Maschine.«

Wortlos verließ Vincente das Zelt und kehrte ein paar Minuten später mit dem vierten Aktenkoffer zurück. Er stellte ihn neben die anderen und öffnete ihn. »Sechs Millionen fünfhunderttausend. Sie sagten, Sie hätten einige Kultgegenstände aus dem Südwesten. Sind die im Preis inbegriffen?«

»Für die fünfhunderttausend können Sie sie haben«, antwortete Zolar. »Die indianischen Kultgegenstände befinden sich unter dem Glaskasten in der Ecke.«

Vincente ging hin und entfernte die gläserne Abdeckung. Er betrachtete die knorrigen, seltsam geformten Figuren. Das, so stellte er auf Anhieb fest, waren keine gewöhnlichen Idole. Obwohl sie aussahen, als wären sie von einem Kleinkind geschnitzt und bemalt worden, erkannte er aufgrund seiner langjährigen Erfahrung als Sammler von Kunstgegenständen aus dem Südwesten Nordamerikas sofort ihre Bedeutung.

»Hopi?« fragte er.

»Nein, Montolo. Sehr alt. Sehr wichtig für die religiösen Riten.«

Vincente hob eins der Stücke auf und besah es sich genauer. Er hatte das Gefühl, als senkte sich ein eisiger Schleier über ihn, und sein Herzschlag stockte für kurze Zeit. Es kam ihm so vor, als berührte er nicht das harte, längst abgestorbene Wurzelholz einer Pyramidenpappel, sondern das weiche Fleisch am Arm einer Frau. Vincente hätte schwören können, daß er ein deutliches Stöhnen vernahm.

»Haben Sie das gehört?« fragte er und ließ das Idol zurück in den Kasten fallen, als hätte er sich die Hand verbrannt.

Zolar warf ihm einen fragenden Blick zu. »Ich habe nichts gehört.«

Vincente sah aus, als hätte er einen Alptraum. »Bitte, mein Freund, bringen wir unser Geschäft zu Ende. Und dann muß ich weiter. Ich möchte diese Idole nicht in meiner Nähe haben.«

»Heißt das, daß Sie sie nicht kaufen wollen?« fragte Zolar überrascht.

»Nein, nein. In diesen Idolen hausen Geister. Ich kann ihre Gegenwart spüren.«

»Abergläubischer Unsinn.«

Vincente packte Zolars Schulter und sah ihn mit flehendem Blick an. »Vernichten Sie sie«, bat er. »Vernichten Sie sie, sonst werden Sie von ihnen vernichtet werden.«

32

Funkelnd und glitzernd standen zweihundert Musterbeispiele für die hohe Kunst des Automobilbaus im strahlenden Licht eines Altweibersommertages auf dem Rasen des East Potomac Park.

Das Capital Concours de Beaux Moteurcars wurde alljährlich für die Leute veranstaltet, die die zeitlose Schönheit und handwerkliche Perfektion alter Karosserien zu würdigen wußten, und diente in erster Linie dazu, Spendengelder für Zentren für mißhandelte Kinder im Großraum von Washington einzunehmen. Ein ganzes Wochenende lang strömten fünfzigtausend begeisterte Oldtimer-Fans in den Park und bestaunten die Duesenbergs, Auburns, Cords, Bugattis und Packards, die von Automobilbauern einer längst vergangenen Epoche hergestellt worden waren.

Nostalgie lag in der Luft. Die Menschen, die über das Ausstellungsgelände spazierten und die bis ins kleinste Detail makellosen Karosserien bewunderten, standen staunend vor diesen Überbleibseln eines Zeitalters, in dem die Wohlbestallten bei der einen Fabrik den Motor und das Chassis bestellten und sich dann von einer anderen eine Karosserie nach ihrem persönlichen Geschmack anfertigen ließen. Die jüngeren Zuschauer träumten davon, eines Tages ebenfalls so einen exotischen Wagen zu besitzen, während sich die älteren Semester freudig daran erinnerten, wie diese Fahrzeuge in ihrer Jugend noch durch die Städte gefahren waren.

Die Autos waren nach Baujahr, Typ und Herstellungsland eingeteilt. Für den jeweils besten Wagen einer Klasse gab es einen Pokal, für den zweitbesten eine Plakette. Am begehrtesten aber war der Einzelpreis für das schönste Auto der Ausstellung. Ein paar wohlhabende Besitzer hatten Hunderttausende von Dollars in die Restaurierung ihrer Schmuckstücke gesteckt, so daß sie nun in einem weitaus besseren Zustand waren als an dem Tag, da sie aus der Fabrik gerollt waren.

Während die Besitzer der anderen Wagen eher konservativ gekleidet waren, saß Pitt in einem geblümten Hawaiihemd, weißen Shorts und Sandalen auf einem altmodischen, mit Zelttuch bespannten Gartenstuhl. Hinter ihm stand ein glänzender, dunkelbrauner 1936er Pierce Arrow Berline (eine Limousinenkarosserie mit Trennscheibe), an dem ein dazu passender Pierce Arrow Travelodge hing, ein Wohnwagen aus demselben Jahr.

Wenn er nicht gerade die Fragen der Besucher nach dem Wagen und dem Anhänger beantwortete, war er in ein dickes Handbuch für Bootsführer über den Golf von Kalifornien vertieft. Ab und zu machte er sich auf einem gelben Schreibblock mit blauen Linien ein paar Notizen. Keine der in dem Handbuch aufgeführten und abgebildeten Inseln entsprach der Beschreibung, die Yeager dem Drake-*Quipu* entlockt hatte. Einige erhoben sich zwar jäh aus dem Wasser und hatten auch steile Wände, doch statt sich zur Spitze hin kegelförmig zu verjüngen, endeten sie in abgeflachten Mesas.

Giordino, der weite, bis knapp über die Knie reichende Khakishorts und ein T-Shirt trug, das für Alkali Sam's Tequila warb, drängte sich durch die Menschenmenge zu dem Pierce Arrow. Er wurde von Loren begleitet, die in ihrem türkisfarbenen Overall hinreißend aussah. Sie trug einen Picknickkorb, während Giordino eine Kühlbox auf der Schulter balancierte.

»Ich hoffe, du bist hungrig«, sagte sie gut gelaunt zu Pitt. »Wir haben einen halben Lebensmittelladen aufgekauft.«

»Sie will damit sagen«, mischte sich Giordino ein, sobald er die Kühlbox auf den Rasen gestellt hatte, »daß wir mit genug Essen eingedeckt sind, um einen ganzen Holzfällertrupp zu verköstigen.«

Pitt rappelte sich aus dem Gartenstuhl auf und musterte den Spruch auf Giordinos T-Shirt. »Was steht da über Alkali Sam's Tequila?«

»›Wenn du die Augen noch aufkriegst‹«, zitierte Giordino, »›war's kein Alkali Sam's‹.«

Pitt lachte und deutete zur offenen Tür des zweiundsechzig Jahre alten Wohnwagens. »Warum verziehen wir uns nicht aus der Sonne und begeben uns in meinen Palast auf Rädern?«

Giordino wuchtete die Kühlbox hoch, trug sie hinein und stellte sie auf die Küchenablage. Loren folgte ihm und baute den Inhalt des Picknickorbes auf einem Tisch in einer Nische auf, die man in ein Bett umwandeln konnte. »Wenn man bedenkt, daß er während der Depression gebaut wurde«, sagte sie, während sie den hölzernen Innenraum und die mit Bleiglasscheiben versehenen Hängeschränke betrachtete, »sieht er erstaunlich modern aus.«

»Pierce Arrow war seiner Zeit voraus«, erklärte Pitt. »Die stiegen damals auf Wohnwagen um, weil sie die sinkenden Verkaufszahlen ihrer Autos auffangen wollten. Nach zwei Jahren haben sie es aufgegeben. Die Depression hat sie geschafft. Sie stellten drei Typen her, den hier, einen etwas längeren und einen kürzeren. Bis auf einen modernen Herd und Kühlschrank habe ich ihn so restauriert, wie er ursprünglich mal ausgesehen hat.«

»Ich habe Corona, Coors und Cheurlin«, sagte Giordino. »Welches Gift ist dir am liebsten?«

»Was ist denn Cheurlin für ein Bier?« fragte Loren.

»Domaine Cheurlin Extra Dry ist der Markenname eines Blubbergesöffs. Ich hab's in Elephant Butte gekauft.«

»Ein Sekt also. Und woher?«

»Aus New Mexico«, antwortete Pitt. »Ein hervorragender Schaumwein. Al und ich sind bei einer Kanufahrt auf dem Rio Grande darauf gestoßen.«

»Okay.« Loren lächelte und hob eine Sektflöte. »Schenk ein.«

Lächelnd nickte Pitt zu dem Glas hin. »Du hast geschummelt. Du bist ja gerüstet.«

»Inzwischen bin ich so lange mit dir zusammen, daß ich deine heiligen Geheimnisse kenne.« Sie holte ein zweites Glas und reichte es ihm. »Wenn ich eine kleine Aufmerksamkeit bekomme, werde ich auch nicht verraten, daß der draufgängerische Teufelskerl der düsteren Tiefe lieber Sekt trinkt als Bier.«

»Ich trinke beides«, protestierte Pitt.

»Wenn sie's den Jungs in deiner Eckkneipe verrät«, sagte Giordino in ernstem Ton, »wirst du zum Gespött der ganzen Stadt.«

»Und was kostet mich das?« fragte Pitt, der sich geknickt gab.

Loren warf ihm einen ausgesprochen sinnlichen Blick zu. »Diese Kleinigkeit besprechen wir heute abend.«

Giordino deutete mit dem Kopf zu dem aufgeschlagenen Bootsführer über den Golf von Kalifornien. »Irgendwas entdeckt?«

»Im und um den Golf gibt es fast hundert Inseln, die über fünfzig Meter hoch aus dem Meer aufragen. Ich habe zwei wahrscheinliche und vier mögliche Kandidaten gefunden. Bei allen anderen passen die geologischen Voraussetzungen nicht.«

»Alle im nördlichen Teil?«

Pitt nickte. »Die unterhalb des achtundzwanzigsten Breitengrades habe ich nicht berücksichtigt.«

»Darf ich auch mal sehen, wo ihr suchen wollt?« fragte Loren, während sie allerlei Aufschnitt, Käse, Räucherfisch, einen Laib Sauerteigbrot, Krautsalat und einen Kartoffelsalat nach Hausmacherart auftrug.

Pitt ging zu einem Wandschrank, holte eine lange Papierrolle heraus und breitete sie auf der Küchenablage aus. »Eine Ausschnittvergrößerung vom Golf. Ich habe die Inseln eingekreist, die in etwa zu der Beschreibung passen, die Yeager anhand des *Quipu* geliefert hat.«

Loren und Giordino stellten ihre Gläser ab und betrachteten das Foto, das von einem geophysikalischen Satelliten aufgenommen worden war und den nördlichen Teil des Golfes von Kalifornien in allen Einzelheiten zeigte. Pitt reichte Loren eine große Lupe.

»Die Auflösung ist unglaublich«, sagte Loren, während sie die winzigen Inseln durch die Lupe musterte.

»Siehst du irgendwo so was Ähnliches wie einen Felsen, der nicht natürlich wirkt?« fragte Giordino.

»Die Vergrößerung ist zwar gut, aber so gut nun auch wieder nicht«, versetzte Pitt.

Loren konzentrierte sich auf die Inseln, die Pitt eingekreist hatte. Dann blickte sie zu ihm auf. »Ich nehme an, du wirst dir die vielversprechendsten Gegenden aus der Luft ansehen wollen.«

»Als nächstes sortieren wir die aus, die nicht in Frage kommen.«

»Vom Flugzeug aus?«

»Per Hubschrauber.«

»Scheint mir ein ziemlich großes Gebiet zu sein, das du da mit dem Hubschrauber abfliegen willst«, sagte Loren. »Was willst du als Basis benutzen?«

»Ein altes Fährschiff.«

»Eine Fähre?« sagte Loren überrascht.

»Eigentlich eine Autofähre, die ursprünglich bis 1957 in der Bucht von San Francisco verkehrte. Später wurde sie verkauft und von den Mexikanern bis 1962 zwischen Guaymas und Santa Rosalía im Golf eingesetzt. Dann wurde sie ausgemustert. Rudi Gunn hat sie für einen Appel und ein Ei gechartert.«

»Das haben wir dem Admiral zu verdanken«, schnaubte Giordino. »Der sitzt auf dem Geld wie ein rostiger Deckel auf 'nem Gurkenglas.«

»1962?« murmelte Loren. »Das ist sechsunddreißig Jahre her. Inzwischen sollte sie entweder abgewrackt oder im Museum sein.«

»Rudi sagt, sie wird noch immer als Arbeitsboot verwendet«, sagte Pitt. »Und sie hat ein Oberdeck, auf dem ein Helikopter landen kann. Er hat mir versichert, daß man von dort aus problemlos zu Erkundungsflügen starten kann.«

»Wenn es dunkel wird und wir nicht mehr fliegen können«, fuhr Giordino fort, »dampft die Fähre über Nacht zur nächsten Inselgruppe auf Dirks Liste. Das erspart uns viele Stunden Flugzeit.«

Loren reichte Pitt einen Teller samt Besteck. »Klingt, als hättet ihr alles ziemlich gut im Griff. Was passiert, wenn ihr auf eine Stelle stoßt, die vielversprechend aussieht?«

»Nachdem wir die geologischen Verhältnisse der Insel untersucht haben, überlegen wir, ob wir eine Ausgrabung vornehmen«, antwortete Pitt.

»Bitte, greift zu«, sagte Loren.

Giordino ließ sich das nicht zweimal sagen. Er baute sich ein Sandwich von gigantischen Ausmaßen. »Von kalten Platten verstehen Sie was, Gnädigste.«

»Besser, als schwitzend am Ofen zu schuften.« Loren lachte. »Was ist mit den Genehmigungen? Ihr könnt doch nicht ohne Erlaubnis der Behörden in Mexiko rumlaufen und nach Schätzen graben.«

Pitt packte eine tüchtige Portion Mortadella auf eine Schnitte Sauerteigbrot. »Admiral Sandecker meint, wir sollten damit lieber warten. Wir wollen nicht zuviel Aufsehen erregen. Wenn sich rumspricht, daß wir dem größten Goldschatz der Geschichte auf der Spur sind, fallen Tausende von Glücksrittern über uns her wie die Heuschrecken. Die mexikanischen Behörden würden uns aus dem Land schmeißen, weil sie den Hort für ihre eigene Regierung bergen wollen. Und der Kongreß würde der NUMA die Hölle heiß machen, weil sie Steuergelder für eine Schatzsuche im Ausland verschwendet. Nein, je verschwiegener wir vorgehen, desto besser.«

»Wir können es uns nicht leisten, daß wir abgeschossen werden, bevor wir auch nur eine Chance hatten, fündig zu werden«, sagte Giordino in ungewöhnlich ernstem Ton.

Schweigend lud sich Loren einen Löffel Kartoffelsalat auf den Teller. Dann fragte sie: »Warum nehmt ihr nicht jemanden mit, der euch behilflich sein kann, wenn die mexikanischen Behörden Verdacht schöpfen und Fragen stellen?«

Pitt schaute sie an. »Meinst du jemanden, der sich mit Öffentlichkeitsarbeit auskennt?«

»Nein, ein echtes und ausgewiesenes Mitglied des Kongresses der Vereinigten Staaten von Amerika.«

Pitt starrte ihr in die sinnlichen, violetten Augen. »Dich?«

»Wieso nicht? Für nächste Woche ist ohnehin eine Sitzungspause angekündigt. Meine Mitarbeiter können notfalls für mich einspringen. Ich hätte große Lust, ein paar Tage aus Washington herauszukommen und ein Stück von Mexiko zu sehen.«

»Offen gesagt«, griff Giordino ein, »halte ich das für eine komische Idee.« Grinsend zwinkerte er Loren zu. »Dirk ist immer viel netter, wenn du dabei bist.«

Pitt legte den Arm um Loren. »Falls etwas schiefgeht, falls die Kiste explodiert, während wir uns in deinem Beisein auf fremdem Territorium herumtreiben, gibt es einen Skandal.«

Mit dreistem Blick schaute sie ihn über den Tisch hinweg an. »Und die Wähler geben mir den Laufpaß. Dann bleibt mir nichts anderes übrig, als dich zu heiraten.«

»Ein Los, das schlimmer ist, als sich eine Rede des Präsidenten anhören zu müssen«, sagte Giordino, »aber andererseits gar keine so schlechte Idee.«

»Irgendwie kann ich mir uns nicht recht vorstellen, wie wir gemeinsam durch die Washington Cathedral schreiten«, entgegnete Pitt nachdenklich, »und uns dann in einem trauten Heim in Georgetown niederlassen.«

Loren hatte auf eine andere Reaktion gehofft, doch sie wußte, daß Pitt kein gewöhnlicher Mann war. Sie konnte sich noch an ihre erste Begegnung erinnern. Es war vor zehn Jahren bei einer Gartenparty gewesen, die ein mittlerweile in Vergessenheit geratener Umweltminister gegeben hatte. Pitt hatte etwas ausgestrahlt, das sie unweigerlich zu ihm hingezogen hatte. Er war nicht hübsch im klassischen Sinn, doch er hatte etwas männlich Resolutes an sich, das in ihr eine Sehnsucht weckte, wie sie es noch bei keinem anderen Mann erlebt hatte. Er war groß und schlank. Das kam ihr entgegen. Als Kongreßabgeordnete hatte sie Umgang mit vielen wohlhabenden und mächtigen Männern, darunter auch etlichen verdammt gutaussehenden. Aber hier hatte sie es mit einem Mann zu tun, der mit seinem Ruf als Abenteurer bestens klarkam und sich nichts aus Macht oder Ruhm machte. Und dies zu Recht. Er war einzigartig.

In ihrer mit einigen Unterbrechungen nun schon zehn Jahre andauernden Beziehung hatte es nie Fesseln gegeben. Er hatte Affären mit anderen Frauen gehabt, sie mit anderen Männern, und doch waren sie einander tief verbunden. Eine Ehe hatten sie kaum in Erwägung gezogen. Sie waren beide mit ihrem Beruf verheiratet. Doch im Laufe der Jahre war ihre Beziehung gereift, und Loren wußte, daß ihr als Frau nicht mehr allzuviel Zeit blieb, wenn sie noch Kinder haben wollte.

»So muß es ja auch gar nicht werden«, sagte sie schließlich.

Er spürte, was sie empfand. »Nein«, sagte er zärtlich, »wir können uns einige wichtige Verbesserungen einfallen lassen.«

Sie warf ihm einen eigenartigen Blick zu. »Machst du mir etwa einen Antrag?«

Ruhig sah er sie mit seinen grünen Augen an. »Sagen wir mal, daß ich einen Vorschlag für die Zukunft gemacht habe.«

33

»Kannst du näher an den höheren Berg ran?« fragte Sarason seinen Bruder Charles Oxley, der das kleine Wasserflugzeug steuerte. »Der niedrige ist viel zu spitz für das, was wir suchen.«

»Siehst du irgend etwas?«

Sarason spähte durch ein Fernglas aus dem Seitenfenster. »Es könnte durchaus diese Insel sein, aber es wäre gut zu wissen, nach welchem Orientierungspunkt ich Ausschau halten muß.«

Oxley legte die von zwei Turboprop-Motoren getriebene Baffin CZ-410 in eine leichte Kurve, damit sie eine bessere Sicht auf die Isla Danzante hatten, eine 5 Quadratkilometer (3 Quadratmeilen) große Felsformation, deren steile Wände etwas südlich des beliebten Ferienortes Loreto rund 400 Meter (1312 Fuß) aus dem Meer aufragten. »Dem Aussehen nach könnte sie es sein«, meinte er, während er nach unten blickte. »Zwei schmale Strände, an denen man mit dem Boot anlegen kann. Lauter kleine Höhlen im Fels. Was meinst du, Bruder?«

Sarason drehte sich um und schaute zu dem Mann auf dem hinteren Sitz. »Ich sage, der werte Professor Moore hält uns nach wie vor hin.«

»Wenn ich die richtige Stelle sehe, werde ich Sie schon darauf aufmerksam machen«, sagte Moore kurz angebunden.

»Ich sage, wir werfen den kleinen Mistkerl aus der Luke und sehen ihm beim Fliegen zu«, versetzte Sarason gepreßt.

Moore verschränkte gelassen die Arme. »Nur zu, dann finden Sie den Schatz nie.«

»Allmählich wird mir kotzübel, wenn ich mir das noch länger anhören muß.«

»Was ist mit der Isla Danzante?« fragte Oxley. »Paßt die Beschreibung einigermaßen?«

Moore entriß Sarason das Fernglas, ohne vorher zu fragen, und spähte hinab auf das zerklüftete Terrain. Nach ein paar Sekunden gab er das Glas zurück, machte es sich wieder bequem und gönnte sich einen Schluck geeisten Martini aus dem Shaker. »Das ist nicht die richtige«, verkündete er hochnäsig.

Sarason krampfte die Hände zusammen. Am liebsten hätte er Moore erwürgt. Ein paar Sekunden später hatte er sich wieder gefaßt und schlug eine Seite in dem gleichen Handbuch für Bootsführer um, das auch Pitt benutzt hatte. »Der nächste Punkt ist die Isla Carmen. Hundertfünfzig Quadratkilometer groß. Dreißig Kilometer lang. Hat mehrere über dreihundert Meter hohe Berge.«

»Die können wir vergessen«, erklärte Moore. »Viel zu groß.«

»Ihre rasche Antwort wird entsprechend vermerkt«, murmelte Sarason sarkastisch. »Danach kommt die Isla Cholla, ein kleiner Tafelberg mit einem Leuchtturm und ein paar Fischerhütten.«

»Haken Sie die ebenfalls ab«, sagte Moore.

»Okay, die nächste ist die Isla San Ildefonso, neun Kilometer östlich von San Sebastián an der Küste.«

»Größe?«

»Etwa zweieinhalb Quadratkilometer. Kein Strand.«

»Es muß aber ein Strand vorhanden sein«, sagte Moore, der sich einen weiteren Schluck Martini genehmigte. Mit wehmütiger Miene genoß er die letzten Tropfen. »Ohne Strand hätten die Inkas nicht landen und ihre Flöße entladen können.«

»Nach San Ildefonso kommt die Bahía Coyote«, sagte Sarason. »Dort haben wir die Wahl unter sechs Inseln, die kaum mehr als riesige Felsblöcke im Meer sind.«

Langsam zog Oxley die Baffin auf eine Höhe von etwa 700 Metern (2300 Fuß). Dann flog er in Richtung Norden. Fünfundzwanzig Minuten später kamen die Bucht und die lange Halbinsel, die sie vor dem Golf abschirmte, in Sicht. Oxley ging tiefer und kreiste über den vor der Einfahrt in die Bucht liegenden Inseln.

»Die Isla Guapa und die Isla Bargo kämen in Betracht«, stellte Sarason fest. »Beide ragen steil aus dem Wasser auf und haben kleine, aber zugängliche Gipfel.«

Moore rutschte ans Fenster und spähte hinunter. »Für mich sehen die gar nicht verheißungsvoll aus –« Er brach ab und schnappte sich wieder Sarasons Fernglas. »Die Insel da unten.«

»Welche?« fragte Sarason gereizt. »Es sind insgesamt sechs.«

»Diejenige, die wie eine schwimmende Ente aussieht, die nach hinten guckt.«

»Die Isla Bargo. Paßt auf die Beschreibung. An drei Seiten steile Felswände, abgerundete Spitze. Außerdem hat sie einen kleinen Strand, dort, am Halsansatz.«

»Das ist sie«, sagte Moore aufgeregt. »Das muß sie sein.«

Oxley war skeptisch. »Wieso sind Sie sich da so sicher?«

Moore wirkte einen Augenblick lang merkwürdig versonnen. »Nur so ein Gefühl, nicht mehr.«

Sarason nahm ihm das Fernglas ab und betrachtete die Insel. »Da, auf der Spitze. Sieht aus, als wäre da etwas aus dem Fels gemeißelt.«

»Schenken Sie dem keine Beachtung«, sagte Moore und wischte sich einen Schweißtropfen von der Stirn. »Das ist bedeutungslos.«

Sarason war kein Narr. Könnte es sich vielleicht um einen Wegweiser der Inkas handeln, fragte er sich insgeheim, der die Fahrtroute zu dem Schatz markieren sollte?

Moore ließ sich ohne ein weiteres Wort wieder auf seinen Sitz sinken.

»Ich lande und fahre dann mit der Maschine bis an den Strand«, sagte Oxley. »Aus der Luft jedenfalls sieht es so aus, als könnte man leicht zum Gipfel hochklettern.«

Sarason nickte. »Geh runter.«

Oxley flog zweimal über dem Strand hin und her, um sich zu vergewissern, daß der Maschine keinerlei Gefahr durch Unterwasserriffe oder -felsen drohte. Dann ging er in den Wind und brachte die Maschine auf die blaue See hinunter, bis die Schwimmer durch die leichte Dünung schnitten wie Rennboote durch kabbeliges Wasser. Von den Propellern aufgepeitschte Gischtschwaden funkelten über den Flügeln in der Sonne.

Aufgrund des Wasserwiderstandes verlor die Maschine rasch an Geschwindigkeit. Oxley nahm das Gas zurück und steuerte langsam auf den Strand zu. 46 Meter (151 Fuß) vor der Küste fuhr er die Räder aus. Kurz darauf stießen die Reifen auf festen Sandboden, der sanft zur Insel hin anstieg. Zwei Minuten später rollte die Maschine durch die schwache Brandung an den Strand.

Zwei Fischer kamen aus einer kleinen, aus Treibholz zusammengezimmerten Hütte und gafften das Flugzeug an. Oxley stellte die Motoren ab, und die Propeller kamen langsam zum Stillstand. Die Seitentür ging auf, und Sarason sprang hinunter auf den Sandstrand. Moore und Oxley, der Tür und Frachtluke absperrte, folgten ihm. Als weitere Sicherheitsmaßnahme gab Sarason den Fischern ein großzügiges Trinkgeld, damit sie die Maschine bewachten. Dann stiegen sie den kaum erkennbaren Pfad hinauf, der zur höchsten Erhebung der Insel führte.

Zunächst kamen sie leicht voran, doch je höher sie stiegen, desto steiler wurde der Pfad. Möwen flogen kreischend über sie hinweg und beäugten die schwitzenden Menschen. Majestätisch segelten sie in den warmen Aufwinden, die Schwingen ausgebreitet und bewegungslos. Ein besonders neugieriger Vogel kurvte über Moore hinweg und bekleckerte seine Schulter.

Der Anthropologe, bei dem sich anscheinend der Alkohol und die Anstrengung bemerkbar machten, starrte verdutzt auf sein Hemd. Mit einem breiten Grinsen salutierte Sarason vor der Möwe und kletterte über einen großen Felsbrocken, der den Pfad versperrte. Dann kam das blaue Meer in Sicht, und er blickte über die Fahrrinne hinweg zum weißen Sandstrand von Playa El Coyote, hinter dem die Berge der Sierra el Cardonal aufragten.

Moore war keuchend und heftig schwitzend stehengeblieben. Er sah aus, als stünde er am Rande des Zusammenbruchs. Oxley ergriff ihn an der Hand und zog ihn auf den flachen Gipfel des Berges.

»Hat Ihnen noch nie jemand gesagt, daß sich Schnaps und Bergsteigen schlecht miteinander vertragen?«

Moore beachtete ihn nicht. Dann, mit einem Mal, war seine Müdigkeit wie weggewischt, und er erstarrte. Benommen kniff er die Augen zusammen. Er stieß Oxley beiseite und ging schwankend auf einen etwa kleinwagengroßen Fels zu, aus dem von grober Hand eine Tiergestalt gehauen worden war. Wie ein Betrunkener, der eine Vision hat, torkelte er um die Steinfigur und ließ die Hände über den rauhen Fels gleiten.

»Ein Hund«, stieß er keuchend hervor, »es ist nur ein blöder Hund.«

»Falsch«, sagte Sarason. »Es ist ein Kojote. Der Namenspate der Bucht. Abergläubische Fischer haben ihn gemeißelt. Er soll Boote und Männer beschützen, wenn sie zur See fahren.«

»Wieso interessieren Sie sich so für alte Steinfiguren?« fragte Oxley.

»Für einen Anthropologen können primitive Skulpturen höchst aufschlußreich sein.«

Für Sarason, der Moore mit verächtlicher Miene beobachtet hatte, gab es auf einmal keinen Zweifel mehr, daß der betrunkene Professor soeben den Schlüssel zu dem Schatz preisgegeben hatte. Er könnte Moore jetzt töten, dachte Sarason. Den kleinen Mann über die westliche Klippe der Insel werfen, hinunter in die gischtende Brandung zwischen den Felsen. Wem würde das schon etwas ausmachen? Vermutlich würde der Leichnam von der Flut hinaus aufs Meer gespült und von den Haien gefressen werden. Und ob die mexikanischen Behörden jemals die Ermittlungen aufnahmen, war mehr als fraglich.

»Ihnen ist natürlich klar, Henry, daß wir Ihrer Dienste nicht mehr bedürfen, oder?« Es war das erste Mal, daß Sarason Moore mit seinem Vornamen ansprach. Diese Vertraulichkeit hatte etwas sehr Unangenehmes.

Moore schüttelte den Kopf. Er schien eiskalt und für seinen Zustand geradezu unnatürlich gefaßt. »Ohne mich werden Sie es nie schaffen.«

»Ein erbärmlicher Bluff«, sagte Sarason höhnisch. »Wir wissen jetzt, daß wir nach einer Insel mit einer Skulptur suchen, einer uralten vermutlich. Wozu sollten wir Sie da noch brauchen?«

Moore wirkte plötzlich stocknüchtern. »Die Steinskulptur ist nur einer von mehreren Anhaltspunkten, die die Inkas hinterließen. Sie müssen alle gedeutet werden.«

Sarason lächelte. Es war ein kaltes, böses Lächeln. »Sie lügen mich jetzt aber nicht an, Henry, oder? Sie würden doch meinem Bruder und mir nicht weismachen wollen, daß die Isla Bargo nicht die Schatzinsel ist, nur damit Sie später zurückkehren und das Gold alleine ausgraben können? Ich warne Sie ernsthaft vor solchen Gedanken.«

Moore starrte ihn an. In seinem Blick lag nicht Furcht, sondern simple Abneigung. »Sprengen Sie doch den Gipfel der Insel weg«, sagte er achselzuckend. »Sie merken dann schon, was Ihnen das bringt. Tragen Sie sie bis aufs Meer ab. Sie werden kein Gramm von Huascars Schatz finden, nicht in tausend Jahren. Nicht ohne jemanden, der das Geheimnis der Wegmarkierung kennt.«

»Er könnte recht haben«, sagte Oxley leise. »Und wenn er lügt, können wir immer noch zurückkehren und graben. Da kann gar nichts schiefgehen.«

Sarason lächelte freudlos. Er konnte Henry Moores Gedanken lesen. Der Anthropologe versuchte Zeit zu schinden. Er wartete ab, schmiedete seine Pläne und sah zu, daß er den Schatz am Ende für sich beanspruchen konnte. Doch Sarason hatte ebenfalls seine Pläne, und er hatte jede Möglichkeit bedacht. Im Augenblick sah er für Moore keinen Ausweg, jedenfalls nicht, wenn er mit zig Tonnen Gold entkommen wollte. Es sei denn, Moore hatte etwas in der Hinterhand, von dem er keine Ahnung hatte.

Im Augenblick galt es, nachsichtig und geduldig zu sein, sagte sich Sarason. Er klopfte Moore auf die Schulter. »Entschuldigen Sie meinen Wutausbruch. Kommen Sie, wir gehen zum Flugzeug zurück und lassen es für heute gut sein. Ich glaube, wir könnten alle ein kühles Bad, eine große Margarita und ein gutes Abendessen gebrauchen.«

»Amen«, sagte Oxley. »Wir machen morgen da weiter, wo wir heute aufgehört haben.«

»Ich wußte, daß Sie einsichtig sein würden«, sagte Moore. »Ich werde Ihnen schon den Weg weisen. Sie müssen mir nur weiter Glauben schenken.«

Sarason stieg zuerst ein, sobald sie wieder beim Flugzeug waren. Aus einem Impuls heraus bückte er sich, hob Moores Martinishaker auf und goß sich einen Tropfen auf die Zunge. Wasser, kein Gin.

Sarason verfluchte sich insgeheim selbst. Er hatte nicht gemerkt, wie gefährlich Moore war. Warum aber sollte Moore den Betrunkenen spielen? Doch nur, um andere mit seiner vermeintlichen Harmlosigkeit einzulullen. Allmählich wurde ihm klar, daß Henry Moore nicht unbedingt der Mann war, als der er sich ausgab. In dem berühmten und geachteten Anthropologen steckte mehr, als man ihm ansah, viel mehr.

Sarason, der einen Menschen töten konnte, ohne die geringste Reue zu empfinden, hätte einen anderen Killer auf Anhieb erkennen müssen.

Micki Moore stieg aus dem blaugekachelten Swimmingpool unterhalb der Hazienda und machte es sich auf einem Liegestuhl bequem. Sie trug einen roten Bikini, der ihre schlanke Gestalt kaum verhüllte. Die Sonne war warm, und sie ließ die Wassertropfen auf ihrer Haut an der Luft trocknen. Sie blickte zum Hauptgebäude hinauf und winkte einer Bediensteten zu, sie solle ihr noch einen Rum Collins bringen. Sie benahm sich so, als wäre sie die Hausherrin, und achtete gar nicht auf die bewaffneten Wachtposten, die auf dem Besitz patrouillierten. Sie wirkte nicht im mindesten wie eine Geisel, die gegen ihren Willen festgehalten wird.

Die Hazienda war um den Pool und einen großen Garten voller tropischer Pflanzen gebaut. Von sämtlichen Balkonen aus hatte man einen herrlichen Ausblick auf das Meer und die Stadt Guaymas. Micki Moore war es nur recht, wenn sie sich am Pool oder in ihrem sonnendurchfluteten Zimmer mit eigenem Innenhof und Whirlpool ausruhen konnte, während die Männer auf der Suche nach dem Schatz den Golf auf und ab flogen. Sie hob ihre Uhr von einem Tischchen auf. Fünf Uhr. Bald würden die hinterlistigen Brüder und ihr Mann zurückkehren. Beim Gedanken an ein weiteres leckeres Abendessen mit einheimischen Gerichten seufzte sie genüßlich auf.

Ein Dienstmädchen brachte ihren Rum Collins. Sie trank ihn bis auf die Eiswürfel aus, legte sich zurück und schloß die Augen. Kurz bevor sie einnickte, glaubte sie zu hören, wie sich ein Auto auf der Straße, die von der Stadt herführte, näherte und vor dem Tor der Hazienda anhielt.

Kurze Zeit später wachte sie wieder auf. Ihr war kühl, und sie dachte zunächst, die Sonne sei hinter einer Wolke verschwunden. Doch dann schlug sie die Augen auf und stellte erstaunt fest, daß ein Mann neben ihr stand, dessen Schatten auf ihren Oberkörper fiel.

Die Augen, mit denen er sie musterte, wirkten leblos, fast wie aus Glas. Auch sein Gesicht schien völlig ausdruckslos zu sein. Der Fremde sah abgemagert aus, so als wäre er lange krank gewesen. Micki erschauderte, als hätte sie plötzlich ein eisiger Windhauch erfaßt. Sie fand es merkwürdig, daß er keinen Blick auf ihren kaum verhüllten Körper verschwendete, sondern ihr direkt in die Augen sah. Es kam ihr so vor, als blickte er in sie hinein.

»Wer sind Sie?« fragte sie. »Arbeiten Sie für Mr. Zolar?«

Mehrere Sekunden vergingen, bevor er antwortete. Schließlich sagte er mit seltsam monotoner Stimme: »Mein Name ist Tupac Amaru.«

Dann drehte er sich um und ging weg.

34

Admiral Sandecker stand freundlich lächelnd vor seinem Schreibtisch und bot Gaskill und Ragsdale die Hand zum Gruß, als diese in sein Büro geführt wurden. »Meine Herren, nehmen Sie bitte Platz und machen Sie es sich bequem.«

Gaskill blickte auf den kleinen Mann hinunter, der ihm kaum bis zur Schulter reichte. »Vielen Dank, daß Sie die Zeit für uns erübrigen können.«

»Die NUMA hat früher schon mit Zoll und FBI zusammengearbeitet. Wir hatten immer ein sehr herzliches Verhältnis.«

»Ich hoffe, Sie haben sich keine unnötigen Sorgen gemacht, weil wir um ein Gespräch mit Ihnen baten.«

»Ich war eher neugierig. Möchten Sie vielleicht Kaffee?«

Gaskill nickte. »Danke, für mich bitte schwarz.«

»Ich nehme Süßstoff, falls Sie welchen zur Hand haben«, sagte Ragsdale.

Sandecker gab die Bestellung über die Gegensprechanlage weiter, blickte dann auf und fragte: »Nun, meine Herren, was kann ich für Sie tun?«

Ragsdale kam sofort zum Thema. »Wir hätten gerne die Hilfe der NUMA bei einer heiklen Sache, bei der es um gestohlene Kunstgegenstände geht.«

»Ein bißchen außerhalb unseres Gebiets«, sagte Sandecker. »Wir befassen uns eigentlich mit Meeresforschung und -technologie.«

Gaskill nickte. »Das wissen wir, aber wir haben erfahren, daß jemand aus Ihrer Behörde einen wertvollen Kunstgegenstand illegal ins Land geschafft hat.«

»Dieser Jemand war ich«, konterte Sandecker, ohne mit der Wimper zu zucken.

Ragsdale und Gaskill warfen sich einen Blick zu und rutschten unruhig auf ihren Stühlen herum. Mit einer derartigen Entwicklung der Ereignisse hatten sie nicht gerechnet.

»Ist Ihnen bewußt, Admiral, daß die Einfuhr gestohlener Kunstgegenstände in die Vereinigten Staaten verboten ist und gegen eine UNO-Konvention zum weltweiten Schutz von Altertümern verstößt?«

»Jawohl.«

»Und ist Ihnen außerdem bewußt, Sir, daß Angehörige der ecuadorianischen Botschaft eine Protestnote eingereicht haben?«

»Tatsächlich war ich es, der diese Protestnote angeregt hat.«

Gaskill seufzte und wurde sichtlich gelöster. »Ich habe das Gefühl, hier geht es um mehr als nur um einen einfachen Schmuggel.«

»Ich glaube, sowohl Mr. Gaskill als auch ich wären Ihnen für eine Erklärung dankbar«, sagte Ragsdale.

Sandecker schwieg, als Julie Wolff, seine Privatsekretärin, hereinkam und ein Tablett mit Kaffeetassen auf seinem Schreibtisch abstellte. »Entschuldigen Sie, Admiral, aber Rudi Gunn rief aus San

Felipe an und meldete, daß er und Al Giordino gelandet sind und letzte Vorbereitungen für das Projekt treffen.«

»Wo hält Dirk sich auf?«

»Er fährt mit dem Auto und müßte mittlerweile irgendwo in Texas sein.«

Nachdem Julie die Tür geschlossen hatte, wandte sich Sandecker wieder den beiden Regierungsagenten zu. »Entschuldigen Sie die Unterbrechung. Wo waren wir stehengeblieben?«

»Sie wollten uns erklären, weshalb Sie einen gestohlenen Kunstgegenstand in die Vereinigten Staaten geschmuggelt haben«, sagte Ragsdale mit ernster Miene.

Der Admiral öffnete seelenruhig eine Zigarrenkiste und bot ihnen eine an. Seine Gäste schüttelten den Kopf. Er lehnte sich zurück, zündete die Zigarre an und blies eine Rauchwolke elegant über seine Schulter in Richtung Fenster. Dann erzählte er ihnen die Geschichte des Drake-*Quipu*, angefangen vom Krieg zwischen den Inka-Prinzen bis zu Hiram Yeagers Deutung der Drahtschnüre und ihrer Knoten.

»Aber, Admiral«, warf Ragsdale ein, »Sie und die NUMA haben doch sicher nicht vor, sich unter die Schatzsucher zu begeben.«

»Aber natürlich tun wir das«, versetzte Sandecker lächelnd.

»Ich wünschte, Sie würden uns dann die Protestnote der Ecuadorianer erklären«, bat Gaskill.

»Das ist eine Rückversicherung. Die ecuadorianische Regierung befindet sich derzeit in einem erbitterten Konflikt mit einer Armee aufständischer Bauern in den Bergen. Die ecuadorianischen Behörden wollten nicht zulassen, daß wir nach dem *Quipu* suchen und es dann zum Entziffern und Konservieren in die Vereinigten Staaten bringen, weil sie Angst hatten, man werde ihnen vorwerfen, sie hätten einen kostbaren Kunstschatz von nationaler Bedeutung ins Ausland verkauft. Aber wenn sie behaupten können, wir hätten es gestohlen, sind sie aus dem Schneider. Also waren sie bereit, das *Quipu* für ein Jahr an die NUMA zu verleihen. Und wenn wir es dann im Rahmen einer Feierstunde zurückgeben, können sie sich als Volkshelden bejubeln lassen.«

»Aber warum die NUMA?« hakte Ragsdale nach. »Wieso nicht das Smithsonian Institute oder das *National Geographic*?«

»Weil wir nicht am Besitz interessiert sind. Und wir sind eher in der Lage, die Suchaktion unter Ausschluß der Öffentlichkeit durchzuführen.«

»Aber rein rechtlich gesehen, dürfen Sie nichts davon behalten.«

»Natürlich nicht. Falls der Schatz im Golf von Kalifornien entdeckt wird, wo er sich unserer Meinung nach befindet, wird Mexiko aufschreien: ›Er gehört dem Land, wo er gefunden wurde.‹ Peru als Herkunftsland wird ebenfalls Ansprüche anmelden, so daß die zwei miteinander verhandeln müssen. Dadurch wird wiederum garantiert, daß die Schätze schließlich in deren Nationalmuseen zur Schau gestellt werden.«

»Und unser Außenministerium kann sich rühmen, für gute Beziehungen zu unseren südlichen Nachbarn gesorgt zu haben«, fügte Ragsdale hinzu.

»Das haben Sie gesagt, Sir, nicht ich.«

»Warum haben Sie nicht den Zoll oder das FBI davon verständigt?« erkundigte sich Gaskill.

»Ich habe es dem Präsidenten mitgeteilt«, erwiderte Sandecker nüchtern. »Wenn er versäumt hat, die Mitteilung an Ihre Behörden weiterzuleiten, müssen Sie den Schuldigen im Weißen Haus suchen.«

Ragsdale trank seinen Kaffee aus und stellte die Tasse auf das Tablett. »Sie haben uns ein Problem abgenommen, das uns allen Sorgen bereitet hat, Admiral. Und glauben Sie mir, wir sind überaus erleichtert, daß wir keine Ermittlungen gegen Sie anstellen müssen. Unglücklicherweise oder auch glücklicherweise – das kommt auf den Standpunkt an – stehen wir nun vor einem weiteren Dilemma.«

Gaskill schaute zu Ragsdale. »Schon ein höchst erstaunlicher Zufall.«

»Was für ein Zufall?« fragte Sandecker neugierig.

»Daß nach fast fünfhundert Jahren innerhalb von wenigen Tagen an zwei verschiedenen Orten zwei wichtige Hinweise auf Huascars Schatz auftauchen.«

Sandecker zuckte mit den Schultern. »Ich fürchte, ich kann Ihnen nicht ganz folgen.«

Nun war es an Gaskill, dem Admiral von dem goldenen Leichengewand von Tiapollo zu berichten. Anschließend informierte er ihn über den Stand der Ermittlungen gegen Zolar International.

»Wollen Sie damit sagen, daß genau in diesem Augenblick noch jemand nach Huascars Schatz sucht?« fragte Sandecker ungläubig.

Ragsdale nickte. »Ein internationales Syndikat, das Jahr für Jahr mit Kunstdiebstahl, Fälschungen und Antiquitätenschmuggel unzählige Millionen Dollar verdient, ohne dafür Steuern zu bezahlen.«

»Davon hatte ich ja keine Ahnung.«

»Bedauerlicherweise hielten es weder unsere Regierung noch die Medien für sinnvoll, die Öffentlichkeit auf ein kriminelles Betätigungsfeld aufmerksam zu machen, das vom Gewinn her nur durch den Drogenhandel übertroffen wird.«

»Bei einem einzigen Raub aus dem Gardner Museum in Boston im April 1990«, erklärte Gaskill, »belief sich der Schätzwert der gestohlenen Meisterwerke auf über zweihundert Millionen Dollar.«

»Wenn man bedenkt, daß Diebstahl, Schmuggel und Fälschung in fast allen Ländern der Welt an der Tagesordnung sind«, fuhr Ragsdale fort, »dann läßt sich leicht verstehen, daß wir es hier mit einem Milliarden-Geschäft zu tun haben.«

»Eine Liste der im Verlauf der letzten hundert Jahre gestohlenen Kunstwerke und Altertümer wäre etwa so umfangreich wie das Telefonbuch von New York«, betonte Gaskill.

»Und wer kauft diese atemberaubende Menge illegaler Waren?« fragte Sandecker.

»Die Nachfrage ist weit höher als das Angebot«, antwortete Gaskill. »Reiche Sammler sind indirekt für die Plünderungen verantwortlich, da sie für eine starke Nachfrage sorgen. Die stehen regelrecht Schlange, um bei illegalen Händlern historisch bedeutsame Ware zu erwerben. Die Liste dieser Kunden liest sich wie ein Prominentenverzeichnis. Staatsoberhäupter, hohe Regierungsbeamte, Persönlichkeiten aus Film und Fernsehen, Topmanager und sogar die Kuratoren größerer Museen, die beide Augen zudrücken, wenn sie um Schwarzmarktware feilschen, mit der sie ihre Sammlungen aufstocken wollen. Solange sie Geld haben, kaufen sie auch.«

»Auch Drogenhändler kaufen unzählige Mengen illegaler Kunst und Antiquitäten. Auf diese Weise können sie leicht und schnell ihr Geld waschen und mehren zugleich ihren Besitz.«

»Ich sehe ja durchaus ein, daß nicht registrierte Kunstgegenstände zuhauf verlorengehen«, sagte Sandecker. »Aber berühmte Gemälde und Skupturen tauchen doch bestimmt wieder irgendwo auf.«

Ragsdale schüttelte den Kopf. »Manchmal haben wir Glück und bekommen einen Hinweis auf das Diebesgut. Manchmal rufen uns ehrliche Händler oder Museumskuratoren an, wenn sie Stücke wiedererkennen, die man ihnen verkaufen will. Aber leider bleiben entwendete Kunstwerke allzuoft verschollen, weil es keine Spuren gibt.«

»Eine Unzahl von wertvollen Altertümern fällt Räubern in die Hände und wird verkauft, bevor irgendein Archäologe die Gelegenheit hatte, sie zu untersuchen«, sagte Gaskill. »Während des Wüstenkrieges mit dem Irak Anfang der neunziger Jahre wurden Tausende von Kunstgegenständen, darunter noch nicht entzifferte Tontafeln, Schmuck, Textilien, Glas, Keramiken, Gold- und Silbermünzen sowie Rollsiegel, von Husseins Gegnern und schiitischen und kurdischen Rebellen sowohl aus kuweitischen als auch aus irakischen Museen geraubt. Bevor auch nur eins der Stücke als vermißt oder gestohlen gemeldet werden konnte, war der Großteil davon bereits von Händlern und Auktionshäusern verkauft.«

»Schwer vorstellbar, daß ein Sammler viel Geld für ein Kunstwerk ausgibt, von dem er verdammt genau weiß, daß es jemand anderem gehört«, sagte Sandecker. »Er kann es doch niemandem zeigen, ohne Gefahr zu laufen, daß er bloßgestellt oder festgenommen wird. Was macht er denn damit?«

»Man kann es ruhigen Gewissens als einen psychischen Knacks bezeichnen«, erwiderte Ragsdale. »Gaskill und ich können Ihnen zahllose Sammler nennen, die ihren illegal erstandenen Besitz in geheimen Gewölben verstecken, in die sie sich dann einmal am Tag, oder vielleicht auch nur einmal in zehn Jahren, setzen und ihre Schätze bewundern. Denen ist es egal, daß sie nichts davon vorzeigen können. Die bekommen ihren Kick, weil sie etwas besitzen, das kein anderer haben kann.«

Gaskill nickte zustimmend. »Sammlerwut treibt mitunter die seltsamsten Blüten. Es ist schon dreist genug, wenn Indianergräber geschändet und geplündert und die Schädel und mumifizierten Körper von Frauen und Kindern verkauft werden. Aber manche Sammler, die sich auf Militaria aus dem amerikanischen Bürgerkrieg spezialisiert haben, gehen so weit, daß sie Gräber auf Nationalfriedhöfen ausheben und die Koppelschlösser der Nord- und Südstaatler stehlen.«

»Ein wahrhaft trauriges Beispiel für Habgier«, sagte Sandecker nachdenklich.

»Die Zahl der Gräber, die wegen der beigegebenen Kunstgegenstände geplündert wurden, ist endlos«, sagte Ragsdale. »Keine Kultur bleibt davon verschont. Selbst die Gebeine von Neandertalern wurden schon zerschlagen und zerstört. Die heilige Ruhe der Toten zählt nichts, wenn ein Profit zu machen ist.«

»Wegen ihrer unersättlichen Gier auf immer neue Stücke«, sagte Gaskill, »laufen gerade die Sammler Gefahr, über den Tisch gezogen zu werden. Die scheinbar unstillbare Nachfrage sorgt für einen lukrativen Handel mit Fälschungen.«

Ragsdale nickte. »Ohne die entsprechenden archäologischen Untersuchungen werden nachgemachte Kunstgegenstände nur selten als solche erkannt. Viele Sammlungen in angesehenen Museen enthalten gefälschte Altertümer, ohne daß es jemand bemerkt. Kein Kurator oder Sammler ist bereit zu glauben, daß er von einem Fälscher übers Ohr gehauen wurde, und nur wenige Gelehrte haben den Mumm, klipp und klar zu sagen, daß die Stücke, die sie untersuchen, zweifelhafter Natur sind.«

»Berühmte Kunstwerke machen da keine Ausnahme«, fuhr Gaskill fort. »Sowohl Agent Ragsdale als auch ich haben Fälle erlebt, wo herausragende Meisterwerke gestohlen, von Experten gefälscht und die Fälschungen dann gegen einen Finderlohn oder einen Teil der Versicherungssumme zurückgegeben wurden, worauf sie der Kurator der betroffenen Gemäldegalerie überglücklich wieder aufhängte, ohne auch nur zu bemerken, daß er angeschmiert wurde.«

»Wie werden die gestohlenen Gegenstände angeboten und verkauft?« fragte Sandecker.

»Grabräuber und Kunstdiebe verkaufen an gut organisierte illegale Händler, die den Preis festsetzen, den eigentlichen Verkauf aber wiederum Mittelsmännern überlassen, so daß sie nie persönlich in Erscheinung treten müssen.«

»Kann man ihre Spur nicht zurückverfolgen?«

Gaskill schüttelte den Kopf. »Da auch Plünderer und Mittelsmänner auf strengste Geheimhaltung achten und nur hinter verschlossenen Türen arbeiten, ist es für uns so gut wie unmöglich, in ihre Kreise einzudringen und die Spur zu den Großhändlern zurückzuverfolgen.«

Ragsdale mischte sich ein. »Es ist nicht so wie beim Drogenhandel, wo man den Abhängigen zu seinem Straßenhändler verfolgt, den wiederum zum Großhändler und schließlich bis zu den Drogenbaronen, die zumeist ungebildet sind, selten großen Wert darauf legen, ihre Identität zu verheimlichen, und häufig selbst Drogen nehmen. Wir indessen müssen uns mit Männern herumschlagen, die hochgebildet sind und beste Beziehungen zu den Spitzen von Wirtschaft und Politik unterhalten. Sie sind schlau und durchtrieben. Bis auf seltene Ausnahmen verhandeln sie nie direkt mit ihren Kunden. Jedesmal, wenn wir ihnen auf die Schliche kommen, ziehen sie sich in ihr Schneckenhaus zurück und bieten ein Heer von teuren Anwälten auf, die unsere Ermittlungen behindern.«

»Haben Sie auch schon mal Glück gehabt?« fragte Sandecker.

»Wir haben ein paar kleinere Händler aufgegriffen, die selbständig arbeiten«, erwiderte Ragsdale. »Außerdem haben beide Behörden eine beachtliche Anzahl gestohlener Güter wiedergefunden. Manchmal beim Transport, manchmal bei Käufern, die übrigens so gut wie nie eingesperrt werden, weil sie immer wieder behaupten, sie hätten nicht gewußt, daß es sich um gestohlene Stücke handelte. Aber das, was wir wiederbeschaffen können, ist nur ein kleiner Bruchteil. Ohne handfeste Beweise können wir den Strom illegaler Kunst nicht stoppen.«

»Hört sich so an, als wären Sie in jeder Hinsicht hoffnungslos unterlegen«, sagte Sandecker.

Ragsdale nickte. »Wir sind die ersten, die das zugeben.«

Schweigend schaukelte Sandecker auf seinem Drehstuhl vor und zurück, während er über die Worte der beiden Agenten nachdachte. Schließlich sagte er: »Womit kann Ihnen die NUMA helfen?«

Gaskill beugte sich über den Schreibtisch. »Wir glauben, daß Sie, ohne sich dessen bewußt zu sein, die Tür einen Spaltbreit aufgestoßen haben, weil Sie zur gleichen Zeit nach Huascars Schatz suchen wie der größte illegale Kunst- und Antiquitätenhändler der Welt.«

»Zolar International.«

»Ja. Eine Familie, die ihre Finger überall in diesem schmutzigen Geschäft hat.«

»Weder der Zoll noch das FBI«, sagte Ragsdale, »sind jemals zuvor einer einzelnen Gruppe von Kunstfälschern, Dieben und Antiquitätenschmugglern begegnet, die über so viele Jahre hinweg in so vielen Ländern aktiv war und dabei mit einer derart großen Zahl reicher und berühmter Persönlichkeiten zu tun hatte, die buchstäblich Milliarden Dollar für gestohlene Kunstwerke und Altertümer ausgaben.«

»Ich höre«, sagte Sandecker.

»Wir haben jetzt endlich die Chance, an die Hintermänner heranzukommen«, erklärte Gaskill. »In Erwartung der phantastischen Reichtümer haben die Zolars jede Vorsicht fahrenlassen und sich auf die Suche nach dem Schatz begeben, den sie natürlich für sich behalten wollen. Falls wir Erfolg haben, bietet uns das die einmalige Gelegenheit zu beobachten, wie sie beim Abtransport der Funde vorgehen, so daß wir sie dann zu ihrem geheimen Lager zurückverfolgen können.«

»Wo Sie sie dann mitsamt der Sore schnappen«, schloß Sandecker.

Ragsdale grinste. »Wir drücken es inzwischen nicht mehr ganz so aus, Admiral. Aber ja, Sie liegen in etwa richtig.«

Sandecker war fasziniert. »Sie wollen also, daß ich meinen Suchtrupp zurückziehe. Geht es darum?«

Gaskill und Ragsdale blickten einander an und nickten.

»Ja, Sir«, sagte Gaskill. »Genau darum geht es.«

»Natürlich nur mit Ihrem Einverständnis«, fügte Ragsdale hastig hinzu.

»Haben Sie das schon mit Ihren Vorgesetzten abgeklärt?«

Ragsdale nickte energisch. »Direktor Moran vom FBI und Direktor Thomas vom Zoll haben ihre Erlaubnis erteilt.«

»Es macht Ihnen doch nichts aus, wenn ich sie anrufe und es mir bestätigen lasse?«

»Überhaupt nicht«, sagte Gaskill. »Tut mir leid, daß Agent Ragsdale und ich nicht den Dienstweg eingehalten und darum gebeten haben, daß sie sich direkt mit Ihnen in Verbindung setzen. Aber wir hatten den Eindruck, wir sollten Ihnen unsere Erkenntnisse lieber aus erster Hand mitteilen und sehen, was dabei herauskommt.«

»Ich weiß das durchaus zu würdigen«, sagte Sandecker großmütig.

»Dann arbeiten Sie also mit uns zusammen?« fragte Ragsdale. »Und ziehen Ihren Suchtrupp zurück?«

Sandecker musterte mehrere Sekunden lang müßig den Rauch, der von seiner Zigarre aufstieg. »Die NUMA wird dem FBI und dem Zoll zuarbeiten, aber ich denke nicht daran, die Suchaktion abzubrechen.«

Gaskill starrte den Admiral an, war sich aber nicht sicher, ob dieser nun Witze machte oder nicht. »Ich glaube, ich kann Ihnen nicht ganz folgen, Sir.«

»Haben Sie schon mal was gesucht, das seit beinahe fünfhundert Jahren verschollen war?«

Ragsdale warf einen Blick zu seinem Partner und zuckte mit den Schultern. »Was das FBI betrifft, so suchen wir hauptsächlich nach vermißten Personen, Flüchtigen und Leichen. Versunkene Schätze fallen nicht in unser Gebiet.«

»Ich glaube, ich muß nicht eigens erklären, wonach die Zollbehörde sucht«, sagte Gaskill.

»Ich habe durchaus Verständnis für Ihre Bitte«, sagte Sandecker freundlich. »Aber einen versunkenen Schatz zu finden ist eine einmalige Gelegenheit. Menschen, die seit dem sechzehnten Jahrhundert tot sind, können einem keine Auskunft mehr geben. Und unser *Quipu* oder Ihre goldene Mumie bieten allenfalls vage Hinweise auf eine rätselhafte Insel im Golf von Kalifornien. Das ist so, als würde man die sprichwörtliche Nadel in einem hundertsechzigtausend Quadratkilometer großen Heuhaufen suchen. Ich nehme an, die Zolars sind Amateure, was eine derartige Suchaktion angeht. Folglich stehen ihre Chancen, die Höhle mit Huascars goldener Kette zu entdecken, fast bei Null.«

»Glauben Sie, Ihre Leute haben eine größere Chance?« fragte Gaskill unwirsch.

»Mein Leiter für Spezialprojekte und seine Mitarbeiter sind auf ihrem Gebiet Spitzenklasse. Lesen Sie ihre Akten, wenn Sie mir nicht glauben.«

»Und wie wollen Sie uns dann zuarbeiten?« fragte Ragsdale mit zweifelndem Unterton.

Sandecker unternahm einen Vorstoß. »Wir führen unsere Suche zur gleichen Zeit durch wie die Zolars, halten uns aber bedeckt. Die haben keinerlei Grund, Verdacht zu schöpfen. Wenn sie ein Flugzeug der NUMA sehen, nehmen sie vermutlich an, die Besatzung beschäftigt sich mit irgendwelchen Meeresforschungen. Falls die Zolars den Schatz tatsächlich finden sollten, verzieht sich mein Team und kehrt nach Washington zurück.«

»Und wenn die Zolars klein beigeben?« wollte Ragsdale wissen.

»Wenn die NUMA den Schatz nicht findet, dann kann ihn niemand finden.«

»Und wenn die NUMA Erfolg hat?« hakte Ragsdale nach.

»Dann locken wir die Zolars auf die entsprechende Spur und wiegen sie im Glauben, sie hätten den Hort selbst entdeckt.« Sandecker hielt inne und ließ den Blick von Ragsdale zu Gaskill und wieder zurück wandern. »Und dann, meine Herren, sind Sie am Zug.«

35

»Ich stelle mir dauernd vor, daß Rudolph Valentino über die nächste Düne geritten kommt und mich zu seinem Zelt entführt«, sagte Loren schläfrig. Sie saß mit untergeschlagenen Beinen auf dem Beifahrersitz des Pierce Arrow und blickte auf das Meer aus Sanddünen, das die Landschaft prägte.

»Halt ruhig Ausschau«, sagte Pitt. »Etwas nördlich von hier sind die Coachella Dunes. Dort sind viele Wüstenfilme für Hollywood gedreht worden.«

50 Kilometer (31 Meilen) hinter Yuma, Arizona, wo sie den Colorado River überquert und die Grenze zu Kalifornien überschritten hatten, bog Pitt mit dem schweren Pierce Arrow vom Interstate Highway 8 nach links auf eine schmale Staatsstraße ab, die zu den Grenzstädten Calexico und Mexicali führte. Immer wieder warfen die Insassen überholender oder entgegenkommender Autos bewundernde Blicke auf ihren Oldtimer und den Wohnwagen.

Loren hatte Pitt dazu überredet, mit dem alten Auto quer durchs Land zu fahren, im Wohnwagen zu übernachten und dann an einer vom Classic Car Club of America veranstalteten Tour durch Südarizona teilzunehmen. Die Tour sollte in zwei Wochen stattfinden. Pitt bezweifelte, daß die Schatzsuche so schnell vorüber sein würde. Aber schließlich gab er nach, weil er es genoß, wenn er mit seinen alten Autos längere Strecken fahren konnte.

»Wie weit ist es noch bis zur Grenze?« fragte Loren.

»Noch zweiundvierzig Kilometer, dann sind wir in Mexiko«, antwortete er. »Danach noch hundertfünfundsechzig Kilometer bis San Felipe. Bis zum Abendessen sollten wir am Kai sein, wo Al und Rudi die Fähre vertäut haben.«

»Da du gerade von Speis und Trank sprichst«, sagte sie träge. »Der Kühlschrank und die Speisekammer sind leer. Bis auf Müsli und Kaffee haben wir gestern auf dem Campingplatz in Sedona unsere letzten Vorräte aufgebraucht.«

Er nahm die rechte Hand vom Lenkrad und drückte lächelnd ihr Knie. »Ich nehme an, ich muß für die Fahrgäste etwas zum Futtern besorgen, damit sie bei Laune bleiben.«

»Wie wär's mit der Fernfahrerraststätte, die bald kommt?« Sie setzte sich aufrecht hin und deutete durch die schmale, niedrige Windschutzscheibe des Pierce.

Pitt spähte über die Figur auf der Kühlerhaube hinweg, einen geduckten Bogenschützen mit angelegtem Pfeil. Neben der Straße sah er ein von der Wüstensonne gebleichtes und ausgedörrtes Schild, das jeden Augenblick zusammenzubrechen drohte. Die Aufschrift war so alt, daß er die Worte kaum entziffern konnte:

Eiskaltes Bier und Essen wie bei Muttern.
Nur noch 2 Minuten bis zum Box Car Café.

Er lachte. »Das kalte Bier hört sich gut an, aber bei der Küche bin ich skeptisch. Als Junge ist mir bei den Gerichten meiner Mutter immer schlecht geworden.«

»Schäm dich was. Deine Mutter ist eine gute Köchin.«

»Inzwischen schon, aber vor fünfundzwanzig Jahren hätten sich nicht mal die hungrigen Obdachlosen bei uns blicken lassen.«

»Du bist schrecklich.« Loren drehte am Knopf des alten Röhrenradiogerätes und suchte einen Sender aus Mexicali. Schließlich stieß sie auf einen, der mexikanische Musik spielte und deutlich zu empfangen war. »Selbst wenn der Koch die Beulenpest hätte, wär's mir egal. Ich habe Hunger.«

Das kommt davon, wenn man eine Frau mit auf Reisen nimmt, dachte Pitt düster. Ständig ist sie hungrig oder verlangt dringend eine Pinkelpause.

»Und außerdem«, warf sie ein, »brauchst du Benzin.«

Pitt blickte auf die Benzinuhr. Die Nadel zeigte, daß der Tank noch viertel voll war. »Könnte vermutlich nichts schaden, wenn wir vor der Grenze noch mal auftanken.«

»Seit dem letzten Tanken sind wir nicht sehr weit gekommen.«

»Ein großer Wagen, der vor sechzig Jahren gebaut wurde, einen 12-Zylinder-Motor hat und einen Wohnwagen zieht, zeichnet sich nicht gerade durch niedrigen Kraftstoffverbrauch aus.«

Die angekündigte Raststätte samt Tankstelle kam in Sicht. Als sie sich näherten, sah Pitt, daß sie lediglich aus einem Paar altersschwacher, aneinandergekoppelter Güterwaggons und zwei Zapfsäulen bestand. Der Neonschriftzug »Warme Küche« im Schatten des Box Car Café war kaum zu erkennen. Dahinter stand ein Haufen zerbeulter alter Wohnwagen, allesamt leer und verlassen. Auf dem unbefestigten Parkplatz davor lungerten etwa achtzehn bis zwanzig Motorradfahrer neben etlichen Harley-Davidsons, tranken Bier und genossen die kühle Brise, die vom Golf her wehte.

»Junge, du suchst dir vielleicht Sachen aus«, sagte Pitt scherzhaft.

»Vielleicht sollten wir lieber weiterfahren«, murmelte Loren nachdenklich.

»Hast du etwa Angst vor den Bikern? Vermutlich sind sie genauso müde von der Reise wie wir.«

»Jedenfalls ziehen sie sich anders an als wir.« Sie nickte zu der Gruppe hin, zu der etwa ebenso viele Männer wie Frauen gehörten, allesamt in schwarzer Lederkluft mit Abzeichen, Aufnähern und Stickereien, die für Amerikas berühmteste Motorradmarke warben.

Pitt schlug das überdimensionale Lenkrad ein, und der Pierce verließ den Asphalt und rollte vor die Zapfsäulen. Der schwere V-12-Motor lief so leise, daß man es kaum bemerkte, als Pitt ihn abstellte. Er öffnete die Tür, die nach hinten aufging, stellte einen Fuß auf das hohe Trittbrett und stieg aus. »Hallo«, grüßte er eine Blondine mit gebleichtem Pferdeschwanz und schwarzem Lederanzug, die am nächsten stand. »Wie ist das Essen hier?«

»Nicht gerade das Feinste vom Feinen«, sagte sie freundlich. »Aber wenn Sie Hunger haben, ist es gar nicht so schlecht.«

Auf einem mit Einschußlöchern übersäten Blechschild stand »Selbstbedienung«, folglich steckte Pitt den Zapfhahn in den Tankstutzen des Pierce Arrow und betätigte den Abzug. Als er den Motor hatte überholen lassen, hatte ihn die Werkstatt so eingestellt, daß er problemlos bleifreies Benzin verbrennen konnte.

Loren hockte wachsam auf ihrem Sitz, als sämtliche Biker herkamen und das alte Auto und den Wohnwagen bestaunten. Nachdem er eine Unzahl von Fragen beantwortet hatte, klappte Pitt die Haube auf und zeigte ihnen den Motor. Dann zog er Loren aus dem Wagen.

»Ich dachte, du möchtest vielleicht die netten Leute hier kennenlernen«, sagte er. »Sie gehören alle einem Motorradclub aus West-Hollywood an.«

Sie dachte, Pitt wolle die Leute veräppeln, und schämte sich fast zu Tode, als er sie einander vorstellte. Doch zu ihrem Erstaunen mußte sie feststellen, daß es sich um Anwälte handelte, die mit ihren Frauen übers Wochenende durch die südkalifornische Wüste fuhren. Außerdem war sie beeindruckt und geschmeichelt zugleich, daß sie sie wiedererkannten, als Pitt ihren Namen nannte.

Nach einem angeregten Gespräch verabschiedeten sich die Advokaten aus Hollywood mitsamt ihren Gattinnen, stiegen auf ihre geliebten Böcke und donnerten mit röhrendem Auspuff in Richtung des Imperial Valley davon. Pitt und Loren winkten ihnen hinterher. Dann drehten sie sich um und musterten die Güterwaggons.

Die Schienen unter den rostigen Rädern waren tief in den Sand eingesunken. Die verwitterten Holzwände waren einst rötlichbraun gewesen, und über einer langen Reihe nachträglich eingebauter Fenster stand »Southern Pacific Lines«. Dank der trockenen Luft hatten die Aufbauten die langen Jahre unter der Wüstensonne gut überstanden und waren in einem verhältnismäßig guten Zustand.

Pitt besaß selbst ein Stück Eisenbahngeschichte, einen Pullmanwagen. Er war ein Bestandteil der in seinem Hangar in Washington untergebrachten Sammlung. Der einstmals luxuriöse Eisenbahnwaggon war vor dem Ersten Weltkrieg von New York aus eingesetzt worden. Er schätzte, daß diese Güterwaggons irgendwann um das Jahr 1915 gebaut worden waren.

Er und Loren stiegen eine behelfsmäßige Treppe am Ende des einen Waggons hinauf und traten durch eine nachträglich eingebaute Tür. Im Inneren hatte die Zeit ihre Spuren hinterlassen, aber alles war sauber und ordentlich. Es gab keine Tische, sondern nur eine lange, von Hockern gesäumte Theke, die sich über beide Waggons erstreckte. Die offene Küche lag gegenüber der Theke und sah aus, als wäre sie aus alten Baumstämmen gebaut worden, die jahrzehntelang in der Sonne gelegen hatten. An den Wänden hingen Bilder alter Lokomotiven mit qualmenden Schornsteinen, die Personen- und Güterwaggons durch die Wüste zogen. Auf der Wurlitzer-Musikbox konnte man zwischen beliebten Melodien aus den vierziger und fünfziger Jahren und Aufnahmen von Dampflokomotiven wählen. Zwei Stücke für fünfundzwanzig Cent.

Pitt warf einen Vierteldollar ein und suchte zwei Nummern aus. Die eine war »Sweet Lorraine« von Frankie Carle, die andere der typische Sound einer Dampflokomotive der Norfolk & Western Line, die gerade den Bahnhof verläßt und Fahrt aufnimmt.

Ein großer Mann Anfang Sechzig mit grauem Haar und weißem Bart wischte die Eichentheke ab. Er blickte auf und schaute sie mit seinen freundlichen blaugrünen Augen wohlwollend an. »Seid gegrüßt, Leute. Willkommen im Box Car Café. Weit gereist?«

»Nicht besonders«, antwortete Pitt und warf Loren ein verwegenes Grinsen zu. »Wir sind in Sedona nicht so früh losgekommen, wie ich vorhatte.«

»Gib gefälligst nicht mir die Schuld«, sagte sie herablassend. »Du warst es doch, den nach dem Aufwachen die Fleischeslust trieb.«

»Was darf ich Ihnen bringen?« fragte der Mann hinter der Bar. Er trug Cowboystiefel, eine Drillichhose und ein kariertes Hemd, das vom vielen Waschen völlig ausgebleicht war.

»Eins von Ihren eiskalten Bieren wäre nicht schlecht«, erwiderte Loren und schlug die Speisekarte auf.

»Einheimisches oder mexikanisches?«

»Corona?«

»Ein Corona – kommt sofort. Und Sie, Sir?«

»Was haben Sie an Faßbier?« fragte Pitt.

»Olympia, Coors und Budweiser.«

»Dann nehm' ich ein Oly.«

»Irgendwas zu essen?« erkundigte sich der Mann hinter der Theke.

»Einen Mesquite-Chiliburger«, sagte Loren. »Und Krautsalat.«

»Ich bin eigentlich gar nicht hungrig«, sagte Pitt. »Ich nehme bloß einen Krautsalat. Gehört Ihnen der Laden hier?«

»Ich hab' ihn dem früheren Besitzer abgekauft, als ich das Schürfen aufgegeben habe.« Er stellte ihr Bier auf die Bar und wandte sich dem Herd zu.

»Die Güterwaggons sind interessante Überbleibsel aus der guten alten Zeit der Eisenbahn. Wurden sie hierhergebracht, oder hat die Eisenbahn einst hier vorbeigeführt?«

»Wir sitzen hier auf dem Rangiergleis der alten Strecke«, antwortete der Besitzer des Imbisses. »Die Trasse führte früher von Yuma nach El Centro. Die Strecke wurde 1947 stillgelegt, weil sie nicht mehr rentabel war. Der zunehmende Lastwagenverkehr hat sie erledigt. Die Waggons wurden von 'nem alten Knaben hergebracht, der früher mal Ingenieur bei der Southern Pacific war. Er und seine Frau haben daraus ein Restaurant mitsamt Tankstelle gemacht. Jetzt, wo die Autobahn nördlich von hier verläuft, haben wir nicht mehr viel Verkehr.«

Der Koch und Barkeeper sah aus, als hätte er lange, bevor die

Gleise gelegt wurden, zum lebenden Inventar der Wüste gehört. Er wirkte etwas müde, wie ein Mann, der mehr gesehen hat, als ihm guttut, und der tausend Geschichten gehört hat, die er sich eingeprägt und ordentlich nach Genre unterteilt hat, vom Drama über die Komödie bis zur Horrorstory. Außerdem hatte er eindeutig etwas Stilvolles an sich, eine Art Welterfahrenheit, die verriet, daß er eigentlich nicht in diese gottverlassene Fernfahrerkneipe an dieser abgelegenen und kaum mehr befahrenen Wüstenstraße gehörte.

Für einen kurzen Augenblick hatte Pitt das Gefühl, der alte Koch komme ihm irgendwie bekannt vor. Doch wenn er es genauer betrachtete, so erinnerte ihn der Mann nur an jemanden, den er nicht ganz einordnen konnte. »Ich wette, Sie können ein paar interessante Geschichten über die Dünen hier erzählen«, sagte er beiläufig.

»Da liegen allerhand Knochen drin, die Überreste der Pioniere und Bergleute, die mitten im Sommer von Yuma nach Boriego Springs ziehen wollten, vierhundert Kilometer quer durch die Wüste.«

»Gab es denn gar kein Wasser mehr, sobald sie den Colorado hinter sich gelassen hatten?« fragte Loren.

»Keinen Tropfen, bis Boriego nicht. Das war lange, bevor man das Tal bewässerte. Erst nachdem die alten Jungs in der Sonne draufgegangen waren, haben sie rausgekriegt, daß sie keine fünf Meter vom Wasser weg lagen. Die sind so erschrocken, daß sie seither alle als Geister in der Wüste umgehen.«

Loren schaute ihn verständnislos an. »Ich glaube, ich bin nicht ganz mitgekommen.«

»An der Oberfläche ist kein Wasser«, erklärte der alte Knabe. »Aber unterirdisch gibt's ganze Flüsse, manche so tief und breit wie der Colorado.«

Pitt war neugierig geworden. »Ich habe noch nie was davon gehört, daß es unter der Wüste große Wasservorkommen gibt.«

»Zwei gibt's mit Sicherheit. Einer, ein richtig großes Mordstrumm, führt vom nördlichen Nevada nach Süden in die Mojavewüste und dann nach Westen, wo er unterhalb von Los Angeles in den Pazifik mündet. Der andere fließt nach Westen, unter dem

Imperial Valley in Kalifornien durch, bevor er nach Süden abknickt und ins Meer des Cortez strömt.«

»Haben Sie irgendwelche Beweise, daß es diese Flüsse tatsächlich gibt?« fragte Loren. »Hat irgend jemand sie gesehen?«

»Der unterirdische Fluß, der in den Pazifik mündet«, antwortete der Koch, während er Lorens Chiliburger zubereitete, »wurde angeblich von einem Ingenieur entdeckt, der Öl gesucht hat. Er hat behauptet, er hätte ihn mit seinen geophysikalischen Meßgeräten aufgespürt und seinen Lauf weiterverfolgt. Er soll durch die Mojavewüste und unter der Stadt Laguna Beach durchfließen, bevor er ins Meer mündet. Bislang konnte es weder jemand beweisen noch widerlegen. Der Fluß zum Meer des Cortez kommt in einer alten Geschichte über einen Schürfer vor, der angeblich eine Höhle entdeckt hat, die in eine Grotte mit einem Wasserlauf hinunterführt.«

Pitt, der an Yeagers Deutung des *Quipu* dachte, wurde hellhörig. »Dieser Schürfer, wie hat der den unterirdischen Flußlauf beschrieben?«

Der Besitzer des Imbisses redete weiter, ohne sich vom Herd abzuwenden. »Er hieß Leigh Hunt, und vermutlich war er ein ausgemachter Lügner. Aber er hat Stein und Bein geschworen, daß er 1942 in den Castle Dome Mountains, etwas nordöstlich von hier, eine Höhle entdeckt hätte. Vom Eingang der Höhle, so hat er erzählt, ist er durch mehrere Grotten und Kammern zwei Kilometer tief in die Erde hinabgestiegen, bis er auf einen unterirdischen Fluß stieß, der durch einen riesigen Cañon strömt. Und genau dort, behauptet Hunt, hätte er reiche Goldadern gefunden.«

»Ich glaube, den Film kenne ich«, sagte Loren skeptisch.

Der alte Koch drehte sich um und wedelte mit einem Kochlöffel. »Die Leute vom Bergamt haben den Sand untersucht, den Hunt aus dem unterirdischen Cañon mitbrachte, und festgestellt, daß er einen Goldgehalt im Wert von dreitausend Dollar pro Tonne besitzt. Ein mächtig hoher Anteil, wenn man bedenkt, daß die Feinunze Gold damals nur zwanzig Dollar und fündundsechzig Cent gekostet hat.«

»Ist er jemals wieder zu dem Cañon und dem Fluß zurückgekehrt?« fragte Pitt.

»Er hat's probiert. Aber sobald sich das rumgesprochen hatte, ist ihm ein ganzer Schwarm Aasgeier, die alle ein Stück vom Goldfluß abhaben wollten, zu dem Berg gefolgt. Er wurde sauer und hat einen schmalen Tunnel, etwa hundert Meter hinter dem Eingang, gesprengt. Der halbe Berg ist zusammengekracht. Weder Hunt noch einer seiner Verfolger waren jemals in der Lage, sich durch das Geröll zu graben oder einen Zugang zu finden.«

»Mit der heutigen Bergbautechnologie«, sagte Pitt, »sollte es durchaus möglich sein, den Zugang wieder freizulegen.«

»Klar, wenn Sie bereit sind, zirka zwei Millionen Dollar auszugeben«, knurrte der Koch. »Ich hab' noch keinen kennengelernt, der Lust gehabt hätte, wegen 'ner Geschichte, die vielleicht reiner Quatsch ist, soviel Geld zu riskieren.« Er schwieg und stellte die Teller mit dem Chiliburger und dem Krautsalat auf die Theke. Dann zapfte er sich ein Bier, kam um die Bar herum und setzte sich auf einen Hocker neben Pitt. »Es heißt, der alte Hunt wäre irgendwie doch wieder in den Berg rein, aber nie wieder rausgekommen. Kurz nachdem er die Höhle hochgejagt hat, ist er auf Nimmerwiedersehen verschwunden. Angeblich hat er einen anderen Zugang ins Innere entdeckt und ist dort umgekommen. Ein paar Leute glauben an einen großen Fluß, der tief unter dem Sand durch einen Cañon strömt, aber die meisten halten das bloß für ein weiteres Ammenmärchen aus der Wüste.«

»So etwas gibt es durchaus«, sagte Pitt. »Ich habe vor ein paar Jahren an einer Expedition teilgenommen, die einen unterirdischen Fluß entdeckte.«

»Irgendwo im trockenen Südwesten?« erkundigte sich der Koch.

»Nein, in der Sahara. Er floß unter einer gefährlichen Müllverbrennungsanlage und trug Schadstoffe in den Niger und von dort aus in den Atlantik, wo sie eine Ausbreitung des Meeresleuchtens verursachten.«

»Etwas nördlich von hier versinkt der Mojave River im Boden, nachdem er ein ganzes Stück über der Erde verläuft. Niemand weiß mit Sicherheit, wo er endet.«

Zwischen zwei Bissen Chiliburger fragte Loren: »Sie scheinen recht überzeugt, daß Hunts Fluß in den Golf von Kalifornien mündet. Woher wollen Sie wissen, daß er nicht vor der kalifornischen Küste in den Pazifik fließt?«

»Wegen Hunts Rucksack und seiner Wasserflasche. Er hat sie in der Höhle verloren, und sechs Monate später wurden sie im Golf an den Strand geschwemmt.«

»Halten Sie das nicht für höchst unwahrscheinlich? Der Rucksack und die Flasche hätten jedem gehören können. Wie kommen Sie darauf, daß es seine waren?« Loren fragte den Koch aus, als säße sie in einem Untersuchungsausschuß des Kongresses.

»Weil sein Name draufgestanden hat, nehme ich an.«

Loren ließ sich durch die unerwartete Hürde nicht abschrecken. Sie umging sie einfach. »Es könnte mindestens zwanzig logische Erklärungen dafür geben, daß seine Sachen im Golf auftauchten. Jemand, der sie gefunden oder gestohlen hat, könnte sie verloren oder weggeworfen haben. Oder aber, was wahrscheinlicher ist, Hunt kam gar nicht in der Höhle um, sondern hat sie selbst aus einem Boot geworfen.«

»Könnte schon sein, daß er sie im Meer verloren hat«, räumte der Koch ein. »Aber wie erklären Sie sich dann die anderen Leichen?«

Pitt schaute ihn an. »Welche anderen Leichen?«

»Der Fischer, der im Lake Cocopah verschwunden ist«, erwiderte der Koch mit gedämpfter Stimme, als hätte er Angst, jemand könne mithören. »Und die beiden Taucher, die im Satan's Sink verschollen sind. Die Überreste ihrer Leichen hat man im Golf gefunden.«

»Und schon verbreitet der Wüstentelegraph ein paar weitere Ammenmärchen«, versetzte Loren ironisch.

Der Koch hob die rechte Hand. »Die reine Wahrheit. Sie können zum Sheriff fahren und die Geschichten nachprüfen.«

»Wo liegen dieses Satan's Sink und der See?« fragte Pitt.

»Der Lake Cocopah, der See, in dem der Fischer verschwunden ist, liegt südöstlich von Yuma. Satan's Sink, die Doline, liegt in Mexiko, am nördlichen Ausläufer der Sierra el Mayor. Wenn man die Orte miteinander verbindet, kriegt man eine gerade Linie, die von Hunts Berg über den Lake Cocopah zu Satan's Sink und von dort zum Meer des Cortez führt.«

Loren hatte ihr Verhör noch nicht beendet. »Wer sagt denn, daß sie nicht beim Fischen oder Tauchen im Golf ertrunken sind?«

»Der Fischer und seine Frau waren den ganzen Tag draußen auf dem See. Dann wollte sie zurück zu ihrem Wohnwagen und sich ums Essen kümmern. Er hat sie an Land gerudert und ist weiter um den See gepaddelt. Als sie eine Stunde später nach ihm Ausschau hielt, fand sie nur sein umgekipptes Boot. Drei Wochen später haben Wasserskifahrer seine Leiche im Golf entdeckt, hundertfünfzig Kilometer vom See entfernt.«

»Ich neige eher zu der Ansicht, daß seine Frau ihn abmurkste, seine Überreste ins Meer warf, damit sie nicht in Verdacht geriet, und dann behauptete, er sei in einen unterirdischen Wasserlauf gesogen worden.«

»Wie sieht's mit den Tauchern aus?« fragte Pitt.

»Da gibt's nicht viel zu erzählen. Sie sind ins Satan's Sink hinuntergetaucht, einem mit Wasser gefüllten Loch auf einer Erdbebenspalte, und nie wieder rausgekommen. Einen Monat später wurden sie ebenfalls aus dem Golf gezogen, zerfetzt und zu Brei zermatscht.«

Pitt stocherte mit der Gabel in seinem Krautsalat herum, doch er war nicht mehr hungrig. Sein Hirn arbeitete auf Hochtouren. »Wissen Sie zufällig, wo Hunts Ausrüstung und die Leichen ungefähr gefunden wurden?«

»Ich habe mich mit dem Phänomen nicht so genau befaßt«, antwortete der Besitzer des Imbisses und starrte nachdenklich auf den schwer zerschrammten Holzboden. »Aber soweit ich mich entsinne, wurden die meisten vor der Küste von Punta el Macharro gefunden.«

»Wo in etwa liegt das am Golf?«

»An der Westküste. Macharro Point, wie wir es auf englisch nennen, liegt etwa zwei oder drei Kilometer oberhalb von San Felipe.«

Loren schaute Pitt an. »Unser Ziel.«

Pitt grinste sie an. »Erinnere mich daran, daß ich auf angeschwemmte Leichen achte.«

Der Koch trank sein Bier aus. »Wollen Sie etwa zum Fischen runter nach San Felipe?«

Pitt nickte. »Ich nehme an, man könnte es durchaus als eine Art Fischzug bezeichnen.«

»Unterhalb von Mexicali gibt die Landschaft fürs Auge nicht

mehr viel her. Den meisten Leuten kommt die Wüste trostlos und öde vor. Aber da unten stößt man auf zahllose Ungereimtheiten. Dort gibt's pro Kilometer mehr Geister, Gerippe und Legenden als in jedem Dschungel oder Gebirge der Welt. Achten Sie drauf, dann sehen Sie garantiert welche.«

»Wir werden daran denken«, sagte Loren lächelnd, »wenn wir über Leigh Hunts unterirdischen Goldfluß hinwegfahren.«

»Oh, Sie werden die ganze Nacht drüberfahren«, sagte der Koch. »Das Traurige daran ist bloß, daß Sie's nicht merken werden.«

Nachdem Pitt das Benzin und das Essen bezahlt hatte, ging er hinaus und kontrollierte das Kühlwasser und den Ölstand des Pierce Arrow. Der alte Koch begleitete Loren bis zum obersten Treppenabsatz des Waggonrestaurants. Er trug eine Schüssel mit Karotten und Salat. »Weiterhin gute Fahrt«, sagte er fröhlich.

»Vielen Dank.« Loren deutete mit dem Kopf auf das Gemüse. »Füttern Sie Ihre Hasen?«

»Nein, meinen Packesel. Mr. Periwinkle kommt allmählich in die Jahre und kann nicht mehr so gut grasen.«

Loren streckte die Hand aus. »War mir ein Vergnügen, Ihren Geschichten zuzuhören, Mr. ...«

»Cussler, Clive Cussler. War sehr nett, Sie kennenzulernen, Madam.«

Als sie wieder auf der Straße waren und mit dem Pierce Arrow samt Wohnwagen auf den Grenzübergang zurollten, wandte sich Pitt an Loren. »Einen Augenblick lang habe ich fast gedacht, der alte Knacker hätte mir einen Hinweis auf das Versteck des Schatzes gegeben.«

»Meinst du, wegen Yeagers abwegiger Übersetzung, wonach ein Fluß unter der Insel hindurchführen soll?«

»Ich halte es rein geologisch nach wie vor für unmöglich.«

Loren verdrehte den Rückspiegel und zog ihre Lippen nach. »Wenn der Fluß tief genug liegt, könnte er durchaus unter dem Golf hindurchführen.«

»Kann sein, aber das kriegen wir nie und nimmer heraus, ohne etliche Kilometer tief in den harten Fels zu bohren.«

»Mit etwas Glück findest du die Schatzhöhle auch ohne größere Ausgrabungsaktion.«

Lächelnd blickte Pitt nach vorne auf die Straße. »Der konnte einem wirklich Geschichten aufbinden, nicht wahr?«

»Der alte Koch? Er hat weiß Gott eine rege Phantasie.«

»Schade, ich weiß nicht mal seinen Namen.«

Loren lehnte sich zurück und blickte aus dem Fenster, wo statt der Dünen inzwischen ein Dickicht aus Mesquitesträuchern und Kakteen zu sehen war. »Er hat ihn mir genannt.«

»Und?«

»Es war ein seltsamer Name.« Sie schwieg und versuchte sich zu erinnern. Dann gab sie sich mit einem Achselzucken geschlagen. »Komisch... ich habe ihn schon wieder vergessen.«

36

Loren saß am Steuer, als sie in San Felipe ankamen. Pitt hatte sich auf dem Rücksitz langgelegt und schnarchte vor sich hin, aber sie wollte ihn nicht wecken. Sie lenkte den staubigen, mit Insekten verklebten Pierce Arrow in einen Kreisverkehr, holte weit aus, damit der Wohnwagen nicht über den Bordstein rumpelte, und bog dann nach Süden in Richtung des künstlich angelegten Hafens der Stadt ab. Sie hatte nicht damit gerechnet, daß es hier so viele Hotels und Restaurants gab. Das einstmals verschlafene Fischerdorf schwamm mitten auf der Tourismuswelle, und überall am Strand schienen neue Ferienunterkünfte zu entstehen.

5 Kilometer (3 Meilen) südlich der Stadt bog sie nach links in eine Straße ab, die zum Golf führte. Loren fand es merkwürdig, daß an einer derart ungeschützen Stelle der Küste ein künstlicher Hafen angelegt worden war. Ihrer Ansicht nach wäre ein Standort im Windschatten des Macharro Point, sieben Kilometer weiter nördlich, weitaus praktischer gewesen. Oje, sagte sie sich schließlich. Was verstehen Gringos schon von den politischen Verhältnissen auf der Baja?

Loren hielt den Pierce neben einem uralten Fährschiff an, das wie eine Erscheinung von einem Schrottplatz aussah. Ein Eindruck, der noch dadurch verstärkt wurde, daß das Schiff aufgrund des Niedrigwassers mit dem Kiel im Schlamm des Hafenbeckens steckte und wie betrunken zur Seite geneigt war.

»Reise-Reise, raus aus den Federn«, sagte sie und rüttelte Pitt wach.

Blinzelnd und mit verwunderter Miene blickte er durch das Seitenfenster auf die alte Fähre. »Entweder stecke ich in einer Zeitschleife, oder ich bin in einen alten Film geraten. Was denn nun?«

»Keins von beiden. Du befindest dich im Hafen von San Felipe, und vor dir siehst du dein Zuhause für die nächsten zwei Wochen.«

»Herrgott«, murmelte Pitt verdutzt. »Das ist ja allen Ernstes ein Dampfschiff mit Tandemausgleichsbalken und Schaufelrädern an der Seite.«

»Ich muß zugeben, daß es mich ein bißchen an Mark Twain erinnert.«

»Was wollen wir wetten, daß es einst Grants Truppen bei Vicksburg über den Mississippi gebracht hat?«

Gunn und Giordino hatten sie entdeckt und winkten. Als Pitt und Loren aus dem Wagen stiegen und das Schiff musterten, kamen sie über eine Planke an Land.

»Hattet ihr eine gute Reise?« fragte Gunn.

»Bis auf Dirks Schnarchen war es wunderbar«, sagte Loren.

Pitt schaute sie empört an. »Ich schnarche nicht.«

Sie verdrehte die Augen. »Ich mußte dich so oft anstupsen, daß ich eine Sehnenscheidenentzündung habe.«

»Was hältst du von unserer Arbeitsbühne?« fragte Giordino und deutete mit weitausholender Geste auf das Fährschiff. »1923 gebaut. Es war eins der letzten Dampfschiffe mit Tandemausgleichsbalken.«

Pitt schob seine Sonnenbrille hoch und betrachtete den uralten Kahn.

Von weitem wirken die meisten Schiffe kleiner, als sie eigentlich sind. Erst aus der Nähe kommen sie einem riesig vor. Dies gilt auch für die Auto- und Fahrgastschiffe aus der ersten Hälfte dieses

Jahrhunderts. In ihrer besten Zeit konnte die 70 Meter (230 Fuß) lange Fähre fünfhundert Passagiere und sechzig Autos befördern. Über dem langen, schwarzen Rumpf befand sich ein zweistöckiger weißer Aufbau mit einem hohen Schornstein und je einem Ruderhäuschen vorne und hinten. Wie fast alle Fähren konnte auch diese sowohl vom Bug als auch vom Heck aus be- und entladen werden, je nachdem, in welche Richtung sie gerade fuhr. Ein Prunkschiff war sie vermutlich nie gewesen, nicht einmal im Neuzustand, aber sie hatte einst Millionen von Passagieren einen wichtigen und unvergeßlichen Dienst erwiesen.

Mitten auf den Aufbauten über den Schaufelrädern stand der Name des Schiffes: *Alhambra*.

»Wo habt ihr denn das Fossil geklaut?« fragte Pitt. »Aus einem Seefahrtsmuseum?«

»Wenn du die Fähre erst näher kennst, wirst du sie auch lieben lernen«, sagte Giordino unbeeindruckt.

»Sie war das einzige Schiff, auf dem ein Helikopter landen kann, das ich in der Eile finden konnte«, erklärte Gunn. »Außerdem ist Sandecker selig, weil ich sie so billig bekommen habe.«

Loren lächelte. »Zumindest ist sie der einzige Oldtimer, den du nicht in deine Sammlung aufnehmen kannst.«

Pitt deutete auf den an einem hohen, A-förmigen Träger angebrachten auf und ab kippenden Tandemausgleichsbalken, dessen eines Ende über eine Kuppelstange vom Dampfzylinder aus in Schwung gehalten wurde, während das andere die Kurbel antrieb, die die Schaufelräder drehte. »Ich kann kaum glauben, daß die Kessel noch immer mit Kohle geheizt werden.«

»Sie wurden vor fünfzig Jahren auf Öl umgestellt«, sagte Gunn. »Die Maschine ist nach wie vor in bemerkenswertem Zustand. Ihre Reisegeschwindigkeit beträgt zwanzig Meilen pro Stunde.«

»Wieso sprichst du nicht von Knoten oder Kilometern?« sagte Loren.

»Die Geschwindigkeit von Fährschiffen wird in Meilen gemessen«, antwortete Gunn, der sich wie üblich genau auskannte.

»Sieht nicht so aus, als würden wir damit weit kommen«, sagte Pitt. »Jedenfalls nicht, solange sie mit dem Kiel im Schlamm steckt.«

»Bis Mitternacht wird sie wie ein Korken schwimmen«, versicherte ihm Gunn. »In diesem Bereich des Golfes ist die Flut vier bis fünf Meter hoch.«

Trotz seines geringschätzigen Verhaltens hatte Pitt die alte Fähre bereits ins Herz geschlossen. Es war Liebe auf den ersten Blick. Alles Mechanische aus alter Zeit faszinierte ihn, egal, ob es sich um Automobile, Flugzeuge oder Boote handelte. Er sei zu spät geboren, klagte er oft, achtzig Jahre zu spät.

»Und die Mannschaft?«

»Ein Maschinist mit einem Maschinenmaat und zwei Mann Besatzung.« Gunn hielt inne und warf ihm ein breites, jungenhaftes Lächeln zu. »Ich stehe am Steuer, während Al und du in deinem Flieger über dem Golf herumgurkt.«

»Apropos Helikopter. Wo hast du den versteckt?«

»Innen, im Autodeck«, erwiderte Gunn. »Dort kann man ihn unabhängig vom Wetter jederzeit warten. Zum Fliegen schieben wir ihn raus auf das Verladedeck.«

Pitt blickte zu Giordino. »Hast du schon einen Plan für unsere täglichen Suchflüge ausgearbeitet?«

Der untersetzte Italiener schüttelte den Kopf. »Ich habe mich mit den Flugzeiten und der Reichweite befaßt, aber die Ausarbeitung der Suchgebiete habe ich für dich übriggelassen.«

»Und wie steht's mit dem Zeitrahmen?«

»In drei Tagen sollten wir das Gebiet schaffen.«

»Bevor ich's vergesse«, sagte Gunn. »Der Admiral möchte, daß du dich morgen sofort mit ihm in Verbindung setzt. Im vorderen Ruderhaus ist ein Iridium-Telefon.«

»Warum kann ich ihn nicht gleich anrufen?« fragte Pitt.

Gunn blickte auf seine Uhr. »Wir sind zeitlich drei Stunden hinter der Ostküste zurück. Im Augenblick dürfte er gerade im Kennedy Center sitzen und sich ein Stück angucken.«

»Entschuldigung«, sagte Loren. »Aber dürfte ich vielleicht ein paar Fragen stellen?«

Die Männer schwiegen und blickten sie an. Pitt verbeugte sich. »Sie haben das Wort, Frau Abgeordnete.«

»Erstens: Wo gedenkt ihr den Pierce Arrow abzustellen? Die Gegend hier sieht nicht so aus, als ob man einen Oldtimer im Wert von hunderttausend Dollar einfach unbewacht am Kai stehenlassen könnte.«

Gunn schien von ihrer Frage überrascht. »Hat Dirk dir nicht Bescheid gesagt? Der Pierce und der Wohnwagen kommen an Bord der Fähre. Dort ist jede Menge Platz.«

»Gibt es auch Bad und Dusche?«

»Auf dem oberen Passagierdeck gibt es sogar vier Damentoiletten, und im Mannschaftsquartier ist eine Dusche.«

»Also müssen wir vor dem Topf nicht Schlange stehen. Das gefällt mir.«

Pitt lachte. »Du mußt nicht mal auspacken.«

»Stell dir einfach vor, du wärst auf 'nem Kreuzfahrtschiff der Carnival Line«, sagte Giordino scherzhaft.

»Und die letzte Frage?« hakte Gunn nach.

»Ich bin am Verhungern«, verkündete sie. »Wann essen wir?«

Im Herbst wölbt sich der Himmel blau-weiß und seltsam strahlend über der Baja, und die Sonne besitzt eine ganz eigene Leuchtkraft. An diesem Tag war kein Wölkchen zu sehen, so weit das Auge reichte. Die Halbinsel Baja California schirmt den Golf von Kalifornien vor der schweren Dünung ab, die aus den Weiten des Pazifischen Ozeans heranrollt. Sie ist eines der trockensten Gebiete der Welt. Während der Sommermonate kann es durchaus zu tropischen Stürmen mit hoher Windgeschwindigkeit kommen, doch gegen Ende Oktober, wenn der Wind vorwiegend aus Westen weht, ist das Wasser im Golf meist ruhig und unbewegt.

Der Pierce Arrow war sicher im gähnenden Autodeck vertäut, Loren lag im Bikini auf einem Liegestuhl, und Gunn stand im Ruderhaus am Steuer, als die Fähre den künstlichen Hafen verließ und langsam Kurs nach Süden nahm. Das alte Schiff bot mit dem schwarzen Qualm, der aus dem Schornstein stieg, und den Schaufelrädern, die das Wasser aufwühlten, einen eindrucksvollen Anblick. Das ständige Auf und Ab des wie ein abgeflachter Rhombus aussehenden Tandemausgleichsbalkens, der die Kraft der mächtigen Kolbenmaschine auf die Kurbelwelle der Schaufelräder übertrug, hatte fast etwas Hypnotisches an sich, wenn man lange genug hinblickte.

Während Giordino vor dem Flug die Checkliste des Helikopters durchging und den Tank bis obenhin füllte, wurde Pitt von Sandekker in Washington per Motorola-Iridium-Satellitentelefon über die neuesten Entwicklungen informiert. Erst eine Stunde später, als die Fähre bereits an Point Estrella vorbeidampfte, schaltete Pitt das Telefon aus und stieg hinunter zu dem improvisierten Start- und Landeplatz auf dem offenen Vorderdeck. Sobald Pitt angeschnallt war, hob Giordino mit der türkisfarbenen NUMA-Maschine von der Fähre ab und ging auf Parallelkurs zur Küste.

»Was hatte der alte Knabe denn zu sagen, bevor wir von der *Alhambra* gestartet sind?« fragte Giordino, als sie auf etwa 800 Meter (2600 Fuß) Höhe waren. »Ist Yeager auf irgendwelche neuen Hinweise gestoßen?«

Pitt saß auf dem Copilotensitz und kümmerte sich um die Navigation. »Yeager hat keine überraschenden Enthüllungen zu bieten. Das einzige, was er hinzuzufügen hatte, ist, daß die Dämonenstatue seiner Ansicht nach direkt über dem Zugang zur Schatzhöhle steht.«

»Was ist mit dem geheimnisvollen Fluß?«

»Da tappt er immer noch im dunkeln.«

»Und Sandecker?«

»Die größte Neuigkeit ist, daß wir Konkurrenz bekommen haben. Der Zoll und das FBI sind aus heiterem Himmel aufgetaucht und haben ihm mitgeteilt, daß eine Bande von Kunstdieben ebenfalls auf der Spur von Huascars Schatz ist. Er hat uns ermahnt, genau auf sie aufzupassen.«

»Wir haben Konkurrenten?«

»Eine Familie, die mit Kunsthandel und gefälschten Kunstwerken ein weltweites Imperium aufgebaut hat.«

»Und wie nennen die sich?« fragte Giordino.

»Zolar International.«

Giordino wirkte einen Augenblick verdutzt, dann lachte er schallend los.

»Was ist daran so komisch?«

»Zolar«, keuchte Giordino. »Ich kannte einen blöden Bengel in der achten Klasse, der bei Schulfesten immer so 'ne idiotische Zaubernummer geboten hat. Er nannte sich der Große Zolar.«

»Nach dem, was Sandecker mir mitgeteilt hat«, sagte Pitt, »ist der Kerl, der die Organisation leitet, alles andere als blöd. Regierungsagenten schätzen seine illegalen Einkünfte pro Jahr auf achtzig Millionen Dollar. Eine ordentliche Summe, wenn man bedenkt, daß das Finanzamt nichts davon abbekommt.«

»Okay, dann handelt es sich also nicht um die Strebertype, die ich in der Schule kannte. Wie dicht ist denn dieser Zolar nach Ansicht des FBI am Schatz dran?«

»Sie glauben, daß er bessere Anhaltspunkte hat als wir.«

»Trotzdem bin ich bereit, meinen Weihnachtsputer zu verwetten, daß wir ihn zuerst finden.«

»Du verlierst so und so.«

Giordino drehte sich um und schaute ihn an. »Könntest du deinen alten Kumpel an deinen Überlegungen teilhaben lassen?«

»Wenn wir vor denen am Jackpot dran sind, sollen wir uns verkrümeln und sie die Beute einfahren lassen.«

»Wir sollen denen den Schatz überlassen?« Giordino konnte es nicht glauben.

»So lauten die Befehle«, sagte Pitt, dem man ansah, wie ungehalten er darüber war.

»Aber wieso?« wollte Giordino wissen. »Hält es unsere Regierung etwa für weise, dafür zu sorgen, daß Kriminelle reich werden?«

»Damit der Zoll und das FBI ihre Spur aufnehmen und sie unter Anklage stellen können. Die wollen sehen, ob sie sie nicht wegen ein paar ziemlich schweren Verbrechen drankriegen können.«

»Ich kann nicht behaupten, daß mir diese Art von Gerechtigkeit schmeckt. Wird der Steuerzahler etwas von diesem unerwarteten Geschenk erfahren?«

»Wahrscheinlich nicht. Jedenfalls nicht mehr als von dem spanischen Gold, das die Army vom Victorio Peak in New Mexico weggeschafft hat, nachdem es in den dreißiger Jahren von einer Gruppe Zivilisten entdeckt worden war.«

»Wir leben doch in einer gnadenlos verkommenen Welt«, ließ sich Giordino vernehmen.

Pitt deutete zu der aufgehenden Sonne hin. »Geh auf einen ungefähren Kurs von eins-eins-null Grad.«

Giordino drehte nach Osten ab. »Möchtest du etwa zuerst die andere Seite vom Golf auskundschaften?«

»Nur die vier Inseln, die von der geologischen Beschaffenheit her in Frage kommen. Aber du weißt doch, daß ich mit der Suche gern am Rand anfange und mich dann Stück für Stück nach innen, zu den verheißungsvolleren Gegenden, vortaste.«

Giordino grinste. »Jeder, der im Vollbesitz seiner geistigen Kräfte ist, würde in der Mitte anfangen.«

»Hast du etwa nicht gewußt«, versetzte Pitt, »daß der Dorftrottel immer den meisten Spaß hat?«

37

Vier Tage lang suchten sie nun schon. Oxley war entmutigt, Sarason merkwürdig selbstzufrieden, während Moore sich einfach wunderte. Sie hatten jede Insel im Golf von Kalifornien abgeflogen, die die geologischen Voraussetzungen erfüllte. Ein paarmal hatten sie auf den Gipfeln Steinformationen entdeckt, die wie von Menschenhand geschaffene Bildnisse aussahen. Manchmal stellte sich bei einem tiefen Erkundungsflug heraus, daß sie sich geirrt hatten. Ab und zu aber mußten sie über steile Wände hinaufklettern, nur um festzustellen, daß ihre Phantasie ihnen einen Streich gespielt hatte.

Moore wirkte ganz und gar nicht mehr wie ein arroganter Gelehrter. Er war deutlich verwirrt. Dieses Felsbildnis auf einer Insel inmitten eines Binnenmeeres mußte einfach existieren. Die Piktogramme auf der goldenen Mumienhülle waren diesbezüglich eindeutig gewesen, und seine Deutung war über jeden Fehler erhaben. Daß die Suche dennoch erfolglos blieb, konnte einen derart von sich überzeugten Mann wie ihn an den Rand des Wahnsinns treiben.

Zudem wunderte sich Moore darüber, daß Sarason sich ihm gegenüber neuerdings so ganz anders benahm. Der Mistkerl, dachte Moore, ließ sich seine Wut und Abneigung nicht mehr anmerken. Aber ständig schien er ihn mit seinen beinahe farblosen Augen zu beobachten, nie den Blick von ihm zu wenden. Jedesmal, wenn

Moore ihn ansah, wußte er, daß er es mit einem Mann zu tun hatte, für den der Tod nichts Fremdes war.

Moore wurde immer nervöser. Das Gleichgewicht der Kräfte hatte sich verschoben. Er hatte seinen Vorteil verloren, denn inzwischen war er sich sicher, daß Sarason seine Tarnung als unverschämter Schulmeister durchschaute. Wenn ihm der Killerinstinkt an Sarason aufgefallen war, dann war anzunehmen, daß dies auch umgekehrt der Fall war.

Doch der Professor hatte ebenfalls seine Genugtuung. Sarason war kein Hellseher. Er konnte unmöglich wissen – kein Mensch auf Erden, den Präsidenten der Vereinigten Staaten einmal ausgenommen, wußte es –, daß Professor Henry Moore, der angesehene Anthropologe, und seine als Archäologin gleichermaßen geachtete Frau Micki Experten für Attentate auf ausländische Terroristenführer waren. Aufgrund ihrer akademischen Referenzen konnten sie als Berater bei archäologischen Projekten jederzeit und völlig unauffällig fremde Länder bereisen. Interessanterweise hatte die CIA keine Ahnung von ihrer Tätigkeit. Sie erhielten ihre Aufträge unmittelbar von einer obskuren Behörde, die sich »Foreign Activity Council« nannte und in einem kleinen Kellerraum unter dem Weißen Haus saß.

Moore rutschte unruhig auf seinem Sitz hin und her und studierte eine Karte vom Golf. Schließlich sagte er: »Irgend etwas stimmt da ganz und gar nicht.«

Oxley blickte auf seine Uhr. »Fünf Uhr. Ich würde lieber noch bei Tageslicht landen. Warum machen wir nicht für heute Schluß?«

Sarason hatte den Blick nach vorne auf den leeren Horizont gerichtet. Seltsamerweise blieb er ruhig und gelöst. Er gab keinen Kommentar von sich.

»Es muß hier irgendwo sein«, sagte Moore, während er die Inseln musterte, die er auf der Karte angekreuzt hatte, und zog ein Gesicht, als wäre er gerade bei einer Prüfung durchgefallen.

»Ich habe das unangenehme Gefühl, daß wir einfach daran vorbeigeflogen sind«, sagte Oxley.

Nun, da er Moore in einem anderen Licht sah, betrachtete Sarason ihn mit dem Respekt, den er seinesgleichen entgegenbrachte. Zumal ihm klargeworden war, daß der Professor trotz seiner mickrigen Figur kräftig und schnell war. Er hatte ihnen etwas vorgespielt, als er sich mühsam die Felswände verheißungsvoller Inseln hochgekämpft und so getan hatte, als könnte er vor Erschöpfung kaum noch atmen. Und den Betrunkenen hatte er auch nur gemimt. Zweimal hatte er Moore dabei ertappt, wie er behende wie eine Bergziege über einen Felsspalt gesprungen war. Ein andermal hatte er scheinbar mühelos einen Felsblock beiseite geschoben, der ihnen den Weg versperrte und bestimmt anderthalbmal soviel wog wie er.

»Vielleicht wurde die Inkaskulptur, die wir suchen, zerstört«, sagte Sarason.

Moore, der auf einem der hinteren Plätze saß, schüttelte den Kopf. »Nein, dann wären mir die Trümmer aufgefallen.«

»Vielleicht ist sie fortgeschafft worden. Wäre nicht das erste Mal, daß alte Steinbildnisse ins Museum gebracht und ausgestellt werden.«

»Wenn mexikanische Archäologen auf ein derart riesiges Standbild gestoßen wären und es ausgestellt hätten«, sagte Moore entschieden, »dann hätte ich es erfahren.«

»Wie erklären Sie sich dann, daß es offensichtlich nicht dort ist, wo es sein sollte?«

»Das kann ich nicht«, räumte Moore ein. »Sobald wir wieder auf der Hazienda sind, werde ich meine Aufzeichnungen überprüfen. Es muß da einen vermeintlich unwichtigen Hinweis geben, der mir bei der Deutung des goldenen Gewandes entgangen ist.«

»Ich bin sicher, Sie werden ihn bis morgen früh finden«, sagte Sarason trocken.

Oxley mußte gegen den Schlaf ankämpfen. Er saß seit neun Uhr morgens im Cockpit und konnte kaum noch den Hals bewegen. Er klemmte sich den Steuerknüppel zwischen die Knie und goß sich aus der Thermosflasche eine Tasse Kaffee ein. Er nahm einen Schluck und verzog das Gesicht. Der Kaffee war kalt und schmeckte wie alte Batterieflüssigkeit. Plötzlich bemerkte er etwas Grünes zwischen den Wolken. Er deutete aus dem rechten Fenster des Baffin-Wasserflugzeuges.

»Hier im Golf sieht man nicht besonders viele Hubschrauber«, sagte er ruhig.

Sarason kümmerte sich nicht darum. »Muß eine Maschine der mexikanischen Küstenwache sein.«

»Die suchen zweifellos einen betrunkenen Fischer mit kaputtem Motor«, fügte Moore hinzu.

Oxley schüttelte den Kopf. »Ich glaube nicht, daß ich schon jemals eine türkisfarbene Militärmaschine gesehen habe.«

Verdutzt blickte Sarason auf. »Türkis? Kannst du irgendein Kennzeichen ausmachen?«

Oxley hob das Fernglas und spähte durch die Windschutzscheibe. »Ein Amerikaner.«

»Vermutlich eine Patrouille der US-amerikanischen Drogenfahndung, die mit den mexikanischen Behörden zusammenarbeitet.«

»Nein, der ist von der National Underwater and Marine Agency. Ich frage mich bloß, was die im Golf zu suchen haben.«

»Die vermessen doch auf der ganzen Welt die Ozeane«, sagte Moore gleichgültig.

Sarason zuckte zusammen, als wäre er angeschossen worden. »Zwei Strolche von der NUMA haben unsere Aktion in Peru ruiniert.«

»Kaum denkbar, daß es da einen Zusammenhang gibt«, sagte Oxley.

»Was für einen Einsatz hat die NUMA in Peru ruiniert?« fragte Moore schnüffelnd.

»Die sind uns ins Gehege gekommen«, antwortete Sarason vage.

»Sie müssen es mir irgendwann einmal genau erzählen.«

»Das geht Sie gar nichts an«, sagte Sarason abwehrend. »Wie viele Insassen sind in der Maschine?«

»Sieht wie ein Viersitzer aus«, erwiderte Oxley, »aber ich kann nur den Piloten und einen Passagier erkennen.«

»Kommen sie näher, oder fliegen sie weg?«

»Der Pilot ist auf einen Kurs gegangen, der ihn etwa zweihundert Meter über uns vorbeiführt.«

»Kannst du steigen und näher an ihn rangehen?« fragte Sarason.

»Da mir die Flugaufsicht den Pilotenschein nicht wegnehmen kann, weil ich nie einen besessen habe«, lächelte Oxley, »setze ich dich dem anderen Piloten auf den Schoß.«

»Ist das nicht gefährlich?« fragte Moore.

Oxley grinste. »Kommt ganz auf den anderen Piloten an.«

Sarason nahm das Fernglas und spähte zu dem türkisfarbenen Hubschrauber. Es war ein anderer Typ als der, der neben dem Opferbrunnen gelandet war. Jener hatte einen kürzeren Rumpf und Landekufen gehabt. Dieser hier hatte ein einziehbares Fahrwerk. Doch was die Farbe und die Kennzeichen anging, war kein Irrtum möglich. Er versuchte sich einzureden, daß es lächerlich war, anzunehmen, die Männer in dem näher kommenden Hubschrauber könnten dieselben sein, die plötzlich und unverhofft mitten in den Anden aufgetaucht waren.

Er stellte das Fernglas auf das Cockpit des Hubschraubers ein. Noch ein, zwei Sekunden, dann würde er die Gesichter erkennen können. Aus irgendeinem seltsamen Grund spannten sich seine Nerven an, und seine Gelassenheit verflog.

»Was meinst du?« fragte Giordino. »Könnten sie es sein?«

»Sie könnten es sein.« Pitt spähte durch den Marinefeldstecher auf das Amphibienflugzeug, das auf Diagonalkurs unter dem Helikopter flog. »Nachdem der Pilot sich eine Viertelstunde lang die Isla Estanque angeguckt hat, als ob er etwas auf dem Gipfel sucht, können wir, glaube ich, ruhig davon ausgehen, daß wir auf unsere Konkurrenz gestoßen sind.«

»Laut Sandecker haben sie mit ihrer Suchaktion zwei Tage vor uns angefangen«, sagte Giordino. »Da sie immer noch Ausschau halten, sind sie bisher anscheinend noch nicht fündig geworden.«

Pitt lächelte. »Da wird einem doch ganz warm ums Herz, nicht?«

»Wenn sie's nicht finden können, und wir können's auch nicht finden, haben uns die Inkas aber eine schwere Ladung Bockmist aufgebunden.«

»Glaub' ich nicht. Denk doch mal nach. In der gleichen Gegend finden zwei verschiedene Suchaktionen statt, aber soweit wir wissen, verlassen sich beide Seiten auf voneinander unabhängige Angaben. Wir haben das Inka-*Quipu*, und die halten sich an die Eingravierungen auf der goldenen Mumienhülle. Schlimmstenfalls hätten uns unsere Quellen zu völlig unterschiedlichen Stellen führen müssen. Nein, die alten Inkas haben uns nicht an der Nase herumgeführt. Irgendwo da draußen ist der Schatz. Wir haben bloß noch nicht an der richtigen Stelle gesucht.«

Giordino bewunderte Pitt immer, weil er stundenlang dasitzen und Karten analysieren, Instrumente studieren und sich jedes Schiff unten auf dem Meer einprägen konnte, weil er ein Auge für die Geologie der Inseln hatte und jede Abweichung des Windes wahrnahm, weil er stets konzentriert war, ohne jemals zu ermüden. Er mußte genauso unter Muskelkrämpfen, Gelenkschmerzen und Ermüdungserscheinungen leiden wie Giordino, doch er ließ sich keine Schwäche anmerken. Natürlich taten auch Pitt alle Glieder weh, aber er konnte den Schmerz aus seinen Gedanken verdrängen und genauso frisch weitermachen, wie er am Morgen angefangen hatte.

»Wenn die und wir gesucht haben«, sagte Giordino, »dann müssen wir inzwischen jede Insel abgeklappert haben, die auch nur annähernd den geologischen Voraussetzungen entspricht.«

»Stimmt«, sagte Pitt nachdenklich. »Aber ich bin davon überzeugt, daß wir in der richtigen Gegend sind.«

»Und wo ist er denn? Wo, verdammt noch mal, ist der verfluchte Dämon?«

Pitt deutete aufs Meer hinunter. »Hockt irgendwo da unten. »Genau da, wo er schon seit fast fünfhundert Jahren ist. Und dreht uns eine lange Nase.«

Giordino deutete auf das andere Flugzeug. »Unsere Genossen steigen anscheinend. Wollen uns wohl mal auschecken. Soll ich sie abhängen?«

»Schaffst du nie. Die können achtzig Stundenkilometer schneller fliegen als wir. Halte steten Kurs auf die Fähre und tu so, als wär' nichts.«

»Hübsches Baffin-Flugboot«, sagte Giordino. »Die sieht man sonst fast nur auf den kanadischen Seen.«

»Für eine zufällige Begegnung kommt er uns ein bißchen zu nahe, meinst du nicht auch?«

»Entweder will er uns begrüßen oder unsere Namensschilder lesen.«

Pitt spähte durch das Fernglas ins Cockpit des anderen Flugzeuges, das inzwischen nicht mehr als 50 Meter (164 Fuß) entfernt neben dem NUMA-Helikopter herflog.

»Siehst du etwas?« fragte Giordino, während er auf die Maschine achtete.

»Irgend jemand glotzt mit dem Fernglas zu mir her«, antwortete Pitt grinsend.

»Vielleicht sollten wir sie anfunken und auf 'nen Krug Grey-Poupon-Senf einladen.«

Der Mann auf dem Copilotensitz des Flugbootes senkte einen Augenblick das Fernglas und rieb sich die Augen, bevor er weiter Ausschau hielt. Pitt stützte die Arme in die Seite, damit das Glas ruhiger lag. Als er den Feldstecher senkte, lächelte er nicht mehr.

»Ein alter Freund aus Peru«, sagte er überrascht.

Giordino drehte sich um und schaute Pitt verwundert an. »Ein alter Freund?«

»Der Mann, der sich als Dr. Miller ausgegeben hat, sucht uns wieder heim.«

Nun lächelte Pitt wieder. Es war ein grausig diabolisches Lächeln. Dann winkte er.

Wenn Pitt von der unerwarteten Begegnung überrascht war, so war Sarason wie vom Donner gerührt. »Der!« keuchte er.

»Was hast du gesagt?« fragte Oxley.

Sarasons Gedanken überschlugen sich; er wußte nicht, ob ihm seine Sinne einen Streich spielten, als er den Mann sah, der ihm so viel Ärger gemacht hatte. Sarason stellte das Fernglas schärfer und musterte den Teufel, der ihm höllisch zugrinste und dann langsam winkte, wie ein Trauernder am Grabe, der sich von einem Verstorbenen verabschiedet. Er schwenkte das Glas etwas herum, und jede Farbe wich aus seinem Gesicht, als er auf dem Pilotensitz Giordino erkannte.

»Die Männer in dem Hubschrauber«, sagte er mit belegter Stimme, »sind dieselben, die unsere Aktion in Peru ruiniert haben.«

Oxley schien nicht überzeugt. »Das ist doch unwahrscheinlich, Bruder. Bist du dir sicher?«

»Sie sind es, sie müssen es sein. Ihre Gesichter sind in mein Gedächtnis eingebrannt. Sie haben unsere Familie um Kunstgegenstände im Wert von Millionen gebracht, die später von Archäologen der peruanischen Regierung sichergestellt wurden.«

Moore hörte gespannt zu. »Warum sind sie wohl hier?«

»Aus dem gleichen Grund wie wir. Jemand muß sie über unser Projekt informiert haben.« Er wandte sich um und funkelte Moore an. »Vielleicht hat ja der gute Professor Freunde bei der NUMA?«

»Ich habe nur einmal im Jahr mit der Regierung zu tun, und zwar am fünfzehnten April, wenn ich meine Steuererklärung einreiche«, sagte Moore gereizt. »Wer immer sie auch sein mögen, es sind keine Freunde von mir.«

Oxley zweifelte noch immer. »Henry hat recht. Er konnte sich unmöglich mit der Außenwelt in Verbindung setzen. Unsere Sicherheitsvorkehrungen sind zu streng. Deine Behauptung würde mehr Sinn ergeben, wenn es sich um Zollbeamte handeln würde. Aber doch nicht bei Wissenschaftlern oder Ingenieuren einer Behörde zur Erforschung der Meere.«

»Nein. Ich schwöre, daß es dieselben Männer sind, die aus heiterem Himmel aufgetaucht sind und die Archäologin und den Fotografen aus dem Opferbrunnen gerettet haben. Sie heißen Dirk Pitt und Al Giordino. Pitt ist der gefährlichere der beiden. Er war es, der meine Männer getötet und Tupac Amaru entmannt hat. Wir müssen ihnen folgen und herausfinden, wo sich ihr Stützpunkt befindet.«

»Unser Benzin reicht gerade noch für den Rückflug nach Guaymas«, sagte Oxley. »Wir müssen sie ziehen lassen.«

»Zwing sie zur Landung, bedränge sie so, daß sie abstürzen«, forderte Sarason.

Oxley schüttelte den Kopf. »Wenn sie wirklich so gefährlich sind, wie du behauptest, könnten sie bewaffnet sein, und wir sind es nicht. Ganz ruhig, Bruder, wir werden wieder auf sie stoßen.«

»Das sind Aasgeier. Die benutzen die NUMA als Tarnung, um den Schatz vor uns zu entdecken.«

»Bedenken Sie doch mal, was Sie da sagen«, versetzte Moore. »Die können unmöglich wissen, wo sie suchen müssen. Meine Frau und ich sind die einzigen, die die Bilder auf der goldenen Mumienhülle entziffert haben. Entweder handelt es sich um einen Zufall, oder Sie leiden unter Halluzinationen.«

»Mein Bruder kann Ihnen bestätigen«, sagte Sarason kalt, »daß ich nicht zu Halluzinationen neige.«

»Zwei Unterwasserfanatiker von der NUMA, die durch die Welt ziehen und das Böse bekämpfen«, murmelte Moore höhnisch. »Sie sollten lieber nicht soviel Meskalin nehmen.«

Sarason achtete nicht auf Moore. Der Gedanke an Amaru hatte etwas in ihm ausgelöst. Allmählich bekam er sich wieder in den Griff, und der anfängliche Schock wurde von einem tiefen Groll abgelöst. Er konnte es kaum erwarten, den tollwütigen Hund aus den Anden von der Leine zu lassen.

»Diesmal«, murmelte er grimmig, »werden sie diejenigen sein, die büßen müssen.«

Joseph Zolar war endlich mit seinem Jet eingetroffen und wartete mit Micki Moore im Speisezimmer der Hazienda, als der erschöpfte Suchtrupp ankam und sich setzte. »Ich brauche nicht zu fragen, ob ihr etwas gefunden habt. Ich sehe es euch an, daß ihr erfolglos wart.«

»Wir werden ihn finden«, sagte Oxley gähnend. »Der Dämon muß irgendwo da draußen sein.«

»Ich bin da nicht so zuversichtlich«, murmelte Moore und griff zu einem Glas mit gekühltem Chardonnay. »Wir haben schon fast alle Inseln abgesucht.«

Sarason kam zu ihnen und gab Zolar einen brüderlichen Klaps auf die Schulter. »Wir haben dich schon vor drei Tagen erwartet.«

»Ich wurde aufgehalten. Eine Transaktion, die uns eine Million zweihunderttausend Schweizer Franken netto einbrachte.«

»Ein Händler?«

»Ein Sammler. Ein saudischer Scheich.«

»Wie ist das Geschäft mit Vincente gelaufen?«

»Ich habe ihm das ganze Paket verkauft, mit Ausnahme der verdammten indianischen Zeremonialfiguren. Aus irgendeinem unerklärlichen Grund haben sie ihm eine Heidenangst eingejagt.«

Sarason lachte. »Vielleicht liegt es am Fluch.«

Zolar zuckte gleichgültig mit den Schultern. »Wenn ein Fluch auf ihnen liegt, muß der nächste Käufer einen Aufpreis zahlen.«

»Hast du die Idole mitgebracht?« fragte Oxley. »Ich würde sie mir gerne mal ansehen.«

»Sie stecken in Transportkisten im Frachtraum des Flugzeuges.«

Sehnsüchtig schielte Zolar auf den Teller mit gefüllten Maisfladen, der vor ihn hingestellt wurde. »Ich hatte gehofft, ihr würdet mich mit guten Nachrichten empfangen.«

»Sie können uns nicht vorwerfen, daß wir es nicht versucht haben«, entgegnete Moore. »Wir haben jeden Felsen untersucht, der zwischen dem Colorado im Norden und dem Cabo San Lucas im Süden aus dem Meer ragt. Leider haben wir nichts entdeckt, das auch nur annähernd einem steinernen Dämon mit Flügeln und einem Schlangenkopf ähnelt.«

»So ungern ich das auch sage, aber ich habe noch mehr schlechte Nachrichten«, wandte sich Sarason an Zolar. »Wir sind meinen Freunden begegnet, die uns das Geschäft in Peru verdorben haben.«

Verdutzt schaute Zolar ihn an. »Aber doch nicht diesen zwei Teufeln von der NUMA?«

»Genau denen. So unglaublich es auch klingen mag. Ich vermute, sie sind ebenfalls hinter Huascars Gold her.«

»Ich muß leider zustimmen«, sagte Oxley. »Warum sollten sie sonst hier aufkreuzen?«

»Die können doch unmöglich mehr wissen als wir«, erwiderte Zolar.

»Vielleicht sind sie Ihnen gefolgt«, sagte Micki und hielt Henry ihr Glas hin, damit er ihr Wein nachgoß.

Oxley schüttelte den Kopf. »Nein, unser Amphibienflugzeug hat eine doppelt so große Reichweite wie ihr Hubschrauber.«

Moore wandte sich an Zolar. »Meine Frau könnte da durchaus auf etwas gekommen sein. Die Chancen, daß die Begegnung zufällig war, sind astronomisch gering.«

»Was wollen wir weiter unternehmen?« fragte Sarason, ohne sich an jemand Bestimmten zu wenden.

Zolar lächelte. »Ich glaube, Mrs. Moore hat uns gerade die Antwort geliefert.«

»Ich?« wunderte sich Micki. »Ich habe doch bloß angedeutet –«

»Daß sie uns gefolgt sein könnten.«

»Und?«

Zolar warf ihr einen verschlagenen Blick zu. »Zuerst verlangen wir von unseren Handlangern bei den örtlichen Sicherheitsbehörden, daß sie etwas für ihr Geld tun und herausbekommen, wo sich die Operationsbasis unserer Konkurrenten befindet. Sobald wir die gefunden haben, folgen wir *ihnen*.«

38

Eine halbe Stunde vor Einbruch der Dunkelheit landete Giordino mit dem Helikopter genau innerhalb des weißen Kreises auf dem Verladedeck der *Alhambra*. Die Matrosen, die auf die Namen Jesús und Gato hörten, standen bereit, die Maschine in das riesige Autodeck zu schieben und zu vertäuen.

Loren und Gunn warteten außer Reichweite der Rotorblätter. Als Giordino den Motor abstellte, kamen sie näher. Sie waren nicht allein. Ein Mann und eine Frau traten aus dem Schatten der Schiffsaufbauten und gesellten sich zu ihnen.

»Glück gehabt?« schrie Gunn über das abschwellende Rotorengeräusch hinweg zu Giordino, der sich aus dem offenen Cockpitfenster beugte.

Giordino deutete mit dem Daumen nach unten.

Pitt stieg auf der anderen Seite aus dem Helikopter und zog überrascht die dichten schwarzen Augenbrauen hoch. »Ich hatte nicht damit gerechnet, Sie beide noch mal wiederzusehen, jedenfalls nicht hier.«

Dr. Shannon Kelsey lächelte kühl und würdevoll, während Miles Rodgers Pitt überschwenglich die Hand schüttelte. »Hoffe, es stört Sie nicht, daß wir hier einfach so hereingeschneit kommen«, sagte Rodgers.

»Überhaupt nicht. Freut mich, Sie zu sehen. Ich nehme an, Sie haben sich einander schon vorgestellt.«

»Ja, wir haben uns bereits bekannt gemacht. Shannon und ich hatten nicht erwartet, von einer Kongreßabgeordneten und dem stellvertretenden Leiter der NUMA empfangen zu werden.«

»Dr. Kelsey hat mich mit ihren Abenteuern in Peru ergötzt«, sagte Loren mit tiefer, heiserer Stimme. »Sie führt ein interessantes Leben.«

Giordino stieg nun ebenfalls aus dem Helikopter und musterte die Neuankömmlinge interessiert. »Hoho, die alte Bande ist wieder vereint«, sagte er zum Gruß. »Ist das hier ein Klassentreffen oder eine Mumiensucherversammlung?«

»Genau, was führt Sie zu unserer bescheidenen Fähre im Golf von Kalifornien?« fragte Pitt.

»Miles und ich wurden von Agenten der Regierung aufgefordert, in Peru alles stehen- und liegenzulassen und Ihnen bei Ihrer Suche beizustehen«, antwortete Shannon.

Pitt blickte Gunn an. »Agenten der Regierung?«

Gunn zuckte gleichgültig mit den Schultern und hielt ein Blatt Papier hoch. »Das Fax, in dem uns ihre Ankunft mitgeteilt wird, kam eine Stunde, nachdem sie in einem gemieteten Boot aufkreuzten. Sie wollten uns den Grund ihres Besuches erst mitteilen, wenn ihr wieder da seid.«

»Es waren Zollagenten«, klärte Miles Pitt auf. »Sie tauchten in Begleitung eines hochrangigen Beamten vom Außenministerium im Pueblo de los Muertos auf und appellierten an unseren Patriotismus.«

»Miles und ich wurden gebeten, Huascars Schatz zu identifizieren und zu fotografieren, sobald Sie ihn gefunden haben«, erklärte Shannon. »Man wandte sich aufgrund meiner Erfahrung mit andinen Kulturen und Kunstgegenständen und wegen Miles' Ruf als Fotograf an uns. Vor allem aber, weil wir unlängst mit Ihnen und der NUMA zu tun hatten.«

»Und Sie haben sich bereit erklärt«, schloß Pitt.

»Als uns die Zollfahnder mitteilten«, erwiderte Rodgers, »daß die Schmugglerbande, der wir in den Anden begegnet sind, mit einer Familie illegaler Kunsthändler in Verbindung steht, die ebenfalls nach dem Schatz sucht, haben wir sofort unsere Sachen gepackt.«

»Meinen Sie die Zolars?«

Rodgers nickte. »Die verlockende Vorstellung, Dr. Millers Mörder zu schnappen, war stärker als unsere Bedenken, in etwas Unangenehmes verwickelt zu werden.«

»Warten Sie eine Sekunde«, sagte Giordino. »Die Zolars stecken mit Amaru und der *Solpemachaco* unter einer Decke?«

Wieder nickte Rodgers. »Hat man Ihnen das nicht gesagt? Hat

Ihnen niemand mitgeteilt, daß die *Solpemachaco* und die Familie Zolar ein und dasselbe sind?«

»Ich nehme an, das hat man vergessen«, sagte Giordino ätzend. Er und Pitt sahen einander an, als es ihnen langsam dämmerte. Jeder von ihnen konnte die Gedanken des anderen lesen, und stillschweigend kamen sie überein, ihre unerwartete Begegnung mit dem Mann, der sich als Doc Miller ausgegeben hatte, nicht zu erwähnen.

»Hat man Ihnen mitgeteilt, was wir bei der Entzifferung des *Quipu* herausbekommen haben?« fragte Pitt, der das Thema wechseln wollte, und wandte sich an Shannon.

Shannon nickte. »Ich habe die vollständige Deutung erhalten.«

»Von wem?«

»Der Kurier, der mir den Text persönlich aushändigte, war ein FBI-Agent.«

Pitt strahlte eine trügerische Gelassenheit aus, als er erst Gunn und dann Giordino anschaute. »Ein dicker Hund. Mich überrascht bloß, daß Washington den Medien noch keine Pressemappe über die Suchaktion übergeben und die Filmrechte nicht längst an Hollywood verkauft hat.«

»Wenn etwas nach draußen dringt«, sagte Giordino, »dann fallen sämtliche Schatzsucher zwischen hier und den beiden Polkappen über den Golf her wie ein Schwarm Flöhe über Sankt Bernhard, den heiligen Bluter.«

Inzwischen merkte man Pitt die Erschöpfung an. Er war steif und lahm, und sein Rücken schmerzte. Am liebsten hätte er sich auf der Stelle hingelegt und ausgeruht. Und er hatte wahrhaft ein gutes Recht, müde und enttäuscht zu sein. Zum Teufel, dachte er, warum sollten die anderen seine Niedergeschlagenheit nicht teilen? Es gab keinen Grund, warum er das Kreuz allein tragen sollte.

»Ich sage es nur ungern«, wandte er sich an Shannon. »Aber es sieht so aus, als wären Sie umsonst hierhergekommen.«

Shannon blickte ihn überrascht an. »Haben Sie die Stelle, wo der Schatz liegt, etwa noch nicht gefunden?«

»Hat Ihnen jemand das Gegenteil erzählt?«

»Man hat uns im Glauben gelassen, Sie hätten die Stelle bereits entdeckt.«

»Reines Wunschdenken«, sagte Pitt. »Bislang haben wir auch nicht die geringste Spur einer Steinskulptur zu sehen bekommen.«

»Sagt Ihnen diese Symbolfigur etwas, die auf dem *Quipu* erwähnt wird?« fragte Gunn Shannon.

»Ja«, erwiderte sie, ohne zu zögern. »Der *Demonio de los Muertos*.«

Pitt seufzte. »Der Dämon der Toten. Dr. Ortiz hat es uns gesagt. Ich stelle mich freiwillig in die Ecke, weil ich den Zusammenhang nicht erkannt habe.«

»Jetzt fällt's mir wieder ein«, sagte Gunn. »Dr. Ortiz hatte gerade eine große, groteske Steinskulptur mit Giftzähnen ausgegraben, die er als chachapoyanischen Gott der Unterwelt bezeichnete.«

Pitt wiederholte Dr. Ortiz' genauen Wortlaut. »Teils Jaguar, teils Kondor, teils Schlange, schlug er die Giftzähne in jeden, der es wagte, die Ruhe der Toten zu stören.«

»Leib und Flügel sind schuppig wie eine Eidechse«, fügte Shannon hinzu.

»Nun, da wir genau wissen, wonach ihr Ausschau halten müßt«, sagte Loren mit frischem Mut, »sollte euch die Suche leichter fallen.«

»Jetzt kennen wir also das Biest, das den Schatz bewacht«, sagte Giordino, der das Gespräch wieder auf den Boden der Tatsachen zurückbrachte. »Na und? Dirk und ich haben jede Insel innerhalb des Suchgebietes überprüft und stehen trotzdem mit leeren Händen da. Wir haben die Gegend total abgeklappert, und falls uns etwas entgangen sein sollte, dann haben es unsere Konkurrenten auch nicht entdeckt.«

»Al hat recht«, warf Pitt ein. »Es gibt nichts mehr, was wir absuchen könnten.«

»Sind Sie sicher, daß Sie keine Spur von dem Dämon gefunden haben?« fragte Rodgers.

Giordino schüttelte den Kopf. »Nicht mal 'ne Schuppe oder 'nen Zahn.«

Shannon schaute finster und bedrückt drein. »Dann handelt es sich bei der Legende also um genau das – eine Legende.«

»Der Schatz, den es nie gab«, murmelte Gunn. Niedergeschlagen ließ er sich auf eine der alten hölzernen Sitzbänke sinken. »Es ist aus«, sagte er langsam. »Ich rufe den Admiral an und sage ihm Bescheid, daß wir das Projekt abbrechen.«

»Und unsere Rivalen im Wasserflugzeug geben vermutlich ebenfalls auf und fliegen in den Sonnenuntergang«, sagte Giordino.

»Um sich dann neu zu formieren und es noch mal zu versuchen«, versetzte Pitt. »Die lassen nicht so einfach einen Schatz im Wert von Milliarden von Dollars sausen.«

Überrascht schaute Gunn ihn an. »Hast du sie etwa gesehen?«

»Wir haben ihnen im Vorbeifliegen zugewinkt«, antwortete Pitt, ohne näher darauf einzugehen.

»Eine Riesenenttäuschung, daß wir Doc Millers Mörder nicht erwischen«, sagte Rodgers geknickt. »Außerdem hatte ich gehofft, der erste zu sein, der den Schatz und Huascars goldene Kette fotografiert.«

»Ein Reinfall«, murmelte Gunn. »Ein gottverfluchter Reinfall.«

Shannon nickte Rodgers zu. »Wir sollten lieber zusehen, daß wir nach Peru zurückkommen.«

Loren ließ sich neben Gunn niedersinken. »Ein Jammer, nach all der harten Arbeit.«

Plötzlich erwachte in Pitt der Trotz. Er schüttelte seine Erschöpfung ab und wurde wieder so guter Dinge wie eh und je. »Ich weiß nicht, wie es um den Rest von euch Mühseligen und Beladenen steht, aber ich nehme jetzt ein Bad, mache mir einen Tequila mit Zitronensaft und Eis, grille mir ein Steak, hau' mich auf die Ohren, steh' morgen früh wieder auf und finde das häßliche Vieh, das den Schatz bewacht.«

Alle starrten ihn an, als hätte er plötzlich den Verstand verloren. Das heißt, alle bis auf Giordino. Er brauchte keinen siebten Sinn, um zu wissen, daß Pitt eine Spur gewittert hatte. »Du machst ein Gesicht wie ein wiedergeborener Christ. Was soll die wissende Miene?«

»Erinnerst du dich, wie ein Suchtrupp der NUMA dieses hundertfünfzig Jahre alte Dampfschiff gefunden hat, das einst der Marine der Republik Texas gehörte?«

»Das war 1987, stimmt's? Das Schiff war die *Zavala*.«

»Genau die. Und weißt du auch noch, wo sie gefunden wurde?«

»Unter einem Parkplatz in Galveston.«

»Kapierst du's jetzt?«

»Ich jedenfalls nicht«, blaffte Shannon. »Worauf wollen Sie hinaus?«

»Wer ist eigentlich mit dem Kochen dran?« erkundigte sich Pitt, ohne sie zu beachten.

Gunn hob die Hand. »Heute habe ich Kombüsendienst. Wieso fragst du?«

»Weil ich euch, sobald wir alle gegessen und ein oder zwei Cocktails genossen haben, Dirks genialen Plan darlegen werde.«

»Welche Insel haben Sie denn diesmal ausgewählt?« fragte Shannon spöttisch. »Bali Ha'i oder Atlantis?«

»Es gibt keine Insel«, sagte Pitt geheimnisvoll. »Nicht die geringste Insel. Der Schatz, den es angeblich nie gab, befindet sich auf trockenem Boden.«

Anderthalb Stunden später brachte Giordino, der am Ruder stand, die alte Fähre auf Gegenkurs, so daß sie von ihren Schaufelrädern wieder gen Norden, in Richtung San Felipe getrieben wurde. Während Gunn mit Hilfe von Rodgers in der Kombüse das Abendessen zubereitete, suchte Loren nach Pitt und entdeckte ihn schließlich im Maschinenraum, wo er auf einem Klappstuhl saß, mit dem Chefmaschinisten sprach und Geruch, Geräusche und Rhythmus der mächtigen Maschinen auf sich einwirken ließ. Er wirkte rundum glücklich und zufrieden. Mit einer Flasche Tequila blanco in der einen und einem Glas voller Eiswürfel in der anderen Hand, schlich sie hinter ihn.

Gordo Padilla rauchte einen Zigarrenstumpen, während er mit einem sauberen Tuch die Messingfassungen der Heiz- und Kesseldruckmesser polierte. Er trug abgewetzte Cowboystiefel, ein mit bunten Tropenvögeln bedrucktes T-Shirt und eine an den Knien abgeschnittene Hose. Er hatte ein rundes Gesicht mit braunen Augen, sein glattes, gutgeöltes Haar war dicht wie Sumpfgras, und seine Blicke wanderten so wohlgefällig über die Maschinen, als wären es wohlgeformte Models im Bikini.

Unter einem Schiffsmaschinisten stellen sich die meisten Menschen einen ausgelassenen Mann mit behaarter Brust und kräftigen

Unterarmen voller bunter Tätowierungen vor. Padilla hatte weder kräftige Körperbehaarung, noch war er tätowiert. Er war klein und zierlich wie ein Jockey, und verglichen mit der gewaltigen Maschine, auf der er herumkletterte, wirkte er wie eine Ameise.

»Rosa, meine Frau«, sagte er, nachdem er ein paar Schluck Tecate-Bier getrunken hatte, »die glaubt, ich liebe diese Maschinen mehr als sie. Ich sag' ihr immer, das ist besser als eine Geliebte. Viel billiger, und ich muß mich auch nicht heimlich zu ihnen schleichen.«

»Die Frauen haben nie begriffen, was ein Mann für eine Maschine empfinden kann«, pflichtete Pitt ihm bei.

»Den Frauen fehlt eben die Leidenschaft für ölige Kolben und Zahnräder«, sagte Loren, während sie mit der Hand vorne über Pitts Hawaiihemd strich, »weil die ihre Liebe nicht erwidern würden.«

»Ah, aber, schöne Frau«, sagte Padilla, »Sie können sich überhaupt nicht vorstellen, wie befriedigend es für uns ist, eine Maschine dazu zu verführen, daß sie wieder läuft wie geschmiert.«

Loren lachte. »Nein, und ich möchte es auch nicht.« Sie blickte zu dem mächtigen A-förmigen Aufbau hinauf, an dem der Tandemausgleichsbalken angebracht war, und dann zu den riesigen Kolben, Kondensatoren und Dampfkesseln. »Aber ich muß zugeben, es ist ein eindrucksvolles Gerät.«

»Gerät?« Pitt umschlang ihre Taille. »Verglichen mit modernen Dieselturbinen wirken Dampfmaschinen vielleicht antiquiert. Aber wenn man das damalige Ingenieurswissen und die Herstellungstechniken bedenkt, dann waren sie Meisterwerke ihrer Zeit. Sie bezeugen die Genialität unserer Vorfahren.«

Sie gab ihm die kleine Tequilaflasche und das Glas mit dem Eis. »Jetzt reicht es aber mit dem Männergequassel über stinkende alte Maschinen. Kipp ihn runter. In zehn Minuten ist das Essen fertig.«

»Du hast eben keine Achtung vor den schöneren Dingen des Lebens«, sagte Pitt, während er ihre Hand koste.

»Entscheide dich. Ich oder die Maschinen?«

Er hatte den Blick auf die Kolbenstange gerichtet, die den Tandemausgleichsbalken auf und ab bewegte. »Ich muß gestehen, daß ich das kühle, glatte Material einer Maschine nicht missen möchte.«

Er lächelte verschmitzt. »Aber ich gebe offen zu, daß auch einiges für weiche, geschmeidige Haut spricht.«

»Welch tröstlicher Gedanke für die Frauen dieser Welt.«

Jesús ließ die Leiter vom Autodeck herab und sagte irgend etwas auf spanisch zu Padilla. Der hörte es sich an, nickte und schaute dann Pitt an. »Jesús sagt, seit einer halben Stunde kreisen die Lichter eines Flugzeuges über der Fähre.«

Pitt blickte eine Sekunde lang auf die riesige Kurbelwelle, die die Schaufelräder bewegte. Dann drückte er Loren kurz an sich und sagte nur: »Ein gutes Zeichen.«

»Ein Zeichen wofür?« fragte sie erstaunt.

»Dafür, daß die Jungs von der anderen Seite nicht mehr weiterwissen«, sagte er fröhlich. »Und jetzt hoffen sie, daß wir sie zur Goldmine führen. Damit sind wir im Vorteil.«

Nach einem herzhaften Abendessen, das sie an einem der dreißig Tische in dem weitläufigen, gähnend leeren Passagierbereich der Fähre zu sich nahmen, breitete Pitt eine Seekarte und zwei Meßtischblätter aus. Dann erkärte er ihnen genau und in aller Deutlichkeit seine Idee.

»Die Landschaft ist nicht mehr so, wie sie einst war. Im Lauf der letzten Jahrhunderte hat es große Veränderungen gegeben.« Er hielt inne und legte die drei Karten nebeneinander, so daß sich ein zusammenhängendes Bild des Wüstenterrains von der Nordküste des Golfes bis hinauf zum Coachella Valley in Kalifornien ergab.

»Vor Tausenden von Jahren erstreckte sich der Golf von Kalifornien bis zur Coloradowüste und dem Imperial Valley oberhalb des Salton-Sees. Im Laufe der Jahrhunderte beförderte der Colorado River immense Schlammengen zum Meer, bildete schließlich sein Delta und mündete dann in den nördlichen Golf. Durch diese Schlammablagerungen entstand eine große Wasserfläche, der Lake Cahuilla, wie er, glaube ich, nach den Indianern, die an seinem Ufer lebten, genannt wurde. Wenn man in den Gebirgsausläufern herumwandert, die das Seebecken umrahmen, kann man anhand der in der Wüste verstreuten Muschelschalen noch immer den alten Küstenverlauf erkennen.«

»Wann ist der See ausgetrocknet?« fragte Shannon.

»Zwischen dem elften und dem zwölften Jahrhundert nach Christus.«

»Und wie entstand dann der Salton-See?«

»Zur Bewässerung der Wüste wurde ein Kanal gebaut, der Wasser vom Colorado heranführen sollte. Im Jahr 1905 durchbrach der Fluß nach ungewöhnlich heftigen Regenfällen und starken Schlammablagerungen die Dämme des Kanals, und das Wasser ergoß sich in den tiefsten Teil des Wüstenbeckens. Durch eine verzweifelte Deichaufschüttung gelang es, die Flut zu stoppen, aber zuvor war bereits eine derartige Wassermenge ausgeströmt, daß der Salton-See entstand, der achtzig Meter unter dem Meeresspiegel liegt. Irgendwann wird es ihm trotz aller Bewässerungsgräben, durch die seine derzeitige Größe gewahrt bleibt, genauso ergehen wie dem Lake Cahuilla.«

Gunn zauberte eine Flasche mit mexikanischem Brandy hervor. »Eine kleine Unterbrechung, meine Damen und Herren, zur Belebung von Kopf und Kreislauf.« Da sie keine ordentlichen Cognacschwenker hatten, goß er den Brandy einfach in Plastikbecher. Dann hob er seinen. »Auf unseren Erfolg.«

»Hört, hört«, sagte Giordino. »Schon erstaunlich, wie ein gutes Essen und ein kleiner Brandy die Laune heben können.«

»Wir hoffen, daß Dirk etwas eingefallen ist, das uns weiterbringt«, sagte Loren.

»Ich bin gespannt, ob er etwas Vernünftiges zu bieten hat.« Shannon winkte ungeduldig ab. »Hören wir uns an, worauf er hinauswill.«

Pitt sagte gar nichts, sondern beugte sich über die Karten und malte mit einem roten Filzstift einen Halbkreis in die Wüste. »Etwa bis hierher reichte Ende des fünfzehnten Jahrhunderts der Golf, bevor sich die Küste durch die Schlammablagerungen weiter nach Süden verschob.«

»Knapp einen Kilometer von der jetzigen Grenze zwischen den Vereinigten Staaten und Mexiko entfernt«, stellte Rodgers fest.

»Eine Gegend, die hauptsächlich aus Überflutungsgebieten und Sumpfland besteht und heute unter dem Namen Laguna Salada bekannt ist.«

»Wie paßt der Sumpf in unser Bild?« fragte Gunn.

Pitts Gesicht glühte, als wäre er ein Finanzmanager, der den Aktionären seiner Firma eine fette Dividende ankündigt. »Die Insel, auf der die Inkas und Chachapoyas Huascars goldene Kette vergruben, ist keine Insel mehr.«

Er setzte sich, trank einen Schluck Brandy und wartete, bis alle seine Ausführungen verstanden und verarbeitet hatten.

Wie auf ein Kommando hin beugte sich jeder über die Karten und betrachtete die Markierung, mit der Pitt den alten Küstenverlauf skizziert hatte. Shannon deutete auf eine kleine Schlange, mit der Pitt eine hoch aufragende Felsformation etwa auf halber Strecke zwischen dem Marschland und den Ausläufern der Las-Tinajas-Berge gekennzeichnet hatte.

»Was bedeutet diese Schlange?«

»Sozusagen eine Art X für die richtige Stelle«, antwortete Pitt.

Gunn studierte das Meßtischblatt ganz genau. »Du hast dich da für einen kleinen Berg entschieden. Laut Höhenangabe ragt er nur knapp fünfhundert Meter auf.«

»Mit anderen Worten, etwa sechzehnhundert Fuß«, rechnete Giordino vor.

»Wie heißt dieser Berg?« fragte Loren.

»Cerro el Capirote«, antwortete Pitt. »Capirote ist das spanische Wort für einen hohen, spitzen Hut, den man zu festlichen Anlässen trägt. Etwa das, was wir einen Sombrero nennen.«

»Dann sind Sie also der Ansicht, daß der Schatz unter diesem hohen Felskegel mitten in der Wüste liegt?« fragte Rodgers Pitt.

»Wenn man sich die Karte genau ansieht, stellt man fest, daß unmittelbar neben dem Sumpfland mehrere kleine Erhebungen mit spitzen Gipfeln aus der Wüste aufragen. Auf jeden einzelnen trifft die Beschreibung zu. Aber ich setze mein ganzes Geld auf den Cerro el Capirote.«

»Und weshalb sind Sie sich da so hundertprozentig sicher?« wollte Shannon wissen.

»Ich habe mich in die Inkas hineinversetzt und mir überlegt, welches die beste Stelle wäre, um den damals größten Schatz der Welt zu verstecken. Ich an General Naymlaps Stelle hätte Ausschau nach der stattlichsten Insel im nördlichen Bereich des Meeres gehalten, so weit weg wie möglich von den verhaßten spanischen Eroberern. Viel weiter als bis zum Cerro el Capirote konnte er im frühen sechzehnten Jahrhundert nicht gelangen, und er ist der höchste Berg weit und breit.«

Die Stimmung auf dem Passagierdeck besserte sich zusehends. Jetzt setzten sie neue Hoffnung in das Projekt, das um Haaresbreite gescheitert wäre. Pitt hatte alle mit seiner unerschütterlichen Zuversicht angesteckt. Selbst Shannon kippte ihren Brandy hinunter und grinste wie eine Bedienung in einem Salon in Dodge City. Es schien, als wären plötzlich sämtliche Zweifel verflogen. Mit einem Mal waren sich alle sicher, daß der Dämon auf dem Gipfel des Cerro el Capirote stehen mußte.

Die Feierlaune wäre ihnen rasch vergangen, hätten sie auch nur die leiseste Ahnung gehabt, daß Pitt durchaus noch Vorbehalte hatte. Er ging zwar davon aus, daß seine Schlußfolgerungen stimmten, war aber viel zu pragmatisch veranlagt, als daß er nicht noch ein paar Zweifel gehegt hätte.

Und dann gab es da noch die Kehrseite der Medaille. Er und Giordino hatten bisher nicht erwähnt, daß sie beim anderen Suchtrupp Doc Millers Mörder erkannt hatten. Insgeheim war ihnen beiden klar, daß die Zolars oder die *Solpemachaco* oder wie immer sie sich in diesem Teil der Welt auch nennen mochten, keine Ahnung hatten, daß Pitt dem Schatz dicht auf der Spur war.

Pitt mußte wieder an Tupac Amaru denken, an dessen kalte, leblose Augen. Ihm war klar, daß die Suche noch sehr schmutzig und ekelhaft werden würde.

39

Sie fuhren mit der *Alhambra* bis nördlich von Punta San Felipe und drehten dann bei, als die Schaufelräder den Schlick aufwühlten. Ein paar Kilometer vor sich sahen sie die breite, flache Mündung des Colorado am Horizont. Zu beiden Seiten des schlammigen Brackwassers erstreckte sich flaches Sumpfland bar jeder Vegetation. Die Gegend wirkte so tot und trostlos wie ein fremder Planet.

Pitt betrachtete die wenig einladende Landschaft durch die Windschutzscheibe des Helikopters, während er den Sicherheitsgurt anlegte. Shannon saß auf dem Copilotensitz, während Giordino und Rodgers im hinteren Teil der Kabine untergebracht waren. Pitt winkte erst Gunn zu, der ihm mit dem Siegeszeichen antwortete, und dann Loren, die ihm einen Handkuß zuwarf.

Pitts Hände flogen über den Steuerknüppel und den Blattverstellhebel, als die Rotoren in Schwung kamen und sich immer schneller drehten, bis die ganze Maschine erzitterte. Und dann fiel die *Alhambra* unter ihnen zurück, und der Helikopter flog seitwärts über das Meer wie ein Blatt im Winde. Sobald sie außer Reichweite der Fähre waren, schob Pitt den Blattverstellhebel leicht nach vorne, und die Maschine stieg stetig an, während sie sich auf Nordkurs hielt. In einer Höhe von 500 Metern (1640 Fuß) ging Pitt in den Horizontalflug über.

Er flog etwa zehn Minuten lang über das trübe Wasser des nördlichen Golfes hinweg, bevor sie auf die Marschen der Laguna Salada stießen. Ein riesiger Bereich des Flachlandes war von den jüngsten Regenfällen überschwemmt, und aus dem stark salzhaltigen Wasser ragten die toten Äste der Mesquitesträucher wie knochige Arme, die um Erlösung flehten.

Das weite Sumpfland lag bald hinter ihnen. Pitt steuerte den Helikopter auf die Sanddünen zu, die sich von den Bergen bis an den Rand der Laguna Salada erstreckten. Jetzt wirkte das eintönige Terrain unter ihnen wie eine Mondlandschaft. Herrlich anzusehen, aber absolut tödlich für jeden, der die Gegend zu Fuß und bei glühender Sommerhitze zu durchqueren versuchte.

»Dort ist eine geteerte Straße«, rief Shannon und deutete nach unten.

»Der Highway Nummer fünf«, sagte Pitt. »Er führt von San Felipe nach Mexicali.«

»Ist das ein Teil der Coloradowüste?« fragte Rodgers.

»Die Wüste nördlich der Grenze wird nur wegen dem Flußlauf des Colorado so genannt. Eigentlich gehört das alles zur Sonorawüste.«

»Kein besonders einladendes Land. Ich möchte da nicht unbedingt durchlaufen.«

»Wer sich in der Wüste nicht auskennt, verliert dabei leicht das Leben«, sagte Pitt gedankenverloren. »Wer sie aber kennt und achtet, möchte nirgendwo anders leben.«

»Da unten leben Menschen?« fragte Shannon überrascht.

»Hauptsächlich Indianer«, erwiderte Pitt. »Die Sonorawüste ist möglicherweise eine der reizvollsten Wüsten der Welt, auch wenn sie die Menschen in Zentralmexiko für die tiefste Provinz halten.«

Giordino beugte sich aus dem Seitenfenster und spähte mit dem Feldstecher in die Ferne. Er klopfte Pitt auf die Schulter. »Dein Zielgebiet liegt backbord voraus.«

Pitt nickte, nahm eine leichte Kurskorrektur vor und spähte hin zu dem einsamen Berg, der unmittelbar vor ihnen aus der Wüste aufragte. Der Cerro el Capirote trug seinen Namen zu Recht. Obwohl er nicht ganz konisch war, ähnelte er doch einem Sombrero mit abgeflachter Spitze.

»Ich glaube, ich kann eine tierähnliche Skulptur auf dem Gipfel erkennen«, stellte Giordino fest.

»Ich gehe tiefer und halte mich drüber«, erwiderte Pitt zur Bestätigung.

Er nahm Gas weg, zog die Maschine tiefer und kurvte um die Spitze des Berges. Dann ging er näher heran und umkreiste sie vorsichtig, ständig auf der Hut vor jähen Fallwinden. Auge in Auge mit dem grotesken Steinbildnis ließ er den Hubschrauber in der Luft schweben. Mit weit aufgerissenem Maul schien es sie anzubellen wie ein ausgehungerter Straßenköter.

»Treten Sie näher, meine Herrschaften«, verkündete Pitt großspurig wie ein Marktschreier, »und genießen Sie den Ausblick auf den schröcklichen Dämon der Unterwelt, welcher die Karten mit der Schnauze mischt und mit den Klauen austeilt.«

»Es gibt ihn«, schrie Shannon, deren Gesicht vor Erregung errötet war. »Es gibt ihn tatsächlich.«

»Schaut aus wie ein altersschwacher Wasserspeier«, spöttelte Giordino, der seine Gefühle erfolgreich unterdrückte.

»Sie müssen landen«, forderte Rodgers. »Wir müssen ihn uns genauer ansehen.«

»Zu viele Felsen rund um die Statue«, sagte Pitt. »Zum Runtergehen brauche ich eine ebene Stelle.«

»Da ist doch ein kleiner Fleck ohne Felsen, dort, etwa vierzig Meter hinter dem Dämon«, sagte Giordino und deutete über Pitts Schulter hinweg durch die Windschutzscheibe.

Pitt nickte und zog den Helikopter um das hochaufragende Felsbildnis herum, so daß er gegen den von Westen über den Berg streichenden Wind zur Landung ansetzen konnte. Er nahm Gas weg und zog den Blattverstellhebel zurück. Der türkisfarbene Hubschrauber schien einen Augenblick lang in der Luft stehenzubleiben, dann setzte er auf der einzigen freien Stelle des mit Felsbrocken übersäten Gipfels des Cerro el Capirote auf.

Giordino sprang zuerst hinaus und schlang die Vertäuungsleinen, die den Helikopter bei Wind sicherten, um ein paar Felsbrocken. Kaum war das erledigt, stellte er sich vor das Cockpit und fuhr sich mit der Handkante über die Kehle. Pitt stellte den Motor ab, und langsam kamen die Rotorblätter zum Stillstand.

Rodgers sprang hinaus und reichte Shannon die Hand. Sobald sie unten war, rannte sie, ohne auf das schwierige Gelände zu achten, zu dem Steinbildnis. Pitt stieg zuletzt aus dem Helikopter, aber er folgte den anderen nicht. Gemächlich hob er das Fernglas und suchte den Himmel nach dem Flugzeug ab, dessen leises Brummen er gehört hatte. Wie ein silberner Fleck schwebte das Wasserflugzeug unter der gewaltigen blauen Kuppel des Himmels. Es mußte um die 2000 Meter (6500 Fuß) hoch fliegen. Vermutlich wollte der Pilot vermeiden, daß sie entdeckt wurden. Doch so leicht ließ Pitt sich nicht täuschen. Er hatte gleich geahnt, daß sie verfolgt werden würden, sobald sie von der *Alhambra* abhoben. Als er den Feind jetzt entdeckte, bestätigte das nur seinen Verdacht.

Bevor er zu den anderen ging, die bereits um das steinerne Fabelwesen herumstanden, sah er sich einen Augenblick lang um, trat dann an die Kante der zerklüfteten Felswand und schaute hinunter. Gottlob mußten sie da nicht hinabklettern. Der freie Blick in die Weite der Wüste war atemberaubend. Unter der Oktobersonne leuchteten die Felsen und der Sand, die in den heißen Sommermonaten so trostlos wirken konnten, in lebhaften Farbtönen. Im Süden funkelte das Wasser des Golfes, und beiderseits der marschigen Senken der Laguna Salada ragten majestätische Bergketten aus dem leichten Dunst.

Tiefe Zufriedenheit überkam ihn. Er hatte richtig getippt. Die alten Inkas hatten sich wahrhaftig einen eindrucksvollen Flecken Erde ausgesucht, um ihren Schatz zu verbergen.

Als er schließlich ebenfalls zu dem mächtigen steinernen Tier hinging, vermaß Shannon gerade den Jaguarleib, während Rodgers eine Filmrolle nach der anderen verknipste. Giordino suchte offenbar zu Füßen der Statue nach einem Zugang ins Innere des Berges.

»Hat er einen ordentlichen Stammbaum?« fragte Pitt.

»Zweifellos chachapoyanische Einflüsse«, sagte Shannon, deren Gesicht vor Begeisterung gerötet war. »Ein großartiges Beispiel für ihre Kunstfertigkeit.« Sie trat ein paar Schritte zurück und betrachtete es, als bewunderte sie ein weltberühmtes Gemälde. »Sehen Sie, die Motive auf den Schuppen. Es sind genau die gleichen wie an der Skulptur im Pueblo de los Muertos.«

»Ist die Technik auch die gleiche?«

»Beinahe identisch.«

»Dann war hier vielleicht derselbe Bildhauer am Werk.«

»Schon möglich.« Shannon streckte die Hand so weit aus, wie sie konnte, und streichelte über den schuppigen Halsansatz des Schlangenkopfes. »Es war nicht ungewöhnlich, daß die Inkas Bildhauer der Chachapoyas rekrutierten.«

»Die alten Indianer müssen ja einen merkwürdigen Sinn für Humor gehabt haben, wenn sie Götterbilder geschaffen haben, bei deren Anblick die Milch sauer wird.«

»Die Entstehungsgeschichte ist nicht in allen Einzelheiten bekannt, aber es geht um einen Kondor, dessen Ei von einem Jaguar gefressen und anschließend erbrochen wurde. Aus dem ausgewürgten Ei schlüpfte eine Schlange, die sich ins Meer davonwand, wo ihr Schuppen wuchsen. Die Sage endet damit, daß die anderen Götter, die sich am Licht der Sonne labten, das Schlangenwesen verstießen, weil es so häßlich war, so daß es unter der Erde hauste, wo es schließlich zum Hüter der Toten wurde.«

»Das klassische Märchen vom häßlichen Entchen.«

»Er sieht furchterregend aus«, sagte Shannon ernst, »aber dennoch erfüllt mich sein Anblick mit tiefer Trauer. Ich weiß nicht, ob ich es genau erklären kann, aber es kommt mir so vor, als besitze der Stein ein Eigenleben.«

»Kann ich verstehen. Ich spüre ebenfalls, daß das hier mehr ist als kalter Stein.« Pitt besah sich eine der Schwingen, die abgebrochen und in mehrere Stücke zersplittert war. »Armer alter Knabe. Sieht aus, als hätte er schlechte Zeiten hinter sich.«

Mit traurigem Gesicht deutete Shannon auf die Grafitti und die Narben der Einschußlöcher. »Der Jammer dabei ist, daß die hiesigen Archäologen nie erkannt haben, was diese Tierstatue wirklich ist: ein hervorragendes Kunstwerk zweier Kulturvölker, die ihre Blüte zweitausend Kilometer von hier entfernt erlebten –«

Pitt hob plötzlich die Hand und gebot ihr Schweigen. »Hören Sie auch etwas, ein merkwürdiges Geräusch? So als ob jemand weint.«

Sie spitzte die Ohren und lauschte, dann schüttelte sie den Kopf. »Ich höre nur das Klicken und Surren von Miles' Kamera.«

Das schaurige Geräusch, das Pitt gehört zu haben meinte, war verstummt. Er grinste. »Wahrscheinlich der Wind.«

»Oder diejenigen, die der *Demonio de los Muertos* bewacht.«

»Ich dachte, er sorgt dafür, daß sie in ewigem Frieden ruhen können.«

Shannon lächelte. »Wir wissen leider sehr wenig über die religiösen Riten der Inkas und Chachapoyas. Kann sein, daß unser steinerner Freund hier gar nicht so gütig war, wie wir meinen.«

Pitt überließ Shannon und Miles wieder ihrer Arbeit und ging zu Giordino, der mit einem Bergmannshammer den Felsen am Fuß der Skulptur abklopfte. »Schon einen Hinweis auf einen Eingang entdeckt?« fragte Pitt.

»Bis jetzt nicht, es sei denn, die alten Inkas wußten, wie man Felsen miteinander verschweißt«, antwortete Giordino. »Das große Scheusal hier wurde aus einem einzigen Riesenbrocken Granit gehauen, dem Gestein, aus dem der Berg besteht. Ich habe nicht einmal den kleinsten Spalt an der Basis des Tieres entdeckt. Wenn es hier einen Eingang gibt, dann muß es irgendwo anders am Berg sein.«

Pitt legte den Kopf zurück und lauschte. »Da ist es wieder.«

»Meinst du das Gespenstergeheule?«

»Du hast es also auch gehört?« fragte Pitt überrascht.

»Ich dachte erst, es wäre bloß der Wind, der durch die Felsen pfeift.«

»Im Augenblick geht nicht der leiseste Windhauch.«

Ein merkwürdiger Ausdruck trat auf Giordinos Gesicht, als er mit der Zunge den Zeigefinger anfeuchtete und ihn in die Luft hielt. »Du hast recht. Kaum ein Lüftchen.«

»Das Geräusch ist nicht immer da«, sagte Pitt. »Ich kann es nur ab und zu hören.«

»Das ist mir auch schon aufgefallen. Es kommt etwa zehn Sekunden lang, wie wenn jemand langsam ausatmet, und dann hört es fast eine Minute lang auf.«

Pitt nickte heftig. »Könnte es sein, daß solche Töne durch einen Schacht zu einer Höhle entstehen?«

»Schauen wir mal, ob wir ihn entdecken«, schlug Giordino sofort vor.

»Besser, er verrät sich von selbst.« Pitt entdeckte einen Fels, der wie für seinen Hintern geschaffen schien, und setzte sich hin. Lässig wischte er einen Fleck von seiner Sonnenbrille, tupfte sich mit dem aus seiner Hosentasche hängenden Halstuch die Stirn ab, spitzte dann die Ohren und bewegte den Kopf hin und her wie eine Radarantenne.

Das seltsame Heulen kam und verging regelmäßig wie ein Uhrwerk. Pitt hörte es sich dreimal hintereinander an. Dann winkte er Giordino zur Nordseite des Gipfels. Sie wechselten kein Wort miteinander – keiner brauchte eine Erklärung. Sie waren seit ihrer Kindheit eng miteinander befreundet und auch während ihrer gemeinsamen Jahre bei der Air Force immer ein Herz und eine Seele gewesen. Als Pitt sich auf Admiral Sandeckers Bitte hin vor zwölf Jahren der NUMA angeschlossen hatte, war Giordino mit ihm gegangen. Im Laufe der Zeit hatten sie gelernt, einander auch ohne überflüssige Worte zu verstehen.

Giordino stieg einen etwa 20 Meter (65 Fuß) tiefen Abhang hinunter, dann blieb er stehen. Er lauschte, während er auf Pitts nächste Geste wartete. Zu ihm drang das grausige Geheul nun lauter als zu Pitt. Aber er wußte auch, daß die Tonwellen von den Felsbrocken widerhallten und verzerrt wurden. Daher zögerte er keine Sekunde, als Pitt ihn von dem Punkt wegwinkte, an dem es am lautesten war, und auf eine Stelle deutete, wo eine schmale, fast 10 Meter (33 Fuß) tiefe Felsrinne vom Gipfel hinabführte.

Während Giordino auf dem Bauch lag und zum Fuß der Rinne hinunterspähte, kam Pitt zu ihm, kauerte sich neben ihm hin und streckte die Hand aus.

Wieder ertönte das Heulen. Pitt nickte und verzog die Lippen zu einem knappen Lächeln. »Ich kann den Luftzug spüren. Da unten im Berg ist irgendwas, das dafür sorgt, daß durch den Schacht Luft ausgestoßen wird.«

»Ich hole Seil und Taschenlampe aus dem Hubschrauber«, sagte Giordino, stand auf und trabte zum Helikopter.

Innerhalb von zwei Minuten war er zurück, begleitet von Shannon und Miles.

Shannons Augen sprühten vor Erwartung. »Al sagt, Sie hätten den Weg in den Berg gefunden.«

Pitt nickte. »Bald werden wir's wissen.«

Giordino befestigte das eine Ende einer Nylonleine an einem großen Felsblock. »Wer hat die Ehre?«

»Knobeln wir's aus«, sagte Pitt.

»Kopf.«

Pitt warf eine Vierteldollarmünze hoch und wartete, bis sie auf einem kleinen, ebenen Fleck zwischen zwei Felsbrocken ausgekullert war. »Zahl, du hast verloren.«

Giordino zuckte schicksalsergeben mit den Schultern, knotete eine Schlinge in das Seil, streifte sie über Pitts Schultern und unter die Achseln. »Daß du mir keine Bergsteigertricks vorführst. Ich lass' dich runter, und ich zieh' dich auch wieder hoch.«

Pitt hatte sich damit abgefunden, daß sein Freund kräftiger war als er. Giordino mochte zwar klein sein, aber er hatte breite Schultern und muskulöse Arme wie ein Proficatcher. Jeder, der Giordino auf die Matte werfen wollte, darunter auch Karatemeister mit schwarzem Gürtel, hatte das Gefühl, als kämpfte er mit einer Maschine, die niemals müde wurde.

»Paß auf, daß du dir nicht die Hände aufscheuerst«, warnte Pitt ihn.

»Paß auf, daß du dir nicht das Bein brichst, sonst werf' ich dich dem Untier hier zum Fraß vor«, sagte Giordino und reichte Pitt die Taschenlampe. Dann gab er langsam Leine und ließ Pitt über die schmale Rinne hinab.

Als Pitts Füße auf festen Boden stießen, schaute er nach oben. »Okay, ich bin unten.«

»Was siehst du?«

»Einen schmalen Spalt in der Felswand, gerade groß genug, daß man reinkriechen kann.«

»Laß das Seil um. Könnte sein, daß es hinter dem Eingang steil runtergeht.«

Pitt legte sich auf den Bauch und schlängelte sich durch den schmalen Spalt. Die ersten 3 Meter (10 Fuß) mußte er sich durchzwängen, dann wurde der Durchgang breiter, so daß er stehen konnte. Er schaltete die Taschenlampe ein und ließ den Strahl über die Wände wandern. Im Licht erkannte er, daß er am Anfang eines Ganges stand, der offenbar ins Innere des Berges hinabführte. Der Boden war glatt, und alle paar Schritte waren Stufen in den Fels gehauen.

Ein Schwall feuchter Luft strömte an ihm vorbei wie der dampfende Atem eines Riesen. Er strich mit den Fingerspitzen über die Felswände. Sie waren naß. Pitt, der nun neugierig geworden war, folgte dem Durchgang, bis sich das Nylonseil so straff spannte, daß er nicht mehr weiterkonnte. Er richtete den Lichtstrahl in die Dunkelheit. Ihm brach der kalte Schweiß aus, als ein Augenpaar zurückfunkelte.

Dort, auf einem kleinen Sockel aus schwarzem Stein, stand ein weiterer, kleinerer *Demonio de los Muertos*, anscheinend von der gleichen Meisterhand gehauen, und starrte zum Eingang der Höhle. Dieser hier war mit Türkisen besetzt, hatte Zähne aus poliertem weißem Quarzkristall und Augen aus roten Edelsteinen.

Pitt überlegte ernsthaft, ob er das Seil lösen und weiter vordringen sollte. Doch er hatte das Gefühl, das wäre den anderen gegenüber nicht fair. Wenn schon, dann sollten sie die Schatzkammer alle gemeinsam entdecken. Widerwillig kehrte er zu dem Felsspalt zurück und schlängelte sich wieder ans Tageslicht.

Shannon und Rodgers waren atemlos vor Spannung, als Giordino ihn über den Rand der Felsrinne zog.

»Was haben Sie entdeckt?« platzte Shannon heraus, die ihre Aufregung nicht länger zügeln konnte. »Nun sagen Sie uns schon, was Sie entdeckt haben!«

Pitt schaute sie einen Augenblick lang ausdruckslos an, dann trat ein breites Grinsen auf sein Gesicht. »Der Zugang zu dem Schatz wird von einem weiteren Dämon bewacht, aber ansonsten sieht es so aus, als wäre der Weg frei.«

Alle schrien begeistert auf. Shannon und Rodgers umarmten und küßten sich. Giordino schlug Pitt so heftig auf den Rücken, daß er sich fast die Backenzähne ausbiß. Voller Spannung und Neugier spähten sie alle durch die schmale Rinne zu dem engen Spalt, der in den Berg hineinführte. Keiner sah einen schwarzen Tunnel, der nach unten führte. Alle starrten den Fels an, als wäre er durchsichtig, und sahen schon den Goldschatz in seiner Tiefe funkeln.

Zumindest glaubten sie, ihn zu sehen, mit Ausnahme von Pitt. Er suchte den Himmel ab. Vielleicht war es Vorahnung, vielleicht Intuition, vielleicht auch bloßer Aberglaube – aber vor seinem inneren Auge sah er, wie das Wasserflugzeug, das ihnen zu dem Dämon gefolgt war, die *Alhambra* angriff. Einen Augenblick lang hatte er es so deutlich vor Augen, als sähe er fern. Es war kein hübscher Anblick.

Shannon bemerkte Pitts Schweigen, sein nachdenkliches Gesicht. »Stimmt etwas nicht? Sie sehen aus, als hätten Sie gerade Ihre liebste Freundin verloren.«

»Kann schon sein«, sagte Pitt düster. »Kann durchaus sein.«

40

Giordino kehrte zum Hubschrauber zurück und holte eine weitere Seilrolle, eine zweite Taschenlampe und eine Sturmlaterne aus dem Gepäckabteil. Er schlang sich das Seil über die Schultern, gab Shannon die Taschenlampe und reichte Rodgers die Sturmlaterne und eine Schachtel Streichhölzer.

»Der Benzintank ist voll, so daß wir für drei Stunden Licht haben müßten, wenn nicht länger.«

Shannon nahm wie selbstverständlich die Reservetaschenlampe. »Ich halte es für das beste, wenn ich vorangehe.«

Giordino zuckte mit den Schultern. »Soll mir recht sein. Hauptsache, jemand anders als ich löst die Stolperfallen der Inkas in der Höhle der Verdammnis da unten aus.«

Shannon zog eine säuerliche Miene. »Das ist ja ein ermutigender Gedanke.«

Pitt lachte. »Er hat zu viele Indiana-Jones-Filme gesehen.«

»Mach mir nur das Leben schwer«, sagte Giordino geknickt. »Eines Tages wird es dir noch leid tun.«

»Ich hoffe, nicht so bald.«

»Wie breit ist die Öffnung?« fragte Rodgers.

»Dr. Kelsey könnte auf allen vieren durchkommen, aber wir Jungs müssen uns reinschlängeln.«

Shannon spähte über die Kante hinweg zum Boden des Spalts. »Nie und nimmer hätten die Chachapoyas und Inkas mehrere Tonnen Gold über steile Felsen hinaufschleppen und dann durch so ein Rattenloch runterlassen können. Sie müssen irgendwo am Fuß des Berges, oberhalb des früheren Meeresspiegels, einen größeren Durchgang entdeckt haben.«

»Da kannst du jahrelang danach suchen«, sagte Rodgers. »Vermutlich ist er unter den Erdrutschen und Ablagerungen der letzten fünf Jahrhunderte vergraben.«

»Ich wette, die Inkas haben ihn zum Einsturz gebracht«, warf Pitt ein.

Shannon dachte nicht daran, den Männern den Vortritt zu überlassen. Über Felsen zu kraxeln und dunkle Winkel zu erkunden, war ihre Spezialität. Geschickt rutschte sie am Seil hinunter, als machte sie das mindestens zweimal täglich, und kroch in die schmale Öffnung im Fels. Rodgers war als nächster dran, gefolgt von Giordino. Pitt bildete die Nachhut.

Giordino drehte sich zu Pitt um. »Buddelst du mich aus, wenn die Höhle über mir zusammenkracht?«

»Aber erst, nachdem ich sämtliche Notdienste verständigt habe.«

Shannon und Rodgers waren bereits über die in den Stein gehauenen Stufen verschwunden und untersuchten gerade den zweiten *Demonio de los Muertos*, als Pitt und Giordino zu ihnen aufschlossen.

Shannon betrachtete die in die Fischschuppen eingravierten Motive. »Die Bilder auf dieser Statue sind besser erhalten als die auf dem anderen Dämon.«

»Kannst du sie entziffern?« fragte Rodgers.

»Wenn ich mehr Zeit hätte. Sieht so aus, als wären sie in aller Eile gemeißelt worden.«

Rodgers musterte die vorstehenden Giftzähne im Maul des Schlangenhauptes. »Überrascht mich gar nicht, daß die alten Indianer Angst vor der Unterwelt hatten. Das Ding hier ist abgrundtief häßlich. Fällt dir auf, daß die Augen unseren Bewegungen zu folgen scheinen?«

»Bei dem Anblick werde ich schlagartig nüchtern«, sagte Giordino.

Shannon wischte den Staub von den roten Edelsteinaugen. »Roter Topas. Vermutlich östlich der Anden abgebaut, im Amazonasgebiet.«

Rodgers stellte die Laterne auf den Boden, pumpte den Druck hoch und hielt ein angezündetes Streichholz an den Glühstrumpf. Die Sturmlampe leuchtete den Gang in beide Richtungen 10 Meter (33 Fuß) weit aus. Dann hielt er die Laterne hoch und inspizierte die Skulptur. »Wieso ein zweiter Dämon?« fragte er, fasziniert von dem guterhaltenen Bildnis. Es sah aus, als wäre es erst gestern geschaffen worden.

Pitt tätschelte das Schlangenhaupt. »Zur Sicherheit, falls irgendwelche Eindringlinge am ersten vorbeikommen.«

Shannon befeuchtete eine Ecke ihres Taschentuches mit dem Mund und polierte die Topasaugen. »Schon erstaunlich, daß so viele alte Kulturen, die weit voneinander entfernt lebten und in keinerlei Beziehung zueinander standen, ganz ähnliche Sagen hervorgebracht haben. In der indischen Mythologie zum Beispiel bewachen Kobras, die als Halbgötter gelten, ein unterirdisches Königreich voll unglaublicher Schätze.«

»Ich seh' darin nichts Ungewöhnliches«, sagte Giordino. »Neunundvierzig von fünfzig Menschen haben grauenhafte Angst vor Schlangen.«

Sie beendeten die kurze Untersuchung der eindrucksvollen alten Skulptur und nahmen das nächste Stück des Ganges in Angriff. Die feuchte Luft, die von unten aufstieg, trieb ihnen den Schweiß aus den Poren. Trotz der Nässe mußten sie aufpassen, daß sie nicht zu heftig auftraten, denn bei jedem Schritt wurden dichte Staubwolken aufgewirbelt.

»Die müssen Jahre gebraucht haben, um diesen Tunnel aus dem Fels zu hauen«, sagte Rodgers.

Pitt streckte die Hand aus und strich mit den Fingern über die Decke aus Kalkstein. »Ich bezweifle, daß sie ihn selbst gegraben haben. Wahrscheinlich haben sie einen schon vorhandenen Spalt erweitert. Zumal sie alles andere als klein waren.«

»Woher wollen Sie das wissen?«

»Wegen der Decke. Wir müssen uns nicht bücken. Über unseren Köpfen ist noch gut dreißig Zentimeter Platz.«

Rodgers deutete auf eine große Platte, die leicht schräg in einer Wandnische angebracht war. »Das ist jetzt schon das dritte von diesen Dingern, das ich sehe, seit wir hier drin sind. Was glaubst du, wozu die wohl gedient haben?«

Shannon rieb die jahrhundertealte Staubschicht ab und betrachtete ihr Spiegelbild auf dem glänzenden Metall. »Auf Hochglanz polierte Reflektoren aus Silber«, erklärte sie. »Mit der gleichen Methode haben die alten Ägypter ihre Säulenhallen erleuchtet. Die Sonne trifft auf einen Reflektor am Eingang, und von dort aus wird das Licht dann von Reflektor zu Reflektor durch alle Räume geleitet, ohne daß man qualmende und rußende Öllampen anzünden muß.«

»Ich frage mich, ob die gewußt haben, daß sie den Weg für eine umweltfreundliche Technologie bereitet haben«, murmelte Pitt vor sich hin.

Ihre Schritte hallten in der Höhle wider, als sie ihren Weg fortsetzten. Das Bewußtsein, ins tiefste Innere des Berges vorzudringen, war ein schauriges und beklemmendes Gefühl. Die stehende Luft war so mit Feuchtigkeit gesättigt, daß der Staub auf ihrer Kleidung naß wurde. Nach weiteren 50 Metern (164 Fuß) betraten sie eine kleine Grotte mit einer langen Galerie.

Die Kammer diente in erster Linie als eine Art Katakombe, in deren Wände lauter Grabstätten gehauen waren. Dicht nebeneinander lagen die Mumien von zwanzig Männern, die in herrlich bestickte Wollmäntel gewickelt waren. Es handelte sich um die sterblichen Überreste der Wächter, die sogar über den Tod hinaus den Schatz gehütet und auf die Rückkehr ihrer Landsleute aus einem Reich, das nicht mehr existierte, gewartet hatten.

»Diese Menschen waren ja riesig«, sagte Pitt. »Die müssen gut und gerne zwei Meter und acht Zentimeter oder sechs Fuß und zehn Zoll groß gewesen sein.«

»Ein Jammer, daß sie nicht mehr in einem Basketballteam spielen können«, murmelte Giordino.

Shannon sah sich die Verzierungen der Simse genau an. »In den Sagen heißt es, die Chachapoyas seien so groß wie Bäume gewesen.«

Pitt musterte die Kammer. »Einer fehlt.«

Rodgers schaute ihn an. »Wer?«

»Der letzte Mann, der sich um die Bestattung derjenigen kümmerte, die vor ihm abgetreten sind.«

Hinter der Galerie des Todes kam eine größere Kammer, die, wie Shannon rasch feststellte, den Wächtern bis zu ihrem Tod als Wohnquartier gedient hatte. Ein breiter, runder Steintisch mit einer ebenfalls runden Bank waren aus dem Stein gehauen. An dem Tisch war augenscheinlich gegessen worden. Auf einem Silberteller, der neben getöpferten Trinkgefäßen auf der blankpolierten Tischplatte stand, lagen noch die Knochen eines großen Vogels. Betten waren aus den Wänden herausgemeißelt worden, und auf einigen lagen noch die ordentlich zusammengefalteten wollenen Zudecken. Rodgers bemerkte etwas Glänzendes, das am Boden lag. Er hob es auf und hielt es ins Licht der Sturmlaterne.

»Was ist das?« fragte Shannon.

»Ein Ring aus massivem Gold, ganz schlicht, ohne Gravur.«

»Ein ermutigender Hinweis«, sagte Pitt. »Wir müssen uns allmählich der Hauptkammer nähern.«

Shannon atmete immer hastiger, je mehr ihre Erregung zunahm. Mit schnellen Schritten trat sie vor den Männern durch ein weiteres Portal am anderen Ende des Wohnquartiers der Wächter, das in einen engen Tunnel mit gewölbter Decke führte, den jeweils nur eine Person begehen konnte. Es schien, als führte dieser Gang in endlosen Windungen den Berg hinab.

»Wie weit mögen wir wohl gekommen sein?« fragte Giordino.

»Meinen Füßen nach zu urteilen, mindestens zehn Kilometer«, antwortete Shannon, die auf einmal müde klang.

Pitt hatte die Schritte über die Steinstufen mitgezählt, seit sie die Grabkammer verlassen hatten. »Der Gipfel des Cerro el Capirote liegt nur fünfhundert Meter über dem Meeresspiegel. Meiner Schätzung nach müßten wir jetzt etwa zwanzig bis dreißig Meter unterhalb des Wüstenbodens sein.«

»Verdammt!« keuchte Shannon auf. »Irgend etwas ist mir ins Gesicht geflattert.«

»Mir auch«, sagte Giordino angewidert. »Ich glaube, ich hab’ grade ’ne Ladung Fledermauskotze abgekriegt.«

»Sei froh, daß es kein Vampir gewesen ist«, scherzte Pitt.

Weitere zehn Minuten lang stiegen sie durch den Tunnel hinab, dann blieb Shannon abrupt stehen und hob die Hand. »Horcht mal!« befahl sie. »Ich höre etwas.«

Nach ein paar Sekunden sagte Giordino: »Klingt, als hätte jemand vergessen, den Wasserhahn zuzudrehen.«

»Ein rauschender Fluß oder Bach«, sagte Pitt leise. Er mußte an die Worte des alten Kochs denken.

Als sie näher kamen, wurde das Rauschen immer stärker, bis es schließlich von den engen Wänden widerhallte. Die Luft war deutlich kühler geworden und roch nun frisch und weitaus weniger stickig. Gespannt marschierten sie weiter und hofften, die nächste Kurve des Tunnels möge die letzte sein. Und dann wichen die Wände plötzlich zurück, und vor ihnen lag ein dunkler Raum, der wie eine riesige Kathedrale im hohlen Inneren des Berges wirkte.

Shannon kreischte gellend auf, und ihr Schrei hallte in der Kammer wider, als würde er von mächtigen Lautsprecherboxen verstärkt. Sie klammerte sich an den erstbesten ihrer Begleiter, in diesem Fall an Pitt.

Giordino, der sich sonst nicht leicht erschrecken ließ, sah aus, als hätte er ein Gespenst gesehen.

Rodgers stand wie versteinert da und hielt die Sturmlaterne mit erstarrtem Arm nach vorne. »O mein Gott«, stieß er schließlich hervor, während er wie gebannt auf die geisterhafte Erscheinung starrte, die im Lampenlicht funkelnd vor ihnen aufragte. »Was ist denn das?«

Pitts Herz mußte gut und gerne 4 Liter (1 Gallone) Adrenalin in seinen Körper gepumpt haben, doch er behielt die Ruhe und musterte scheinbar unbeeindruckt die riesige Gestalt, die wie eine Monstrosität aus einem Science-fiction-Schocker aussah.

Das gewaltige Wesen bot einen gespenstischen Anblick. Hoch aufgerichtet, mit gebleckten Zähnen, schaurig verzogener Fratze und weit aufgerissenen, tief in den Höhlen liegenden Augen dräute die Erscheinung vor ihnen. Pitt schätzte, daß die Horrorgestalt gut und gerne einen Kopf größer war als er. Hoch über der Schulter, so als wollte sie jedem Eindringling den Schädel zerschmettern, hielt sie mit knochiger Hand eine reich verzierte Schlachtkeule mit gezackten Kanten. Schimmernd brach sich das Licht der Sturmlaterne auf dem entsetzlichen Wesen, das so aussah, als wäre es mit gelblichem Bernstein oder Kunstharz überzogen. Dann stellte Pitt fest, worum es sich handelte.

Der letzte Wächter von Huascars Schatz war für alle Ewigkeit zu Tropfstein erstarrt.

»Wie ist denn so etwas möglich?« fragte Rodgers ehrfürchtig.

Pitt deutete zur Decke der Grotte. »Das durch die Kalksteindecke sickernde Wasser hat Kohlendioxid freigesetzt, ist auf den Wächter getropft und hat ihn schließlich mit einer dicken Schicht aus Kalkkristallen überzogen. Im Laufe der Zeit wurde er davon eingehüllt wie einer dieser Skorpione, die man, in Kunstharz gebettet, in billigen Geschenkläden als Briefbeschwerer kaufen kann.«

»Aber wie, um alles in der Welt, hat er es geschafft, nach dem Tod aufrecht stehen zu bleiben?« fragte Shannon, die sich langsam von ihrem Schreck erholte.

Pitt strich mit der Hand über die Kristallhülle. »Das werden wir wohl nie erfahren, es sei denn, wir meißeln ihn aus seinem durchsichtigen Sarg. Es klingt unglaublich, aber als er wußte, daß er bald sterben würde, muß er sich eine Stütze gebaut haben, die ihn aufrecht und mit erhobenem Arm hielt. Dann hat er sich das Leben genommen, wahrscheinlich durch Gift.«

»Diese Jungs haben ihren Job ernst genommen«, murmelte Giordino.

Wie von einer geheimnisvollen Kraft getrieben, trat Shannon bis auf wenige Zentimeter an das gräßliche Wesen heran und betrachtete das verzerrte Gesicht unter der Kristallkruste. »Die Größe, die blonden Haare. Er war ein Chachapoya, einer der Wolkenmenschen.«

»Er ist weit von zu Hause weg«, sagte Pitt. Er hob die Hand und schaute auf seine Armbanduhr. »Noch zweieinhalb Stunden Zeit, bis uns das Benzin in der Sturmlaterne ausgeht. Wir sollten lieber weitergehen.«

Obwohl es kaum möglich schien, wurde die gewaltige Grotte immer größer, bis die Lichtstrahlen kaum mehr bis zu der hohen, gewölbten Decke reichten, die einen Raum überspannte, der riesiger war als alles, was je von Menschenhand entworfen oder gebaut wurde. Gigantische Stalaktiten, die von der Decke hingen, stießen auf Stalagmiten, die aus dem Boden aufragten, und vereinigten sich mit ihnen zu gewaltigen Säulen. Einige dieser Stalagmiten sahen aus wie seltsame Tiergestalten, die inmitten einer fremdartigen Landschaft erstarrt waren. Zudem glitzerten überall an den Wänden Kristalle wie funkelnde Zähne. Dieses allgegenwärtige Sprühen und Glitzern im Schein ihrer Lampen war so überwältigend schön und großartig, daß sie das Gefühl hatten, sie befänden sich mitten in einer Lasershow.

Dann hörte der Felsboden jählings auf, und die Grotte endete an einem über 30 Meter (100 Fuß) breiten Flußbett. Im Licht ihrer Lampen wurde das schwarze, furchterregende Wasser smaragdgrün. Pitt schätzte die Strömungsgeschwindigkeit auf gut und gerne neun Knoten. Das Plätschern, das sie weiter hinten im Tunnel gehört hatten, kam von dem Wasser, das um eine felsige Insel schäumte, die mitten aus dem Fluß aufstieg.

Doch es war gar nicht die Entdeckung dieses unbekannten Flusses tief unter der Wüste, was sie so faszinierte und begeisterte. Vielmehr bot sich ihnen ein schwindelerregender Anblick, wie ihn sich kein Mensch vorstellen kann. Dort auf der Insel erhob sich, ordentlich gestapelt, ein Berg aus goldenen Artefakten.

Als die Strahlen der Taschenlampen und der Sturmlaterne auf den goldenen Hort fielen, verschlug es den Forschern die Sprache. Überwältigt und unfähig, sich zu bewegen, standen sie da und nahmen den großartigen Anblick in sich auf.

Hier lag Huascars goldene Kette, zu einer 10 Meter (33 Fuß)

hohen Spirale aufgerollt. Hier lag auch die große goldene Scheibe aus dem Sonnentempel, herrlich gearbeitet und mit Hunderten von Edelsteinen besetzt. Sie sahen goldene Pflanzen, Mais und Wasserlilien, und aus massivem Gold geschaffene Statuen von Herrschern, Göttern, Frauen und Lamas, es gab Dutzende von Zeremonialgegenständen, wunderschön geformt und mit riesigen Diamanten besetzt. Außerdem waren hier, wie in einen Umzugswagen gepackt, tonnenweise goldene Statuen, Möbel, Tische, Stühle und Betten, alles kunstvoll verziert. Im Mittelpunkt aber prunkte ein mächtiger Thron aus reinem Gold und mit silbernen Blumen besetzt.

Und das war noch nicht alles. In Reih und Glied standen dort, aufrecht wie Phantome, die mit Gold überzogenen Mumien von zwölf Herrschergenerationen der Inkas. Neben jedem lagen sein Panzer, der Kopfschmuck und kunstvoll gewebte Kleidung.

»Nicht einmal in meinen kühnsten Träumen«, murmelte Shannon leise, »hätte ich mir eine so riesige Kollektion vorstellen können.«

Giordino und Rodgers waren wie gelähmt. Beide standen mit offenem Mund da, ohne ein Wort herauszubringen.

»Schon erstaunlich, wie sie es fertigbrachten, die Hälfte aller Reichtümer der Neuen Welt auf Flößen aus Balsaholz und Schilf Tausende von Kilometern weit zu transportieren«, sagte Pitt bewundernd.

Shannon schüttelte langsam den Kopf, während sie voller Ehrfurcht und Trauer zugleich den Schatz betrachtete. »Versuchen Sie es sich doch nur einmal vorzustellen, wenn Sie können. Das, was wir hier sehen, ist nur ein winziger Teil all der Reichtümer, über die die letzte große präkolumbianische Zivilisation verfügte. Wir können kaum ermessen, welch gewaltige Menge an Objekten die Spanier geraubt und zu Goldbarren eingeschmolzen haben.«

Giordinos Gesicht strahlte fast so hell wie das ganze Gold. »Da wird einem doch warm ums Herz, wenn man bedenkt, daß sich die schmierigen Spanier das Beste vom Besten haben entgehen lassen.«

»Meinen Sie, ich kann zu der Insel gelangen und die Artefakte untersuchen?« fragte Shannon.

»Und ich muß zum Fotografieren näher ran«, warf Rodgers ein.

»Nur, wenn Sie fünfzehn Meter weit durch Wildwasser waten können«, sagte Giordino.

Pitt ließ den Lichtstrahl über den kahlen Boden der Grotte schweifen. »Sieht so aus, als hätten die Inkas und die Chachapoyas die Brücke wieder mitgenommen. Sie werden die Sachen wohl oder übel von hier aus untersuchen und knipsen müssen.«

»Ich nehme mein Teleobjektiv und bete, daß mein Blitz so weit reicht«, sagte Rodgers.

»Was schätzt du, was das alles wert ist?« fragte Giordino.

»Dazu müßte man's wiegen«, meinte Pitt, »auf den derzeitigen Goldpreis umrechnen und alles mal drei nehmen, weil man den Sammlerwert der Kunstgegenstände berücksichtigen muß.«

»Ich bin sicher, der Schatz ist doppelt soviel wert, wie wir erwartet haben«, sagte Shannon.

Giordino schaute sie an. »Das wären ja dann um die dreihundert Millionen Dollar.«

Shannon nickte. »Vielleicht sogar noch mehr.«

»Er ist keinen Pfifferling wert«, warf Pitt ein, »solange er nicht nach oben gebracht wird. Keine leichte Aufgabe, die größeren Stücke, vor allem die Kette, von einer wildwasserumtobten Insel wegzuschaffen und durch den engen Gang auf den Berg hinaufzuschleppen. Ab dort braucht man dann alleine für die goldene Kette einen schweren Transporthubschrauber.«

»Sie reden da von einer großen Aktion«, sagte Rodgers.

Pitt richtete seine Lampe auf die riesige aufgerollte Kette. »Niemand hat gesagt, daß es ein Kinderspiel wird. Außerdem müssen nicht wir uns den Kopf zerbrechen, wie der Schatz nach oben gebracht wird.«

Shannon warf ihm einen fragenden Blick zu. »Ach nein? Und wer wird das Ihrer Meinung nach besorgen?«

Pitt starrte sie an. »Haben Sie das etwa schon vergessen? Wir sollen uns doch zurückhalten und ihn unseren guten alten Freunden von der *Solpemachaco* überlassen.«

Über der Betrachtung des reichen Schatzes war ihr diese unangenehme Anweisung völlig entfallen. »Eine Ungeheuerlichkeit«, stieß Shannon aufgebracht hervor, als sie ihr Selbstbewußtsein wiedergefunden hatte. »Eine gottverdammte Ungeheuerlichkeit. *Die* archäologische Entdeckung des Jahrhunderts, und ich darf die Bergungsaktion nicht leiten.«

»Warum reichen Sie keine Beschwerde ein?« schlug Pitt vor.

Wütend und verblüfft zugleich funkelte sie ihn an. »Was reden Sie da?«

»Teilen Sie doch unserer Konkurrenz mit, wie Sie sich fühlen.«

»Wie das?«

»Hinterlassen Sie ihnen eine Nachricht.«

»Sie sind verrückt.«

»Die Feststellung kommt reichlich spät«, sagte Giordino.

Pitt nahm das Seil, das Giordino sich um die Schultern gelegt hatte, und knotete eine Schlinge hinein. Dann ließ er das Seil kreisen und warf die Schlinge über das Wasser. Er grinste triumphierend, als sie über den Kopf eines kleinen, goldenen Affen auf einem Podest glitt.

»Ah, ha!« stieß er stolz hervor. »Will Rodgers ist nichts gegen mich.«

41

Als er mit dem Helikopter über der *Alhambra* schwebte, bestätigten sich Pitts schlimmste Befürchtungen. Niemand stand an Deck, um die Maschine und ihre Insassen zu empfangen. Die Fähre wirkte verlassen. Das Verladedeck war leer, das Ruderhaus ebenso. Das Schiff war nicht verankert, trieb aber auch nicht ab. Ruhig lag es im Wasser, sein Kiel nur zwei Meter über dem Schlick des flachen Meeresbodens. Allem Anschein nach war es von der Besatzung aufgegeben worden.

Das Meer war ruhig, ohne jede Dünung oder Wellen. Pitt landete mit dem Helikopter auf dem hölzernen Deck und stellte den Motor ab, sobald das Fahrwerk den Boden berührte. Er blieb sitzen, während der Lärm der Turbinen und der Rotorblätter langsam verklang und einer tödlichen Stille Platz machte. Er wartete eine ganze Minute lang, doch niemand tauchte auf. Er öffnete die Tür und stieg aus, dann blieb er wieder stehen und wartete, daß etwas passierte.

Schließlich trat ein Mann hinter einem Aufgang hervor und kam näher. Etwa 5 Meter (16 Fuß) vor dem Hubschrauber blieb er stehen. Auch ohne das gefärbte weiße Haar und den Bart erkannte Pitt ihn sofort als den Mann, der sich in Peru als Dr. Steven Miller ausgegeben hatte. Er lächelte, als hätte er gerade den großen Preis beim Wettangeln gewonnen.

»Ein bißchen außerhalb Ihres Reviers, nicht wahr?« sagte Pitt gelassen.

»Anscheinend ist es mein Schicksal, daß Sie mir immer wieder in die Quere kommen, Mr. Pitt.«

»Ein Aspekt, der mich wahrhaftig begeistert. Auf welchen Namen hören Sie diesmal?«

»Nicht, daß es Ihnen etwas nützen würde, aber ich bin Cyrus Sarason.«

»Ich kann nicht behaupten, daß es mich freut, Sie wiederzusehen.«

Sarason kam näher und spähte über Pitts Schulter hinweg ins Innere des Helikopters. Das selbstgefällige Lächeln verschwand aus seinem Gesicht und wich angespannter Besorgnis. »Sie sind allein? Wo sind die anderen?«

»Was für andere?« fragte Pitt unschuldig.

»Dr. Kelsey, Miles Rodgers und Ihr Freund Albert Giordino.«

»Sagen Sie's mir doch, da Sie die Passagierliste ohnehin auswendig kennen.«

»Bitte, Mr. Pitt, Sie sollten keine Spiele mit mir treiben«, warnte ihn Sarason.

»Sie hatten Hunger, deshalb habe ich sie bei einem Fischrestaurant in San Felipe abgesetzt.«

»Sie lügen.«

Pitt wandte den Blick nicht von Sarason. Doch auch ohne sich umzusehen, wußte er, daß etliche Waffen auf ihn gerichtet waren. Er hielt einfach die Stellung und schaute Doc Millers Mörder an, als machte er sich nicht die geringsten Sorgen.

»Dann zeigen Sie mich doch an«, versetzte Pitt lachend.

»Für Sie besteht wohl kaum ein Grund, überheblich zu sein«,

sagte Sarason kühl. »Möglicherweise ist Ihnen der Ernst Ihrer Lage nicht ganz klar.«

»Ich glaube schon«, sagte Pitt, der noch immer lächelte. »Sie wollen Huascars Schatz und würden notfalls halb Mexiko umbringen, um ihn zu kriegen.«

»Glücklicherweise wird das nicht notwendig sein. Ich gebe jedoch zu, daß mir der Schatz das wert wäre.«

»Interessiert es Sie gar nicht, warum wir unsere Suche zur gleichen Zeit durchführen wie Sie?«

Jetzt mußte Sarason lachen. »Mit ein bißchen Nachhilfe ließen sich Mr. Gunn und die Abgeordnete Smith gerne überreden, mir alles über das Drake-*Quipu* zu berichten.«

»Nicht gerade klug, eine Volksvertreterin der Vereinigten Staaten und den stellvertretenden Direktor einer Forschungsbehörde zu foltern.«

»Aber wirkungsvoll.«

»Wo befinden sich meine Freunde und die Besatzung der Fähre?«

»Ich habe mich schon gefragt, wann Sie wohl darauf zu sprechen kommen.«

»Wollen Sie mir ein Geschäft anbieten?« fragte Pitt, der durchaus merkte, daß ihn der starre Blick des Killers einschüchtern sollte. Er durchbohrte ihn seinerseits mit Blicken. »Oder möchten Sie lieber ein kleines Tänzchen mit mir machen?«

Sarason schüttelte den Kopf. »Ich sehe keinerlei Grund, weshalb ich mit Ihnen verhandeln sollte. Sie haben nichts anzubieten. Ihnen kann man offensichtlich nicht trauen. Und ich habe alle Karten in der Hand. Kurzum, Mr. Pitt, Sie haben das Spiel verloren, noch bevor Sie Ihr Blatt ziehen.«

»Dann können Sie als großmütiger Gewinner es sich ja leisten, meine Freunde herzuschaffen.«

Sarason zuckte nachdenklich mit den Schultern, hob die Hand und winkte kurz. »Das mindeste, was ich für Sie tun kann, bevor ich Ihnen ein paar schwere Gewichte an die Füße hänge und Sie über Bord werfen lasse.«

Vier kräftige, dunkelhäutige Männer, die wie die Rausschmeißer der örtlichen Cantinas aussahen, trieben die Gefangenen mit vorgehaltenen automatischen Gewehren aus einem Durchgang und ließen sie hinter Sarason antreten.

Gordo Padilla kam zuerst, gefolgt von Jesús, Gato und dem Maschinenmaat, dessen Namen Pitt, soweit er wußte, noch nie gehört hatte. Die blauen Flecke und das getrocknete Blut auf ihren Gesichtern verrieten, daß man sie verprügelt hatte, aber keiner war ernsthaft verletzt. Gunn war nicht so glimpflich davongekommen. Er mußte regelrecht aus dem Durchgang geschleift werden. Er war übel zusammengeschlagen worden – Pitt sah die Blutspuren auf seinem Hemd und die groben Lappen, die um seine Hände gewikkelt waren. Dann stand Loren da. Ihr Gesicht war abgespannt, die Wangen und Lippen waren verquollen und geschwollen, als wäre sie von einer Biene gestochen worden. Ihre Haare waren zerzaust, und an Armen und Beinen hatte sie bläulich verfärbte Striemen. Dennoch hatte sie den Kopf stolz erhoben und schüttelte die Wachen ab, als diese sie roh vorwärts stießen. Ihre Miene war voller Trotz, bis sie Pitt sah. Enttäuscht verzog sie plötzlich das Gesicht und stöhnte verzweifelt auf.

»O nein, Dirk!« rief sie. »Dich haben sie also auch.«

Gunn hob mühsam den Kopf und stieß etwas zwischen seinen aufgeplatzten, blutenden Lippen hervor. »Ich wollte dich warnen, aber . . .« Seine Stimme wurde zu leise, als daß man ihn hätte verstehen können.

Sarason lächelte gefühllos. »Ich glaube, Mr. Gunn wollte sagen, daß er und die Besatzung von meinen Männern überwältigt wurden. Dabei waren sie vorher so freundlich, uns an Bord zu lassen, als wir in einem gemieteten Fischerboot längsseits gingen und darum baten, ihr Funkgerät benutzen zu dürfen.«

Pitt wäre am liebsten auf die Männer losgegangen, die seine Freunde so brutal mißhandelt hatten. Er holte tief Luft, um sich zu beherrschen. Er schwor sich insgeheim, daß der Mann, der da vor ihm stand, dafür büßen würde. Nicht jetzt. Aber wenn er keine Dummheiten machte, würde der Zeitpunkt mit Sicherheit noch kommen.

Wie beiläufig schielte er zur nächsten Reling und schätzte Entfernung und Höhe ab. Dann wandte er sich wieder an Sarason.

»Ich mag es nicht, wenn große, harte Männer wehrlose Frauen

verprügeln«, sagte er ruhig. »Und aus welchem Grund? Ihnen ist doch bekannt, wo sich der Schatz befindet.«

»Dann stimmt es also«, sagte Sarason mit zufriedener Miene. »Sie haben auf dem Cerro el Capirote das Fabeltier gefunden, das das Gold bewacht.«

»Wenn Sie etwas runtergegangen wären, statt hinter den Wolken Verstecken zu spielen, hätten sie das Tier selbst gesehen.«

Bei Pitts letzten Worten kniff sein Gegenüber verwundert die leblosen Augen zusammen.

»Sie wußten, daß Sie verfolgt wurden?« fragte Sarason.

»War doch selbstverständlich, daß Sie nach unserer Begegnung gestern Ausschau nach dem Helikopter halten würden. Ich nehme an, Sie haben beiderseits des Golfes nach unserem Landeplatz gesucht und allerlei Fragen gestellt, bis irgendein nichtsahnender Zeitgenosse in San Felipe Sie auf unsere Fährte aufmerksam gemacht hat.«

»Sie sind sehr scharfsinnig.«

»Eigentlich nicht. Ich habe den Fehler gemacht, Sie zu überschätzen. Ich hätte nicht gedacht, daß Sie sich wie ein blutiger Anfänger aufführen und unseren kleinen Wettstreit verhunzen würden. Eine Handlungsweise, für die es keine Entschuldigung gibt.«

An Sarasons Augen konnte man erkennen, wie verblüfft er war. »Was geht hier vor sich, Pitt?«

»Das gehört alles zum Plan«, antwortete Pitt beinahe freundlich. »Ich habe Sie absichtlich zum Jackpot geführt.«

»Eine dreiste Lüge.«

»Sie sind reingelegt worden, Freundchen. Denken Sie doch mal nach. Warum, glauben Sie, habe ich Dr. Kelsey, Rodgers und Giordino abgesetzt, bevor ich zur Fähre zurückgekehrt bin? Damit sie nicht in Ihre schmutzigen Hände fallen, deswegen.«

»Vor Ihrer Rückkehr konnten Sie gar nicht wissen, daß wir das Schiff kapern würden«, sagte Sarason langsam.

»Nicht mit Sicherheit. Sagen wir mal, mein sechster Sinn hat Überstunden gemacht. Das und die Tatsache, daß niemand auf der Fähre auf meine Funksprüche reagierte.«

Langsam breitete sich ein verschlagener, hyänenähnlicher Blick auf Sarasons Gesicht aus. »Hübscher Versuch, Pitt. Aus Ihnen könnte ein hervorragender Kinderbuchautor werden.«

»Glauben Sie mir etwa nicht?« fragte Pitt, als wäre er ehrlich überrascht.

»Nicht ein Wort.«

»Was haben Sie mit uns vor?«

Sarason wirkte geradezu ekelerregend fröhlich. »Sie sind ja noch naiver, als ich dachte. Sie wissen doch genau, was mit Ihnen passieren wird.«

»Sie fordern Ihr Glück heraus, nicht wahr, Sarason? Wenn Sie die Kongreßabgeordnete Smith ermorden, haben Sie sämtliche Sicherheitskräfte der Vereinigten Staaten auf dem Hals.«

»Niemand wird erfahren, daß sie ermordet wurde«, sagte er ungerührt. »Ihr Fährschiff wird einfach mit Mann und Maus sinken. Ein unglücklicher Unfall, dessen Ursache niemals geklärt werden wird.«

»Es gibt immer noch Dr. Kelsey, Rodgers und Giordino. Sie sind sicher und wohlauf in Kalifornien und warten nur darauf, die Geschichte den Agenten von Zoll und FBI zu erzählen.«

»Wir sind hier nicht in den Vereinigten Staaten. Wir befinden uns im souveränen Staat Mexiko. Die örtlichen Behörden werden eingehende Ermittlungen anstellen, aber trotz der grundlosen Anschuldigungen Ihrer Freunde keinerlei Beweise finden, daß die Sache nicht mit rechten Dingen zugegangen ist.«

»Da es um annähernd eine Milliarde Dollar geht, hätte ich mir eigentlich denken können, daß Sie sich das Wohlwollen der einheimischen Beamtenschaft etwas haben kosten lassen.«

»Nachdem wir ihnen einen Anteil am Schatz versprachen, konnten sie ihre Hilfsbereitschaft kaum noch zügeln«, sagte Sarason großspurig.

»Wenn man bedenkt, um wieviel es geht«, sagte Pitt, »konnten Sie es sich auch leisten, den Weihnachtsmann zu spielen.«

Sarason blickte in die untergehende Sonne. »Der Tag geht zur Neige. Ich glaube, wir haben lange genug geplaudert.« Er drehte sich um und nannte einen Namen, bei dem Pitt ein Schaudern durch Mark und Bein ging. »Tupac. Kommen Sie her und begrüßen Sie den Mann, der Sie impotent gemacht hat.«

Tupac Amaru trat hinter einem der Wachposten hervor, stellte sich vor Pitt und grinste wie der Totenschädel auf einer Piratenflagge. Er wirkte erfreut, zugleich aber auch kühl und kalkulierend wie ein Schlachter, bevor er ein Stück gutabgehangene Rinderlende tranchiert.

»Ich habe dir gesagt, ich werde dich genauso leiden lassen, wie ich durch dich gelitten habe«, stieß Amaru düster hervor.

Pitt musterte die boshafte Fratze. Er war unfähig, den Blick abzuwenden. Er brauchte keinen Trainer, der ihm eintrichterte, was ihm bevorstand. Jetzt blieb ihm nichts anderes übrig, als den Plan durchzuführen, den er sich zurechtgelegt hatte, seit er aus dem Hubschrauber gestiegen war. Er ging auf Amaru zu, wich aber etwas zur Seite und fing unauffällig an, rasch und tief durchzuatmen.

»Falls du derjenige bist, der Loren Smith, einer Kongreßabgeordneten, etwas zuleide getan hat, dann bist du schon bald ein toter Mann, das schwöre ich dir, so wahr du hier vor mir stehst und ein blödes Gesicht machst.«

Sarason lachte. »Nein, nein. Sie, Mr. Pitt, werden niemanden mehr töten.«

»Sie aber auch nicht. Sogar in Mexiko wird man Sie hängen, wenn es Zeugen Ihrer Mordtat gibt.«

»Das möchte ich mitnichten bestreiten.« Sarason musterte Pitt mit forschendem Blick. »Aber von welchen Zeugen sprechen Sie, bitte?« Er hielt inne und deutete mit dem Arm über die weite, verlassene See. »Wie Sie sehen können: Die nächste Küste, eine öde Wüstenei übrigens, ist zwanzig Kilometer entfernt, und das einzige andere Schiff weit und breit ist unser Fischerboot, das steuerbord voraus vor Anker liegt.«

Pitt legte den Kopf zurück und schaute hinauf zum Ruderhaus. »Was ist mit dem Steuermann der Fähre?«

Alle drehten sich um, alle bis auf Gunn. Er nickte Pitt unbemerkt zu, hob dann die Hand und deutete auf das leere Ruderhaus. »Versteck dich, Pedro!« schrie er lauthals. »Lauf weg und versteck dich!«

Drei Sekunden, mehr brauchte Pitt nicht. Drei Sekunden für die vier Schritte und den Sprung über die Reling ins Meer. Zwei Posten nahmen die jähe Bewegung aus dem Augenwinkel heraus wahr, fuhren herum und gaben einen kurzen Feuerstoß aus ihren automatischen Gewehren ab. Doch es war nur ein Reflex. Sie schossen zu hoch, und sie schossen zu spät. Pitt tauchte bereits ins Wasser und verschwand in der schlammig trüben Brühe.

42

Sobald Pitt im Wasser war, arbeitete er sich wie besessen mit Armen und Beinen voran. Jedes olympische Wettkampfkomitee wäre beeindruckt gewesen – er mußte einen neuen Weltrekord im Unterwasserschwimmen aufgestellt haben. Das Wasser war warm, doch wegen des Schlamms, den der Colorado mitführte, konnte man kaum einen Meter weit sehen. Das Krachen der Schüsse wurde durch die Wasserdichte noch verstärkt, so daß es für Pitt wie schwerer Artilleriebeschuß klang.

Kugeln schlugen im Meer ein. Unter Wasser hörte es sich so an, als zöge jemand einen Reißverschluß zu. Sobald Pitt mit den Händen eine feine Schlickwolke am Grund aufwühlte, ging er in die Waagerechte. Bei der Air Force hatte er gelernt, so entsann er sich wieder, daß eine Kugel, die anderthalb Meter durchs Wasser geschossen ist, keine Wirkung mehr hat. Danach sinkt sie harmlos auf den Grund.

Als es über ihm dunkel wurde, wußte er, daß er unter die Backbordseite der *Alhambra* getaucht war. Er hatte Glück mit seinem Timing. Die Flut nahte, und das Fährschiff lag nun gute zwei Meter über dem Grund. Er schwamm langsam und stetig, ließ etwas Luft aus seiner Lunge entweichen und hielt sich schräg nach achtern, ein Kurs, der ihn, wie er hoffte, zu dem großen Schaufelrad auf der Steuerbordseite führen würde. Sein Sauerstoffvorrat war fast verbraucht, und ihm wurde bereits schwarz vor Augen, als er unter dem Schatten der Fähre hervorglitt und es über ihm wieder hell wurde.

2 Meter (6,5 Fuß) hinter dem schützenden Gehäuse des Steuerbordrades stieß er mit dem Kopf aus dem Wasser. Ihm war egal, ob er dabei seine Deckung preisgab. Entweder das, oder er wäre ertrunken. Die eigentliche Frage war, ob Sarasons Schergen ahnten,

was er vorhatte, und auf die andere Seite des Schiffes gerannt waren. Er hörte immer noch vereinzelte Schüsse von Backbord. Seine Hoffnung stieg. Sie waren ihm nicht auf die Schliche gekommen, noch nicht jedenfalls.

In raschen, tiefen Zügen atmete Pitt die klare Luft ein, während er sich orientierte. Und dann tauchte er unter das mächtige Schaufelrad der Fähre, wo er vorübergehend in Sicherheit war. Nachdem er in etwa die Entfernung abgeschätzt hatte, streckte er die Hände weit aus und stieß sich mit den Füßen voran. Seine Hand traf auf einen festen Holzbalken. Er hielt sich daran fest und zog sich hoch, bis sein Kopf aus dem Wasser war. Rundum waren Träger und Streben, so daß er sich vorkam wie in einer riesigen Scheune.

Er blickte zu dem großen Antriebsrad hinauf, das die Fähre durchs Wasser bewegte. Es war ein Speichenrad, das sowohl von der Bauweise als auch von der Funktion her einem malerischen alten Mühlenrad ähnelte. Etwa 10 Meter (33 Fuß) lange, hölzerne Speichen ragten von einer an der Achse angebrachten, schweren schmiedeeisernen Nabe auf. An diesen Speichen waren lange Querplanken, sogenannte Schaufeln, befestigt, die sich rückwärts drehten, ins Wasser eintauchten und die Fähre antrieben. Die gesamte Konstruktion befand sich, wie auch ihr Gegenstück auf der anderen Seite, in einem riesigen Gehäuse innerhalb des Bootsrumpfes.

Pitt hielt sich an einer der Schaufeln fest, wartete und sah zu, wie ein kleiner Schwarm neugieriger Sandbarsche seine Beine umkreiste. Er war noch längst nicht aus dem Schneider. Dort oben mußte es eine Tür geben, damit die Schiffsbesatzung die Schaufelräder warten konnte. Er beschloß, noch eine Weile im Wasser zu bleiben. Kein Mensch, der seine fünf Sinne beisammen hatte, würde riskieren, am Schaufelrad nach oben zu klettern und sich dabei von einem der harten Burschen mit den nervösen Fingern erwischen zu lassen, der vielleicht gerade durch die Tür kam. Besser, er blieb im Wasser, wo er beim ersten Geräusch untertauchen konnte.

Über sich an Deck hörte er rasche Schritte, dazwischen den einen oder anderen Feuerstoß. Pitt konnte nichts sehen, aber niemand mußte ihm sagen, was Sarasons Männer machten. Sie rannten am offenen Deck hin und her und schossen auf alles im Wasser, was auch nur entfernt so aussah wie ein menschlicher Körper. Er hörte laute Stimmen, doch die Worte drangen nur gedämpft an sein Ohr. Im Umkreis von 50 Metern (164 Fuß) überlebte kein größerer Fisch diesen Beschuß.

Kurz darauf hörte er, wie erwartet, ein Klicken am Türschloß. Er glitt tiefer ins Wasser, bis nur mehr ein Teil seines Kopfes herausragte. Außerdem war er durch eine mächtige Schaufel nach oben hin gedeckt.

Das unrasierte Gesicht, das durch das Schaufelrad herab aufs Wasser spähte, konnte er nicht sehen, doch dann hörte er laut und deutlich eine Stimme vor der Tür, eine Stimme, die er nur zu gut kannte. Er spürte, wie sich ihm die Nackenhaare sträubten, als er Amarus Worte vernahm.

»Irgendeine Spur von ihm zu sehen?«

»Hier unten gibt's bloß Fische«, schnaubte der Mann an der Tür, der gerade die gefleckten Sandbarsche entdeckt hatte.

»Er ist nirgendwo neben dem Schiff aufgetaucht. Wenn er nicht tot ist, muß er sich einfach unter dem Schiff verstecken.«

»Hier unten versteckt sich niemand. Reine Energieverschwendung, hier überhaupt zu suchen. Wir haben so viel Blei in ihn gepumpt, daß wir seine Leiche als Anker verwenden könnten.«

»Ich bin erst dann zufrieden, wenn ich die Leiche gesehen habe«, sagte Amaru bestimmt.

»Wenn du eine Leiche sehen willst«, sagte der Schläger, während er aus der Tür trat, »dann zieh doch einen Fangrechen durch den Schlick. Ansonsten kriegst du den nie wieder zu sehen.«

»Zurück zur vorderen Verladerampe«, befahl Amaru. »Das Fischerboot kehrt zurück.«

Pitt konnte das Tuckern des Dieselmotors hören und den Strudel der Schraube spüren, als das Fischerboot längsseits ging, um Sarason und seine Söldnerbande wieder aufzunehmen. Pitt fragte sich kurz, was seine Freunde wohl davon hielten, daß er ihre Nerven so strapazierte, auch wenn es nichts als ein verzweifelter Versuch war, ihnen das Leben zu retten.

Nichts lief nach Plan. Sarason war Pitt immer zwei Schritte voraus.

Pitt hatte bereits zugelassen, daß Loren und Gunn durch diese Kunstdiebe gelitten hatten. Er hatte törichterweise nichts unternommen, als das Fährschiff samt seiner Besatzung gekapert worden war. Er hatte das Geheimnis von Huascars Schatz preisgegeben. So, wie er die Sachen anging, hätte Pitt sich nicht gewundert, wenn Sarason und seine Spießgesellen ihn zum Vorstandsvorsitzenden der *Solpemachaco* ernannten.

Fast eine Stunde verging, ehe er spürte, daß das Fischerboot in der Ferne verschwand. Kurz darauf folgte das Rotorengeräusch eines Hubschraubers, der von der Fähre abhob, zweifellos der NUMA-Helikopter. Pitt fluchte. Ein weiteres Geschenk an die Gauner.

Die Dunkelheit war hereingebrochen, und kein Lichtstrahl spiegelte sich auf dem Wasser. Pitt fragte sich, warum die Männer oben so lange gebraucht hatten, das Schiff zu verlassen. Er war davon überzeugt, daß einer oder mehrere zurückgeblieben waren, um sich um ihn zu kümmern, falls er doch noch von den Toten auferstehen sollte. Amaru und Sarason konnten die anderen nicht umbringen, solange sie nicht mit absoluter Sicherheit wußten, daß Pitt tot war und niemandem mehr etwas erzählen konnte. Vor allem nicht der Presse.

Eine tiefe Beklommenheit überkam Pitt. Es war, als hätte man ihm einen Mühlstein um den Hals gelegt. Er war auf jeden Fall im Nachteil. Wenn Loren und Rudi von der *Alhambra* weggebracht worden waren, mußte er irgendwie an Land gelangen und Giordino und die Zollbeamten in der amerikanischen Grenzstadt Calexico von den Vorgängen verständigen. Und was war mit der Besatzung? Erst mußte er sichergehen und sich überzeugen, daß Amaru und seine Freunde nicht an Bord waren. Wenn auch nur einer zurückgeblieben war, um herauszufinden, ob er nur den toten Mann gespielt hatte, steckte er in der Klemme. Sie konnten sich so viel Zeit lassen, wie sie wollten. Er hatte überhaupt keine.

Er stieß sich von der Schaufel ab und tauchte unter den Rumpf. Der Kiel schien näher am Schlick zu sein, als er es in Erinnerung hatte. Er konnte es sich nicht erklären, bis er unter einem Lenzrohr hindurchschwamm und den starken Sog spürte. Man mußte Pitt nicht extra sagen, daß die Seeventile geöffnet worden waren. Amaru wollte die *Alhambra* versenken.

Er machte kehrt und schwamm langsam zurück zum anderen Ende des Fährschiffes, wo er mit dem Hubschrauber gelandet war.

Er riskierte die Entdeckung, als er im Schutz des Oberdecks neben dem Schiff auftauchte und erneut Luft holte. Nach fast anderthalb Stunden im Wasser kam er sich völlig aufgeweicht vor. Seine Haut war runzlig wie die eines Fünfundneunzigjährigen. Er war nicht übermäßig erschöpft, spürte aber, daß er allenfalls noch über achtzig Prozent seiner Kraft verfügte. Wieder glitt er unter den Rumpf und schwamm zu den flachen Rudern am Heck. Kurz darauf ragten sie vor ihm aus dem trüben Wasser. Er streckte die Hand aus, hielt sich an einem fest und hob langsam den Kopf aus dem Wasser.

Kein höhnisches Gesicht erwartete ihn, keine Pistole war auf ihn gerichtet. Er hängte sich ans Ruder und ließ sich treiben, entspannte sich und wartete, bis er wieder zu Kräften kam. Er spitzte die Ohren, hörte aber keinerlei Ton vom Autodeck.

Schließlich stemmte er sich so weit hoch, daß er über den Rand der Verladerampe blicken konnte. Die *Alhambra* lag in völliger Dunkelheit, weder innen noch außen brannte ein Licht. Die Decks wirkten leer und verlassen. Der NUMA-Helikopter war, wie er vermutet hatte, verschwunden. Kribbelnd kroch ihm die Furcht vor dem Unbekannten über das Rückgrat. Es war viel zu still – wie in einem Fort im Wilden Westen kurz vor einem Überfall der Apachen.

Nicht gerade einer seiner besseren Tage, dachte Pitt. Seine Freunde wurden als Geiseln gefangengehalten. Wenn sie nicht schon tot waren. Ein Gedanke, bei dem er gar nicht erst verweilen wollte. Die NUMA hatte durch ihn ein weiteres Flugzeug verloren. Gestohlen von genau den Kriminellen, die er in die Falle hatte locken sollen. Die Fähre sank unter ihm weg, und er war sich völlig sicher, daß irgendwo an Bord ein Killer lauerte, der auf grausame Rache aus war. Alles in allem wäre er lieber in der Süd-Bronx gewesen.

Er wußte nicht, wie lange er schon am Ruder hing. Vielleicht fünf Minuten, vielleicht fünfzehn. Seine Augen hatten sich längst an die Dunkelheit gewöhnt, doch alles, was er innerhalb des Autodecks erkennen konnte, waren die verchromte Stoßstange und der Kühlergrill des Pierce Arrow. Er blieb, wo er war, und wartete ab, ob sich jemand bewegte oder einen Ton von sich gab. Das offene Deck, das zu dem gähnend leeren Frachtraum führte, schreckte ihn ab.

Aber wenn er eine Waffe wollte, dachte er nervös, mußte er dorthin. Und eine Waffe brauchte er, wenn er sich gegen Männer zur Wehr setzen wollte, die Sushi aus ihm machen wollten.

Wenn Amarus Männer den alten Travelodge nicht genauestens durchsucht hatten, dann hatten sie auch John Brownings zuverlässige Colt-Automatik .45 nicht gefunden, die Pitt im Gemüsefach des Kühlschranks aufbewahrte.

Er hielt sich am überhängenden Oberdeck fest und stemmte sich an Bord. Pitt brauchte nicht mehr als fünf Sekunden, um über das offene Deck zu rennen, die Wohnwagentür bis zum Anschlag aufzureißen und hineinzuspringen. Im gleichen Augenblick hatte er auch schon die Kühlschranktür offen und das Gemüsefach herausgezogen. Der Colt lag genau dort, wo er ihn hingelegt hatte. Erleichtert atmete er auf, als er die vertraute Waffe in die Hand nahm.

Doch die Freude währte nicht lange. Der Colt lag leicht in seiner Hand, zu leicht. Er zog den Schlitten zurück und warf das Magazin aus. Es war leer, und auch im Lauf steckte kein Schuß. Mit wachsender Sorge und Verzweiflung öffnete er die Schublade neben dem Herd, in der die Küchenmesser lagen. Sie waren weg, genauso wie das Silberbesteck. Die einzige Waffe, die ihm zur Verfügung stand, war offenbar ein nutzloser Colt.

Wie Katz und Maus.

Natürlich waren sie da draußen. Pitt wußte jetzt, daß Amaru sich Zeit lassen und mit seinem Opfer spielen würde, bevor er es verstümmelte und die Einzelteile ins Meer warf. Pitt genehmigte sich ebenfalls eine Pause und legte sich eine Strategie zurecht. Er setzte sich im Dunkeln auf das Bett im Wohnwagen und plante in aller Ruhe seine nächsten Züge.

Wenn einer der Killer auf dem Autodeck gewesen wäre, hätte er Pitt mit Leichtigkeit erschießen, erstechen oder mit einem Knüppel niederschlagen können, während er zum Wohnwagen gerannt war. Und auch jetzt konnte nichts sie davon abhalten, hereinzustürmen und ihn hier zu erledigen. Amaru war ein verschlagener Kerl, wie Pitt sich widerwillig eingestand. Der Südamerikaner hatte erraten, daß Pitt noch lebte und die erste Gelegenheit nutzen würde, sich eine Waffe zu beschaffen. Daß er den Wohnwagen durchsucht und den Colt gefunden hatte, war schon raffiniert. Regelrecht sadistisch aber war es, daß er zwar die Kugeln herausgenommen, die Waffe aber an Ort und Stelle gelassen hatte. Doch es war lediglich ein erster Schritt. Amaru hatte vor, Pitt zappeln zu lassen, bevor er ihn tötete, er wollte mit ihm spielen, ihm Schmerz und Qual bereiten, bevor er ihm den Gnadenstoß gab.

Aber eins nach dem anderen, beschloß Pitt. Schon richtig, daß da draußen in der Dunkelheit Ungeheuer auf ihn lauerten, Ungeheuer, die ihn ermorden wollten. Sie dachten, er sei hilflos wie ein Säugling und von dem sinkenden Schiff komme er sowieso nicht weg. Und genau das sollten sie auch denken.

Amaru hatte es also nicht eilig. Nun, er auch nicht.

Pitt zog sich seelenruhig die nasse Kleidung und die triefenden Schuhe aus und frottierte sich ab. Danach schlüpfte er in eine graue Hose, ein schwarzes Baumwollsweatshirt und ein Paar Turnschuhe. Dann schmierte er sich gelassen ein Erdnußbutterbrot, aß es und trank zwei Gläser Crystal Light dazu. Frisch gestärkt öffnete er eine kleine Schublade unter dem Bett und überprüfte den Inhalt eines ledernen Pistolenfutterals. Das Reservemagazin war weg, genau wie erwartet. Aber die kleine Taschenlampe war noch da, und in der einen Schublade fand er eine kleine Plastikflasche, die laut Etikett ein Konzentrat aus Vitamin A und C sowie Beta-Karotin enthielt. Er schüttelte das Fläschchen und grinste wie ein fröhlicher Camper, als es innen schepperte.

Er schraubte den Deckel ab und kippte acht Kugeln vom Kaliber .45 in seine Hand. Jetzt sah es schon besser aus, dachte er. Amarus Gerissenheit kannte eben doch Grenzen. Pitt schob sieben Kugeln ins Magazin und eine in den Lauf. Jetzt konnte er zurückschießen. Außerdem konnte die gute *Alhambra* allenfalls bis zum überkragenden Deck sinken. Ihr Kiel würde bald auf Grund stoßen.

Wieder mal ein Beweis für die Richtigkeit von Pitts Gesetz, dachte er: »Jeder Plan eines Gauners hat mindestens einen Schwachpunkt.«

Pitt blickte auf seine Uhr. Beinahe zwanzig Minuten waren vergangen, seit er den Wohnwagen betreten hatte. Er wühlte in einer Schublade mit Kleidung herum, bis er auf eine dunkelblaue Skimaske stieß, die er sich über den Kopf zog. Danach entdeckte er in der Tasche einer Hose, die über einem Stuhl hing, sein Schweizer Offizersmesser.

Er zog einen kleinen Ring am Fußboden hoch und öffnete eine Klapptür, die er eingebaut hatte, um zusätzlichen Stauraum zu schaffen. Er hob die Packkiste heraus, stellte sie beiseite und schlängelte sich durch die schmale Öffnung im Boden. Jetzt lag er unter dem Wohnwagen am Deck, spähte in die Dunkelheit und lauschte. Kein Ton. Seine unsichtbaren Jäger waren geduldige Männer.

Kühl und überlegt wie ein Mann, der genau weiß, was er will, und keinerlei Zweifel am Gelingen seines Vorhabens hat, wälzte sich Pitt unter dem Wohnwagen hervor, huschte wie ein Phantom durch ein Luk in der Nähe und stieg über einen Niedergang in den Maschinenraum hinunter.

Er bewegte sich vorsichtig und achtete darauf, daß er keine unnötige Bewegung und keinerlei auffälliges Geräusch machte.

Amaru würde ihm keinen Spielraum lassen.

Da sich niemand um die Energiezufuhr kümmerte, waren die Kessel, in denen der Dampf für den Antrieb des Tandemausgleichsbalkens erzeugt wurde, so weit abgekühlt, daß Pitt die bloße Hand auf das vernietete Metall legen konnte, ohne sich die Haut zu verbrennen. Er hob die Waffe in der rechten Hand und hielt die Taschenlampe mit der linken so weit von sich weg, wie es sein ausgestreckter Arm zuließ. Nur Unvorsichtige richten den Lichtstrahl geradeaus. Wenn ein in die Ecke gedrängter Mann auf jemanden schießt, der ihm mit einer Lampe ins Gesicht leuchtet, zielt er mit der Waffe unweigerlich dahin, wo er den Körper vermutet – direkt hinter dem Licht.

Der Maschinenraum wirkte verlassen, doch dann zuckte Pitt zusammen. Von irgendwoher ertönte ein leises Murmeln, so als versuchte jemand trotz eines Knebels zu sprechen. Pitt ließ den Lichtstrahl über die riesigen A-Stützen schweifen, die den Ausgleichsbalken trugen. Da oben war jemand. Vier Mann waren da oben.

Gordo Padilla, der Maschinenmaat, dessen Namen Pitt nicht kannte, und die beiden Matrosen, Jesús und Gato – alle hingen sie dort kopfüber, gefesselt und mit Klebeband geknebelt, und sahen ihn mit flehenden Blicken an. Pitt klappte die größte Klinge seines

Schweizer Offiziersmessers auf, schnitt sie rasch los und befreite ihre Hände, damit sie sich das Klebeband vom Mund ziehen konnten.

»*Muchas gracias, amigo*«, stieß Padilla keuchend hervor, während er sich mit dem Band etliche Haare seines Schnurrbarts ausriß. »Gelobt sei die Jungfrau Maria, daß Sie rechtzeitig gekommen sind. Die wollten uns wie Schafen die Kehle durchschneiden.«

»Wann haben Sie sie das letzte Mal gesehen?« fragte Pitt leise.

»Ist nicht länger als zehn Minuten her. Die könnten jede Sekunde zurückkommen.«

»Ihr müßt vom Boot weg.«

»Ich weiß nicht mehr, wann wir das letzte Mal die Rettungsboote zu Wasser gelassen haben.« Padilla zuckte unschuldig mit den Schultern, eine typisch mexikanische *Mañana*-Geste. »Die Davits und die Maschinen sind wahrscheinlich festgerostet und die Boote verrottet.«

»Könnt ihr schwimmen?« fragte Pitt verzweifelt.

Padilla schüttelte den Kopf. »Nicht besonders. Jesús kann überhaupt nicht schwimmen. Seeleute gehen nicht gern ins Wasser.« Dann strahlte sein Gesicht im Schein der Taschenlampe auf. »Bei der Kombüse ist ein kleines Sechsmannfloß an der Reling vertäut.«

»Betet lieber, daß es noch schwimmt.« Pitt reichte Padilla sein Messer. »Schneiden Sie damit das Floß los.«

»Was ist mit Ihnen? Kommen Sie nicht mit?«

»Geben Sie mir zehn Minuten Zeit, damit ich rasch das Schiff nach den anderen durchsuchen kann. Wenn ich bis dahin kein Lebenszeichen von ihnen entdeckt habe, legen Sie und Ihre Männer mit dem Floß ab. Ich sorge derweil für ein Ablenkungsmanöver.«

Padilla umarmte Pitt. »Viel Glück dabei.«

Es wurde Zeit, daß sie weitermachten.

Bevor er sich auf das Oberdeck begab, stieg Pitt in das Wasser, das rasch die Bilge füllte, und drehte die Seeventile zu. Er entschied sich, auf dem Rückweg weder den Niedergang noch eine Treppe zu benutzen. Er hatte das ungute Gefühl, daß Amaru jede seiner Bewegungen verfolgte. Er kletterte an der Maschine hinauf, bis er oben auf dem Dampfzylinder war, stieg dann über eine

Jakobsleiter auf die A-Streben und trat unmittelbar hinter den beiden Schloten auf das Oberdeck.

Pitt hatte keine Angst vor Amaru. In Peru hatte er die erste Runde gewonnen, weil Amaru ihn für tot gehalten und abgeschrieben hatte, nachdem er die Sicherheitsleine in den Opferbrunnen geworfen hatte. Der Killer aus Südamerika war nicht unfehlbar. Und er würde wieder versagen, weil sein Verstand von Haß und Rachegelüsten getrübt war.

Nachdem er beide Ruderhäuser durchsucht hatte, arbeitete Pitt sich nach unten vor. Weder in dem weitläufigen Aufenthaltsraum für die Passagiere noch in der Kombüse, noch in den Mannschaftsquartieren entdeckte er die geringste Spur von Loren oder Rudi. Die Suche ging rasch vonstatten.

Da er nicht wußte, ob und auf wen er in der Dunkelheit stoßen würde, erkundete Pitt den Großteil des Schiffes auf allen vieren, hastete wie eine Krabbe von einem Winkel zum nächsten und benutzte jede ihm zur Verfügung stehende Deckung. Das Schiff wirkte so einsam wie ein Friedhof, aber er glaubte nicht eine Sekunde lang, daß die Killer es verlassen hatten.

Die Voraussetzungen waren unverändert. Loren und Rudi Gunn waren offenbar lebend von der Fähre weggebracht worden, da Sarason wohl das Gefühl gehabt hatte, daß Pitt noch am Leben war. Sein Fehler war, daß er sich auf einen Mann verließ, der von Rachegefühlen getrieben wurde. Amaru war zu krank vor Haß, als daß er Pitt kurzerhand erledigen würde. Die Aussicht, den Mann, der ihn seiner Manneskraft beraubt hatte, sämtliche Qualen der Hölle erleiden zu lassen, war viel zu verlockend. Auch über Loren und Rudi Gunn hing ein Damoklesschwert, aber es würde erst fallen, wenn sich die Nachricht verbreitete, daß Pitt endgültig ausgeschaltet war.

Die zehn Minuten waren um. Pitt blieb nichts anderes übrig, als für ein Ablenkungsmanöver zu sorgen, damit Padilla und seine Männer mit dem Floß in die Dunkelheit davonpaddeln konnten. Sobald er sicher sein konnte, daß sie weg waren, wollte Pitt an Land schwimmen.

Zwei Sekunden, nachdem er das leise Geräusch bloßer Füße auf dem Deck gehört hatte, rettete ihn nur ein plötzlicher Satz, bei dem er auf allen vieren landete. Es war ein alter Football-Trick, der ohne ständiges Training nicht mehr richtig funktionierte. Er bewegte sich aus einem reinen Reflex heraus. Wenn er sich umgedreht und die Taschenlampe und den Colt auf die dunkle Gestalt gerichtet hätte, die aus der Dunkelheit gestürzt kam, hätte er beide Hände und den Kopf durch die Machete verloren, die wie ein Flugzeugpropeller durch die Luft sauste.

Der Mann, der aus der Dunkelheit geschossen kam, konnte sich nicht mehr bremsen. Seine Knie stießen gegen Pitts geduckten Leib, und hilflos flog er, wie von einer mächtigen Feder katapultiert, nach vorne und krachte schwergewichtig auf das Deck. Die Machete segelte über die Bordwand. Pitt rollte sich seitlich ab, richtete das Licht auf den Angreifer und drückte ab. Mit ohrenbetäubendem Donnern ging die Waffe los, und die Kugel drang knapp unter der Achselhöhle des Killers ein. Es war ein tödlicher Treffer. Der Mann keuchte einmal kurz auf, dann erschlaffte sein Körper, und er gab kein Lebenszeichen mehr von sich.

»Gute Arbeit, Gringo«, dröhnte Amarus Stimme aus einem Lautsprecher. »Manuel war einer meiner besten Männer.«

Pitt dachte nicht daran zu antworten. Rasch überschlug er die Situation. Ihm war sofort klar, daß Amaru jede seiner Bewegungen verfolgt hatte, seit er das Oberdeck betreten hatte. Jetzt brauchte er nicht mehr heimlich herumzuschleichen. Die wußten, wo er war, aber er konnte sie nicht sehen. Das Spiel war aus. Er konnte nur hoffen, daß Padilla und seine Männer unbemerkt von Bord gelangten.

Um Eindruck zu machen, gab er drei weitere Schüsse in die Richtung ab, aus der Amarus Stimme ertönte.

»Vorbei.« Amaru lachte. »Sogar weit vorbei.«

Pitt wollte Zeit gewinnen, deshalb gab er alle paar Sekunden einen Schuß ab, bis die Waffe leer war. Damit hatte sich seine Hinhaltetaktik erledigt, und mehr konnte er nicht tun. Doch die Lage wurde noch verzweifelter, als Amaru oder einer seiner Männer die Positionslampen und die Decklichter einschaltete, so daß er schutzlos wie ein Schauspieler auf leerer Bühne im Rampenlicht stand. Er drückte sich rücklings an ein Schott und starrte zur Reling vor der Kombüse. Das Floß war weg – die durchtrennten Leinen baumelten herab. Padilla und die anderen waren in der Dunkelheit verschwunden, bevor die Lichter eingeschaltet worden waren.

»Ich mache dir einen Vorschlag, den du eigentlich nicht verdienst«, sagte Amaru freundlich. »Gib sofort auf, dann darfst du schnell sterben. Leistest du aber weiter Widerstand, dann wird dein Tod sehr langsam eintreten.«

Pitt brauchte niemanden, der ihm erklärte, was Amaru beabsichtigte. Seine Möglichkeiten waren ohnehin begrenzt. Amarus Ton erinnerte ihn an den mexikanischen Banditen aus dem Film *Der Schatz der Sierra Madre*, der Walter Huston, Humphrey Bogart und Tim Hold ihr mühsam geschürftes Gold abzuschwatzen versucht.

»Verschwende unsere Zeit nicht mit langen Überlegungen. Wir haben andere —«

Pitt hatte keine Lust, weiter zuzuhören. Er war sich absolut sicher, daß Amaru ihn nur ablenken wollte, damit einer der anderen Mörder sich weit genug an ihn heranschleichen konnte, um ihn mit dem Messer an einer empfindlichen Körperstelle zu erwischen. Er hatte nicht die geringste Absicht, sich von einer Bande von Sadisten zum Narren halten zu lassen. Er sprintete über das Deck und sprang zum zweiten Mal an diesem Tag von Bord der Fähre.

Ein olympischer Kunstspringer wäre zunächst anmutig nach oben gehüpft und hätte allerlei Schrauben, Saltos und andere Figuren gezeigt, bevor er 15 Meter (50 Fuß) tiefer glatt ins Wasser eingetaucht wäre. Er hätte sich überdies das Genick und etliche Wirbel gebrochen, da das Wasser über dem schlickigen Grund nur zwei Meter tief war. Pitt machte sich keinerlei Hoffnung auf eine Aufnahme in das US-Kunstspringerteam. Er sprang mit den Füßen voran von der Fähre, zog dann die Beine hoch und schlug wie eine Kanonenkugel auf dem Wasser auf.

Amaru und die beiden übrigen Männer rannten an die Reling des Oberdecks und blickten hinab.

»Könnt ihr ihn sehen?« fragte Amaru, während er auf das dunkle Wasser spähte.

»Nein, Tupac, er muß unter das Schiff getaucht sein.«

»Das Wasser wird trüb«, ertönte eine weitere Stimme. »Er muß sich am Grund im Schlamm vergraben haben.«

»Diesmal gehen wir kein Risiko ein. Juan, die Kiste mit den Sprenggranaten, die wir von Guaymas mitgebracht haben. Wir zermatschen ihn zu Brei. Wirf sie etwa fünf Meter vom Schiff entfernt ins Wasser, vor allem rund um die Schaufelräder.«

Pitt hinterließ einen Krater auf dem Meeresboden. Er prallte nicht so hart auf, daß er körperliche Schäden davontrug, aber er wirbelte eine mächtige Schlammwolke auf. Er streckte sich lang aus und schwamm von der *Alhambra* weg, ohne von oben gesehen zu werden.

Er hatte Angst, daß ihn die Killer dennoch bemerken könnten, sobald er aus der trüben Brühe herauskam. Dem war nicht so. Ein auffrischender Wind aus Süden kräuselte die Wasseroberfläche, so daß die Lichter der Fähre gebrochen wurden, ohne in die Tiefe vorzudringen.

Er schwamm so weit, wie er konnte, unter Wasser, bis seine Lunge zu brennen anfing. Dann tauchte er vorsichtig auf und vertraute darauf, daß sein Kopf durch die Skimaske im dunklen Wasser nicht auffallen würde. Noch 100 Meter (328 Fuß), und er war außer Reichweite der von der Fähre strahlenden Lampen. Er konnte die dunklen Gestalten am Oberdeck schon kaum mehr erkennen. Er fragte sich, warum sie nicht ins Wasser schossen. Dann hörte er einen dumpfen Knall, sah, wie eine weiße Wassersäule emporschoß, und spürte eine jähe Druckwelle, die ihm die Luft aus dem Körper preßte.

Unterwassersprengstoff! Sie versuchten ihn mit den durch Unterwassersprengstoff ausgelösten Druckwellen umzubringen. Vier weitere Explosionen folgten kurz hintereinander. Glücklicherweise kamen sie von mittschiffs, aus der Nähe der Schaufelräder. Dadurch, daß er vom einen Ende des Schiffes weggeschwommen war, war Pitt mittlerweile so weit entfernt, daß ihn die volle Wucht der Detonation nicht mehr erreichte.

Er krümmte sich zusammen und zog die Knie bis zur Brust hoch, um die schlimmsten Druckwellen abzufangen. Dreißig Meter näher, und er hätte durch die Wucht der Explosionen das Bewußtsein verloren. 60 Meter (200 Fuß) näher, und er wäre zermalmt worden. Pitt vergrößerte den Abstand zur Fähre, bis er die Explosionen nur mehr als leichten Druck im Unterleib empfand.

Er schaute hinauf zum klaren Himmel und versuchte sich anhand des Polarsterns zu orientieren. Die öde Westküste des Golfes, etwa 14 Kilometer (8,7 Meilen) entfernt, war das nächstgelegene Land. Er riß die Skimaske herunter und rollte sich auf den Rücken. Das Gesicht dem mit funkelnden Sternen übersäten Firmament zugewandt, schwamm er gemütlich in Richtung Westen.

Was seine Kondition anging, hatte Pitt ebenfalls keine Chancen, ins Olympische Team aufgenommen zu werden. Nach zwei Stunden fühlten sich seine Arme an, als stemmte er mit jedem Zug ein Zwanzigpfundgewicht. Nach sechs Stunden taten seine Muskeln derart weh, wie er es nie für möglich gehalten hätte. Und dann dämpfte endlich die Müdigkeit seine Schmerzen. Er griff auf einen alten Pfadfindertrick zurück, zog sich die Hose aus, band unten in die Beine Knoten, schwang sie über den Kopf und fing damit die Luft ein, so daß er ein einigermaßen funktionierendes Kissen für die Ruhepausen hatte, die er im Lauf der Nacht immer häufiger einlegen mußte.

Er dachte überhaupt nicht daran, sich treiben zu lassen und darauf zu hoffen, daß ihn bei Tageslicht ein Fischerboot entdecken möge. Allein die Vorstellung, daß Loren und Rudi in Sarasons Händen waren, reichte aus, damit er weiter durchhielt.

Die Sterne im Osten verblaßten bereits, als seine Füße zum erstenmal auf Grund stießen. Dann torkelte er aus dem Wasser auf den Sandstrand, wo er zusammenbrach und augenblicklich einschlief.

43

Ragsdale, der unter seiner Handwerkerkluft eine kugelsichere Weste trug, ging gemächlich hinauf zur Seitentür eines kleinen Lagerhauses, in dessen Fenster ein Schild mit der Aufschrift »Zu vermieten« hing. Er stellte den leeren Werkzeugkasten, den er in der Hand hatte, auf den Boden, holte einen Schlüssel aus der Tasche und öffnete die Tür.

Drinnen hatte sich ein Team aus zwanzig FBI- und acht Zoll-agenten versammelt und traf letzte Vorbereitungen für die Razzia auf das Gebäude von Zolar International auf der gegenüberliegenden Straßenseite. Einige Teams hatten im voraus die örtlichen Sicherheitskräfte von dem Unternehmen verständigt und das gesamte Industriegebiet auf ungewöhnliche Aktivitäten ausgekundschaftet.

Der Großteil der beteiligten Männer und Frauen trug Schutzanzüge und automatische Waffen, während mehrere Experten für Kunst und Antiquitäten Straßenkleidung anhatten. Letztere hatten Koffer voller Kataloge und Fotos von gestohlenen Kunstgegenständen dabei, die beschlagnahmt werden sollten, falls man sie fand.

Laut Plan sollten die Agenten in Gruppen ausschwärmen und ihre speziellen Aufgaben übernehmen, sobald sie in das Gebäude eingedrungen waren. Das erste Team sollte das Gebäude sichern und die Angestellten zusammentreiben, das zweite sollte nach gestohlener Ware suchen, während das dritte die Büros unter die Lupe nehmen und auf alle Unterlagen achten sollte, die auf Raubzüge oder illegale Käufe hindeuteten. Außerdem stand ein gesondert arbeitendes Team von Kunsthandelsexperten bereit, das die beschlagnahmte Ware einpacken, abtransportieren und zwischenlagern sollte. Die US-Bundesanwaltschaft, die in diesem Fall sowohl mit dem FBI als auch mit dem Zoll zusammenarbeitete, hatte darauf beharrt, daß bei der Razzia keinerlei Fehler unterlaufen dürften und daß die konfiszierten Gegenstände mit Samthandschuhen angefaßt werden müßten.

Agent Gaskill stand inmitten des Kommandopostens an einer Tafel, auf der der Einsatzplan aufgezeichnet war. Als Ragsdale sich näherte, drehte er sich um und lächelte. »Nach wie vor ruhig?«

Der FBI-Agent setzte sich auf einen Zelttuchstuhl. »Alles sauber, bis auf den Gärtner, der die Hecke rund um das Gebäude stutzt. Auf dem übrigen Gelände ist es so ruhig wie auf einem Friedhof.«

»Verdammt schlau von Zolar, sich einen Gärtner als Wachmann zu halten«, sagte Gaskill. »Wenn er diese Woche nicht viermal den Rasen gemäht hätte, hätten wir ihn glatt übersehen.«

»Das war das eine. Und dann stellten wir fest, daß der Kopfhörer seines Walkmans eigentlich ein Funkgerät ist«, fügte Ragsdale hinzu.

»Ein gutes Zeichen. Wozu die raffinierten Vorsichtsmaßnahmen, wenn sie nichts zu verbergen haben?«

»Erhoffen Sie sich nicht zuviel. Das Lagerhaus der Zolars mag zwar verdächtig wirken, aber als das FBI vor zwei Jahren mit einem Durchsuchungsbefehl vor der Tür stand, haben wir nicht einmal einen gestohlenen Kugelschreiber gefunden.«

»Beim Zoll war's genau das gleiche, als wir Fahnder vom Finanzamt zu einer Reihe von Buchprüfungen überredeten. Hinterher standen Zolar und seine Familie so rein wie frischer Pulverschnee da.«

Ragsdale nickte einem seiner Agenten dankend zu, der ihm eine Tasse Kaffee reichte. »Das einzige, was diesmal für uns spricht, ist das Überraschungsmoment. Unsere letzte Razzia schlug fehl, weil ein Polizist, der auf Zolars Gehaltsliste stand, ihm einen Hinweis gegeben hat.«

»Wir sollten froh sein, daß wir nicht in eine Festung eindringen müssen, die wie ein Hochsicherheitstrakt konstruiert ist.«

»Irgendwas von unserem Informanten?« fragte Gaskill.

Ragsdale schüttelte den Kopf. »Er glaubt allmählich, wir hätten ihn in das falsche Unternehmen eingeschleust. Bislang hat er nicht den leisesten Hinweis auf ungesetzliche Handlungen gefunden.«

»Außer den ehrlichen Angestellten niemand im Gebäude, in den letzten vier Tagen keinerlei illegale Ware eingetroffen oder abtransportiert. Haben Sie nicht auch das Gefühl, als würden wir darauf warten, daß es in Galveston schneit?«

»Kommt mir fast so vor.«

Gaskill starrte ihn an. »Wollen Sie es sich noch mal überlegen und die Razzia abblasen?«

Ragsdale hielt seinem Blick stand. »Die Zolars sind nicht vollkommen. Irgendwo muß es in ihrem System einen Schwachpunkt geben, und ich wette bei meiner Karriere, daß er da drüben, im Gebäude auf der anderen Straßenseite, ist.«

Gaskill lachte. »Ich bin dabei, Partner, bis hin zum zwangsweisen vorzeitigen Ruhestand.«

Ragsdale reckte den Daumen hoch. »Dann fängt es also, wie geplant, in acht Minuten an zu schneien.«

»Ich sehe keinen Grund, es abzublasen. Sie etwa?«

»Eine bessere Gelegenheit, das Grundstück zu erkunden, bevor ein ganzes Heer von Anwälten Wind von der Aktion bekommt und uns zurückpfeift, bietet sich uns nie wieder. Zumal Zolar und seine Brüder sich auf Schatzsuche auf der Baja herumtreiben und die übrige Familie in Europa ist.«

Die beiden Agenten, die einen geliehenen Kleinlaster der Stadtreinigung von Galveston fuhren, hielten am Straßenrand gegenüber von dem Gärtner, der ein Blumenbeet neben dem Zolar-Gebäude jätete. Der Mann auf dem Beifahrersitz kurbelte das Fenster herunter und rief hinaus: »Entschuldigen Sie bitte.«

Der Gärtner drehte sich um und warf einen fragenden Blick zu dem Laster.

Der Agent lächelte ihn freundlich an. »Können Sie uns sagen, ob die Gullis in Ihrer Zufahrt beim letzten Regen übergelaufen sind?«

Der Gärtner trat aus dem Blumenbeet und näherte sich neugierig dem Laster. »Soweit ich weiß, ist nichts übergelaufen«, erwiderte er.

Der Agent hielt einen Stadtplan aus dem Fenster. »Wissen Sie, ob es irgendwo in der Umgebung Schwierigkeiten mit der Kanalisation gab?«

Als sich der Gärtner vorbeugte, um die Karte zu studieren, griff der Agent blitzschnell zu, zerrte dem Gärtner das Funkgerät vom Kopf und riß das Kabel ab, das von dem Kopfhörermikrofon zu den Batterien führte. »FBI«, blaffte der Agent. »Bleiben Sie stehen und machen Sie keinen Mucks.«

Dann sprach der Agent am Steuer in ein tragbares Funkgerät: »Schlagt los, die Luft ist rein.«

Die Bundesagenten gingen behutsam vor. Sie stürmten das Gebäude der Zolar International nicht blitzschnell wie bei einer Drogenrazzia, und sie rückten auch nicht mit geballter Kraft vor wie bei jenem Desaster, das sich vor Jahren in einer Siedlung in Waco, Texas, zugetragen hatte. Das hier war keine bis an die Zähne bewaffnete Festung. Statt dessen sicherte ein Team leise die Ausgänge des Gebäudes, während das Gros gemächlich durch den Haupteingang eindrang.

Die Verwaltungskräfte und Bürohilfen zeigten keinerlei Anzeichen von Furcht oder Nervosität. Sie wirkten lediglich verwirrt und erstaunt. Die Agenten komplimentierten sie höflich, aber bestimmt zur Hauptetage des Lagerhauses, wo die Arbeiter aus dem Lager- und Frachtbereich sowie die Kunsthandwerker aus der Abteilung für Konservierung zu ihnen stießen. Zwei Busse fuhren durch die großen Türen ins Gebäude, und das Personal von Zolar International stieg ein und wurde zum Verhör ins FBI-Hauptquartier im nahe gelegenen Houston gebracht. Die ganze Aktion hatte keine vier Minuten gedauert.

Das Team für den Papierkram, das hauptsächlich aus eigens für Buchprüfungen ausgebildeten FBI-Agenten unter der Führung von Ragsdale bestand, ging sofort ans Werk, durchsuchte die Schreibtische, studierte die Akten und überprüfte jede Transaktion. Gaskill und seine Zollfahnder machten sich gemeinsam mit den Kunstsachverständigen daran, die Tausende und Abertausende von Kunstgegenständen und Altertümern, die in dem Gebäude lagerten, zu sichten und zu fotografieren. Es war eine langweilige und zeitraubende Arbeit, bei der sie zudem auf keinerlei Beweise stießen, daß es sich hier um Diebesgut handelte.

Kurz nach ein Uhr mittags setzten sich Gaskill und Ragsdale in Zolars luxuriöses Büro. Inmitten von unfaßbar wertvollen Kunstschätzen verglichen sie ihre Notizen. Der leitende Mann vom FBI wirkte alles andere als glücklich.

»Keinerlei Hinweise auf kriminelle Handlungen in den Büchern?« fragte Gaskill.

»Jedenfalls nicht auf den ersten Blick. Die Buchprüfung dauert mindestens einen Monat, bevor wir genau wissen, ob wir etwas in der Hand haben. Was ist bei Ihnen rausgekommen?«

»Bislang hat sich jeder Gegenstand, den wir überprüft haben, als sauber erwiesen. Keinerlei Diebesgut.«

»Also wieder mal ein Schlag ins Wasser.«

Gaskill seufzte. »Ich sag's ja ungern, aber es sieht so aus, als wären die Zolars einen ganzen Zacken cleverer als die besten Ermittlerteams der Vereinigten Staaten zusammen.«

Wenige Augenblicke später kamen Beverly Swain und Winfried Pottle ins Büro, die beiden Zollfahnder, die mit Gaskill die Razzia bei Rummel durchgeführt hatten. Sie gaben sich sachlich und nüchtern, doch ihre leicht hochgezogenen Mundwinkel waren nicht zu übersehen. Ragsdale und Gaskill waren ins Gespräch vertieft und hatten gar nicht bemerkt, daß die beiden jüngeren Zollfahnder nicht durch die Bürotür gekommen waren, sondern aus dem angrenzenden privaten Badezimmer.

»Kann ich Sie mal kurz sprechen, Boß?« fragte Beverly Swain Gaskill.

»Worum geht's?«

»Ich glaube, unsere Instrumente haben eine Art Schacht entdeckt, der unter dem Gebäude durchführt«, antwortete Winfried Pottle.

»Was hast du da gesagt?« fragte Gaskill.

Ragsdale blickte auf. »Instrumente?«

»Einen Ultraschall-Radar-Detektor für Bodenuntersuchungen, den wir uns von der Bergbauakademie von Colorado geborgt haben«, erklärte Pottle. »Seine Aufzeichnungen weisen auf einen kleinen unterirdischen Raum unter dem Lagerhaus hin, der in die Erde führt.«

Ragsdale und Gaskill schöpften neue Hoffnung. Sie standen beide auf. »Woher haben Sie gewußt, wo Sie suchen müssen?« fragte Ragsdale.

Pottle und Swain konnten ihr triumphierendes Lächeln nicht länger zurückhalten. Swain nickte Pottle zu, und dieser antwortete: »Wir dachten uns, ein Gang zu einer Geheimkammer müßte auf jeden Fall in Zolars Privatbüro anfangen; er braucht einen Verbindungstunnel, den er ungesehen betreten kann, wann immer es ihm paßt.«

»Sein Badezimmer«, tippte Gaskill.

»Bietet sich geradezu an«, bestätigte Agentin Swain.

Ragsdale atmete tief durch. »Zeigen Sie's uns.«

Pottle und Swain führten sie in ein großes Badezimmer mit Marmorboden, dessen Wände mit den Teakholzplanken einer alten Jacht getäfelt war. Auch das Waschbecken, die Kommode und die Armaturen waren Antiquitäten. Die beiden Agenten deuteten zu einer modernen, in den Boden eingelassenen Wanne mit Whirlpool, die nicht so recht in dieses eher antike Ambiente paßte.

»Unter der Wanne führt ein Schacht nach unten«, sagte Agentin Swain.

»Sind Sie sich da auch völlig sicher?« fragte Ragsdale skeptisch. »Meiner Ansicht nach wäre die Duschkabine eher als Aufzug geeignet.«

»Das war auch unser erster Gedanke«, antwortete Pottle, »aber unsere Instrumente haben unter der Dusche festen Boden und dann Erdboden registriert.«

Pottle ergriff eine lange, röhrenartige Sonde, die über ein Kabel an einen Kleincomputer mit integriertem Drucker angeschlossen war. Er stellte die Apparatur an und fuhr mit dem Ende der Sonde am Boden der Wanne hin und her. Ein paar Sekunden lang blinkten am Computer Lämpchen auf, und dann stieß er durch einen Schlitz an der Oberseite einen Streifen Papier aus. Als der Drucker zum Stillstand kam, riß Pottle das Papier ab und hielt es ihnen hin.

Mitten durch das ansonsten makellos weiße Blatt zog sich vom einen Ende bis zum anderen ein langer, schwarzer Streifen.

»Da ist nicht dran zu rütteln«, sagte Pottle. »Hier führt ein Schacht nach unten, der genauso groß ist wie die Badewanne.«

»Und Sie wissen auch genau, daß Ihr elektronischer Zauberkasten funktioniert?« sagte Ragsdale.

»Mit dem gleichen Gerät hat man letztes Jahr unbekannte Gänge und Kammern in den Pyramiden von Gizeh entdeckt.«

Ohne ein Wort zu sagen, stieg Gaskill in die Badewanne. Er fummelte an den Armaturen herum, aber mit denen ließen sich nur Richtung und Stärke des Wasserstrahls regeln. Dann ließ er sich auf einem Sitz nieder, auf den mit Leichtigkeit vier Personen gepaßt hätten. Er drehte an den vergoldeten Hähnen für die Heiß- und Kaltwassereinstellung, doch es kam kein Wasser heraus.

Mit einem breiten Lächeln blickte er auf. »Ich glaube, wir machen langsam Fortschritte.«

Danach probierte er einen Hebel, mit dem sich der Stöpsel heben und senken ließ. Nichts tat sich.

»Drehen Sie doch mal am Wasserhahn«, schlug Agentin Swain vor.

Gaskill legte seine schwere Pranke um den vergoldeten Hahn und gab ihm einen leichten Ruck. Zu seiner Überraschung ließ er sich bewegen, und die Wanne versank langsam im Badezimmerboden. Als er den Hahn in die entgegengesetzte Richtung drehte, kehrte die

Wanne wieder in ihre Ausgangsposition zurück. Er wußte, er *wußte* einfach, daß dieser simple kleine Wasserhahn und diese blöde Badewanne genau die Schlüssel waren, die sie brauchten, um die gesamte Organisation der Zolars zum Einsturz zu bringen und für immer dichtzumachen. Einladend winkte er den anderen zu und sagte vergnügt: »Kommen Sie mit runter?«

Es ging fast dreißig Sekunden lang abwärts, bevor der ungewöhnliche Fahrstuhl in einem anderen Badezimmer stehenblieb. Pottle schätzte, daß sie fast 20 Meter (65 Fuß) tiefer waren. Sie verließen das Badezimmer und betraten ein Büro, das fast genauso aussah wie sein Gegenstück eine Etage höher. Das Licht war an, aber niemand war da. Geführt von Ragsdale, öffneten die Agenten die Tür einen Spalt und spähten hinaus in eine riesige Lagerhalle voller gestohlener Kunstschätze und Antiquitäten. Sie waren wie vom Donner gerührt angesichts der schieren Größe des Raumes und der gewaltigen Anzahl von Objekten. Gaskill schätzte, daß hier mindestens zehntausend Stücke lagern mußten. Ragsdale schlich inzwischen hinaus in die Lagerhalle und erkundete kurz die Lage. Fünf Minuten später war er wieder zurück.

»Vier Mann mit einem Gabelstapler«, meldete er, »die im vierten Gang die Bronzestatue eines römischen Legionärs in eine Holzkiste laden. Auf der anderen Seite ist ein abgeteilter Bereich, in dem ich sechs Männer und Frauen gesehen habe, die offenbar mit Kunstfälschungen beschäftigt sind. In der Südwand ist ein Tunnel, der meiner Ansicht nach zu dem anderen Lagerhaus führt, das die Lieferung und den Abtransport des Diebesgutes tarnen soll.«

»Außerdem können dort die Angestellten von hier unten ein und aus gehen«, meinte Pottle.

»Mein Gott«, murmelte Gaskill. »Wir haben ins Schwarze getroffen. Ich kann ja schon von hier aus mindestens vier gestohlene Kunstwerke erkennen.«

»Wir sollten lieber bleiben, wo wir sind«, sagte Ragsdale leise, »bis wir von oben Verstärkung heruntergeschafft haben.«

»Ich melde mich freiwillig als Fährfrau«, sagte Agentin Swain mit einem pfiffigen Grinsen. »Welche Frau läßt sich schon die Gelegenheit entgehen, in einer Badewanne sitzen zu dürfen, die von einem Stock zum andern fährt?«

Sobald sie weg war, übernahm Pottle die Bewachung der Tür, während Gaskill und Ragsdale Zolars unterirdisches Büro durchsuchten. Der Schreibtisch gab wenig her, daher suchten sie vor allem nach einem geheimen Aufbewahrungsraum. Hinter einem hohen Bücherregal, das sich auf kleinen Rollen von der Wand wegschieben ließ, wurden sie fündig. Vor ihnen tat sich eine lange, schmale Kammer auf, die vom Boden bis zur Decke mit alten Aktenschränken gesäumt war. In jedem Schrank standen in alphabetischer Reihenfolge die Aktenordner mit den An- und Verkaufsunterlagen aus sämtlichen illegalen Unternehmungen der Familie Zolar seit dem Jahr 1929.

»Hier ist es«, murmelte Gaskill versonnen. »Hier ist es alles.« Er ging zu einem Schrank und zog mehrere Ordner heraus.

»Unglaublich«, stimmte Ragsdale ihm zu, während er die Unterlagen aus einem anderen Schrank überflog. »Die haben neunundsechzig Jahre lang über jedes Kunstwerk, das sie gestohlen, geschmuggelt und gefälscht haben, Buch geführt, dazu Anmerkungen zur Finanzlage und Person der Käufer.«

»O Herr«, stöhnte Gaskill. »Schauen Sie sich das hier an.«

Ragsdale nahm den Aktenordner und überflog die ersten zwei Seiten. Mit ungläubiger Miene blickte er auf. »Wenn das hier stimmt, dann ist Michelangelos Statue von König Salomo im Eisenstein Museum of Renaissance Art in Boston eine Fälschung.«

»Und eine verdammt gute, wenn man bedenkt, wie viele Experten sie für echt erklärt haben.«

»Aber der frühere Kurator wußte Bescheid.«

»Natürlich«, sagte Gaskill. »Die Zolars haben ihm ein Angebot gemacht, das er nicht abschlagen konnte. Laut diesen Unterlagen wurden zehn äußerst seltene etruskische Statuen, die illegal in Norditalien ausgegraben und in die Vereinigten Staaten geschmuggelt wurden, als Dreingabe geliefert, als der echte König Salomo durch die Fälschung ersetzt wurde. Da die aber so gut war, daß es niemandem auffiel, wurde der Kurator bei den Treuhändern und Mäzenen zum Helden, weil er behauptete, er habe einen reichen Gönner, der anonym bleiben wolle, dazu überredet, die Kunstwerke zu stiften, und so zur Bereicherung der Kollektion beigetragen.«

»Ich frage mich, auf wie viele Betrügereien in öffentlichen Museen wir wohl noch stoßen werden«, sagte Ragsdale nachdenklich.

»Ich fürchte, das hier ist nur die Spitze des Eisbergs. Diese Akten dokumentieren Abertausende von illegalen Verkäufen an Leute, die sich keinen Deut darum gekümmert haben, woher die Objekte stammen.«

Ragsdale lächelte. »Ich würde zu gerne bei der Bundesanwaltschaft Mäuschen spielen, wenn die erfahren, daß wir sie für die nächsten zehn Jahre mit Arbeit eingedeckt haben.«

»Da kennen Sie die Ankläger des Bundes schlecht«, sagte Gaskill. »Wenn ihnen all die reichen Geschäftsleute, Politiker und Prominenten aus Sport und Unterhaltung serviert werden, die wissentlich heiße Kunst erstanden haben, glauben sie, sie wären im Himmel.«

»Vielleicht sollten wir uns noch einmal überlegen, ob wir damit an die Öffentlichkeit gehen«, wandte Ragsdale ein.

»Worüber brüten Sie?«

»Wir wissen, daß Zolar und seine Brüder, Charles Oxley und Cyrus Sarason, in Mexiko sind. Und dort können wir sie ohne großen Papierkrieg weder verhaften noch in Gewahrsam nehmen. Stimmt's?«

»Ich weiß, was Sie meinen.«

»Dann wahren wir also über diesen Teil der Razzia Stillschweigen«, erklärte Ragsdale. »Allem Anschein nach haben die Angestellten im legalen Bereich des Unternehmens keine Ahnung, was im Keller vor sich geht. Lassen wir sie doch wieder zur Arbeit gehen, als wäre bei der Razzia nichts herausgekommen. Alles wie gehabt. Denn wenn die Wind davon bekommen, daß wir ihr Unternehmen dichtgemacht haben und die Bundesanwaltschaft eine hieb- und stichfeste Anklage gegen sie zusammenzimmert, tauchen sie in irgendein Land ab, wo wir sie nicht schnappen können.«

Gaskill rieb sich nachdenklich das Kinn. »Dürfte sich nicht so leicht vertuschen lassen. Vermutlich setzen sie sich wie alle Geschäftsleute auf Reisen täglich mit ihrem Unternehmen in Verbindung.«

»Wir greifen auf sämtliche hinterhältigen Tricks zurück, die es gibt, und machen sie nach.« Ragsdale lachte. »Wir sorgen dafür, daß man im Fernmeldeamt behauptet, bei Bauarbeiten seien die Glasfaserkabel durchtrennt worden. Wir schicken falsche Mitteilungen über ihre Faxverbindungen. Wir legen die Arbeiter, die wir in Gewahrsam genommen haben, auf Eis. Mit etwas Glück können wir die Zolars achtundvierzig Stunden lang im ungewissen lassen, während wir uns eine List ausdenken, wie wir sie über die Grenze locken können.«

Gaskill blickte Ragsdale an. »Sie lassen es gerne drauf ankommen, stimmt's, mein Guter?«

»Ich setze meine Frau und meine Kinder gegen ein dreibeiniges Pferd, wenn sich auch nur die geringste Chance bietet, daß wir diesen Abschaum endgültig unschädlich machen können.«

»Ihr Einsatz gefällt mir.« Gaskill grinste. »Gehen wir aufs Ganze.«

44

Viele der hundertsechsundsiebzig Menschen aus Billy Yumas Dorf schlugen sich mit dem Anbau von Kürbissen, Mais und Bohnen durch, andere schnitten Wacholder- und Manzanitasträucher, die sie als Zaunpfosten und Feuerholz verkauften. Durch das wiedererwachte Interesse an ihrer uralten Töpferkunst hatte sich ihnen eine neue Einkommensquelle erschlossen. Noch immer verstanden sich etliche Frauen der Montolos auf die Herstellung gediegener Keramiken, die neuerdings bei Sammlern, die auf indianische Kunst scharf waren, sehr begehrt waren.

Nachdem er sich fünfzehn Jahre lang als Cowboy bei einem reichen Ranchero verdingt hatte, hatte Billy Yuma schließlich genug Geld gespart, um sich auf einem kleinen Stück Land selbständig zu machen. Verglichen mit der Mehrzahl der Ureinwohner auf der nördlichen Baja, verdienten er und seine Frau nicht schlecht – sie mit dem Brennen von Tontöpfen, er durch die Aufzucht von Schlachtvieh.

Nach dem Mittagessen sattelte Yuma wie üblich sein Pferd, eine Fuchsstute, und ritt hinaus, um sich zu überzeugen, daß kein Tier aus seiner Herde krank oder verletzt war. In dem rauhen und wenig einladenden Gelände mit seinen zahllosen Felszacken, Kakteen und tief eingeschnittenen Gräben konnte sich ein unvorsichtiger Jungstier leicht etwas brechen.

Er suchte gerade nach einem verirrten Kalb, als er den Fremden auf dem schmalen Pfad näher kommen sah, der zu seinem Dorf führte.

Der Mann, der da durch die Wüste marschierte, schien nicht hierherzugehören. Im Gegensatz zu den Wanderern oder Jägern hatte dieser Mann nichts als seine Kleidung am Leib – keine Wasserflasche, keinen Rucksack; er trug nicht einmal einen Hut, um sich vor der Nachmittagssonne zu schützen. Er wirkte müde und erschöpft bis auf die Knochen, doch er marschierte mit raschen, entschlossenen Schritten, so als hätte er es überaus eilig. Billy, der neugierig geworden war, unterbrach vorübergehend die Suche nach dem Kalb und ritt durch ein trockenes Bachbett auf den Pfad zu.

Pitt war 14 Kilometer (fast 9 Meilen) durch die Wüste marschiert, nachdem er aus seinem totenähnlichen Schlaf erwacht war. Vermutlich wäre er noch immer nicht bei Sinnen, wenn er nicht durch ein seltsames Gefühl geweckt worden wäre. Blinzelnd hatte er die Augen geöffnet und eine kleine Felseidechse auf seinem Arm entdeckt, die auf seinem Arm hockte und ihn anstarrte. Er hatte den kleinen Naseweis abgeschüttelt und dann auf seiner Doxa-Taucheruhr nachgesehen, wie spät es war. Erschrocken hatte er festgestellt, daß er fast den halben Morgen verschlafen hatte.

Die Sonne brannte bereits auf die Wüste herab, als er aufgewacht war, doch die Temperatur lag noch bei erträglichen 30 Grad Celsius (86 Grad Fahrenheit). Der Schweiß auf seinem Körper war rasch getrocknet, und zum erstenmal hatte er sich nach einem Schluck Wasser gesehnt. Er hatte sich die Lippen geleckt und das Meersalz geschmeckt, das noch daran klebte. Trotz der Wärme war er wütend auf sich gewesen, weil er kostbare vier Stunden verschlafen hatte. Eine Ewigkeit für seine Freunde, fürchtete er, die alle möglichen Qualen erdulden mußten, nach denen Sarason und seinen Sadisten an diesem Tag zumute war. Nur um sie zu retten, hatte er überlebt.

Nach einem kurzen, erfrischenden Bad im Meer hatte er sich durch die Wüste gen Westen aufgemacht, in Richtung des zwanzig bis dreißig Kilometer entfernten Mexico Highway Nummer fünf. Sobald er erst auf die befestigte Straße stieß, konnte er per Anhalter nach Mexicali fahren und sich dann über die Grenze nach Calexico durchschlagen. Das war sein Ziel, es sei denn, die örtliche Telefongesellschaft auf der Baja war so aufmerksam und zuvorkommend, daß sie im Schatten eines Mesquitebaums ein Münztelefon aufgestellt hatte.

Er hatte hinaus auf den Golf von Kalifornien gespäht und einen letzten Blick auf die Silhouette der *Alhambra* in der Ferne geworfen. Das alte Fährschiff sah aus, als läge es bis zum überkragenden Deck im Wasser, und ruhte mit leichter Schlagseite im Schlick. Ansonsten aber schien sie intakt zu sein.

Außerdem hatte sie verlassen gewirkt. Nirgendwo waren Suchboote oder Hubschrauber in Sicht gewesen. Anscheinend hatten Giordino oder die US-Zollfahndung nördlich der Grenze niemanden losgeschickt. Nicht, daß es darauf angekommen wäre. Falls ein Suchtrupp über das Schiff hinweggeflogen wäre, so dachte er sich, hätte er wohl kaum an Land nach jemandem Ausschau gehalten. Also hatte er beschlossen, zu Fuß aufzubrechen.

Er ging mit steten, gleichmäßigen Schritten, die ihn in dieser abgelegenen Gegend 7 Kilometer (4,3 Meilen) pro Stunde voranbrachten. Der Marsch erinnerte ihn daran, wie er vor zwei Jahren mit Giordino im nördlichen Mali durch die Sahara gezogen war. Um ein Haar wären sie dabei in der wasserlosen Hölle mit ihren glühenden Temperaturen ums Leben gekommen. Nur weil sie ein geheimnisumwittertes Flugzeugwrack gefunden und sich daraus einen Landsegler gebaut hatten, war es ihnen schließlich gelungen, sich zu retten. Verglichen mit dieser Tortur, war das hier wie ein Spaziergang im Park.

Er war bereits zwei Stunden unterwegs, als er auf einen staubigen Trampelpfad stieß und ihm folgte. Dreißig Minuten später entdeckte er etwas abseits des Pfades einen Mann auf einem Pferd. Pitt ging auf den Mann zu und hob die Hand zum Gruß. Der Reiter schaute mit müden, von der ständigen Sonne geröteten Augen zu ihm her. Sein strenges Gesicht sah aus wie verwitterter Sandstein.

Pitt musterte den Fremden, der einen Cowboyhut aus Stroh mit seitlich hochgeschlagener Krempe, ein langärmeliges Baumwollhemd, eine verblichene Drillichhose und abgewetzte Cowboystiefel trug. In den schwarzen Haaren unter dem Hut war keine einzige graue Strähne zu erkennen. Er war klein und hager und hätte sowohl fünfzig als auch siebzig Jahre alt sein können. Seine Haut war bronzebraun gebrannt und von zahllosen Falten durchzogen. Die Hände, mit denen er die Zügel hielt, waren von der jahrelangen harten Arbeit runzlig und sahen aus wie Leder. Hier hatte er es mit einem abgehärteten Kerl zu tun, stellte Pitt fest, der mit einer unfaßbaren Zähigkeit in diesem gnadenlosen Land überlebte.

»Guten Tag«, sagte Pitt freundlich.

Wie der Großteil seines Volkes war auch Billy zweisprachig; mit seinen Freunden und Familienangehörigen sprach er das heimische Montolan, mit Außenstehenden Spanisch. Aber er konnte auch ein paar Brocken Englisch, die er bei seinen häufigen Abstechern über die Grenze aufgeschnappt hatte, wo er sein Vieh verkaufte und sich mit allem Notwendigen eindeckte. »Sie wissen, daß Sie unbefugt indianisches Privatland betreten?« entgegnete er ungerührt.

»Nein, tut mir leid. Ich bin an der Golfküste gestrandet. Ich will mich zum Highway durchschlagen. Ich brauche ein Telefon.«

»Haben Sie Ihr Boot verloren?«

»Ja«, räumte Pitt ein. »Das könnte man sagen.«

»Wir haben ein Telefon in unserem Versammlungshaus. Ich bringe Sie gern hin.«

»Ich wäre Ihnen sehr zu Dank verpflichtet.«

Billy streckte ihm die Hand hin. »Mein Dorf ist nicht weit. Sie können hinten auf meinem Pferd reiten.«

Pitt zögerte. Er zog mechanische Fortbewegungsmittel entschieden vor. Seiner Meinung nach waren vier Räder allemal besser als vier Hufe, und nützlich waren Pferde nur als lebendes Inventar in Westernfilmen. Aber einem geschenkten Gaul schaut man nicht ins Maul. Er ergriff Billys Hand und staunte über die Kraft des drahtigen kleinen Mannes, der Pitts 82 Kilogramm (181 Pfund) scheinbar mühelos hinter sich auf das Pferd zog.

»Übrigens, ich heiße Dirk Pitt.«

»Billy Yuma«, sagte der Berittene, ohne ihm die Hand zu reichen.

Eineinhalb Stunden lang ritten sie schweigend dahin, dann stiegen sie auf eine mit Yucca bewachsene Hügelkuppe hinauf. Sie kletterten hinab in ein kleines Tal, durch das ein flaches Flüßchen strömte, und kamen an den Ruinen einer vor Jahrhunderten von widerspenstigen Indianern zerstörten spanischen Missionsstation vorbei. Zerbröckelnde Adobemauern und ein kleiner Friedhof waren alles, was davon übriggeblieben war. Die Gräber der alten Spanier auf der Hügelkuppe waren längst zugewachsen und vergessen. Weiter unten befanden sich die aus jüngerer Zeit stammenden Ruhestätten der Ortsansässigen. Ein Grabstein fiel Pitt besonders auf. Er rutschte vom Pferderücken herunter und ging hin.

Die in den verwitterten Stein gehauenen Buchstaben waren klar und deutlich zu entziffern.

Patty Lou Cutting
11. 2. 24–3. 2. 34
Habest Sonne im Herzen du allezeit.
Einen Stern in finsterster Dunkelheit.
Am trübsten Morgen ein Strahlen bereit.
Und Gottes Hand, wenn die Dämmerung dräut.

»Wer war sie?« fragte Pitt.

Billy Yuma schüttelte den Kopf. »Die Alten wissen es nicht. Sie sagen, das Grab wurde von Fremden in der Nacht gemacht.«

Pitt stand da und schaute über die Sonorawüste, die sich endlos vor ihm ausbreitete. Eine leichte Brise strich ihm sanft über den Nacken. Ein Rotschwanzbussard kreiste am Himmel und suchte sein Revier ab. Dieses Land voller Berge und Sand, Kaninchen, Kojoten und Cañons war bedrohlich und faszinierend zugleich. Hier möchte man sterben und begraben werden, dachte er. Schließlich riß er sich von Patty Lous letzter Ruhestätte los und winkte Billy Yuma zu. »Ich laufe das letzte Stück.«

Yuma nickte schweigend und ritt los. Die Hufe der Fuchsstute wirbelten kleine Staubwolken auf.

Pitt stieg hinter ihm den Hügel hinab zu der Ansammlung bescheidener Farmhäuser und Stallungen. Er ging an einem Flußbett entlang, wo drei junge Mädchen im Schatten einer Pyramidenpappel Wäsche wuschen. Sie hielten inne und starrten ihn neugierig an. Er winkte, doch sie reagierten nicht auf seinen Gruß, sondern wandten sich fast feierlich, so schien es Pitt, wieder ihrer Wäsche zu.

Das Zentrum der Montolo-Gemeinde bestand aus etlichen Häusern und Hütten. Einige waren aus Mesquitezweigen errichtet, die mit Lehm bestrichen waren, das eine oder andere war aus Holz, doch die meisten waren aus Zementblöcken. Die einzigen modernen Errungenschaften waren die verwitterten Strom- und Telefonmasten, ein paar verbeulte Pick-ups, die aussahen, als wären sie mit knapper Not der Schrottpresse entronnen, und eine Satellitenschüssel.

Yuma zügelte sein Pferd vor einem kleinen Bauwerk, das auf drei Seiten offen war. »Unser Versammlungshaus«, sagte er. »Das Telefon ist drinnen. Sie müssen bezahlen.«

Pitt lächelte, suchte in seiner noch immer nassen Brieftasche herum und brachte schließlich eine Kreditkarte zum Vorschein. »Kein Problem.«

Yuma nickte und führte ihn in ein kleines Büro mit einem Holztisch und vier Klappstühlen. Der Apparat stand auf einem dünnen Telefonbuch, das auf dem Kachelboden lag.

Beim siebten Läuten meldete sich die Vermittlung. »*Si, por favor?*«

»Ich möchte einen Anruf auf Kreditkarte machen.«

»Ja, Sir. Bitte Ihre Kartennummer und die Nummer, die Sie anrufen möchten«, erwiderte das Fräulein vom Amt in fließendem Englisch.

»Damit ist der Tag zumindest teilweise gerettet«, seufzte Pitt, als er hörte, daß er sich mit der Frau verständigen konnte.

Die Mexikanerin verband ihn mit der amerikanischen Vermittlung. Von dort aus stellte man ihn zur Auskunft durch, wo er die Nummer des Zollamtes in Calexico erhielt, bevor er weiter vermittelt wurde. Eine Männerstimme meldete sich.

»Customs Service. Womit kann ich Ihnen dienen?«

»Ich möchte mit Albert Giordino von der National Underwater and Marine Agency sprechen.«

»Einen Moment, ich stelle Sie durch. Er ist in Agent Stargers Büro.«

Es klickte zweimal, und dann ertönte eine Stimme wie aus einem Kellergewölbe: »Hier Starger.«

»Dirk Pitt am Apparat. Ist Al Giordino zu sprechen?«

»Pitt, sind Sie das?« sagte Curtis Starger ungläubig. »Wo haben Sie sich rumgetrieben? Wir haben Himmel und Hölle in Bewegung gesetzt, weil wir wollten, daß die mexikanische Marine nach Ihnen Ausschau hält.«

»Lassen Sie das lieber. Deren Kommandeur vor Ort ist vermutlich von den Zolars gekauft.«

»Einen Moment. Giordino steht gleich neben mir. Ich lege das Gespräch auf die andere Leitung.«

»Al«, sagte Pitt, »bist du dran?«

»Schön, deine Stimme zu hören, Kumpel. Ich nehme an, irgendwas ist schiefgelaufen.«

»Kurz und knapp: Unsere Freunde aus Peru haben Loren und Rudi. Die Besatzung konnte mit meiner Hilfe auf einem Floß entkommen. Ich bin an Land geschwommen. Ich rufe von einem Indianerdorf in der Wüste aus an, etwas nördlich von San Felipe und etwa dreißig Kilometer westlich von der Stelle, wo die *Alhambra* im Schlamm steckengeblieben ist.«

»Ich schicke einen Hubschrauber los«, sagte Starger. »Ich brauche aber für den Piloten den Namen des Dorfes.«

Pitt wandte sich an Billy Yuma. »Wie heißt Ihre Gemeinde?«

Yuma nickte. »Cañon Ometepec.«

Pitt wiederholte den Namen, berichtete dann ausführlicher über die Ereignisse während der vergangenen achtzehn Stunden und legte schließlich auf. »Meine Freunde kommen mich abholen«, sagte er zu Yuma.

»Mit dem Auto?«

»Per Hubschrauber.«

»Sie sind ein wichtiger Mann?«

Pitt lachte. »Nicht wichtiger als Ihr Bürgermeister.«

»Wir haben keinen Bürgermeister. Unsere Alten treffen sich und reden über Stammesangelegenheiten.«

Zwei Männer, die einen schwer mit Manzanitaästen bepackten Maulesel führten, kamen vorbei. Die Männer und Yuma wechselten kaum einen Blick. Es gab keinerlei Grußwort, kein Lächeln.

»Sie sehen müde und durstig aus«, sagte Yuma zu Pitt. »Kommen Sie zu meinem Haus. Meine Frau macht Ihnen etwas zu essen, während Sie auf Ihre Freunde warten.«

Es war das beste Angebot, das Pitt an diesem Tag erhalten hatte, und dankbar nahm er es an.

Billy Yumas Gemahlin Polly war eine stattliche Frau, die sich trotz ihrer Leibesfülle besser als jeder Mann hielt. Ihr Gesicht war rund und runzlig, und sie hatte riesige dunkelbraune Augen. Obwohl sie bereits mittleren Alters war, hatte sie noch rabenschwarze Haare. Sie wuselte an einem Holzkohleherd herum, der unter einer Ramada, einer Überdachung aus Zweigen, neben ihrem Zementhaus stand. Die Indianer im Südwesten Nordamerikas kochen und speisen lieber im Schatten dieser offenen Ramadas statt in ihren kleinen Häusern, in die kein kühlender Luftzug dringen kann. Pitt stellte fest, daß das Dach der Ramada aus verdorrten Kandelaberkakteen bestand, von Mesquitestämmen getragen wurde und von den spitzen Ästen des Kerzenstrauches umgeben war.

Nachdem er fünf Becher Wasser aus einer großen Olla getrunken hatte, einer Art Topf mit porösen Wänden, durch die der Inhalt aufgrund der Verdunstung kalt bleibt, setzte Polly ihm geschnetzeltes Schwein mit gebratenen Bohnen und gerösteten Kaktusfeigen vor, die ihn an Okraschoten erinnerten. Die Tortillas bestanden aus Mesquitebohnen, die sie zu einem süßen Mehl zermahlen hatte. Zu diesem späten Mittagessen servierte sie ihm Wein aus vergorenen Kandelaberkaktusfrüchten.

Pitt konnte sich nicht erinnern, jemals ein köstlicheres Mahl zu sich genommen zu haben.

Polly sprach nur selten, und wenn, dann richtete sie an Billy ein paar Worte auf spanisch. Pitt meinte einen Hauch von Humor in ihren großen braunen Augen zu erkennen, aber sie gab sich ernst und distanziert.

»Dieses Dorf macht nicht gerade einen glücklichen Eindruck«, sagte Pitt, um mit seinen Gastgebern ins Gespräch zu kommen.

Bedrückt schüttelte Yuma den Kopf. »Sorge suchte mein Volk und die Menschen in den anderen Dörfern unseres Stammes heim, als unsere allerheiligsten Idole gestohlen wurden. Ohne sie können wir unsere Söhne und Töchter nicht in den Kreis der Erwachsenen aufnehmen. Seit ihrem Verschwinden haben wir großes Unglück erlitten.«

»Guter Gott«, stieß Pitt hervor. »Doch nicht die Zolars.«

»Was, Señor?«

»Eine international tätige Familie von Kunsträubern, auf deren Konto die Hälfte aller bekannten Antiquitätendiebstähle geht.«

»Die mexikanische Polizei sagt, die Idole wurden von amerikanischen Sammlern gestohlen, die auf der Suche nach dem Erbe unserer Ahnen geheiligte indianische Erde entweihen.«

»Durchaus möglich«, sagte Pitt. »Wie sehen diese heiligen Idole denn aus?«

Yuma streckte die Hand aus und hielt sie ungefähr einen Meter über dem Boden. »Sie sind so hoch und wurden vor langer Zeit von meinen Ahnen aus den Wurzeln der Pyramidenpappel geschnitzt.«

»Durchaus möglich, daß die Zolars die Idole für einen Appel und ein Ei irgendwelchen Keramikräubern abgekauft und zu einem stolzen Preis an einen reichen Sammler verhökert haben.«

»Diese Leute heißen Zolar?«

»Das ist ihr Familienname. Sie arbeiten im Schutz einer geheimnisvollen Organisation namens *Solpemachaco.*«

»Das Wort kenne ich nicht«, sagte Yuma. »Was bedeutet es?«

»Die Inkas verstanden darunter eine sagenumwobene Schlange mit mehreren Köpfen, die in einer Höhle lebt und für Ordnung sorgt.«

»Nie davon gehört.«

»Meiner Ansicht nach könnte sie mit einem anderen Monster der peruanischen Sagenwelt verwandt sein, das *Demonio de los Muertos* heißt und die Unterwelt bewacht.«

Gedankenverloren starrte Yuma auf seine abgearbeiteten Hände. »Auch wir haben einen Dämon der Unterwelt, der die Toten an der Flucht hindert und die Lebenden am Eindringen. Außerdem richtet er über unsere Toten, läßt die Guten vorbei und verschlingt die schlechten.«

»Ein Dämon des Jüngsten Gerichts«, sagte Pitt.

Yuma nickte feierlich. »Er lebt nicht weit von hier auf einem Berg.«

»Dem Cerro el Capirote«, sagte Pitt leise.

»Woher will ein Fremder das wissen?« fragte Yuma und blickte tief in Pitts grüne Augen.

»Ich war oben auf dem Gipfel. Ich habe den geflügelten Jaguar mit dem Schlangenhaupt gesehen, und ich garantiere Ihnen, daß er nicht dort steht, um über die Toten zu richten.«

»Sie wissen viel über dieses Land.«

»Nein, eigentlich ganz wenig. Aber ich interessiere mich sehr für alle möglichen Legenden über den Dämon.«

»Es gibt noch eine«, räumte Yuma ein. »Enrique Juárez, unser ältester Stammesführer, ist einer von den wenigen Montolos, die noch die alten Geschichten und die alten Bräuche kennen. Er erzählt von goldenen Göttern, die von Süden kamen, auf großen Vögeln mit weißen Schwingen, die sich über das Wasser bewegten. Sie ruhten lange Zeit auf einer Insel in dem alten Meer. Als die Götter schließlich wegsegelten, hinterließen sie den steinernen Dämon. Unter unseren Ahnen gab es ein paar tapfere und neugierige Männer, die über das Wasser zu der Insel fuhren, aber niemals zurückkehrten. Unsere Vorfahren glaubten, der Berg sei heilig, und jeder Eindringling werde vom Dämon verschlungen.« Yuma verstummte und schaute hinaus in die Wüste. »Seit der Zeit meiner Ahnen wurde diese Geschichte wieder und immer wieder erzählt. Unsere Kinder, die in eine moderne Schule gehen, glauben, daß es ein altes Märchen ist.«

»Ein Märchen mit wahrem historischem Hintergrund«, versicherte Pitt Yuma. »Sie können mir ruhig glauben, wenn ich Ihnen sage, daß im Cerro el Capirote ein gewaltiger Goldschatz ruht. Nicht etwa von irgendwelchen Göttern aus dem Süden dort hingebracht, sondern von den Inkas aus Peru, die sich auf den Aberglauben Ihrer Ahnen verließen und deshalb das steinerne Ungeheuer meißelten, damit sie sich fürchteten und von der Insel wegblieben. Zusätzlich ließen sie vorsichtshalber ein paar Wächter dort, die die Neugierigen töten sollten, bis die Spanier aus ihrer Heimat vertrieben waren und sie zurückkommen und den Schatz ihrem neuen Herrscher zu Füßen legen konnten. Wie wir alle wissen, nahm die Geschichte einen anderen Verlauf. Die Spanier sind geblieben, und keiner ist jemals zurückgekehrt.«

Billy Yuma war nicht der Mann, der seine Gefühle offen zeigte. Sein runzliges Gesicht blieb gefaßt, nur die dunklen Augen weiteten sich. »Ein großer Schatz liegt unter dem Cerro el Capirote?«

Pitt nickte. »Bald schon werden Männer mit bösen Absichten kommen und gewaltsam ins Innere des Berges vordringen, um den Inkaschatz zu stehlen.«

»Das können sie nicht tun«, begehrte Yuma auf. »Der Cerro el Capirote ist verzaubert. Er ist auf unserem Land, auf Montololand. Die Toten, die keine Gnade fanden, leben auf ihm.«

»Die halten diese Männer auch nicht auf, glauben Sie mir«, sagte Pitt voller Ernst.

»Mein Volk wird sich bei der Polizei beschweren.«

»Wenn die Zolars auf Zack sind, haben sie Ihre Sicherheitsorgane bereits bestochen.«

»Diese bösen Männer, von denen Sie sprechen. Sind das dieselben Männer, die unsere heiligen Idole verkauft haben?«

»Wie gesagt, es wäre durchaus möglich.«

Billy Yuma musterte ihn einen Augenblick. »Dann müssen wir uns keine Sorgen machen, daß sie unbefugt unsere heilige Erde betreten.«

Pitt verstand nicht, was er meinte. »Darf ich fragen, warum?«

Billys Miene wurde abwesend, so als sinke er in einen Traum. »Weil diejenigen, die die Götter der Sonne, des Mondes, der Erde und des Wassers genommen haben, verflucht sind und einen schrecklichen Tod erleiden werden.«

»Sie glauben das wirklich, nicht wahr?«

»Ich glaube es«, antwortete Yuma feierlich. »In meinen Träumen sehe ich die Diebe ertrinken.«

»Ertrinken?«

»Ja, in dem Wasser, das die Wüste in einen Garten verwandelt, so wie sie für meine Ahnen ein Garten war.«

Pitt dachte über eine Antwort nach. Für ihn hatten Träume wenig zu sagen. Was übersinnliche Erscheinungen anging, war er ein eingefleischter Skeptiker. Aber der hartnäckige Blick in Yumas Augen, sein unnachgiebiger Tonfall berührten irgend etwas in Pitt.

Allmählich war er froh, daß er mit den Zolars nicht verwandt war.

45

Amaru begab sich hinunter in das große Wohnzimmer der Hazienda. Ein stattlicher offener Steinkamin, der aus einer alten jesuitischen Missionsstation stammte, nahm eine ganze Wand des riesigen Raumes ein. Die hohe Decke war mit kunstvoll gefertigten Stuckplatten getäfelt. »Bitte entschuldigen Sie, daß ich Sie habe warten lassen, Gentlemen.«

»Ist schon in Ordnung«, versetzte Zolar. »Nun, da die Trottel von der NUMA uns direkt zu Huascars Gold geführt haben, haben wir in Ihrer Abwesenheit schon mal darüber gesprochen, wie wir es ans Tageslicht befördern können.«

Amaru nickte und schaute sich in dem Zimmer um. Neben ihm waren noch vier andere Männer anwesend. Zolar, Oxley, Sarason und Moore saßen auf Sofas rund um den offenen Kamin. Ihre Gesichter waren ausdruckslos, aber das Triumphgefühl, das in der Luft lag, ließ sich nicht verhehlen.

»Irgendeine Nachricht von Dr. Kelsey, Rodgers, dem Fotografen und Albert Giordino?« erkundigte sich Sarason.

»Meine Verbindungsleute auf der anderen Seite der Grenze glauben, daß Pitt Ihnen auf der Fähre die Wahrheit gesagt hat, als er angab, er habe sie beim US-Zoll in Calexico abgesetzt«, antwortete Amaru.

»Er muß die Falle gewittert haben«, sagte Moore.

»Das war offensichtlich, als er alleine zur Fähre zurückkehrte«, sagte Sarason mit scharfem Unterton zu Amaru. »Sie hatten ihn in den Händen und haben ihn entkommen lassen.«

»Die Besatzung nicht zu vergessen«, fügte Oxley hinzu.

»Ich versichere Ihnen, Pitt ist nicht entkommen. Er wurde getötet, als meine Männer und ich Granaten rund um ihn ins Wasser warfen. Was die Besatzung der Fähre angeht, so wird die mexikanische Polizeiführung, für deren Entgegenkommen Sie bezahlt haben, dafür sorgen, daß sie so lange wie nötig Stillschweigen bewahren.«

»Schmeckt mir trotzdem nicht«, sagte Oxley. »Jetzt, wo Pitt, Gunn und die Abgeordnete Smith verschwunden sind, wird jeder

Bundesagent zwischen San Diego und Denver anrücken und herum-schnüffeln.«

Zolar schüttelte den Kopf. »Die haben hier unten keinerlei rechtliche Befugnis. Unsere Freunde in der Provinzverwaltung werden sie nicht einreisen lassen.«

Wütend schaute Sarason zu Amaru. »Sie sagen, Pitt sei tot. Und wo ist dann die Leiche?«

Amaru starrte grimmig zurück. »Pitt ist Fischfutter. Sie haben mein Wort darauf.«

»Vergeben Sie mir, aber ich bin keinesfalls überzeugt.«

»Die Unterwasserdetonationen hat er nie und nimmer überlebt.«

»Der Mann hat schon viel Schlimmeres überlebt.« Sarason ging durch das Zimmer zu einer Bar und goß sich einen Drink ein. »Ich bin erst zufrieden, wenn ich die Leiche sehe.«

»Außerdem haben Sie beim Versenken des Fährschiffes gepfuscht«, sagte Oxley zu Amaru. »Sie hätten es erst in tieferes Wasser steuern sollen, bevor Sie die Seeventile öffneten.«

»Noch besser wäre es gewesen, wenn Sie es in Brand gesteckt hätten, mitsamt der Abgeordneten Smith und dem stellvertretenden Direktor der NUMA«, sagte Zolar und zündete sich eine Zigarre an.

»Comandante Cortina von der örtlichen Polizei wird eine Ermittlung durchführen und verkünden, daß die Fähre zusammen mit der Kongreßabgeordneten Smith und Rudi Gunn bei einem höchst bedauerlichen Unfall gesunken ist«, sagte Sarason.

Zolar funkelte ihn an. »Das bewahrt uns nicht vor einer Einmischung der amerikanischen Sicherheitsbehörden. Das Justizministerium wird sich nicht mit einer Ermittlung vor Ort zufriedengeben, falls Pitt überlebt hat und verrät, wie dein Freund hier gepatzt hat.«

»Vergessen Sie Pitt«, sagte Amaru tonlos. »Niemand hat mehr Grund, ihn tot sehen zu wollen, als ich.«

Oxleys Blick wanderte von Amaru zu Zolar. »Auf Spekulationen dürfen wir uns nicht verlassen. Cortina kann eine Untersuchung durch die mexikanische und die amerikanische Regierung allenfalls um ein paar Tage verzögern.«

Sarason zuckte mit den Schultern. »Genügend Zeit, um den Schatz zu heben und zu verschwinden.«

»Selbst wenn Pitt wieder aus dem Meer steigen und erzählen

sollte, wie es wirklich gewesen ist«, sagte Henry Moore, »stünde sein Wort gegen unseres. Er kann nicht beweisen, daß wir etwas mit der Folterung und dem Verschwinden von Smith und Gunn zu tun haben. Wer würde schon glauben, daß eine angesehene Kunsthändlerfamilie in so etwas verwickelt ist? Sie können veranlassen, daß Cortina Pitt wegen dieser Verbrechen anklagt. Er könnte behaupten, Pitt habe den Schatz für sich alleine haben wollen.«

»Der Plan des Professors gefällt mir«, sagte Zolar. »Unsere einflußreichen Freunde bei Polizei und Militär können leicht dazu überredet werden, Pitt festzunehmen, wenn er sich in Mexiko blicken läßt.«

»So weit, so gut«, sagte Sarason. »Aber was ist mit unseren Gefangenen? Liquidieren wir sie gleich oder erst später?«

»Warum werfen wir sie nicht in den Fluß, der durch die Schatzkammer fließt?« schlug Amaru vor. »Letzten Endes werden die Überreste ihrer Leichen wahrscheinlich im Golf auftauchen. Wenn die Fische erst mit ihnen fertig sind, wird der Leichenbeschauer allenfalls noch feststellen können, daß sie ertrunken sind.«

Zolar blickte erst zu seinen Brüdern und dann zu Moore, der seltsam nervös wirkte. Einen Augenblick später wandte er sich an Amaru. »Eine glänzende Idee. Einfach, aber nichtsdestoweniger genial. Irgendwelche Einwände?«

Es gab keine.

»Ich werde mich mit Comandante Cortina in Verbindung setzen und ihm mitteilen, wie er vorgehen soll«, meldete sich Sarason.

Zolar wedelte mit seiner Zigarre und verzog den Mund zu einem breiten Lächeln. »Dann wäre das geklärt. Während Cyrus und Cortina eine Vernebelungsaktion für die amerikanischen Ermittler in Szene setzen, werden wir anderen morgen in aller Frühe unsere Sachen packen, die Hazienda verlassen und zum Cerro el Capirote ziehen, um das Gold zu bergen.«

Einer der Diener auf der Hazienda kam herein und reichte Zolar ein tragbares Telefon. Er hörte zu, ohne dem Anrufer eine Antwort zu geben. Dann schaltete er das Telefon aus und lachte.

»Gute Nachrichten, Bruder?« fragte Oxley.

»Agenten des Bundes haben wieder einmal eine Razzia auf unserem Lagerhausgelände durchgeführt.«

»Und das soll komisch sein?« fragte Dr. Moore verblüfft.

»Ein alltägliches Ereignis«, erklärte Zolar. »Wie üblich gingen sie leer aus und standen da wie Idioten, die nicht wissen, was sie tun sollen.«

Sarason trank sein Glas aus. »Dann bleibt also alles beim alten, und die Bergung des Schatzes findet statt wie geplant.«

Schweigen kehrte in dem großen Raum ein, als jeder sich vorstellte, welch unfaßbare Reichtümer sie wohl unter dem Cerro el Capirote erwarten würden. Alle bis auf Sarason. Er mußte wieder an die Begegnung mit Pitt auf der Fähre denken. Er wußte, es war lächerlich. Aber Pitts Behauptung, er habe ihn und seine Brüder zum Jackpot geführt, ließ ihn nicht in Ruhe. Und was meinte er damit, als er gesagt hatte, sie seien hereingelegt worden?

Log Pitt lediglich, oder wollte er ihm etwas mitteilen? Oder handelte es sich nur um die Aufschneiderei eines Mannes, der dachte, daß er sterben würde? Er hatte Besseres zu tun, als seine Zeit mit derartigen Grübeleien zu vergeuden, entschied Sarason. Sein sechster Sinn hätte ihn warnen müssen, aber er hatte wichtigere Dinge im Kopf. Er tilgte Pitt aus seinen Gedanken.

Es war der größte Fehler, den er je begangen hatte.

Vorsichtig stieg Micki Moore, die ein Tablett balancierte, die Treppe in den Keller hinab. Unten angelangt, näherte sie sich einem von Amarus Schergen, der die Tür zu einem kleinen Abstellraum bewachte, in dem die Gefangenen untergebracht waren. »Öffnen Sie die Tür«, verlangte sie.

»Niemand darf hinein«, murmelte der Wächter unfreundlich.

»Geh mir aus dem Weg, du blöder Idiot«, fauchte Micki, »sonst schneid' ich dir die Eier ab.«

Der Wächter, verblüfft darüber, daß er von einer eleganten Frau derart derb angeherrscht wurde, trat einen Schritt zurück. »Ich nehme meine Befehle von Tupac Amaru entgegen.«

»Ich habe hier doch nur etwas zu essen, du Trottel. Entweder du läßt mich rein, oder ich schreie und sage Joseph Zolar, du hättest mich und die Frau da drin vergewaltigt.«

Er schielte auf das Tablett, dann gab er nach, sperrte die Tür auf und gab den Weg frei. »Erzählen Sie Tupac nichts davon.«

»Keine Sorge«, versetzte Micki, während sie in das dunkle und stickige Kabuff trat. Es dauerte einen Augenblick, bis sich ihre Augen an das Dämmerlicht gewöhnt hatten. Gunn lag auf dem Steinfußboden. Mühsam setzte er sich auf. Loren stand da, als wollte sie ihn beschützen.

»Aha«, murmelte Loren unwirsch. »Diesmal lassen sie ihre Drecksarbeit anscheinend von einer Frau erledigen.«

Micki drückte Loren das Tablett in die Hand. »Hier ist etwas zu essen. Obst, Sandwiches und vier Flaschen Bier. Nehmen Sie es!« Dann drehte sie sich um und knallte dem Wächter die Tür vor der Nase zu. Als sie sich wieder zu Loren umdrehte, waren ihre Augen besser an die Dunkelheit gewöhnt. Lorens Aussehen erschreckte sie. Sie bemerkte Schwellungen und Blutergüsse am Mund und um die Augen. Der Großteil von Lorens Kleidung war heruntergerissen worden, und die wenigen verbliebenen Fetzen hatte sie zusammengeknotet, um damit notdürftig ihren Leib zu verhüllen. Außerdem bemerkte Micki blaurote Striemen an ihrem Brustansatz und Verfärbungen an Armen und Beinen. »Die Mistkerle!« zischte sie. »Diese nichtsnutzigen, sadistischen Mistkerle. Tut mir leid. Wenn ich gewußt hätte, daß man Sie geschlagen hat, hätte ich Medikamente mitgebracht.«

Loren kniete sich hin und stellte das Tablett auf den Fußboden. Sie reichte Gunn ein Bier, doch mit seinen verletzten Händen konnte er den Verschluß nicht aufschrauben. Sie öffnete sie für ihn.

»Wer ist eigentlich unsere Florence Nightingale?« fragte Gunn.

»Ich bin Micki Moore. Mein Mann ist Anthropologe, und ich bin Archäologin. Wir wurden beide von den Zolars engagiert.«

»Um ihnen bei der Suche nach Huascars Goldschatz zu helfen?« riet Gunn.

»Ja, wir haben die Bilderschrift entziffert –«

»Auf dem goldenen Leichengewand von Tiapollo«, fuhr Gunn fort. »Wir wissen darüber Bescheid.«

Loren schwieg einige Minuten, während sie gierig ein Sandwich verschlang und eine Flasche Bier leerte. Hinterher fühlte sie sich schon fast wieder wie neugeboren. Verwundert starrte sie Micki an. »Warum tun Sie das? Um uns aufzumuntern, bevor die anderen zurückkommen und uns wieder als Sandsäcke benutzen?«

»Mein Mann und ich haben damit nichts zu tun«, erwiderte Micki ehrlich. »Die Wahrheit ist, daß Zolar und seine Brüder uns töten wollen, sobald sie den Schatz entdeckt haben.«

»Woher wollen Sie das wissen?«

»Wir hatten schon früher mit solchen Leuten zu tun. Wir haben ein Gefühl dafür, was vor sich geht.«

»Was haben die mit uns vor?« fragte Gunn.

»Die Zolars und ihre geschmierten Helfershelfer bei der mexikanischen Polizei und dem Militär wollen es so aussehen lassen, als ob Sie beim Versuch, von der sinkenden Fähre zu entkommen, ertrunken wären. Sie haben vor, Sie in den unterirdischen Fluß zu werfen, der laut Überlieferung angeblich durch die Schatzkammer fließen soll und dann ins Meer mündet. Bis Ihre Leichen wieder auftauchen, dürfte nicht mehr genug übrig sein, um das Gegenteil zu beweisen.«

»Klingt plausibel«, murmelte Loren wütend. »Das muß man ihnen lassen.«

»Mein Gott«, sagte Gunn. »Die können doch nicht eine Abgeordnete des Kongresses der Vereinigten Staaten kaltblütig ermorden.«

»Glauben Sie mir«, sagte Micki, »diese Männer haben keinerlei Skrupel und noch weniger Gewissen.«

»Wieso haben sie uns dann nicht schon längst getötet?« fragte Loren.

»Sie hatten Angst, daß Ihr Freund Pitt die Entführung irgendwie aufdecken könnte. Jetzt machen sie sich deswegen keine Sorgen mehr. Sie meinen, ihre Lügengeschichte sei durch die Anschuldigungen eines einzigen Mannes nicht zu erschüttern.«

»Was ist mit der Besatzung des Fährschiffes?« fragte Loren. »Die waren doch Augenzeugen dieses Piratenaktes.«

»Sie werden von der örtlichen Polizei daran gehindert, Alarm zu schlagen.« Micki zögerte. »Tut mir leid, Ihnen mitteilen zu müssen, weshalb die sich wegen Pitt keine Sorgen mehr machen. Tupac Amaru schwört, daß er und seine Männer Pitt mit Sprenggranaten, die sie ins Wasser warfen, zermatscht haben, nachdem Sie zur Hazienda gebracht worden waren.«

Trauer umwölkte Lorens violette Augen. Bislang hatte sie gehofft, Pitt könnte irgendwie davongekommen sein. Jetzt wurde ihr so kalt, als wäre sie in eine Gletscherspalte gefallen. Sie lehnte sich an die Wand und schlug die Hände vors Gesicht.

Gunn rappelte sich auf. In seinen Augen sah man keine Trauer, nur eiserne Entschlossenheit. »Dirk tot? Nie und nimmer könnte Abschaum wie Amaru einen Mann wie Dirk Pitt umbringen.«

Micki war verblüfft über den ungebrochenen Mut dieses Mannes, der so grausam gefoltert worden war. »Ich weiß nur, was mein Mann mir berichtet hat«, sagte sie wie zur Entschuldigung. »Amaru hat tatsächlich zugegeben, daß es ihm nicht gelang, Pitts Leichnam zu bergen, aber anscheinend gibt es für ihn nicht den geringsten Zweifel daran, daß Pitt tot ist.«

»Sie sagen, Sie und Ihr Mann stehen ebenfalls auf der Todesliste der Zolars?« fragte Loren.

Micki zuckte mit den Schultern. »Ja, wir sollen ebenfalls zum Schweigen gebracht werden.«

»Wenn Sie bitte meine Worte entschuldigen wollen«, mischte sich Gunn ein, »aber Sie wirken verdammt gleichgültig.«

»Mein Mann hat ebenfalls Pläne.«

»Wie er entkommen kann?«

»Nein. Henry und ich könnten jederzeit ausbrechen. Wir haben vor, uns einen Anteil am Schatz zu sichern.«

Gunn starrte Micki ungläubig an. Dann sagte er zynisch: »Ihr Gatte muß ja ein ziemlich ausgebuffter Anthropologe sein.«

»Vielleicht verstehen Sie es besser, wenn ich Ihnen sage, daß wir uns ineinander verliebt haben, als wir gemeinsam einen Auftrag des Foreign Activities Council ausführten.«

»Nie davon gehört«, sagte Gunn.

Loren warf Micki einen verwunderten Blick zu. »Ich schon. Das FAC soll angeblich eine undurchsichtige und streng geheime Organisation sein, die hinter den Kulissen im Weißen Haus arbeitet. Bislang ist es im Kongreß niemandem gelungen, handfeste Beweise für ihre Existenz oder ihre Finanzierung zu finden.«

»Und was tut diese Organisation?«

»Sie führt unter Aufsicht des Präsidenten verdeckte Aktionen durch, ohne daß die anderen Geheimdienste einbezogen werden oder auch nur etwas davon wissen.«

»Was für Aktionen?«

»Schmutzige Tricks, die gegen Länder gerichtet sind, von denen man annimmt, daß sie den Vereinigten Staaten nicht wohlgesonnen sind«, versetzte Loren, während sie Micki musterte. Doch deren Miene war ausdruckslos und unbeteiligt. »Da ich nur ein einfaches Kongreßmitglied bin, bin ich in ihre geheimen Aktionen nicht eingeweiht und kann nur spekulieren. Ich habe den Verdacht, daß sie in erster Linie Mordaufträge ausführen.«

Mickis Augen wurden hart und kalt. »Ich gebe offen zu, daß Henry und ich zwölf Jahre lang kaum ernstzunehmende Konkurrenz hatten, bis wir aus dem Dienst ausschieden und uns ganz der Archäologie widmeten.«

»Überrascht mich nicht«, sagte Loren sarkastisch. »Sie haben sich schließlich als Wissenschaftler ausgegeben – niemand wäre auf die Idee gekommen, Sie könnten gemietete Killer des Präsidenten sein.«

»Nur zu Ihrer Information, Abgeordnete Smith: Unsere akademischen Referenzen sind nicht gefälscht. Henry hat seinen Doktortitel an der University of Pennsylvania erworben, und ich habe meinen in Stanford gemacht. Wir haben kein schlechtes Gewissen wegen der Aufträge, die wir unter drei früheren Präsidenten ausführten. Dadurch, daß wir die Anführer gewisser ausländischer Terrororganisationen eliminierten, haben wir mehr Amerikanern das Leben gerettet, als Sie sich vorstellen können.«

»Für wen arbeiten Sie jetzt?«

»Für uns. Wie gesagt, wir sind aus dem Dienst ausgeschieden. Wir hatten das Gefühl, es sei an der Zeit, daß wir aus unserer Sachkenntnis Kapital schlagen. Unsere Arbeit im Dienst der Regierung gehört der Vergangenheit an. Wir wurden zwar gut bezahlt, aber eine Pension stellte man uns nicht in Aussicht.«

»Katzen lassen bekanntlich das Mausen nicht«, spottete Gunn. »Sie können Ihr Vorhaben nie und nimmer durchziehen, ohne Amaru und die Zolars umzubringen.«

Micki lächelte leicht. »Durchaus möglich, daß wir ihnen etwas antun müssen, bevor sie uns etwas antun können. Aber erst, nachdem Huascars Schatz gehoben ist.«

»Damit die Spur von Leichen gesäumt ist.«

Müde strich sich Micki mit der Hand über das Gesicht. »Daß Sie plötzlich aufgetaucht sind, kam für alle völlig überraschend. Dummerweise haben die Zolars überreagiert, als sie entdeckten, daß noch jemand hinter dem Gold her ist. Sie liefen Amok und ermordeten und entführten jeden, den sie in ihrer wahnwitzigen Gier für ein Hindernis hielten. Sie können sich glücklich schätzen, daß Sie nicht ebenfalls auf dem Fährschiff ermordet wurden wie Ihr Freund Pitt. Daß man Sie vorerst am Leben gelassen hat, ist ein Hinweis darauf, was für blutige Amateure die Zolars sind.«

»Sie und Ihr Mann«, murmelte Loren mit ätzendem Unterton, »Sie hätten uns –«

»Erschossen und das Schiff mitsamt Ihren Leichen verbrannt?« Micki schüttelte den Kopf. »Ist nicht unser Stil. Henry und ich haben nur Ausländer ausgemerzt, die wahllos unglückliche Frauen und Kinder zusammengeschossen oder in die Luft gejagt haben, ohne mit der Wimper zu zucken oder auch nur eine Träne zu vergießen. Niemals haben wir amerikanischen Landsleuten etwas zuleide getan, und wir haben nicht vor, jetzt damit anzufangen. Obwohl Sie durch Ihre Anwesenheit unsere Operation behindern, werden wir alles tun, was in unserer Macht steht, damit Sie aus dieser leidigen Sache heil herauskommen.«

»Die Zolars sind ebenfalls Amerikaner«, erinnerte Loren sie.

Micki zuckte mit den Schultern. »Eine bloße Formalität. Sie stellen die vermutlich größte Kunstraub- und Schmugglerorganisation aller Zeiten dar. Die Zolars sind Haie erster Güte. Warum muß ich Ihnen das eigentlich erklären? Sie haben ihre Brutalität doch am eigenen Leib erfahren. Henry und ich gehen davon aus, daß wir den amerikanischen Steuerzahlern Millionen von Dollar für komplizierte und zeitraubende Ermittlungen ersparen, wenn ihre Knochen irgendwo in der Sonorawüste bleichen. Von den Gerichts- und Gefängniskosten gar nicht zu sprechen, falls sie gefaßt und verurteilt werden sollten.«

»Und wenn Sie Ihren Teil des Schatzes in Händen haben?« fragte Gunn. »Was dann?«

Micki lächelte listig und durchtrieben. »Dann schicke ich Ihnen eine Karte von unserem Aufenthaltsort – wo immer das auch sein mag – und lasse Sie wissen, wie wir das Geld ausgeben.«

46

Eine kleine Armee-Einheit errichtete einen Kommandoposten und riegelte die Wüste um den Fuß des Cerro el Capirote im Umkreis von zwei Meilen ab. Niemand durfte hinein oder heraus. Die Bergungsaktion selbst spielte sich auf dem Gipfel des Berges ab, auf den alles erforderliche Gerät per Hubschrauber geschafft wurde. Der entwendete NUMA-Helikopter, in den Farben von Zolar International umgespritzt, erhob sich in den klaren Himmel und flog in Richtung der Hazienda davon. Ein paar Minuten später schwebte ein schwerer Transporthubschrauber der mexikanischen Armee über dem Berg und landete dann. Eine Abteilung Pioniere in Wüstenkampfanzügen sprang heraus, öffnete die hintere Frachtluke und lud einen Gabelstapler, mehrere Kabelrollen und eine große Seilwinde aus.

Hohe Beamte des Staates Sonora, die von Zolar ausgehalten wurden, hatten binnen vierundzwanzig Stunden sämtliche notwendigen Genehmigungen und Vollmachten besorgt, ein Vorgang, der normalerweise Monate, wenn nicht Jahre erfordert hätte. Die Zolars hatten versprochen, neue Schulen, Straßen und ein Krankenhaus zu stiften. Sie hatten die örtliche Bürokratie geschmiert und den üblichen Strom an Papieren und Verwaltungskram zum Versiegen gebracht. Von korrupten Beamten irregeführt, sicherte ihnen die ahnungslose mexikanische Regierung ihre volle Unterstützung zu. Selbst Joseph Zolars Ersuchen, man möge ihm eine Abteilung Pioniere von einem Militärstützpunkt auf der Baja California schikken, wurde umgehend stattgegeben. Aufgrund eines in aller Eile entworfenen Vertragswerkes mit dem Finanzministerium wurde den Zolars ein Recht auf einen fünfundzwanzigprozentigen Anteil an dem Schatz eingeräumt. Der Rest sollte im Nationalpalast in Mexico City gelagert werden.

Der einzige Haken an dieser Vereinbarung war, daß die Zolars nicht die Absicht hatten, sich an den Handel zu halten. Sie dachten nicht daran, den Schatz mit irgend jemandem zu teilen.

Sobald die Goldkette und der Großteil des Schatzes auf den Gipfel des Berges geschafft waren, sollte der Hort im Schutz der

Dunkelheit zu einem abgelegenen Militärflugplatz in der Nähe der großen Dünen der Altarwüste, gleich südlich der Grenze zu Arizona, gebracht werden. Dort sollte er in einen mit den Kennzeichen und Farben einer großen Fluggesellschaft versehenen Frachtjet verladen und dann zu einem geheimen Auslieferungslager der Zolars in der kleinen Stadt Nador an der Nordküste von Marokko geflogen werden.

Beim ersten Tageslicht waren sämtliche Bewohner der Hazienda zu dem Berggipfel transportiert worden. Sie nahmen all ihre persönliche Habe mit. Nur Zolars private Düsenmaschine blieb auf der Landebahn der Hazienda zurück, bereit, jeden Augenblick zu starten.

Loren und Rudi wurden aus ihrer Zelle geholt und noch am gleichen Vormittag zum Berg gebracht. Micki Moore, die sich nicht um Sarasons Befehl kümmerte, sich auf keinerlei Gespräche mit den Geiseln einzulassen, hatte sich mitleidig um ihre Wunden und Blutergüsse gekümmert und dafür gesorgt, daß sie eine anständige Mahlzeit erhielten. Da es so gut wie keine Möglichkeit gab, daß sie über die steilen Felswände des Berges entkommen konnten, wurden sie nicht bewacht und konnten frei herumlaufen.

Oxley entdeckte rasch den schmalen Felsspalt, der ins Innere des Berges führte, und verschwendete keine Zeit darauf, ihn erst von den Soldaten erweitern zu lassen. Er blieb zurück und beaufsichtigte das Aufstellen der Geräte, während Zolar, Sarason und die Moores in dem Tunnel verschwanden, gefolgt von einem Trupp Pioniere, die die tragbaren Flutlichter transportierten.

Als sie den zweiten Dämon erreichten, strich Micki ihm genauso zärtlich über die Augen wie zuvor Shannon Kelsey. Sie seufzte. »Eine wunderbare Arbeit.«

»Herrlich erhalten«, stimmte Henry Moore zu.

»Wir werden ihn zerstören müssen«, sagte Sarason leichthin.

»Wovon reden Sie da?« wollte Micki Moore wissen.

»Wir können ihn nicht wegrücken. Das häßliche Vieh blockiert den Großteil des Ganges. Wir haben keine Möglichkeit, Huascars Kette an ihm vorbeizuschaffen.«

Erschrocken verzog Micki das Gesicht. »Sie können doch kein derart altes Meisterwerk zerstören.«

»Wir können und wir werden es«, sagte Zolar, der seinem Bruder beistand. »Ich gebe zu, es ist bedauerlich. Aber archäologischen Eifer können wir uns nicht leisten. Die Skulptur muß weg.«

Moores schmerzliche Miene wurde langsam hart. Er blickte seine Frau an und nickte. »Man muß eben Opfer bringen.«

Micki hatte begriffen. Wenn sie so viel Gold in ihre Hände bringen wollten, daß sie den Rest ihrer Tage in Luxus schwelgen konnten, dann mußten sie die Zerstörung des Dämons hinnehmen.

Sie hasteten weiter, während Sarason zurückblieb und den Pionieren befahl, eine Sprengladung unter dem Dämon anzubringen. »Seid vorsichtig«, warnte er sie auf spanisch. »Nehmt eine kleine Ladung. Wir wollen schließlich nicht, daß die Höhle einstürzt.«

Zolar staunte über die Energie und Begeisterung der Moores, nachdem sie auf die Gruft mit den Hütern des Schatzes gestoßen waren. Hätte man sie gelassen, so hätten sie eine Woche mit dem Untersuchen der Mumien und des Grabschmuckes zugebracht, statt weiter zur Schatzkammer vorzudringen.

»Gehen wir weiter«, sagte Zolar ungeduldig. »Bei den Toten können Sie später noch herumschnüffeln.«

Widerwillig setzten die Moores ihren Weg fort und gelangten in die Wohnquartiere der toten Wächter, wo sie ebenfalls nur ein paar Minuten verweilen konnten, da Sarason wieder zu seinem Bruder stieß und sie weiterdrängte.

Der plötzliche Anblick des in Kalkkristalle eingeschlossenen Wächters erschreckte und überwältigte sie alle, genau wie Pitt und seine Gruppe. Henry Moore spähte durch die Hülle des durchsichtigen Sarkophages.

»Ein alter Chachapoya«, murmelte er, als stünde er vor einem Kruzifix. »Konserviert in der Haltung, in der er starb. Das ist ja eine unglaubliche Entdeckung.«

»Er muß ein adliger Krieger von hohem Rang gewesen sein«, sagte Micki voller Ehrfurcht.

»Ein logischer Schluß, meine Liebe. Dieser Mann muß viel Macht besessen haben, sonst hätte man ihm kaum die Verantwortung für die Bewachung eines immensen Königsschatzes übertragen.«

»Was glauben Sie, wieviel der wert ist?« fragte Sarason.

Moore drehte sich um und blickte ihn mit finsterer Miene an.

»Für ein derart herausragendes Objekt läßt sich kein Preis festsetzen. Als Fenster in die Vergangenheit ist er unschätzbar.«

»Ich kenne einen Sammler, der fünf Millionen Dollar für ihn hinlegen würde«, sagte Zolar, als schätzte er den Wert einer Ming-Vase.

»Der Chachapoya-Krieger gehört der Wissenschaft«, versetzte Moore, der seinen Zorn nur mühsam unterdrücken konnte. »Er ist ein Zeugnis der Vergangenheit und gehört in ein Museum, nicht aber ins Wohnzimmer eines verkommenen Sammlers.«

Zolar warf Moore einen heimtückischen Blick zu. »In Ordnung, Professor, für Ihren Anteil am Gold dürfen Sie ihn haben.«

Moore wirkte gequält. Es war offensichtlich, daß er einen inneren Kampf zwischen seinem wissenschaftlichen Ethos und seiner Gier austrug. Er fühlte sich schmutzig und schämte sich, nun, da er begriff, daß Huascars Vermächtnis mehr war als bloßer Reichtum. Reue überkam ihn, als er sich darüber klar wurde, daß er sich mit skrupellosem Abschaum eingelassen hatte. Er ergriff die Hand seiner Frau, da er genau wußte, daß sie das gleiche empfand. »Wenn es denn sein muß. Abgemacht.«

Zolar lachte. »Das wäre dann wohl geklärt. Können wir uns jetzt bitte auf die Suche nach den Sachen machen, wegen denen wir hier sind?«

Ein paar Minuten später standen sie Schulter an Schulter am Ufer des unterirdischen Flusses und starrten wie gebannt auf das aufgehäufte Gold, das im Licht der tragbaren Halogenlampen der Heerespioniere glitzerte. Sie hatten nur mehr Augen für den Schatz. Sie bemerkten kaum, daß hier mitten durch das Erdinnere ein Fluß strömte.

»Sensationell«, flüsterte Zolar. »Ich kann kaum glauben, daß ich so viel Gold vor mir habe.«

»Das übertrifft mit Leichtigkeit sämtliche Schätze aus Tut-ench-Amuns Grab«, sagte Moore.

»Einfach hinreißend«, sagte Micki und schlang die Hand um den Arm ihres Mannes. »Das muß der größte Schatz sein, der in Nord- und Südamerika je gefunden wurde.«

Sarasons anfängliches Staunen legte sich rasch. »Verdammt schlau von diesen alten Mistkerlen«, stieß er hervor. »Lagern den

Schatz auf einer Insel inmitten einer starken Strömung, damit die Bergung doppelt so kompliziert ist.«

»Ja, aber wir haben Kabel und Winden dabei«, sagte Moore. »Bedenken Sie doch nur, wie schwierig es für sie gewesen sein muß, das ganze Gold mittels Muskelkraft und Hanfseilen dort hinüberzuschaffen.«

Mickis Blick fiel auf einen goldenen Affen, der auf einem Sockel hockte. »Das ist ja komisch.«

Zolar schaute zu ihr hin. »Was ist komisch?«

Sie ging näher zu dem umgekippten Affen hin. »Wieso liegt dieses Stück auf unserer Seite des Flusses?«

»Ja, mir kommt es ebenfalls seltsam vor, daß dieser Gegenstand nicht bei den anderen liegt«, sagte Moore. »Sieht fast so aus, als wäre er hierhergeworfen worden.«

Sarason deutete auf die Furchen im Sand und auf der Kalkschicht neben dem Flußbett. »Ich würde sagen, er wurde von der Insel weggeschleift.«

»Da ist eine Art Inschrift eingekratzt«, sagte Moore.

»Können Sie sie entziffern?« fragte Zolar.

»Da gibt es nichts zu entziffern. Die Inschrift ist auf englisch.«

Sarason und Zolar glotzten ihn so fassungslos an wie zwei Banker von der Wall Street, die von einem heruntergekommenen Penner am Gehsteig angehalten und gefragt werden, ob sie mal fünfzigtausend Dollar für ihn hätten. »Keine Scherze, Professor«, sagte Zolar.

»Ich meine es todernst. Jemand hat eine Nachricht in das weiche Gold am Sockel eingraviert, und zwar allem Anschein nach erst kürzlich.«

»Und was steht dort?«

Moore winkte einem Pionier zu, er solle seine Lampe auf den Sockel des Affen richten, rückte seine Brille zurecht und las laut vor.

»Willkommen im Untergrund, werte Angehörige der Solpemachaco, zur Jahreshauptversammlung der Diebe und Plünderer.
Falls Sie über den Erwerb von Diebesgut hinaus noch andere Ziele im Leben haben, dann sind Sie hier am richtigen Ort.
Seien Sie unsere Gäste und nehmen Sie nur das mit, wofür Sie Verwendung haben.

Ihre verständnisvollen Schirmherren Dr. Shannon Kelsey, Miles Rodgers, Al Giordino und Dirk Pitt.«

Es dauerte einen Augenblick, bis sie sich wieder gefaßt hatten, und dann knurrte Zolar seinen Bruder an. »Was zum Teufel geht hier vor? Was für ein dämlicher Trick ist das eigentlich?«

Sarasons Mund war zu einem schmalen Strich zusammengekniffen. »Pitt gab zu, daß er uns zu dem Dämon geführt hat«, antwortete er stockend. »Aber er sagte kein Wort davon, daß er in den Berg eingedrungen und den Schatz gesehen hat.«

»Ist ganz schön großzügig mit seinen Auskünften gewesen, nicht wahr? Warum hast du mir nichts davon gesagt?«

Sarason zuckte mit den Schultern. »Er ist tot. Ich dachte, es spielt keine Rolle.«

Micki wandte sich an ihren Mann. »Ich kenne Dr. Kelsey. Ich habe sie bei einer archäologischen Konferenz in San Antonio kennengelernt. Sie gilt als hervorragende Expertin auf dem Gebiet der andinen Kulturen.«

Moore nickte. »Ja, ich bin mit ihrer Arbeit vertraut.« Er schaute Sarason an. »Sie haben uns in dem Glauben gelassen, lediglich die Abgeordnete Smith und die Männer von der NUMA seien hier auf Schatzsuche. Von anderen Archäologen haben Sie kein Wort gesagt.«

»Wo ist denn da der Unterschied?«

»Sie haben da irgend etwas nicht ganz im Griff«, sagte Moore warnend. Er sah aus, als genieße er Zolars Verwirrung. »Wenn ich an Ihrer Stelle wäre, würde ich das Gold so schnell wie möglich hier rausschaffen.«

Seine Worte gingen in einer gedämpften Explosion weit oben im Tunnel unter.

»Da Pitt tot ist, haben wir nichts zu befürchten«, beharrte Sarason. »Das hier hat er offenbar geschrieben, bevor Amaru ihn erledigt hat.« Doch der kalte Schweiß stand ihm auf der Haut. Pitts spöttische Worte klangen ihm im Ohr: »Sie sind reingelegt worden, Freundchen.«

Langsam änderte sich Zolars Miene. Der Mund straffte sich, das Kinn verzog sich leicht nach hinten, und ein sorgenvoller Ausdruck trat in seine Augen. »Niemand entdeckt einen derart riesigen Schatz, hinterläßt eine lächerliche Nachricht und geht wieder weg. In dem Wahnsinn dieser Leute muß Methode liegen, und ich würde gern wissen, was sie weiter planen.«

»Jeder, der sich uns in den Weg stellt, bevor der Schatz aus dem Berg geholt ist, wird vernichtet werden«, schrie Sarason seinen Bruder an. »Das gelobe ich.«

Er hatte die Worte heftig hervorgestoßen, und sie klangen ebenso bedrohlich wie überzeugend. Alle glaubten ihm. Bis auf Micki Moore.

Sie war die einzige, die so nahe bei ihm stand, daß sie sehen konnte, wie seine Lippen bebten.

47

Bürokraten sehen doch überall auf der Welt gleich aus, dachte Pitt. Das aufgesetzte, bedeutungslose Lächeln, das durch den gönnerhaften Blick Lügen gestraft wird. Sie mußten alle durch dieselbe Schule gehen, wo sie dieselben hohlen Phrasen und Ausflüchte lernten. Dieser hier war kahlköpfig, trug eine dicke Hornbrille und hatte einen sorgfältig gestutzten schwarzen Schnurrbart.

Er war ein großer, selbstgefälliger Mann, dessen Profil und hochmütige Haltung die in dem Konferenzzimmer versammelten Amerikaner an einen spanischen Konquistador erinnerten. Fernando Matos war der absolute Inbegriff des herablassenden, aalglatten und wendigen Bürokraten. Er musterte die Amerikaner, die ihm im Zollgebäude, keine 100 Meter (328 Fuß) von der Landesgrenze entfernt, gegenübersaßen.

Admiral James Sandecker, der kurz nachdem Gaskill und Ragsdale von Galveston eingeflogen waren, aus Washington hergekommen war, erwiderte den Blick, ohne ein Wort zu verlieren. Shannon, Rodgers und Giordino mußten mit Stühlen an der Wand vorliebnehmen, während Pitt rechts neben Sandecker saß. Sie ließen den leitenden Zollagenten der Region, Curtis Starger, das Wort führen.

Starger, ein altgedienter Zöllner, der seit sechzehn Jahren in Diensten des US-Regierung stand, war schon so viel herumgekommen, daß ihn nichts mehr erschüttern konnte. Er war ein adretter, gutaussehender Mann mit scharfgeschnittenen Zügen und blonden Haaren, der eher wie ein alternder Rettungsschwimmer am Strand von San Diego denn wie ein abgebrühter Agent wirkte. Jetzt starrte er Matos mit einer Miene an, die Asbest versengen hätte können. Nachdem er sie einander vorgestellt hatte, setzte er zum Angriff an.

»Ich erspare mir die Feinheiten, Mr. Matos. Normalerweise verhandle ich bei derartigen Angelegenheiten mit der Elite Ihrer Sicherheitskräfte, allen voran Inspector Granados und Señor Rojas, dem Leiter der Kriminalpolizei von Nordmexiko. Ich wünschte, Sie würden uns erklären, Sir, weshalb man einen mittleren Beamten von einer obskuren Abteilung des Außenministeriums hergeschickt hat, damit er uns Auskunft über die Lage erteilt. Ich habe das Gefühl, Ihre Regierung in Mexico City tappt genauso im dunkeln wie wir.«

Matos gestikulierte hilflos mit den Händen, ohne auch nur einmal mit der Wimper zu zucken, und lächelte ungerührt weiter. Falls er beleidigt war, ließ er es sich nicht anmerken. »Inspector Granados arbeitet an einem Fall in Hermosillo, und Señor Rojas ist krank geschrieben.«

»Das tut mir leid«, knurrte Starger, ohne seine Zweifel zu verhehlen.

»Ich bin sicher, wenn sie nicht indisponiert oder anderweitig beschäftigt wären, hätten sie sich gerne mit Ihnen beraten. Ich habe durchaus Verständnis dafür, daß Sie ungehalten sind. Aber ich versichere Ihnen, meine Regierung wird alles in ihrer Macht Stehende tun, um in dieser Angelegenheit mit Ihnen zusammenzuarbeiten.«

»Das Justizministerium hat Grund zu der Annahme, daß drei Männer namens Joseph Zolar, Charles Oxley und Cyrus Sarason, lauter Brüder, einen riesigen internationalen Händlerring für gestohlene Kunst, geschmuggelte Artefakte und Kunstfälschungen betreiben. Ferner haben wir Grund zu der Annahme, daß sie eine geschätzte Abgeordnete unseres Kongresses und einen Vertreter unserer höchst angesehenen Meeresforschungsbehörde entführt haben.«

Matos rang sich ein nichtssagendes Lächeln ab und blieb bürokratisch distanziert. »Absolut lächerlich. Wie Sie sehr wohl wissen, meine Herren, ist der Ruf der Zolars nach Ihrer fruchtlosen Razzia in deren Einrichtungen in Texas nach wie vor makellos.«

Gaskill warf Ragsdale ein ironisches Lächeln zu. »Die Nachricht hat sich schnell verbreitet.«

»Diese Männer, die Sie hier anscheinend behelligen wollen, haben in Mexiko gegen keinerlei Gesetz verstoßen. Wir haben keinen Anlaß, strafrechtlich gegen sie vorzugehen.«

»Was gedenken Sie zu unternehmen, damit die Abgeordnete Smith und der stellvertretende Direktor Gunn freigelassen werden?«

»Unsere besten Kriminalpolizisten sind mit dem Fall befaßt«, versicherte ihm Matos. »Meine Vorgesetzten haben bereits die notwendigen Vorbereitungen zur Übergabe des Lösegeldes getroffen. Und ich kann Ihnen versichern, daß es nur mehr eine Frage von Stunden sein dürfte, bis die für diese Schandtat verantwortlichen Banditen gefaßt und Ihre Leute befreit sind, ohne daß ihnen etwas zuleide getan wurde.«

»Unsere Quellen behaupten, daß die Zolars dafür verantwortlich sind.«

Matos schüttelte den Kopf. »Nein, nein. Die Beweislage spricht eindeutig dafür, daß eine Bande räuberischer Banditen hinter der Entführung steckt.«

Pitt mischte sich in die Auseinandersetzung ein. »Apropos Entführung. Was ist eigentlich mit der Besatzung des Fährschiffes? Wohin sind die verschwunden?«

Matos warf Pitt einen verächtlichen Blick zu. »Das spielt hier keine Rolle. Aber der Vollständigkeit halber sei erwähnt, daß unsere Polizeiführung über vier schriftliche Aussagen verfügt, wonach Sie diese Sache angestiftet haben.«

Pitt packte die kalte Wut. Die Zolars hatten für alle Eventualitäten vorgesorgt, aber entweder war es ihnen egal, daß die Besatzung der *Alhambra* nicht tot war, oder Amaru hatte die Sache verpfuscht und sie angelogen. Padilla und seine Männer mußten es bis zur

Küste geschafft haben, wo sie dann von der örtlichen Polizei in Empfang genommen worden waren.

»Waren Ihre Kriminalisten auch so aufmerksam, mich mit einem Motiv auszustatten?« fragte Pitt.

»Motive interessieren mich nicht, Mr. Pitt. Ich verlasse mich auf Beweise. Aber da Sie es angesprochen haben – die Besatzung behauptet, Sie hätten die Abgeordnete Smith und Rudi Gunn getötet, um das Versteck des Schatzes zu erfahren.«

»Ihre Polizeiführung muß die Alzheimersche Krankheit haben, wenn sie das schluckt«, versetzte Giordino.

»Beweis ist Beweis«, sagte Matos aalglatt. »Als ein Vertreter der Regierung muß ich mich streng an die gesetzlichen Vorgaben halten.«

Pitt ließ die lächerliche Beschuldigung an sich abprallen und holte zu einem tückischen Gegenstoß aus. »Verraten Sie mir eins, Señor Matos. Wieviel Prozent von dem Gold hat man Ihnen eigentlich versprochen?«

»Fünf –« Matos fing sich zu spät.

»Wollten Sie gerade fünf Prozent sagen, Sir?« fragte Starger leise.

Matos legte den Kopf schief und zuckte mit den Schultern. »Ich wollte nichts dergleichen sagen.«

»Ich würde sagen, Ihre Vorgesetzten drücken bei dieser Verschwörung, mit der wir es hier eindeutig zu tun haben, beide Augen zu«, äußerte sich Sandecker.

»Es gibt keine Verschwörung, Admiral. Darauf lege ich einen Eid ab.«

»Sie hinterlassen hier den Eindruck«, sagte Gaskill und beugte sich über den Tisch, »daß sich die Vertreter der Regierung des Staates Sonora auf einen Kuhhandel mit den Zolars eingelassen haben, um den peruanischen Schatz behalten zu können.«

Matos hob eine Hand. »Die Peruaner haben keinerlei Rechtsanspruch darauf. Sämtliche Kunstgegenstände, die auf mexikanischem Boden gefunden werden, gehören dem Volk –«

»Sie gehören dem peruanischen Volk«, unterbrach ihn Shannon, deren Gesicht vor Wut rot angelaufen war. »Wenn Ihre Regierung auch nur den geringsten Anstand hätte, würde sie den Peruanern zumindest einen Teil der Funde überlassen.«

»Nationen verkehren nicht auf diese Weise miteinander, Dr. Kelsey«, erwiderte Matos.

»Wie würde es Ihnen denn gefallen, wenn Montezumas verschollener Schatz plötzlich in den Anden auftauchen würde?«

»Es steht mir nicht zu, mich über Vorgänge im Ausland zu äußern«, antwortete Matos ungerührt. »Außerdem sind die Gerüchte bezüglich der Größe des Schatzes bei weitem übertrieben. Der wahre Wert ist im Grunde genommen kaum der Rede wert.«

Shannon wirkte völlig verdutzt. »Was sagen Sie da? Ich habe Huascars Schatz mit eigenen Augen gesehen. Und er ist auf jeden Fall erheblich umfangreicher, als irgend jemand sich vorgestellt hatte. Ich würde den Schätzwert bei knapp unter einer Milliarde Dollar ansetzen.«

»Die Zolars sind angesehene Händler, die auf der ganzen Welt für ihre genaue Schätzung von Kunstgegenständen und Altertümern bekannt sind. Ihrer Ansicht nach beträgt der Wert des Schatzes nicht mehr als dreißig Millionen.«

»Mister«, versetzte Shannon, die vor kalter Wut zitterte, »was das Schätzen von Kunstgegenständen alter peruanischer Kulturen angeht, kann ich mit deren Referenzen allemal mithalten. Lassen Sie es sich schlicht und einfach gesagt sein: Die Zolars binden Ihnen einen Bären auf.«

»Ihr Wort steht gegen das der Zolars«, sagte Matos ruhig.

»Für einen so kleinen Schatz«, mischte sich Ragsdale ein, »scheinen sie aber eine ziemlich umfassende Bergungsaktion durchzuführen.«

»Fünf bis zehn Arbeiter, die das Gold aus der Kammer tragen. Nicht mehr.«

»Sollen wir Ihnen Satellitenaufnahmen zeigen, auf denen deutlich zu sehen ist, daß es auf dem Gipfel des Cerro el Capirote zugeht wie in einem Ameisenhaufen? Ganze Heerscharen von Männern schwärmen dort herum, dazu Helikopter.«

Matos saß schweigend da, als hätte er kein Wort gehört.

»Und wie sieht's mit dem Profit der Zolars aus?« fragte Starger. »Lassen Sie etwa zu, daß sie die Kunstschätze außer Landes schaffen?«

»Die Opfer, die sie dem Staat Sonora gebracht haben, werden

nicht unvergolten bleiben. Man wird ihnen eine Entschädigung zukommen lassen.«

Die Geschichte stank offensichtlich zum Himmel, und niemand im Zimmer kaufte sie ihm ab.

Admiral Sandecker war der ranghöchste Amerikaner in der Runde. Er schaute Matos mit einem entwaffnenden Lächeln an. »Morgen früh treffe ich mich mit dem Präsidenten unseres Landes. Bei dieser Gelegenheit werde ich ihn auf die beunruhigenden Ereignisse in unserem südlichen Nachbarland hinweisen. Ich werde ihm mitteilen, daß Ihre Sicherheiskräfte Ermittlungen verschleppen und die Entführung ranghoher Vertreter unseres Volkes verschleiern. Ich brauche Sie wohl nicht eigens daran zu erinnern, Señor Matos, daß das Abkommen über einen freien Handelsaustausch zwischen unseren Ländern demnächst dem Kongreß zur Überprüfung vorgelegt werden wird. Wenn unsere Abgeordneten erfahren, wie herzlos man hier eine Kollegin behandelt und daß man Kriminelle unterstützt, die mit gestohlener und geschmuggelter Kunst handeln, dürften sie schwerlich dazu zu bewegen sein, unsere gegenseitigen Handelsbeziehungen fortzusetzen. Kurzum, Señor, Ihr Präsident wird sich mit einem Riesenskandal konfrontiert sehen.«

Matos' Augen hinter den dicken Brillengläsern wirkten auf einmal leidgeprüft. »Es besteht keinerlei Notwendigkeit, wegen einer kleinen Mißhelligkeit zwischen unseren Ländern derart heftig zu reagieren.«

Pitt bemerkte die kleinen Schweißtropfen auf dem Kopf des mexikanischen Beamten. Er wandte sich an seinen Chef. »Ich habe keine allzu große Ahnung von Politik, Admiral, aber was wollen wir wetten, daß der mexikanische Präsident und sein Kabinett nicht darüber informiert sind, wie die Dinge wirklich stehen?«

»Ich fürchte, Sie würden gewinnen«, sagte Sandecker. »Das würde auch erklären, warum wir nicht mit einem höheren Tier sprechen.«

Sämtliche Farbe war aus Matos' Gesicht gewichen, und er sah aus, als wäre ihm übel. »Sie haben etwas mißverstanden. Mein Land ist durchaus bereit, Ihnen in jeder Hinsicht entgegenzukommen.«

»Erzählen Sie Ihren Vorgesetzten im Außenministerium«, sagte Pitt, »oder für wen auch immer Sie arbeiten, daß sie nicht so schlau sind, wie sie denken.«

»Die Konferenz ist beendet«, sagte Starger. »Wir werden unsere Möglichkeiten abwägen und Ihre Regierung bis morgen um die gleiche Zeit über alle weiteren Schritte informieren.«

Matos versuchte zumindest einen Anschein von Würde zu wahren. Doch er wirkte sichtlich bekümmert und sprach mit kleinlauter Stimme. »Ich muß Sie warnen. Falls Sie vorhaben, Ihre Spezialeinheiten nach Mexiko zu entsenden –«

Sandecker fiel ihm ins Wort. »Ich gebe Ihnen vierundzwanzig Stunden Zeit, um die Abgeordnete Smith und meinen stellvertretenden Direktor Rudi Gunn unversehrt über die Grenze zwischen Mexicali und Calexico zu schicken. Geschieht dies auch nur eine Minute später, dann wird es allerhand Leuten übel ergehen.«

»Sie haben nicht das Recht, Drohungen auszustoßen.«

»Warten Sie erst mal ab, wie mein Präsident reagiert, wenn ich ihm berichte, daß Ihre Sicherheitskräfte Smith und Gunn foltern, um ihnen Staatsgeheimnisse zu entlocken.«

Matos wirkte entsetzt. »Aber das ist eine glatte Lüge, eine absurde Unterstellung.«

Sandecker lächelte eiskalt. »Sehen Sie, auch ich kann einfach etwas erfinden.«

»Ich gebe Ihnen mein Wort –«

»Das wäre dann alles, Señor Matos«, sagte Starger. »Halten Sie bitte meine Dienststelle über alle weiteren Vorkommnisse auf dem laufenden.«

Als der mexikanische Beamte das Konferenzzimmer verließ, wirkte er wie jemand, der ohnmächtig zusehen muß, wie seine Frau mit dem Klempner durchbrennt und sein Hund vom Milchlaster überfahren wird. Sobald er weg war, wandte sich Ragsdale, der schweigend dagesessen und das Gespräch verfolgt hatte, an Gaskill.

»Nun, zumindest haben sie keine Ahnung, daß wir ihr illegales Lager ausgehoben haben.«

»Wollen wir hoffen, daß sie noch zwei Tage lang im unklaren bleiben.«

»Haben Sie eine Bestandsaufnahme der gestohlenen Waren gemacht?« fragte Pitt.

»Das Lager war so umfangreich, daß es Wochen dauern wird, bis alle Gegenstände einzeln erfaßt sind.«

»Erinnern Sie sich an irgendwelche indianischen Götterfiguren aus dem Südwesten, aus Pappelholz geschnitzt?«

Gaskill schüttelte den Kopf. »Nein, ich habe nichts dergleichen gesehen.«

»Sagen Sie mir bitte Bescheid, falls Sie darauf stoßen sollten. Ich habe einen indianischen Freund, der sie gern zurückhätte.«

Ragsdale nickte Sandecker zu. »Wie beurteilen Sie die Situation, Admiral?« fragte er.

»Die Zolars haben denen das Blaue vom Himmel versprochen«, sagte Sandecker. »Ich glaube allmählich, wenn man sie festnehmen würde, würde sich die halbe Bevölkerung des Staates Sonora erheben und sie aus dem Gefängnis rausholen.«

»Die werden niemals zulassen, daß Loren und Rudi freigelassen werden. Sie wissen zuviel«, sagte Pitt.

»Ich weise ja nur ungern darauf hin«, sagte Ragsdale leise, »aber sie könnten bereits tot sein.«

Pitt schüttelte den Kopf. »Den Gedanken lasse ich gar nicht zu.«

Sandecker, den es angesichts der Ausweglosigkeit der Lage nicht mehr auf seinem Platz hielt, erhob sich und schritt im Zimmer auf und ab. »Selbst wenn der Präsident einen geheimen Einsatz billigen sollte, hätten unsere Spezialeinheiten keinerlei Anhaltspunkte, wo Loren und Rudi gefangengehalten werden.«

»Ich habe so eine Ahnung, daß die Zolars sie auf dem Berg festhalten«, sagte Giordino.

Starger nickte zustimmend. »Da könnten Sie recht haben. Die Hazienda, die ihnen während der Schatzsuche als Stützpunkt gedient hat, wirkt verlassen.«

Ragsdale seufzte. »Ich fürchte, falls Smith und Gunn noch am Leben sind, dann nicht mehr für lange.«

»Wir können nichts weiter tun, als hilflos von weitem zuschauen«, sagte Starger aufgebracht.

Ragsdale schaute aus dem Fenster über die Grenze. »Das FBI kann keine Razzia auf mexikanischem Boden durchführen.«

»Der Zoll auch nicht«, sagte Gaskill.

Pitt blickte die Bundesagenten einen Augenblick lang an. Dann wandte er sich unmittelbar an Sandecker. »Die nicht, aber die NUMA kann es.«

Alle schauten ihn verständnislos an.

»Was können wir?« fragte Sandecker.

»Nach Mexiko gehen und Loren und Rudi befreien, ohne daß es zu einem internationalen Zwischenfall kommt.«

»Klar können Sie das.« Gaskill lachte. »Über die Grenze zu kommen, ist kein Problem, aber die Zolars haben die Polizei und das Militär von Sonora auf ihrer Seite. Auf den Satellitenfotos sind jede Menge Sicherheitskräfte auf und um den Cerro el Capirote zu erkennen. Sie würden nicht einmal bis auf zehn Kilometer rankommen, ohne erschossen zu werden.«

»Ich habe auch nicht vor, zu dem Berg hinzufahren oder zu Fuß zu gehen«, sagte Pitt.

Starger blickte ihn an und grinste. »Was kann die National Underwater and Marine Agency denn schon leisten, wozu der Zoll und das FBI nicht in der Lage sind? Wollen Sie etwa durch die Wüste schwimmen?«

»Nein, nicht durch«, sagte Pitt mit todernster Stimme. »Untendrunter.«

VIERTER TEIL

Fahrt durch die Hölle

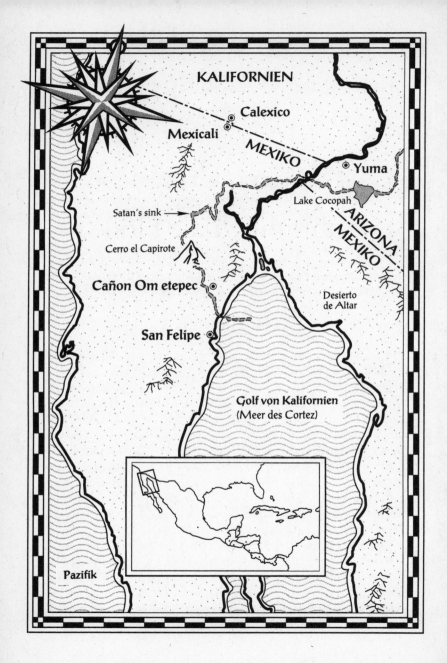

48

Etwa fünfzig Kilometer südlich von Mexicali, an einer Felsklippe in den ausgedörrten Gebirgsausläufern im Norden der Sierra el Mayor, befindet sich ein rundes Loch, eine Art natürlich entstandener Tunnel. Der vor Jahrmillionen von der Brandung eines uralten Meeres ausgewaschene Gang führt schräg hinab in eine kleine Grotte, die im Pliozän vom Wasser ausgehöhlt und in den folgenden Jahrtausenden von Wind und Sand ausgeschliffen wurde. Dort, am Boden der Grotte, mitten unter der Wüste, steigt Wasser auf. Von der kobaltblauen Färbung einmal abgesehen, ist das Wasser völlig klar, und es scheint bis in unendliche Tiefen hinabzuführen.

Satan's Sink sah ganz anders aus als der Opferbrunnen in Peru, dachte Pitt, während er auf die gelbe Nylonschnur blickte, die in die glasklare Tiefe hinabführte. Mit besorgtem Blick saß er auf einem Felsen am Rande des Wassers und hatte die Hand auf der Nylonleine liegen, die zu einer tragbaren Winde führte.

Draußen, 80 Meter (262 Fuß) über dem Grund der Felsenröhre, saß Admiral Sandecker auf einem Gartenstuhl neben einem heruntergekommenen und rostigen 1951er Chevy-Pick-up, auf dessen Ladefläche der verblichene Aufbau eines Campingwagens hochragte, der so aussah, als hätte er schon vor Jahren auf den Schrott gehört. Dahinter stand ein weiteres Auto, ein schwer mitgenommener 1968er Kombi vom Typ Plymouth Belvedere. Beide trugen Nummernschilder der Baja California Norte.

Sandecker hatte eine Flasche Coors-Bier in der einen Hand, während er in der anderen ein Fernglas hielt, mit dem er ab und zu die umliegende Landschaft musterte. Er war passend zu dem alten Lastwagen gekleidet, so daß er wie einer der zahllosen amerikanischen Aussteiger wirkte, die auf der Baja herumreisen und campen.

Er war überrascht, in der Sonorawüste trotz des Wassermangels und der klimatischen Bedingungen mit Nachtfrösten im Winter und Backofentemperaturen im Sommer so viele Pflanzen vorzufinden. In der Ferne entdeckte er eine kleine Pferdeherde, die zwischen dürren Grasbüscheln weidete.

Nachdem er sich davon überzeugt hatte, daß die einzigen Lebewesen weit und breit eine sich auf einem Felsen sonnende Diamantklapperschlange und ein kalifornischer Eselhase waren, der zu ihm hergehüpft kam, einen kurzen Blick riskierte und wieder davonsprang, stand er auf und schlenderte durch den Felsentunnel hinunter zu dem Wasserloch.

»Irgendwo Polizei zu sehen?« fragte Pitt, als der Admiral näher kam.

»Hier gibt's nichts als Schlangen und Karnickel«, knurrte Sandecker. Er nickte zum Wasser hin. »Wie lange sind sie schon unten?«

Pitt schaute auf seine Uhr. »Achtunddreißig Minuten.«

»Mir wäre wohler zumute, wenn sie moderne Ausrüstung hätten und nicht die alten Tauchgeräte, die ihnen die örtlichen Zollfahnder geborgt haben.«

»Wenn wir Loren und Rudi retten wollen, kommt es auf jede Minute an. Und dadurch, daß wir jetzt schon mal erkunden, ob mein Plan überhaupt eine Aussicht auf Erfolg hat, sparen wir sechs Stunden. Genausolange dauert es nämlich, bis unsere hochprofessionelle Ausrüstung von Washington nach Calexico geschafft ist.«

»Schierer Wahnsinn, sich auf so ein gefährliches Unternehmen einzulassen«, sagte Sandecker mit müder Stimme.

»Haben wir eine Alternative?«

»Mir fällt keine ein.«

»Dann müssen wir's auf den Versuch ankommen lassen«, sagte Pitt entschlossen.

»Sie wissen nicht einmal, ob Sie auch nur die geringste Aussicht –«

»Sie haben signalisiert«, unterbrach Pitt den Admiral, als die Leine in seiner Hand ruckte. »Sie kommen hoch.«

Pitt packte das Seil mit beiden Händen, Sandecker nahm die Winde zwischen die Knie und griff zur Kurbel, und gemeinsam zogen sie die beiden Taucher hoch, die sich irgendwo am anderen Ende der 200 Meter (656 Fuß) langen Leine in den Tiefen des Wasserloches befanden. Eine endlose Viertelstunde später holten sie schweratmend den roten Knoten ein, der die letzten fünfzig Meter markierte.

»Nur noch fünfzig Meter«, stieß Sandecker keuchend hervor. Er kurbelte mit aller Kraft und versuchte Pitt, der den Großteil der Arbeit übernommen hatte, soweit wie möglich zu unterstützen. Der Admiral war ein Gesundheitsapostel, der jeden Tag mehrere Kilometer joggte und gelegentlich auch im Fitneßraum der NUMA-Zentrale trainierte, doch die pausenlose Belastung durch das Gewicht der beiden Taucher trieb sein Herz bis an die Leistungsgrenze. »Ich kann sie sehen«, japste er dankbar.

Erleichtert ließ Pitt die Leine los und sank, nach Luft schnappend, zu Boden. »Von dort kommen sie von alleine hoch.«

Giordino tauchte zuerst auf. Er legte das Doppelflaschengerät ab und stemmte es zu Sandecker hoch. Dann reichte er Pitt die Hand, der sich zurücklehnte und ihn aus dem Wasser zog. Danach kam Dr. Peter Duncan, ein Hydrologe vom geologischen Forschungsamt der USA, der eine Stunde, nachdem Sandecker ihn in San Diego angerufen hatte, mit einem gecharterten Jet in Calexico eingetroffen war. Zuerst hatte er gedacht, der Admiral wolle ihn mit seinem unterirdischen Fluß veräppeln, doch schließlich hatte die Neugier über die Skepsis gesiegt, und er hatte alles stehen- und liegenlassen und sich dem Erkundungstauchgang angeschlossen. Er spuckte das Mundstück seines Lungenautomaten aus.

»Eine derart umfangreiche Wasserquelle hätte ich mir nie träumen lassen«, stieß er hervor.

»Ihr habt also einen Zugang zum Fluß gefunden«, stellte Pitt fest, ohne erst zu fragen.

»Das Wasserloch fällt etwa sechzig Meter steil ab, bevor es auf einen horizontalen Zufluß stößt, der durch eine hundertzwanzig Meter lange, schmale Rinne zum Fluß führt«, erklärte Giordino.

»Ist die breit genug für unser Boot samt Ausrüstung?« fragte Pitt.

»Stellenweise wird's ein bißchen eng, aber ich glaube, wir können alles durchquetschen.«

»Wie ist die Wassertemperatur?«

»Kühl, aber erträglich, zwanzig Grad Celsius, etwa achtundsechzig Grad Fahrenheit.«

Duncan zog seine Kapuze herunter, so daß sein wallender roter Bart zum Vorschein kam. Er machte keine Anstalten, aus dem Wasserloch zu klettern. Statt dessen stützte er die Arme auf den Rand und plapperte aufgeregt los. »Ich konnte es kaum glauben, als Sie mir den breiten Fluß beschrieben haben, der angeblich mit neun Knoten Geschwindigkeit unter der Sonorawüste hindurchströmt. Und jetzt, wo ich ihn mit eigenen Augen gesehen habe, kann ich es immer noch nicht glauben. Ich schätze, daß da unten pro Jahr zwischen einer und anderthalb Milliarden Kubikmeter Wasser durchströmen.«

»Glauben Sie, es handelt sich um denselben unterirdischen Strom, der auch unter dem Cerro el Capirote durchfließt?« fragte Sandecker.

»Daran gibt's überhaupt keinen Zweifel«, antwortete Duncan. »Jetzt, wo ich den Fluß mit eigenen Augen gesehen habe, verwette ich mein letztes Hemd, daß es sich um denselben Strom handelt, der nach Leigh Hunts Worten angeblich unter den Castle Dome Mountains vorbeiführt.«

»Dann sind Hunt und sein Cañon voller Gold vielleicht gar kein Märchen.« Pitt lächelte.

»Kennen Sie die Sage etwa?«

»Jetzt ist es keine Sage mehr.«

Strahlend vor Begeisterung schaute Duncan ihn an. »Nein, ich nehme an, das kann man nicht mehr sagen – glücklicherweise.«

»Gut, daß wir eine sichere Führungsleine hatten«, sagte Giordino.

Duncan nickte. »Dem kann ich nur beipflichten. Ohne sie wären wir von dem Strom mitgerissen worden, als wir aus dem Zufluß herauskamen.«

»Und dann hättet ihr uns im Golf wiedergefunden, wie diese beiden Taucher.«

»Ich frage mich bloß, wo die Quelle ist«, sagte Sandecker.

Giordino fuhr sich mit der Hand durch das Kraushaar. »Mit den modernsten geophysikalischen Erdabtastungsgeräten sollte es kein Problem sein, den Flußlauf zu verfolgen.«

»Kein Mensch kann sagen, was die Entdeckung dieser gewaltigen Wassermenge für den ausgetrockneten Südwesten bedeutet«, sagte Duncan, der noch immer erregt war von dem, was er gesehen hatte. »Das könnte für Tausende von Arbeitsplätzen sorgen, für Millionen Morgen urbar gemachtes Land, für Weiden für das Vieh. Durchaus möglich, daß wir noch erleben, wie sich die Wüste in einen Garten Eden verwandelt.«

»Die Diebe werden in dem Wasser ertrinken, das die Wüste in einen Garten verwandelt«, sagte Pitt, als ihm Billy Yumas Worte wieder einfielen, und er starrte in das kristallblaue Loch.

»Was hast du da gesagt?« fragte Giordino neugierig.

Lächelnd schüttelte Pitt den Kopf. »Ein altes indianisches Sprichwort.«

Sobald sie die Tauchausrüstung aus dem Felsenloch getragen hatten, schlüpften Giordino und Duncan aus ihren Anzügen, während Sandecker die Geräte in den Plymouth-Kombi lud. Als Pitt mit dem alten Pick-up zurücksetzte und stehenblieb, ging der Admiral zu ihm hin.

»Ich bin in zwei Stunden wieder zurück«, sagte er zu Sandecker.

»Macht es Ihnen etwas aus, uns zu sagen, wohin Sie fahren?«

»Ich muß jemanden wegen einer Armee treffen.«

»Jemanden, den ich kenne?«

»Nein, aber wenn alles nur halb so gut läuft, wie ich hoffe, schütteln Sie ihm bei Sonnenuntergang die Hand und heften ihm einen Orden an die Brust.«

Gaskill und Ragsdale warteten auf dem kleinen Flugplatz westlich von Calexico, auf der amerikanischen Seite der Grenze, als das Flugzeug der NUMA landete und zu einem großen Zollbulli rollte. Sie hatten gerade damit angefangen, die Ausrüstung für den Unterwassereinsatz aus dem Frachtraum des Flugzeuges in den Kleinbus umzuladen, als Sandecker und Giordino mit dem Kombi eintrafen.

Der Pilot kam herüber und schüttelte ihnen die Hand. »Wir mußten uns mit Ihrer Einkaufsliste ziemlich sputen, aber wir haben alle Geräte zusammengeschnorrt, die Sie angefordert haben.«

»Haben unsere Techniker das Profil des Luftkissenbootes senken können, wie Pitt verlangt hat?« fragte Giordino.

»Normalerweise dauern Wunder etwas länger.« Der Pilot lächelte. »Aber die Tüftelgenies des Admirals lassen euch ausrichten, daß sie die *Wallowing Windbag* auf eine Maximalhöhe von einundsechzig Zentimeter zurechtgestutzt haben.«

»Ich werde mich bei jedem von ihnen persönlich bedanken, wenn ich wieder in Washington bin«, sagte Sandecker herzlich.

»Wollen Sie, daß ich zurückfliege?« fragte der Pilot den Admiral. »Oder soll ich hier warten?«

»Bleiben Sie mit Ihrer Maschine in der Nähe, bloß für den Fall, daß wir Sie noch brauchen.«

Sie waren gerade mit dem Beladen des Kleinbusses fertig geworden und wollten die Hecktüren schließen, als Curtis Starger in einem grauen Zollwagen über die Landebahn auf sie zugerast kam. Er trat auf die Bremse und sprang wie von der Kanone geschossen aus dem Fahrzeug.

»Wir haben Ärger«, meldete er.

»Was für Ärger?« wollte Gaskill wissen.

»Die mexikanische Grenzpolizei hat auf ihrer Seite gerade die Grenze für alle Einreisenden aus den USA dichtgemacht.«

»Was ist mit dem Berufsverkehr?«

»Für den ebenfalls. Und um dem Ganzen die Krone aufzusetzen, haben sie eine Staffel Militärhubschrauber aufsteigen lassen und ihnen befohlen, sämtliche Flugzeuge, die in ihren Luftraum eindringen, zur Landung zu zwingen und jedes verdächtig wirkende Fahrzeug anzuhalten.«

Ragsdale blickte zu Sandecker. »Die müssen auf Ihr Erkundungsunternehmen aufmerksam geworden sein.«

»Das glaube ich nicht. Niemand hat uns bei dem Felsenloch kommen oder gehen sehen.«

Starger lachte. »Was wollen wir wetten, daß die Zolars ihre Helfershelfer in der Regierung mit Schaum vor dem Mund gezwungen haben, die Zugbrücke hochzuziehen, als Señor Matos zurückkam und ihnen von unserem Standpunkt berichtete.«

»Darauf würde ich auch tippen«, stimmte Ragsdale zu. »Die hatten Angst, wir würden einfallen wie die leichte Kavallerie.«

Gaskill blickte sich um. »Wo steckt Pitt?«

»Der ist auf der anderen Seite«, erwiderte Giordino.

Sandecker schlug mit der Faust an den Rumpf des Flugzeuges. »So dicht davor«, murmelte er wütend. »Und dann so eine Pleite, so eine gottverdammte Pleite.«

»Es muß doch irgendeine Möglichkeit geben, wie wir die Leute und ihre Geräte zu Satan's Sink bringen können«, sagte Ragsdale zu den anderen Agenten.

Starger und Gaskill lächelten verschmitzt. »Oh, ich glaube, der Zoll kann Ihnen aus der Klemme helfen«, sagte Starger.

»Haben Sie beide irgend etwas in der Hinterhand?«

»Die Affäre Escobar«, antwortete Starger. »Schon mal davon gehört?«

Ragsdale nickte. »Ein großangelegter Rauschgiftschmuggelring.«

»Juan Escobar wohnte gleich auf der anderen Seite der Grenze in Mexiko«, erklärte Starger Sandecker und Giordino, »hatte aber auf dieser Seite eine Lastwagenreparaturwerkstatt. Er schmuggelte wiederholt große Mengen an Rauschgift zu uns, bevor ihm die Drogenfahndung auf die Schliche kam. Bei gemeinsamen Ermittlungen stießen unsere Agenten auf einen hundertfünfzig Meter langen Tunnel, der unter seinem Haus begann und unter dem Grenzzaun hindurch bis zur Werkstatt führte. Wir kamen zu spät, um ihn festnehmen zu können. Escobar kriegte irgendwie Bammel, machte seinen Laden dicht, bevor wir ihn zu fassen bekamen, und verschwand mitsamt seiner Familie.«

»Einer unserer Agenten«, fügte Gaskill hinzu, »ein Chicano, der im Osten von Los Angeles geboren und aufgewachsen ist, wohnt in Escobars ehemaligem Haus. Er gibt sich als neuer Besitzer der Lastwagenwerkstatt aus und pendelt ständig über die Grenze.«

Starger lächelte stolz. »Aufgrund seiner Informationen konnten die Drogenfahnder und der Zoll über zwanzig weitere Rauschgiftschmuggler festnehmen, die ebenfalls den Tunnel benutzen wollten.«

»Wollen Sie damit sagen, daß er noch offen ist?« fragte Sandecker.

»Sie wären überrascht, wenn Sie wüßten, wie oft unsere braven Jungs schon davon profitiert haben«, antwortete Starger.

Giordino sah aus, als hätte man ihm gerade die ewige Seligkeit angeboten. »Kriegen wir unser Zeug auf die andere Seite durch?«

Starger nickte. »Wir fahren einfach mit dem Bulli in die Werkstatt. Ich besorge ein paar Männer, die uns helfen, die Ausrüstung unter der Grenze hindurch zu Escobars Haus zu schleppen. Dann laden wir sie in der Garage in den Ersatzteillaster unseres Undercover-Agenten. Das Fahrzeug kennt da drüben jeder, so daß es keinerlei Anlaß geben dürfte, euch anzuhalten.«

Sandecker schaute Giordino an. »Nun«, sagte er feierlich, »sind Sie bereit, schon mal den Text für Ihre Todesanzeige zu verfassen?«

49

Stoisch stand der steinerne Dämon inmitten des regen Treibens, als wartete er nur den richtigen Zeitpunkt ab. Er empfand nichts, und er konnte auch den Kopf nicht wenden, um die frischen Löcher und Schrammen an seinem Leib und dem verbliebenen Flügel zu betrachten. Sie stammten von mexikanischen Soldaten, die unter viel Gelächter auf ihn schossen, sobald ihre Offiziere im Berg verschwunden waren. Es war, als spürte das Steinbildnis, daß seine drohenden Augen auch noch Jahrhunderte, nachdem die menschlichen Eindringlinge gestorben und längst in Vergessenheit geraten waren, über die alterslose Wüste wachen würden.

Bereits zum fünften Mal an diesem Morgen strich ein Schatten über den Dämon, als ein schnittiger Helikopter zur Landung ansetzte und auf der einzigen freien Stelle niederging, einem schmalen Streifen Boden zwischen zwei Armeehubschraubern und einer großen Winde mit einem ebenso großen Stromaggregat.

Vom hinteren Passagiersitz des blaugrünen Polizeihubschraubers aus betrachtete Rafael Cortina, der Comandante der Polizei von Baja Norte, durch das Fenster das Getümmel auf dem Berggipfel. Sein Blick wanderte zu den grimmigen Zügen des steinernen Dämons. Ihm war, als starrte er zurück.

Er war fünfundsechzig Jahre alt, und er verspürte kein Hochgefühl, wenn er an seinen bevorstehenden Ruhestand dachte. Er freute sich nicht darauf, mit einer kleinen Pension auskommen zu müssen, die ihm keinerlei Luxus gestattete, und ein langweiliges Leben in einem kleinen Haus in Ensenada mit Blick auf die Bucht zu führen. Sein kantiges braunes Gesicht zeugte von den arbeitsreichen fünfundvierzig Jahren, die er bei der Polizei gedient hatte. Bei seinen Kollegen war Cortina nie besonders beliebt gewesen. Er war ehrlich gewesen und hatte hart gearbeitet, und er war immer stolz darauf gewesen, nie Schmiergeld angenommen zu haben. Keinen einzigen Peso in all den Jahren, die er bei der Polizei war. Obwohl er es anderen nicht vorwarf, wenn sie sich klammheimlich von bekannten Kriminellen und zwielichtigen Geschäftsleuten, die eine Ermittlung vermeiden wollten, bestechen ließen, gab er sich, was seine Person anging, nie damit ab. Er war seinen eigenen Weg gegangen, hatte nie jemanden angeschwärzt, sich nie über jemanden beklagt oder ihn gar verurteilt.

Voller Bitterkeit dachte er nun daran, wie oft er bei Beförderungen übergangen worden war. Aber jedesmal, wenn seine Vorgesetzten es wieder einmal zu toll getrieben hatten und bei einem Skandal ertappt worden waren, hatten sich die Politiker an Cortina gewandt, einen Mann, dem sie seine Ehrlichkeit zwar übelnahmen, den sie aber brauchten, weil man ihm trauen konnte.

Es gab durchaus einen Grund, weshalb Cortina niemals käuflich gewesen war, obwohl er in einem Land lebte, in dem Korruption und schwarze Kassen an der Tagesordnung waren. Jeder, egal ob Mann oder Frau, hat seinen Preis. Verbittert, aber geduldig hatte Cortina gewartet, bis der Preis stimmte. Wenn er sich schon kaufen lassen wollte, dann bestimmt nicht billig. Und die zehn Millionen Dollar, die ihm die Zolars dafür geboten hatten, daß er ihnen über die offizielle Billigung hinaus auch noch bei der Bergung des Schatzes half, reichten aus, um ihm, seiner Frau, den vier Söhnen und ihren Frauen sowie acht Enkelkindern ein sorgloses Leben in einem neuen und wiedererstandenen Mexiko zu garantieren, das unter dem nordamerikanischen Freihandelsabkommen aufblühen und gedeihen würde.

Gleichzeitig war er sich bewußt, daß sich die gute alte Zeit, in der man stillschweigend wegschaute, während man die Hand aufhielt, ihrem Ende zuneigte. Die letzten beiden mexikanischen Präsidenten hatten der Korruption in Ämtern und Behörden entschieden

den Krieg erklärt. Und mit der Legalisierung bestimmter Drogen und dem anschließenden Preisverfall hatte man den Rauschgiftschmugglern einen empfindlichen Schlag versetzt: Ihre Gewinne fielen um bis zu achtzig Prozent, und ihr Geschäft mit dem Tod ging um zwei Drittel zurück.

Cortina stieg aus dem Helikopter und sah sich einem von Amarus Männern gegenüber. Er erinnerte sich, daß er ihn einst wegen bewaffneten Raubüberfalls in La Paz festgenommen und dafür gesorgt hatte, daß er zu einer fünfjährigen Gefängnisstrafe verurteilt worden war. Der freigelassene Kriminelle ließ sich nicht anmerken, ob er Cortina wiedererkannte. Der Polizeichef wurde von dem Exsträfling in einen Aluminiumwohnwagen komplimentiert, der per Lasthubschrauber von Yuma hergeschafft worden war und während der Bergung des Schatzes als eine Art Büro diente.

Überrascht nahm er zur Kenntnis, daß Ölgemälde von einigen der besten zeitgenössischen Künstler des Südwestens die Wände zierten. In dem holzgetäfelten Innenraum stand ein Tisch aus der Zeit Napoleons III., um den Joseph Zolar, seine Brüder, Fernando Matos vom Außenministerium und Coronel Roberto Campos, der Befehlshaber der mexikanischen Streitkräfte auf der Baja California Norte, saßen.

Cortina nickte ihnen zu und verbeugte sich leicht, worauf man ihm bedeutete, er möge Platz nehmen. Seine Augen wurden etwas größer, als ihm eine sehr attraktive Dienstbotin ein Glas Champagner brachte und einen Teller mit geräuchertem Stör, gekrönt von einem Häufchen Kaviar. Zolar deutete auf eine Zeichnung, die einen Querschnitt durch den Gang zu den Grotten im Bergesinneren darstellte.

»Keine leichte Aufgabe, lassen Sie sich das gesagt sein. Wir müssen das ganze Gold erst über den Fluß tief unter der Wüste schaffen und es dann durch einen engen Tunnel auf den Gipfel des Berges transportieren.«

»Geht alles gut?« fragte Cortina.

»Es ist noch zu früh zum Jubeln«, erwiderte Zolar. »Das schwerste Stück, Huascars Kette, wird gerade herausgeschleppt. Wenn sie hier oben ist« – er hielt inne und schaute auf seine Uhr –, »was in etwa einer halben Stunde der Fall sein müßte, werden wir sie in einzelne Teile zerlegen, damit wir sie auf dem Transport leichter ein- und ausladen können. Sobald sie sicher in unseren Lagerhallen in Marokko ist, werden wir sie wieder zusammenfügen.«

»Wieso in Marokko?« erkundigte sich Fernando Matos. »Wieso nicht in Ihrem Lagerhaus in Galveston oder auf Ihrem Anwesen in Douglas, Arizona?«

»Aus Sicherheitsgründen. Bei dieser Vielzahl von Kunstschätzen wollen wir nicht das Risiko eingehen, sie in den Vereinigten Staaten zu lagern. Wir haben eine Vereinbarung mit einem hohen Offizier der marokkanischen Streitkräfte, der unsere Transporte bewacht. Außerdem ist Marokko aufgrund seiner zentralen Lage ein idealer Versandplatz für unsere Lieferungen nach Europa, Südamerika und den Fernen Osten.«

»Wie gedenken Sie die übrigen Altertümer außer Landes zu schaffen?« fragte Campos.

»Sobald wir sie auf Flößen über den unterirdischen Fluß gebracht haben, werden sie auf einer Art schmalem Schlitten durch den Gang nach oben gezogen.«

»Dann hat sich die von mir angeforderte Seilwinde als nützlich erwiesen?«

»Ein Gottesgeschenk, Coronel«, erwiderte Oxley. »Bis heute abend um sechs Uhr sollten Ihre Männer die letzten Stücke des Goldschatzes in den Helikopter verladen haben, den Sie uns so großzügig zur Verfügung gestellt haben.«

Cortina hielt sein Champagnerglas in der Hand, hatte aber noch keinen Schluck getrunken. »Läßt sich irgendwie feststellen, wieviel der Schatz insgesamt wiegt?«

»Professor Henry Moore und seine Frau haben ihn auf etwa sechzig Tonnen geschätzt.«

»Großer Gott«, murmelte Coronel Campos, ein imposanter Mann mit einer mächtigen grauen Mähne. »Ich hatte ja keine Ahnung, daß er so gewaltig ist.«

»In den alten Unterlagen wurde er leider nicht im einzelnen aufgelistet«, sagte Oxley.

»Und wieviel ist er wert?« fragte Cortina.

»Unsere anfängliche Schätzung«, belehrte sie Oxley, »lag bei etwa zweihundertfünfzig Millionen amerikanischer Dollar. Aber ich glaube, man kann ruhig sagen, daß es wohl eher um die dreihundert Millionen sein werden.«

Die von Oxley genannte Summe war frei erfunden. Moores Auflistung zufolge betrug allein der Goldwert annähernd siebenhundert Millionen Dollar. Weil es sich aber überdies um Kunstgegenstände aus einer längst vergangenen Epoche handelte, mochte der Schwarzmarktpreis dafür bei gut einer Milliarde Dollar liegen.

Zolar schaute Cortina und Campos mit einem breiten Lächeln an. »Das bedeutet, meine Herren, daß für die Menschen auf der Baja California Norte eine beträchtliche Summe abfällt.«

»Mehr als genug jedenfalls für die öffentlichen Vorhaben, die Ihrer Verwaltung vorschweben«, fügte Sarason hinzu.

Cortina schielte zu Campos und fragte sich, wieviel der Coronel wohl dafür kassieren mochte, daß er beide Augen zudrückte, während sich die Zolars mit dem Großteil des Schatzes davonmachten, darunter auch der Kette aus massivem Gold. Und Matos war ihm ein Rätsel. Er konnte sich einfach nicht vorstellen, welche Rolle der ewig jammernde Regierungsbeamte in dieser Angelegenheit spielte. »Ich finde, angesichts der deutlich höheren Schätzung wäre durchaus eine Zusatzprämie angebracht.«

Campos, ein typischer Opportunist, schloß sich Cortinas Vorstoß sofort an. »Ja, ja. Ich bin der gleichen Meinung wie mein guter Freund Raffael. Es war keineswegs leicht für mich, die Grenze abzuriegeln.«

Cortina amüsierte sich darüber, daß Campos seinen Vornamen benutzte. Es war das erste Mal in den zehn Jahren, in denen sie sich gelegentlich zu einem Gedankenaustausch über die Aufgabenteilung zwischen Militär und Polizei getroffen hatten. Er wußte, wie sehr es Campos ärgern würde, wenn er das gleiche tat, deshalb sagte er: »Roberto hat völlig recht. Unsere einheimischen Geschäftsleute und Politiker beklagen sich bereits über die Verluste im Tourismusgeschäft und den ausbleibenden Berufsverkehr. Wir werden unseren Vorgesetzten ein paar peinliche Erklärungen abgeben müssen.«

»Haben sie denn kein Verständnis dafür, wenn Sie ihnen sagen, Sie wollten amerikanische Bundesagenten daran hindern, unerlaubt die Grenze zu überschreiten und den Schatz zu konfiszieren?« fragte Oxley.

»Ich versichere Ihnen, daß Ihnen das Außenministerium diesbezüglich jede Unterstützung zukommen lassen wird«, sagte Matos.

»Vielleicht.« Cortina zuckte mit den Schultern. »Wer kann schon mit Gewißheit sagen, ob unsere Regierung die Geschichte glauben wird oder ob sie Coronel Campos und mich wegen Überschreitung unserer Dienstbefugnis vor ein Militärgericht stellen.«

»Ihre Zusatzprämie«, wandte sich Zolar an Cortina. »An wieviel denken Sie dabei?«

»Weitere zehn Millionen in bar«, antwortete Corina, ohne mit der Wimper zu zucken.

Campos war für einen Augenblick wie vom Donner gerührt, doch sofort stand er Cortina bei. »Comandante Cortina spricht für uns beide. In Anbetracht unseres Risikos und des deutlich höheren Wertes des Schatzes sind zehn Millionen in bar zusätzlich zu unserer ursprünglichen Vereinbarung gewiß nicht zuviel verlangt.«

Sarason schaltete sich in die Verhandlungen ein. »Ihnen ist natürlich klar, daß der geschätzte Wert nicht annähernd der Summe entspricht, die wir letzten Endes erhalten werden. Comandante Cortina weiß, daß gestohlener Schmuck beim Hehler selten mehr als zwanzig Prozent seines tatsächlichen Wertes erzielt.«

Zolar und Oxley wirkten nach wie vor sehr ernst, obwohl sie natürlich wußten, daß es mehr als tausend Sammler auf ihrer Kundenliste gab, die bereits gierig darauf warteten, einen Teil der goldenen Kunstwerke zu Spitzenpreisen zu kaufen.

»Zehn Millionen«, wiederholte Cortina starrköpfig.

Sarason tat weiterhin so, als wollte er feilschen. »Das ist eine Menge Geld«, protestierte er.

»Die Abschirmung vor amerikanischen und mexikanischen Sicherheitskräften ist ja nur ein Teil dessen, was wir für Sie tun«, erinnerte ihn Cortina. »Ohne Coronel Campos' schwere Transporthubschrauber, die das Gold zur Umladestation in der Altarwüste fliegen, stünden Sie doch mit leeren Händen da.«

»Sie aber auch, wenn da nicht *unser* Anteil an der Suche nach dem Schatz gewesen wäre«, sagte Sarason.

Unbeeindruckt breitete Cortina die Arme aus. »Ich kann nicht leugnen, daß wir einander benötigen. Aber ich glaube wirklich, daß eine gewisse Großzügigkeit durchaus in Ihrem Interesse wäre.«

Sarason blickte zu seinen Brüdern. Zolar nickte kaum wahrnehmbar. Einen Augenblick später wandte sich Sarason wieder Cortina und Campos zu. Offensichtlich gab er sich geschlagen. »Wir wissen, wann wir nachgeben müssen. Sie dürfen davon ausgehen, daß Sie um zehn Millionen Dollar reicher sind.«

Mehr als fünf Tonnen Last konnte die Winde nicht ziehen. Deshalb wurde Huascars Kette in der Mitte durchtrennt und in zwei Teilen herausgeschafft. Danach zimmerten die Soldaten des mexikanischen Pionierbataillons aus Brettern, die man beim nächstgelegenen Holzlager angefordert hatte, ein Floß und beförderten den Großteil des Schatzes über den unterirdischen Fluß. Nur der goldene Thron erwies sich als zu schwer für das Floß. Sobald Huascars Kette mit Hilfe der Winde auf den Berggipfel gezogen war, wurde das Seil wieder hinuntergeschafft und an einem um den Thron geschlungenen Geschirr befestigt. Auf ein Signal hin sollte der Thron durch den Fluß auf trockenen Boden geschleift werden. Dort wollten die Pioniere ihn mit Hilfe von Amarus Männern per Muskelkraft auf einen Schlitten wuchten und aus dem Bergesinneren herausziehen. Sobald alle Kunstgegenstände im Freien waren, sollten sie in Transportmittel verladen werden, wie sie sich die Inkakünstler, die die goldenen Meisterwerke geschaffen hatten, nie hätten erträumen lassen: Vögel, die ohne Flügel fliegen konnten und die man Helikopter nannte.

Auf der Schatzinsel hatte Micki Moore inzwischen alle Hände voll zu tun, die einzelnen Kunstwerke aufzulisten und mit kurzen Beschreibungen zu versehen, während Henry Moore sie vermaß und fotografierte. Sie mußten rasch arbeiten, denn Amaru trieb die Pioniere zu immer größerer Eile an, so daß der kleine Berg aus goldenen Altertümern unglaublich schnell schrumpfte. Die Inkas und Chachapoyas hatten zehn Tage gebraucht, um den Schatz im Innern des Berges zu verstecken. Mit modernem Gerät konnte man ihn in knapp zehn Stunden wieder herausholen.

Micki Moore trat näher zu ihrem Mann und flüsterte: »Ich bringe das nicht fertig.«

Er schaute sie an.

In ihren Augen schien sich das Gold zu spiegeln, das im Licht der von den Pionieren ins Bergesinnere geschafften Lampen glänzte. »Ich möchte nichts von dem Gold.«

»Warum nicht?« fragte er leise.

»Ich kann's nicht erklären«, sagte sie. »Ich fühle mich jetzt schon schmutzig. Und ich weiß, daß es dir ganz ähnlich gehen muß. Wir müssen irgend etwas unternehmen. Zolar darf den Schatz nicht bekommen.«

»Das hatten wir ursprünglich doch auch vor – wir wollten die Zolars eliminieren und den Schatz in unsere Hände bringen, sobald er in der Altarwüste in ein Flugzeug verladen ist.«

»Das war, bevor wir gesehen haben, wie riesig und großartig er ist. Laß die Finger davon, Henry. Das Ganze ist eine Nummer zu groß für uns.«

Moore drehte sich nachdenklich um. »Das ist ja ein verdammt guter Zeitpunkt für Gewissensbisse.«

»Mit Gewissensbissen hat das gar nichts zu tun. Es ist doch lächerlich, wenn wir uns vormachen, wir könnten tonnenweise alte Kunstschätze ausladen. Wir müssen den Tatsachen ins Auge sehen. Wir beide haben weder die Voraussetzungen noch die notwendigen Kontakte, um einen derart umfangreichen Goldschatz auf dem Schwarzmarkt zu vertreiben.«

»Huascars Kette loszuwerden sollte so schwer nicht sein.«

Micki sah ihm lange in die Augen. »Du bist ein sehr guter Anthropologe, und ich bin eine sehr gute Archäologin. Und wir haben noch andere Fähigkeiten. Wir können zum Beispiel nachts über einem fremden Land aus dem Flugzeug springen und Menschen ermorden. Der Raub unschätzbar wertvoller Kunstwerke zählt nicht zu unseren Spezialitäten. Außerdem hassen wir diese Menschen. Ich meine, wir sollten gemeinsam dafür sorgen, daß der Schatz zusammenbleibt und nicht auf der ganzen Welt verstreut wird. Er darf nicht in den Privaträumen von einigen wenigen Sammlern verschwinden, die scharf darauf sind, etwas zu besitzen, das außer ihnen niemand haben oder betrachten kann.«

»Ich muß zugeben«, sagte er einlenkend, »daß auch ich meine Vorbehalte hatte. Was sollen wir deiner Ansicht nach tun?«

»Das Richtige«, erwiderte sie mit rauher Stimme.

Zum ersten Mal fiel Moore das Mitgefühl in ihrem Blick auf. Sie strahlte eine Schönheit aus, die er an ihr noch nie wahrgenommen hatte. Sie schlang die Arme um ihn und blickte ihm tief in die Augen. »Wir müssen ja niemanden umbringen. Diesmal brauchen wir uns nicht irgendwo zu verkriechen, wenn unsere Aufgabe erledigt ist.«

Er umfaßte ihren Kopf mit beiden Händen und küßte sie. »Ich bin stolz auf dich, altes Mädchen.«

Sie stieß ihn zurück, und ihre Augen wurden größer, so als fiele ihr etwas ein. »Die Geiseln. Ich habe ihnen versprochen, daß wir sie befreien, wenn wir können.«

»Wo sind sie?«

»Wenn sie noch leben, müßten sie oben sein.«

Moore blickte sich in der Grotte um und sah, daß Amaru den Abtransport der Wächtermumien aus der Grabkammer beaufsichtigte. Die Zolars wollten die Felsenkammern so leer hinterlassen, wie die Inkas sie vor Hunderten von Jahren vorgefunden hatten. Nichts, was von Wert war, sollte hierbleiben.

»Wir haben sämtliche Stücke erfaßt und katalogisiert«, sagte er zu Micki. »Machen wir uns auf den Weg.«

Die Moores ergatterten einen Platz auf einem Schlitten voller goldener Tiere, der an die Oberfläche gezogen wurde. Sobald sie im Freien waren, suchten sie den Gipfel ab, doch Loren Smith und Rudi Gunn waren nirgendwo aufzufinden.

Inzwischen war es zu spät. Die Moores konnten nicht mehr in das Bergesinnere zurückkehren.

Loren zitterte. Ihre zerfetzte Kleidung bot so gut wie keinen Schutz vor der klammen Kälte in der Grotte. Gunn legte den Arm um sie, um ihr soviel Wärme zu spenden wie möglich. Sie wurden in einer winzigen, zellenartigen Kalksteinkammer gefangengehalten, die kaum größer als eine breite Felsspalte war. Zum Aufrechtstehen war nicht genug Platz, und jedesmal, wenn sie sich rührten, um eine bequemere Stellung einzunehmen oder um sich warm zu halten, stieß der Wachposten am Eingang mit dem Gewehrkolben nach ihnen.

Die beiden Teile der goldenen Kette waren kaum am Berggipfel angelangt, da hatte Amaru sie durch den Felstunnel in eine kleine

Nebenhöhle hinter der Gruft der Wächter getrieben. Loren und Rudi waren hier schon eingesperrt, bevor die Moores, die davon nichts wußten, die Schatzkammer verlassen hatten.

»Wir möchten gerne einen Schluck Wasser«, sagte Loren zu dem Wachposten.

Er drehte sich um und schaute sie mit ausdruckslosem Blick an. Eine abscheuliche Gestalt: riesengroß, dazu ein absolut abstoßendes Gesicht, dicke Lippen, platte Nase und nur ein Auge. Durch die leere Augenhöhle, die er offen zur Schau trug, wirkte er so brutal und häßlich wie Quasimodo.

Diesmal zitterte Loren nicht wegen der Kälte. Es war die helle Angst, die ihr durch den halbnackten Leib schoß. Sie wußte, daß sie sich durch Unverfrorenheit Schmerzen einhandeln könnte, doch das war ihr inzwischen gleichgültig. »Wasser, du sabbernder Schwachkopf. Verstehst du mich, *agua?*«

Er warf ihr einen grausamen Blick zu und schlurfte langsam außer Sicht. Ein paar Minuten später kehrte er zurück und warf eine Feldflasche mit Wasser in die Grotte.

»Ich glaube, du hast einen neuen Freund«, sagte Gunn.

»Wenn er meint, er kriegt schon beim ersten Mal einen Kuß«, sagte Loren, während sie den Deckel von der Flasche schraubte, »dann wird er sich noch wundern.«

Sie bot Gunn die Flasche an, doch der schüttelte den Kopf. »Ladies first.«

Loren trank nur wenig, dann reichte sie Gunn die Flasche. »Ich frage mich, was aus den Moores geworden ist.«

»Vielleicht wissen sie nicht, daß man uns in dieses Höllenloch heruntergeschafft hat.«

»Ich fürchte, die Zolars haben vor, uns hier lebendig zu begraben«, sagte Loren. Zum erstenmal ließen ihre Widerstandskräfte nach, und Tränen traten ihr in die Augen. Sie hatte die Schläge und die Mißhandlungen ertragen, aber nun, da es so aussah, als würden sie und Gunn im Stich gelassen, erlosch auch der letzte Hoffnungsschimmer, der sie bislang hatte durchhalten lassen.

»Da ist immer noch Dirk«, sagte Gunn mit sanfter Stimme.

Sie schüttelte den Kopf, als wäre es ihr peinlich, beim Wegwischen der Tränen ertappt zu werden. »Hör doch bitte auf. Selbst wenn er noch lebte, könnte Pitt sich nicht einmal mit Unterstützung einer Marineeinheit einen Weg in diesen elenden Berg freikämpfen und rechtzeitig zu uns stoßen.«

»So, wie ich unseren Mann kenne, braucht er die Marine nicht.«

»Er ist auch nur ein Mensch. Er weiß am allerbesten, daß er keine Wunder vollbringen kann.«

»Solange wir am Leben sind«, sagte Gunn, »haben wir auch eine Chance, und das ist das wichtigste.«

»Aber wie lange noch?« Niedergeschlagen schüttelte sie den Kopf. »Noch ein paar Minuten, ein, zwei Stunden? In Wahrheit sind wir doch schon so gut wie tot.«

Als der erste Teil der Kette ins Freie gezogen wurde, standen alle da und bewunderten sie. Die schiere Goldmenge verschlug ihnen den Atem. Trotz des Staubes und der jahrhundertelangen Kalkablagerungen funkelte die gewaltige Masse aus purem Gold gleißend in der Mittagssonne.

In all den Jahren, die sie nun schon mit gestohlenen Altertümern handelten, hatten die Zolars noch nie ein derart prachtvolles Meisterwerk aus dunkler Vergangenheit gesehen. Kein anderer Gegenstand auf der Welt, egal wie kostbar, kam der Kette gleich. Es gab allenfalls vier Sammler, die sich das ganze Stück hätten leisten können. Und der Anblick wurde noch eindrucksvoller, als das zweite Kettenstück aus dem Gang gezogen und neben das erste gelegt wurde.

»Heilige Mutter Gottes!« stieß Coronel Campos aus. »Die Glieder sind ja so groß wie eine Männerfaust!«

»Kaum zu glauben, daß die Inkas über derart hochentwickelte Metallverarbeitungstechniken verfügten«, murmelte Zolar.

Sarason kniete sich hin und untersuchte die Kettenglieder. »Ausführung und Verarbeitung sind phänomenal. Jedes Glied ist in sich vollkommen. Sie sind einfach makellos.«

Cortina ging zu einem der Endglieder und hob es mühsam auf. »Jedes muß an die fünfzig Kilogramm wiegen.«

»Das übertrifft jeden anderen Fund um Lichtjahre«, sagte Oxley mit bebender Stimme, während er den unfaßbaren Anblick genoß.

Langsam wandte Sarason den Blick ab und winkte Amaru. »Sorg dafür, daß sie in den Helikopter geladen wird, schnell.«

Der grimmig dreinschauende Killer nickte schweigend, dann erteilte er seinen Männern und einer kleinen Abteilung Soldaten die entsprechenden Befehle. Selbst Cortina, Campos und Matos packten mit an. Unter viel Schweiß und Mühe und mit Hilfe eines Gabelstaplers wurden die beiden Kettenstücke in zwei Armeehubschrauber gewuchtet, die sie zu dem Wüstenflugplatz bringen sollten.

Zolar sah den beiden Helikoptern nach, bis sie nur mehr zwei winzige Flecke am Himmel waren. »Jetzt kann uns nichts mehr aufhalten«, sagte er aufgeräumt zu seinen Brüdern. »Noch ein paar Stunden, und wir sind über alle Berge, mit dem größten Schatz aller Zeiten.«

50

Für Admiral Sandecker war der kühne Plan, quasi durch die Hintertür in den Cerro el Capirote einzudringen und Loren Smith und Rudi Gunn zu retten, der reinste Wahnsinn. Er wußte, daß Pitt durchaus Gründe hatte, sein Leben aufs Spiel zu setzen. Immerhin ging es darum, seine Liebste und einen guten Freund aus höchster Not zu befreien, es ein paar Mördern ordentlich heimzuzahlen und einer Diebesbande einen wundersamen Schatz zu entreißen. Für andere Männer wäre das Rechtfertigung genug gewesen. Aber nicht für Pitt. Seine Beweggründe lagen viel tiefer. Er wollte dem Unbekannten entgegentreten, dem Teufel eine Nase drehen, die Gefahr herausfordern. Das waren seine eigentlichen Motive.

Was Giordino anging, Pitts Freund von Kindesbeinen an, so zweifelte Sandecker keine Sekunde daran, daß der energische Italiener auch in einen See aus flüssiger Lava steigen würde, wenn Pitt vorankäme.

Sandecker hätte sie aufhalten können. Aber er hätte nicht die, wie viele Leute meinten, beste, produktivste und, am Etat gemessen, effektivste Regierungsbehörde aufgebaut, wenn er nicht ab und zu etwas riskiert hätte. Seine Vorliebe für Extratouren abseits der ausgetretenen Pfade hatte ihm in Washington zwar viel Achtung, aber auch jede Menge Neider eingetragen. Nie und nimmer wären die Leiter anderer Bundesbehörden auf die Idee gekommen, ihre Amtsstuben zu verlassen und eigenhändig eine gefährliche Aktion zu leiten, die das Mißfallen des Kongresses nach sich ziehen und zu einem unfreiwilligen Rücktritt auf Geheiß des Präsidenten führen könnte. Sandecker indessen bedauerte lediglich, daß er nicht selbst an dem Abenteuer teilnehmen konnte.

Er ruhte sich kurz aus, nachdem er einen Teil der Tauchausrüstung aus dem alten Chevy durch den Felsentunnel getragen hatte, und blickte zu Peter Duncan, der am Rand des Wasserloches saß und eine transparente topographische Karte über ein Meßtischblatt mit den bekannten unterirdischen Wassersystemen legte.

Beide Karten hatten den gleichen Maßstab, so daß Duncan den ungefähren Verlauf des unterirdischen Flusses feststellen konnte. Um ihn herum bauten die anderen ihre Tauchgeräte und die Ausrüstung für die Bootsfahrt auf. »Grob geschätzt«, sagte er zu niemand besonderem, »sind es von Satan's Sink bis zum Cerro el Capirote nicht mehr als dreißig Kilometer Fluglinie.«

Sandecker blickte in das Wasser hinab. »Durch welche Laune der Natur ist das Flußbett eigentlich entstanden?«

»Vor etwa sechzig Millionen Jahren«, antwortete Duncan, »kam es aufgrund der Erdverschiebung zu einer Verwerfung des Kalksteins, so daß Wasser eindringen konnte, das dann eine Reihe von Grotten ausspülte.«

Der Admiral wandte sich an Pitt. »Wie lange brauchen Sie Ihrer Meinung nach, bis Sie dort sind?«

»Wenn man von einer Strömungsgeschwindigkeit von neun Knoten ausgeht«, sagte Pitt, »dann sollten wir es in drei Stunden bis zur Schatzhöhle schaffen.«

Duncan wirkte eher skeptisch. »Ich habe noch nie einen Fluß gesehen, der nicht mäandert. An Ihrer Stelle würde ich lieber zwei Stunden mehr einkalkulieren.«

»Die *Wallowing Windbag* wird die Zeit wieder reinholen«, sagte Giordino zuversichtlich, während er sich auszog.

»Nur wenn Sie die ganze Strecke über freie Fahrt haben. Sie stoßen ins Unbekannte vor. Niemand kann auch nur ahnen, welchen Schwierigkeiten Sie begegnen werden. Überschwemmte

Gänge, die zehn Kilometer und länger sind, Wasserfälle, so hoch wie ein zehnstöckiges Haus, unpassierbare Stromschnellen voller Felsen. Wildwasserfahrer haben dafür ein Sprichwort: Ist ein Fels da, knallst du drauf. Ist ein Wirbel da, steckst du drin.«

»Sonst noch was?« Giordino, der sich von Duncans Schwarzmalerei nicht beeindrucken ließ, grinste. »Zum Beispiel Vampire oder gefräßige Ungeheuer mit sechs Mäulern voller Barrakudazähne, die in der Dunkelheit lauern und uns als Brotzeit verdrücken wollen?«

»Ich will Sie ja nur auf alle Unwägbarkeiten vorbereiten«, sagte Duncan. »Damit Sie sich etwas sicherer fühlen, kann ich Ihnen folgende Theorie anbieten: Ich glaube, daß das Flußsystem vorwiegend durch eine Erdfalte führt. Wenn ich recht habe, könnte der Verlauf des Flusses zwar unberechenbar sein, aber es dürfte keine allzu großen Höhenunterschiede geben.«

Pitt klopfte ihm auf die Schultern. »Wir haben verstanden, und wir danken Ihnen. Zum jetzigen Zeitpunkt können Al und ich nur noch das Beste hoffen, mit dem Schlimmsten rechnen und uns auf irgendwas dazwischen einstellen.«

»Als Sie aus dem Zufluß zum Wasserloch in den Fluß geschwommen sind«, fragte Sandecker Duncan, »war da eine Lufttasche?«

»Ja. Zwischen Wasseroberfläche und Felsen waren gut zehn Meter Platz.«

»Und wie weit war die Kammer?«

»Wir hingen an der Sicherheitsleine und hatten in der Strömung alle Hände voll zu tun, so daß ich mich nur kurz umsehen konnte. Aber als ich meine Taschenlampe einmal herumgeschwenkt habe, war nirgendwo ein Ende der Grotte zu sehen.«

»Mit etwas Glück haben Sie also die ganze Fahrt über Luft.«

»Mit sehr viel Glück«, sagte Duncan skeptisch, während er noch immer die übereinandergelegten Karten musterte. »Für einen unterirdischen Fluß ist dieser hier riesig. Es dürfte sich um den längsten unerforschten unterirdischen Flußlauf im Karst handeln.«

Giordino, der gerade einen Gurt mit Finimeter, Kompaß und Tiefenmesser an seinem Arm befestigte, hielt inne. »Was meinen Sie mit Karst?«

»Karst ist die Bezeichnung für einen Kalksteingürtel, der von einem Netz von Flüssen, Höhlen und Grotten durchzogen ist.«

»Da fragt man sich doch, wie viele andere unbekannte unterirdische Flüsse es wohl noch gibt«, sagte Pitt.

»Leigh Hunts unterirdischer Cañon voller Gold, über den die Hydrologen in Kalifornien und Nevada immer gefrotzelt haben, wird jetzt wohl genau untersucht werden müssen«, gab Duncan zu. »Nach Ihrer Entdeckung hier, das garantiere ich Ihnen, werden selbst die Engstirnigen die Sache noch einmal überdenken.«

»Vielleicht kann ich meinen Teil dazu beitragen«, sagte Pitt und hielt einen kleinen, wasserfesten Computer hoch, bevor er ihn an seinen Arm schnallte. »Mal sehen, ob ich ihn für eine Vermessung programmieren kann, so daß er unterwegs Daten über den Verlauf des Flusses speichert.«

»Ich bin Ihnen für alle wissenschaftlichen Daten dankbar, die Sie mit zurückbringen«, räumte Duncan ein. »Das Auffinden des Goldschatzes unter dem Cerro el Capirote mag zwar die Phantasie beflügeln, aber eigentlich ist das eher nebensächlich im Vergleich zu der Entdeckung eines Wasservorkommens, das Millionen Morgen Wüste in fruchtbares Weide- und Ackerland verwandelt.«

»Vielleicht lassen sich mit dem Gold Pumpanlagen und Wasserleitungen für ein derartiges Projekt finanzieren«, sagte Pitt.

»Ein Traum, über den man mit Sicherheit nachdenken sollte«, warf Sandecker ein.

Giordino hielt eine Unterwasserkamera hoch. »Ich bring' euch ein paar Bilder mit.«

»Vielen Dank«, sagte Duncan. »Ich hätte da noch ein weiteres Anliegen.«

Pitt lächelte. »Raus damit.«

Er reichte Pitt ein Plastikpaket, das wie ein Basketball aussah, aber nur halb so groß war. »Ein Farbstoff namens Fluoreszingelb mit Leuchtmittelbeigabe. Ich spendiere Ihnen das beste mexikanische Essen im ganzen Südwesten, wenn Sie ihn in den Fluß werfen, sobald Sie die Schatzkammer erreicht haben. Das ist alles. Der Behälter gibt in regelmäßigen Abständen Farbstoff ab, während er im Fluß dahintreibt.«

»Sie möchten also feststellen, wo der Fluß in den Golf mündet.«

Duncan nickte. »Das wird uns Hydrologen entscheidende Hinweise geben.«

Eigentlich wollte er Pitt und Giordino auch um die Entnahme von Wasserproben bitten, aber er überlegte es sich anders. Er wollte ihnen auf keinen Fall noch mehr zumuten. Wenn sie Erfolg hatten und auf dem Fluß bis in das hohle Innere des Cerro el Capirote vorstießen, könnten er und seine Kollegen aufgrund der von Pitt und Giordino ermittelten Daten später wissenschaftliche Expeditionen unternehmen.

Während der nächsten zehn Minuten legten Pitt und Giordino ihre Ausrüstung an und gingen noch einmal die Pläne für ihre unterirdische Flußfahrt durch. Sie hatten schon zahllose gemeinsame Tauchgänge unter den verschiedensten Wasser- und Witterungsbedingungen unternommen, aber noch nie über eine derartig große Entfernung im Inneren der Erde. Wie Ärzte, die vor einer komplizierten Gehirnoperation jede Einzelheit besprechen, überließen auch sie nichts dem Zufall. Ihr Überleben hing davon ab.

Sie einigten sich auf Handzeichen zur gegenseitigen Verständigung, auf Wechselatmungsmethoden für den Fall, daß einem von ihnen plötzlich die Luft ausging, sie besprachen den genauen Ablauf beim Aufblasen und Entleeren der *Wallowing Windbag* und bestimmten, wer für welche Ausrüstungsgegenstände zuständig war – all dies mußte bedacht und in beiderseitigem Einvernehmen für gut befunden werden.

»Wie ich sehe, tragen Sie keine Konstantvolumenanzüge«, stellte Sandecker fest, als Pitt seinen Naßtauchanzug anlegte.

»Die Wassertemperatur ist zwar ein paar Grad zu kühl, aber immer noch so warm, daß wir uns wegen einer Unterkühlung keine Sorgen machen müssen. Bei einem Naßtauchanzug haben wir mehr Bewegungsfreiheit als bei einem über Lungenautomaten regulierten Trockentauchanzug. Das könnte sich als lebenswichtig erweisen, wenn wir im Wasser landen und die *Wallowing Windbag* wieder aufrichten müssen, falls sie in irgendwelchen Stromschnellen umschlägt.«

Statt sie wie üblich auf den Rücken zu schnallen, befestigte Pitt seine Luftflaschen an einem Hüftgurt, damit er sie in engen Passagen leichter handhaben konnte. Außerdem war er mit Lungenautomaten, zu diversen Doppelventilen führenden Luftschläuchen, Druckmessern und einer kleinen Reserveflasche mit reinem Sauerstoff ausgerüstet, die zur Dekompression benötigt wurde. Dazu kamen Bleigurte und Tarierwesten.

»Keine Mischgasgeräte?« fragte Sandecker.

»Wir atmen Luft«, erwiderte Pitt, während er seine Regler überprüfte.

»Und was ist mit dem Tiefenrausch?«

»Sobald wir den Grund der Doline und den unteren Teil des Zuflusses hinter uns haben, meiden wir jeden tieferen Tauchgang wie die Pest.«

»Passen Sie bloß auf, daß Sie die Grenze nicht überschreiten«, warnte ihn Sandecker. »Gehen Sie auf keinen Fall tiefer als dreißig Meter. Und sobald Sie im Fluß sind, müssen Sie auf Felsen unter der Wasseroberfläche achten.«

Das waren die Worte, die der Admiral aussprach. Was er nicht sagte, war: »Falls irgend etwas schiefgeht und Sie sofort Hilfe brauchen, müssen Sie sich vorstellen, Sie wären auf dem dritten Ring des Saturn.« Mit anderen Worten: Eine Rettung oder Evakuierung war nicht möglich.

Pitt und Giordino standen neben dem Wasserloch, kontrollierten ein letztes Mal gegenseitig ihre Ausrüstung und prüften die Schnellabwurfverschlüsse und -schnallen, damit sie sich im Notfall problemlos ihrer Geräte entledigen konnten. Statt der Taucherkapuzen setzten sie Bauarbeiterhelme mit zwei Grubenlichtern an der Vorderseite auf. Dann hockten sie sich an den Rand der Doline und ließen sich ins Wasser gleiten.

Sandecker und Duncan wuchteten einen langen, luftdicht verschlossenen Aluminiumbehälter hoch und ließen ihn mühsam in das Wasserloch sinken. Der Behälter war einen Meter breit, vier Meter lang und in der Mitte mit einem Gelenk versehen, damit er leichter durch Engstellen manövriert werden konnte. Er war zur Neutralisierung des Auftriebs mit Bleigewichten versehen und deshalb an Land schwer und unhandlich, doch von einem Taucher unter Wasser ließ er sich leicht bewegen.

Giordino biß auf sein Mundstück, rückte seine Tauchermaske zurecht und packte den Handgriff am vorderen Ende des Behälters. Dann ließ er sich langsam in die Tiefe sinken. Pitt blickte noch einmal aus dem Wasser auf und schüttelte Duncan die Hand.

»Egal, was geschieht«, warnte ihn Duncan, »passen Sie auf, daß die Strömung Sie nicht über die Schatzkammer hinaus mitreißt. Von dort müssen es mehr als hundertzwanzig Kilometer bis zur Mündung des Flusses in den Golf sein.«

»Keine Sorge, wir bleiben nicht länger da unten, als wir unbedingt müssen.«

»Möge Gott mit Ihnen sein«, sagte Duncan.

»Jegliche himmlische Gesellschaft ist uns herzlich willkommen«, sagte Pitt mit ernster Stimme. Dann ergriff er Sandeckers Hand. »Halten Sie einen Tequila auf Eis für mich bereit, Admiral.«

»Ich wünschte, es gäbe einen anderen Weg ins Innere des Berges.«

Pitt schüttelte den Kopf. »Es geht nur mit Boot und Tauchausrüstung.«

»Bringen Sie Loren und Rudi mit zurück«, entgegnete Sandecker, der seine Gefühle mühsam im Zaum hielt.

»Wir sehen uns bald wieder«, versprach Pitt.

Und dann war er verschwunden.

51

Die Stimme seines Funkers riß Capitán Juan Diego aus seinem Tagtraum. Er drehte sich um und spähte aus seinem Zelt zu dem kegelförmigen Berg. Der Cerro el Capirote und die trostlose Wüste außen herum hatten etwas unfaßbar Häßliches an sich, dachte er. Verglichen mit der Schönheit seines Heimatstaates Durango, war das hier Ödland.

»Ja, was gibt's, Sargento?«

Der Funker hatte ihm den Rücken zugekehrt, so daß Diego seine verdutzte Miene nicht sehen konnte. »Ich wollte gerade den stündlichen Rapport unserer Vorposten abrufen, aber Posten Nummer vier und sechs melden sich nicht.«

Diego seufzte. Ein unverhoffter Zwischenfall war das letzte, was er jetzt gebrauchen konnte. Coronel Campos hatte ihm befohlen, einen Sicherheitskordon um den Berg zu ziehen, und er hatte gehorcht. Niemand hatte ihm den Grund verraten, und er hatte nicht danach gefragt. Obwohl er vor Neugier fast umkam, konnte Diego lediglich erkennen, daß ein Hubschrauber nach dem anderen auf dem Berg landete und wieder abflog. Er fragte sich, was da oben wohl vor sich ging.

»Setzen Sie sich mit Cabo Francisco bei Posten fünf in Verbindung und sagen Sie ihm, er soll einen Mann losschicken, der die Posten vier und sechs kontrolliert.« Diego setzte sich an seinen Klapptisch und vermerkte den Vorfall pflichtschuldigst in seinem Tagesbericht. Er führte ihn auf ein Versagen der Funkgeräte zurück. Die Möglichkeit, daß es ernsthafte Schwierigkeiten geben könnte, kam ihm gar nicht erst in den Sinn.

»Francisco von Posten fünf kann ich auch nicht erreichen«, meldete der Funker.

Endlich drehte sich Diego um. »Sind Sie sicher, daß Ihre Geräte richtig funktionieren?«

»Ja, Sir. Sender und Empfänger sind voll funktionsfähig.«

»Versuchen Sie es bei Posten eins.«

Der Funker rückte seine Kopfhörer zurecht und rief den Posten. Ein paar Sekunden später wandte er sich achselzuckend um. »Tut mir leid, Capitán. Posten eins schweigt ebenfalls.«

»Ich werde mich selbst darum kümmern«, sagte Diego gereizt. Er schnappte sich ein tragbares Funkgerät und wollte vom Zelt zu seinem Kommandowagen gehen. Mit einem Mal blieb er stehen und glotzte dümmlich.

Das Militärfahrzeug war vorne links aufgebockt, aber weder das Rad noch der Reservereifen waren irgendwo zu sehen. »Was zum Teufel geht hier vor sich?« murmelte er vor sich hin. Sollte das eine Art Streich sein, oder wollte Coronel Campos ihn auf die Probe stellen?

Er machte auf dem Absatz kehrt und wollte zu seinem Zelt zurückkehren, kam aber nur zwei Schritte weit. Plötzlich waren wie von Zauberhand drei Männer aus dem Nichts aufgetaucht und versperrten ihm den Weg. Sie hatten Gewehre auf seine Brust gerichtet. Er fragte sich, warum Indianer, die wie Viehtreiber aussahen, seine Ausrüstung sabotieren sollten.

»Das ist militärisches Sperrgebiet«, fuhr er sie an. »Ihr dürft euch hier nicht aufhalten.«

»Tu, was man dir sagt, Soldat«, versetzte Billy Yuma, »dann wird keinem deiner Männer etwas geschehen.«

Plötzlich erriet Diego, was mit seinen Vorposten passiert war. Und trotzdem war er verwirrt. Nie und nimmer konnten ein paar wenige Indianer vierzig Soldaten überwältigen, ohne daß ein Schuß fiel. Er wandte sich an Yuma, den er für den Anführer hielt.

»Laßt die Waffen fallen, bevor meine Männer eintreffen und euch in Gewahrsam nehmen.«

»Tut mir leid, Soldat«, sagte Billy Yuma, der es genoß, den Offizier mit seiner ordentlich gebügelten Felduniform und den blitzblank polierten Kampfstiefeln zu ärgern, »aber inzwischen ist deine gesamte Streitmacht entwaffnet und unter Bewachung.«

»Unmöglich!« blaffte Diego hochnäsig. »Ein Haufen Sandratten hat keine Chance gegen gutausgebildete Truppen.«

Yuma zuckte gleichgültig mit den Schultern und wandte sich an den Mann neben ihm. »Sorge dafür, daß das Funkgerät im Zelt nicht mehr funktioniert.«

»Ihr seid wahnsinnig. Ihr könnt doch kein Regierungseigentum zerstören.«

»Ihr habt unbefugt unser Land betreten«, sagte Yuma mit sonorer Stimme. »Ihr habt hier nichts zu suchen.«

»Ich befehle euch, die Waffen niederzulegen«, schrie Diego und griff nach seiner Pistole.

Mit ausdrucksloser Miene ging Yuma auf Capitán Diego zu und rammte ihm die Mündung seiner alten Winchester in den Bauch. »Leiste keinen Widerstand. Wenn ich abdrücke, wird dein Körper den Schuß dämpfen, so daß ihn niemand auf dem Berg hört.«

Der jähe, stechende Schmerz überzeugte Diego, daß die Männer es ernst meinten. Sie kannten die Wüste und konnten sich in dieser Landschaft wie Phantome bewegen. Seine Befehle lauteten, er solle herumziehende Jäger und Prospektoren auf Distanz halten. Von einem Überfall bewaffneter einheimischer Indianer war nicht die Rede gewesen. Langsam reichte er seine Maschinenpistole einem von Yumas Männern, der sie mit dem Lauf nach unten in den Bund seiner Drillichhose steckte.

»Das Funkgerät, bitte.«

Widerwillig händigte Diego das Funkgerät aus. »Warum macht ihr das?« fragte er. »Wißt ihr nicht, daß ihr gegen das Gesetz verstoßt?«

»Wenn ihr Soldaten mit den Männern zusammenarbeitet, die unseren heiligen Berg entweihen, dann seid ihr es, die das Gesetz brechen, unser Gesetz. Und jetzt Schluß mit dem Gerede. Du kommst mit uns.«

Schweigend wurden Capitán Diego und sein Funker zu einem überhängenden Felsen in einem halben Kilometer Entfernung geleitet. Dort, wo sie vom Berggipfel aus niemand sehen konnte, stieß Diego auf sämtliche Männer seiner Kompanie, die in kleinen Gruppen herumsaßen und von mehreren Indianern mit ihren eigenen Waffen in Schach gehalten wurden.

Sie sprangen auf und nahmen Haltung an. Erleichterung zeichnete sich auf ihren Mienen ab, als sie ihren Befehlshaber sahen. Zwei Tenientes und ein Sargento bauten sich vor ihm auf und salutierten.

»Ist denn gar keiner entkommen?« fragte Diego.

Einer der Tenientes schüttelte den Kopf. »Nein, Señor Capitán. Bevor wir Widerstand leisten konnten, hatten sie uns schon überwältigt.«

Diego musterte die Indianer, die seine Männer bewachten. Einschließlich Yuma zählte er nur sechzehn Mann. »Sind das eure ganzen Leute?« fragte er ungläubig.

Yuma nickte. »Mehr haben wir nicht gebraucht.«

»Was habt ihr mit uns vor?«

»Nichts, Soldat. Meine Nachbarn und ich haben aufgepaßt, damit keinem von euch ein Leid geschieht. Du machst jetzt mit deinen Männern ein paar Stunden Siesta, und danach seid ihr frei und dürft unser Land verlassen.«

»Und wenn wir versuchen zu fliehen?«

Yuma zuckte gleichgültig mit den Schultern. »Dann wird auf euch geschossen. Und das solltet ihr euch gut überlegen, denn meine Männer können ein flüchtendes Kaninchen auf fünfzig Meter Entfernung treffen.«

Yuma hatte alles gesagt. Er wandte Capitán Diego den Rücken zu und fing an, einen beinahe unsichtbaren Pfad in einer Felsspalte an der Südwand des Berges hinaufzuklettern. Die Montolos wechselten kein Wort miteinander. Wie auf ein unhörbares Kommando folgten zehn Männer Billy Yuma, während die übrigen fünf zurückblieben und die Gefangenen bewachten.

Der Aufstieg ging schneller vonstatten als beim letzten Mal. Yuma profitierte von seinen Fehlern und vermied die Irrwege, die ihn zuvor in unüberwindliche Felskamine geführt hatten. Er wußte genau, wo er mit den Händen Halt fand, und vermied die bröckligen Stellen. Dennoch war der Aufstieg über den Pfad so beschwerlich, daß jeder Maulesel mit auch nur einem Funken Selbstachtung sich geweigert hätte, ihn in Angriff zu nehmen.

Yuma hätte es vorgezogen, wenn ihm für den geplanten Überfall mehr Leute zur Verfügung gestanden hätten, doch die zehn Mann, die hinter ihm herkletterten, waren die einzigen, die keine Angst vor dem Berg hatten. Jedenfalls behaupteten sie das. Doch Yuma sah ihnen an, wie furchtsam sie waren.

Als er einen flachen Felsvorsprung erreichte, hielt er inne, bis er wieder bei Atem war. Sein Herz hämmerte, doch sein Körper fieberte vor nervöser Energie wie ein Rennpferd, bevor es aus dem Starttor stürmt. Er holte eine alte Taschenuhr aus seiner Hosentasche und sah nach, wie spät es war. Zufrieden nickte er vor sich hin. Dann hielt er das Zifferblatt so, daß die anderen es sehen konnten. Laut Zeitplan waren sie zwanzig Minuten zu früh.

Hoch über ihnen schwirrten die Helikopter um den Berggipfel wie Bienen um ihren Stock. Sie waren bis an die Belastungsgrenze mit Schätzen beladen und gewannen nur mühsam an Höhe, bevor sie in Richtung der Landebahn in der Altarwüste davonflogen.

Coronel Campos' Offiziere und Mannschaften arbeiteten so schnell und waren derart von dem goldenen Hort beeindruckt, daß niemand auf die Idee kam, den Sicherheitskordon rund um den Fuß des Berges zu kontrollieren. Der Funker auf dem Gipfel war viel zu sehr mit der Einweisung der ankommenden und abfliegenden Hubschrauber beschäftigt, um einen Bericht von Capitán Diego anzufordern. Niemand nahm sich die Zeit, einen Blick hinab auf das verlassene Armeelager zu werfen. Und auch die kleine Horde Männer, die sich langsam dem Berggipfel näherte, nahm niemand wahr.

Comandante Cortina von der örtlichen Polizei war ein Mann,

dem nicht viel entging. Als der Polizeihubschrauber vom Cerro el Capirote abhob, um ihn zu seinem Amtssitz zurückzubringen, blickte er hinunter auf die steinerne Bestie und bemerkte etwas, das allen anderen entgangen war. Doch er war ein nüchterner Mann, und so schloß er die Augen, weil er glaubte, das Wechselspiel von Sonne und Schatten hätte ihm einen Streich gespielt. Vielleicht lag es auch nur an seinem Blickwinkel. Doch dann sah er erneut auf die uralte Skulptur hinunter, und er hätte schwören können, daß sich ihr Ausdruck geändert hatte. Der drohende Blick war verschwunden.

Kurz bevor der Hüter der Toten außer Sicht geriet, kam es Cortina so vor, als wäre sein zähnebewehrtes Maul zu einem Lächeln erstarrt.

52

Pitt hatte das Gefühl, er sinke durch einen gigantischen Strohhalm voller kobaltblauem Dunst. Die Wände des senkrecht abfallenden Wasserloches waren rund und glatt, fast wie poliert. Hätte er durch das klare Wasser nicht seinen Tauchpartner gesehen, der sich ein paar Meter unter ihm befand, der Schacht wäre ihm bodenlos vorgekommen. Nachdem er seine Ohren an den Wasserdruck angepaßt hatte, schloß er mit ein paar leichten Flossenschlägen zu Giordino auf, der gerade ihren Transportbehälter um die Engstelle am Boden der Doline zerrte. Pitt übernahm das hintere Ende und half ihm, dann schwamm er hinterher.

Er warf einen Blick auf den Tiefenmesser. Die Nadel stand kurz vor der 60-Meter-Marke (197 Fuß). Die Gefahr eines Tiefenrausches war nun gebannt, denn von jetzt an würde der Wasserdruck sinken, da der Zufluß, der Satan's Sink mit Wasser versorgte, stetig nach oben führte, bis er in den unterirdischen Fluß mündete.

Das hier war etwas ganz anderes als der Tauchgang in dem Opferbrunnen im Andendschungel. Dort hatte er eine starke Sicherheitsleine mit Kommunikationsausrüstung benutzt. Und bis auf den kurzen Abstecher in die Nebengrotte, wo er Shannon und Miles gerettet hatte, hatte er stets die Wasseroberfläche sehen können. Diesmal aber wollten sie in die ewige Nacht vordringen, in eine Unterwelt, die weder Mensch noch Tier je zu Gesicht bekommen hatten.

Während sie ihren sperrigen Behälter durch die Kurven und Biegungen des Zuflusses bugsierten, mußte Pitt daran denken, daß Höhlentauchen eine der gefährlichsten Sportarten der Welt ist. Da ist zum einen die totale Dunkelheit, das beklemmende Gefühl zu wissen, daß man sich tief unter gewachsenem Fels befindet. Hinzu kommen die alptraumhafte Stille und die ständige Gefahr, undurchdringliche Schlammwolken aufzuwirbeln und die Orientierung zu verlieren. All das kann leicht zu einer Panik führen, und zahllose gutausgebildete und bestens ausgerüstete Taucher haben dadurch schon ihr Leben verloren. Zugleich aber übt es auch eine morbide Faszination aus, denn Höhlentauchen läßt sich nur durch Erfahrung lernen, nicht aus Büchern.

Was hatte ihm doch sein Ausbilder von der National Speleological Society, der Gesellschaft für Höhlenforschung, vor seinem ersten Tauchgang in eine Salzwasserhöhle auf den Bahamas gesagt? »Beim Höhlentauchen kann selbst der Beste jederzeit sterben.« Manchmal behält man Ereignisse, von denen man in jungen Jahren gehört hat, für immer im Gedächtnis, und so erinnerte sich Pitt ausgerechnet jetzt daran, daß alleine 1974 sechsundzwanzig Taucher in den Unterwasserhöhlen von Florida ihr Leben gelassen hatten und daß die Zahl der Opfer weltweit mindestens dreimal so hoch war.

Pitt hatte nie unter Klaustrophie gelitten, und durch Angst ließ er sich nur selten beirren. Natürlich war ihm nicht ganz wohl in seiner Haut, aber dadurch wurden gerade in kitzligen Situationen alle seine Sinne für eventuelle Gefahren geschärft.

Tatsache war, daß er sich keineswegs darauf freute, ohne Führungs- und Sicherheitsleine zu tauchen. Ihm war durchaus bewußt, daß ihr Unternehmen jählings ein verhängnisvolles Ende nehmen konnte, vor allem dann, wenn sie unerwartet in die Strömung des unterirdischen Flusses gerieten. Dann gab es kein Entrinnen mehr, bis sie die Schatzkammer erreicht hatten.

Der horizontale Zufluß führte durch eine Reihe geräumiger Kammern, die sich immer wieder, wie hintereinanderliegende Sanduhren, zu schmalen Tunneln verjüngten. Etwa 100 Meter (328 Fuß) hinter der Doline waren neunzig Prozent des Tageslichts verschwunden. Sie schalteten die an ihren Helmen befestigten Lampen ein. Ein weiterer rascher Blick auf den Tiefenmesser verriet Pitt, daß sie allmählich bis auf 20 Meter (66 Fuß) Wassertiefe aufgestiegen waren.

Giordino hielt inne, drehte sich um und winkte mit einer Hand. Sie hatten die Einmündung in den unterirdischen Flußlauf erreicht. Pitt gab ihm das Taucherzeichen für »Alles in Ordnung«. Dann steckte er den Arm durch einen Riemen am Transportbehälter, damit er ihm nicht durch einen Strudel unversehens aus der Hand gerissen werden konnte.

Giordino schwamm mit mächtigen Flossenschlägen schräg stromaufwärts und versuchte mit aller Kraft, den Behälter so weit wie möglich in den Fluß hineinzuziehen, ohne dabei von der Strömung erfaßt und abgetrieben zu werden, ehe Pitt aus dem Zufluß zur Doline herauskam. Sein Timing war fast perfekt. Gerade als er den Schwung verlor und von der Strömung erfaßt wurde, stieß sich Pitt, der den hinteren Teil des Behälters hielt, aus der Nebengrotte.

Wie zuvor abgesprochen, bliesen sie nun in aller Ruhe ihre Tarierwesten auf, lösten die Bleigewichte an dem Behälter, so daß er Auftrieb bekam, und stiegen langsam auf, während sie gleichzeitig stromabwärts gezogen wurden. Nach etwa 50 Metern (164 Fuß) tauchten sie auf. Im Lichtschein ihrer Lampen tat sich eine weitläufige Höhlengalerie auf, deren Decke nicht aus Kalkstein, sondern aus einem seltsamen schwarzen Fels bestand. Erst als Pitt seine Lampe darauf richtete, erkannte er, daß es sich um vulkanisches Gestein handelte. Glücklicherweise lagen keine Felsen im Strom, doch die Wände der Höhle ragten steil aus dem Wasser auf und boten keinerlei Möglichkeit zum Anlegen.

Pitt spie das Mundstück seines Lungenautomaten aus und rief Giordino zu: »Halte dich sofort seitwärts, sobald du ein flaches Stück Ufer siehst.«

»Wird gemacht«, rief Giordino zurück.

Wenig später ging der vulkanische Basalt in Kalkstein mit einem merkwürdig grauen Überzug über, der die Lichtstrahlen ihrer Lampen schluckte, so daß sie den Eindruck hatten, ihre Batterien seien bereits aufgebraucht. Ein stetes Donnern, das immer lauter wurde, hallte in der Felskammer wider. Ihre Befürchtungen, sie könnten durch tobende Stromschnellen gerissen werden oder über einen Wasserfall hinunterstürzen, bevor sie das Ufer erreichten, schienen mit einem Mal Wirklichkeit zu werden.

»Halt dich gut fest«, schrie Giordino. »Sieht so aus, als ob wir gleich Achterbahn fahren.«

Pitt senkte den Kopf ein Stück, so daß die Lampen an seinem Helm genau nach vorne leuchteten. Vergeblich. Bald schon hing die Felskammer voller Dunst, der wie Dampf aus dem Wasser aufstieg. Pitt kam sich fast so vor, als müßte er die Niagarafälle ohne Faß überwinden. Das Brüllen des Wassers war jetzt ohrenbetäubend, zumal es durch die Akustik der Felsengrotte um ein Vielfaches verstärkt wurde. Und dann wurde Giordino in den Dunst hineingesogen und verschwand.

Pitt konnte sich lediglich an dem Behälter festhalten und ebenso hilflos wie staunend zusehen, wie ihn die Gischt umhüllte. Er bereitete sich auf einen Sturz ins Bodenlose vor. Doch der kam nie. Das Donnern stammte nicht von dem Fluß, sondern von einem wilden Sturzbach, der von oben heruntergeschossen kam.

Ein mächtiger Wasserschwall, der wie eine Rauchfahne bis zur Kalksteindecke der Höhle reichte, prasselte auf ihn herab. Vermutlich stammte das Wildwasser aus einem Nebenfluß, der von einer anderen Quelle gespeist wurde und hier in den unterirdischen Strom mündete. Pitt war mehr als verblüfft angesichts dieser riesigen Wassermenge, die gerade mal einen Steinwurf weit unter einer dürren und ausgetrockneten Wüste dahinfloß. Seiner Ansicht nach mußte das lebensspendende Naß aus wasserführenden Gesteinsschichten stammen und unter hohem Druck in den Fluß gepreßt werden.

Sobald er den Vorhang aus Dunst hinter sich gelassen hatte, konnte er erkennen, daß die Wände breiter wurden und die Höhlendecke immer weiter anstieg, bis sie schließlich eine Grotte von riesigen Ausmaßen bildeten. Es war eine eigenartige Höhle voller grotesk geformter Heliktiten, einer Art Stalaktiten, die scheinbar schwerelos in alle möglichen Richtungen wuchsen. Durch Mineral-ablagerungen waren überdies wunderschön geformte und über einen Meter hohe Pilze und kunstvolle Gipsblumen mit zarten Blütenblättern entstanden. Die steinernen Gebilde waren so spekta-kulär, daß selbst abgebrühte Höhlenforscher von dieser Grotte bezaubert gewesen wären.

Unwillkürlich fragte sich Pitt, wie viele unterirdische Höhlensy-steme es wohl auf Erden geben mochte, die in ewiger Dunkelheit lagen und darauf warteten, entdeckt und erforscht zu werden. Leicht konnte man der Phantasie die Zügel schießen lassen und sich vorstellen, daß ein mittlerweile längst ausgestorbenes und längst in Vergessenheit geratenes Menschengeschlecht hier unten gelebt und diese großartigen Kalksteinbildnisse geschaffen hatte.

Giordino tat es nicht. Er hatte keinen Blick für die Schönheit dieser Höhle. Er drehte sich um, warf Pitt einen Blick zu, als wollte er sagen: »Bin ich froh, daß ich noch lebe«, und schrie: »Sieht aus wie die Stammkneipe vom Phantom der Oper.«

»Ich glaube aber kaum, daß wir hier unten Lon Chaney an der Orgel finden.«

»Dreißig Meter weiter ist am linken Ufer eine Möglichkeit zum Anlegen«, rief Giordino, dessen Stimmung sich gleich deutlich besserte.

»Stimmt. Schwimm erst in flacheres Wasser und rudere dann wie verrückt, damit du aus der Strömung kommst.«

Giordino ließ sich das nicht zweimal sagen. Er bog abrupt ab, zog den Behälter hinter sich her und schlug wie wild mit den Flossen. Pitt ließ den Halteriemen los, schwamm mit ein paar kräftigen Stößen bis zur Mitte der Aluminiumröhre, setzte seinen Körper wie einen Schleppanker ein und schob sich hinter Giordino her.

Es funktionierte genau so, wie Pitt gehofft hatte. Giordino be-freite sich aus der Strömung und geriet in ruhigeres Wasser. Als seine Flossen den Boden berührten, stieg er an Land und zog den Behälter hinter sich her.

Nun, da ihn nichts mehr behinderte, kraulte Pitt mühelos zum Ufer und landete etwa zehn Meter flußabwärts von Giordino. Er kroch aus dem Wasser, setzte sich hin, nahm Flossen und Tauchmaske ab und lief, während er sich der Preßluftflaschen entledigte, vorsichtig zwischen den glatten Felsen stromaufwärts.

Giordino tat es ihm nach, bevor er den Behälter auseinandernahm. Höchst befriedigt blickte er zu Pitt auf. »Nett hast du's hier.«

»Entschuldige das Durcheinander«, murmelte Pitt, »aber die sieben Zwerge machen gerade Urlaub.«

»Fühlst du dich auch so gut, weil wir schon so weit gekommen sind?«

»Ich bin traurig, daß ich noch am Leben bin, falls du das meinst.«

»Wie weit *sind* wir denn gekommen?«

Pitt tippte einen Befehl in den Computer ein, der an seinem Arm festgeschnallt war. »Laut meinem getreuen Wunderwerk der Technik sind wir zwei Kilometer weit durch die Verdammnis gerauscht und dann noch mal zwei Meter tief in die Hölle gestürzt.«

»Bleiben noch achtundzwanzig übrig.«

»Genau«, sagte Pitt und lächelte wie ein Zauberkünstler, der sein Publikum alsbald verblüffen will. »Aber von jetzt an reisen wir mit Stil.«

Fünf Minuten später waren alle acht Luftkammern der *Wallowing Windbag* gefüllt und der Rumpf vollständig aufgeblasen, so daß sie den Kampf mit dem Fluß aufnehmen konnten. Bei dem äußerlich wenig eleganten Boot handelte es sich um ein Hovercraft, das eigens für Rettungseinsätze entwickelt worden war und auf Luftkissen mühelos kochende Stromschnellen, Treibsand, dünnes Eis und tückische Sümpfe bewältigen konnte. Derartige Fahrzeuge, die von Polizeieinheiten und Feuerwehren im ganzen Land benutzt wurden, hatten schon zahllose Menschen vor dem Ertrinkungstod bewahrt. Nun wurde dieses hier einem Belastungstest unterzogen, wie er von seinen Konstrukteuren niemals vorgesehen war.

Das gedrungene, 3 Meter (10 Fuß) lange und anderthalb Meter (5 Fuß) breite Boot war mit einem fünfzig PS starken Vierzylindermotor ausgerüstet, der es auf ebener Strecke bis zu 64 Kilometern (40 Meilen) pro Stunde brachte.

»Unsere Techniker haben ganze Arbeit geleistet, als sie die Höhe verringerten«, sagte Giordino.

»Motor und Propeller horizontal anzubringen war ein Geniestreich«, stimmte Pitt ihm zu.

»Erstaunlich, wie viel Ausrüstung sie in den Behälter gepackt haben.«

Bevor sie ablegten, verstauten sie zehn Preßluftflaschen, weitere Druckluftbehälter zum Aufpumpen des Hovercrafts, diverse Lampen – darunter zwei Flugzeuglandescheinwerfer in wasserdichtem Gehäuse –, Ersatzbatterien, Erste-Hilfe-Ausrüstung und drei zusätzliche Lungenautomaten und schnallten alles im Boot fest.

Dann holte Pitt seinen abgewetzten alten Colt .45 und zwei Ersatzmagazine aus dem wasserdichten Behälter. Er lächelte, als er auf eine Thermoskanne mit Kaffee und vier Bolognasandwiches stieß. Admiral Sandecker vergaß niemals, daß es oft Kleinigkeiten sind, die über Erfolg oder Mißlingen eines Unternehmens entscheiden. Pitt packte die Kaffeekanne und die Brote wieder in den Behälter. Sie hatten keine Zeit für ein Picknick. Wenn sie die Schatzkammer rechtzeitig erreichen wollten, um Loren und Rudi zu retten, mußten sie sich sputen. Pitt steckte die Pistole und die Reservemagazine in einen Plastikbeutel und versiegelte ihn. Dann zog er den Reißverschluß an der Vorderseite seines Tauchanzuges herunter und verstaute den Beutel an seinem Bauch.

Einen Augenblick lang musterte er das zusammenfaltbare schwarze Luftkissenboot. »Circe, wer sollte auf diesem Wege zum Führer uns werden?« zitierte er. »Hat doch noch niemand mit schwarzen Schiffen den Hades gefunden!«

Giordino, der gerade zwei Ruder in den Dollen befestigte, blickte auf. »Wo hast du denn das her?«

»Stammt aus der *Odyssee* von Homer.«

»Wahrlich, auch unter den Trojanern gibt es Männer, welche sich aufs Tauchen verstehen«, zitierte Giordino flugs. »Aus der *Ilias*. Auch ich kann Homer zitieren.«

»Du erstaunst mich doch immer wieder.«

»Ist doch gar nichts.«

Pitt stieg in das Boot. »Ausrüstung verstaut?«

»Alles fest vertäut.«

»Bereit zum Ablegen?«

»Laß den Motor an.«

Pitt kauerte vor dem Propeller am Heck. Er betätigte den Anlasser, und stotternd sprang der kleine luftgekühlte Motor an. Er war so gut gedämpft, daß nur ein leises Tuckern zu vernehmen war.

Giordino ging im Bug des Bootes in Stellung und schaltete einen Landescheinwerfer ein, so daß die Höhle taghell erleuchtet wurde. Lachend schaute er zurück zu Pitt. »Ich hoffe, niemand zeigt uns wegen Verschmutzung unberührter Umwelt an.«

Auch Pitt lachte. »Vergebliche Liebesmüh für den einheimischen Sheriff. Ich habe nämlich meine Brieftasche vergessen.«

Das Hovercraft, das ein 20 Zentimeter (8 Inch) hohes Luftkissen erzeugte, auf dem es sich fortbewegte, entfernte sich vom Ufer und stieß in den Strom hinein. Pitt hatte beide Hände an den Drehgriffen der Ruderpinne und steuerte das Boot schnurgerade über die reißende Strömung.

Es war ein komisches Gefühl, ohne jeden Kontakt mit dem Wasser dahinzugleiten. Giordino blickte vom Bug aus in das erstaunlich klare Wasser, das jetzt nicht mehr kobaltblau war wie in der Doline, sondern tiefgrün. Zwischen runden Felsbrocken, die den Grund des Flusses wie Säulen und Statuen bedeckten, sah er aufgeschreckte Albinosalamander und kleine Schwärme blinder Höhlenfische davonschießen. Vor allem aber achtete er auf den Verlauf des Flusses und machte ab und zu ein Foto, während Pitt steuerte und für Peter Duncan Daten in seinen Computer eingab.

Trotz der Geschwindigkeit, mit der sie sich durch die weiten Felskorridore fortbewegten, hing aufgrund ihres Schweißes und der extremen Luftfeuchtigkeit der Dunst wie ein Heiligenschein über ihren Köpfen. Ohne auf dieses Phänomen oder die hinter ihnen liegende Dunkelheit zu achten, stießen sie tiefer in den vom Fluß ausgewaschenen Tunnel vor.

Auf den ersten 8 Kilometern (5 Meilen) hatten sie freie Fahrt und kamen gut voran. Sie glitten über bodenlos tiefe Becken hinweg und kamen an furchterregenden Galerien vorbei, die tief in den Fels hineinführten. Mal waren die Grotten, durch die sie fuhren, bis zu 30 Meter (98 Fuß) hoch, ein andermal hing die Decke so tief herab, daß das Luftkissenboot gerade noch hindurchpaßte. Mühelos bewältigten sie etliche kleinere Wasserfälle und drangen dann in einen engen Kanal vor, in dem sie ihre ganze Konzentration aufbieten mußten, um den allgegenwärtigen Felsen auszuweichen. Dann fuhren sie durch eine riesige Kammer, die fast drei Kilometer lang und voller atemberaubender Kristalle war, die im Licht der Landescheinwerfer glitzerten und funkelten.

Zweimal reichte die Decke der Höhle bis aufs Wasser herab, so daß der ganze Gang überflutet war. Dann ließen sie aus der *Wallowing Windbag* etwas Luft ab, damit der Auftrieb des Bootes neutralisiert war, atmeten aus ihren Preßluftflaschen, trieben mit der Strömung durch den Felstunnel und zogen das flache Hovercraft mitsamt der Ausrüstung hinter sich her, bis sie in eine geräumige Höhle kamen, wo sie es wieder aufbliesen. Keiner beschwerte sich ob dieser zusätzlichen Mühe. Beiden Männern war von vornherein klar gewesen, daß sie alles andere als eine beschauliche Reise auf einem friedlichen Fluß erwartete.

Um die Anspannung zu mindern, gaben sie den einzelnen Grotten und besonders auffälligen Felsformationen sinnlose Namen: das Kuriositätenkabinett, das Wachsfigurenmuseum, Giordinos Gymnastikkeller. Ein kleiner Quell, der in eine Höhle plätscherte, wurde Triefnase getauft. Den Fluß selbst tauften sie den alten Schluckspecht.

Nachdem sie das zweite überflutete Gangstück hinter sich gebracht und das Boot wieder aufgepumpt hatten, stellte Pitt fest, daß die Strömung um gut zwei Knoten schneller geworden war und das Gefälle des Flusses stetig zunahm. Wie Blätter im Rinnstein wurden sie in die ewige Dunkelheit gerissen, ohne zu wissen, welche Gefahren hinter der nächsten Biegung lauerten.

Immer furchterregender wurden die Stromschnellen, und dann befand sich das Luftkissenboot plötzlich inmitten eines tobenden Wasserfalls. Das smaragdgrüne Wasser verwandelte sich in brodelnd weiße Gischt, als es durch einen mit Felsbrocken übersäten Gang schäumte. Jetzt bäumte sich die *Wallowing Windbag* auf wie ein Rodeopferd, während sie zwischen den Felsen dahinschoß und hinab in die nächste Flußterrasse stürzte. Jedesmal, wenn Pitt sich sagte, daß die Stromschnellen auf keinen Fall noch wilder werden könnten, wurde das Hovercraft erneut in einen kochenden Mahlstrom gerissen, der es mehr als einmal unter sich begrub. Doch immer wieder befreite sich das zuverlässige kleine Boot aus dem Strudel und kämpfte sich an die Oberfläche.

Pitt arbeitete wie ein Wahnsinniger, um das Hovercraft auf geradem Kurs zu halten. Er wußte genau, daß sie keine Überlebenschance hatten, wenn sie sich auch nur ein bißchen drehten und den Wassermassen ihre Breitseite darboten. Giordino schnappte sich die Ruder und versuchte das Boot mit aller Kraft zu stabilisieren. Sie schossen um eine scharfe Biegung herum und befanden sich plötzlich inmitten mächtiger Steinblöcke, die teils überflutet waren, so daß das Wasser in hohem Bogen darüber hinwegschoß, teils aber auch wie drohende Monolithen aus den Strudeln ragten. Mehrmals schrammte das kleine Boot über Felsen hinweg, und dann raste es auf einen zu, an dem es scheinbar unweigerlich mitsamt seinen Insassen zerschmettert werden mußte. Doch die Gummihaut fing den Stoß ab, ohne durchlöchert zu werden, und das Boot boxte sich hindurch.

Die Tortur nahm kein Ende. Ein Wirbel erfaßte das Boot und schleuderte es herum wie einen Korken. Pitt stemmte sich mit dem Rücken an eine Luftkammer, sonst hätte er den Halt verloren, und drehte das Gas bis zum Anschlag auf. Das Aufheulen des Motors ging im Donnern der Stromschnellen unter. Er mußte seine ganze Willenskraft aufbieten, damit das Hovercraft nicht mit der Breitseite in die rasende Strömung gerissen wurde, während Giordino sich mit aller Macht in die Ruder legte und ihn so gut wie möglich unterstützte.

Mittlerweile hatten sie die Landescheinwerfer verloren. Sie waren in der Gischt verschwunden, als Giordino zu den Rudern gegriffen hatte. Jetzt hatten sie nur mehr die Lampen an ihren Helmen. Eine halbe Ewigkeit schien vergangen zu sein, ehe sie aus dem Strudel herauskamen. Sofort wurden sie in die nächsten Stromschnellen hineingerissen.

Pitt nahm das Gas zurück und lockerte den Griff an der Ruderpinne. Sinnlos, jetzt gegen den Fluß ankämpfen zu wollen. Die *Wallowing Windbag* würde in jedem Fall von der Strömung mitgerissen werden.

Giordino, der auf ruhigeres Fahrwasser hoffte, spähte in die undurchdringliche Dunkelheit vor ihnen. Statt dessen sah er, daß sich der Fluß gabelte und in zwei verschiedenen Höhlen verschwand. »Wir kommen zu einer Abzweigung!« schrie er über den Lärm hinweg.

»Kannst du feststellen, welches der Hauptarm ist?« brüllte Pitt zurück.

»Der linke sieht breiter aus!«

»Okay, rudere nach backbord!«

Um Haaresbreite schrammte das Luftkissenboot an der mächtigen Felswand vorbei, die den Fluß teilte und an der es unweigerlich zerstört worden wäre. Kurz darauf geriet es in einen gewaltigen Gegenstrom und drohte umzuschlagen. Tief tauchte der Bug des kleinen Bootes in das kochende Wasser ein, als der Strudel es erfaßte und mit sich riß. Doch irgendwie blieb es aufrecht, bevor es wieder zum Spielball der erbarmungslosen Strömung wurde.

Einen Augenblick lang dachte Pitt, er habe Giordino verloren. Aber dann rappelte sich der kräftige kleine Mann wieder aus dem Wasser auf, das mittlerweile das Boot füllte. Er schüttelte den Kopf, um das Schwindelgefühl zu vertreiben, nachdem er herumgewirbelt worden war wie eine Roulettekugel. Kaum zu glauben, aber er rang sich sogar ein Lächeln ab und deutete auf seine Ohren.

Pitt verstand. Das unaufhörliche Brüllen der Stromschnellen schien nachzulassen. Das Hovercraft reagierte wieder auf das Ruder, wenn auch langsam, da es halbvoll mit Wasser war. Wegen des zusätzlichen Gewichtes war es unmöglich, ein Luftkissen zu erzeugen. Pitt gab mehr Gas und brüllte Giordino zu: »Fang an zu schöpfen!«

Die Konstrukteure des Bootes hatten an alles gedacht. Giordino steckte einen Hebel in eine kleine Pumpe und zog ihn hin und her, bis ein Strahl Wasser durch ein Rohr über die Bordwand schoß.

Pitt beugte sich vor und blickte im Schein seiner Helmlampen in die Tiefe. Das Flußbett schien enger zu werden, und obwohl das Wasser um die Felsen weniger aufgewühlt war, kam es ihm vor, als rase der Strom mit furchterregender Geschwindigkeit dahin. Plötzlich bemerkte er, daß Giordino aufgehört hatte zu pumpen und mit entsetzter Miene lauschte. Und dann hörte es auch Pitt.

Ein tiefes, donnerndes Grollen drang flußabwärts aus der Dunkelheit.

Giordino starrte ihn an. »Ich glaube, jetzt sind wir im Eimer!« schrie er.

Die Vorstellung, sie stürzten über die Niagarafälle hinab, kehrte zurück. Diesmal war es keine Wasserfontäne, die von oben herabprasselte. Das Donnern, das durch die Höhle hallte, stammte von einer gewaltigen Masse Wasser, das einen tiefen Abgrund hinabstürzte.

»Blas deine Tarierweste auf!« brüllte Pitt über das Chaos hinweg.

Die Strömung, die sie mißtriß, war gut und gerne zwanzig Knoten schnell und schien sie unweigerlich in einen trichterartigen Schlund hineinzuziehen. Und dahinter lauerte ein unsichtbarer Abgrund. Sie kamen um eine Biegung und stießen auf eine Wand aus Dunst. Das donnernde Dröhnen wurde ohrenbetäubend.

Sie empfanden keine Angst, keinerlei Hilflosigkeit, wurden nicht von Verzweiflung übermannt. Pitt verspürte lediglich eine seltsame Taubheit, so als wäre er plötzlich zu keinem vernünftigen Gedanken mehr fähig. Es kam ihm so vor, als wäre er in einen Alptraum geraten, in dem es weder Form noch Gestalt gab. Sein letzter klarer Moment war, als die *Wallowing Windbag* einen Augenblick lang in der Luft zu schweben schien, bevor sie in den Dunst hineingeschleudert wurde.

Da es keinerlei Bezugspunkt gab, hatten sie auch nicht das Gefühl zu fallen. Es kam ihnen eher so vor, als flögen sie durch eine Wolke. Dann verlor Pitt den Halt an der Ruderpinne und wurde aus dem Hovercraft geschleudert. Er dachte kurz, er habe Giordino schreien gehört, aber die Stimme ging im Donnern des Wasserfalles unter. Er hatte das Gefühl, er stürzte ewig durch den Strudel. Und dann kam der Aufprall. Wie ein Meteor schlug er im tiefen Wasser am Fuß des Kataraktes auf. Die Luft wurde ihm aus der Lunge gepreßt, und er dachte zunächst, er sei auf einem Felsen gelandet und zerschmettert worden, doch dann spürte er den beruhigenden Druck des Wassers, das ihn umfing.

Instinktiv hielt er die Luft an und kämpfte sich nach oben. Dank seiner Tarierweste gelang es ihm, rasch aufzutauchen, doch sofort wurde er wieder von der Strömung erfaßt. Felsen krallten nach ihm wie blutgierige Bestien aus der Unterwelt. Er wurde über Stromschnellen geschleudert und prallte – das hätte er schwören können –

gegen jeden einzelnen Felsen, der aus dem Fluß ragte. Und mit jeder Berührung wurde sein Tauchanzug weiter zerschrammt und zerfetzt, wurde ihm die Haut von Armen und Beinen gerissen. Er steckte einen Schlag vor die Brust ein, und dann knallte er mit dem Kopf gegen etwas Hartes, Unnachgiebiges. Ohne den Helm, der etwa achtzig Prozent des Schlages abfing, wäre ihm der Schädel zertrümmert worden.

Kaum zu glauben, aber seine Tarierweste verlor keine Luft, so daß er halb bewußtlos durch ein paar Stromschnellen trieb. Eine der Lampen an seinem Helm war durch den Aufprall zertrümmert worden, und die andere schien nur noch ein undeutliches rotes Licht abzusondern. Er war dankbar, als er lose Steine unter den Füßen spürte und feststellte, daß er auf eine Untiefe zugewirbelt wurde, die zu einer flachen Stelle am Ufer führte. Verzweifelt kämpfte er gegen die mörderische Strömung an und schwamm, bis seine Knie über rauhen Kies schürften. Er streckte die Hände aus, um sich über die glitschigen Steine auf den trockenen Felsen zu ziehen. Ein Stöhnen drang aus seinem Mund, als ihm ein jäher Schmerz ins Handgelenk schoß. Er mußte sich irgend etwas gebrochen haben, als er den Wasserfall hinabgestürzt war. Und zwar nicht nur das Handgelenk. Auf der linken Seite waren auch mindestens zwei oder drei Rippen angeknackst, wenn nicht mehr.

In der Ferne hörte er das grollende Donnern des Wasserfalls. Langsam ordnete er seine Gedanken. Er fragte sich, wie weit er wohl von dieser teuflischen Strömung mitgerissen worden war. Dann, als sein Kopf wieder klarer wurde, fiel ihm Giordino ein. Voller Verzweiflung rief er nach Al, bis seine Stimme in der Grotte widerhallte. Zwar hoffte er, sein Freund möge ihm antworten, doch eigentlich rechnete er nicht damit.

»Hier drüben.«

Die Antwort war kaum mehr als ein Flüstern, doch Pitt hörte sie so deutlich, als wäre sie aus einem Lautsprecher gedrungen. Schwankend kam er auf die Beine und versuchte die Stimme zu orten. »Wo bist du?«

»Nur sechs Meter flußaufwärts«, sagte Giordino. »Kannst du mich denn nicht sehen?«

Alles war von einem roten Nebel verschleiert. Pitt rieb sich die

Augen und stellte fest, daß er gleich wieder besser sah. Außerdem wurde ihm klar, daß der rote Nebel, der ihm die Sicht trübte, von dem Blut stammte, das aus einer Platzwunde an seiner Stirn strömte. Jetzt konnte er Giordino deutlich erkennen, der gar nicht allzuweit entfernt mit dem Rücken im flachen Wasser lag.

Er preßte die Hand auf die linke Brustseite und versuchte vergebens den Schmerz zu unterdrücken, während er zu seinem Freund torkelte. Steif kniete er sich neben Giordino hin. »Bin ich froh, dich zu sehen. Ich dachte schon, du und die *Windbag* wären ohne mich weitergefahren.«

»Die Überreste unseres treuen Bootes sind flußabwärts gerissen worden.«

»Hat's dich schlimm erwischt?« fragte Pitt.

Giordino lächelte tapfer, hielt die Hände hoch und wackelte mit den Fingern. »In der Carnegie Hall kann ich auf alle Fälle noch spielen.«

»Was denn? Du kannst ja nicht mal 'ne Melodie halten.« Dann wurde Pitts Blick besorgt. »Hast du was am Rücken?«

Matt schüttelte Giordino den Kopf. »Ich bin in der *Windbag* geblieben, und als sie unten aufgeschlagen ist, habe ich mich mit den Füßen in den Leinen verheddert, mit denen die Ausrüstung befestigt war. Dann ist sie in die eine Richtung abgehauen, und ich in die andere. Ich glaube, ich hab' mir beide Beine unterhalb vom Knie gebrochen.« Er beschrieb seine Verletzungen so ruhig, als handelte es sich um einen platten Autoreifen.

Vorsichtig tastete Pitt die Waden seines Freundes ab, während Giordino die Fäuste ballte. »Du Glückspilz. Glatt durchgebrochen, keine komplizierte Fraktur.«

Giordino musterte Pitt. »Du siehst aus, wie wenn du in der Waschmaschine durch den Schleudergang gejagt worden wärst.«

»Bloß ein paar Kratzer und Abschürfungen«, log Pitt.

»Und warum beißt du dann beim Sprechen die Zähne so zusammen?«

Pitt antwortete nicht. Er versuchte, ein Programm auf dem an seinem Arm befestigten Computer abzurufen, doch der war an einen Felsen geprallt und kaputtgegangen. Er nahm ihn ab und warf ihn in den Fluß. »Soviel zu Duncans Daten.«

»Die Kamera hab' ich auch verloren.«

»Pech gehabt. So schnell kommt hier keiner mehr lang, jedenfalls nicht über diese Wasserfälle.«

»Irgendeine Ahnung, wie weit es noch bis zur Schatzkammer ist?« fragte Giordino.

»Grob geschätzt? Vielleicht zwei Kilometer.«

Giordino schaute ihn an. »Du wirst alleine gehen müssen.«

»Du redest wirres Zeug.«

»Ich wäre dir nur eine Last.« Er lächelte nicht mehr. »Denk nicht an mich. Geh zu der Schatzkammer.«

»Ich kann dich doch nicht einfach hier liegenlassen.«

»Pfeif auf die kaputten Knochen – treiben lassen kann ich mich auf jeden Fall. Ich komm' später nach.«

»Paß auf, wenn du dort ankommst«, sagte Pitt mit grimmigem Unterton. »Treiben lassen kannst du dich ja vielleicht, aber der Strömung kannst du nicht entrinnen. Achte darauf, daß du nicht zu weit in die Flußmitte gerätst, sonst verschwindest du auf Nimmerwiedersehen.«

»Wäre auch nicht weiter schlimm. Unsere Preßluftflaschen sind mit der *Wallowing Windbag* verschwunden. Wenn wir zwischen hier und der Schatzkammer auf einen überfluteten Gang stoßen, der zu lang ist, als daß wir mit angehaltener Luft durchkommen, ersaufen wir sowieso.«

»Du könntest ruhig ein bißchen weniger schwarz sehen.«

Giordino reichte ihm eine Reservetaschenlampe, die er sich mit einem Gurt um den Oberschenkel gebunden hatte. »Du wirst sie brauchen. Deine Helmlampe sieht aus, als hätte sie den Boxkampf mit einem Felsen verloren. Und dein Gesicht ist ebenfalls ein Chaos, wenn ich's mir recht überlege. Du blutest ja die Fetzen von deinem schönen sauberen Tauchanzug voll.«

»Das geht beim nächsten Bad im Fluß wieder ab«, sagte Pitt, während er die Taschenlampe knapp über dem gebrochenen Handgelenk am linken Unterarm befestigte, wo er zuvor den Computer getragen hatte. Er schnallte seinen Bleigurt ab. »Das Ding werde ich wohl nicht mehr brauchen.«

»Nimmst du deine Preßluftflasche nicht mit?«

»Ich will nicht mehr Zeug mit mir rumschleppen, als nötig.«

»Was ist, wenn du auf eine unter Wasser stehende Kammer stößt?«

»Dann muß ich eben so weit tauchen, wie meine Lunge es schafft.«

»Ein letzter Gefallen«, sagte Giordino und hielt die Gurte hoch, an denen sein Tauchgerät befestigt gewesen war. »Binde meine Beine zusammen, damit sie nicht durch die Gegend schlenkern.«

Pitt zog die Riemen so fest, wie es mit seinem gebrochenen Handgelenk ging, achtete jedoch darauf, daß er nicht zu grob war. Giordino atmete nur einmal heftig ein, gab aber ansonsten keinen Ton von sich. »Ruh dich mindestens eine Stunde aus, bevor du nachkommst«, befahl Pitt.

»Sieh zu, daß du weiterkommst und Loren und Rudi rettest. Ich kreuze auf, sobald ich dazu in der Lage bin.«

»Ich halte Ausschau nach dir.«

»Such vorsichtshalber ein großes Netz.«

Pitt drückte ein letztes Mal Giordinos Arm. Dann watete er in den Fluß, bis ihn die Strömung von den Beinen riß und in die nächste Grotte davontrug.

Giordino sah ihm nach, bis das Licht von Pitts Lampe hinter der nächsten Biegung in der Dunkelheit verschwand. 2 Kilometer (1,2 Meilen), dachte er. Er konnte nur hoffen, daß die letzte Etappe der Tour durch luftgefüllte Kammern führte.

53

Zolar atmete erleichtert auf. Alles war gutgegangen, besser, als er erwartet hatte. Das Unternehmen neigte sich dem Ende zu. Der als Büro benutzte Wohnwagen, der Gabelstapler und die Winde waren zusammen mit dem Großteil von Campos' Männern per Lastenhubschrauber abtransportiert worden. Nur eine kleine Abteilung Pioniere war zurückgeblieben, um die letzten Teile in den Transporthelikopter der Armee zu verladen, der neben dem gestohlenen Fluggerät der NUMA stand.

Zolar betrachtete die restlichen Teile des Goldschatzes, die ordentlich in Reih und Glied dastanden. Während er die schimmernden und glänzenden Altertümer musterte, überlegte er, wieviel er dafür bekommen würde. Die achtundzwanzig goldenen Kriegerstatuen waren, was die künstlerische Gestaltung und die Metallverarbeitung anging, unbeschreiblich schön. Jede war einen Meter hoch und vermittelte einen Eindruck von der Meisterschaft der Inkakünstler.

»Ein paar mehr, und du hast ein Schachspiel beisammen«, sagte Oxley, während er die Goldfiguren bewunderte.

»Ein Jammer, daß ich sie nicht behalten kann«, erwiderte Zolar traurig. »Aber ich fürchte, ich werde mich damit zufriedengeben müssen, mit meinem Anteil am Verkaufserlös einige legal angebotene Kunstwerke für meine Privatsammlung zu erstehen.«

Fernando Matos verschlang die goldene Streitmacht förmlich mit Blicken, während er rasch überschlug, wieviel wohl seine zwei Prozent Anteil am Gesamterlös ausmachen mochten. »In unserem Museo Nacional de Antropología in Mexico City gibt es nichts, das auch nur annähernd an diese Schätze heranreicht.«

»Sie dürfen Ihren Anteil gerne stiften«, sagte Oxley sarkastisch.

Matos warf ihm einen bissigen Blick zu und wollte noch etwas sagen, wurde aber unterbrochen, als Coronel Campos zu ihnen trat. »Teniente Ramos berichtet, daß sich keine Objekte mehr in dem Berg befinden. Sobald er und seine Männer hier oben sind, werden sie die letzten Funde verladen. Dann werde ich mich zu dem Flugplatz begeben und das Umladen beaufsichtigen.«

»Vielen Dank, Coronel«, sagte Zolar. Er traute Campos nicht weiter über den Weg, als er den Steindämon werfen konnte. »Wenn Sie keine Einwände haben, werden wir uns Ihnen anschließen.«

»Aber natürlich.« Campos sah sich auf dem mittlerweile nahezu verlassenen Berggipfel um. »Und Ihre anderen Leute?«

Zolars tiefliegende Augen wurden kalt. »Mein Bruder Cyrus und seine Männer werden in unserem Helikopter nachkommen, sobald sie noch ein paar Aufräumarbeiten erledigt haben.«

Campos hatte verstanden. Er lächelte zynisch. »Beim Gedanken an all die Banditen, die hier frei herumlaufen und ausländische Besucher ausrauben und ermorden, wird mir übel.«

Während sie darauf warteten, daß Teniente Ramos und seine Abteilung aus dem Felstunnel kamen, um die Kunstschätze zu verladen, ging Matos zu dem steinernen Dämon und betrachtete ihn. Er streckte die Hand aus, legte sie auf den Hals der Statue und stellte erstaunt fest, wie kühl der Stein war, obwohl den ganzen Tag die Sonne heruntergebrannt hatte. Abrupt riß er die Hand zurück. Es hatte sich so angefühlt, als wäre der kalte Stein plötzlich glatt und glitschig wie die schuppige Haut eines Fisches geworden.

Verdutzt trat er einen Schritt zurück. Er wollte sich gerade umdrehen und weglaufen, als er bemerkte, wie sich über die Kante des Steilhanges vor dem Dämon ein Kopf schob. Er stammte aus einer Professorenfamilie und hielt nichts von Aberglauben oder Legenden. Wenn Matos dennoch wie erstarrt stehenblieb, so geschah das eher aus Neugier denn aus Angst.

Der Kopf schob sich höher, und jetzt konnte man den Körper des dazugehörigen Mannes sehen, der auf den Gipfel geklettert kam. Dann stand der Eindringling einen Augenblick lang unsicher da und legte mit einem alten Gewehr auf Matos an.

Yuma hatte fast eine Minute lang auf dem Felssims gelegen, bis er wieder bei Atem war und sein Herz langsamer schlug. Als er den Kopf über den Rand schob, sah er einen seltsamen kleinen Mann mit kahlem Kopf und dicker Brille, der, den Umständen so gar nicht entsprechend, einen Anzug mit Hemd und Krawatte trug und ihn anstarrte. Der Mann erinnerte Yuma an die Regierungsvertreter, die einmal im Jahr ins Dorf der Montolos kamen, Düngemittel, Viehfutter, Saatgut und Geld versprachen und wieder verschwanden, ohne daß jemals etwas geliefert wurde. Nachdem er über die Oberkante des Steilhanges geklettert war, entdeckte er auch die Gruppe von Männern, die in 30 Metern (100 Fuß) Entfernung neben einem Militärhubschrauber standen. Sie bemerkten ihn nicht. Er war absichtlich hinter dem großen Steindämon hochgeklettert, weil er vermeiden wollte, daß ihn jemand entdeckte. Doch Matos befand sich leider nur ein paar Schritte vor ihm.

Er richtete seine alte, zerkratzte Winchester auf den Mann und sagte leise: »Wenn Sie einen Ton von sich geben, sterben Sie.«

Yuma mußte nicht erst zurückblicken und sich davon überzeugen, daß inzwischen auch seine ersten Nachbarn und Verwandten auf den Berg geklettert kamen. Ihm war klar, daß es mindestens noch eine Minute dauern würde, bis seine winzige Streitmacht vollständig hier oben versammelt war. Wenn der Mann vor ihm Alarm schlug, war der Überraschungseffekt dahin, und seine Männer hingen schutzlos in der Felswand. Er mußte ihn irgendwie hinhalten.

Die Lage wurde noch verzwickter, als plötzlich ein Offizier und eine Abteilung Pioniere aus einer tiefen Felsspalte auftauchten. Ohne nach links oder rechts zu schauen, gingen sie schnurstracks auf eine Reihe kleiner, goldener Männer zu, die wie Orgelpfeifen nebeneinander aufgebaut waren.

Beim Anblick der Pioniere warf der Hubschrauberpilot die Triebwerke an und ließ die Doppelrotoren des großen Transporthelikopters warmlaufen.

Matos, der neben dem steinernen Dämon stand, hob langsam die Hände.

»Nehmen Sie die Hände runter!« zischte Yuma.

Matos tat, wie ihm geheißen. »Wie haben Sie unseren Sicherheitskordon überwunden?« wollte er wissen. »Was wollen Sie hier?«

»Das hier ist das heilige Land unseres Volkes«, antwortete Yuma ruhig. »Sie entweihen es mit Ihrer Gier.«

Mit jeder Sekunde, die er gewann, kletterten zwei weitere Montolos hinter ihm über den Rand und formierten sich im Schutze des Dämons. Bislang hatten sie weder jemanden verletzen noch töten müssen, und Billy Yuma wollte jetzt nicht damit anfangen.

»Gehen Sie auf mich zu«, befahl er Matos. »Stellen Sie sich neben den Dämon.«

Ein wilder, wahnwitziger Ausdruck trat in Matos' Augen. Langsam siegte die Gier nach den goldenen Schätzen über seine Angst. Sein Anteil würde ihm einen Reichtum bescheren, der selbst seine kühnsten Träume übertraf. Er dachte nicht daran, wegen einer Horde abergläubischer Indianer klein beizugeben. Nervös schielte er über die Schulter zu den Pionieren, die gerade mit dem Beladen des Helikopters fertig wurden. Er bekam Bauchschmerzen vor lauter Angst, sein Traum könnte sich in nichts auflösen.

Yuma sah es kommen. Der Mann mit dem Anzug entglitt ihm.

»Sie wollen Gold?« sagte Yuma. »Nehmen Sie es, und verlassen Sie unseren Berg.«

Als er merkte, daß hinter Yuma weitere Männer auftauchten, reagierte Matos endlich. Er drehte sich um, rannte los und schrie: »Eindringlinge! Erschießt sie!«

Yuma feuerte aus der Hüfte, ohne das Gewehr zu heben und genau zu zielen. Der Schuß erwischte Matos am Knie. Der Beamte wurde zur Seite geschleudert, seine Brille flog davon, und er ging bäuchlings zu Boden. Er wälzte sich auf den Rücken, zog das Bein an und umklammerte mit beiden Händen seine Knie.

Yumas Nachbarn und Verwandte schwärmten mit schußbereiten Waffen aus wie Gespenster auf einem Friedhof und umstellten den Helikopter. Teniente Ramos, alles andere als ein Dummkopf, erkannte sofort die Situation. Seine Männer waren Pioniere, keine Infanteristen, und trugen keine Waffen. Er hob sofort die Hände und rief den Männern seiner kleinen Abteilung zu, sie sollten sich ebenfalls ergeben.

Zolar fluchte lauthals vor sich hin. »Wo zum Teufel kommen diese Indianer her?«

»Jetzt ist nicht der richtige Zeitpunkt, sich darüber den Kopf zu zerbrechen«, versetzte Oxley. »Wir hauen ab.«

Er sprang in die Frachtluke und riß Zolar mit sich.

»Die goldenen Krieger!« protestierte Zolar. »Sie sind noch nicht verladen.«

»Vergiß sie.«

»Nein!« widersprach Zolar.

»Du verdammter Narr, siehst du denn nicht, daß die Männer bewaffnet sind? Die Pioniere können uns nicht helfen.« Er drehte sich um und brüllte dem Hubschrauberpiloten zu: »Flieg los! *Andale! ándale!*«

Coronel Campos reagierte langsamer als alle anderen. Dummerweise befahl er Ramos und seinen Männern, sie sollten Widerstand leisten. »Greift sie an!« schrie er.

Ramos starrte ihn an. »Womit, Coronel, mit bloßen Händen?«

Yuma und seine Stammesangehörigen waren nur noch 10 Meter (33 Fuß) von dem Hubschrauber entfernt. Bislang war erst ein Schuß gefallen. Die Montolos waren angesichts der in der Sonne funkelnden Kriegerstatuen aus Gold vorübergehend wie erstarrt. Der einzige goldene Gegenstand, den sie bislang zu Gesicht bekommen hatten, war ein kleiner Kelch auf dem Altar der bescheidenen Missionskirche in Ilano Colorado.

Staub wirbelte auf, als der Pilot Gas gab und die Rotorblätter des Helikopters immer schneller durch die Luft schlugen. Die Maschine hob gerade ab, als Campos endlich klar wurde, daß sich Vorsicht jetzt eher auszahlte als Gier. Er rannte vier Schritte und sprang hoch zu der Luke, wo Charles Oxley stand und ihm die Hand reichen wollte.

In diesem Augenblick zog der Pilot den Helikopter abrupt nach oben. Campos griff mit hochgerissenen Armen in die Luft. Durch den Schwung geriet er unter den Helikopter und flog mit einem Hechtsprung über den Klippenrand. Oxley sah, wie der Coronel kleiner und immer kleiner wurde, wie sich sein Körper in der Luft überschlug, bis er schließlich tief unten auf den Felsen zerschmetterte.

»Guter Gott«, stieß Oxley aus.

Zolar, der sich verbissen an einen Riemen im Frachtraum klammerte, hatte Campos' Felsensturz nicht mitbekommen. Ihn plagten ganz andere Sorgen. »Cyrus ist noch unten in der Höhle.«

»Amaru und seine Männer sind bei ihm. Keine Sorge. Mit ihren automatischen Waffen sind sie den Indianern mit ihren Jagdgewehren und Schrotflinten mehr als ebenbürtig. Sie werden mit dem letzten Hubschrauber wegfliegen, der noch auf dem Berg steht.«

Erst in diesem Augenblick fiel Zolar auf, daß jemand fehlte. »Wo sind Matos und der Coronel?«

»Matos haben die Indianer niedergeschossen, und der Coronel hat zu spät reagiert.«

»Er ist auf dem Cerro el Capirote geblieben?«

»Nein, er ist vom Cerro el Capirote gefallen. Er ist tot.«

Zolar reagierte auf eine Art und Weise, die jeden Psychiater ins Schwärmen gebracht hätte. Einen Augenblick lang war seine Miene nachdenklich, dann brach er in Gelächter aus. »Matos erschossen und der gute Coronel tot. Der Profit für die Familie mehrt sich.«

Der Plan, den Yuma mit Pitt abgesprochen hatte, war ausgeführt. Er und seine Leute hatten die Anhöhe genommen und die Bösen vom heiligen Berg der Toten vertrieben. Er sah zu, wie zwei seiner Neffen Teniente Ramos und seine Pioniere über den steilen Pfad hinab in die Wüste führten.

In diesem Gelände war es unmöglich, Matos zu tragen. Sein Knie war stramm bandagiert, und auf zwei Pioniere gestützt, mußte er hinunterhumpeln, so gut er konnte.

Neugierig ging Yuma zu der erweiterten Öffnung des Ganges ins Bergesinnere. Er wollte unbedingt die Höhle erkunden und den von Pitt beschriebenen Fluß in Augenschein nehmen. Das Wasser, das er in seinen Träumen sah. Doch die älteren Männer hatten zuviel Angst davor, ins Innere des heiligen Berges vorzudringen, und das Gold führte zu Schwierigkeiten mit den jüngeren. Sie wollten am liebsten alles stehen- und liegenlassen und es abtransportieren, bevor das Militär zurückkehrte.

»Dies ist unser Berg«, sagte ein junger Mann, der Sohn von Yumas Nachbar. »Die kleinen goldenen Menschen gehören uns.«

»Aber zuerst müssen wir den Fluß im Bergesinneren sehen«, entgegnete Yuma.

»Den Lebenden ist untersagt, das Reich der Toten zu betreten«, warnte Yumas älterer Bruder.

Einer seiner Neffen starrte Yuma zweifelnd an. »Es gibt keinen Fluß, der unter der Wüste hindurchführt.«

»Ich glaube dem Mann, der es mir gesagt hat.«

»Einem Gringo darf man nicht trauen. Nicht mehr als denen, in deren Adern spanisches Blut fließt.«

Yuma schüttelte den Kopf und deutete auf das Gold. »Das beweist, daß er nicht lügt.«

»Die Soldaten werden zurückkommen und uns töten, wenn wir nicht verschwinden«, wandte ein anderer Dorfbewohner ein.

»Die goldenen Menschen sind zu schwer, als daß wir sie den steilen Pfad hinabtragen könnten«, hielt der junge Mann dagegen. »Wir müssen sie an Seilen über die Felsen hinunterlassen. Das wird eine Weile dauern.«

»Wir sollten ein Gebet zum Dämon sprechen und aufbrechen«, sagte der Bruder.

Der junge Mann gab nicht nach. »Erst, wenn die goldenen Menschen unten sind.«

Widerwillig gab Yuma nach. »So sei es denn, meine Familie, meine Freunde. Ich werde mein Versprechen einlösen und mich allein in den Berg begeben. Nehmt die Männer aus Gold, aber beeilt euch. Euch bleibt nicht mehr viel Tageslicht.«

Yuma hatte nur ein bißchen Angst, als er sich umdrehte und durch die verbreiterte Öffnung in die Höhle ging.

Der Aufstieg zum Gipfel des Berges war eine gute Tat gewesen. Die bösen Männer waren vertrieben. Der Dämon hatte wieder seinen Frieden. Und nun, mit dem Segen des Dämons, war Billy Yuma überzeugt, daß er das Reich der Toten sicher betreten konnte. Und vielleicht fand er dort eine Spur, die ihn zu den verschollenen Heiligtümern seines Volkes führte.

54

Loren saß zusammengekauert in der engen Felskammer und versank immer tiefer in Selbstmitleid. Sie hatte keine Widerstandskraft mehr. Stunde um Stunde war verstrichen, seit man sie hier heruntergebracht hatte, bis sie schließlich jedes Zeitgefühl verloren hatte. Sie wußte nicht mehr, wann sie zum letztenmal etwas gegessen hatte. Sie versuchte sich zu erinnern, wie es war, wenn man sich warm und trocken fühlte, doch es wollte ihr nicht mehr einfallen.

Ihr Selbstvertrauen, ihre Selbständigkeit, die Befriedigung darüber, eine allseits geachtete Parlamentarierin der einzigen Supermacht der Welt zu sein, all das war hier unten, in dieser engen, feuchten Höhle, ohne Bedeutung. Sie hatte das Gefühl, als wäre es eine Million Jahre her, seit sie zum letzten Mal die Flure des Repräsentantenhauses betreten hatte. Sie hatte gekämpft, solange sie konnte, aber jetzt war sie am Ende. Sie hatte sich damit abgefunden. Sie wollte lieber sterben und es hinter sich haben.

Sie schaute zu Rudi Gunn. Er hatte sich während der letzten Stunde so gut wie nicht bewegt. Man mußte kein Arzt sein, um zu sehen, daß es ihm immer schlechter ging. Tupac Amaru, dieser Sadist, war schäumend vor Wut auf Gunns Händen herumgetrampelt und hatte ihm etliche Finger gebrochen. Außerdem hatte er ihm wiederholt gegen den Kopf und in den Bauch getreten und ihm dabei möglicherweise ernsthafte innere Verletzungen zugefügt. Wenn Rudi nicht bald in ärztliche Behandlung kam, könnte er durchaus sterben.

Lorens Gedanken wanderten zu Pitt. Sie hatten vermutlich keine Chance, jemals hier herauszukommen, außer, Pitt eilte ihnen mitsamt der US-Kavallerie zu Hilfe. Und daß das passierte, war nicht gerade sehr wahrscheinlich.

Sie erinnerte sich daran, wie er sie früher immer gerettet hatte. Das erste Mal an Bord eines russischen Kreuzfahrtschiffes, wo sie von Agenten der alten Sowjetregierung gefangengehalten worden war. Urplötzlich war Pitt aufgetaucht und hatte sie vor fürchterlichen Prügeln bewahrt. Beim zweiten Mal war sie in der Unterwasserstadt des Fanatikers Hideki Suma vor der japanischen Küste als Geisel festgehalten worden. Pitt und Giordino hatten ihr Leben aufs Spiel gesetzt, um sie und einen Abgeordnetenkollegen zu befreien.

Sie hatte kein Recht, jetzt aufzugeben. Aber Pitt war tot, von Sprenggranaten im Meer zermalmt. Und wenn ihre Landsleute eine Spezialeinheit zu ihrer Rettung über die Grenze schicken könnten, dann hätten sie es längst getan.

Sie hatte durch die Öffnung der Höhle zugesehen, wie der Goldschatz vorbeigeschleppt und durch die Kammer der Wächter zum Berggipfel gebracht worden war. Sie wußte, daß ihre und Rudis letzte Stunde geschlagen hatte, wenn erst das ganze Gold weggeschafft war.

Sie mußten nicht lange warten. Einer von Amarus übelriechenden Schergen ging zu ihrem Wachposten und gab ihm einen Befehl. Der häßliche Kerl drehte sich um und winkte sie aus der Höhle. »*Salga, salga*«, schrie er.

Loren rüttelte Gunn wach und half ihm auf die Beine. »Sie wollen uns woanders hinbringen«, erklärte sie ihm leise.

Gunn schaute sie benommen an, dann rang er sich ein verkniffenes Lächeln ab. »Wird auch Zeit, daß wir ein bessers Zimmer bekommen.«

Loren legte ihren Arm um Gunns Taille, und er stützte sich mit der

Hand auf ihrer Schulter ab. Dann schlurfte er neben ihr her, als sie zwischen den Tropfsteinsäulen hindurch zu dem flachen Uferstück neben dem Fluß geführt wurden. Amaru und die vier Männer, die um ihn herumstanden, amüsierten sich gerade über irgend etwas. Bei ihnen stand ein anderer Mann, den sie bereits auf der Fähre gesehen hatte: Cyrus Sarason. Die Lateinamerikaner wirkten kühl und gelassen, doch Sarason schwitzte heftig, und sein Hemd war unter den Achseln klatschnaß.

Grob stieß sie der einäugige Wachposten vorwärts, dann stellte er sich etwas abseits der anderen auf. Sarason erinnerte Loren an einen Lehrer, den man gezwungen hat, beim Tanzstundenabschlußball den Anstandswauwau zu spielen, und der sich auf einen öden und langweiligen Abend einstellt.

Amaru hingegen sah so aus, als drohte er vor nervöser Energie jeden Augenblick zu platzen. Seine Augen funkelten vor Erregung. Er starrte Loren mit der Gier eines Mannes an, der halbverdurstet durch die Wüste kriecht und plötzlich eine Bar entdeckt, die kaltes Bier ausschenkt. Er ging zu ihr und packte sie grob am Kinn.

»Bist du bereit, uns zu unterhalten?«

»Lassen Sie sie in Ruhe«, sagte Sarason. »Wir sollten uns hier nicht länger als nötig aufhalten.«

Kalte, nackte Angst stahl sich in Lorens Magengrube. Nicht das, dachte sie. Um Gottes willen, nicht das. »Bringen wir's hinter uns, wenn Sie uns schon unbedingt töten müssen.«

»Dein Wunsch wird früh genug erfüllt werden.« Amaru lachte sadistisch. »Aber nicht, bevor meine Männer ihr Vergnügen hatten. Wenn sie fertig sind und wenn sie mit dir zufrieden sind, dann recken sie vielleicht die Daumen hoch und lassen dich am Leben. Wenn nicht, wird der Daumen gesenkt, genau so, wie im alten Rom über die Gladiatoren in der Arena geurteilt wurde. Ich rate dir daher, sie glücklich zu machen.«

»Das ist doch Wahnsinn!« schnaubte Sarason.

»Denken Sie doch mal nach, *Amigo*. Meine Männer haben hart gearbeitet, sie haben dabei geholfen, das ganze Gold aus dem Berg herauszuschaffen. Sie sollten wenigstens eine kleine Belohnung für ihre Dienste bekommen, bevor wir diesen teuflischen Ort verlassen.«

»Ihr werdet für eure Dienste gut bezahlt.«

»Wie nennt man das bei Ihnen noch?« sagte Amaru schweratmend. »Sozialleistungen?«

»Ich habe keine Zeit für lange Sexspielchen«, erwiderte Sarason.

»So viel Zeit muß sein«, zischte Amaru und fleschte die Zähne wie eine Giftschlange kurz vor dem Zustoßen. »Sonst werden meine Männer sehr unglücklich sein. Und vielleicht habe ich sie dann nicht mehr in der Hand.«

Ein Blick auf die fünf Gorillas neben dem peruanischen Killer genügte. Sarason zuckte mit den Schultern. »Mir liegt nichts an ihr.« Er starrte Loren eine Sekunde lang an. »Von mir aus macht mit ihr, was ihr wollt, aber bringt es hinter euch. Wir haben hier noch einiges zu tun, und ich möchte meine Brüder nicht unnötig warten lassen.«

Loren war kurz davor, sich zu übergeben. Mit flehenden Blicken schaute sie Sarason an. »Sie gehören nicht zu denen. Sie wissen, wer ich bin, was ich repräsentiere. Wie können Sie nur daneben stehen und zuschauen?«

»Da, wo diese Männer herkommen, gehört barbarische Grausamkeit zum Alltag«, erwiderte Sarason ungerührt. »Diese bösartigen Strolche schneiden einem Kind genauso locker die Kehle durch, wie Sie oder ich ein Filet zersäbeln.«

»Dann gedenken Sie also nichts zu unternehmen, während die sich ihren Perversionen hingeben?«

Sarason zuckte gleichmütig mit den Schultern. »Es könnte ganz unterhaltsam sein.«

»Sie sind kein Stück besser.«

Höhnisch verzog Amaru den Mund. »Ich genieße es sehr, wenn ich hochnäsige Frauen wie dich in die Knie zwingen kann.«

Damit war das Gespräch beendet. Amaru gab einem seiner Männer ein Zeichen. »Du hast den Vortritt, Julio.«

Die anderen wirkten enttäuscht, weil nicht sie auserwählt wurden. Der glückliche Julio indessen verzog den Mund zu einem lüsternen Grinsen, trat einen Schritt vor und packte Loren am Arm.

Der kleine Rudi Gunn, der schwer verletzt war und kaum stehen konnte, duckte sich plötzlich, warf sich nach vorne und rammte dem Mann, der über Loren herfallen wollte, den Kopf in die Magengrube. Sein Angriff war etwa so wirkungsvoll, als versuche man, ein Burgtor mit einem Besenstiel einzurennen. Der große Peruaner schnaubte kurz, dann versetzte er Gunn mit dem Handrücken einen Schlag, der ihn zu Boden schleuderte.

»Wirf den kleinen Mistkerl in den Fluß«, befahl Amaru.

»Nein!« schrie Loren. »Um Gottes willen, bringt ihn nicht um!«

Einer von Amarus Männern packte Gunn am Fuß und zerrte ihn zum Wasser.

»Könnte sein, daß ihr einen Fehler macht«, sagte Sarason warnend.

Amaru warf ihm einen befremdeten Blick zu. »Warum?«

»Dieser Fluß mündet vermutlich in den Golf. Vielleicht wäre es besser, sie für immer verschwinden zu lassen, damit ihre Leichen nicht eines Tages im Golf angeschwemmt und identifiziert werden können.«

Amaru dachte einen Augenblick darüber nach. Dann lachte er. »Ein unterirdischer Fluß, der sie in den Golf von Kalifornien schwemmt. Das gefällt mir. Die amerikanische Kriminalpolizei wird nie darauf kommen, daß sie hundert Kilometer von der Fundstelle entfernt getötet wurden. Die Vorstellung sagt mir doch sehr zu.« Er gab dem Mann, der Gunn gepackt hatte, ein Zeichen, er solle weitermachen. »Wirf ihn so weit wie möglich in die Strömung.«

»Nein, bitte«, flehte Loren. »Lassen Sie ihn am Leben. Ich werde alles tun, was Sie wollen.«

»Das wirst du sowieso«, sagte Amaru gelassen.

Der Wachposten hob Rudi Gunn hoch und schleuderte ihn wie ein Kugelstoßer mühelos in den Fluß hinaus. Ein Aufplatschen, und Gunn verschwand lautlos in dem schwarzen Wasser.

Amaru drehte sich wieder zu Loren um und nickte Julio zu. »Fangen wir an.«

Loren schrie auf. Wie eine Katze warf sie sich auf den Mann, der sie am Arm gepackt hatte, und rammte ihm ihre langen Daumennägel tief in die Augen.

Ein erstickter Schmerzensschrei hallte durch die Höhle. Der Mann, der als erster über Loren hatte herfallen wollen, schlug die Hände vor die Augen und kreischte auf wie ein Schwein auf der

Schlachtbank. Amaru, Sarason und die anderen waren zunächst wie gelähmt vor Überraschung, als sie das Blut zwischen seinen Fingern hervorquellen sahen.

»O heilige Mutter Gottes!« schrie Julio. »Das Luder hat mich blind gemacht.«

Amaru ging zu Loren und schlug ihr heftig ins Gesicht. Sie torkelte zurück, fiel aber nicht hin. »Dafür wirst du büßen«, sagte er mit eisiger Ruhe. »Wenn du deinen Zweck erfüllt hast, wird es dir genauso ergehen, bevor du stirbst.«

Nichts konnte Loren jetzt noch schrecken. Ihre Augen funkelten vor Zorn. Wäre sie stark genug gewesen, sie hätte sich mit Zähnen und Klauen gewehrt wie eine Tigerin, bevor sie überwältigt worden wäre. Doch nach den tagelangen Entbehrungen war sie zu schwach. Sie schlug nach Amaru. Er steckte die Hiebe so lässig weg wie einen Mückenstich.

Dann packte er ihre Hände und drehte sie ihr auf den Rücken. Nun, da sie seiner Ansicht nach hilflos war, versuchte er sie zu küssen. Doch sie spuckte ihm ins Gesicht.

Aufgebracht hieb er ihr die Faust in den Bauch.

Loren krümmte sich zusammen, würgte mit schmerzverzerrtem Gesicht und versuchte gleichzeitig, wieder zu Atem zu kommen. Sie sank auf die Knie, preßte die Arme an den Bauch und ließ sich langsam zur Seite fallen.

»Da Julio ausgefallen ist«, sagte Amaru zu seinen Männern, »dürft ihr euch jetzt bedienen.«

Die dicken, starken Arme ausgestreckt, die Finger zu Krallen gekrümmt, griffen Amarus Männer nach ihr und packten sie. Sie wälzten sie auf den Rücken und preßten ihre Arme und Beine zu Boden. Loren, die von den drei Männern, darunter auch Einauge, mit vereinten Kräften festgehalten wurde, schrie vor hilflosem Entsetzen auf.

Die letzten Fetzen ihrer Kleidung wurden ihr vom Leib gerissen. Ihre glatte, geschmeidige Haut schimmerte im Licht der Scheinwerfer, die die Pioniere zurückgelassen hatten. Der Anblick ihres schutzlos hingebreiteten Körpers erregte die Schergen nur noch mehr.

Der einäugige Quasimodo kniete sich über sie, das Gesicht vor animalischer Lust verzerrt, und beugte sich schweratmend vor. Er drückte seinen Mund auf ihre Lippen. Ihre Schreie wurden erstickt, als er ihr in die Unterlippe biß. Loren hatte Blutgeschmack im Mund. Sie hatte das Gefühl, sich in einem Alptraum zu befinden und zu ersticken. Er ließ von ihrem Mund ab und fuhr mit seinen rauhen, schwieligen Händen über ihre Brüste. Auf ihrer empfindlichen Haut fühlten sie sich an wie Sandpapier. Nackter Ekel sprach aus ihren violetten Augen. Wieder schrie sie auf.

»Wehr dich!« flüsterte der Riese heiser. »Ich mag es, wenn Frauen sich wehren.«

Loren wurde vor Abscheu und Entsetzen fast ohnmächtig, als Einauge sich über sie wälzte. Gequält schrie sie auf.

Dann hatte sie plötzlich die Hände frei und schlug ihrem Angreifer die Nägel ins Gesicht. Verdutzt fuhr er zurück, während sich rote Streifen auf seinem Gesicht abzeichneten. Mit dämlichem Gesicht starrte er die beiden Männer an, die plötzlich ihre Arme losgelassen hatten. »Ihr Idioten. Was macht ihr da?« zischte er.

Die Männer hatten die Gesichter dem Fluß zugewandt und waren vor Schreck ganz benommen. Sie bekreuzigten sich, als wollten sie den Teufel persönlich abwehren. Sie achteten weder auf den Vergewaltiger noch auf Loren. Sie glotzten lediglich zum Fluß hin. Verwirrt drehte Amaru sich um und spähte in das düstere Gewässer. Erschrocken riß er den Mund auf, als er ein gespenstisches Licht sah, das unter Wasser auf ihn zukam. Wie hypnotisiert standen sie alle da, als das Licht durch die Wasseroberfläche brach, gefolgt von dem Helm, an dem es befestigt war.

Langsam, wie eine Alptraumgestalt aus dem schlierigen Schlund einer wassergefüllten Höhle, erhob sich eine menschliche Gestalt aus der schwarzen Tiefe des Flusses und bewegte sich auf das Ufer zu. Die Erscheinung, von deren Leib lange, wie Seegras wirkende schwarze Fetzen hingen, sah aus, als stammte sie aus einer anderen Welt. Die Wirkung war um so schrecklicher, als hier offensichtlich jemand von den Toten auferstanden war.

Unter dem linken Arm, so wie ein Vater sein Kind trägt, hielt die Gestalt Rudi Gunns reglosen Körper.

55

Sarasons Gesicht sah aus wie eine Totenmaske aus weißem Gips. Schweiß strömte ihm von der Stirn. Und obwohl er sich normalerweise nicht so leicht aus der Fassung bringen ließ, stand er nun wie angewurzelt da, mit flackerndem Blick und fast wahnsinnig vor Schreck. Er brachte kein Wort hervor, da es ihm angesichts der monströsen Erscheinung die Sprache verschlagen hatte.

Amaru sprang auf und versuchte etwas zu sagen, doch es kam nur ein leises Krächzen heraus. Seine Lippen bebten, als er mit heiserer Stimme hervorstieß: »Geh zurück, *Diablo*, geh zurück ins *Infierno*.«

Das Phantom ließ Gunn sanft auf den Boden herab. Mit einer Hand nahm es den Helm ab. Dann zog es den Reißverschluß an der Vorderseite seines Tauchanzuges auf und griff hinein. Jetzt konnte man die grünen Augen erkennen, die auf die nackt und schutzlos am kalten, harten Felsboden hingestreckte Loren gerichtet waren. Im Kunstlicht der Lampen funkelten sie vor heiligem Zorn.

Die beiden Männer, die noch immer Lorens Beine festhielten, glotzten dämlich, als das Donnern des Colts erst einmal und dann ein zweites Mal in der Höhle widerhallte. Wild verzerrten sich ihre Gesichter, als ihre Köpfe nach hinten gerissen wurden und zerbarsten. Sie sackten zusammen und fielen über Lorens Knie.

Die anderen sprangen von Loren weg, als hätte sie die Beulenpest. Julio, der nichts sehen konnte, stand ein Stück weiter weg, die Hände noch immer vor den Augen, und stöhnte vor sich hin.

Loren war nicht mehr fähig zu schreien. Sie starrte auf den Mann aus dem Fluß. Sie erkannte ihn zwar, war aber überzeugt, daß ihre überreizten Sinne ihr einen Streich spielten.

Amaru, der zunächst ungläubig vor Schreck war und dann von hellem Entsetzen erfaßt wurde, als er begriff, wer die Erscheinung war, hatte das Gefühl, eine eisige Hand schließe sich um sein Herz. »Du!« keuchte er mit erstickter Stimme.

»Du scheinst überrascht zu sein, mich zu sehen, Tupac«, sagte Pitt lässig. »Cyrus sieht auch ein bißchen grün um die Kiemen aus.«

»Du bist tot. Ich habe dich umgebracht.«

»Wenn man schlampig arbeitet, kommt auch Schlamperei dabei raus.« Pitt schwenkte den Colt von Mann zu Mann und redete dabei mit Loren, ohne sie anzusehen. »Bist du schwer verletzt?«

Im ersten Augenblick war sie vor Überraschung sprachlos. Schließlich stammelte sie: »Dirk ... bist du es wirklich?«

»Falls es einen anderen geben sollte, kann ich bloß hoffen, daß man ihn erwischt, bevor er zu viele Schecks in meinem Namen unterschreibt. Tut mir leid, daß ich es nicht früher geschafft habe.«

Sie nickte tapfer. »Dank dir werde ich miterleben, wie diese Bestien büßen werden.«

»Da mußt du wahrscheinlich nicht lange warten«, sagte Pitt mit versteinerter Stimme. »Bist du soweit bei Kräften, daß du es durch den Gang bis nach oben schaffst?«

»Ja, ja«, murmelte Loren, die allmählich begriff, daß sie tatsächlich gerettet war. Schaudernd stieß sie die beiden Toten beiseite und stand unsicher auf, ohne auf ihre Blöße zu achten. Sie deutete auf Gunn. »Rudi ist in ziemlich schlechter Verfassung.«

»War es dieser sadistische Abschaum, der euch beide so zugerichtet hat?«

Loren nickte schweigend.

Pitt hatte die Zähne gefletscht, und Mordlust flackerte in seinen strahlend grünen Augen. »Cyrus hat sich gerade freiwillig gemeldet, Rudi nach oben zu tragen.« Lässig gab Pitt Sarason einen Wink mit der Waffe. »Geben Sie ihr Ihr Hemd.«

Loren schüttelte den Kopf. »Lieber gehe ich nackt, als daß ich sein altes, verschwitztes Hemd anziehe.«

Sarason wußte, daß er sich jederzeit eine Kugel einhandeln konnte, und allmählich siegte sein Selbsterhaltungstrieb über die Angst. Fieberhaft dachte er nach, wie er sich retten könnte. Er ließ sich auf den felsigen Boden sinken, als hätte ihn der Schock überwältigt, und legte die rechte Hand aufs Knie, nur Zentimeter von der Derringer .38 entfernt, die er sich unter dem Stiefel ans Bein geschnallt hatte. »Wie sind Sie hierhergekommen?« fragte er, um Zeit zu gewinnen.

Pitt ließ sich durch die banale Frage nicht beirren. »Wir sind mit einem unterirdischen Kreuzfahrtschiff gekommen.«

»Wir?«

»Das übrige Team müßte jeden Moment auftauchen«, bluffte Pitt.

»Auf ihn!« schrie Amaru plötzlich seinen beiden noch gesunden Männern zu.

Sie waren abgebrühte Killer, doch sie hatten keine Lust zu sterben. Daher machten sie keinerlei Anstalten, nach ihren automatischen Gewehren zu greifen, die sie weggelegt hatten, als sie Loren vergewaltigen wollten. Ein Blick über den Lauf des Colts .45 hinweg auf Pitts stechende Augen genügte, um jeden abzuschrecken, der nicht ausgesprochen selbstmörderisch veranlagt war.

»Ihr feigen Hunde!« schnaubte Amaru.

»Wie ich sehe, läßt du die Drecksarbeit nach wie vor andere erledigen«, sagte Pitt. »Anscheinend war es ein Fehler, daß ich dich nicht gleich in Peru umgebracht habe.«

»Ich habe geschworen, daß ich dich genauso leiden lasse wie du mich.«

»Verwette aber nicht deine *Solpemachaco*-Rente darauf.«

»Sie haben also vor, uns kaltblütig zu ermorden«, sagte Sarason mit tonloser Stimme.

»Keineswegs. Kaltblütiger Mord war das, was Sie mit Dr. Miller getan haben, und mit Gott weiß wie vielen anderen Unschuldigen, die Ihnen im Weg standen. Ich bin als Racheengel gekommen, um Sie hinzurichten.«

»Ohne einen fairen Prozeß«, protestierte Sarason, während seine Hand langsam über das Knie zu der versteckten Derringer glitt. Erst jetzt bemerkte er, daß Pitt nicht nur einen blutigen Riß an der Stirn hatte, sondern offenbar schwerer verletzt war. Unsicher hielt er sich auf den Beinen und ließ dabei erschöpft die Schultern hängen. Die linke Hand war seltsam verdreht und an die Brust gedrückt. Handgelenk und Rippen gebrochen, vermutete Sarason. Seine Hoffnung stieg, als ihm klar wurde, daß Pitt jeden Moment zusammenbrechen konnte.

»Gerechtigkeit zu fordern, steht Ihnen wohl kaum zu«, sagte Pitt mit ätzendem Unterton. »Ein Jammer, daß die amerikanischen Gerichte mit Mördern nicht genauso verfahren wie die mit ihren Opfern.«

»Und Ihnen steht es nicht zu, über meine Taten zu urteilen.

Wenn meine Brüder und ich nicht wären, würden auf der ganzen Welt Tausende von Kunstschätzen in Museumskellern verschimmeln. Wir haben die Altertümer restauriert und sie den Menschen zukommen lassen, die ihren Wert zu schätzen wissen.«

Pitt hatte den Blick durch die Höhle schweifen lassen. Jetzt richtete er ihn wieder auf Sarason. »So was nennen Sie eine Entschuldigung? Sie rechtfertigen Diebstahl und Mord in großem Stil, damit Sie und Ihre kriminellen Verwandten fette Gewinne einfahren können. Für Sie, Freundchen, gibt es nur zwei Bezeichnungen: Scharlatan und Scheinheiliger.«

»Selbst wenn Sie mich erschießen, ist meine Familie noch lange nicht aus dem Geschäft.«

»Haben Sie's etwa noch nicht gehört?« Pitt lächelte grimmig. »Zolar International ist gerade den Bach runtergegangen. Agenten des Bundes haben Ihre Lagerhallen in Galveston auseinandergenommen. Sie haben so viel Diebesgut gefunden, daß man Hunderte von Galerien damit austatten könnte.«

Sarason warf den Kopf zurück und lachte. »In unserer Niederlassung in Galveston geht alles mit rechten Dingen zu. Sämtliche Waren, die dort ein- und ausgeliefert werden, sind legal erworben.«

»Ich rede von der zweiten Lagerhalle«, sagte Pitt unbeeindruckt.

Ein beklommener Ausdruck trat auf Saraons braungebranntes Gesicht. »Es gibt dort nur *ein* Gebäude.«

»Nein, es gibt zwei. Vom offiziellen Lagerhaus aus wird die illegale Ware durch einen Tunnel zu einem unterirdischen Bau gebracht, in dem geschmuggelte Antiquitäten, eine Abteilung für Kunstfälschung und eine riesige Sammlung gestohlener Kunstschätze untergebracht sind.«

Sarason sah aus, als hätte ihm jemand mit einer Keule vor den Kopf gehauen. »Zur Hölle mit Ihnen, Pitt. Woher wissen Sie das?«

»Zwei Bundesagenten, der eine vom Zoll, der andere vom FBI, haben mir genau geschildert, was bei der Razzia herausgekommen ist. Vielleicht sollte ich noch erwähnen, daß sie bereits mit offenen Armen warten, wenn Sie versuchen, Huascars Schatz in die Vereinigten Staaten zu schmuggeln.«

Sarasons Finger waren nur mehr einen Zentimeter von der kleinen, doppelläufigen Waffe entfernt. »Dann werden sie sich kräftig blamieren«, sagte er. Er gab sich wieder so blasiert wie eh und je. »Das Gold wird nicht in die Vereinigten Staaten gebracht.«

»Auch egal«, sagte Pitt ruhig und ungerührt. »Sie werden jedenfalls nichts davon ausgeben können.«

Hinter seinem übergeschlagenen Bein tastete Sarason nach der Waffe, stieß mit den Fingern darauf und zog die zweischüssige Derringer vorsichtig aus dem Stiefel. Er ging davon aus, daß Pitt aufgrund seiner Verletzungen um einen Sekundenbruchteil langsamer regieren würde, doch er entschied sich gegen einen blindlings abgegebenen, ungezielten Schuß. Sarason wußte sehr wohl, daß er trotz Pitts Behinderung keine Chance mehr haben würde, die zweite Kugel abzufeuern, wenn er ihn mit der ersten verfehlte. Er zögerte und dachte darüber nach, wie er ihn ablenken könnte. Er schaute zu Amaru und den beiden Männern hin, die Pitt mit offenem, unversöhnlichem Haß anstarrten. Julio war zu nichts mehr zu gebrauchen.

»Sie sind derjenige, der nicht mehr lange zu leben hat«, sagte er. »Das mexikanische Militär, das uns bei der Bergung des Schatzes half, hat sicher Ihre Schüsse gehört und müßte jede Minute hereinstürmen und Sie niedermähen.«

Pitt zuckte mit den Schultern. »Anscheinend machen sie gerade Siesta, sonst müßten sie längst da sein.«

»Wenn wir ihn alle gleichzeitig angreifen«, sagte Sarason so beiläufig, als säßen sie gemeinsam am Mittagstisch, »tötet er vielleicht zwei oder allenfalls drei von uns, bevor der Überlebende ihn tötet.«

Pitts Gesicht wurde kalt und abweisend. »Fragt sich bloß, wer der Überlebende ist.«

Amaru war es gleichgültig, ob er getötet wurde oder überlebte. Er hatte nichts mehr zu verlieren. Ohne seine Manneskraft gab es für ihn keine Zukunft. Sein Haß auf den Mann, der ihn zum Kastraten gemacht hatte, steigerte sich zu einer wilden Raserei, als er an die Schmerzen und die seelischen Qualen dachte. Wortlos warf er sich auf Pitt.

Blitzschnell wie ein Kampfhund war er über ihm und griff nach Pitts Pistole. Donnernd ging der Colt los, und die Kugel schlug in der Brust des Peruaners ein. Der Treffer hätte jeden normalen Mann umgehauen, aber Amaru war außer sich vor Wut wie ein tollwütiger

Pitbull, übermenschliche Kräfte trieben ihn an. Er schnaufte hörbar auf, als ihm die Luft aus der Lunge gepreßt wurde, und dann krachte er mit Pitt zusammen, der daraufhin rücklings auf den Fluß zutorkelte.

Ein Stöhnen drang aus Pitts Mund, als ihm ein greller Schmerz durch die gebrochenen Rippen fuhr. Verzweifelt warf er sich herum, schüttelte Amaru ab und bekam die Hand mit der Waffe frei. Er zog dem Angreifer den Kolben der Pistole über den Kopf, hielt aber inne, bevor er ein zweites Mal zuschlug, da er aus den Augenwinkeln sah, wie die zwei gesunden Wachposten zu ihren Waffen schlichen.

Trotz des Schmerzes lag der Colt ruhig wie immer in Pitts Hand. Seine nächste Kugel erledigte den Einäugigen mit einem Treffer in den Hals. Dann schoß er, ohne sich um den blinden Julio zu kümmern, Amarus letztem Gefolgsmann mitten in die Brust.

Wie aus weiter Ferne hörte Pitt Lorens Warnschrei. Zu spät sah er, wie Sarason die Derringer auf ihn richtete. Sein Körper, der nicht sofort auf seine Befehle reagierte, bewegte sich einen Sekundenbruchteil zu langsam.

Er sah das Mündungsfeuer und spürte, wie ein furchtbarer Hammerschlag ihn an der linken Schulter traf, noch bevor er den Knall hörte. Er wurde herumgeschleudert und flog mit ausgebreiteten Armen ins Wasser, während Amaru hinter ihm herkroch wie ein waidwunder Bär, der einen angeschossenen Fuchs durch die Mangel drehen will. Die Strömung erfaßte ihn und zog ihn vom Ufer weg. Verzweifelt krallte er sich an den Steinen am Grund fest, um den Sog zu mindern.

Mit langsamen Schritten trat Sarason bis an den Rand des Gewässers und verfolgte den Zweikampf im Fluß. Amaru hatte beide Arme um Pitts Taille geschlungen und versuchte ihn unterzutauchen. Mit einem gemeinen Grinsen legte Sarason auf Pitts Kopf an und zielte sorgfältig. »Ein bemerkenswerter Versuch, Mr. Pitt. Sie sind ein sehr widerstandsfähiger Mann. So komisch es auch klingen mag, aber Sie werden mir fehlen.«

Doch er kam nicht mehr zum Gnadenschuß. Wie schwarze Tentakel schoben sich zwei Arme aus dem Fluß, umschlangen Sarasons Beine und ergriffen seine Knöchel. Entsetzt schaute er auf das unsägliche Wesen hinunter, das ihn festhielt, und drosch wie wild auf den Kopf ein, der zwischen den Armen aus dem Wasser auftauchte.

Giordino hatte sich den Fluß hinuntertreiben lassen und Pitt eingeholt. Die Strömung oberhalb der Schatzinsel war weniger stark gewesen als erwartet, und so hatte er sich, wenn auch mühsam und unter Schmerzen, unbemerkt ins seichte Wasser ziehen können. Er hatte seine Hilflosigkeit verflucht, die es ihm unmöglich machte, Pitt im Kampf gegen Amaru beizustehen. Doch als Sarason unvorsichtigerweise in seine Reichweite kam, nutzte er die Chance und packte ihn.

Ohne sich um die brutalen Schläge, die auf seinen Kopf herabprasselten, zu kümmern, blickte er zu Sarason auf und sagte mit tiefer, belegter Stimme: »Schöne Grüße aus der Hölle, Knallkopf.«

Sarason erholte sich rasch, als er Giordino erkannte, und riß einen Fuß los, um nicht das Gleichgewicht zu verlieren. Da Giordino keinerlei Anstalten machte aufzustehen, nahm Sarason auf der Stelle an, daß sein Gegner hüftabwärts verletzt sein mußte. Heftig trat er nach Giordino und erwischte ihn am Oberschenkel. Giordino stöhnte, und sein Körper bäumte sich vor Schmerzen auf. Er ließ Sarasons anderen Knöchel ebenfalls los.

»Eigentlich«, sagte Sarason, der wieder gefaßter wirkte, »hätte ich mir denken können, daß Sie in der Nähe sind.«

Er blickte kurz auf die Derringer. Er wußte, daß er nur noch einen Schuß übrig hatte. Aber noch standen ihm vier oder fünf automatische Gewehre zur Verfügung. Dann schaute er zu Pitt und Amaru, die auf Gedeih und Verderb ineinander verschlungen waren. Nicht nötig, eine weitere Kugel auf Pitt zu verschwenden. Der Fluß hatte die beiden Todfeinde erfaßt und riß sie unerbittlich mit sich fort. Und falls Pitt trotzdem irgendwie überleben und sich an Land schleppen sollte, hätte Sarason noch genug Feuerkraft für ihn übrig.

Sarason hatte sich entschieden. Er bückte sich und richtete den Doppellauf genau zwischen Giordinos Augen.

Loren warf sich auf Sarasons Rücken, schlang die Arme um ihn und versuchte ihn aufzuhalten. Sarason riß sich mit Leichtigkeit los und stieß sie beiseite, ohne auch nur einen Blick auf sie zu verschwenden.

Sie stürzte auf eines der Gewehre, das die Wachposten weggeworfen hatten, hob es auf und drückte ab. Nichts tat sich. Sie kannte sich mit Schußwaffen nicht gut genug aus, um zu wissen, daß man sie erst entsichern muß. Sie stieß einen schwachen Schrei aus, als Sarason den Arm ausstreckte und ihr den Kolben der Derringer über den Kopf schlug.

Plötzlich fuhr er herum. Gunn, der wie durch ein Wunder wieder zu Bewußtsein gekommen war, hatte einen Kiesel aus dem Fluß nach Sarason geworfen. Er prallte von dessen Hüfte ab wie ein zu schwach geschlagener Tennisball.

Verwundert über soviel Kühnheit und Mut, schüttelte Sarason den Kopf. Wie konnte sich jemand nur derart heftig wehren? Fast tat es ihm leid, daß sie alle sterben mußten. Er drehte sich wieder zu Giordino um.

»Sieht so aus, als ob die Gnadenfrist endgültig vorbei ist«, sagte er mit einem höhnischen Grinsen, während er die Waffe mit ausgestrecktem Arm genau auf Giordinos Gesicht richtete.

Trotz seiner gebrochenen Beine, trotz aller Schmerzen und obwohl er dem Tod ins Antlitz schaute, blickte Giordino zu Sarason auf und grinste boshaft. »Leck mich.«

Wie ein Kanonendonner hallte der Schuß in der Grotte wider, gefolgt von einem dumpfen Geräusch, als die Bleikugel Fleisch durchschlug. Fassungslos sah Giordino zu, wie Sarason ihn mit erstauntem Blick anschaute. Dann drehte sich Sarason um, trat automatisch zwei Schritte vom Ufer zurück, kippte langsam vornüber und stürzte leblos auf den Felsboden.

Giordino konnte kaum glauben, daß er noch lebte. Er hob den Blick und starrte mit aufgerissenem Mund zu dem kleinen, wie ein Farmarbeiter gekleideten Mann mit der Winchester hin, der nun lässig ins Licht trat.

»Wer sind Sie?« fragte Giordino.

»Billy Yuma. Ich bin gekommen, um meinem Freund zu helfen.«

Loren, die die Hand an ihren blutenden Kopf gepreßt hatte, starrte ihn ebenfalls an. »Freund?«

»Dem Mann, den sie Pitt nennen.«

Als der Name fiel, stand Loren mühsam auf und ging mit wackeligen Beinen ans Flußufer. »Ich sehe ihn nicht mehr!« schrie sie verzweifelt.

Giordino hatte das Gefühl, sein Herz krampfe sich zusammen. Er schrie Pitts Namen, doch er hörte nur das Echo seiner eigenen Stimme durch die Höhle hallen. »O Gott, nein«, murmelte er vor sich hin. »Er ist weg.«

Mit verzerrtem Gesicht setzte Gunn sich auf und spähte in die unheilschwangere Schwärze. Genau wie die anderen, die noch Minuten zuvor gelassen dem Tod ins Auge geblickt hatten, war auch er entsetzt, als er feststellen mußte, daß sein alter Freund vom Fluß mitgerissen worden war. In den sicheren Tod. »Vielleicht kann Pitt ja zurückschwimmen«, sagte er hoffnungsvoll.

Giordino schüttelte den Kopf. »Er kann nicht zurück. Die Strömung ist zu stark.«

»Wohin führt der Fluß?« fragte Loren, die von Panik erfaßt wurde.

Verzweifelt hieb Giordino mit der Faust gegen den Fels. »In den Golf. Dirk wird hundert Kilometer weit mitgerissen, bis ihn der Fluß im Golf von Kalifornien wieder ausspuckt.«

Loren sank auf den Kalksteinboden der Höhle, schlug die Hände vors Gesicht und fing hemmungslos zu weinen an. »Er hat mich nur gerettet, um kurz darauf zu sterben.«

Billy Yuma kniete sich neben Loren und tätschelte sanft ihre bloße Schulter. »Vielleicht hilft Gott, wenn es kein anderer kann.«

Giordino fühlte sich elend. Ohne seine Verletzungen zu spüren, saß er da und starrte mit blicklosen Augen in die Dunkelheit. »Hundert Kilometer«, wiederholte er langsam. »Nicht mal Gott kann einem Mann das Leben retten, der mit gebrochenem Handgelenk, angeknacksten Rippen und einer Kugel in der Schulter hundert Kilometer weit in völliger Dunkelheit durchs Wildwasser gerissen wird.«

Nachdem er dafür gesorgt hatte, daß es jeder so bequem wie möglich hatte, eilte Yuma zurück auf den Gipfel und erzählte seine Geschichte. Seine Verwandten schämten sich danach derart, daß sie ihn in den Berg begleiteten. Aus dem Material, das die Pioniere liegengelassen hatten, stellten sie Bahren her, auf denen sie Gunn und Giordino vorsichtig aus der Höhle und durch den Gang nach oben trugen. Ein älterer Mann bot Loren eine Decke an, die seine Frau gewebt hatte.

Auf Giordinos Anweisung hin wurde Gunn mitsamt seiner Bahre in dem engen Frachtraum des gestohlenen NUMA-Helikopters festgeschnallt, den die Zolars zurückgelassen hatten. Loren nahm auf dem Copilotensitz Platz, während Giordino mit schmerzverzerrtem Gesicht hochgehoben und hinter den Steuerknüppel bugsiert wurde.

»Wir müssen die Mühle zusammen fliegen«, erklärte Giordino Loren, sobald der Schmerz in seinen Beinen so weit nachgelassen hatte, daß er wieder sprechen konnte. »Du mußt die Pedale tätigen, die den Heckrotor steuern.«

»Ich hoffe nur, ich schaffe es«, erwiderte Loren nervös.

»Drück einfach mit bloßen Füßen sachte drauf, dann kriegen wir's schon hin.«

Vom Hubschrauber aus verständigten sie Sandecker, der inzwischen ruhelos in Stargers Büro im Zollgebäude auf und ab ging, per Funk, daß sie unterwegs waren. Dann bedankten sich Giordino und Loren bei Billy Yuma, seiner Familie und seinen Freunden und verabschiedeten sich von ihnen. Giordino startete den Turbinenantrieb und ließ ihn eine Minute warmlaufen, während er die Instrumente musterte. Er ließ den Steuerhebel in neutraler Stellung, schob den Blattverstellhebel langsam bis zum Anschlag nach vorne und gab dabei Gas. Dann wandte er sich an Loren.

»Sobald wir aufsteigen, wird unser Schwanz durch das Drehmoment nach links und unsere Schnauze nach rechts ausbrechen. Drück leicht auf das linke Fußpedal und fang es ab.«

Loren nickte tapfer. »Ich will mein Bestes tun, aber ich wünschte, ich müßte es nicht machen.«

»Wir haben keine andere Wahl, als von hier wegzufliegen. Rudi wäre tot, noch bevor wir ihn den Berg runtergeschleppt hätten.«

Ganz langsam hob der Helikopter knapp einen Meter vom Boden ab. Giordino hielt ihn dort, während Loren sich auf die Pedale für den Heckrotor einstellte. Zuerst übersteuerte sie etwas, doch bald schon hatte sie den Dreh heraus und nickte Giordino zu.

»Ich glaube, ich bin soweit.«

»Dann geht's los«, bestätigte Giordino.

Zwanzig Minuten später legten sie mit vereinten Kräften eine perfekte Landung neben dem Zollgebäude in Calexico hin, wo

Admiral Sandecker neben einem Krankenwagen stand und an einer Zigarre paffte, während er auf sie wartete.

Vom ersten Augenblick an, als Amaru ihn unter Wasser gedrückt und er gespürt hatte, wie die Strömung seinen zerschlagenen Körper erfaßte, hatte Pitt gewußt, daß es kein Zurück zur Schatzkammer gab. Er steckte gleich doppelt in der Klemme – zum einen, weil ein Killer wie ein Schraubstock an ihm hing, zum anderen, weil der Fluß ihn geradewegs in die Hölle riß.

Selbst wenn die beiden Männer nicht verletzt gewesen wären, wäre es kein ausgeglichener Kampf gewesen. Amaru mochte ein kaltblütiger Killer sein, aber unter Wasser hatte er gegen Pitt keine Chance. Pitt holte tief Luft, bevor er untertauchte, preßte den heilen Arm an die Brust, damit seine gebrochenen Rippen geschützt waren, entspannte sich trotz aller Schmerzen und vergeudete keinerlei Kraft darauf, seinen Angreifer abzuschütteln.

Erstaunlicherweise hielt er noch immer die Waffe fest, obwohl er sich wahrscheinlich jeden einzelnen Knochen in der Hand zertrümmern würde, wenn er unter Wasser abdrückte. Er spürte, wie Amarus Hand von seiner Taille abrutschte und über seine Hüfte glitt. Der Mörder war stark wie Stahl. Fieberhaft krallte er sich an Pitt fest, versuchte immer wieder, die Waffe in seinen Besitz zu bringen, während sie von der Strömung herumgewirbelt wurden.

Da sie durch pechschwarze Dunkelheit trieben, konnte keiner der beiden Männer den anderen sehen. Pitt hatte das Gefühl, er sei in ein Tintenglas getaucht.

In den nächsten fünfundvierzig Sekunden wurde Amaru nur mehr durch seinen rasenden Haß am Leben gehalten. Vor lauter Wahnsinn begriff er nicht, daß er gleich doppelt ertrank – die von der Kugel durchbohrte Lunge füllte sich langsam mit Blut, während er zugleich immer mehr Wasser schluckte. Seine letzten Kräfte verließen ihn, als er an einer Biegung des Flusses, wo durch den angeschwemmten Sand eine Untiefe entstanden war, mit den Füßen auf Grund stieß. Blut und Wasser hustend, tauchte er in einer kleinen Grotte auf und griff blindlings nach Pitts Hals.

Doch Amaru war am Ende. Er war erledigt. Sobald er aus dem Wasser war, spürte er, wie das Blut aus seiner Brustwunde strömte.

Pitt stellte fest, daß er Amaru fast mühelos zurück in die Strömung schubsen konnte. Er sah nicht, wie der Peruaner in die Dunkelheit getrieben wurde, konnte nicht beobachten, wie sein Gesicht alle Farbe verlor, wie sich seine Augen vor Haß trübten und dann, als der Tod nahte, glasig wurden. Aber er hörte, wie sich die boshafte Stimme langsam von ihm entfernte.

»Ich habe doch gesagt, du wirst leiden«, drangen die heiser gemurmelten Worte an sein Ohr. »Jetzt wirst du einsam und voller Qualen in der Dunkelheit verschmachten.«

»Gegen eine rauschende Flußfahrt mit tollem Kehraus ist das gar nichts«, sagte Pitt mit eisiger Stimme. »Viel Spaß auf der Reise zum Golf.«

Ein Husten antwortete ihm, gefolgt von einem Gurgeln, und dann war Stille.

Der Schmerz erfaßte Pitt mit voller Wucht. Wie Feuer brannte er erst in seinem gebrochenen Handgelenk, breitete sich dann auf die Schußwunde an der Schulter aus und sprang schließlich auf die angeknacksten Rippen über. Er war sich nicht sicher, ob er noch genug Kraft hatte, dagegen anzukämpfen. Langsam linderte die Erschöpfung den Schmerz. Noch nie in seinem Leben war er so müde gewesen. Mühsam schleppte er sich aus der Untiefe auf trockenen Boden, sackte langsam mit dem Gesicht voraus in den weichen Sand und verlor das Bewußtsein.

56

»Ich breche nicht gern ohne Cyrus auf«, sagte Oxley, während er den Wüstenhimmel im Südwesten absuchte.

»Unser Bruder hat schon schlimmer in der Klemme gesteckt«, sagte Zolar gelassen. »Ein paar Indianer aus einem Dorf in der Nähe sollten für Amarus käufliche Killer keine große Gefahr darstellen.«

»Er müßte längst hier sein.«

»Keine Sorge. Vermutlich taucht er mit einem Mädchen an jedem Arm in Marokko auf.«

Sie standen am Ende einer schmalen asphaltierten Landebahn, die zwischen den zahllosen Dünen der Altarwüste angelegt worden war, damit die Piloten der mexikanischen Luftwaffe Übungsflüge unter primitiven Bedingungen durchführen konnten. Hinter ihnen stand startbereit eine in den Farben eines großen Luftfrachtunternehmens gespritzte Düsenmaschine vom Typ Boeing 747-400, deren Heck über den Rand der sandumwehten Piste hinausragte.

Zolar trat in den Schatten unter dem Steuerbordflügel und hakte die von Henry und Micky Moore angelegte Liste der Kunstgegenstände ab, während die mexikanischen Pioniere gerade das letzte Stück in die Maschine verluden. Er nickte zu einer goldenen Affenfigur hin, die mit einem großen Gabelstapler zu der fast 7 Meter (23 Fuß) über dem Boden liegenden Frachtluke gehievt wurde. »Das war das letzte.«

Oxley betrachtete das Öldland rings um die Landepiste. »Eine abgelegenere Stelle hättest du dir für das Umladen des Schatzes gar nicht aussuchen können.«

»Wir dürfen uns bei dem verstorbenen Coronel Campos bedanken, der sie vorgeschlagen hat.«

»Gab es irgendwelche Probleme mit Campos' Männern seit dessen vorzeitigem Tod?« Oxleys Frage klang eher zynisch als betroffen.

Zolar lachte. »Mit Sicherheit nicht, nachdem ich jedem von ihnen einen hundert Feinunzen schweren Goldbarren gegeben habe.«

»Das war sehr großzügig.«

»Ließ sich kaum vermeiden, wenn derartige Schätze herumliegen.«

»Ein Jammer, daß Matos sein Anteil entgehen wird«, sagte Oxley.

»Ja. Ich mußte ständig weinen, seit wir den Cerro el Capirote verlassen haben.«

Zolars Pilot trat zu ihnen und grüßte lässig. »Meine Besatzung und ich sind bereit, wenn es Ihnen recht ist, meine Herren. Wir würden gerne starten, bevor es dunkel wird.«

»Ist die Fracht sicher verstaut?« fragte Zolar.

Der Pilot nickte. »Nicht gerade mustergültig. Aber selbst wenn man bedenkt, daß wir keine Frachtcontainer benutzen, sollte sie halten, bis wir in Nador, Marokko, landen, vorausgesetzt, wir stoßen auf keine allzu heftigen Turbulenzen.«

»Erwarten Sie denn welche?«

»Nein, Sir. Laut Wettervorhersage sollten wir auf der ganzen Strecke gute Flugbedingungen haben.«

»Schön. Dann freuen wir uns auf eine angenehme Reise«, sagte Zolar zufrieden. »Und denken Sie daran: Wir dürfen die Grenzen der Vereinigten Staaten keinesfalls überfliegen.«

»Ich habe einen Kurs ausgearbeitet, der uns südlich von Laredo und Brownsville zum Golf von Mexiko führt und dann unterhalb von Key West hinaus auf den Atlantik.«

»Wie lange wird es dauern, bis wir in Marokko landen?« fragte Oxley den Piloten.

»Laut Flugplan zehn Stunden und fünfundfünfzig Minuten. Da die Fracht die Höchstgrenze um mehrere hundert Pfund überschreitet und die Maschine bis oben hin vollgetankt ist, aber auch wegen des Umwegs über Texas und Florida, haben wir gut eine Stunde zu unserer Flugzeit hinzugerechnet. Aber die hoffe ich mit etwas Rückenwind wieder aufzuholen.«

Zolar blickte zu der untergehenden Sonne. »Dann müßten wir, wenn man die Zeitverschiebung bedenkt, morgen am frühen Nachmittag in Nador eintreffen.«

Der Pilot nickte. »Sobald Sie Ihre Plätze an Bord eingenommen haben, können wir starten.« Er ging zu dem Flugzeug zurück und lief die Treppe hinauf zur vorderen Einstiegstür.

Zolar deutete auf die Treppe. »Eigentlich gibt es keinen Grund, noch länger hierzubleiben. Es sei denn, du hast einen Narren an dieser Sandkuhle gefressen.«

Oxley verbeugte sich zuvorkommend. »Nach dir.« Als sie durch die Tür traten, blieb er noch einmal kurz stehen und warf einen letzten Blick nach Südwesten. »Ich habe nach wie vor ein schlechtes Gefühl, weil wir nicht warten.«

»Cyrus würde keine Sekunde mit dem Abflug zögern, wenn er an unserer Stelle wäre. Es steht zu viel auf dem Spiel, als daß wir noch länger warten können. Unser Bruder fällt immer auf die Füße. Hör auf, dir Sorgen zu machen.«

Sie winkten den mexikanischen Pionieren zu, die etwas abseits der Maschine standen und ihren Wohltätern zujubelten. Dann schloß der Bordingenieur die Tür.

Ein paar Minuten später heulten die Triebwerke auf, und die schwere 747-400 erhob sich über die gewellten Sanddünen, neigte den Steurbordflügel und ging auf Kurs nach Südosten. Zolar und Oxley saßen in dem kleinen Passagierbereich im Oberdeck, unmittelbar hinter dem Cockpit.

»Ich frage mich, was aus den Moores geworden ist«, sagte Oxley nachdenklich, während er zusah, wie der Golf von Kalifornien in der Ferne verschwand. »Ich habe sie zuletzt in der Höhle gesehen, als der Rest des Schatzes auf einen Schlitten geladen wurde.«

»Ich wette, Cyrus hat dieses kleine Problem zusammen mit der Abgeordneten Smith und Rudi Gunn erledigt«, sagte Zolar, der sich zum erstenmal seit Tagen entspannte. Er blickte auf und lächelte seiner persönlichen Bedienung zu, die ihnen ein Tablett mit zwei Gläsern Wein darbot.

»Ich weiß, es klingt seltsam, aber ich hatte das ungute Gefühl, daß wir sie nicht so einfach loswerden.«

»Ich muß es dir sagen. Cyrus hat sich ebenfalls Gedanken darüber gemacht. Er vermutete sogar, daß es sich um ein Killerpärchen handelt.«

Oxley drehte sich zu ihm um. »Die Frau auch? Du machst wohl Witze?«

»Nein, ich glaube, er hat es ernst gemeint.« Zolar trank einen Schluck Wein, verzog beifällig das Gesicht und nickte. »Exzellent. Château Montelena, ein kalifornischer Cabernet. Du mußt ihn probieren.«

Oxley nahm das Glas und starrte es an. »Mir ist nicht nach Feiern zumute, solange der Schatz nicht sicher in Marokko gelagert ist und Cyrus Mexiko verlassen hat.«

Kurz nachdem das Flugzeug die vorgesehene Reiseflughöhe erreicht hatte, lösten die Brüder ihre Sicherheitsgurte und begaben sich in den Frachtraum, wo sie die unfaßbare Sammlung goldener Kunstschätze näher in Augenschein nahmen. Noch nicht einmal eine Stunde war vergangen, als Zolar auffuhr und seinen Bruder fragend anblickte.

»Hast du nicht auch das Gefühl, daß die Maschine herunter-geht?«

Oxley bewunderte gerade einen goldenen Schmetterling, der auf einer goldenen Blume saß. »Ich spüre nichts.«

Zolar gab sich damit nicht zufrieden. Er beugte sich vor, schaute durch ein Fenster und sah, daß sie sich knapp 1000 Meter (3300 Fuß) über dem Boden befanden.

»Wir sind zu tief!« sagte er scharf, »irgend etwas stimmt nicht.«

Oxley kniff die Augen zusammen. Er blickte durch das daneben-liegende Fenster. »Du hast recht. Die Landeklappen stehen nach unten. Sieht so aus, als ob wir runtergehen. Anscheinend liegt ein Notfall vor.«

»Warum hat uns der Pilot nicht verständigt?«

In diesem Moment hörten sie, wie das Fahrwerk ausgefahren wurde. Sie näherten sich jetzt rasch dem Boden. Häuser huschten vorbei, Eisenbahngleise, und dann war die Maschine über der Landebahn. Die Räder setzten auf dem Beton auf, und die Trieb-werke heulten auf, als die Schubumkehr einsetzte. Der Pilot trat auf die Bremsen, nahm das Gas zurück und ließ die mächtige Maschine ausrollen.

Auf einem Schild am Flughafengebäude stand »Willkommen in El Paso«.

Oxley starrte es sprachlos an. »Mein Gott, wir sind in den Verei-nigten Staaten gelandet«, stieß Zolar hervor.

Er rannte nach vorne und hämmerte fieberhaft an die Cockpittür. Er bekam keine Antwort, bis das riesige Flugzeug am anderen Ende des Platzes vor einem Hangar der Air National Gard zum Stillstand kam. Dann ging die Tür einen Spaltbreit auf.

»Was zum Teufel tun Sie da? Ich befehle Ihnen, auf der Stelle wieder zu starten –« Zolar blieben die Worte im Hals stecken, als er in die Mündung einer Schußwaffe blickte, die genau zwischen seine Augen gerichtet war.

Der Pilot saß immer noch auf seinem Platz, ebenso der Copilot und der Bordingenieur. Henry Moore, der eine selbstentworfene Pistole in der Hand hielt, eine seltsam aussehende 9-Millimeter-Automatik, stand in der Tür, während sich Micki Moore im Cock-pit befand, seelenruhig in das Bordfunkgerät sprach und eine winzig wirkende Automatik vom Kaliber .25 auf den Hals des Piloten gerichtet hatte.

»Bitte vergeben Sie die unvorhergesehene Zwischenlandung, liebe Exfreunde«, sagte Moore in einem herrischen Ton, den weder Zolar noch Oxley je zuvor von ihm gehört hatten. »Aber wie Sie sehen, haben wir die Pläne geändert.«

Blinzelnd schaute Zolar in den Pistolenlauf. Sein Gesicht, das eben noch erschrocken gewirkt hatte, verzerrte sich vor ohnmächtiger Wut. »Sie Idiot, Sie blöder Idiot. Haben Sie überhaupt eine Ahnung, was Sie da angerichtet haben?«

»Oh, aber ja«, antwortete Moore nüchtern. »Micki und ich haben Ihr Flugzeug mit den goldenen Artefakten gekapert. Ich nehme doch an, Sie kennen das alte Sprichwort: So etwas wie Ganovenehre gibt es nicht.«

»Wenn Sie nicht dafür sorgen, daß die Maschine so schnell wie möglich wieder in der Luft ist«, sagte Oxley flehentlich, »wird hier bald alles voller Zollfahnder sein.«

»Da Sie es gerade ansprechen: Micki und ich haben eigentlich mit dem Gedanken gespielt, die Kunstgegenstände den Behörden zu übergeben.«

»Sie wissen nicht, was Sie da sagen.«

»Oh, aber ganz bestimmt tue ich das, Charley, alter Freund. Zufällig interessieren sich die Bundesbehörden mehr für Sie und Ihren Bruder als für Huascars Schatz.«

»Wie sind Sie eigentlich hierhergekommen?« wollte Zolar wissen.

»Wir sind lediglich in einem der Hubschrauber mitgeflogen, die das Gold transportierten. Die Pioniere gingen offenbar davon aus, daß wir dazugehören, und schenkten uns keinerlei Aufmerksamkeit, als wir an Bord gingen. Wir haben uns in einer der Toiletten versteckt, bis der Pilot ausstieg, um sich mit Ihnen und Charles auf dem Flugfeld zu besprechen. Daraufhin haben wir das Cockpit besetzt.«

»Wieso sollten die Bundesagenten Ihrer Aussage Glauben schenken?« fragte Oxley.

»Um es einmal so auszudrücken: Micki und ich waren früher selbst Agenten«, erklärte Moore kurz angebunden. »Nachdem wir das Cockpit übernommen hatten, setzte sich Micki per Funk mit ein paar alten Freunden in Washington in Verbindung, die dann Vorbereitungen für Ihren Empfang trafen.«

Zolar sah aus, als wollte er Moore gleich in der Luft zerreißen, egal, ob er dabei erschossen werden würde oder nicht. »Sie und Ihre verlogene Frau haben sich auf einen Kuhhandel eingelassen, damit Sie Ihren Anteil am Schatz behalten können. Habe ich recht?« Er wartete auf eine Antwort, doch als Moore weiter schwieg, fuhr er fort. »Wieviel Prozent haben die Ihnen angeboten? Zehn, zwanzig, vielleicht sogar fünfzig Prozent?«

»Wir haben uns auf keinen Kuhhandel mit der Regierung eingelassen«, sagte Moore langsam. »Wir wußten, daß Sie nicht die Absicht hatten, sich an unsere Vereinbarung zu halten. Sie hatten vor, uns zu töten. Wir wiederum hatten vor, den Schatz für uns zu stehlen, aber wie Sie sehen, haben wir unserem Herzen einen Stoß gegeben.«

»Nach dem, wie die mit Waffen umgehen«, sagte Oxley, »hatte Cyrus recht. Die *sind* ein Killerpärchen.«

Moore nickte zustimmend. »Ihr Bruder hatte einen Blick dafür. Nur ein Mörder kann einen anderen Mörder erkennen.«

Ein Klopfen ertönte an der vorderen Passagiertür in der darunterliegenden Etage. Moore deutete mit seiner Pistole zu der Wendeltreppe. »Gehen Sie hinunter und öffnen Sie«, befahl er Zolar und Oxley.

Mürrisch kamen sie der Aufforderung nach.

Als die Tür zur Druckkabine aufging, traten zwei Männer von der Treppe, die man an das Flugzeug geschoben hatte, ins Innere der Maschine. Beide trugen Anzüge. Der eine war ein riesiger Schwarzer, der aussah wie ein ehemaliger Footballprofi. Der andere war ein adrett gekleideter Weißer. Zolar spürte auf der Stelle, daß es sich um Bundesagenten handelte.

»Joseph Zolar und Charles Oxley, ich bin Agent David Gaskill vom Zoll, und das ist Agent Francis Ragsdale vom FBI. Sie sind verhaftet. Sie werden beschuldigt, illegal erworbene Artefakte in die Vereinigten Staaten geschmuggelt und zahllose Kunstschätze aus privaten und öffentlichen Museen gestohlen sowie Antiquitäten gefälscht und als echt verkauft zu haben.«

»Wovon reden Sie da?« wollte Zolar wissen.

Gaskill beobachtete ihn nicht weiter, sondern warf Ragsdale ein breites, strahlendes Lächeln zu. »Möchten Sie den Herrschaften die Ehre erweisen?«

Ragsdale nickte wie ein Kind, das gerade einen neuen Plattenspieler bekommen hat. »Ja, gewiß, vielen Dank.«

Während Gaskill Zolar und Oxley Handschellen anlegte, las ihnen Ragsdale ihre Rechte vor.

»Sie waren rasch zur Stelle«, sagte Moore. »Man sagte uns, Sie seien in Calexico.«

»Eine Viertelstunde, nachdem uns die FBI-Zentrale in Washington verständigt hatte, waren wir bereits an Bord eines Militärjets«, erwiderte Ragsdale.

Oxley blickte Gaskill an, und zum erstenmal wirkte er weder ängstlich noch erschrocken. Statt dessen war seine Miene plötzlich verschlagen. »Sie werden nie und nimmer genügend Beweise finden, daß es für eine Verurteilung reicht.«

Ragsdale deutete mit dem Kopf in Richtung der Goldfracht. »Und wie nennen Sie das?«

»Wir sind lediglich Fluggäste«, sagte Zolar, der allmählich seine Fassung wiedergewann. »Professor Moore und seine Frau haben uns zu dem Flug eingeladen.«

»Aha. Und vermutlich können Sie mir auch erklären, woher die gestohlenen Kunstwerke in Ihrem Lager in Galveston stammen?«

Höhnisch verzog Oxley den Mund. »In unserem Lagerhaus in Galveston geht es absolut legal zu. Sie haben es doch früher schon durchsucht, ohne etwas zu finden.«

»Wenn das so ist«, sagte Ragsdale hinterhältig, »wie erklären Sie sich denn den Tunnel, der von der Logan Storage Company zu dem unterirdischen Lagerhaus voller Diebesgut führt, das sich im Besitz von Zolar International befindet?«

Die Brüder starrten einander an. Ihre Gesichter waren schlagartig aschgrau geworden. »Das haben Sie doch erfunden«, sagte Zolar beklommen.

»Meinen Sie? Soll ich Ihnen den Tunnel genau beschreiben und Ihnen in aller Kürze auflisten, welche Meisterwerke wir gefunden haben?«

»Der Tunnel – Sie können unmöglich den Tunnel entdeckt haben.«

»Vor genau sechsunddreißig Stunden«, sagte Gaskill, »wurden sowohl Zolar International als auch Ihr heimliches Unternehmen namens *Solpemachaco* für immer aus dem Verkehr gezogen.«

»Ein Jammer, daß Ihr Papa Mansfield Zolar, alias der Specter, nicht mehr lebt«, fügte Ragsdale hinzu. »Sonst hätten wir ihn ebenfalls festnehmen können.«

Zolar sah aus, als wäre sein Herz stehengeblieben. Oxley war offensichtlich wie gelähmt.

»Bis Sie beide, die übrigen Mitglieder Ihrer Familie, Ihre Kompagnons, Geschäftsfreunde und Käufer wieder aus dem Gefängnis kommen, werden Sie genauso alt sein wie die Kunstgegenstände, die Sie gestohlen haben.«

Immer mehr Bundesagenten kamen in das Flugzeug. Das FBI nahm die Besatzung und Zolars Dienstbotin in Gewahrsam, während die Leute vom Zoll die Riemen lösten, mit denen die goldenen Kunstschätze festgeschnallt waren. Ragsdale nickte seinen Helfern zu.

»Bringt sie in die Stadt zur Bundesanwaltschaft.«

Sobald die zutiefst erschütterten und gebrochenen Kunsträuber zu zwei verschiedenen Fahrzeugen abgeführt waren, wandten sich die Agenten an die Moores.

»Ich kann Ihnen gar nicht sagen, wie dankbar wir für Ihre Mitarbeit sind«, sagte Gaskill. »Die Festnahme der Zolars dürfte dem illegalen Handel mit Kunst und Antiquitäten einen schweren Schlag versetzen.«

»Wir waren dabei nicht ganz uneigennützig«, sagte Micki, die sichtlich erleichtert wirkte. »Henry ist sich ziemlich sicher, daß die peruanische Regierung eine Belohnung schicken wird.«

Gaskill nickte. »Ich glaube, darauf können Sie sich verlassen.«

»Außerdem geht es um das Prestige«, erklärte Henry Moore, während er seine Waffe wegsteckte. »Da wir in der Lage waren, den Schatz als erste zu katalogisieren und zu fotografieren, dürfte unser Ansehen als Wissenschaftler gewaltig steigen.«

»Der Zoll hätte übrigens gerne eine genaue Auflistung der Gegenstände, falls es Ihnen nichts ausmacht«, sagte Gaskill.

Moore nickte energisch. »Micki und ich arbeiten gerne mit Ihnen zusammen. Wir haben den Schatz bereits aufgelistet. Wir können Ihnen einen Bericht aushändigen, bevor die Kunstwerke in aller Form an die Peruaner zurückgegeben werden.«

»Wo werden Sie sie übrigens bis dahin unterbringen?« fragte Micki.

»In einem regierungseigenen Lagerhaus, dessen Standort wir Ihnen nicht mitteilen dürfen«, antwortete Gaskill.

»Gibt es irgendwelche Neuigkeiten über die Abgeordnete Smith und den kleinen Mann von der NUMA?«

Gaskill nickte. »Kurz vor Ihrer Landung haben wir erfahren, daß sie von einem einheimischen Indianerstamm gerettet und in ein örtliches Krankenhaus gebracht wurden.«

Micki ließ sich auf einen Sitzplatz sinken und seufzte auf. »Dann ist es also endgültig vorbei.«

Henry setzte sich auf die Armlehne und ergriff ihre Hand. »Für uns auf jeden Fall«, sagte er zärtlich. »Von jetzt an leben wir so, wie es sich für ein Professorenpaar an einer altehrwürdigen Universität gehört.«

Sie blickte zu ihm auf. »Ist das denn so schrecklich?«

»Nein«, sagte er und küßte sie leicht auf die Stirn. »Ich glaube, wir schaffen das schon.«

57

Langsam erwachte Pitt aus seiner tiefen, todesähnlichen Ohnmacht. Er hatte das Gefühl, als kämpfe er sich einen glitschigen, lehmigen Abhang hinauf, und kurz bevor er zur Besinnung kam, rutschte er jedesmal wieder zurück. Er versuchte diese kurzen wachen Momente hinauszuzögern, fiel aber immer wieder in eine gähnende Leere. Wenn ich nur die Augen aufmachen könnte, dachte er benommen, könnte ich vielleicht in die Wirklichkeit zurückkehren. Unter Aufbietung aller Kräfte gelang es ihm schließlich, die Lider zu heben.

Da er nichts als pechschwarze Dunkelheit sah, schüttelte er verzweifelt den Kopf und dachte, er sei wieder in die Leere zurückgefallen. Und dann spürte er wieder den stechenden, glühenden Schmerz, und er wachte endgültig auf. Er wälzte sich auf die Seite, setzte sich auf und ließ den Kopf hin- und herschwingen, um den Nebel zu vertreiben, der sich in seinen Hirnwindungen eingenistet hatte. Dann war er bereit für die nächste Runde im Kampf gegen den pochenden Schmerz in seiner Schulter, das steife Brennen in seiner Brust und das Stechen in seinem Handgelenk. Vorsichtig tastet er nach der Platzwunde an seiner Stirn.

»Du bist mir ja ein schöner Vertreter des männlichen Geschlechts«, murmelte er.

Zu seiner Überraschung stellte Pitt fest, daß er durch den Blutverlust nicht allzusehr geschwächt war. Er schnallte die Taschenlampe, die Giordino ihm nach dem Sturz über den Wasserfall gegeben hatte, von seinem Unterarm, knipste sie an und steckte sie in den Sand, so daß der Strahl auf seinen Oberkörper gerichtet war. Er zog den Reißverschluß seines Tauchanzuges auf und betastete vorsichtig die Schulterverletzung. Die Kugel war glatt durch das Fleisch gedrungen, ohne Schlüsselbein oder Schulterblatt in Mitleidenschaft zu ziehen. Sein zerschrammter, aber trotz allem noch fast wasserdichter Neoprenanzug hatte wie ein Verband über der Schußwunde gelegen und dazu beigetragen, daß sich der Blutverlust in Grenzen hielt. Erleichtert darüber, daß er weniger ausgelaugt war als befürchtet, entspannte er sich etwas und betrachtete seine Lage. Seine Überlebenschancen waren gleich Null. Mit der Aussicht auf eine 100 Kilometer (62 Meilen) lange unterirdische Flußpartie über unbekannte Stromschnellen, steile Wasserfälle und überflutete Gänge und Grotten brauchte er keine Handleserin, um zu wissen, daß seine Lebenslinie wahrscheinlich nicht bis ins ehrbare Alter reichte. Selbst wenn er unterwegs in den Gängen genug Luft bekommen sollte, war da immer noch die Frage, wie weit es von der Stelle, wo der unterirdische Fluß in den Golf mündete, bis an die Wasseroberfläche war.

Die meisten Männer hätten in seiner Situation – gefangen in abgrundtiefer Dunkelheit im Inneren der Erde, ohne jede Hoffnung – die Nerven verloren, sie hätten vor Verzweiflung die bloßen

Hände in den Fels gegraben und sich dabei das Fleisch von den Fingern gerissen. Doch Pitt hatte keine Angst. Er fühlte sich seltsam gelassen und zufrieden.

Falls er denn sterben sollte, dachte er, dann wollte er es sich wenigstens etwas bequemer machen. Er grub mit seiner heilen Hand eine Kuhle in den Sand, die in etwa seiner Körperform entsprach. Als er die Taschenlampe auf den schwarzen Sand richtete, stellte er zu seiner Überraschung fest, daß rundum unzählige goldene Sprenkel blinkten. Er ergriff eine Handvoll und hielt sie unter die Lampe.

»Der ganze Sand hier ist voller Gold«, sagte er zu sich.

Er ließ den Lichtstrahl durch die Höhle schweifen. Die Wände waren von weißen Quarzschichten durchzogen, in denen winzige Goldadern funkelten. Pitt fing an zu lachen, als ihm aufging, wie unglaublich widersinnig und komisch seine Lage war.

»Eine Goldmine«, rief er lauthals in die leere Höhle hinein. »Ich bin auf eine sagenhaft reiche Goldader gestoßen, und keiner wird's je erfahren.«

Er setzte sich zurück und sann über seine Entdeckung nach. Irgendwer wollte ihm damit irgendwas sagen, dachte er. Nur weil er keine Angst vor dem alten Knaben mit der Sense hatte, hieß das noch lange nicht, daß er aufgeben und auf ihn warten mußte. Eine trotzige Entschlossenheit erfaßte ihn.

Lieber bei einem tollkühnen Rettungsversuch in die ewigen Jagdgründe eingehen als das Handtuch werfen und wie ein Waschlappen abtreten, sagte er sich. Andere abenteuerlich veranlagte Forscher hätten möglicherweise alles dafür gegeben, um Zutritt zu dieser mineralogischen Kostbarkeit zu bekommen, doch Pitt wollte jetzt nichts als raus. Er stand auf, blies die Tarierweste mit dem Mund auf und ging ins Wasser, bis ihn die Strömung erfaßte und davontrug.

Immer hübsch langsam eine Kammer nach der anderen, sagte er sich und ließ ab und zu einen Lichtstrahl nach vorne über das Wasser schweifen. Er konnte nicht darauf bauen, daß er dauernd wachsam blieb. Er war zu schwach, um sich zwischen Stromschnellen und Felsen hindurchzukämpfen. Er konnte nur die Ruhe bewahren und sich einfach von der Strömung mittragen lassen. Bald kam es ihm so vor, als treibe er schon sein Leben lang von einer Grotte in die nächste.

Auf den nächsten 10 Kilometern (6,2 Meilen) ging in schöner Regelmäßigkeit eine Höhle in die andere über. Dann hörte er, wie er befürchtet hatte, den lauter werdenden Donner von Stromschnellen. Gottlob war die erste Schnelle, in die Pitt geriet, nicht so heftig. Wasser klatschte ihm ins Gesicht, und etliche Male geriet er in die schäumende Gischt, bevor er wieder ruhigere Gefilde erreichte.

Ihm wurde eine Gnadenfrist gewährt, in der er neue Kräfte sammeln konnte. Der Fluß wurde ruhig und führte durch eine lange Schlucht in einen gewaltigen Höhlendom. Am anderen Ende indessen, etwa eine halbe Stunde später, senkte sich die Decke immer weiter herab und stieß schließlich auf das Wasser. Pitt atmete ein, bis auch der letzte Kubikzentimeter seiner Lunge mit Luft gefüllt war, und tauchte. Da er nur einen Arm benutzen konnte und keine Flossen hatte, kam er nur langsam voran. Er rollte sich auf den Rücken und richtete die Taschenlampe auf den zerklüfteten Fels. Seine Lunge verlangte dringend nach frischer Luft, doch er schwamm weiter. Endlich sah er im Schein der Taschenlampe, wie sich der Fels nach oben wölbte. Er stieß nach oben und atmete in tiefen Zügen die reine, saubere Luft ein, die seit Millionen Jahren tief unter der Erde eingeschlossen gewesen war.

Die kleine Höhle erweiterte sich zu einer großen Grotte, deren Decke so hoch war, daß der Strahl der Taschenlampe sie nicht erreichte. Der Fluß führte hier in weitem Bogen um eine Bank aus glattgeschliffenem Schwemmkies. Mühsam kroch Pitt aufs Trokkene, um sich auszuruhen. Er schaltete die Lampe aus, damit die Batterien etwas länger hielten.

Plötzlich knipste er die Lampe wieder an. Kurz bevor das Licht ausgegangen war, war ihm etwas aufgefallen. Da war doch irgend etwas, keine 5 Meter (16 Fuß) entfernt, eine schwarze Masse mit geraden Linien, wie sie in der Natur nicht vorkommt.

Pitt faßte plötzlich neuen Mut, als er erkannte, daß es sich um die Überreste der *Wallowing Windbag* handelte. Kaum zu glauben, aber das Hovercraft hatte den furchtbaren Sturz über den Wasserfall überstanden und war hier angeschwemmt worden, nachdem es fast vierzig Kilometer weit getrieben war. Der letzte Hoffnungsschimmer. Er torkelte über den Kies zu dem Gummiboot und untersuchte es im Schein der Lampe.

Der Motor samt Propeller war aus der Halterung gerissen worden und verschwunden. Zwei Luftkammern waren durchlöchert und leer, aber die anderen sechs hatten standgehalten. Ein Teil der Ausrüstung war fortgeschwemmt worden, aber wie durch ein Wunder hatten vier Preßluftflaschen, der Erste-Hilfe-Kasten, Duncans Plastikball mit dem Wasserfärbemittel, eins von Giordinos Paddeln, zwei Reservetaschenlampen und der wasserdichte Behälter mit Admiral Sandeckers Thermoskanne voller Kaffee und den vier Bolognabroten alles heil überstanden.

»Ich habe das Gefühl, meine Lage ist um einiges besser geworden«, sagte Pitt vergnügt, auch wenn ihn in der leeren Höhle niemand hören konnte.

Zuerst nahm er sich den Erste-Hilfe-Kasten vor. Nachdem er die Schulter ausgiebig mit Desinfektionsmittel getränkt hatte, verband er sie sorgfältig, so gut es ging, und zog den zerfetzten Tauchanzug darüber. Da er wußte, daß es sinnlos war, gebrochene Rippen zu bandagieren, kümmerte er sich gar nicht erst darum, sondern biß die Zähne zusammen, richtete sein Handgelenk und legte einen Stützverband an.

Der Kaffee war noch ziemlich heiß, und er trank die halbe Thermoskanne aus, bevor er über die Brote herfiel. Kein noch so rosiges Porterhouse-Steak, abgeschreckt und mit Cognac flambiert, konnte besser als dieses Bolognasandwich schmecken, befand Pitt. Und er schwor einen heiligen Eid, sich niemals wieder über Bolognasandwiches lustig zu machen.

Nach einer kurzen Ruhepause fühlte er sich soweit wiederhergestellt, daß er die Ausrüstung verstauen und Duncans Farbbehälter öffnen konnte. Er schüttete das Fluoreszingelb mit Leuchtmittelbeigabe ins Wasser. Im Licht der Taschenlampe sah er zu, wie sich der Farbstoff mit einem kräftigen gelben Leuchten im Fluß ausbreitete und von der Strömung davongetragen wurde.

»Das sollte ihnen klarmachen, daß ich komme«, dachte er laut.

Er schob die Überreste des Luftkissenbootes in tieferes Wasser. Dann stieg er vorsichtig, damit er sich nicht wieder weh tat, hinein und paddelte einhändig zur Flußmitte.

Als die arg mitgenommene *Wallowing Windbag* von der Strömung erfaßt wurde und flußabwärts trieb, lehnte sich Pitt zurück, machte es sich bequem und fing an, die Melodie von »Up a Lazy River in the Noonday Sun« zu summen.

58

Als der Außenminister von Admiral Sandecker und den Agenten Gaskill und Ragsdale über die neuesten Ereignisse in Kalifornien und El Paso unterrichtet wurde, beschloß er, das diplomatische Protokoll zu umgehen und den Präsidenten von Mexiko persönlich anzurufen. Bei diesem Gespräch informierte er ihn über das weitgespannte Diebes- und Schmugglernetz, das die Zolars organisiert und gesteuert hatten.

»Eine unglaubliche Geschichte«, sagte der mexikanische Präsident.

»Aber wahr«, versicherte ihm der Außenminister.

»Ich kann den Vorfall nur bedauern und Ihnen versichern, daß Sie bei den Ermittlungen die volle Unterstützung meiner Regierung haben werden.«

»Wenn Sie entschuldigen, Señor Präsident, aber ich habe mir bereits ein paar Wünsche an Ihre Regierung notiert.«

»Lassen Sie hören.«

Innerhalb von zwei Stunden wurde die Grenze zwischen Mexiko und Kalifornien wieder geöffnet. Die Regierungsvertreter, die sich durch die Aussicht auf unfaßbare Reichtümer und die falschen Versprechungen der Zolars dazu hatten verleiten lassen, ihre Amtsbefugnis schamlos zu mißbrauchen, wurden dingfest gemacht.

Fernando Matos und Comandante Rafael Cortina waren unter den ersten, die von der mexikanischen Kriminalpolizei festgenommen wurden.

Gleichzeitig wurden die am Golf von Kalifornien stationierten Schiffe der mexikanischen Marine in Alarmbereitschaft versetzt und bekamen den Befehl zum Auslaufen.

Teniente Carlos Hidalgo schaute hinauf zu einer kreischenden Möwe, bevor er sich wieder dem Meer zuwandte und die gerade Linie des Horizontes musterte. »Suchen wir irgend etwas Bestimmtes, oder suchen wir einfach nur?« fragte er den Kommandanten seines Schiffes.

»Wir halten Ausschau nach Leichen«, entgegnete Comandante Miguel Maderas. Er senkte das Fernglas, so daß man sein rundes, freundliches Gesicht unter dem langen, dichten schwarzen Haar sehen konnte. Sein Mund mit den großen, strahlend weißen Zähnen war fast immer zu einem Lächeln verzogen, das Burt Lancaster alle Ehre gemacht hätte. Er war klein, gedrungen und kompakt wie ein Felsblock.

Hidalgo war das glatte Gegenteil von Maderas. Er war groß und schlank, und mit seinem hageren, braungebrannten Gesicht sah er aus wie eine wandelnde Mumie. »Opfer eines Bootsunfalls?«

»Nein, Taucher, die in einem unterirdischen Fluß ertrunken sind.«

Skeptisch kniff Hidalgo die Augen zusammen. »Doch nicht schon wieder so ein Gringomärchen über Fischer und Taucher, die unter der Wüste hindurchgetrieben und im Golf wieder ausgespuckt werden?«

»Wer kann das schon sagen?« erwiderte Maderas mit einem Achselzucken. »Ich weiß lediglich, daß unser Schiff auf Anweisung des Flottenhauptquartiers in Ensenada Befehl bekommen hat, in den Gewässern zwischen San Felipe und Puerto Peñasco an der Nordspitze des Golfes zu patrouillieren und Ausschau nach Leichen zu halten.«

»Ein großes Gebiet für ein einziges Schiff.«

»Zwei Patrouillenboote der P-Klasse aus Santa Rosalía werden sich unserer Suche anschließen. Außerdem wurden sämtliche Fischerboote in dem Gebiet angewiesen, jeden Leichenfund zu melden.«

»Wenn die Haie sie erwischen«, murmelte Hidalgo pessimistisch, »wird nicht mehr viel von ihnen übrigbleiben.«

Maderas lehnte sich an die Reling der Brückennock, zündete sich eine Zigarette an und wandte den Blick zum Heck seines Patrouillenschiffes. Es war ein 67 Meter (220 Fuß) langes, umgebautes

Minensuchboot der US-amerikanischen Marine, auf dessen Bug nur das Kennzeichen G-21 prangte. Einen offiziellen Namen besaß das Schiff jedoch nicht. Doch die Besatzung nannte es lieblos *Porquería* (»Schweinerei«), weil es einmal auf See kaputtgegangen war und von einem Fischerboot in den Hafen geschleppt werden mußte – eine Blamage, die ihm die Besatzung nie verzieh.

Aber es war ein unverwüstliches Schiff, das gut aufs Ruder ansprach und auch bei schwerer See noch einsatztüchtig war. Die Besatzungen etlicher Fischerboote und Privatjachten verdankten Maderas und der *Porquería* ihr Leben.

Als Erster Offizier des Schiffes hatte Hidalgo die Aufgabe, eine Route abzustecken, auf der die *Porquería* ihre Suche durchführen sollte. Nachdem er sich eine Weile in eine große Seekarte der nördlichen Golfregion vertieft hatte, gab er dem Rudergänger die Koordinaten. Jetzt begann der eintönige Teil der Fahrt. Ein ums andere Mal fuhren sie eine Strecke ab, gingen dann auf Gegenkurs und nahmen sich das nächste Stück vor – wie beim Rasenmähen.

Das erste Stück nahmen sie um acht Uhr morgens in Angriff. Um zwei Uhr nachmittags rief der Ausguck am Bug: »Objekt im Wasser!«

»Welche Richtung?« schrie Hidalgo.

»Hundertfünfzig Meter backbord voraus.«

Maderas hob das Fernglas und spähte über das blaugrüne Meer. Er sah die Leiche sofort. Sie trieb mit dem Gesicht nach unten im Wasser und wurde gerade von einer Welle erfaßt. »Ich hab' sie.« Er trat an die Tür des Steuerhauses und nickte dem Rudergänger zu. »Bringen Sie uns längsseits und sorgen Sie dafür, daß die Leiche geborgen wird.« Dann wandte er sich an Hidalgo. »Drosseln Sie die Motoren, wenn wir bis auf fünfzig Meter herangekommen sind.«

Das mächtige Dröhnen der beiden Dieselmotoren erstarb zu einem gedämpften Tuckern, und die schäumende Bugwelle lief in einer sanften Dünung aus, als das Patrouillenboot längsseits neben den in den Wogen auf und ab schaukelnden Leichnam ging. Von seinem Standort an der Brückennock aus konnte Maderas die aufgedunsene und zu Brei zerschlagene Gestalt erkennen. Kein Wunder, daß ihn die Haie nicht mochten, dachte er.

Lächelnd schaute er Hidalgo an. »Es hat also doch keine Woche gedauert.«

»Wir hatten Glück«, murmelte Hidalgo.

Ohne jede Achtung vor dem Toten stießen zwei Matrosen einen Bootshaken in die Leiche und zogen sie auf eine aus Maschendraht gebaute Bahre zu, die ins Wasser hinuntergelassen worden war. Dann wurde der Tote auf die Bahre gewälzt und an Deck gehievt. Das grausig zerfetzte Fleisch hatte kaum mehr Ähnlichkeiten mit einer menschlichen Gestalt. Maderas hörte, wie sich mehr als nur ein Mitglied seiner Besatzung ins Meer übergab, bevor ihr Fund in einem Leichensack verpackt war.

»Nun, einen Gefallen hat er uns zumindest getan«, sagte Hidalgo.

Maderas schaute ihn an. »Oh, und welchen?«

Hidalgo grinste gefühllos. »Er war nicht lange genug im Wasser, um zu stinken.«

Drei Stunden später lief das Patrouillenboot in den Hafen von San Felipe ein und wurde längsseits der *Alhambra* vertäut.

Wie Pitt vermutet hatte, waren Gordo Padilla und seine Männer, sobald sie mit dem Rettungsfloß die Küste erreicht hatten, gleich nach Hause zu ihren Frauen und Freundinnen gegangen und hatten ihre Rettung mit einer dreitägigen Siesta gebührend gefeiert. Dann hatte Padilla unter den aufmerksamen Augen von Cortinas Polizei wieder alle versammelt, ein Fischerboot organisiert und war hinaus zur Fähre gefahren. Kaum an Bord, hatten sie die Kessel unter Dampf gesetzt und das Wasser abgepumpt, das durch die von Amaru geöffneten Seeventile eingeströmt war. Sobald der Kiel sich aus dem Schlick gelöst hatte und die Maschinen angeworfen waren, fuhren Padilla und seine Männer mit der *Alhambra* zurück nach San Felipe und vertäuten sie am Kai.

Maderas und Hidalgo, die auf der Brücke standen und auf das vordere Verladedeck der Fähre blickten, meinten fast, sie hätten die Unfallstation eines Krankenhauses vor sich.

Loren Smith trug Shorts und ein Trägerhemdchen, so daß die Blutergüsse und kleinen Verbände an den bloßen Schultern, der Taille und den Beinen deutlich zu sehen waren. Giordino saß in einem Rollstuhl und hatte seine eingegipsten Beine hochgelegt.

Nicht dabei war Rudi Gunn, der sich noch im Krankenhaus von El Centro, nördlich von Calexico, befand. Sein Zustand war zufriedenstellend, nachdem die Ärzte eine schwere Magenverletzung, sechs gebrochene Finger und einen Haarriß des Schädelknochens behandelt hatten.

Auch Admiral Sandecker und Peter Duncan, der Hydrologe, standen auf dem Deck der Fähre, außerdem Shannon Kelsey, Miles Rodgers und eine Abteilung der örtlichen Polizei sowie der Leichenbeschauer des Staates Baja California Norte. Mit grimmigen Gesichtern sahen sie zu, als die Besatzung des Marineschiffes die Behelfstrage mit der Leiche zur *Alhambra* herunterließ.

Bevor der Gerichtsmediziner und sein Assistent den Leichensack auf eine Bahre umladen konnten, schob Giordino seinen Rollstuhl neben die Trage. »Ich möchte die Leiche sehen«, sagte er entschlossen.

»Es ist kein schöner Anblick, Señor«, rief ihm Hidalgo warnend von Bord des Patrouillenbootes zu.

Der Gerichtsmediziner zögerte. Er war sich nicht sicher, ob es von Gesetzes wegen statthaft war, daß ein Ausländer einen Blick auf die Leiche warf.

Giordino blickte den Gerichtsmediziner kalt an. »Möchten Sie, daß die Leiche identifiziert wird, oder nicht?«

Der Gerichtsmediziner, ein kleiner Mann mit trüben Augen und dichtem grauen Haar, konnte kaum genug Englisch, um Giordino zu verstehen, aber schweigend nickte er seinem Assistenten zu, woraufhin dieser den Reißverschluß aufzog.

Loren wurde bleich und wandte sich ab, aber Sandecker trat neben Giordino.

»Ist es...?«

Giordino schüttelte den Kopf. »Nein, es ist nicht Dirk. Es ist dieser eklige Psychopath, Tupac Amaru.«

»Guter Gott, der sieht ja aus, als wäre er durch eine Zementmischmaschine gedreht worden.«

»Könnte kaum schlimmer sein«, sagte Duncan, der bei dem grausigen Anblick erschauderte. »Die Stromschnellen müssen ihn an jeden Felsen geschmettert haben, der zwischen hier und dem Cerro el Capirote im Fluß liegt.«

»Einen Besseren hätte es nicht erwischen können«, murmelte Giordino giftig.

»Irgendwo zwischen der Schatzkammer und dem Golf«, sagte Duncan, »muß sich der Fluß in ein tobendes Wildwasser verwandeln.«

»Keinerlei Spur von einer weiteren Leiche?« fragte Sandecker Hidalgo.

»Nicht die geringste, Señor. Das ist die einzige, die wir finden konnten, aber wir haben Befehl, die Suche fortzusetzen.«

Sandecker wandte sich von Amaru ab. »Wenn Dirk bis jetzt nicht in den Golf geschwemmt wurde, muß er noch in der Höhle sein.«

»Vielleicht wurde er auf eine Sandbank oder ans Ufer getrieben«, meinte Shannon hoffnungsvoll. »Er könnte noch am Leben sein.«

»Können Sie denn keine Suchaktion in dem unterirdischen Fluß veranlassen?« fragte Rodgers den Admiral.

Langsam schüttelte Sandecker den Kopf. »Ich schicke nicht noch mehr Männer in den sicheren Tod.«

»Der Admiral hat recht«, sagte Giordino. »Da unten könnte es zig Wasserfälle vom gleichen Kaliber geben wie den, den Pitt und ich runtergerutscht sind. Selbst mit einem Hovercraft wie der *Wallowing Windbag* ist es mehr als zweifelhaft, ob jemand hundert Kilometer über Stromschnellen und Felsen heil übersteht.«

»Und falls das noch nicht genügt«, fügte Duncan hinzu, »sind da auch noch die überfluteten Kammern, die man überwinden muß, bevor man im Golf auftauchen kann. Ohne ausreichenden Luftvorrat würde man unweigerlich ertrinken.«

»Wie weit könnte er Ihrer Meinung nach getrieben worden sein?« fragte ihn Sandecker.

»Von der Schatzkammer aus?«

»Ja.«

Duncan dachte einen Augenblick nach. »Pitt könnte eine Chance haben, wenn es ihm gelungen ist, innerhalb von fünfhundert Metern ans Ufer zu gelangen. Wir könnten einem Mann eine Sicherheitsleine umbinden, ihn flußabwärts schicken und sie dann beide gegen die Strömung zurückschicken.«

»Und wenn er keine Spur von Pitt findet, bevor die Sicherheitsleine abgespult ist?« fragte Giordino.

Duncan zuckte schicksalsergeben mit den Schultern. »Wenn seine Leiche dann nicht im Golf auftaucht, finden wir ihn nie mehr.«

»Besteht denn überhaupt Hoffnung, daß Dirk überlebt haben könnte?« fragte Loren flehentlich. »Wenigstens ein bißchen Hoffnung?«

Duncan blickte erst zu Sandecker und dann zu Giordino, bevor er antwortete. Aus allen Blicken sprach völlige Hoffnungslosigkeit, und auf ihren Gesichtern malte sich Verzweiflung. Er wandte sich wieder an Loren und sagte mit sanfter Stimme: »Ich kann Sie nicht anlügen, Miss Smith.« Die Worte schienen ihm unsäglich schwer zu fallen. »Stellen Sie sich einen Schwerverletzten vor, der am Eingang des Grand Canyon in den Colorado fällt und bis zum Lake Mead vor den Toren von Las Vegas mitgerissen wird – Pitt hat in etwa die gleiche Überlebenschance.«

Auf Loren wirkten diese Worte wie ein Schlag in den Leib. Sie geriet ins Taumeln. Giordino streckte die Hand aus und packte sie am Arm. Sie hatte das Gefühl, ihr Herz sei stehengeblieben, und mühsam flüsterte sie: »Für mich ist Dirk Pitt unsterblich.«

»Die Fische sind heute ein bißchen scheu«, sagte Joe Hagen zu seiner Frau Claire.

Sie lag bäuchlings auf dem Kabinendach, hatte das Oberteil ihres knappen lila Bikinis aufgehakt und las in einer Illustrierten. Sie schob ihre Sonnenbrille auf den Kopf und lachte. »Du würdest doch nicht mal dann 'nen Fisch erwischen, wenn er hochspringt und im Boot landet.«

Er lachte ebenfalls. »Na, dann warte mal ab.«

»Das einzige, was es so weit nördlich im Golf noch gibt, sind Krabben«, sagte sie nörgelnd.

Die Hagens waren Anfang Sechzig und einigermaßen gut beieinander. Wie die meisten Frauen ihres Alters war Claire um den Hintern etwas fülliger geworden und hatte um die Taille ein paar Pölsterchen angesetzt, aber ihr Gesicht war so gut wie faltenlos, und ihre Brüste waren trotz ihrer Größe noch immer fest. Joe, ein kräftiger Mann, hatte lange vergebens gegen den Bauchansatz angekämpft, der sich inzwischen zu einem wohlgerundeten Wanst ausgewachsen hatte. Sie betrieben gemeinsam eine Autohandlung, die auf guterhaltene Gebrauchtwagen mit niedrigem Kilometerstand spezialisiert war.

Nachdem Joe eine 15 Meter (50 Fuß) lange, seetüchtige Ketsch gekauft und sie *The First Attempt* getauft hatte, hatten sie die Leitung der Firma mehr und mehr ihren beiden Söhnen überlassen, um von Newport Beach, Kalifornien, aus auf Törn zu gehen. Mit Vorliebe segelten sie die Küste entlang bis hinunter zum Cabo San Lucas, umrundeten es und nahmen Kurs auf den Golf von Kalifornien, wo sie dann die Herbstmonate damit zubrachten, zwischen den malerischen Häfen an der Küste hin- und herzuschippern.

Noch nie zuvor waren sie so weit nach Norden gesegelt. Träge hielt Joe Hagen Ausschau nach irgendwelchen Fischen, die Geschmack an seinem Köder finden könnten, achtete aber immer mit einem Auge auf den Tiefenmesser, während die Ketsch mit eingerollten Segeln unter Motorkraft langsam dahintuckerte. Der Tidenhub hier oben im Golf konnte bis zu 7 Meter (23 Fuß) betragen, und er hatte keine Lust, auf einer nicht eingezeichneten Sandbank aufzulaufen.

Er war beruhigt, als er anhand des Ausschlages auf dem Gerät sah, daß der Meeresboden sich bis auf fünfzig Meter absenkte. Merkwürdig, dachte er. Eigentlich stieg der Meeresboden im nördlichen Golf gleichmäßig an, so daß man selbst bei Flut kaum mehr als zehn Meter Wasser unter dem Kiel hatte. Und normalerweise bestand der Meeresboden aus einer Mischung aus Schlick und Sand, doch laut Tiefenmesser war die Senke, über die er gerade fuhr, zerklüftet, was auf Felsboden hindeutete.

»Aha, Genies sind eben immer ausgelacht worden«, sagte Joe, als er ein Ziehen an der Angelschnur spürte. Er holte die Leine ein und stellte fest, daß er einen etwa armlangen kalifornischen Umberfisch am Haken hatte.

Claire schirmte mit einer Hand ihre Augen ab. »Der ist zu hübsch, um ihn zu behalten. Wirf den armen Kerl zurück.«

»Das ist ja komisch.«

»Was ist komisch?«

»Die anderen Umberfische, die ich gefangen habe, haben alle einen weißen Körper mit dunklen Punkten. Das Vieh hier sieht aus wie ein fluoreszierender Kanarienvogel.«

Sie rückte ihr Oberteil zurecht und kam nach achtern, um sich den Fang genauer anzusehen.

»Na, das ist ja wirklich eigenartig«, sagte Joe, hielt die Hand hoch und zeigte ihr seine leuchtendgelben Finger. »Wenn ich nicht ganz bei Trost wäre, würde ich sagen, jemand hat den Fisch gefärbt.«

»Seine Schuppen schillern in der Sonne wie Pailletten«, sagte Claire.

Joe schaute über den Bootsrand. »Das Wasser hier in der Gegend sieht aus, als wäre es aus einer Zitrone gepreßt worden.«

»Könnte ein guter Angelgrund sein.«

»Da könntest du recht haben, altes Mädchen.« Joe ging an ihr vorbei zum Bug und warf den Anker aus. »Bevor wir irgendwo anders hinfahren, können wir genausogut hier die Rute nach einem Großen auslegen.«

59

Dem Erschöpften war keine Rast vergönnt. Pitt mußte vier weitere Wasserfälle überwinden. Zuvorkommenderweise war keiner davon so tief und steil wie derjenige, der Giordino und ihn beinahe umgebracht hatte. Der tiefste Fall, den er überstehen mußte, war 2 Meter (6,5 Fuß). Die arg mitgenommene *Wallowing Windbag* schoß tapfer über die scharfe Felskante und bahnte sich wacker einen Weg durch den wilden Hinderniskurs voller Felsen, die unter Gischt und Schaum verborgen waren, bevor sie ihre Reise ins Ungewisse fortsetzte.

Die schier endlosen Stromschnellen mit ihren kochenden Wassermassen waren es, die sich als wirklich brutal erwiesen. Jedesmal wurde Pitt durch die Mangel gedreht und windelweich geprügelt, bevor er wieder in ruhigeres Fahrwasser geriet, wo er sich zumindest für kurze Zeit entspannen und von den Qualen erholen konnte. Seine Verletzungen fühlten sich nach den Strapazen an, als steche ihm ein kleiner Mann mit einem Dreizack in offene Wunden. Doch der Schmerz kam ihm auch zupaß, denn er schärfte seine Sinne. Er verfluchte diesen Fluß, der sich das Allerschlimmste bestimmt bis zum Schluß aufhob, um dann mit einem Schlag alle seine verzweifelten Anstrengungen zunichte zu machen.

Das Paddel wurde ihm aus der Hand gerissen, doch das war, wie sich herausstellte, kein großer Verlust. Es war ohnehin ein sinnloses Unterfangen, mit einem halbkaputten Boot, das 50 Kilogramm (110 amerikanische Pfund) Ausrüstung und überdies noch sein Körpergewicht tragen mußte, jähe Kurswechsel vornehmen zu wollen, um plötzlich aus der Dunkelheit auftauchenden Felsen auszuweichen. Zumal er auch noch einarmig paddeln mußte. Er hatte gerade noch genug Kraft, um sich an den Haltegriffen im Bootsinneren festzuklammern und sich von der Strömung dahintragen zu lassen.

Durch die scharfen Felsen, die die dünne Gummihaut aufrissen, waren inzwischen zwei weitere Luftkammern ausgefallen, so daß Pitt halb im Wasser lag und das Boot eher einer schlappen Luftmatratze ähnelte. Zu seiner eigenen Überraschung hatte er noch immer die Taschenlampe in der rechten Hand. Aber er hatte drei ganze Preßluftflaschen und den Großteil der vierten aufgebraucht, als er mehrere überflutete Grotten überwinden mußte. Jedesmal hatte er die Luft aus dem Boot ablassen und es unter Wasser mitschleppen müssen, bis er am anderen Ende auf eine offene Höhle stieß, wo er die verbliebenen Kammern wieder aufblasen konnte.

Pitt hatte noch nie unter Klaustrophie gelitten, aber hier unten, in dieser endlosen schwarzen Leere, hätten wohl die meisten Menschen Beklemmungen bekommen. Er unterdrückte jeden Gedanken an eine Panik, indem er auf seiner wilden Fahrt durch das tobende Gewässer vor sich hin sang und mit sich selbst redete. Er richtete die Taschenlampe auf seine Hände und Füße. Nach so langer Zeit im Wasser sahen sie aus wie eingeschrumpelte Zwetschgen.

»Wassermangel ist hier unten jedenfalls meine geringste Sorge«, erklärte er den feuchten, kalten Felswänden.

Er trieb über ruhige Teiche mit durchsichtigem Wasser hinweg, die so tief in den Fels hineinreichten, daß der Strahl der Taschenlampe nicht bis zum Grund vordrang. Er spielte mit seinen Gedanken, stellte sich vor, Touristen kämen hierher. Ein Jammer, daß die Leute nicht auf diese Tour gehen und sich diese Kathedralen voller Kristalle anschauen konnten, dachte er. Vielleicht konnte man jetzt, da der

Fluß entdeckt war, einen Tunnel graben, damit Besucher hier herunterkommen und dieses geologische Weltwunder bestaunen konnten.

Er war sparsam mit seinen drei Taschenlampen umgegangen, aber trotzdem hatten die Batterien nach und nach den Geist aufgegeben, und er hatte sie in den Fluß geworfen. Er schätzte, daß die letzte Lampe noch etwa zwanzig Minuten reichte. Danach saß er endgültig in der ewigen Dunkelheit.

Wirre Gedanken schossen ihm durch das erschöpfte Gehirn. Kajakfahrer, die bei strahlendem Sonnenschein und blauem Himmel einen Gebirgsbach hinunterpaddeln, nennen das eine Weißwassertour, dachte er. Hier unten müßte man es als Schwarzwassertour bezeichnen. Aus irgendeinem Grund kam ihm der Gedanke sehr komisch vor, und er mußte lachen. Sein Gelächter drang bis in eine riesige Nebenkammer, wo es hundertfach widerhallte. Wenn er nicht gewußt hätte, woher die schaurigen Töne kamen, wäre ihm das Blut in den Adern gefroren.

Mit der Zeit gewöhnte er sich an das alptraumhafte Labyrinth unterirdischer Grotten. Er konnte sich kaum noch vorstellen, daß es etwas anderes gab als diesen Fluß, der sich durch eine fremde Welt nach der anderen wand. Er hatte jeden Orientierungssinn verloren. »Richtung« war nur mehr ein Begriff aus dem Wörterbuch. Sein Kompaß war durch den hohen Eisenerzgehalt der Felsen nutzlos geworden. Er kam sich so orientierungslos und von der Oberwelt abgeschnitten vor, daß er sich zeitweise fragte, ob er nicht den Verstand verloren hatte. Doch jedesmal, wenn sich ihm im Schein der Taschenlampe neue phantastische Eindrücke eröffneten, wußte er, daß er noch bei Sinnen war.

Er machte Gedankenspiele, um sich wieder in den Griff zu bekommen. Er versuchte, sich Einzelheiten einer jeden neuen Grotte und Kammer und von jeder Biegung und Kurve des Flusses einzuprägen, damit er sie den andern schildern konnte, sobald er hier herauskam. Doch es waren so viele, daß er mit seinem benommenen Kopf nur ein paar wenige deutliche Eindrücke festhalten konnte. Und überdies hatte er alle Hände voll damit zu tun, die *Wallowing Windbag* über Wasser zu halten. Zischend entwich die Luft aus einer weiteren aufgerissenen Luftkammer.

Wie weit war er schon gekommen? fragte er sich träge. Wie weit war es noch bis zum Ende? Seine Gedanken drohten schon wieder abzuschweifen. Er mußte sich in den Griff bekommen. Das Hungergefühl hatte er hinter sich – er dachte längst nicht mehr an dicke Filetsteaks und eine Flasche Bier dazu. Sein zerschlagener und mitgenommener Körper hatte schon viel länger durchgehalten, als er erwartet hatte.

Die zusammengefallene Hülle des Hovercrafts streifte die Decke einer Grotte, die sich tief auf das Wasser herabsenkte. Das Boot prallte zurück, stellte sich quer und schleifte am Fels entlang, bis es aus der Strömung getragen wurde und sanft auf einer Untiefe aufsetzte. Pitt lag in der Pfütze, die inzwischen fast das halbe Boot ausfüllte, und ließ die Beine über den Rand baumeln. Er war viel zu abgekämpft, um sich die letzte Preßluftflasche umzuschnallen, die Luft im Boot abzulassen und es durch die nächste überflutete Höhle zu schleppen.

Er durfte sich nicht gehenlassen. Nicht jetzt. Er mußte weitermachen. Er atmete ein paarmal tief durch und trank ein paar Schluck Wasser. Er tastete nach der Thermoskanne, nahm den Stöpsel ab und trank den Kaffee aus. Durch das Koffein wurde er ein bißchen munterer. Er schmiß die Thermoskanne in den Fluß und sah zu, wie sie an einem Felsen auflief. Sie war zu leicht, um von der Strömung mitgerissen zu werden.

Die Lampe war inzwischen so schwach, daß man kaum noch etwas erkennen konnte. Er knipste sie aus, um den letzten Saft in den Batterien zu sparen, lehnte sich zurück und starrte in die bedrückende Dunkelheit.

Nichts tat ihm mehr weh. Seine Nerven waren so abgestumpft, daß sich sein ganzer Körper taub anfühlte. Vermutlich hatte er mindestens einen Liter Blut verloren. Er haßte die Vorstellung, sich dem Scheitern stellen zu müssen. Ein paar Minuten lang weigerte er sich zu glauben, er könnte hier nie wieder herauskommen. Die getreue *Wallowing Windbag* hatte ihn bislang getragen, doch wenn weitere Luftkammern ausfielen, mußte er sich von ihr trennen und zusehen, daß er alleine weiterkam. Er konzentrierte sich darauf, seine schwindenden Kräfte für die Strapazen zu schonen, die ihm noch bevorstanden.

Irgend etwas regte sein Erinnerungvermögen an. Er roch etwas. Was sagte man doch Gerüchen gleich wieder nach? Angeblich sollten sie einem längst vergessene Ereignisse wieder ins Gedächtnis rufen. Er atmete tief ein, wollte diesen feinen Geruch nicht entweichen lassen, bevor ihm einfiel, warum er ihm so bekannt vorkam. Er leckte sich die Lippen und erkannte einen Geschmack, der zuvor nicht dagewesen war. Salz. Und dann kam es ihm.

Meeresgeruch. Er war endlich am Ende des unterirdischen Flußlaufs angelangt, dort, wo er in den Golf mündete.

Pitt riß die Augen auf und hob die Hand, bis er beinahe seine Nasenspitze berührte. Er konnte keine Einzelheiten erkennen, aber er meinte eine Art Schatten auszumachen, den es in der ewigen Dunkelheit dieser unterirdischen Welt eigentlich nicht geben durfte. Er blickte ins Wasser und bemerkte eine matte Spiegelung. Durch den vor ihm liegenden Gang drang Licht ein.

Die Entdeckung, daß die Außenwelt in greifbarer Nähe war, spornte seinen Überlebenswillen gewaltig an.

Er stieg aus der *Wallowing Windbag* und dachte nach, wie er die beiden größten Hindernisse überwinden konte, die ihm jetzt noch bevorstanden – die Strecke, die er bis zur Oberfläche tauchen mußte, und die notwendige Dekompressionszeit. Er warf einen Blick auf das Finimeter, das mit dem Ventilsystem der Preßluftflasche verbunden war. Achthundertfünfzig Pfund pro Quadratzoll. Genug Luft für etwa 300 Meter (984 Fuß), vorausgesetzt, er behielt die Ruhe, atmete gleichmäßig und übernahm sich nicht. Wenn die Luft nicht bis zur Wasseroberfläche reichte, mußte er sich über das andere Problem, die Dekompression, gar keine Gedanken mehr machen. Bevor die berüchtigte Caissonkrankheit einsetzte, wäre er längst ertrunken.

Während seiner langen Flußfahrt hatte er ab und zu seinen Tiefenmesser überprüft und festgestellt, daß in den meisten luftgefüllten Grotten ein nur unwesentlich höherer atmosphärischer Druck herrschte als draußen, auf der Erdoberfläche. Das war zu beachten, aber kein Grund zur Sorge. Und außerdem war er nur selten tiefer als dreißig Meter getaucht, wenn er unter Felsüberhängen hindurchschwimmen mußte, um von einer Höhlenkammer in die nächste zu gelangen. Sollte ihm hier das gleiche bevorstehen, dann mußte er genau darauf achten, daß er nicht höher als 18 Meter (60 Fuß) pro Minute aufstieg, um die Dekompressionskrankheit zu vermeiden.

Egal, welche Hindernisse ihm im Weg standen – er konnte weder zurück noch hierbleiben. Er hatte keine Wahl, er mußte weitermachen. Aber er hatte einen Trost: Jetzt mußte er zum letzten Mal beweisen, wieviel Entschlossenheit und Kraftreserven noch in ihm steckten.

Noch war er nicht tot. Nicht, solange auch nur ein bißchen Luft in seiner Preßluftflasche übrig war. Und selbst dann würde er weitermachen, bis ihm die Lunge barst.

Er überprüfte, ob das Ventil an seinem Tauchgerät geöffnet und der Niederdruckschlauch an der Tarierweste angeschlossen war. Danach schnallte er die Preßluftflasche um und hakte die Schnellabwurfverschlüsse ein. Einmal kurz durchatmen, um sicherzugehen, daß der Lungenautomat richtig funktionierte, und dann war er bereit.

Ohne Tauchmaske hatte er zwar keine klare Sicht, aber auch das sollte kein Problem sein, da er lediglich auf das Licht zuschwimmen mußte. Er nahm das Mundstück des Lungenautomaten zwischen die Zähne, konzentrierte sich kurz und zählte bis drei.

Höchste Zeit, daß er hier wegkam, sagte er sich, und tauchte zum letzten Mal in den Fluß.

Ein Königreich für meine Flossen, dachte er, während er sich mit bloßen Füßen antrieb. Vor ihm wurde der Felsüberhang tiefer und immer tiefer. Erst dreißig Meter, dann vierzig. Nachdem er die Fünfzigmetermarke überschritten hatte, machte er sich allmählich ernsthafte Sorgen. Wenn man mit Preßluft taucht, gibt es zwischen sechzig und siebzig Metern Wassertiefe eine unsichtbare Grenze. Danach besteht die Gefahr eines Tiefenrausches – der Taucher hat das Gefühl, er sei betrunken, und verliert jede Orientierung.

Mit einem gespenstischen Kratzen scheuerte seine Preßluftflasche über ihm am Felsen entlang. Da er nach dem beinahe tödlichen Sturz über den Wasserfall seinen Bleigurt abgenommen hatte und wegen der Luftblasen in seinem inzwischen völlig zerfetzten Neoprenanzug hatte er zuviel Auftrieb. Er tauchte tiefer und versuchte, jede Berührung mit dem Fels zu vermeiden.

Pitt dachte, der tief ins Wasser ragende Fels würde nie mehr enden. Sein Tiefenmesser stand bereits bei 75 Metern (246 Fuß), ehe ihn die Strömung unter der tiefsten Stelle hindurchsog. Nun führte der Gang allmählich nach oben. Nicht gerade ideal. Ihm wäre ein direkter Anstieg lieber gewesen. Die Strecke wäre kürzer gewesen, und sein schwindender Luftvorrat hätte länger gereicht.

Das Licht wurde heller, so daß er inzwischen auch ohne seine Taschenlampe, die allmählich ihren Geist aufgab, die orangefarbenen Ziffern auf seiner Taucheruhr erkennen konnte. Die Zeiger standen bei zehn Minuten nach fünf. War es früher Morgen oder später Nachmittag? Wann war er in den Fluß getaucht? Er wußte nicht mehr, ob es zehn Minuten her war oder fünfzig. Müßig versuchte er sich zu erinnern.

Das klare, smaragdgrüne Wasser des Flusses wurde allmählich blauer und undurchsichtiger. Die Strömung ließ nach, und er stieg langsamer auf. Weit über ihm schimmerte etwas. Und dann sah er endlich die Wasseroberfläche.

Er war im Golf. Er war aus dem unterirdischen Fluß herausgekommen und schwamm im Meer des Cortez. Pitt schaute nach oben und sah weit entfernt einen Schatten. Ein letzter Blick auf das Finimeter. Die Nadel stand kurz vor Null. Die Luft war fast zu Ende.

Statt noch einmal tief durchzuatmen, blies er mit den letzten Reserven seine Tarierweste auf, damit sie ihn langsam an die Oberfläche trug, falls er aufgrund von Sauerstoffmangel das Bewußtsein verlieren sollte.

Ein letztes flaches Einatmen, und dann entspannte er sich, stieß ab und zu ein bißchen Luft aus, um den abnehmenden Wasserdruck auszugleichen, und stieg auf. Das Zischen der aus seinem Lungenautomaten entweichenden Luftbläschen wurde immer schwächer.

Als die Wasseroberfläche zum Greifen nahe schien, fing seine Lunge zu brennen an. Die Wellen waren jedoch noch zwanzig Meter entfernt.

Angestrengt schlug er mit den Füßen. Ein schwerer Druck schien auf seinem Brustkorb zu lasten, und kurz darauf wurde ihm schwarz vor Augen. Er sehnte sich nur noch nach einem: Luft.

Pitt verhedderte sich in irgend etwas, das ihn beim Auftauchen behinderte. Da er die Welt unter Wasser ohne Tauchmaske nur verschwommen sah, konnte er nicht feststellen, was ihn hielt. Instinktiv stieß er sich weg und versuchte freizukommen. Ein Dröhnen erfüllte seinen Kopf, gefolgt von einem schrillen, gellenden Klingen. Doch im gleichen Augenblick, kurz bevor sich eine tiefe Schwärze über sein Bewußtsein senkte, spürte er, daß er zur Wasseroberfläche hinaufgezogen wurde.

»Ich habe einen Großen am Haken«, schrie Joe Hagen voller Begeisterung.

»Hast du etwa einen Marlin?« fragte Claire aufgeregt, als sie sah, wie sich die Angelrute ihres Mannes durchbog.

»Für einen Marlin kämpft er nicht genug«, antwortete Joe keuchend, während er fieberhaft die Rolle an seiner Angelrute aufspulte. »Fühlt sich eher nach etwas Totem an.«

»Vielleicht hast du ihn zu Tode geschleift.«

»Hol den Bootshaken. Er taucht gleich auf.«

Claire schnappte sich einen langstieligen Bootshaken und richtete ihn wie einen Speer über die Reling der Jacht. »Ich sehe etwas«, rief sie. »Irgendwas Großes und Schwarzes.«

Dann schrie sie entsetzt auf.

Pitt war kurz davor, das Bewußtsein zu verlieren, als sein Kopf in einem Wellental durch die Wasseroberfläche stieß. Er spie das Mundstück des Lungenautomaten aus und holte tief Luft. Die Sonne glitzerte auf dem Wasser und stach ihm in die Augen. Seit fast achtundvierzig Stunden hatte er kein Tageslicht mehr gesehen. Blinzelnd genoß er dieses hinreißende Farbenspiel.

Erleichterung, pure Lebensfreude, Zufriedenheit über die eigene Leistung – all das stürmte nun mit einem Mal auf ihn ein.

Der Schrei einer Frau gellte ihm in den Ohren, und er schaute sich um und stellte verblüfft fest, daß neben ihm der azurblaue Rumpf einer Jacht aufragte und zwei Menschen mit kreidebleichen Gesichtern von oben auf ihn herunterstarrten. Jetzt wurde ihm klar, daß er sich in einer Angelschnur verheddert hatte. Irgend etwas schlug an sein Bein. Er packte die Angelschnur und zog eine kleine Fregattmakrele, nicht größer als sein Fuß, aus dem Wasser. Aus dem Maul des armen Kerls ragte ein riesiger Haken.

Vorsichtig klemmte sich Pitt den Fisch unter die eine Achselbeuge und befreite ihn mit der heilen Hand sachte vom Haken. Dann blickte er dem Fisch in die kleinen Knopfaugen.

»Schau, Toto«, sagte er triumphierend, »wir sind in Kansas!«

60

Comandante Maderas und seine Besatzung hatten San Felipe bereits verlassen und die Suche wiederaufgenommen, als der Funkspruch der Hagens einging.

»Señor Capitán«, meldete sich sein Funker, »ich habe gerade eine dringende Meldung von der Jacht *The First Attempt* erhalten.«

»Was besagt sie?«

»Der Skipper, ein Amerikaner namens Joseph Hagen, meldet, daß er beim Angeln einen Mann aus dem Wasser gezogen hat.«

Maderas runzelte die Stirn. »Offenbar meint er damit, daß sich eine Leiche in seiner Angelschnur verheddert hat.«

»Nein, Señor Capitán, er hat sich klar und deutlich ausgedrückt. Der Mann, den er gefangen hat, ist am Leben.«

Maderas war verblüfft. »Dann kann es nicht der sein, den wir suchen. Nicht, nachdem ich den anderen gesehen habe. Haben irgendwelche Boote in der Gegend Mann über Bord gemeldet?«

Der Funker schüttelte den Kopf. »Ich habe nichts gehört.«

»Wie ist die Position von *The First Attempt*?«

»Zwölf Seemeilen nordwestlich von uns.«

Maderas ging ins Ruderhaus und nickte Hidalgo zu. »Gehen Sie auf Kurs Nordwest und halten Sie Ausschau nach einer amerikanischen Jacht.« Dann wandte er sich wieder an den Funker. »Setzen Sie sich mit diesem Joseph Hagen in Verbindung, fragen Sie ihn nach näheren Einzelheiten über den Mann, den er aus dem Wasser gezogen hat, und sagen Sie ihm, er soll seine derzeitige Position halten. Wir sind in etwa fünfunddreißig Minuten bei ihm.«

Hidalgo schaute ihn über den Kartentisch hinweg an. »Was halten Sie davon?«

Maderas lächelte. »Als guter Katholik muß ich an die Wunder glauben, von denen in der Kirche immer die Rede ist. Aber das hier will ich mit eigenen Augen sehen.«

Die zahllosen Jachten und mexikanischen Fischerboote, die den Golf von Kalifornien befahren, haben ihr eigenes Funknetz. Die verschworene Bruderschaft der Bootsbesitzer tauscht auf dieser Frequenz allerlei Klatsch und Tratsch aus, wodurch es im Äther manchmal so klingt, als plauderten gute Freunde und Nachbarn am Telefon miteinander. Bei den Gesprächen geht es um den Wetterbericht oder um Einladungen zu einer Party auf hoher See, hier werden die neuesten Nachrichten aus den Heimathäfen verbreitet, und manchmal werden sogar allerlei Gegenstände angeboten, die man verkaufen oder eintauschen möchte.

Die Nachricht, daß die Eigner von *The First Attempt* beim Angeln einen Menschen gefangen hatten, verbreitete sich in Windeseile entlang der ganzen Golfküste. Und die Geschichte klang immer interessanter, je mehr sie ausgeschmückt wurde, während sie über die Baja-Frequenz weitergeleitet wurde. Jachtbesitzer, die sich später zuschalteten, hörten eine wilde Mär, wonach die Hagens einen Killerwal gefangen hätten, in dessen Bauch sie einen Menschen fanden.

Einige der größeren seetüchtigen Schiffe verfügten über eine Funkausrüstung, mit der sie auch Stationen in den Vereinigten Staaten erreichen konnten, und bald verbreiteten sich die Berichte von der Baja bis nach Washington.

Der Funkspruch der Hagens wurde auch von einem mexikanischen Marinesender in La Paz empfangen. Der diensttuende Funker wollte die Meldung bestätigt haben, doch Hagen, der viel zu sehr damit beschäftigt war, mit anderen Jachtbesitzern zu plaudern, reagierte nicht. Da er annahm, irgendwo auf See sei wieder einmal eine wilde Party im Gange, notierte der Funker die Nachricht in seinem Logbuch und konzentrierte sich wieder auf die offiziellen Mitteilungen der Marine.

Als er zwanzig Minuten später seinen Dienst beendete, erwähnte er den Vorfall beiläufig gegenüber dem leitenden Offizier des Senders.

»Es klang ziemlich *loco*«, erklärte er. »Die Meldung war auf englisch. Wahrscheinlich ein betrunkener Gringo, der per Funk seine Späße machen wollte.«

»Wir sollten zur Vorsicht lieber ein Patrouillenboot vorbeischicken«, sagte der Offizier. »Ich gebe es ans nördliche Flottenhauptquartier weiter und erkundige mich, wen wir gerade in der Gegend haben.«

Das Flottenhauptquartier wußte bereits Bescheid. Maderas hatte mitgeteilt, daß er mit voller Fahrt auf *The First Attempt* zuhielt. Außerdem hatte man im Flottenhauptquartier einen unerwarteten Funkspruch vom Oberkommando der mexikanischen Marine erhalten, wonach der kommandierende Offizier Anweisung hatte, die Suche mit Hochdruck fortzusetzen und alle Anstrengungen zu unternehmen, damit die Rettungsaktion erfolgreich abgeschlossen werde.

Admiral Ricardo Álvarez speiste gerade mit seiner Frau im Offiziersclub zu Mittag, als ein Adjutant mit den beiden Funksprüchen an seinen Tisch geeilt kam.

»Ein Mann, der von einem Fischer gefangen wurde«, schnaubte Álvarez. »Was soll dieser Unsinn?«

»So lautete die Meldung, die Comandante Maderas von der G-21 durchgegeben hat«, erwidert der Adjutant.

»Wie lange dauert es noch, bis Maderas bei der Jacht eintrifft?«

»Er müßte sie jeden Moment erreichen.«

»Ich frage mich nur, weshalb sich das Oberkommando der Marine mit einem Touristen befaßt, der auf See verschollen ist.«

»Wir haben Nachricht erhalten, daß der Präsident ein persönliches Interesse an der Rettungsaktion hat«, sagte der Adjutant.

Admiral Álvarez warf seiner Frau einen säuerlichen Blick zu. »Ich habe doch gleich gewußt, daß dieses verdammte nordamerikanische Freihandelsabkommen ein Fehler war. Jetzt müssen wir den Amerikanern jedesmal in den Hintern kriechen, wenn einer von ihnen in den Golf fällt.«

So geschah es, daß allgemeine Verwirrung herrschte, als Pitt von *The First Attempt* auf das Patrouillenboot umstieg, sobald dies längsseits der Jacht ging. Er stand an Deck, gestützt von den Hagens, die Pitt den zerrissenen Tauchanzug abgenommen und ihm ein Golfhemd und Shorts geliehen hatten. Claire hatte den Verband an seiner Schulter erneuert und die häßliche Platzwunde an seiner Stirn verpflastert.

Er schüttelte Joseph Hagen die Hand. »Ich schätze, ich bin der größte Fisch, den Sie je gefangen haben.«

Hagen lachte. »Ich werd's auf jeden Fall meinen Enkeln weitererzählen.«

Dann küßte Pitt Claire auf die Wangen. »Vergessen Sie nicht, mir das Rezept für Ihre Fischsuppe zu schicken. So was Leckeres habe ich noch nie gegessen.«

»Sie hat Ihnen offensichtlich geschmeckt. Sie haben mindestens drei Liter weggeputzt.«

»Ich stehe für immer in Ihrer Schuld. Sie haben mir das Leben gerettet. Vielen Dank.«

Pitt dreht sich um und wurde zu einer kleinen Barkasse geführt, die ihn zu dem Patrouillenboot brachte. An Bord wurde er von Maderas und Hidalgo begrüßt, bevor ihn der Schiffssanitäter zur Krankenstation geleitete. Bevor Pitt sich duckte und in dem Luk verschwand, wandte er sich ein letztes Mal um winkte den Hagens zu.

Joe und Claire hielten einander umschlungen. Joe drehte sich um, warf seiner Frau einen verwunderten Blick zu und sagte: »Ich habe in meinem ganzen Leben noch keine fünf Fische gefangen, und du kannst nicht mal Haferschleim kochen. Was hat er denn mit deiner großartigen Fischsuppe eigentlich gemeint?«

Claire seufzte. »Der arme Mann. Er war so erschöpft und hungrig, da hab' ich es einfach nicht übers Herz gebracht, ihm zu sagen, daß ich ihm Dosensuppe mit einem Schuß Cognac vorgesetzt habe.«

Curtis Starger befand sich in Guaymas, als er die Nachricht erhielt, daß Pitt lebend aufgefunden worden war. Er durchsuchte gerade die Hazienda, in der sich die Zolars während der Schatzsuche eingenistet hatten. Die Mitteilung erreichte ihn über sein Motorola-Iridium-Satellitentelefon von seinem Büro in Calexico aus. Die mexikanische Kriminalpolizei hatte ungewöhnliches Entgegenkommen gezeigt und Starger und seinen Zollfahndern gestattet, sich in den Gebäuden und auf dem Grundstück nach weiterem Beweismaterial umzusehen, damit die Dynastie von Kunstdieben ein für alle Male hinter Gitter geschickt werden konnte.

Als Starger und seine Agenten eintrafen, konnten sie auf dem Grundstück keinerlei Lebenszeichen feststellen. Die Hazienda war verlassen, und der Pilot von Joseph Zolars Privatflugzeug hatte beschlossen, daß es höchste Zeit war zu kündigen. Er war einfach aus dem Hoftor marschiert, hatte einen Bus in die Stadt genommen und einen Flug in seine Heimatstadt Houston, Texas, erwischt.

Die Durchsuchung der Hazienda förderte nichts Konkretes zutage. In den Zimmern war jedes belastende Beweismaterial beseitigt worden. Ganz anders sah es indessen in dem einsam und verlassen auf der Landebahn stehenden Flugzeug aus. In der Kabine stieß Starger auf vier primitiv bearbeitete Holzbildnisse, auf die jemand kindliche Gesichter gemalt hatte.

»Was sind das Ihrer Ansicht nach für Dinger?« fragte Starger einen seiner Agenten, der Experte für alte Kunstwerke aus dem Südwesten der USA war.

»Sie sehen aus wie indianische Göttersymbole.«

»Sind die aus dem Holz der Pyramidenpappel?«

Der Agent schob seine Sonnenbrille hoch und untersuchte die Idole von nahem. »Ja, ich bin mir so gut wie sicher, daß sie aus Pyramidenpappelholz geschnitzt sind.«

Vorsichtig strich Starger mit der Hand über die Idole. »Ich habe den Verdacht, daß es ich um die heiligen Figuren handelt, die Pitt sucht.«

Rudi Gunn erfuhr es in seinem Krankenhausbett. Eine Schwester betrat sein Zimmer, gefolgt von einem von Stargers Agenten.

»Mr. Gunn, ich bin Agent Anthony Di Maggio vom Zoll. Ich dachte mir, Sie würden vielleicht gern wissen, daß Dirk Pitt vor etwa einer halben Stunde lebend aus dem Golf gefischt wurde.«

Gunn schloß die Augen und seufzte unsäglich erleichtert auf. »Ich wußte, er würde es schaffen.«

»Eine tolle Leistung, soweit ich gehört habe. Er soll hundert Kilometer weit durch einen unterirdischen Fluß geschwommen sein.«

»So was hätte kein anderer fertiggebracht.«

»Ich hoffe, die gute Nachricht trägt dazu bei, daß Sie uns etwas mehr entgegenkommen«, sagte die Schwester, die bereits mit dem Afterthermometer lauerte.

»Ist er etwa kein braver Patient?« fragte Di Maggio.

»Ich habe schon bravere erlebt.«

»Verdammt noch mal, ich wünschte, Sie würden mir endlich einen Pyjama geben«, sagte Gunn gehässig, »statt dieses kurzen, neckischen Nachthemds, das man am Rücken zusammenbinden muß.«

»Krankenhausnachthemden sind aus einem bestimmten Grund so geschnitten«, erwiderte die Schwester schnippisch.

»Ich wünschte bei Gott, Sie würden ihn mir erklären.«

»Ich geh' jetzt lieber und lass' Sie allein«, sagte Di Maggio, bevor er sich zurückzog. »Viel Glück und gute Besserung.«

»Danke, daß Sie mir über Pitt Bescheid gesagt haben«, antwortete Gunn.

»Keine Ursache.«

»Sie ruhen sich jetzt aus«, befahl die Schwester. »In einer Stunde komme ich wieder und bringe Ihre Medikamente.«

Tatsächlich kehrte die Schwester genau eine Stunde später zurück. Doch das Bett war leer. Gunn, der nichs weiter trug als das knappe, kleine Nachthemd und ein Laken, hatte die Flucht ergriffen.

Komischerweise erfuhr man es an Bord der *Alhambra* zuallerletzt.

Loren und Sandecker standen neben dem Pierce Arrow und besprachen sich mit der mexikanischen Kriminalpolizei, als der Besitzer eines luxuriösen Speedbootes, das bei einer Tankstelle in der Nähe vertäut war, die Nachricht von Pitts Rettung überbrachte. Er schrie ihnen die Nachricht über das Wasser zu.

»Fähre ahoi!«

Miles Rodgers stand gerade am Ruderhaus und redete mit Shannon und Duncan. Er beugte sich über die Reling und schrie zurück. »Was ist los?«

»Man hat euren Knaben gefunden.«

Die Worte drangen bis ins Autodeck, woraufhin Sandecker herausgestürmt kam. »Sagen Sie das noch mal!« brüllte er.

»Der Eigner einer Segelketsch hat 'nen Burschen aus dem Wasser gefischt«, antwortete der Skipper der Jacht. »Laut den Meldungen der mexikanischen Marine handelt es sich um den Knaben, den ihr sucht.«

Inzwischen war jeder draußen an Deck. Aber weil sie alle Angst vor der Antwort hatten, traute sich keiner, die entscheidende Frage zu stellen.

Giordino raste mit seinem Rollstuhl die Laderampe hinauf, als säße er in einem Superdragster. Mit beklommener Stimme brüllte er hinüber zu dem Speedboot: »Ist er am Leben?«

»Die Mexikaner sagen, er war in ziemlich schlimmer Verfassung, hat sich aber wieder gefangen, nachdem die Frau des Bootsbesitzers etwas Suppe in ihn geschüttet hat.«

»Pitt lebt!« stieß Shannon hervor.

Ungläubig schüttelte Duncan den Kopf. »Ich kann's nicht fassen, daß er es tatsächlich bis in den Golf geschafft hat.«

»Ich schon«, murmelte Loren, die das Gesicht in den Händen vergraben hatte und ihren Tränen freien Lauf ließ. Alle Würde und Fassung, die sie bislang gewahrt hatte, fielen von ihr ab. Sie bückte sich, schmiegte sich mit nassen Wangen an Giordino und spürte, wie sie unter ihrer frischen Bräune knallrot anlief. »Ich wußte doch, daß er unsterblich ist.«

Plötzlich waren die mexikanischen Kriminalpolizisten vergessen, und alle schrien durcheinander und umarmten sich. Sandecker, normalerweise eher schweigsam und reserviert, stieß ein gellendes Triumphgeheul aus, stürmte zum Ruderhaus, schnappte sich das Iridiumtelefon, rief aufgeregt beim Oberkommando der mexikanischen Flotte an und verlangte weitere Auskunft.

Duncan versenkte sich fieberhaft in seine hydrographischen Aufzeichnungen über das Wasserreservoir unter der Wüste. Er konnte es kaum erwarten, das Datenmaterial in die Hand zu bekommen, das Pitt auf seiner unglaublichen Fahrt über den unterirdischen Fluß gesammelt haben mußte.

Shannon und Miles köpften zur Feier des Tages eine Flasche billigen Sekt, die sie hinten im Kühlschrank der Kombüse gefunden hatten, und teilten Gläser aus. Miles freute sich sichtlich über die Nachricht, doch Shannons Blick wirkte ungewöhnlich nachdenklich. Sie starrte Loren unverblümt an, und ein merkwürdiges Neidgefühl, wie sie es noch nie erlebt hatte, regte sich in ihr. Langsam wurde ihr bewußt, daß es ein Fehler gewesen sein könnte, nicht mehr Mitgefühl für Pitt an den Tag zu legen.

»Dieser verdammte Kerl ist wie Falschgeld, das immer wieder auftaucht«, sagte Giordino, der seine Gefühle nur mühsam im Zaum halten konnte.

Loren schaute ihn mit festem Blick an. »Hat Dirk dir gesagt, daß er mich gebeten hat, ihn zu heiraten?«

»Nein, aber das überrascht mich nicht. Er denkt oft an dich.«

»Aber du hältst nicht viel davon, oder?«

Langsam schüttelte Giordino den Kopf. »Vergib mir bitte, aber ich glaube, auf einer dauerhaften Verbindung von euch beiden läge kein Segen.«

»Wir sind zu eigensinnig und unabhängig, um miteinander auszukommen. Meinst du das etwa?«

»Das auf alle Fälle. Ihr beide seid wie zwei D-Züge, die auf parallelen Gleisen dahinrasen, einander gelegentlich an Bahnhöfen begegnen, aber letzendlich in entgegengesetzter Richtung davonrauschen.«

Sie drückte seine Hand. »Ich danke dir für deine Offenheit.«

»Was versteh' ich denn schon von Beziehungen?« Er lachte. »Ich hab's noch nie länger als zwei Wochen mit 'ner Frau ausgehalten.«

Loren schaute Giordino tief in die Augen. »Du verheimlichst mir etwas.«

Giordino blickte auf die Decksplanken hinab. »Frauen scheinen für so was einen sechsten Sinn zu haben.«

»Wer war sie?« fragte Loren zögernd.

»Sie hieß Summer«, erwiderte Giordino ehrlich. »Sie ist vor fünfzehn Jahren im Meer vor Hawaii ums Leben gekommen.«

»Der Pazifikstrudel. Ich kann mich erinnern, daß er mir mal davon erzählt hat.«

»Er hat beim Versuch, sie zu retten, fast den Verstand verloren, aber sie blieb verschollen.«

»Und er kann sie nicht vergessen«, sagte Loren.

Giordino nickte. »Er redet nie von ihr, aber er kriegt oft diesen geistesabwesenden Blick, wenn er eine Frau sieht, die ihr ähnelt.«

»Ich habe diesen Blick schon mehr als einmal gesehen«, sagte Loren melancholisch.

»Er kann sich nicht sein Leben lang an ein Phantom klammern«, versetzte Giordino mit ernster Stimme. »Wir schlagen uns doch alle mit Erinnerungen an längst vergangene Liebschaften rum, aber eines Tages müssen wir zur Ruhe kommen.«

Noch nie hatte Loren den stets zu einem Scherz aufgelegten Giordino so tiefsinnig erlebt. »Hast du auch ein Phantom?«

Er blickte sie an und lächelte. »Eines Sommers, ich war gerade neunzehn, habe ich auf Balboa Island in Südkalifornien ein Mädchen gesehen, das mit dem Fahrrad den Gehsteig entlangfuhr. Sie trug kurze weiße Shorts und eine weite grüne Bluse, die sie an der Taille verknotet hatte. Sie hatte honigblonde Haare und einen langen Pferdeschwanz. Ihre Arme und Beine waren mahagonibraun. Ich bin nicht nahe genug herangekommen, um zu erkennen, was für eine Farbe ihre Augen hatten, aber irgendwie wußte ich, daß sie blau sein mußten. Sie hat etwas Unbändiges ausgestrahlt, voller Wärme und Humor. Es vergeht kein Tag, an dem ich nicht an sie denken muß.«

»Bist du ihr denn nicht gefolgt?« fragte Loren leicht überrascht.

»Ob du's glaubst oder nicht, aber ich war damals ziemlich schüchtern. Monatelang bin ich diesen Gehsteig entlangmarschiert und habe gehofft, sie wiederzusehen. Aber sie hat sich nie mehr blicken lassen. Vermutlich hat sie Urlaub mit ihren Eltern gemacht und ist, kurz nachdem sich unsere Wege gekreuzt haben, wieder abgereist.«

»Das ist ja traurig«, sagte Loren.

»Ach, ich weiß nicht.« Giordino lachte plötzlich. »Vielleicht hätten wir geheiratet, zehn Kinder gekriegt und dann festgestellt, daß wir uns eigentlich hassen.«

»Für mich ist Pitt so was Ähnliches wie deine verschwundene Liebste. Eine Illusion, die ich nie ganz festhalten kann.«

»Er wird sich schon noch ändern«, sagte Giordino verständnisvoll. »Mit zunehmendem Alter werden alle Männer zahmer.«

Loren lächelte leicht und schüttelte den Kopf. »Nicht die Dirk Pitts dieser Welt. Die werden von einer inneren Sehnsucht dazu getrieben, immer neue Rätsel zu lösen und das Unbekannte herausfordern. Das letzte, was die wollen, ist, mit Frau und Kindern alt zu werden und eines Tages in einem Pflegeheim zu sterben.«

61

In der kleinen Hafenstadt San Felipe herrschte Festtagsstimmung. Am Kai drängten sich die Menschen, und die Erregung steigerte sich zusehends, als das Patrouillenboot die Einfahrt zwischen den Wellenbrechern ansteuerte, die den Hafen vor dem offenen Meer schützten.

Maderas wandte sich an Pitt. »Kein schlechter Empfang.«

Pitt blinzelte in die Sonne. »Ist hier heute etwa eine Art Feiertag?«

»Die Nachricht von Ihrer Reise unter der Erde hat die Menschen angelockt.«

»Sie machen wohl Witze«, sagte Pitt aufrichtig überrascht.

»Nein, Señor. Weil Sie entdeckt haben, daß ein Fluß unter der Wüste hindurchführt, sind Sie jetzt der Held sämtlicher Farmer zwischen hier und Arizona, die in diesem öden und dürren Land bislang mühsam ums Überleben kämpfen mußten.« Er deutete mit dem Kopf zu zwei Kleinbussen hin, aus denen Fernsehtechniker gerade ihre Kameraausrüstung luden. »Sie werden Schlagzeilen machen.«

»O Gott«, stöhnte Pitt. »Dabei will ich nichts weiter als ein weiches Bett und drei Tage durchschlafen.«

Pitts seelisches und körperliches Befinden hatte sich um einiges gebessert, seit Admiral Sandecker ihm per Schiffsfunk mitgeteilt hatte, daß Loren, Rudi und Al zwar etwas angeschlagen, aber immerhin am Leben waren. Sandecker hatte ihm außerdem berichtet, daß Billy Yuma Cyrus Sarason getötet hatte, daß Zolar und Oxley festgenommen worden waren und daß Gaskill und Ragsdale mit Hilfe von Henry und Micki Moore Huascars Schatz hatten sicherstellen können.

Es gibt also doch noch Hoffnung für die kleinen Leute, dachte Pitt gleichmütig.

Obwohl es eine Ewigkeit zu dauern schien, waren nur ein paar Minuten vergangen, bis die *Porquería*, zum zweiten Mal an diesem Tag, neben der *Alhambra* anlegte. Quer über das obere Passagierdeck des Fährschiffes war ein Transparent gespannt, von dessen Aufschrift noch die frische Farbe tropfte.

Darauf stand:

GLÜCKWUNSCH ZUR AUFERSTEHUNG
VON DEN TOTEN.

Auf dem Verladedeck war eine mexikanische Mariachikapelle angetreten und trug ein Lied vor, dessen Melodie ihm irgendwie bekannt vorkam. Pitt beugte sich über die Reling des Patrouillenbootes, spitzte die Ohren und warf lachend den Kopf in den Nakken. Doch schon im nächsten Augenblick krümmte er sich vor Schmerzen, als seine Ausgelassenheit prompt mit einem infernalischen Stechen in seinem Brustkorb belohnt wurde. Giordino hatte sich wieder einmal selbst übertroffen.

»Kennen Sie das Lied, das die spielen?« fragte Maderas, als er Pitts vor Freude und Schmerz verzogenes Gesicht sah.

»Die Melodie kenne ich, aber den Text nicht«, brachte Pitt mühsam hervor. »Die singen auf spanisch.«

Míralos andando
Véalos andando
Lleva a tu novia favorita, tu compañero real
Bájate a la represa, dije, a la represa
Júntate con ese gentío andando, oye la música y la canción
Es simplemente magnífico camarada, esperando en la represa
Esperando por el Roberto E. Lee.

»Geh hinunter zum Stausee?« wiederholte Maderas verwirrt. »Was meinen die mit ›geh hinunter zum Stausee‹?«

»Ich glaube, die meinen ›Deich‹«, sagte Pitt. »Die erste Zeile des Songs heißt auf englisch ›Go down to the levee‹, geh runter zum Deich.«

Mit schmetternden Trompeten, schmissigen Gitarren und siebenstimmigem Gesang gab die Kapelle eine Mariachiversion von »Waiting for the Robert E. Lee« zum besten. Loren stand inmitten des dichten Getümmels an Bord der Fähre und winkte wie verrückt. Sie sah, wie Pitt in dem Gedränge nach ihr Ausschau hielt, bis er sie entdeckt hatte und fröhlich zurückwinkte.

Sie sah die Binde um seine Stirn, die Schlinge, in der sein linker Arm ruhte, und den Gips am einen Handgelenk. Mit seinen geborgten Shorts und dem Golfhemd wirkte er inmitten der mexikanischen Marinesoldaten mit ihren schmucken Uniformen seltsam fehl am Platz. Auf den ersten Blick sah er erstaunlich munter aus für jemanden, der eine Reise durch Hölle, Fegefeuer und ewige Verdammnis überstanden hatte. Aber Loren wußte, daß Pitt es meisterhaft verstand, sich weder Schmerz noch Erschöpfung anmerken zu lassen. Sie allerdings sah es ihm an den Augen an.

Pitt entdeckte Admiral Sandecker, der hinter Giordinos Rollstuhl stand. Ferner sah er Gordo Padilla, der den Arm um seine Frau Rosa gelegt hatte. Jesús, Gato und der Maschinist, dessen Namen er sich nie merken konnte, standen daneben und fuchtelten mit Flaschen in der Luft herum.

Dann wurde die Gangway heruntergelassen, und Pitt schüttelte Maderas und Hidalgo die Hand.

»Besten Dank, Sēnores. Und bestellen Sie bitte auch Ihrem Sanitäter meinen Dank. Er hat mich bestens zusammengeflickt.«

»Wir sind es, die in Ihrer Schuld stehen, Señor Pitt«, sagte Hidalgo. »Meine Mutter und mein Vater besitzen unweit von hier eine Ranch. Sie werden die Nutznießer sein, wenn Ihr Fluß zur Bewässerung angezapft werden wird.«

»Sie müssen mir etwas versprechen«, sagte Pitt.

»Wenn es in meiner Macht steht«, erwiderte Maderas.

Pitt grinste. »Sorgen Sie dafür, daß niemand diesen verdammten Fluß nach mir benennt.«

Er drehte sich um, ging hinunter auf das Verladedeck der Fähre und mischte sich unter die Menschenmenge. Loren kam auf ihn zugestürmt, blieb stehen und legte ihm langsam die Arme um den Hals, weil sie sich wegen seiner Verletzungen nicht an ihn drücken wollte. Ihre Lippen bebten, als sie ihn küßte.

Die Tränen strömten ihr über das Gesicht. Sie ließ ihn los, lächelte und sagte: »Willkommen daheim, Seemann.«

Dann ging das Gedränge los. Reporter und Kameraleute, die von beiden Seiten der Grenze angereist waren, wuselten herum, als Pitt Sandecker und Giordino begrüßte.

»Diesmal war ich mir sicher, daß ich dir einen Grabstein kaufen muß«, sagte Giordino, der wie eine Neonreklame in Las Vegas strahlte.

Pitt lächelte. »Wenn ich die *Wallowing Windbag* nicht gefunden hätte, wäre ich auch nicht hier.«

»Ich hoffe, Ihnen ist klargeworden«, sagte Sandecker, während er so tat, als runzelte er mißbilligend die Stirn, »daß Sie allmählich zu alt werden, um in Höhlen herumzuschwimmen.«

Pitt hob seine heile Hand, als wollte er einen Eid ablegen. »So helfe mir der Admiral. Wenn ich das nächste Mal auch nur einen Blick auf eine Höhle werfe, schießen Sie mir in den Fuß.«

Dann kam Shannon zu ihm und drückte ihm einen langen Kuß auf den Mund, so daß Loren vor Wut kochte. Als sie ihn wieder losließ, sagte sie: »Sie haben mir gefehlt.«

Bevor er etwas erwidern konnte, schüttelten ihm Miles Rodgers und Peter Duncan die unverletzte Hand. »Sie sind ein ganz schön harter Hund«, sagte Rodgers.

»Ich habe den Computer kaputtgemacht und Ihre Daten verloren«, sagte Pitt zu Duncan. »Tut mir aufrichtig leid.«

»Kein Problem«, erwiderte Duncan mit einem breiten Lächeln. »Jetzt, wo Sie bewiesen haben, daß der Fluß von Satan's Sink zum Cerro el Capirote fließt und dann in den Golf mündet, können wir mit Sendern ausgerüstete geophysikalische Meßgeräte hinuntertreiben lassen und so seinen genauen Verlauf ermitteln.«

Von der Menschenmenge unbemerkt, kam in diesem Augenblick ein heruntergekommenes mexikanisches Taxi mit qualmenden Reifen zum Stehen. Ein lediglich mit einem Bettlaken bekleideter Mann sprang heraus und rannte über den Kai und auf das Verladedeck. Mit gesenktem Kopf bahnte er sich einen Weg durch die Menschenmenge, bis er vor Pitt stand.

»Rudi!« brüllte Pitt und schlang den Arm um die Schultern des kleinen Mannes. »Wo bist du denn runtergefallen?«

Wie auf ein Stichwort entglitt das Bettlaken Rudis geschienten Fingern und fiel zu Boden, so daß er im Krankenhaushemdchen dastand. »Ich bin aus den Klauen der höllischen Schwester geflüchtet, weil ich herkommen und dich begrüßen wollte«, sagte er, ohne sich die geringste Scham anmerken zu lassen.

»Geht's denn wieder besser?«

»Ich werde vor dir wieder an meinem Schreibtisch bei der NUMA sitzen.«

Pitt drehte sich um und rief nach Rodgers. »Miles, haben Sie Ihre Kamera dabei?«

»Ein guter Fotograf hat seine Kamera immer dabei«, schrie Rodgers über den Lärm der Menschen hinweg.

»Dann schießen Sie ein Bild von den drei mitgenommenen Mistkerlen des Cerro el Capirote.«

»Und von dem mitgenommenen Miststück«, sagte Loren und drängte sich zwischen sie.

Rodgers konnte gerade dreimal auf den Auslöser drücken, bevor ihm die Reporter den Blick verstellten.

»Mr. Pitt!« Einer der Fernsehjournalisten hielt ihm ein Mikrofon vor das Gesicht. »Was können Sie uns über den unterirdischen Fluß berichten?«

»Nur, daß es ihn gibt«, antwortete er diplomatisch, »und daß er ziemlich naß ist.«

»Wie groß ist er in etwa?«

Er dachte einen Augenblick nach, legte den Arm um Loren und zog sie an sich. »Ich schätze, etwa zwei Drittel so groß wie der Río Grande.«

»So groß?«

»Mit Leichtigkeit.«

»Wie fühlen Sie sich, nachdem Sie hundert Kilometer weit durch Höhlen geschwommen sind?«

Pitt reagierte jedesmal gereizt, wenn Reporter Mütter oder Väter, deren Haus gerade mitsamt der Kinder abgebrannt war, fragten, wie sie sich fühlten. Oder wenn sie wissen wollten, wie es jemandem ging, der gerade miterlebt hatte, wie jemand ohne Fallschirm aus einem Flugzeug fiel.

»Wie ich mich fühle?« versetzte Pitt. »Im Augenblick habe ich das Gefühl, daß mir die Blase platzt, wenn ich nicht sofort aufs Klo komme.«

Die Heimkehr

62

Nachdem alle von der mexikanischen Kriminalpolizei eingehend vernommen worden waren, durften sie zwei Tage später ungehindert außer Landes reisen. Sie versammelten sich am Kai und nahmen voneinander Abschied.

Dr. Peter Duncan brach als erster auf. Der Hydrologe stahl sich am frühen Morgen davon und war verschwunden, bevor ihn irgendwer vermißte. Als Leiter des »Sonora Water Project«, wie die große Bewässerungsaktion der Sonorawüste genannt werden sollte, hatte er ein anstrengendes Jahr vor sich. Das Wasser aus dem Fluß sollte sich für den von Dürre heimgesuchten Südwesten Nordamerikas als Gottesgabe erweisen. Wasser, der Lebensstoff der Zivilisation, würde Arbeitsplätze für die Menschen in der Wüste schaffen. Durch den Bau von Aquädukten und Pipelines würde das Wasser in die Städte und Ortschaften geleitet und eine trockene Bodensenke in einen Badesee, so groß wie der Lake Powell, verwandelt werden.

Weitere Projekte würden nicht lange auf sich warten lassen. Bergbauunternehmen würden sich für den Reichtum an Mineralien interessieren, die Pitt auf seiner unterirdischen Odyssee entdeckt hatte, und in absehbarer Zeit dürften die zahllosen Höhlen und Kammern auch für den Tourismus erschlossen werden.

Dr. Shannon Kelsey wurde von der peruanischen Regierung eingeladen, ihre Ausgrabungen in den versunkenen Städten der Chachapoyas fortzusetzen. Miles Rodgers wollte sie auf jeden Fall begleiten.

»Ich hoffe, wir sehen uns mal wieder«, sagte Rodgers, während er Pitt die Hand schüttelte.

»Nur, wenn Sie versprechen, sich von heiligen Wasserlöchern fernzuhalten«, erwiderte Pitt.

Rodgers lachte. »Darauf können Sie sich verlassen.«

Pitt blickte tief in Shannons Augen. Sie strahlten wie immer vor Entschlossenheit und Durchsetzungskraft. »Ich wünsche Ihnen alles Gute.«

Sie sah in ihm den einzigen Mann, den sie weder besitzen noch beherrschen konnte. Sie empfand eine tiefe Zuneigung zu ihm, die sie sich nicht recht erklären konnte. Nur um Loren zu ärgern, gab Shannon ihm erneut einen langen, innigen Kuß.

»Bis bald, großer Junge. Vergessen Sie mich nicht.«

Pitt nickte und sagte einfach: »Selbst wenn ich's wollte, könnte ich's nicht.«

Kurz nachdem Shannon und Miles mit ihrem Mietwagen zum Flughafen von San Diego aufgebrochen waren, nahte ein NUMA-Helikopter und landete auf dem Deck der *Alhambra*. Der Pilot ließ den Motor laufen, als er aus der Luke sprang. Er schaute sich einen Augenblick um, dann erkannte er Sandecker und ging auf ihn zu.

»Guten Morgen, Admiral. Klar zum Aufbruch, oder soll ich den Motor noch mal abstellen?«

»Lassen Sie ihn laufen«, antwortete Sandecker. »Wo steht die Düsenmaschine der NUMA?«

»Die wartet schon auf dem Marineflughafen in Yuma, um Sie und die anderen zurück nach Washington zu fliegen.«

»Okay, dann sollten wir einsteigen.« Sandecker wandte sich an Pitt. »Und Sie wollen also erst mal krankfeiern?«

»Loren und ich dachten, wir nehmen an einer Oldtimertour des Classic Car Club of America durch Arizona teil.«

»Ich erwarte Sie in einer Woche zurück.« Er drehte sich zu Loren um und gab ihr einen leichten Kuß auf die Wange. »Sie sind Mitglied des Kongresses. Lassen Sie sich von ihm nichts bieten und sehen Sie zu, daß er heil zurückkommt und wieder dienstfähig ist.«

Loren lächelte. »Keine Sorge, Admiral. Meine Wähler erwarten von mir ebenfalls, daß ich wieder in Bestform antrete.«

»Was ist mit mir?« sagte Giordino. »Krieg' ich nicht frei, um mich wieder zu erholen?«

»Sie können genausogut im Rollstuhl am Schreibtisch sitzen.« Dann lächelte Sandecker durchtrieben. »Mit Rudi ist das was ganz anderes. Ich glaube, ich schicke ihn einen Monat auf die Bermudas.«

»Klasse Typ«, sagte Gunn, während er verzweifelt versuchte, eine ernste Miene zu wahren.

Es war nur Theater. Pitt und Giordino waren für Sandecker wie Söhne. Bei allem, was sie taten, begegneten sie einander mit höchstem Respekt. Sobald sie wieder einigermaßen gesund und munter waren, das wußte der Admiral mit absoluter Sicherheit, würden sie in seinem Büro stehen und darauf drängen, daß er ihnen die Leitung eines neuen Unterwasserprojektes übertrug.

Zwei Hafenarbeiter hoben Giordino in den Helikopter. Ein Sitz mußte ausgebaut werden, damit er mit ausgestreckten Beinen hineinpaßte.

Pitt beugte sich durch die Tür und kniff ihm in einen Zeh, der aus dem Gips herausragte. »Sieh zu, daß dieser Hubschrauber nicht auch noch verlorengeht.«

»Ist doch Kleinkram«, versetzte Giordino. »Jedesmal, wenn ich fünfzig Liter Sprit kaufe, krieg' ich so ein Ding geschenkt.«

Gunn legte Pitt die Hand auf die Schulter. »Lustig war es«, sagte er leichthin. »Irgendwann müssen wir das wieder mal machen.«

Pitt zog ein entsetztes Gesicht. »Das wirst du nicht mehr erleben.«

Sandecker verabschiedete sich mit einer knappen Umarmung von Pitt. »Ruhen Sie sich aus, und lassen Sie es gemächlich angehen«, sagte er so leise, daß die anderen es im Lärm des Hubschraubers nicht hören konnten. »Wir sehen uns, wenn Sie wieder soweit sind.«

»Ich werde mich beeilen.«

Loren und Pitt standen auf dem Deck des Fährschiffes und winkten, bis der Helikopter in Richtung Nordosten über dem Golf verschwand. Er drehte sich zu ihr um. »Tja, damit wären wir alleine.«

Sie lächelte ihn verlockend an. »Ich bin am Verhungern. Warum fahren wir nicht nach Mexicali und suchen uns ein gutes mexikanisches Restaurant?«

»Da du gerade davon sprichst – ich habe auf einmal unheimliche Lust auf Huevos rancheros.«

»Ich nehme an, ich sollte lieber fahren.«

Pitt hob seine Hand. »Noch ist der eine Arm heil.«

Loren wollte nichts davon wissen. Pitt stand draußen und wies sie ein, während sie den Pierce Arrow samt Wohnwagen über die Rampe des Autodecks auf den Kai steuerte.

Pitt warf einen langen, sehnsüchtigen Blick auf den Tandemausgleichsbalken des alten Schaufelraddampfers und wünschte, er könnte mit ihm durch den Panamakanal und den Potomac hinauf bis nach Washington fahren. Aber es sollte nicht sein. Schicksalsergeben seufzte er und wollte gerade auf den Beifahrersitz des Pierce rutschen, als ein Wagen neben ihnen hielt. Curtis Starger stieg aus.

Er winkte ihnen zu. »Gut, daß ich Sie noch erwischt habe. David Gaskill sagt, ich soll Ihnen das unbedingt übergeben.«

Er reichte Pitt ein in Indianerdecken gewickeltes Bündel. Da er es nicht mit beiden Händen nehmen konnte, warf er Loren einen hilflosen Blick zu. Sie nahm das Bündel und wickelte es aus.

Vier auf keulenartige Gebetsstäbe gemalte Gesichter starrten sie an. »Die Idole der Montolos«, sagte Pitt leise. »Wo haben Sie die gefunden?«

»Wir haben sie in Joseph Zolars Privatflugzeug in Guaymas entdeckt.«

»Ich habe mir doch gedacht, daß er sie in seine schmutzigen Hände gebracht hat.«

»Anhand eines beiliegenden Sammlerzertifikates wurden sie eindeutig als die verschollenen Götterbildnisse der Montolos identifiziert«, erklärte Starger.

»Die Montolos werden darüber sehr glücklich sein.«

Starger schaute ihn mit einem verschmitzten Lächeln an. »Ich glaube, ich kann mich darauf verlassen, daß Sie sie weitergeben.«

Pitt lachte auf und deutete mit dem Kopf auf den Travelodge. »Die sind nicht mal annähernd so wertvoll wie das Gold in dem Wohnwagen.«

Starger warf Pitt einen Blick zu, als wollte er sagen: »Mich kannst du nicht zum Narren halten.« »Sehr komisch. Sämtliche Goldschätze wurden genau aufgelistet.«

»Ich verspreche Ihnen, daß ich auf der Fahrt zur Grenze im Dorf der Montolos anhalte und die Gottheiten zurückgebe.«

»Daran haben Dave Gaskill und ich nie gezweifelt.«

»Was machen die Zolars?« fragte Pitt.

»Die sitzen im Gefängnis und haben jede Menge Anschuldigungen am Hals, vom Schmuggel bis zum Mord. Vermutlich freut es Sie zu hören, daß der Richter es ablehnte, sie auf Kaution freizulassen, weil sie sonst todsicher außer Landes flüchten würden.«

»Sie haben gute Arbeit geleistet.«

»Dank Ihrer Hilfe, Mr. Pitt. Falls Ihnen der Zoll jemals einen Gefallen tun kann, vom Schmuggel illegaler Waren natürlich abgesehen, dann zögern Sie nicht, uns anzurufen.«

»Ich werde es mir merken. Vielen Dank.«

Billy Yuma nahm seinem Pferd gerade den Sattel ab, nachdem er wie jeden Tag seine kleine Herde abgeritten hatte. Er hielt inne und warf einen Blick über die zerklüftete Landschaft der Sonorawüste mit den zwischen Felskuppen verstreuten Kakteen, Mesquite- und Tamariskensträuchern. Er sah eine Staubwolke näher kommen, aus der langsam ein sehr altes Auto mit einem Wohnwagen auftauchte. Beide Fahrzeuge waren in einem fast schwarz wirkenden Dunkelblau gespritzt.

Seine Neugier wuchs, als das Auto samt Wohnwagen vor seinem Haus anhielt. Er verließ gerade den Corral, als die Tür aufging und Pitt ausstieg.

»Möge die Sonne dich erwärmen, mein Freund«, begrüßte ihn Yuma.

»Und keine Wolke deinen Himmel trüben«, erwiderte Pitt.

Kräftig schüttelte Yuma Pitts rechte Hand. »Ich bin sehr froh, dich zu sehen. Man sagte mir, du wärst in der Dunkelheit gestorben.«

»Fast, aber nicht ganz«, sagte Pitt und deutete mit dem Kopf auf seinen in einer Schlinge ruhenden Arm. »Ich wollte mich dafür bedanken, daß du in den Berg eingedrungen bist und meinen Freunden das Leben gerettet hast.«

»Böse Männer müssen sterben«, sagte Yuma philosophisch. »Ich bin froh, daß ich zur rechten Zeit gekommen bin.«

Pitt reichte Yuma die in die Decke gehüllten Gottheiten. »Ich habe dir und deinem Stamm etwas mitgebracht.«

Vorsichtig, so als wollte er einen Säugling betrachten, schlug Yuma die obere Hälfte der Decke zurück. Schweigend ließ er den Blick etliche Sekunden lang auf den vier Gottheiten ruhen. Dann traten ihm die Tränen in die Augen. »Du hast die Seele meines Volkes zurückgebracht, unsere Träume, unseren Glauben. Nun können unsere Kinder zu Männern und Frauen werden.«

»Ich habe gehört, daß diejenigen, die sie gestohlen haben, seltsame Geräusche hörten, eine Art Kinderweinen.«

»Sie haben geweint, weil sie nach Hause wollten.«

»Ich dachte, Indianer weinen nicht.«

Yuma lächelte, als ihm vollends klar wurde, was er da in Händen hielt. »Glaub doch nicht so was. Wir lassen uns bloß nicht gern von jemandem dabei beobachten.«

Pitt stellte Loren Billys Frau Polly vor, die darauf bestand, daß sie zum Essen blieben, und keine Widerrede gelten ließ. Loren deutete an, daß Pitt Lust auf Huevos rancheros hatte, und Polly briet ihm eine Portion, von der fünf Mann satt geworden wären.

Während sie aßen, kamen Yumas Freunde und Verwandte zu dem Haus und betrachteten ehrfürchtig die aus dem Holz der Pyramidenpappel geschnitzten Gottheiten. Die Männer schüttelten Pitt die Hand, während die Frauen Loren kleine Bastelarbeiten schenkten. Es war eine ausgesprochen bewegende Szene, und Loren weinte, ohne sich ihrer Tränen zu schämen.

Pitt und Yuma betrachteten einander als Männer von gleichem Schrot und Korn. Keiner von beiden hatte noch Illusionen. Pitt lächelte ihn an. »Es ist mir eine Ehre, dich zum Freund zu haben, Billy.«

»Du bist hier jederzeit willkommen.«

»Wenn das Wasser nach oben gepumpt wird«, sagte Pitt, »werde ich persönlich darauf achten, daß dein Dorf zuallererst welches erhält.«

Yuma nahm ein Amulett ab, das an einer Lederschnur um seinen Hals hing, und gab es Pitt. »Das hier soll dich an deinen Freund erinnern.«

Pitt betrachtete das Amulett. Es war ein mit Türkisen verziertes kupfernes Ebenbild des Demonio de los Muertos vom Cerro el Capirote. »Das ist zu wertvoll. Das kann ich nicht annehmen.«

Yuma schüttelte den Kopf. »Ich habe geschworen, es so lange zu tragen, bis unsere Gottheiten wieder heimkehren. Jetzt soll es dir Glück bringen.«

»Vielen Dank.«

Bevor sie vom Cañon Ometepec aufbrachen, ging Pitt mit Loren zu Patty Lou Cuttings Grab. Sie kniete sich hin und las die Inschrift auf dem Stein.

»Was für ein schöner Vers«, sagte sie leise. »Gibt es dazu auch eine Geschichte?«

»Anscheinend weiß niemand Bescheid. Die Indianer sagen, sie wurde von Unbekannten bei Nacht begraben.«

»Sie war noch so jung. Erst zehn Jahre alt.«

Pitt nickte. »Für eine Zehnjährige ruht sie an einer ziemlich einsamen Stätte.«

»Wenn wir wieder in Washington sind, müssen wir unbedingt nachsehen, ob wir in irgendwelchen alten Aufzeichnungen etwas über sie finden.«

Die Wüstenblumen waren inzwischen wieder verblüht, daher flocht Loren einen Kranz aus Kreosotbuschzweigen und legte ihn auf das Grab. Danach blieben sie eine Weile stehen und blickten hinaus in die Wüste, überwältigt vom Spiel der Farben des Sonnenuntergangs in der klaren Novemberluft.

Das ganze Dorf stand an der Straße, um ihnen *Adios* zu sagen, als Loren den Pierce Arrow in Richtung der Hauptverkehrsstraße steuerte. Beim Hochschalten warf Loren Pitt einen wehmütigen Blick zu.

»So komisch es für dich vielleicht klingen mag, aber dieses kleine Dorf wäre ein idyllischer Ort für die Flitterwochen.«

»Willst du mich etwa daran erinnern, daß ich dich gefragt habe, ob du mich heiraten willst?« sagte Pitt und drückte ihr die Hand, die auf dem Lenkrad ruhte.

»Ich bin bereit, es als einen vorübergehenden Anfall von Wahnsinn deinerseits zu betrachten.«

Er schaute sie an. »Gibst du mir etwa einen Korb?«

»Tu nicht so zerknirscht. Einer von uns muß schließlich einen klaren Kopf bewahren. Und du hast viel zu viele Skrupel, um einen Rückzieher zu machen.«

»Ich hab's ernst gemeint.«

Sie wandte den Blick von der Straße und schenkte ihm ein inniges Lächeln. »Das weiß ich, aber sehen wir doch den Tatsachen ins

Gesicht. Unser Problem ist, daß wir tolle Freunde sind, aber wir brauchen einander nicht. Selbst wenn wir zusammen in einem kleinen Häuschen mit einem niedlichen Gärtchen wohnten, würden nur die Möbel einstauben, weil keiner von uns jemals zu Hause wäre. Öl und Wasser gehen nicht zusammen. Dein Leben ist das Meer, meines der Kongreß. Wir wären nie dazu fähig, eine enge, liebevolle Beziehung aufzubauen. Oder bist du anderer Meinung?«

»Ich muß zugeben, daß du die Sache auf den Punkt gebracht hast.«

»Ich plädiere dafür, daß wir genauso weitermachen wie bisher. Was dagegen?«

Pitt antwortete nicht sofort. Er wußte seine Erleichterung bemerkenswert gut zu verbergen, dachte Loren. Er starrte lange durch die Windschutzscheibe auf die Straße. Schließlich sagte er: »Weißt du was, Abgeordnete Smith?«

»Nein, was?«

»Für ein Politikerin bist du eine unglaublich ehrliche und scharfe Frau.«

»Und du«, sagte sie mit rauchiger Stimme, »bist für einen Ingenieur für Meerestechnologie unheimlich liebenswert.«

Pitt lächelte verschmitzt, und seine grünen Augen funkelten. »Wie weit ist es bis Washington?«

»Etwa fünftausend Kilometer. Warum?«

Er nahm die Schlinge ab, warf sie auf den Rücksitz und legte ihr den Arm um die Schultern. »Stell dir nur vor, wir haben noch fünftausend Kilometer vor uns, in denen du rausfinden kannst, wie liebenswert ich bin.«

NACHTRAG

Die Wände im Wartezimmer vor Sandeckers Büro im Hauptquartier der NUMA hängen voller Bilder, die vom ständigen Techtelmechtel des Admirals mit den Reichen und Berühmten künden. Unter den abgelichteten Personen befinden sich fünf Präsidenten, zahlreiche hohe Militärs und Staatsoberhäupter, Abgeordnete, bekannte Wissenschaftler und etliche Filmstars, die alle mit gekünsteltem Lächeln in die Kamera blicken.

Alle Bilder stecken in einfachen schwarzen Rahmen. Alle bis auf eines, das genau in der Mitte hängt. Es ist das einzige, das einen goldenen Rahmen hat. Auf diesem Foto steht Sandecker inmitten einer Gruppe von Menschen, die allesamt aussehen, als wären sie gerade in einen spektakulären Unfall verwickelt gewesen. Ein stämmiger Mann mit lockigen Haaren sitzt in einem Rollstuhl und reckt dem Fotografen die eingegipsten Beine entgegen. Neben ihm steht ein kleiner Mann mit Hornbrille, bandagiertem Kopf und geschienten Fingern, der ein anscheinend viel zu knappes Krankenhaushemdchen trägt. Ferner ist darauf eine attraktive Frau in Shorts und kurzem Trägerhemd verewigt, die aussieht, als gehörte sie in ein Frauenhaus, wo niemand mehr sie verprügeln kann. Neben ihr steht ein großer Mann mit verwegenem Blick, der einen Stirnverband trägt und dessen Arm in einer Schlinge ruht. Lachend hat er den Kopf in den Nacken geworfen.

Falls Sie jemals in das Büro des Admirals gebeten werden und sich nach den ungewöhnlichen Gestalten auf dem Bild in dem Goldrahmen erkundigen sollten, dann seien Sie darauf gefaßt, daß Sie die nächste Stunde dasitzen und aufmerksam zuhören müssen. Es ist eine lange Geschichte, und Sandecker erzählt nur zu gerne, wie der *Río Pitt* zu seinem Namen kam.